철도원 삼대

철도원 삼대

초판 1쇄 발행 • 2020년 6월 1일
초판 14쇄 발행 • 2024년 5월 30일

지은이 / 황석영
펴낸이 / 염종선
책임편집 / 김선영 김필균
조판 / 한향림
펴낸곳 / (주)창비
등록 / 1986년 8월 5일 제85호
주소 / 10881 경기도 파주시 회동길 184
전화 / 031-955-3333
팩시밀리 / 영업 031-955-3399 · 편집 031-955-3400
홈페이지 / www.changbi.com
전자우편 / lit@changbi.com

ISBN 978-89-364-3443-4 03810

철도원 삼대

황석영

장편소설

창비

차례

1

이진오는 잠자리에서 되도록 먼 곳인 원형 통로의 반대편 구석에 용변 장소를 정해두었다. 처음에는 난간을 잡고 시도해보았지만, 상체가 앞으로 쏠렸다. 쭈그리고 앉은 자세를 유지하려면 엄지발가락에 힘을 주어야 했다. 그래야만 앞으로 쏠리거나 뒤로 자빠지지 않을 수 있었다. 발가락들은 운동화 안에서 독수리의 발처럼 잔뜩 오그리고 있을 것이다. 겨냥을 잘해야 할 텐데.

그는 고개를 숙이고 오물이 플라스틱 죽 그릇에 제대로 떨어지고 있는지 들여다보았다. 처음에는 이 맞춤한 변기 대용품을 발견하지 못했다. 아래에서 뒷바라지하는 동료들이 진오가 배탈이 났던 어느날 아침 죽을 사다주었다. 세끼 모두 죽을 먹고 간신히 회복했다. 그는 죽 그릇의 크기와 높이가 대용 변기로 맞춤하다는 걸 발견했다. 특히 한정된 공간이라 냄새가 지독했는데 뚜껑을 눌러막고 비닐봉지로 꽁꽁 싸두면 괜찮았다. 아래에서 그의 부탁을 접수하자마자 동료들은 죽 배달 용기 십여개를 준비했고 한번에 몇 개씩 올려주었다. 물론 그가 하루 한번씩 사용한 용기를 모아서 내려주면 그들은 알아서 깨끗이 청소하고 말려두었다가 다시 올려주었다.

오물을 단단히 밀봉해 처리하고 나서 이진오는 잠깐 난간을 잡고 언제나 똑같은 도시의 풍경을 바라보았다. 이제 막 동이 트기 시작한 동쪽 하늘에 해가 빼꼼히 얼굴을 내밀었고 아침놀이 구름에 번져 있었다. 도심지의 높고 낮은 빌딩과 아파트들은 밀림처럼 보이기도 했다. 도로변에 일렬로 늘어선 가로수와 오른편 여의도의 숲이 보였다. 오월의 신록은 이제 연두색이다. 그가 어릴 적 놀러 다니던 오목내다리는 콘크리트로 변했지만 한강으로 흘러드는 개천은 그대로였다.

이진오가 한달 전 깊은 밤중에 기어오른 이곳은 발전소 공장 건물의 끝 쪽에 자리 잡은 굴뚝 위다. 높이는 사십오 미터, 아파트 십육층과 엇비슷할 것이다. 요즘 아파트 건물이 보통 이삼십층 높이라서 그에 익숙했던 탓인지 이 굴뚝 위가 별로 높아 보이지도 않았고 눈앞이 아찔할 정도는 더욱 아니었다. 그렇기는 해도 공간이 좁고 사방이 휑하니 열려 있어서 처음에는 난간 너머 허공으로 걸어나갈 뻔했다. 굴뚝의 지름은 육 미터이고 주위를 두른 둥근 테라스의 폭은 일 미터, 그리고 원둘레를 걸으면 이십보쯤 될 것이다. 아니, 거기서 그가 잠자는 공간을 빼야 하니까 열여섯걸음쯤 될 게다. 이미 다른 도시의 크레인에 올라갔던 이들이 있어서 생존하는 방법은 학습이 되어 있던 터였다. 이진오도 잘 아는 용접공 영숙이 누나는 농성할 때 크레인의 운전실을 숙소로 삼았고 철탑 기둥들 사이에다 토마토며 화초를 키우기도 했다. 그녀는 밤마다 그 거대한 조선소의 철탑이 나무로 변하는 꿈을 꾸었다고 한다. 아마도 거대한 쇳덩어리에 올라앉은, 작고 여린 살아 있는 몸을 쇠의 부속품처럼 물질적으로 느꼈기 때문인지도 모른다. 그녀는 건너편 다른 크레인들이 모두 활엽수로 변하고 바다 이곳저곳에서 거대한 나무들이 불끈불끈 솟아오르는 광경을 바라보곤 했다. 진오는 그녀처럼 이 굴뚝을 무엇인가 근사한 조형물로 바꾸지는 않았다.

여기서 시간은 길게 늘리거나 놓아버리면 반동 때문에 일시에 줄어드는 고무줄처럼 종잡을 수 없게 흘러간다. 옛사람들은 해의 방향과 높이와 빛과 어둠으로 대충의 시간과 낮과 밤을 구별했겠지만, 그에게는 휴대폰이 있으니 시간을 분과 초까지 정확하게 알 수가 있다. 그러나 차츰 그 구분이 무의미해져갔다. 여기서 일상이란 아무 일도 일어나지 않는 무한한 반복이기 때문이다. 다만 당국이 정해준 아침, 점심, 저녁의 식사시간이 하루를 규칙적으로 매듭지어주었다. 아침은 여덟시, 점심 오후 한시, 저녁은 여섯시로 정해져 있었고 정문을 통과한 동료가 음식이 담긴 배낭을 메고 굴뚝 아래 공터에 도착하는 데는 오분도 걸리지 않았다.

이진오는 오십대 초반이 될 때까지 이십오년 동안 공장 노동자로 일해왔다. 맨 처음엔 유년기를 보낸 이곳 영등포에 있었는데 그곳에서 십년 가까이 일했고 그다음 십오년 동안은 남쪽 지방도시에서 일했다. 그는 일반 공원에서 직장 반장도 지내고 젊을 때 노조에 들어가 지회장이 되었을 무렵에 해고당했다. 해고라고는 하지만 아예 공장이 폐쇄되고 다른 회사로 팔려버렸기 때문에 졸지에 일터가 사라지고 생활이 지워져버렸다. 해고자들은 본사가 있는 서울로 올라와 복직투쟁을 시작했다. 마지막까지 복직과 고용승계를 주장하던 이십여명의 동지 가운데 열한명이 남았고 집행부이거나 서울 체류가 가능한 다섯 사람이 농성의 핵심으로 남았다. 이진오와 그 또래의 김창수, 사십대의 정과 박, 막내인 이십대의 차가 그들이다. 그들은 공사장 잡부나 기술에 걸맞은 일용 노동을 하면서 교대로 진오를 뒷바라지하고 있다. 그가 버티고 있는 굴뚝 주위는 관내 경찰서에서 다섯명이 일개 조가 된 경찰이 교대근무하고 정문 경비실에는 경사나 경장이 교대로 상주한다. 가끔 금속노조와 사회단체 사람들이 발전소 밖에서 집회 시위를 하면 소대 병력을 태운 경찰 버스가 들어와 굴뚝 아래 대기한다. 보통날은 뒷바라지하는 동료가 정문을 통과하고 굴뚝 아래 당도하면 그들은 허가 물품 여부를 점검하고 나서 전달을 허락한다. 대개 아침에는 점검이 빡빡하고 높은 사람들이 퇴근할 무렵인 저녁에는 비교적 느슨해진다. 금지품목이 나온다 해도 압수 처리될 뿐 옛날처럼 잡혀가거나 폭행을 당하는 건 아니어서 소심해질 필요는 없다. 다만 한번 걸리면 현장에서 반입하려던 이유와 물건 품목에 대한 경위서를 써야 하고 적어도 열흘 이상 검문이 까다로워진다. 되도록 저녁때에 필요한 물품을 올리고 압수당할 만한 물건들은 주말 저녁에 올리기로 그들끼리 약속을 해두었다. 그래도 어쨌든 경찰도 사람인지라 의경들 가운데는 동정하는 젊은이도 있기 마련이어서 금지품목이 간간이 올라왔다.

처음에 올라오기 전 사전 답사를 했고 생존에 필요한 물건들을 며칠 전부터 새벽마다 굴뚝 위 난간 테라스에 올려다두기 시작했다. 그들은 발전소 정문을 통과하지 않고 굴뚝 부근 시멘트 블록 담장 바깥에 정원용 사다리를 걸쳐놓고 드나들었다. 우선 도르래 한쌍과 밧줄을 굴뚝 난간에 단단히 붙들어맸다. 식사와 필요한 물품을 올리고 내리기 위해서였다. 하우스용 비닐을 갖다두었고 일부 바람벽이 될 만한 두꺼운 천막지도 올려두었다. 일인용 에이텐트와 침낭을 준비해두었고 헤드램프며 몇몇 자질구레한 물건들은 대개 등산용품으로 장만했다. 휴대폰과 배터리도 챙겼다. 농성 목적을 알리는 플래카드를 굴뚝 바깥쪽에 둘러치기로 했다. 동료들이 금속노조와 더불어 지원 팀을 만들어 바깥 공터에 본부 천막을 치고 돌아가며 취사를 해서 식사를 제공했다. 세끼 밥을 올려주기로 했는데 식수와 대소변 처리 문제 등은 생활하면서 저절로 수량과 물품이 정해졌다. 물은 페트병에 담아서 하루에 네통씩 올라왔는데 차츰 더워지기 시작하면서는 여섯통으로 늘어났다. 페트병 두병의 물은 세수나 양칫물로 쓰고, 한병은 이제 막 자라기 시작한 상추며 화초에 나누어주었다. 동료들이 무료하고 긴 시간에 대비하여 씨앗들을 올려주었고 진오는 농성을 시작한 며칠 후에 화분에 심었다. 비운 페트병은 소변 용기가 되었으며 오줌으로 가득 채워 난간 구석에 모아두었다. 만약 경찰이 진압하려고 올라오면 저항용 무기로 쓰기 위해서였다. 대변은 비닐봉지에 처리했는데 아무래도 냄새가 새어나오기도 하고 오물이 샐 때도 있어서 걱정이다가 배달용 죽 그릇을 발견한 후 해결되었다.

농성 개시 전날 정과 막내 차가 함께 굴뚝으로 올라와 비닐 가리개와 천막 설치를 도와주었다. 그들은 맨 마지막에 난간을 가린 비닐 바깥쪽에 플래카드를 두르고 단단히 붙들어맸다. '!라하장보동노용고 지저각매할분'이라는 글씨는 농성의 이유를 밝히는 제목답게 크게, '!직복원전 계승조노'라는 글씨는 소제목처럼 그 아래 작게 썼다. 이진오는 그것을 올려다볼 사람들의 세상 반대쪽에서 거꾸로 보이는 글씨를 읽을 수밖에 없다.

그에게는 오늘 해치워야 할 일이 있었다. 엊그제 일요일 저녁 식사가 올라올 때 동료들이 멍키스패너를 바구니에 넣어주었다. 그것은 알루미늄 포일에 싸여 있었는데 아래로 거뭇하게 탄 생선의 꼬리 두개가 삐져나와 있어서 처음에는 생선구이인 줄 알았다. 집어 들자마자 묵직한 것이 대번에 그 속에 멍키가 들어 있을 줄 짐작했다. 꽁치 두마리와 함께 포일에 돌돌 말아서 음식 사이에 넣어둔 덕분에 멍키에서는 한동안 꽁치 비린내가 가시질 않았다.

우선 아침 운동을 한다. 이전에는 소화도 시킬 겸 아침밥을 먹고 나서 했지만 간밤에 웅크렸던 몸을 풀어주는 동작으로 순서를 바꿨다. 식사 후에는 왕복 서른걸음쯤 되는 테라스를 오가는 걷기 동작을 한시간쯤 한다. 오후에는 식사 후에 걷기 먼저, 그리고 세 동작 이어서 하기를 실시한다. 저녁 식사 후에도 마찬가지로 취침 전에 몸 풀어주기를 한다. 이건 휴대폰을 통해서 연결되었던 부근 헬스장의 트레이너가 몇번이나 동작을 설명해준 운동 순서다. 동료들이 그곳을 방문해서 사정을 설명하고 휴대폰으로 연결해주었다.

운동을 효과적으로 하는 방법은 매시간 나누어서 짧고 강도 있게 하는 것이라고 했다. 몸 풀어주는 동작은 목을 상하좌우로 돌리고 움직이기, 팔 휘두르기, 다리굽혀펴기, 사지의 관절 풀어주기, 앉은 채로 복근운동, 상체 좌우로 비틀기, 끝으로 시체처럼 힘 빼고 널브러져 있기 등이었다. 맨손으로 근력을 키우는 세가지 동작은 우선 팔굽혀펴기, 기마자세로 다리를 엉거주춤 굽혔다 펴기, 그리고 턱걸이인데 철봉이나 운동기구가 없으니 이 '셋 동작'을 한꺼번에 해치우라는 거다. 팔을 굽혔다가 펴면서 상체를 들어올리고 다리를 모아 앉은 자세로 쪼그렸다가 일어서면서 팔을 쳐들고 펄쩍 뛰어오르고는 다시 앉은 자세를 취하고 다리를 편 다음 엎드려 팔굽혀펴기로 돌아간다. 간단한 동작이지만 스무번씩은 해야 정상 체력을 유지할 수 있다고 했다. 그는 처음에 일곱개를 하고는 지쳐서 숨이 턱에 닿았다. 이제 겨우 열번 할 수 있는데 얼마나 더 단련해야 스무개를 채울 수 있을지 모르겠다. 휴대폰이 울렸다. 막내 차군의 목소리였다.

"오늘부터 제가 식사 담당입니다."

"어 그래, 김형은 일 나갔나?"

"예, 공사장에요. 저녁에 오실 거예요."

"다들 별일 없지?"

"예, 지금 들어갑니다."

막내 차군이 아침밥을 가지고 정문에 도착했다. 이진오는 난간에 기대어 아래를 내려다본다. 시멘트 담 모퉁이에 그가 나타났다. 굴뚝 아래 경찰 초소에서도 의경이 나와서 그를 맞았다. 차는 메고 온 배낭을 끄르고 음식 용기들을 꺼내어 늘어놓았고 의경은 건성으로 들여다보고는 뒤로 물러섰다. 진오는 도르래에 걸린 밧줄을 내렸다. 밧줄 끝에 바구니가 매달려 있었다. 밑에서 올려도 된다는 신호로 밧줄을 한번 튕겨주었고 그는 천천히 밧줄을 당겨 올렸다.

"응, 수고오!"

이진오가 바구니를 끌어올리고 나서 손을 흔들자 차군도 손을 흔들어주고는 돌아섰다. 바구니 안에는 아침 식사로 죽과 달걀프라이, 김치와 멸치볶음이 담겼다. 오늘의 식수 여섯병이 올라왔다. 날이 더워지면 식수를 하루에 두차례는 받아야 할 것 같다. 먼저 달걀프라이를 단숨에 털어넣는다. 죽은 좀 식었지만 아직도 온기가 남아 있다. 그래도 씹을 건더기가 있는 채소죽이다. 아침을 먹는 데는 십분이 걸리지 않았다. 다시 바구니에 식기들을 넣어 정리하고 식수로 이를 닦고 플라스틱 대야에 물을 부어 세수했다. 그야말로 물을 찍어 바르는 고양이 세수다. 테라스를 왕복하며 좀 걸을까 하다가 오늘은 몸을 쓸 일이 많으니 그걸로 대신하자고 맘을 고쳐먹는다. 이번 주가 될지 아니면 다음 주초가 될지 모르지만 회사측과의 면담이 있을 거라고 밑에서 연락이 왔고, 타결이 되면 괜찮겠지만 결렬될 것에 대비하기로 했다. 두해나 묵혀온 분쟁이 하루아침에 해결될 리도 없고 장기전을 각오하고 올라온 터였다. 결렬된 뒤에 회사는 경찰에 농성 해제를 강력하게 요구할지도 모르고 병력을 투입하게 될지도 모른다. 굴뚝에는 사다리를 타고 한명씩 올라올 수밖에 없으니 입구를 저지한다면 노조와 시민단체의 지원이 오기까지 시간을 끌 수 있을 것이다. 그래서 소변을 채운 페트병을 모아두었다. 그것만으로는 마음이 놓이지 않아서 나선형 계단이 끝나는 곳에서 굴뚝까지의 최종 통로인 사다리를 못 쓰게 만들어놓기로 작정했다. 사다리의 높이는 어림짐작해 십 미터쯤으로 보였다. 사다리는 바깥쪽에 투명 아크릴 안전 덮개가 씌워져 있다. 사다리의 나사를 뽑아 바깥쪽으로 기우뚱 젖혀놓으면 통로가 막혀 버리고 아무도 오를 수가 없게 될 것이다.

이진오는 여분의 밧줄을 몸에 묶어 난간 쇠창살에 매고는 사다리를 타고 아래로 내려갔다. 멍키스패너를 떨어뜨리지 않으려고 그것도 가는 줄에 묶어 목에 걸었다. 맨 밑에서부터 풀어 느슨하게만 해놓고 자신의 키 높이 부분부터는 나사를 완전히 뽑아서 작업복 바지 포켓에 간수하기로 했다. 나사 뽑기는 처음엔 힘이 들어도 조금만 돌아가기 시작하면 중간쯤만 올라와도 맨손으로 돌려 뽑을 수가 있었다. 멍키스패너를 나사 머리에 조이고 반시계 방향으로 돌리는 중에 아래쪽에서 고함이 들렸다.

"거기 뭐 하는 거요?"

그는 그냥 침묵한다. 일일이 대꾸할 필요가 없어서다. 한칸씩 위로 이동하면서 뽑고 오르고를 되풀이하는데 의경이 정문의 경장을 데리고 왔다.

"위험한 행동 중지하시오."

이진오는 아래를 내려다보고는 씩 웃고 다시 침묵한다. 그들은 나선형 계단을 따라 위로 올라오기 시작했고 얼마 후에 숨을 헐떡이며 마지막 구간인 진오의 발치에 이르렀다. 그러나 그가 삼 미터쯤 위로 오른 뒤여서 그들은 멀거니 올려다볼 뿐 말릴 수가 없어

보인다.

“당신 지금 시설물 훼손을 하고 있는 거요.”

경장은 선임답게 한마디 했고 의경도 물었다.

“근데 거 위험하게 사다리 나사는 왜 뽑고 있는 겁니까?”

그제야 이진오는 작업을 멈추고 말해주었다.

“이거? 당신네들 올라오지 못하게 하려고.”

“우리가 농성을 진압할 수 없어서 지켜보고만 있는 게 아니오.”

그는 나사를 뽑아 바지의 작업 포켓에 떨구어넣고는 말했다.

“여보쇼, 내가 뛰어내리는 것보다는 이게 낫지 않소?”

“에이, 증말 짜증 나네. 이게 하루아침에 해결될 일이냐구!”

경장은 돌아서서 조심스럽게 무릎을 굽히고 나선형 계단을 내려가면서 중얼거렸다.

“백날 해보라지. 높은 놈들은 이런 데 관심도 없다구.”

이진오는 한시간 반쯤 걸려서 십여 미터짜리 사다리 양쪽의 나사를 모두 뽑아버릴 수 있었다. 마지막 세칸은 위에 올라가서 느긋하게 편한 자세로 작업했다. 사다리를 잡고 바깥쪽으로 힘껏 밀어내자 통로의 둥근 아크릴 방벽에 붙어버린다. 이렇게 해두면 아무도 출입을 할 수가 없겠다. 덕분에 그의 퇴로도 없어졌다. 내려갈 수 있는 때가 언제가 될지 모르지만, 진오는 나사를 아래쪽 동료들에게 전해서 그들이 다시 박으며 올라오게 될 날을 고대해본다.

그는 여느 날처럼 점심 먹고 나서 셋 동작과 걷기 운동을 하고 책을 읽고 다시 저녁 먹고 셋 동작 하고 몸풀기 운동까지 끝냈다. 세상 사람들은 퇴근해서 동료들과 술 한잔 마시거나 귀가하여 저녁 먹고 텔레비전을 보고 있을 시각이었다. 이진오는 휴대폰으로 아내와 통화했고 노조 동료들과도 문자메시지를 주고받았다. 별다른 변동이 없는 평온한 하루였다. 도시에 어둠이 내리고 밤이 깊어 갔다. 소음이 차츰 잦아들고 멀리서 가끔 자동차 경적 소리가 들려오기도 했다. 텐트의 침낭 속에 들어가 누워서 잠을 청했다. 여기서 잠은 실컷 잘 수가 있었다. 어둠 속에서 할 일이 없으니 밤 아홉시만 넘으면 침낭 속으로 들어가 누웠고 어느 결에 깊은 잠에 빠지곤 했다.

그는 소변이 마려워 잠에서 깨어났다. 실눈을 뜨고도 침낭 밖으로 나가기가 싫어서 한참을 뒤척거린다. 침낭의 지퍼를 내리고 고치의 애벌레처럼 빠져나온다. 주위에 부연 안개가 짙게 깔려 있었다. 진오는 텐트에서 몇발짝이라도 먼 곳으로 걸어나가 난간 앞에 섰다. 아무것도 보이지 않는 난간 밖으로 오줌을 내갈겼다. 흠칫 몸서리를 치고 돌아서다가 구름바다처럼 둘러싼 안개를 보고는 난간 바깥쪽으로 오른발을 내밀어 휘저어보았다. 어쩐지 발밑이 허전하지 않다. 그는 난간 주위를 왕래하며 걷기 운동을 하던 때에 문득 허공으로 걸어나가고 싶은 충동을 느끼곤 했었다. 이진오는 난간의 쇠창살 사이로 몸을 굽히고 다시 한쪽 다리를 내디뎌보았다. 이불이나 부드러운 요를 밟은 것 같다. 그는 두 손으로 난간을 잡은 채 두 발을 바깥쪽에 딛고 섰다. 뭐야, 걸을 만하잖아. 놀라서 중얼거리며 진오는 허청허청 안개 속으로 걸어들어갔다. 눈이 쌓인 벌판을 걷는 느낌이었다. 처음에는 무릎까지 빠진 채로 걷는 듯하더니 이윽고 발걸음이 경쾌해지며 미끄러지기 시작했다. 아직도 구름 속에 있는 것처럼 짙은 안개가 그의 주위를 둘러싸고 있다. 이제 이진오는 단단하고 메마른 흙길 위를 걸어가고 있다.

철길이 나온다. 낮은 지붕에 노랗고 흐린 전등 불빛이 나무판자의 격자 창문으로 새어나오는 상점과 주점을 지나자 철도 양편에 비좁은 골목들이 보이기 시작했다. 그는 철길을 따라 걸어갔다. 불꺼진 상이용사회관이 보인다.

어렸을 때 아버지와 몇번 서부영화를 보러 들어갔고 초등학교 삼학년 때인가 쌔벼 들어가는 길을 발견했던 생각이 났다. 간판 그리는 미술 작업장을 통해서 영화관의 창을 넘어가는 길을 이발소집 아이가 먼저 발견했다. 상이용사회관은 전쟁 뒤에 군의 후생사업으로 군수창고를 영화관으로 개조해서 부상병들의 복지를 돕던 영화관이었다. 목재와 함석으로 지은 창고였는데 가건물 옆에 덧댄 미술 작업장은 늘 열려 있었다. 밤에는 작업장 문이 닫혀 있었지만 슬쩍 밀고 들어가면 되었다. 각목과 상자 더미가 쌓인 곳으로 올라가면 나무 칸살이 달린 창고 영화관의 창문이 있었다. 창문 안으로 검은 암막 커튼이 있고 아래로 뛰어내리면 좌석이 늘어선 통로였다. 그러다가 누군가가 기도 아저씨에게 걸려서 호되게 경을 친 뒤부터는 미술 작업장 문에도 밤에는 자물쇠가 달리고 창문에도 닭장 같은 철망을 달았다. 상이용사회관의 기도는 세명이었는데 모두가 부상병이었다. 목발 짚은 찐따 아저씨는 매표소에 있고 화상 입은 깨비 아저씨는 표를 받는 입구에 서 있고 외팔이 아저씨는 전체 극장 구역을 돌아다니는 경비였다. 그들은 서로 돌아가며 입구를 지키고 청소도 하고 경비도 돌았지만 세 사람 중에 외팔이가 제일 무서웠다. 그는 한쪽 팔에 의수를 끼우고 두갈래의 뾰족한 갈고리에 담배꽁초를 끼워 멋지게 피우며 표를 성한 손으로 받고는 했다. 그는 화가 나면 커다란 낚싯바늘 같은 갈고리를 앞으로 들이대며 한번 해볼 테냐고 으르딱딱거렸다.

이발소집 아이가 키득거리며 다시 새로운 통로를 개척했다고 진오에게 말했다. 진오는 그가 이끄는 대로 이른 아침에 회관 건물 뒤의 골목으로 들어갔다. 건물 뒤의 판자벽 아래 함석 뚜껑을 위로 당겨 열자 오물 냄새가 확 올라왔다. 진오는 그걸 보자마자 후회했다. 그 녀석에게 딱지 한통을 대가로 지불했던 터였다. 딱지를 통째로 달라고 해서 아끼던 보물상자를 주고 말았다. 양키시장에서 파는 양철로 만든 쿠키 상자였다. 아무리 구경이 좋다손 치더라도 어떻게 변소로 기어들어간단 말인가. 녀석은 그래서 발 디딜 데를 만들며 들어갔고 벌써 두번이나 공짜 영화 구경을 했다는 것이다. 그날 저녁에 두 아이는 종이상자 뚜껑을 뜯어 두개씩 지니고 회관으로 갔다. 영화관 변소의 변기구멍으로 새어든 불빛 때문에 바닥이 보였다. 변소는 깊고 넓었다. 미리 날라다 넣은 돌을 딛고 변기구멍 바로 아래 오물 무더기를 피하여 구멍 밖으로 나갔다. 상반신을 내밀기 전에 종이상자 조각을 먼저 발 딛는 곳에 깔아야 했다. 간신히 빠져나오니 화장실 안이었고 영화관에 무사히 안착했다. 몇번 드나들었는데 어떤 때에는 손이나 윗도리에 오줌이 묻기도 하고 신발에 똥이 묻기도 했다. 볼일 보는 이들 중에 칠칠맞지 못한 어른들이 겨냥을 잘못하고 디딤대에 오물을 흘리기 때문이었다. 그들이 어둠 속을 더듬어 자리를 잡고 앉으면 사람들은 갑작스러운 오물 냄새에 코를 킁킁거리거나 이게 무슨 냄새냐고 서로 묻곤 했다. 그야말로 쪽팔려서 더는 못할 짓이었다. 이발소집 아이는 이발사인 형네 집에서 살았다. 녀석의 부모가 일찍 세상을 떠나서 얹혀사는 셈이었고 형수와 사이가 좋지 않았다. 우리는 그애 별명을 작은 깍새라고 불렀으니 그의 형이 큰 깍새인 셈이었다. 하여튼 깍새는 집에서 뛰쳐나가 별의별 일을 다 겪었다는데 고물을 주우러 다니는 양아치 시라이 막에서도 살았고 땅꾼 선배한테서 뱀 잡는 법도 배웠다. 뱀이 보약이라 구렁이 몇마리 고아 먹으면 겨울에도 땀이 날 정도로 몸이 뜨거워진다고 그랬다. 그는 뱀과 이야기를 나눌 줄 알았다. 잡기 전에 풀숲에서 기어나와 그를 노려보는 뱀에게 말을 건다. 너 어디 놀러 가냐? 형이 맛있는 것 줄게 이리 좀 와봐라. 그러고는 서슴없이 꼬리를 잡아올린다. 뱀이 상체를 꼬며 꿈틀거린다. 너 날 물라구 그러는 거지? 느이 엄마 아부지 놔두고 너만 데려가는 건 다 생각이 있어서다. 어떻게 할 건데? 쥐가 많아서 못살겠다. 너에게 쥐 많이 잡도록 해주께. 자꾸 말썽 부리면 이 자리에서 패대기를 쳐서 보내버린다. 그러고는 자루에 슬쩍 담고, 또다른 녀석을 말 시켜보고 또 자루에 넣고. 이게 다 깍새의 구라였지만 진오는 그에게 자꾸만 이야기를 시키곤 했다. 깍새는 나중에 소년원에 들어가 나팔수가 되었다. 대가리가 좀 커져서 동네로 돌아온 그 녀석은 트럼펫 꼭지를 가지고 다녔다. 그는 꼭지를 입술에 대고 두 손바닥을 모으고는 기가 막히게 구슬픈 곡조로 취침나팔을 불었다. 깍새는 이담에 크면 뭐가 되고 싶냐고 어른들이 물으면 군인이나 경찰이 되겠다고 그랬고, 또래의 친구들이 물으면 사실 자기는 도둑놈이 되는 게 제일 좋겠다고 그랬다. 왜 그러냐니까 기술만 좋으면 세상의 어떤 물건도 차지할 수가 있고 째지게 가난한 녀석들에게 짜장면도 사줄 수 있지 않냐고 대답했다. 그런데 깍새는 어이없이 죽었다. 철도공작창 부근의 빈터는 언제나 녹슨 교각 몇개가 쌓여 있기 마련이었는데 거기서 밤에 철교 구조물 사이로 건너뛰는 재주를 부리다가 떨어졌다. 아무도 본 사람은 없었지만 그의 작은 몸이 발을 헛딛고 구조물 사이로 떨어지며 엇갈린 철근에 이리저리 부딪쳐서 바닥에 처박히는 꼴을 상상할 수가 있었다. 그의 시신은 며칠이나 지나서 발견되었다. 아이들 말로는 바로 그즈음에 서커스단이 지나갔는데 우리 동네에서 큰 천막을 칠 장소는 거기밖에 없었고, 구경거리 좋아하는 깍새가 아마도 날마다 천막 사이로 째벼 들어가 공중곡예를 구경했을 거라는 얘기였다. 녀석은 그 흉내를 내보려던 게 아니었을까. 큰 도둑이 되려면 평소에 그런 재간 연습을 많이 했어야 할 테니까. 근데 이제야 그가 원대한 꿈을 가지고 있었다는 걸 진오는 깨닫게 된다. 세상의 어떤 물건도 차지할 수가 있다니.

이제 샛말의 큰길에 들어섰다. 길가에는 주로 상점들이 늘어서 있고 구역마다 골목이 시작되었다. 덩치 큰 방울나무가 버티고 선 세갈래 길이 진오네 동네가 시작되는 곳이었다. 선생님들은 그걸 플라타너스라고 부르고 아이들은 방울나무라고 불렀는데 한약방 할아버지가 저건 양버즘나무라고, 대홍수 나기 전, 왜놈들이 철도 놓을 무렵에 수십그루를 심었다고 가르쳐주었다. 아버지에게 물었더니 자기네 동무들도 어릴 적부터 모두 방울나무라고 불렀으니 너희도 그렇게 불러도 괜찮다고 그랬다. 예전에 상두도가부터 시작해서 지금은 장의사가 된 모퉁이집, 깍새네 이발소 지나 자동차가 드나들 만한 사거리 건너편에는 두부집이 있고, 그 옆 육고집 이쪽에 만물상, 예전에 정미소였다가 목재소가 된 자리 지나 골목으로 들어가면 작은 한옥들이 줄지어 있는 쌀집 골목 안에 이진오가 태어난 샛말집이 보인다. 진오는 서슴지 않고 대문을 밀어보았다. 오늘따라 문은 소리도 없이 안으로 열렸다. 보통 때에는 대문 돌쩌귀가 맞질 않는지 기분 나쁘게 마찰하는 소리가 들렸다. 문간 옆에 변소가 있고 대문으로 들어서면 곧 길쭘한 마당이다. 원래는 네모반듯했다는데 큰할아버지가 이사 갈 때마다 그랬듯이 공방을 만든다고 대문간 옆에 네평짜리 별채를 지었다. 진오네는 증조할아버지 이백만을 큰할아버지라거나 대할아버지라고 일컬어 할아버지 이일철과 구분했다. 할머니 신금이는 안방을 누구에게 내준 적이 없었다. 그 집은 일제 때 고모할머니 집이었는데 작은 집이건만 아직도 대들보와 서까래는 짱짱했다. 큰할아버지 이백만은 아들 이일철 덕분에 나중에 철도관사에 들어가 살 수 있었지만 몇년 못 살고 관사생활이 답답하다며 샛말집으로 이사를 했던 것이다. 두 사내가 북으로 떠난 뒤에 그나마 남은 가족이 무사할 수 있었던 것도 제힘으로 일가를 이루어 관사 사람들과는 일정하게 거리를 두고 살았던 덕택이었다. 진오가 대문을 열고 마당으로 들어서자 부엌 아래편 수돗가에서 푸성귀를 씻고 있던 할머니 신금이가 고개를 들더니 그를 반겨 맞았다.

“애고, 내 새끼 날 더운데 학교 갔다 오느라고 고생했다.”

진오는 자신의 아래위를 훑어보고 초등학생의 체격으로 돌아간 것에 별로 놀라지는 않았다. 할머니는 그의 책가방을 받아주고 셔츠와 러닝을 벗겨 목물을 하라고 그런다. 진오는 웃통을 벗고 함지 위에 엎드렸고 할머니가 바가지로 차가운 수돗물을 떠서 사정없이 끼얹었다. 아이구나! 진오가 소스라치며 두 손을 겨드랑이에 넣고 엄살을 떨자 할머니가 그의 등을 철썩 때리고는 다시 엎드리라고 했다. 목물이 끝나고 나서 할머니가 개다리소반에 밥과 맹물 한그릇과 굴비살 찢은 것과 열무김치 한보시기를 얹어서 마루 끝에 올려주었다. 아직 서해에서 조기가 많이 잡히던 시절이었다. 서울 인근 지방 사람들은 초봄이 지나면 인천 주안서 온 조기를 짝으로 들여놓았다. 조기를 소금에 절여 집집마다 채반에 넣어 장독대에 두거나 새끼줄에 매달아 담장에 널어놓고 햇볕에 말려 굴비를 장만했다. 초겨울에 김장을 하듯이 봄에 조기를 절이고 말리는 일은 집안의 제철 행사였다.

“허기졌지? 어서 시언허게 물 말아서 먹어라.”

할머니는 고름 없는 여름용 모시 저고리에 일본식 몸뻬 차림이었고, 머리는 쪽을 찌지 않고 그냥 동그랗게 자른 짧은 생머리에 센머리가 한오라기도 보이질 않았다. 그래서 동네에서는 예전 야학 선생님 같다고 신여성이라고들 그랬겠지. 신금이는 김포 태생으로 시골에서는 드물게 소학교를 나와 방직공장에서 중학강의도 받았다. 남편 이일철을 만난 것은 그의 아우 이철이 덕분이었다. 큰할아버지 이백만이 아들을 낳자 기차를 생각하고 지은 이름이 한쇠였고 그다음 태어난 아들도 형의 이름을 따라서 두쇠로 지었다가 나중에 민적에 올리면서 일철이 이철이가 되었다. 신금이는 방직공장 다닐 적에 선교사의 권유로 성경 읽기에 재미가 들렸고 특히 구약은 옛날얘기책 삼아 몇번이고 읽어서 나중에 독서하는 능력을 터득하게 되었다. 신금이 할머니는 젊어서부터 어떤 사람을 바라보면 그 주위에 귀신이 어려 있는 것도 보고 가끔은 소리 내어 쫓는 시늉도 했다. 시동생 이철이가 총각 적에 집에 다니러 왔을 때 여자 두 사람이 뒷전에 보인다고 중얼거렸다가 남편 일철에게 야단을 맞기도 했다. 신금이가 자기 아들 이지산에게 일러준 바에 의하면 나중에 살아가면서 확인하게 된 시동생의 여자들과 생김새도 꼭 맞아떨어졌다는 것이다. 두 여자가 모두 팔자 세게 생긴 이들이어서 "우리 도련님 곁에 얼씬도 말라"고 종알거리자 이철이가 민망해서 밥상도 물리고 나가버렸다고 한다. 나중에 겪어보니 그녀들은 오히려 이철이 시동생 때문에 불행해졌다고 했다. 신금이는 차츰 교회당에도 발길을 끊게 되었지만 누구든지 처음 만나서 잠깐 바라보면 과거에 일어난 일과 앞으로 일어날 일을 족집게처럼 맞혀서 주위 사람들을 놀라게 했다. 그래서 그녀의 별명이 '신통방통 신금이'였다. 큰할아버지 이백만은 그런 며느리에게 쓰다 달다 말이 없었고 새해가 되면 넌지시 올해 가내가 두루 평안하겠느냐고 묻기만 했다.

진오가 수저를 뜨면 할머니가 다른 젓가락으로 열무김치 가닥을 물에 만 밥숟갈 위에 사려주고 다시 굴비살 한점을 얹어주었다. 그런 식으로 물에 만 밥 한그릇을 뚝딱하고 안방 건넌방 사이의 마루에 가서 누우면 저절로 낮잠이 소르르 몰려왔다.

그게 어느해였던가. 할머니가 그날의 이야기를 몇번이나 이진오에게 해주어서 그는 거의 외울 정도가 되었다.

"내가 그날 고뿔 기가 있어서 몸이 여엉 신통치 않았단다. 시장에 옷장사도 나가지 못하고 느이 큰할아부지 조반 겨우 채려드리고 방에 이불을 둘러쓰고 누워 있었구나. 깜박 잠이 들었는데 예전 관사 집에 가서 있는 거야. 느이 할아부지가 만주서 달려와 교대하구 돌아오려면 새벽이나 되어야겠는데 벌건 대낮인데두 퇴근해서 들어오는 거 아니겠냐. 난 무슨 사고가 났거나 해고라두 당한 게 아닌가 꿈속인데두 걱정했지. 그랬더니 환하게 웃으면서 당신 아들 지산이를 데려다주러 왔다구 그래. 나는 하도 반가워서 어디, 어디메 내 아들 지산이가 있냐구 그랬지. 그랬더니 아직 몸이 성칠 않아서 보여주기 어려우니 나중에 직접 보구 놀라지 말라구, 살아 돌아온 게 어디냐구 그러더니 까뭇 사라지데. 그때 잠이 깼는데 나는 비칠거리며 일어나 마루로 나갔지. 근데 저 바로 대문 앞에 시꺼먼 그림자가 응달에 섰는데 목소리만 들려. 어머니 저 왔습니다. 열여섯살에 아부지 만나고 오겠다고 나갔다가 소식이 끊기고, 전쟁이 얼마나 끔찍했냐. 한 백여년 지난 것 같지. 근데 시커멓고 삐쩍 마르고 아이구나, 다리 한쪽이 없어. 그 더운 날 헌털뱅이 군복을 입었는데 한쪽 바짓가랑이가 절반으로 접혀 있구, 양쪽 겨드랑이에 목발을 짚고 섰더구나. 중학생이 홀연 사라졌다간 중늙은이 같은 몰골에 다리 한쪽까지 잃고 돌아왔으니 내 심사가 어떠하겠느냐. 그렇지만 내 울진 않았다. 아주 작은 목소리로 그래 집에 잘

왔다, 잘 왔어, 너 올 줄 알구 있었다. 느이 아부지가 데려다준다구 왔더구나, 그렇게 말했지."

이지산은 그때 스물한살이었다. 이진오가 태어난 건 아버지가 스물일곱살 때였으니 그가 태어나기 육년 전이었다. 이지산은 석방증을 받아가지고 부산에서 기차에 올랐고 목적지 정차 역에 가서 신고하고 민증은 거주지 동회를 거쳐 구청에 가서 받으라는 주의 지시를 받았다. 영등포역에 내렸을 때 폭격에 맞아 타다 남은 기둥만 서 있는 역사의 폐허가 보였고 폼의 시멘트가 군데군데 파이고 잡초가 자라나 있었다. 출찰구에 순경과 헌병이 나란히 서서 나오는 사람들을 살펴보았다. 이지산이 헌병에게 다가가 석방증을 내밀고 말했다.

"저어…… 포로석방으로 귀향하는데요."

헌병은 그가 내민 종잇조각을 훑어보고 순경을 향하여 눈짓을 하더니 석방증을 쥔 손을 흔들면서 앞장섰다.

"따라오슈."

그들은 역전 광장 모퉁이에 세워진 군용 천막으로 들어갔다. 몇몇 사내와 아낙네가 먼저 들어와 조사를 받고 있었고, 헌병과 순경은 각자의 자리에 앉았다. 헌병이 책상 앞 오리의자를 턱짓했다.

"거기 앉으슈."

하고 나서 헌병이 물었다.

"의용군이오?"

"아닙니다. 군무원 기관수였습니다."

"기차를 몰았소?"

이지산은 늘 하던 대로 대답했다.

"예, 동원되었습니다."

"체포 장소는?"

"황간 부근입니다."

"황간? 그게 어디요?"

"추풍령 넘어가기 전이에요."

아아, 헌병은 알겠다는 듯이 고개를 끄덕였다.

"낙동강 전선에 물자 날랐군."

그는 포로명단에서 이지산의 이름을 확인하더니 석방증은 순경에게 넘기고 이지산은 나이 든 사복형사에게 넘겼다. 다른 이들을 조사하던 사복은 날카로운 눈으로 지산의 아래위를 살피더니 주소지를 물었고 그는 절대로 잊을 수 없던 샛말의 집 주소를 말했다. 사복은 두툼한 서류 뭉치를 서랍에서 꺼내어 이리저리 들춰보며 이지산을 힐끗힐끗 쳐다보았다. 그가 펜을 책상에 톡톡 두드리며 말했다.

"당신 이일철이 아들이잖아. 그놈 전평활동하다 월북한 걸로 되어 있는데. 이지산이두 사변 전에 행불되었다고 나와 있어. 이거 순 진짜 빨갱인데."

사복은 이어서 고개를 흔들며 나직하게 내뱉었다.

"이런 것들을 모두 사면해주면 나라가 어찌 되려는지. 예전 같으면 체포 즉시 총살감인데."

헌병이 말했다.

"대통령 특별명령입니다."

"당신 다리는 어떻게 된 거야?"

사복이 그의 접힌 바지 자락을 내려다보다 슬쩍 추켜올렸다.

"폭격 맞았습니다. 치료받고 수용소로 후송되었습니다."

"당신 반공포로 맞는 거지? 하여튼 귀가하구 사흘 안에 본서 사찰계로 출두하라구."

돌아서서 천막을 나오려는 이지산의 뒤통수에 사복형사의 말소리가 날아왔다.

"꼭 출두해, 괜히 연행당해서 곤욕 치르지 말고."

이지산은 아직도 온전하게 남아 있는 역전 중심가를 걸어내려왔다. 가죽나무는 푸르렀고 보도블록도 군데군데 벗겨지거나 움푹 팬 곳도 있었지만 일정 때부터의 중심가답게 상가와 행인들은 활기로워 보였다. 학교 갔다 오다 한참이나 서서 구경하던 화과자집의 둥근 유리창도 그대로였지만 안에 진열되어 있던 일본식 생과자는 사라지고 센베이 막과자들이 수북하게 쌓여 있다. 그는 시장 로터리 앞에서 잠시 걸음을 멈추고 사진관과 치과의 옛날 간판을 둘러보았다. 감리교회 부근은 작은 상점들이 늘어나 벌여놓은 좌판이 길의 반쯤을 점령하고 있을 정도였다. 교회 계단 위쪽에 늘어져 있던 버드나무는 온통 가지가 잘려 있었다. 그가 철도변에 이르러 오른쪽으로 꺾어지고 다시 왼편 샛말 방향으로 돌아가자 멀지 않은 곳에 동네의 어귀가 보였다. 방울나무 지나서 정미소 앞으로 가니 폐허가 되었고, 이곳저곳에 걸쳐져 있는 긴 말뚝과 장대에 물들인 군복이며 헌옷가지들이 널려 있다. 이지산이 쌀집 골목으로 돌아 들어갔을 때 그는 맞은편에서 젖은 옷가지를 수북이 담은 대나무 광주리를 머리에 인 젊은 여자가 다가오고 있는 걸 보았다. 머릿수건을 쓰고 무명 저고리에 몽당치마를 입었는데 배가 불룩했다. 두 사람은 한 열걸음쯤 떨어져 있을 때부터 서로를 의식했다. 어느 순간에 이지산은 목발을 세우고 그녀가 지나가기를 기다렸다. 그리고 그녀가 가까이 지나칠 때에야 누구인지를 깨달았다. 여자도 지나치면서 그를 힐끗 올려다보았다. 서너걸음이나 갔을까, 여자가 걸음을 멈춘 것과 이지산이 돌아본 것은 거의 동시였다. 그가 떨리는 목소리로 말했다.

"거기…… 복례 아닌가?"

"오모나!"

그녀가 기우뚱하더니 머리 위의 대광주리가 기울며 옷가지가 떨어졌고, 넘어질 뻔하는 것을 이지산이 목발 짚고 달려들어 부축했다. 여자는 얼른 자세를 수습하고 땅바닥에 흘린 옷가지들을 주섬주섬 광주리에 담았다. 둘은 아무런 말도 나눌 수가 없었다. 이지산은 목발을 짚은 채 고개를 숙여 잠시 그녀를 내려다보다가 돌아섰다.

그것이 이진오의 아버지와 엄마가 재회하던 순간이었다. 그들은 소학교를 같이 다녔다. 공비토벌에 공을 세웠다는 황해도 출신 경찰 박충경의 아우가 다른 이북 피란민들처럼 영등포에 흘러들어왔고, 아우 박씨는 미군부대와 기독교 구호단체에서 흘러나온 군복과 헌옷들을 염색하고 손질해서 시장에 내어 큰돈을 벌었다. 광목 외에는 변변히 입을 옷감이 없던 시절에 군복이며 구제품 옷가지들은 요긴하고 귀한 물건이었다. 이지산이 집에 돌아와 관할 경찰서에 신고도 무사히 끝내고 며칠 지나서 어머니에게 가만히 말했다.

"집에 오던 날 복례 봤는데……"

신금이는 숯을 담은 다리미로 큰할아버지의 저고리를 다리면서 무심하게 말했다.

"응, 이제 몸 풀 날이 가차웠을 게다."

그러다가 아들을 한번 돌아보고는 아무렇지도 않게 말했다.

"시집이야 잘 갔지. 나이 차이는 좀 있어도 이런 난리에 먹고살 만하다니 얼마나 다행이냐."

신금이는 그녀도 그 집 물건을 받아다 이익을 많이 보았다며 복례의 성품과 생활력을 칭찬하기 시작했다. 아직 나이도 젊은데 그렇게 수완이 좋다느니 인정도 많다느니 하다가는,

"세월이 못됐지. 느이들 다 동무들 아니었냐?"

그러고는 말을 끊었다. 두 모자는 서로 더이상 할 말이 없었다.

이진오는 마루에 누워서 할머니의 기척을 다 듣고 있었다. 그리고 할머니가 도란도란 얘기하던 옛날의 집안 얘기도 함께 들리는 것 같았다. 그때 엄마가 배고 있던 아기는 그가 태어나기 육년 전에 먼저 태어났고 정자 누나가 되었다. 호적에 자신은 이진오, 누나는 박정자로 기록되었다. 염색소 박씨는 엄마보다 열다섯살이나 연상이었는데 지병으로 시난고난하다가 정자가 태어난 지 삼년 뒤에 결핵병원에서 숨을 거두었다. 염색소는 그의 막냇동생이 이어받았으며, 윤복례는 시장에 나가 신금이 가게 옆에 옷장사 좌판을 벌였고 제 팔자를 따라 이지산의 아내가 되었던 것이다.

2

마른 나뭇가지에 움튼 순에서 연둣빛 어린 떡잎으로 자라나 쑥쑥 커진 잎사귀들은 녹색이 짙어지고 윤이 나면서 햇빛에 반짝이기 시작했다. 이진오의 굴뚝 위 일상은 변화 없이 지속되었다. 곧 담판이 있을 거라더니 초여름으로 접어들면서 회사 측은 아무런 대꾸가 없었다. 금속노조에서 가끔씩 주말마다 회사 본부 빌딩 앞으로 몰려가 확성기를 틀어놓고 플래카드 펼치고 시위를 해댔지만 의경 스무명 남짓이 주위에서 지켜볼 뿐 회사에서는 아무 반응이 없었다. 굴뚝농성 백일 기념 시위도 조용히 지나갔다. 회사에서 돌아오는 말은 한결같이 현재 소유주가 분명치 않아서 회사를 넘겨받은 측이 경영진을 구성한 뒤에야 이전의 해고나 노조 문제를 협의할 수 있을 거라고 했다. 노동자를 해고하고 회사를 매각한 뒤에 해외로 공장을 옮기고 현지에서 노동자를 고용하여 다른 회사로 탈바꿈하는 뻔한 꼼수가 이곳저곳에서 벌어지고 있는 중이다. 그러나 이진오와 동료들은 누가 소유주가 되건 요구조건은 변함이 없다고 굳게 결정했다. 농성은 이제 겨우 시작인 셈이었다.

아침을 먹고 나서 몸 풀고 셋 동작으로 근육 단련을 한 뒤에 난간 주위를 왕복했다. 모종판에 구멍을 내어 상추씨 두세알갱이를 넣었더니 며칠 만에 떡잎이 나왔고 이십여일이 지나자 제법 손가락 길이의 잎이 서너장 자라났다. 이진오는 그것들 중에 제일 싱싱해 뵈고 모양 좋게 잘 자란 모종을 뽑아 반으로 자른 페트병 화분에 셋씩 옮겨 심었다. 그는 이런 화분을 다섯개 가지고 있었다. 흙은 부근 꽃집에서 작은 포대에 담아 파는 것을 차군이 구해다 올려주었다. 아침저녁으로 올라온 식수를 화분에 뿌려주었다. 그는 무릎을 꿇고 앉아 잎사귀와 줄기와 흙을 자세히 들여다보았다. 하얗고 작은 벌레 몇마리가 움직이는 게 보였다. 도대체 어디서 왔을까. 아마도 흙 속에 원래 살고 있었던 모양이다. 먼지보다 더 작아서 움직이지 않았다면 발견할 수도 없는 이런 미물도 열심히 살아간다고 그는 생각했다. 이것들에게 하루란 얼마나 긴 시간이 될까.

점심밥이 올라올 무렵부터 서쪽 하늘이 컴컴해지더니 검은 구름이 몰려왔다. 바람이 거세지기 시작했고 점심 바구니를 내려주고 나자 빗방울이 후드득 떨어졌다. 이진오는 우선 난간 바깥쪽에 두른 두꺼운 텐트 자락이 잘 동여매어져 있는지 점검하고 안쪽에 겹쳐 두른 하우스용 비닐 자락도 여며두었다. 그리고 맨 구석의 개인용 에이텐트는 난간과 굴뚝 안쪽 나사에 묶은 끈들을 하나씩 당겨보기도 했다. 화분을 비닐 자락 안으로 바짝 끌어다놓았고, 운반용 도르래와 물건들을 넣어둔 플라스틱 박스나 밧줄에 묶인 것들을 다시 몇겹으로 단단히 조여맸다. 비가 본격적으로 쏟아지기 시작하자 그는 우비를 입고 모자까지 썼다. 비가 온다고 비좁은 텐트 속으로 들어가서 처박혀 있을 수는 없는 노릇이다. 맑은 날이 있으면 흐린 날도 있고 비 오는 날도 있고 폭풍이 몰아치는 날도 있기 마련이다. 춥거나 덥거나 하여튼 날씨란 별것이 아니었다. 지루하고 화딱지 나고 시시껄렁하고 슬프고 기쁘고 하는 마음의 변화 또한 하룻낮 하룻밤이면 지나가버린다.

올라온 저녁밥을 텐트 안으로 상반신만 들이밀고 먹었다. 우비의 모자에서 떨어진 빗물이 밥과 찌개 위로 흘러내렸다. 밥 바구니를 내려주고 난간을 오락가락하며 걸었다. 비는 줄기차게 내렸고 쉽게 그치지 않을 것처럼 보였다. 그는 여느 때보다 천천히 걸음을 떼어놓으며 속으로 숫자를 헤아렸다. 그는 자신이 외계인이라고 상상해보았다. 그렇지 않은가. 이곳은 하늘도 아니고 땅도 아니다. 여기는 사람이 거처하는 공간이 아니다. 이 좁은 원둘레는 지상의 일상과 시간을 벗어난 우주선의 조종실 같은 곳이다. 그는 죽지 않고 여기 살아 있으나 세상은 그를 전혀 의식하지 않는다. 그는 남들에게는 언젠가 돌아올 여행 중에 있는 사람과 같았다. 아내조차도 그와 통화를 할 적에는 해외에 있는 사람에게 측근들의 소식을 전하듯 말했다. 이진오는 차츰 지상에서의 시간을 벗어났고 굴뚝의 일상은 이미 현실이 아니게 되었다.

샛말에서는 언제나 저녁 무렵이 활기가 차오르는 시간이었다.

주변의 수십개 공장에서 쏟아져나온 노동자들과 철도공작창과 피혁제지공장 등에서 퇴근하는 사람들의 자전거가 길을 메웠다. 방직공장의 여공들은 작업복을 벗어 던지고 울긋불긋한 사복 차림이 되어 귀가하거나 기숙사 거주자는 외출을 나왔다. 아낙네들은 집 앞 길가에 갈탄 화로를 내놓고 풍구질을 하며 생선을 구웠다. 가장들은 빈 점심 도시락을 자전거 핸들에 매달고 유유히 샛말 중앙통으로 들어섰다. 도시락 속에서 젓가락이 부딪치는 소리가 달그락거렸다. 자전거도 한두대가 아니어서 달그락거리는 소리는 같은 시각이 되면 먼 데서부터 들려오기 시작했고, 아이들은 아버지나 형이 돌아온다는 걸 알아채고 큰길가로 달려나가곤 했다. 전쟁 직후에는 거의 모든 공장이 파괴되어 한산했지만 세월이 흐르면서 예전의 큰 공장들은 복구를 마쳤고 새로운 공장들도 빈터에 들어서기 시작했다. 반파된 제분공장이나 벽돌공장 등지에서는 초등학교 아이들이 학급을 나누어 수업을 받았고, 그것은 학교가 복구될 때까지 계속되었다.

이진오는 길가에 서서 동네 아저씨들이 일터에서 돌아오는 광경을 바라보다 집으로 돌아갔다. 엄마 윤복례는 아직 시장에서 돌아오지 않았지만 할머니 신금이가 돌아올 시간이었다. 엄마는 아침을 준비해놓고 영등포시장 옷가게로 나가 가게 문을 열어 좌판을 내놓았고, 할머니가 시장에 나가면 집으로 돌아와 남편 이지산과 큰할아버지께 밥상을 차려드리고 점심까지 준비해놓고는 다시 가게로 나갔다. 할머니는 그길로 집으로 돌아올 때도 있고 물건이 들어오거나 손님이 많은 날에는 며느리와 함께 있다가 저녁때 장을 보아가지고 돌아오기도 했다. 이때 장바구니에는 찬거리만 있는 게 아니라 진오의 군것질거리도 들어 있었다. 단팥빵이거나 누깔사탕이거나 절편이거나 하여튼 할머니는 그런 주전부리를 진오를 위해 빼놓은 적이 없었다.

큰할아버지 이백만은 버드나무집에 살 적에 처음으로 공방을 가지고 있었지만 철도관사에서는 자기의 공방이 없었고, 샛말로 이사한 원인이 바로 그 때문이었던 것처럼 제일 먼저 마당 앞에 별채를 지었다. 그곳은 작은 수공업공장이 되었다. 이백만은 소년 시절에 금속공방의 조수 일을 배운 적이 있었고 철도국에 취직해서 본격적으로 선반 일을 배운 뒤에 집어치웠지만 늘 취미 삼아 집에서 작은 물건들을 만들곤 했다. 그는 스스로 이게 잔일이지만 아무나 못하는 쟁인의 솜씨라야 한다고 은근히 자기 재주를 자랑했다. 마누라에게도 그리고 며느리 신금이에게도 자잘한 넝쿨무늬가 새겨진 은반지를 만들어주었고 비녀도 만들어주었다. 세태 풍속이 바뀌기 전까지 여인네들은 시집갈 때 농이며 반닫이를 해가곤 했는데 나무 위에 온갖 예쁜 장식이 붙기 마련이었다. 자개장롱은 부잣집 새댁의 차지였지만 대개 수수하고 담박한 목제 장롱이나 함이나 잡다한 살림은 온갖 금속 장식을 붙이고 박아야 완성되었다. 큰할아버지 공방에 들어가면 강력한 불이 나오는 코크스 풍로가 있고, 납 녹이고 아교 태우는 냄새가 코를 찔렀다. 큰할아버지가 다루는 것은 철에 아연 올린 백철, 흑철 주석 놋쇠 구리 납 금 은 금박 은박 등속이었다. 온 세상의 쇠라는 쇠는 모두 다루었고 거기에다 황소뿔을 얇게 펴서 색칠한 장식품이며 빗이며 장도칼까지 주문받는 대로 다 만들었다. 큰할아버지의 물건만 받아 쓰는 목공소에서 그 장식들을 목제 살림가구에 붙이고 박아서 시장에 내놓았다. 아버지가 한쪽 다리를 잃고 돌아오자 큰할아버지는 그에게 처음부터 차근차근 가르쳐서 몇년 뒤에는 아버지도 장식품들을 능숙하게 만들어내기 시작했다. 태극무늬 사슴 학 봉황 공작 거북이 모란 나비, 한자 글씨의 복 복 자, 목숨 수 자, 편안 강, 편안할 녕 등등 온갖 장식들을 만들었다. 그들은 일하는 동안 끊임없이 손과 팔을 움직이며 긴 이야기를 주고받고는 했다.

이진오는 지금 큰할아버지의 공방 구석에 쪼그리고 앉아 두 사람의 이야기를 듣고 있다. 아마도 이전에는 퇴근한 할아버지 한쇠가(이일철이 커서 어른이 된 뒤에도 집에서는 어릴 적 이름이던 한쇠라고 불렀다) 그의 아버지의 일을 도와 풍구를 돌리든가 간단한 아교칠을 하면서 이야기를 나누었을 것이며, 이진오가 태어나기 전에는 소년이던 아버지 이지산이 자기처럼 같은 자리에 쪼그리고 앉아 그들의 이야기를 들었을 것이다.

"할아버지 고향 얘기 좀 해주세요. 첨에 어떻게 철도 일을 하시게 된 거예요?"

"그러니깐두루 인제 내가 태어나기를 강화 선원면에서 났는데 그 지산리라고 작은 동네다. 선원사 아랫동넨데 우리네는 절 땅 부쳐먹고 살았다."

"그래서 제 이름이 지산이가 되었다구 아부지가 갈쳐주었지요."

"동네 사람들은 농사두 짓구 조구 배두 따라댕기구 했다. 강화 사람덜 성미가 거시기니 허지. 생활력이 있다구. 어떤 이는 인천이나 마포 삼개로 나가 장사로 크게 성공한 이두 있댔지."

큰할아버지 이백만은 열세살에 인천으로 일자리를 찾아 떠났다. 인천에는 일본 상점과 여관, 술집 등에 청요릿집이나 중국 상점들도 많았고 중국을 오가는 서양 배들도 많았다. 일본인이 경영하는 정미소에 사환 자리를 얻게 된 것은 그가 인천에 도착한 지 두어달쯤 되어서였으니 운이라고 할 수밖에 없었다. 그가 열살 때 아버지를 따라 까나리 어선을 타고 마포에 나갔다가 일본 잡화상에서 일년 동안 점원 노릇을 했던 것이 우선 도움이 되었을 것이다. 그때에도 우연이었는데, 마포 나루터에서 아버지 일행이 선주의 까나리 독을 운반하는 동안 이백만은 강변의 장터로 올라가 구경을 했다. 일본 잡화상점 앞에 이르렀는데 인천에서 배로 실려온 듯한 화물들이 쌓여 있었고 짐꾼들이 들락날락하며 상자를 짊어지고 날랐다. 유카타에 게다 차림의 상점주가 연신 분주하게 가게 안과 바깥 길을 왕래하다가 소년을 보고는 뭐라고 일본어로 말했다. 그가 몇번씩 쌓여 있는 짐과 가게 안을 가리키며 자기 눈에 두 손가락을 찌르듯 하는 동작을 보고 영리한 아이는 대번에 짐을 좀 지키라는 뜻으로 알아들었다. 상자의 운반이 끝나자 상인은 웃는 얼굴로 그에게 오라고 손짓하더니 유리병에서 그야말로 왕누깔만 한 사탕을 꺼내어 내밀었다. 조선 엿은 먹어보았지만 검은색의 사탕은 더 달고 단단했다. 이백만 소년이 눈을 빛내며 주위에 너저분하게 흩어진 짚이며 톱밥 등속을 손가락질하며 비로 쓰는 동작을 해 보였더니 주인은 고개를 끄덕이고는 싸리비와 삼태기 쓰레받기를 내다주었다. 이백만이 순식간에 상점 앞 청소를 깨끗하게 마쳤을 바로 그때에 아버지가 그를 찾아왔다. 주인은 점원 일을 보는 조선 청년을 불러 아버지에게 말했다.

“애가 당신 아들인가. 아이가 똑똑하니 내가 맡아서 잔심부름을 시키면 어떻겠는가. 돈은 많이 줄 수 없고 지금 닷냥 주고 나중에 집으로 보낼 때 다시 닷냥을 주겠다. 그리고 옷 입히고 밥 세끼 먹여주겠는데 어떠한가?”

아버지는 그러잖아도 아이가 넷이나 되는 터에 머리가 다 큰 열살배기요 밥 식구 하나 줄이는 게 어디냐는 생각이 들었다. 천만이 백만이 십만이 아들 삼형제에 막내딸 막음이 하나를 두었는데 그가 차남이었던 것이다. 십원도 큰돈이라는데 아들들의 이름을 그렇게 지으면 어디선가 재부가 뚝딱 들어올 줄 알았던 모양이다. 장남 천만이는 벌써 열네살이라 좀 있으면 장정 한몫을 할 만했고, 십만이는 아직 여섯살이었으니 더 먹여줘야 할 판이었지만 열살짜리 차남 백만이가 세상 경험을 하는 것도 나쁘지 않겠다고 그의 아버지는 생각했다. 더구나 지금이 어떤 세상인가. 이미 조선은 망하고 일본의 천하가 되어버리지 않았던가. 아버지는 차남 이백만의 머리를 한번 쓸어주고는 어려운 세상에 태어났으니 부지런해야 밥술이라도 먹게 된다고 한마디 해주고는 닷냥을 받아 챙겨가지고 마포를 떠났다. 이백만은 그날부터 머리에 하치마키를 두르고 상점 이름이 박힌 조끼를 입고 심부름을 했다. 배달도 다니고 물건을 나르고 청소하고 가게 문을 열고 차츰 물정을 알아가면서 점원의 조수로 손님도 상대하게 되었다. 간단한 일본말에서부터 일본글을 읽기까지에 이르렀다. 일년여가 지난 뒤에 이백만은 식구들과 집 생각이 나서 차츰 우울해지기 시작했다. 아버지가 몇달에 한번씩 마포에 들렀는데 이듬해 봄에 그가 용기를 내어 집에 가고 싶다고 말을 꺼냈더니 아버지는 간단히 대답했다.

"그래, 고깃배나 타러 가자꾸나."

지산리로 돌아오니 생활고는 여전했고 지루하기는 마포 대처를 겪기 전보다 더욱 심했다. 겨우 한해를 넘기고 그는 다시 바람난 촌색시처럼 인천 대처를 동경하게 되었다. 무엇보다도 고깃배가 인천항을 멀리 지날 때마다 어둠 속에 빛나는 불빛들을 바라보노라면 문득 바다로 뛰어들어 헤엄이라도 쳐서 건너가고 싶었다.

"내가 개화 세상엔 별의별 물건이 참 많다는 걸 알게 된 건 무엇보다도 그 기차 때문이다."

"기차를 언제 첨 보셨는데요?"

"마포 있을 때 첨 봤지."

이백만이 주인을 따라 용산에 갔을 때였다. 멀리 무지개 모양의 쇳덩이가 강 위에 걸린 게 보였다. 주인이 입을 벌리고 멍하니 바라보고 있는 백만에게 말해주었다.

"저게 한강철교다. 대단하지?"

일본은 서양처럼 문물이 발전한 나라라고 주인이 자랑하면서 저 다리가 칠년 전에 놓였고 재작년에는 부산에서 경성까지 오는 철도가 개통되었다고도 말했다. 그들은 삼개나루에서 배를 타고 돌아오기로 했는데, 그들이 나룻배에 올랐을 때에 엄청난 기적 소리를 내지르며 검은 쇳덩어리의 기관차가 다리 위를 지나갔다. 멀리서도 철로에 걸리는 바퀴 소리와 철교가 아우성치는 듯한 소리가 요란하게 들려왔다.

“그게 말이야, 거시기니 쇳덩이가 바람처럼 가볍게 달려가다니! 말도 자전거도, 인력거는 더욱이나 상대도 안 될 거다. 어찌나 빠르던지 고개를 숙였다가 들어보니 순식간에 지나가선 다리가 텅 비어 있더란 말이지.”

인천은 경성에서 출발한 기차가 닿는 종점이었다. 바다가 없었다면 기차는 더욱 앞으로 달려나갔을 터였다. 이백만은 인천에 와서 두어달 동안 일본 여관의 밥붙이로 일하면서 별 재미를 못 보고 지내다가 하루는 부두에 나갔다. 고깃배가 들어와 시끌벅적한 가운데 일본 사람이 뱃사람들에게 소리를 지르고 있었다. 저 자식이 뭐라고 그러는 거냐면서 어부들이 조선말로 욕지거리를 내뱉는데 지나던 이백만이 말해주었다.

“그 고기 팔 거냐고 묻잖아요.”

“이거 상자떼기로 파는 거다. 한두마리는 어물전 가서 사라구 해라.”

이백만이 일본인에게 그대로 얘기해주었더니 그는 반기면서 두 상자를 사겠다고 말했다. 가만히 넘겨다보니 이맘때면 임진강에 올라오는 황복이었다. 이백만의 동네에서도 철이 되면 달곶이와 유도까지 올라가 황복을 잡으러 갔다. 한철에만 있는 고기라 값이 비싸서 어부들은 한마리만 회를 떠도 발발 떨며 먹었다. 이걸 팔면 돈이 얼만데 하는 생각 때문이었다. 일본 사람이 즉석에서 현금을 주고 두상자를 샀고 이백만은 누가 시키지도 않았는데 생선 상자를 어깨에 짊어졌다. 소년 이백만은 이때에 일본인들이 특히 복어라면 환장한다는 걸 알았다. 열세살 소년이 생선 상자를 포개어 메고 약간 비칠거리자 그는 고개를 흔들더니 한상자를 자기가 옆구리에 끼고는 간단히 말했다.

"수고비는 줄 터이니 날 따라오너라."

이백만은 그의 뒤를 따라갔고 부두에서 얼마 멀지 않은 뒷길에 있는 정미소에 이르렀다. 그가 도착하자 일본인 직원들과 공원들이 몰려나와서 상자를 들쳐보며 환성을 질렀다.

"오늘 술 한잔 거하게 먹겠네."

"이게 그 바다 돼지고기라는 귀물이로구나."

주인이 상자를 날라다준 이백만을 손짓해 부르더니 동전 몇개를 꺼냈다. 호떡을 다섯개쯤 사 먹을 만한 돈이었지만 소년은 고개를 흔들며 받지 않았다. 일본 사람은 미간을 찌푸리더니 중얼거렸다.

"뭐야, 더 달라는 겐가?"

이백만이 말했다.

"아닙니다. 저는 여기서 일하고 싶어요."

주인이 소년의 아래위를 새삼 훑어보았다.

"어째서 여기 취직하겠다는 거냐?"

이백만은 잠깐 생각해보고 나서 말했다.

"음, 기술을 배우고자 합니다."

주인은 싱긋 웃더니 말했다.

"그러면 몇년은 견습을 해야겠는데, 그 대신 일을 다 배울 때까지 급료는 없다."

"예, 좋습니다. 잘 가르쳐주십시오."

"넌 이름이 뭐냐?"

이백만이 싹싹하게 대답했다.

"이백만이라구 합니다."

그러고는 다시 일본어로 니햐쿠만이라고 말했더니 주위의 직원들이 모두들 크게 웃었다.

이백만은 강화도에서 왔다는 것과 이전에 경성 마포의 일본 상점에서 점원 보조로 견습 생활한 일도 얘기했다. 그렇게 그는 누구의 도움도 받지 않고 요시다정미소에 일자리를 얻게 되었다. 처음에는 그야말로 여러 기능공의 보조 일꾼으로 연장통 관리라든가 기름 치고 조이고 닦는 막일이나 정미 과정에서 일손이 바빠 필요한 지점을 돕는다든가 했다. 그는 공장에서 먹고 자며 생활했고 몇 달이 안 가서 모두들 그를 찾게 되었다. 누구든 그가 없으면 불평을 했고 왜 바쁜 때에 심부름을 보냈느냐고 볼멘소리를 했다. 요시다정미소에는 기계제작과 기술반이 따로 있어서 마모된 부속품을 깎아 만든다든가 피댓줄이며 여러대의 발동기를 수시로 점검하고 손을 보았다. 모든 공정마다 기계장치가 조금씩 달라서 제분공장보다는 아직 규모가 작았지만 보통의 방앗간과는 비교할 수도 없는 근대적 설비의 공장이었다. 인천항에 모여드는 쌀은 모두 이곳에 모인 십여개의 정미소에서 도정했다. 요시다정미소는 이중에 세 손가락 안에 드는 큰 공장이었다. 여기서 삼년 동안 이백만은 선반을 배웠다. 그는 손재주가 남달라서 섬세하고 정교한 부속품들을 깎고 다듬었다. 어느날 그의 기술 스승이나 다름없던 나카무라 상이 정미소를 떠나면서 그에게 중국집에 가서 우동이나 먹자고 했다. 마주 앉은 이백만에게 나카무라가 말을 꺼냈다.

"내가 이번에 경인철도 선반부로 이직하게 되었는데 너 정도 솜씨라면 일본 애들 중에서도 드문 기술이다. 나를 따라가지 않을 테냐?"

이백만은 예전부터 기차에 첫눈에 반했던 사람이라서 그날로 요시다 사장에게 찾아가 이직하겠음을 실토했고, 사장은 아쉬워하면서도 내지에 기술 유학이라도 시켜줄 마음이었다며 그에게 전별금까지 내주었다. 이백만은 정식 직원은 아니고 아직 예비 고원(雇員)에 불과했지만 옛날 선비들이 과거 시험에 붙은 것처럼 의기양양했다. 무엇보다도 기관차의 구조와 엔진의 원리를 터득하는 것이 급선무였다. 그는 퇴근시간이 지나도록 거처로 돌아가지 않고 정비나 수리받으러 공작창에 들어온 기관차로 달려가 이곳저곳을 만지고 더듬으며 눈과 손으로 익혔다. 나카무라 상은 대부분의 기관차가 미국에서 제작된 것이라고 했다. 따라서 본 공장에서 기관차의 정비와 수리는 경험 많고 교육받은 기술자들이 맡고 우리는 차량 제작과 생산에 힘을 쏟아야 한다고 말했다.

이백만은 열여덟살 되던 해에 주안 염전에 다니던 인부의 딸에게 장가들었다. 그녀에게서는 늘 갯벌 냄새가 감돌았다. 몸집이 크고 목소리도 우람했던 그녀는 한쇠를 낳고 연이어 두살 아래인 두쇠를 낳았고 자식들을 잘 키웠다. 이백만이 철도국의 정식 고원이 된 것은 예비로 들어간 지 오년 뒤였고 그즈음에 영등포공작창에 자리를 잡았다. 이백만의 아내 주안댁은 첫아이를 낳을 무렵부터 살집이 오르기 시작했다. 이백만이 정식 고원이 된 뒤에 아내는 어쩐지 무엇을 먹어도 헛헛하다고 그가 공장에 출근하고 나서 점심을 두번씩이나 지어 먹곤 했다. 남편이 야근하던 어느날 저녁, 아내는 고구마 한자루를 다 삶아서 뜨거울 때 몇개씩 먹고는 다시 심야에 잠이 깨어 식은 고구마를 이십여개나 먹고 나서 목 마친다고 가슴을 두드리며 냉수를 벌컥벌컥 들이켜고 뒤로 넘어갔다. 이백만이 돌아왔을 때 주안댁은 입을 벌린 채로 문지방에 다리를 얹고 큰 대자로 뻗어 있었다. 아이들은 졸지에 어미를 잃었다. 그렇듯 늘 굶주려하는 병은 어디서 연유했는지 모르나 아마도 이백만이 살갑게 아내를 사랑해주지 않아서 외로움 때문에 그랬을 거라고 나중에 외동누이 막음이가 말해주었다. 이백만은 도무지 그 말이 무슨 소린지 이해하지 못했다. 이막음은 처음에 방직공장에 들어가겠다고 영등포 둘째 오빠네로 왔지만 시집도 안 가고 과년할 때까지 한쇠와 두쇠를 키우며 오빠를 뒷바라지했다. 이막음은 시집을 안 갈 것처럼 보이더니 나이 들어서야 목수와 만나 혼인했다. 이백만이 소소한 쇠붙이 공예에 취미를 붙이게 되었던 것도 아내를 일찍 잃고 평생 혼자 살았던 탓일지도 모르겠다.

"철도는 조선 백성들의 피와 눈물로 맹글어진 거다."

이백만은 손자 이지산에게 그렇게 말하곤 했다. 그가 열여섯살에 견습 고원으로 경인철도 공장에 일본인 기술자를 따라 들어간 것은 거의 기적에 가까운 행운이었지만, 남다른 기계공작의 솜씨를 타고났던 탓이기도 했다. 그해 여름에 한일합방이 되어 나라가 완전히 일본에 먹혀버렸다. 이미 경인선과 경부선은 개통이 된 지 오래였고 호남선은 그가 취직하던 해에 착공했으며 이듬해에 압록강 철교를 놓아 조선과 만주가 이어지게 되었다. 장남 한쇠가 태어나기 한해 전인가에 호남선과 경원선이 개통되었다고 그는 기억했다.

이백만은 견습공 시절에 영등포역 부근에서 밥을 대어 먹었다. 현장의 함바를 오래 해오던 부부가 하는 밥집이었다. 영등포는 수십호 정도가 채소를 기르며 살던 가난한 농촌이었지만 십년 전부터 경부선 공사가 착수되면서 사람들이 사방에서 모여들기 시작했다. 철도공사에 종사하는 토목기술자 사무원 감독 인부가 일본에서 들어왔으며 그들을 따라서 상인 여관업자 요식업자 매춘부도 따라 들어왔다. 돈 쓰는 일본인들이 늘어나자 조선 사람들도 모여들었고, 막일꾼 행상 밥장수 술장수 채소장수가 되어 밥벌이를 시작했다. 영등포가 경인선과 경부선이 갈리는 지점이 되자 역 주변에 우체국 전보지사나 전화지소 같은 버젓한 신식 건물들이 들어섰다. 그리고 역전 광장 건너편에는 일본인 거주지역이 생겨났다. 이들 번화가를 지나서 영등포시장이 생겼고 네거리 사방으로 가게와 밥집이며 주막집 봉놋방도 자리를 잡았다.

이백만은 처음 몇년은 공장에서 기거하면서 시장 거리로 나가 밥 세끼를 사 먹었다. 밥집의 안양댁이라는 사십대의 여인이 안주인이고 시흥 사람 민십장이 바깥주인이었다. 밥을 대어 먹는 이가 스무명 남짓이었고 들락날락하는 단골손님 대부분이 시장 주위에서 먹고사는 사람들이어서 밥집은 늘 앉을 자리가 없을 정도였다. 부엌 안방 마루 건넌방의 어디에나 사람들이 들어찼고, 흔한 서민 한옥의 비좁은 마당에도 평상을 둘이나 늘어놓았다. 주인 내외와 아들딸의 온 식구가 소매를 걷어붙이고 손님을 받아냈다. 주인 민십장은 이백만이 그래도 어엿한 직장에 다니는 사람이라고, 새파란 총각이었지만 말을 놓지 않고 하게를 했다. 밥집에 손님이 파도의 썰물처럼 빠져나가고 나면 오후 두점부터 네점까지가 한가했고, 다시 저녁 손님이 다 끝나고 하루를 마감하는 때가 밤 아홉 점 무렵이었다. 이백만이 밥을 붙인 지 여섯달이 지나면서부터 그는 이제 식구처럼 되어서 찬이 떨어지면 부엌에 가서 준비된 찬그릇을 직접 갖다 먹기도 했다. 하루는 이백만이 잔업 때문에 점심을 놓치고 오후 늦게 찾아가 평상에 앉아 밥을 기다리는데 시커먼 것이 발밑으로 쓰윽 지나가는 게 보였다.

"아이고 이게 뭐여?"

백만이가 황급하게 두 다리를 들고 두리번거리자 안양댁이 부엌 문지방 앞에 서서 내다보았다.

"조 조 요물단지. 또 왔네!"

그것은 검은 털의 고양이였다. 조선 사람들은 개는 즐겨 길렀지만 고양이는 원수를 갚는다고도 하고 앙심이 깊어서 나중에 해코지를 한다는 전설이나 민담이 많아 꺼려하고 가까이하질 않았다. 그런데 웬 고양이가 한두마리도 아니고 여러마리가 밤마다 모여서 이상하고 앙칼진 소리로 울어대는 바람에 밤잠을 설치기 일쑤였다. 민십장이 안방에서 내다보며 말했다.

"조놈이 길 건너 왜촌에서 나들이 온 거여."

일본 사람들이 고양이라면 사족을 못 쓴다고 그는 이죽거렸다.

"아마 개덜 성미에 맞는가부지."

어쩌다 개화한 도회지 부잣집에서 아녀자들이 고양이를 좋아라 기르는 경우도 있다고 안양댁이 알은체를 했다. 고양이는 분위기가 평소보다 마음에 들지 않았는지 조심스럽게 마당을 지나 집 뒤편으로 돌아나갔다. 밥상을 들고 나오며 안양댁이 남편에게 말했다.

"꽁치가 어찌나 통통하게 기름이 배었던지 화로에서 불이 확확 일어나데."

"응, 그러면 그렇지 조놈이 생선 굽는 냄새를 맡은 모양이구먼."

"절인 조기 말릴라구 내다놓으면 한두마리씩 없어지더니 첨엔 누구 짓인지 몰랐네요. 참 낭패여, 조것들을 모조리 잡아야 하는데."

아무튼 그런 일이 있고서 한 이틀이나 되었을까, 이백만이 그날은 야간 잔업을 끝내고 아홉점 가까이 되어서야 밥집에 찾아가니 안양댁이 면포를 덮어두었던 상을 내왔다.

"밥은 아랫목에 묻어두었으니 아직 따뜻할 테고, 국만 얼른 데워다 주리다."

하다가는 부엌에서 뭔가 일을 벌이고 있는 남편에게 한마디 하는 것이었다.

"에그, 징해라. 이제 그만 끓여두 되겠수."

"푹 고아야 약이 되는 거여."

백만이가 밥상을 받고 한술 뜨는데 민씨도 평상에 따로 소반을 올려놓고 앉았다. 그는 상 위에 올려놓은 대접에다 입김을 후후 불었다. 국물이 가득 담긴 대접 옆에 된장과 마늘을 담은 종지가 놓였다. 민씨가 국물이 식기를 기다리다 중얼거렸다.

"이게 보약이라구. 매 맞은 데는 분탕이 제격이구 뼛골이 아픈 데는 호랑이 뼈가 제일이란 말이 있잖여."

"호랑이 뼈요?"

이백만이 묻자 민십장이 껄껄 웃었다.

"고양이가 말허자면 새끼 호랑이 아닌가베."

이백만이 짚히는 데가 있어서 미간을 찌푸리고 물었다.

"고양이두 먹나요?"

"이 사람아, 약이라면 뱀두 먹구 지네두 먹구 굼벵이두 먹는단 말이네."

그런 소리를 듣고 보니 백만이는 어렸을 때 고향 마을에서 폐병 앓는 아저씨가 도롱뇽을 잡아먹는 걸 본 적이 있었다. 그 사내는 시냇가에서 돌 틈을 뒤져 도롱뇽을 잡으면 꼼지락거리는 놈을 엄지 검지로 쥐고 입을 벌렸다. 그대로 놓아주기만 하면 작은 생물이 그의 목구멍을 향하여 재빠르게 사라져버렸다. 그는 꿀꺽, 하고는 시치미를 떼고 아이들을 돌아보며 힝 하니 웃고는 했다. 백만이는 민씨가 부엌에 쭈그리고 앉아 끓이고 있던 것이 바로 그 새카만 녀석이었다는 눈치를 챘다.

"한데 고놈이 잽싸던데 용케 잡았네요."

이백만이 말하자 민씨가 웃으며 대꾸했다.

"시골서 산토끼 잡던 식으루 올무를 엮어놓았지."

그가 드디어 대접을 들어 몇모금 마시고는 얼른 마늘 한알을 집어 된장에 찍어 씹어 먹고 나서 입맛을 다셨다. 민씨는 잠시 쉬었다가 이번에는 그릇이 비워질 때까지 단숨에 들이켜고 마늘을 집어 먹었다.

"노린내가 지독하군. 수컷이라 그런가."

하고는 열없었던지 저고리를 젖혀 보였다. 어깨에서 가슴께로 움푹 팬 커다란 상처가 보였다.

"이걸 보게. 장검에 찍힌 자리여. 이렇게 목숨이 붙어 있는 게 다 마누라 덕분이지."

"아이구, 어쩌다가요?"

"어쩌긴 뭘 어째. 결기 땜에 이렇게 되었지. 자네가 철도국에서 요행히 일을 얻어 밥 먹고 사는데 이런 얘기는 안 해야 쓰겠지만. 왜놈덜이 철도 놓으면서 갖은 악행을 저질렀다네."

민씨가 어째서 자기 별호에 십장이 붙었는지부터 설명하기 시작했다.

"나야 원래 조선 사람 태반이 그러하듯 농사꾼이었네. 밭 두마지기에 논이 여섯마지기로 그만하면 식구가 부지런히 농사지어 밥 먹구 살 만했지. 울 아부지는 양민이었으나 삼대독자로 일찍 부모를 잃어 타관에서 떠들어와 소작을 부치고 근근이 살아갔다지. 자력갱생하여 평생에 제 땅마지기나 조금 이루어낸 거여. 내가 스무 살에 저 사람 만나 늦장가를 들어 아들딸 남매를 보았는데, 나이 들어 좀 살 만해지니까 철도가 들어온다구 그래. 인천서 노량진 내왕하는 기차를 보러 수십리 길을 걸어 영등포역에 가보았다네. 나야 배포가 있어서 기차를 첨 보구 놀라기만 하구선 곧 진정을 했네만, 함께 갔던 동네 사람은 겁을 집어먹구 소달구지 수레바퀴 밑으로 대가리를 디밀고 나오질 못했어. 껄껄. 김을 잔뜩 내뿜으멘서 칙

칙폭폭 우루루르 하면서 시커먼 쇳덩어리가 벼락치듯기 달려드는데 그런 괴물이 세상에 어디 있겠나. 그러구 나서 좀 있다가 서울서 부산까지 기차 철로를 놓는다구 그래. 서울서 압록강 끝에 의주까지 철로를 놓는다고도 하구."

갑자기 온 나라가 발칵 뒤집혔다. 철도 연변의 드넓은 논밭과 삼림과 마을이 갑자기 징발되었다. 일본과 한국 정부가 협정을 맺었다지만 이미 국권을 잃기 시작한 한국 정부의 관리들은 거의가 일본의 앞잡이나 다름없었다. 일본의 철도회사는 철도 연변의 땅들뿐만 아니라 역을 중심으로 한 광대한 지역을 철도의 부속 대지로 지정했다. 처음에는 거의 십분의 일 가격으로 보상을 해주는 척하다가 러시아와 전쟁을 일으키면서부터 노골적으로 군대가 직접 징발하기 시작했다. 경부철도주식회사의 기사들과 그 아래 청부를 준 일본의 토건회사들과 철도 노동자가 일본군을 앞세우고 공사에 필요한 토지를 강제로 수용하기 시작했다. 이는 경의선 구역에서 더욱 심각하여 철로가 지나는 곳마다 땅을 빼앗긴 백성이 수만명에 이르렀다. 철도 부지의 수용은 거의 무상몰수나 마찬가지였다. 초창기에 몇푼씩 눈가림으로 내주던 보상금마저도 지방 관아의 한국 정부 관료나 아전들이 착복하였다. 백성들은 토지뿐만 아니라 집과 삼림, 조상의 무덤까지도 헐값에 빼앗겼다. 경부철도를 놓는 과정 자체가 개화한 지 얼마 안 되는 일본의 열악한 자본의 열세를 철도 부지의 약탈로 만회해갔던 과정이었다.

"하루는 동네 사람들하고 논을 보러 나갔는데 일본 군인들과 인부들이 하얗게 들판을 메우고 있더라구. 이제 막 나락이 패고 있었는데 뭐 하는 짓들인가 하구 몰려서서 두 발만 구르고 있었지. 그 놈들이 논에 척척 들어가 작물을 함부로 베기 시작하데. 우리 중 몇몇 사람이 나서서 말리려고 했더니 총대로 후려쳐서 논두렁에 피투성이가 되어 자빠지고 말았어. 통역이 우리에게 연설을 하드만. 이곳은 이미 철도 부지로 수용된 곳이니 억울하면 관아에 가서 알아보라는 게여."

민씨네 동네 사람들은 집강을 앞세워 군아로 찾아갔지만 일본 헌병들이 착검하고 삼엄하게 지켜 서 있어서 감히 나서지도 못했다. 들리는 소문에 의하면 베어낸 풋곡식을 군마의 먹이로 내주었다는 것이다. 당연히 촌민들의 저항이 일어났지만 일본은 헌병부대를 지방 곳곳마다 주둔시켰다. 전국에서 철도 부지와 군 주둔지로 집이 헐린 주민은 노숙을 하고, 농토를 잃은 주민은 힘없는 조선 관아에 몰려와서 울기만 할 뿐이었다. 관리들은 이들을 강제로 해산시키거나 듣지 않으면 잡아다 곤장을 쳐서 돌려보내곤 했다.

초기에는 경부철도주식회사와 청부 계약을 맺은 한국의 토목건축회사들이 노동 인력을 조달했다. 갑자기 불어닥친 철도건설 바람을 타고 십여개의 토건회사가 설립되었다. 이들 대개가 대한제국 정부의 고위직 벼슬아치들을 중역으로 내세웠다. 철도건설 공사에 필요한 노동 인력뿐만 아니라 목재 석재 석탄 등 노동도구에서부터 인부들의 일상에 필요한 연초 쌀 반찬 등에 이르기까지 공사장에서 필요한 모든 물품을 공급했다. 토건회사는 본사에 총무와 사무원들을 두고 그 아래 현장총무 패장 십장 역부를 두었으며 분사무소 지부에는 도사무와 사원들 그리고 위와 같은 현장의 노동 관리자들을 두었다. 일본 회사들은 처음에 한국 회사들과 동업하는 형태를 취했으나 러시아와 전쟁 중에 경부 경의 철도의 속성을 재촉하면서 기술과 경험이 부족한 한국 회사들을 제치고 대부분 지역의 공사를 주도하게 되었다. 한국 측 토건회사들은 모두 몰락하고 노동자 관리 조직만이 일본 회사에 흡수되어 노동자를 모집하고 감독하는 역할만 담당하게 되었다. 초기의 공사에서는 그래도 먹고살려고 자발적으로 참여한 인부들이 대부분이어서 충돌이 발생한댔자 저임금이 원인이었다. 그러나 공사가 중반기로 넘어가면서 인력 조달이 강제동원으로 바뀌자 상황이 달라졌다.

"아전 중에 잘 아는 이가 있어서 내가 통사정을 했지. 징발된 논값을 시세의 삼분지 일 값으로 쳐서 보상을 받았다구. 절반은 그자에게 교섭비용으로 들어갔지. 그러니 어쩌겠냐구. 돌아가는 시국이 농사로 먹고살기는 이미 틀려버린 세상이라 밭뙈기마저 팔아버렸네. 다행히 철도변에서 멀리 떨어진 비탈에 있던 것이라 제값을 받은 셈이여. 전국에서 가산을 탈취당하고 거리에 나앉은 이가 숱했지만 우리는 그래두 운이 좋았다네. 공사장 분소에 찾아가 패장에게 닭 네마리를 주고 십장 자리를 얻었지. 그리고 이윤을 나누기로 하고 밥 달구지를 들이기로 했네. 초반에는 일꾼 역부가 거의 조선 사람들이라 밥에 국에 김치면 되어서 마누라도 신이 나서 일을 해냈지. 하청 맡은 조선 회사들이 직접 지정한 사람들이 음식과 물건을 댔는데 말하자면 나두 패장의 뒷배가 있었으니 그중 하나인 셈이었지. 게다가 나는 십장 중에 그래도 문자 속을 알 만한 사람이거든. 일본말이야 못한다손 치더라도 한자는 읽으니 문서를 읽을 수 있었단 말이지. 패장까지는 못 올라갔어도 십장 중에서는 오십부장 정도는 되는 셈이었네. 논을 헐값에 빼앗겼지만 일거릴 잡았으니 그나마 덜 분했지. 한데 분소에서 우리 사람이 하나둘씩 자취를 감추더니 모두 일본 놈으로 바뀌데. 분소장에서 패장에 이르기까지 모두 다 일본 놈들로 바뀐 거야. 니미럴 나도 나이가 많다구 그만두라구 그래. 한두달 사이에 일본인 인부들이 많이 들어왔네. 뭐 지들 나라에서 철도공사가 거지반 끝나갖구 구미 전체가 이동해왔다구 그러데. 하루아침에 물 좋던 시절이 끝나버렸지."

민십장은 농사를 때려치웠고 땅뙈기도 남은 게 없으니 다시 예전으로 돌아갈 수는 없게 되었다. 부부가 아이들을 데리고 시흥 장터로 나가 판자로 가가(假家)를 짓고 포장 치고 국밥장수로 나섰다. 길바닥에 나앉으니 전국의 소문이 흉흉하게 들려왔다. 일본 측은 철도공사장을 벌인 고장마다 관아에 찾아가 거의 망해버린 대한제국 관리를 겁박하여 침목과 석재의 조달을 요청했고, 조선인 노동력의 울력 동원을 각 지역 군현에 요구했다. 소와 말을 수송에 쓴다고 징발했고, 닭과 돼지와 양곡을 마을마다 돌아다니며 탈취했다. 경부 경의 철도가 지나는 연변의 고장들뿐 아니라 거기서 수백리 떨어진 곳까지 찾아가 장정들을 인부로 데려갔다. 다리나 터널을 짓는 공사장 부근에선 백여명에서 수천명에 이르기까지 동원되었고 기한은 육개월 이상이 보통이었다. 조선인의 노력 동원에는 명절이나 제사를 가리지 않았으며 농번기라고 사정을 봐주지도 않았다. 수확기에 힘을 쓸 만한 마을 장정들을 모두 데려가는 바람에 곳곳마다 폐농지가 되었다.

철도공사의 대부분이 전쟁 중에 일본 정부가 하루라도 빨리 완공하려고 서두르는 가운데 진행되었기 때문에 일본인 감독자들의 독촉과 성화가 불같았다. 차츰 난폭해진 그들은 칼과 총으로 무장하고 조선인 노동자를 소나 개처럼 부렸다. 인부들의 동작이 조금만 느려져도 그들은 사정없이 곤봉으로 때리고 쓰러지면 발길질을 했다. 동원된 조선 양민들은 공사장마다 일본군 일개 소대의 감시 아래 밤낮으로 일했다. 여러 고장에서 충돌이 일어나기 시작했고 군인들은 물론이고 민간인인 일본 공원이나 인부들도 함부로 조선인들을 살상하기 시작했다. 그들은 칼이나 총은 물론하고 작업도구로 조선인 인부들을 때려죽이기도 했다. 작업 중에 시도 때도 없이 연초를 피우며 일에 태만하다는 구실로 함께 있던 인부들을 총살한 곳도 있었다.

공사장 인근에 귀신이 나타나기 시작했다. 민씨도 직접 본 적이 있었다. 들판을 가로지르고 지나가는 나지막한 구릉지 아래로 터널공사를 하던 때였다. 야간 조가 굴착을 하러 들어갔다가 남포(다이너마이트)를 터뜨린다고 모두 몰려나왔다. 이제 점화기를 누르기만 하면 천둥 치듯 폭파 소리가 들리고 굴혈 입구에서 돌과 먼지가 튀어나오고 할 차례였다. 맨 끝에서 달려나오던 누군가가 소리를 질렀다.

"잠깐 잠깐만, 안에 누가 있어요."

기사는 피곤한 표정으로 일본어로 되물었다. 통역이 안에 누가 있다고 알려주었다.

"어떤 바보가 일을 방해하는 거냐?"

기사가 화를 내며 일어나서 인부들에게로 쫓아갔고 통역도 그 뒤를 얼른 따라갔다.

"안에서 누가 살려달라 소리를 질렀다구."

하면서 그는 나란히 섰던 동료에게 물었다.

"자네두 들었지?"

"어머니, 하는 것 같던데."

통역이 전달하자 일본인 기사가 화를 냈다.

"오모니라고 불렀다면 일하기 싫은 놈이 저 안에 있는 거다."

그가 십장들에게 가서 당장 잡아내오라고 일렀다. 민씨가 다른 십장 두엇을 데리고 터널 안으로 들어갔다. 솜뭉치에 석유 묻힌 횃불을 쳐들고 들어가는데 거친 흙벽과 군데군데 바위가 튀어나와 있어서 조심해서 걸어가야 했다. 마지막으로 앞이 딱 막힌 공사 지점에 이르렀지만 사람 비슷한 자취도 눈에 띄지 않았다.

"뭐야, 아무것두 없잖아."

"배고파서 헛소리를 들은 게지."

그들이 맥이 풀려서 돌아서는데 민십장이 무슨 소리인가를 들었다. 분명히 바로 뒷전에서 살려주우, 좀 살려주우, 하는 소리가 희미하게 들렸다. 그가 걸음을 멈추었을 때에는 다른 이들도 그 소리를 들은 것 같았다. 민씨가 돌아서며 외쳤다.

"누구냐?"

횃불을 치켜들고 이리저리 비추어 보았지만 앞은 여전히 가로막고 있는 흙벽뿐이다. 그런데 그 흙벽 쪽에서 흐느끼는 사내의 울음소리가 들려왔다. 누가 먼저 뛰기 시작했는지 모르지만 하여튼 세 사람은 넘어지고 고꾸라지며 간신히 굴을 빠져나왔다. 그날 밤 공사는 물론 중단되었다.

민씨의 아내 안양댁도 겪었던 일이다. 그녀는 공사판에 밥 달구지를 끌고 더운 날, 추운 날, 맑은 날, 비 오는 날 가리지 않고 좇아다녔다. 일단 공사판이 정해지면 인근 마을로 가서 제철 푸성귀를 구입하여 김치도 담그고 취사를 해서는 짝패가 된 소달구지 끄는 노인과 들길을 가곤 했다. 저녁참이 늦어진 어느 늦가을에 해는 이미 지고 어둑어둑한데 진눈깨비까지 내렸다. 이런 날은 추위와 한기가 옷 속으로 스며들기 마련이었다. 노인은 달구지 앞자리에 앉아 가볍게 혀를 차며 소를 재촉했고 안양댁은 밥과 찬을 싣고 뒤편에 다리를 늘어뜨리고 앉아 있었다. 먼 데서 누군가가 달구지를 따라 걸어오는 게 보였다. 치마저고리에 머릿수건을 눌러쓴 모양이 보였다. 아따, 저 여편네 걸음이 무지 빠르기도 해라. 그렇게 생각하는데 어느 틈에 슬슬 다가와 달구지 옆으로 휘익 지나치는 게 아닌가. 그러곤 힐끗 안양댁을 바라보는 것 같았다.

"아이구우, 저게 뭐야?"

소스라치게 놀라서 상반신을 내밀고 고개를 젖혀 달구지 앞을 보니 아무런 흔적이 없었다. 그러곤 돌아앉았는데 저 뒤에 다시 그 여편네가 걸어오고 있었다. 안양댁은 너무도 놀라서 노인을 불러 달구지를 멈추게 했고, 사정 얘기도 못한 채 옆에 자리를 좀 내주면 여기 앉아 가도 되느냐고 물었다. 이야기는 여기서 끝난 게 아니었다. 밥 달구지가 현장에 도착하자 인부들이 일렬로 모여들었고, 안양댁은 국밥과 찬을 내기 시작했다. 밥 달구지는 열대가 넘게 모여 있어서 배식은 한시간 만에 뚝딱 끝이 났다. 남아 있는 밥과 국과 찬을 정리 중인데 누군가가 불쑥 어둠 속에서 나타났다.

"밥 좀 주우."

안양댁이 고개를 들어 보니 아까 그 여편네가 댓발짝 앞에 서 있었다. 때 묻은 무명 치마저고리에 흰 머릿수건을 쓴 바로 그 모습이었다. 안양댁은 외마디 소리도 지르지 못하고 그냥 주저앉고 말았다. 한참이나 지나서 정신이 돌아 일어나 앉으니 헛것은 온데간데없었다.

어느 마을은 칠백여호나 사는 큰 동네였는데 일본 군대가 노력동원을 하러 나가서 강간하고 살인을 저질러 주민들이 모두 달아난 뒤에 무인지경이 되어버렸다. 그런데 언제부터인가 철도공사판에서 죽은 것들이 모여들어 그 마을을 차지하고 머물러 있다는 소문이 돌았다. 밤길이라도 걷다가 보면 집집마다 불이 켜져 있고, 사람들이 두런대면서 왁자지껄 웃는 소리도 들리고, 연기인지 안개인지 모를 허엽스레한 것이 초가지붕 위에 떠 있더라고 했다. 철도가 개통된 이후에도 그 마을은 오랫동안 사람이 살지 않았고 어차피 인근 토지는 모두 징발되어 못 쓸 땅이 되어버렸다. 그곳에는 몇년 안 가서 간이역이 생기고 저탄소가 세워졌다.

철도가 놓이면서 강제로 땅을 빼앗기고, 부역에 끌려나와 고생하고, 가족이나 친척이 살해당한 조선 백성들은 전국 곳곳에서 열차 운행과 철도공사를 끈질기게 방해하기 시작했다. 이맘때에 국권을 빼앗기고 나라가 망하여 일어나게 된 의병들도 철도를 주요 공격의 목표로 삼곤 했다.

"영등포 정거장 부근에선 보부상으로 보이는 사람들이 선로에다 불에 달군 기와를 쌓아놔선 앞뒤 열차가 충돌하게 했지. 그건 우리두 몰려가서 봤던 일이네. 붙잡히면 모두 그 자리에서 즉결 포살했다구. 자갈을 쌓아 철로를 덮어버리기두 하구 화약두 묻었지. 야밤에 공사장 석재를 옮겨다 선로를 막아서 기관차와 객차가 분리되고 탈선, 전복하여 타고 가던 일본군이 수십명 죽고 다친 일도 우리 군내에서 일어났거든."

철로변의 전신주를 쓰러뜨리고 전선을 절단하는 일은 일상다반사가 되었고 일본은 전선과 철도 보호에 관한 군율을 발포했다. 철도에 가해한 자는 사형, 사정을 알고도 신고하지 않은 자도 사형, 가해자를 잡은 자는 이십원의 포상, 가해자를 밀고하여 체포케 한 자는 십원의 포상, 철도 연변 전선 및 철도의 보호는 촌민이 담당하되 촌장을 책임자로 하여 전담자를 두어 교대로 보호할 것, 마을에서 전선과 철도가 파손되었는데 가해자를 체포하지 못했을 때에는 당일 담당자를 곤장을 치고 구류할 것, 한 마을 구역에서 이차 피해가 있을 경우 한국 정부에 통고하여 엄벌함 등이 그 내용이었다. 그러나 의병들은 전국 각처에서 수백명의 부대를 이루어 역을 습격하거나 철도공사장을 공격했다.

민씨는 어깨에 칼을 맞던 날의 얘기를 꺼냈다.

"경부철도의 막바지 공사가 진행되던 때였으니 아마 구월 중순께쯤 되었을라나. 공사 초반부터 시흥 군내에서 역부로 동원된 게 해를 거듭할수록 늘어나기만 했지. 한데 역부로 동원되어 나가는 것도 우리고, 역부의 임금이나 비용까지 마을에서 공동 부담하라는 게여. 한번에 수백냥에서 삼천냥까지 걷으라니 이게 세금도 아니고 웬 횡액이여? 그동안 군수가 농민들을 모집할 때부터 수만냥을 해 처먹었다느니 군 서기들은 역부 일인당 식비를 착복했다느니 소문이 낭자했지. 군내에서 만여명이 들고일어났는데 똑똑한 어느 동네 집강이 사발통문을 날려서 모두 나서게 되었네. 오후에 군아에 몰려갔는데 군수가 도움을 요청했는지 일본인들이 장검과 철봉을 지니고 기다리고 있었다구. 주민들이 군수에게 언성을 높이며 항의를 하자 일본인들이 갑자기 일본도와 쇠몽둥이를 휘두르며 달려들었네. 앞줄에 섰던 이들이 맞고 베이며 부상을 크게 입었지. 누구는 귀가 떨어지고 아무개는 머리가 박살 났으며 다른 아무개는 어깨를 장검에 찍히고 쓰러졌는데 이튿날 출혈 과다로 죽었지. 그 자리에서 한명이 죽고 아홉명이 부상을 입었거든. 일본인들에게 갑자기 공격을 당하고 우리는 일단 관아 밖으로 밀려났다가 다시 돌을 던지며 돌진해 들어갔네."

"애고, 그때 생각을 하면 진저리 나고 치가 떨려서. 글쎄 휩쓸리지 말라고 그렇게 신신당부했건만 점심나절에 탁주가 과하더라니."

안양댁이 혀를 차며 원망했고 민씨는 곧 흥분했던 목소리가 잦아들었다.

"암튼 이 사람 없었으면 나는 진작 죽은 목숨이여."

민씨는 몰려들어가는 군중의 후미에 속해 있었다. 앞장섰던 이들은 관아로 쏟아져들어가 군수와 그 아들을 타살하고 관사와 서리들의 가재도구를 부수고 불을 질렀다. 격노한 군중은 도망가는 일본인들을 쫓아가 그중 두명을 때려죽였다. 미처 달아나지 못하고 숨었던 일본인들이 다른 방향으로 달아나자 기세등등해진 사람들은 그 뒤를 쫓아갔고 이때에 민씨도 몽둥이를 들고 급히 추격했다. 돌담이 가지런한 뒷길에 이르렀을 때에 민씨는 일본인들이 돌아서자 주춤했고 주위를 돌아보니 쫓는 이가 네댓명밖에 없었다. 일본인들 중에 일본도를 가진 자 둘이 잰걸음으로 달려들었고 민씨는 그제야 정신이 들어 달아나려는데 뭔가 번쩍, 하는 빛이 지나가는 듯했다. 일본인들은 다른 사람 하나를 더 베고 나서 군중이 주춤주춤하며 달려들지 못하자 다시 몸을 돌려 달아나기 시작했다. 민씨는 피를 흘리며 땅바닥에 엎어져 있었고 남편의 행적을 찾아 조바심치며 찾아다니던 안양댁이 마침 그 골목으로 달려와 발견했다. 아내는 치마를 찢어 피가 용솟음치는 남편의 어깨를 여러 겹으로 감싸고 묶은 뒤에 사람들에게 호소하여 장터 의원에게로 데려갔다. 비스듬히 벤 상처 부위를 꿰매고 고약을 붙인 뒤에 부기가 가라앉고 아물 때까지 달포를 누워 지냈다. 그때에 쇄골이 부러졌는지 이후로 왼팔이 건들건들 매달린 채 힘을 쓸 수가 없었다. 그는 수년을 후유증으로 앓았다. 민씨는 이제 아내 덕분에 다행히 밥장수에 이골이 난 셈이었다.

"나는 뒷전에 있다가 부상만 당하고 모면을 했지만, 주동했던 이들은 모두 체포되었지. 일본군 일개 소대가 급파되어선 모조리 잡아다가 헌병대에 수감했네. 거기서 먼저 갖은 고초를 겪었겠지. 급기야는 모두 재판에 회부되고 징역을 살았을 뿐만 아니라 배상금까지 물어서 집안이 아예 거덜이 나버렸다지. 그러니 어찌 철도가 조선 사람의 피와 눈물로 이루어지지 않았겠는가."

3

이백만이 증조할머니 주안댁을 만나게 된 것도 참으로 기묘한 일이었다. 그가 열여덟살 때라면 아직 공작창의 예비 고원으로 혼자서 간신히 세끼니 밥이나 벌어먹을 만할 때였다. 그맘때에 지산리에 살던 식구들은 첫째 형 천만이가 장가들고 연안 화물선을 타게 되어 솔가하여 인천으로 나와 살았다. 하루는 형에게서 '부친 위독 급래'라는 전보가 왔다. 이백만은 전보를 일본인 반장에게 보이고 이틀 말미를 얻어 인천으로 갔다. 집안의 가장 노릇을 하던 형 천만이도 스물두살에 지나지 않아서 화물선을 탄다고 해봤자 기관 조수를 하던 형편이었다. 막내 십만이는 그래도 둘째 형처럼 똘똘한 편이라서 미두 사무소의 사환 노릇을 하여 집안 살림을 도왔다. 나중에 싸전으로 돈을 모았고 형제들 중에는 제일 먼저 자리를 잡게 된다. 송림산 언덕배기에 있는 집으로 찾아가니 아버지는 진작 숨을 거두었고 타관살이 형편이라 문상객도 거의 없었다. 식구들만 둘러앉았고 형의 동료인 뱃사람 두어명이 소주를 마시고 있었다. 막음이가 부엌에서 내다보며 작은오빠를 반겼다. 아버지는 아직 중년의 나이라 돌연한 죽음이라고 할밖에 없었다. 비록 상처는 일찍 했지만 자기 밥은 제대로 챙겨 먹을 줄 알던 위인이었다. 늘 나가면 벌이가 없을 적에도 빈손으로 들어오는 법이 없었다. 아버지는 얼마 전부터 어시장에 나다녔다고 했다. 조깃배 타던 시절에 잘 알던 선장이 공판장에서 경매 반장을 맡았다는데 그에게 일감을 주었다. 경매가 끝나고 선택을 받지 못한 어물이 늘 남기 마련이라 그런 어물을 모두 그가 싼값으로 넘겨받을 수 있었다. 하루에 몇상자의 잡어를 넘겨받아 자전거에 싣고 변두리로 나가 주점이나 식당에 약간의 이문을 남기고 넘겨주는 것이다. 푼돈이었지만 끊이지 않고 날마다 생기니 한달이면 직장에 다니는 사람의 월급만큼은 되더란 얘기였다. 아버지는 재미가 들려서 매일 오후가 되면 자전거를 타고 집을 나섰다. 그가 죽기 이틀 전 어시장에 갔을 때 경매는 막바지에 이르렀고 먼저 인기 있는 생선들이 팔려나가고 남은 것이 물텀벙이 세마리와 우럭 놀래미 병어 등의 잔챙이 잡어 몇상자였다. 보통날과 다름없이 그리 나쁘지 않았다. 이런 정도면 단골 주점에서도 허드레 횟감이나 매운탕 감으로 반길 만했고 가격도 나쁘지 않을 것이다. 특히 물텀벙이 세마리 가운데 한마리가 유독 덩치가 크고 싱싱한 놈이었다. 자전거 뒤에 상자를 싣고 달리는데 뒷전에서 철푸덕, 하는 소리가 들려왔고 처음에는 가끔씩 들리더니 꾸룩 꾸루룩 하는 소리까지 들리는 것이었다. 아버지는 어쩐지 그 소리의 임자가 물텀벙이일 것 같은 생각이 들었다. 지방마다 항구마다 부르는 이름이 다르기는 하지만 물메기나 삼식이나 그게 그놈이라고 알고 있었다. 빠가사리가 빠각빠각 소리를 낸다는 말은 들었어도 물텀벙이가 무슨 맹꽁이나 왕두꺼비처럼 운다는 건 금시초문의 일이 아닌가. 늘 물건을 넘기는 주점에 도착하여 자전거를 세우고 상자를 내리는데 맨 아래 상자에서 또 철푸덕, 하는 소리가 들렸다. 그는 위의 상자들을 치우고 아래 상자의 뚜껑을 열어보았다. 물텀벙이 삼형제가 머리를 나란히 하고 엎드려 있었고, 그중 큰 놈이 가끔씩 꼬리를 좌우로 흔드니 상자에 부딪쳐서 그런 소리가 들렸던 모양이다. 허어, 이 녀석, 목숨이 끈질긴 놈이로구나! 백만이 아버지는 혼자 중얼거리다가 문득 이 녀석, 몸보신이 되겠다는 생각이 들었다. 맨날 피곤하단 소리를 입에 달고 사는 천만이나 이제 맏손자를 낳은 지 얼마 안 된 며느리나 십만이 막음이 등의 식구들과 오십을 바라보는 나이에 막소주로 나날을 보내는 자신의 처지를 생각했다. 그래, 오늘은 며느리 젖이라도 잘 나오게 이놈을 푹 끓여서 온 식구가 먹어야겠다. 그러고는 상자에 그놈만 남겨놓고 맥없이 늘어진 두마리는 다른 상자의 잡어들 사이에 던져넣었다. 물건을 넘겨주고는 그날따라 자리 잡고 앉아 우럭 지리탕 국물에 소주 사홉을 막사발 대접에 가득 따라 천천히 마셨다. 그가 주점에서 반시간은 족히 보낸 뒤 다시 자전거를 타고 귀가하는데 철푸덕 소리와 꾸룩꾸룩 소리가 여전히 들려왔다. 허어, 그놈 참 대단하구나. 아버지는 고개 아래 점방에 자전거를 맡겨놓고 물텀벙이 한마리 달랑 들어앉은 상자를 들고 비탈길을 올라왔다. 꾸룩 꾸루룩 하는 소리가 크게 들려와서 그는 상자를 땅에 내려놓고 뚜껑을 들춰보았다. 커다란 입에 퉁방울 같은 큰 눈이 머리 양쪽 끝에 달린 놈은 크고 긴 입을 죽 찢더니 아버지를 향해 웃어 보였다. 그는 섬찟 놀랐지만 숨을 가다듬고 가만히 지켜보았다. 이미 날이 저물어서 사방이 어두웠을 텐데 아버지가 취중에 잘못 보았을 거라고 식구들마다 말했지만, 이백만은 나중에 그 얘기를 들었을 때 아마 사실일지도 모른다고 생각했다. 세상에는 온갖 이상한 일들이 많이 벌어지기 마련이니까.

그가 강화 지산리 살 적에 이웃집 할머니가 닭 잡는 장면을 본 적이 있었다. 아마 그 집에 무슨 특별한 날이 와서 살집이 보기 좋게 오른 장닭을 잡는데, 할머니가 한 손에 식칼을 들고 다른 손으로는 닭의 날갯죽지를 그러모아 잡고 마당으로 나왔다. 그녀는 장작 패는 통나무 둥치에 장닭을 올려놓고 가늠하다가 대번에 내려쳤다. 대가리가 톡 떨어져나가고 잘린 모가지에서 피가 솟구치자 할머니가 제풀에 놀라서 쥐고 있던 닭을 놓치며 한발 물러섰다. 그러자 통나무에서 뛰어내린 대가리 없는 닭의 몸통이 뛰어 돌아다니기 시작했다. 할머니가 소리를 내지르고 그 집 형들이 몰려나와 대가리 없는 닭을 잡으려고 쫓아다녔다. 닭은 한참이나 마당을 뛰어 돌아다니다가 날개를 퍼덕여 살구나무 위로 날아올랐다. 그놈은 높은 가지로 올라가서 쉬고 있는 것처럼 가만히 앉아 있었다. 고 녀석을 다시 잡을 도리가 없었는데, 사흘 동안이나 대가리 없는 장닭은 나무 위에서 내려오지 않았다. 먼 데서 사다리를 빌려다 그 집 형이 올라가 잡아 내렸더니 닭은 이미 뻣뻣하게 죽어 있었다.

식구들 중 누구도 그 닭을 먹으려 하지 않았고 이웃집 할머니의 말에 의하면 양지바른 곳에 잘 묻어주었다고.

아무튼 아버지는 물텀벙이를 가만히 들여다보고 앉았는데 그 녀석이 입을 우물거리며 이랬다는 것이다. 예미럴, 예미럴, 예미럴. 분명히 그에게 욕을 했다는 것이다. 아버지가 화들짝 놀라 분김에 그놈의 꼬리를 잡아 땅바닥에 패대기를 쳤다. 그러자 놈이 축 늘어지며 다시 그랬다고. 예에미러어얼. 막음이의 말에 의하면 아버지가 마당에서 부스럭거리는 기척은 듣고 있었는데, 시커먼 것을 두 손에 움켜쥔 채 갑자기 부엌문을 발로 차고 봉당으로 뛰어들어온 아버지가 솥에다 그것을 뿌리치듯 던져넣었단다.

"어서 불 때라, 어서."

솥뚜껑을 두 팔로 힘껏 누르고 그는 연신 불 때라고 중얼거렸다. 막음이가 아궁이에 나뭇조각을 밀어넣고 밑불 살려 불이 일기까지 아버지는 솥뚜껑 누른 손을 떼지 않고 이상한 물텀벙이의 행동거지에 대하여 장황하게 말해주었다. 막음이는 그저 아버지의 입담이 재미있어서 아궁이 앞에 쭈그리고 앉아 깔깔 웃었다. 어쨌든 무도 썰어 넣고 마늘도 다져 넣고 파도 송송 썰어 넣고 고춧가루 약간 뿌리고 맛있는 탕을 끓였는데 아버지는 어쩐지 '조시가 좋지 않다고' 방에 들어가 눕더니 온 식구가 저녁상 앞에 둘러앉았을 때까지 일어나지 않았다. 큰아들 천만이가 아버지를 깨우지 말라고 일렀다. 자는 사람에겐 어떤 음식도 잠보다 맛난 게 없다고도 그랬다. 이튿날 막음이가 아버지를 깨웠더니 콧김에 아무런 기척이 없었다.

그런 얘기는 문상객 누구에게도 말해주진 않았지만 막음이는 백만에게 귓속말로 가만히 속삭였다.

"물텀벙이가 저승사자였던 게야. 작은오빠야, 그이들은 아무것으로나 변해서 나타난다고 하잖아."

이백만이 장가들게 된 연유를 밝히는데 도무지 생뚱맞게 아버지 초상 치른 얘기를 하게 된 것은 그날 아버지의 오랜 동무라고 문상 온 사람이 바로 장인 자리가 되었기 때문이다. 식구들이 윗목에 아버지 관을 놓고 병풍도 두르지 못하고 장목 횃대를 엇비스듬히 질러 홑이불 늘어뜨려 가려두고 앉았더니, 연신 큼큼하는 콧바람 소리를 내며 한 사람이 들어섰다. 키는 그야말로 오척 단구에 어깨가 다부지게 벌어진 사내였다.

"큼큼, 내가 말이지 그러니깐두루 느이 아부지 동무 되는 사람인데 큼. 아니 근데 이 무슨 큼큼, 거시기 날벼락이여. 어시장에 갔더니 반장이 알려줘서 찾아왔네. 큼큼, 인생무상이로다. 저승길이 대문 밖이라더니 큼."

십만이가 오랜 뒤에도 그날 일을 말할 적마다 사내의 성도 이름도 모르고 그저 형의 장인이라기엔 좀 어이가 없어 별호를 짓기를, 좆만 하다고 만이 아저씨로 지어 불렀다. 그들 형제의 이름 끝 자가 만이 돌림이라 어쩐지 더욱 혈육붙이처럼 정다운 별호가 아니던가. 만이 아저씨는 아버지와 고깃배를 타던 시절에 동갑내기로 말을 놓는 사이가 되었고 주안 염전에 일자리를 얻었다. 그는 북촌에 살았는데, 거기도 이쪽 동네나 엇비슷하게 품 팔아서 먹고사는 가난한 사람들이 모여 있었다. 만이 아저씨는 한참이나 멀뚱히 앉왔다가 형제들에게 호기롭게 한마디 했다.

"그러니깐두루 큼큼, 내 오늘 소금 납품하구 간조 받은 날이여. 큼, 거시기니 인제 맘도 끄름하구 속도 평시 같잖으니깨 큼큼, 한잔 사지. 자네들 내 오늘 육고기에 술 한잔 살라구 하는데 인제 모두 나가서 큼."

천만이가 아우를 힐끔 돌아보며 눈짓을 했다. 네가 상대해드리라는 표정을 눈치채고 백만이가 따라나서게 되었다. 동네 비탈길을 내려가는데 만이 아저씨는 연신 어깨를 재듯이 좌우로 건들거리며 걷는 폼이 무슨 체육계 인사 같았다.

"큼큼, 우리 동네에 고기가 마리째 들오는 푸줏간이 있는데 말이지 큼. 오늘이 거시기니 도축장서 소 들어오는 날이란 말씀이야 큼큼. 예서 가까우니 인제 그쪽으루 건너가세 큼."

이백만은 아저씨를 따라갈 수밖에 없었다. 북촌 동네 어귀에 콧구멍만 한 푸줏간이 있었는데 그때만 해도 푸주한은 백정이라서 머리를 박박 깎은 초로의 사내가 주인이었다. 머리 위에 시뻘건 살코기며 갈비며 앞뒷다리 등속을 갈고리에 꿰어 주렁주렁 매달았고 널판자로 상을 놓은 자리가 두군데 정도였다. 만이 아저씨가 건장하고 나이도 위인 주인에게 하게를 했다.

"거시기니 곁간 들어왔나?"

"곁간이라굽쇼? 오늘은 선약자가 있으니 딴 데 드슈."

"큼큼, 선약자가 누군가?"

만이 아저씨가 고개를 바짝 치켜들고 물으니 푸주한이 네까짓게, 하듯이 픽 웃고는 대답한다.

“하역장 강십장이우.”

만이 아저씨가 빙긋 웃었다.

“아아, 난 또 누구라구. 얼른 주게 큼.”

“곧 올 텐데요.”

만이 아저씨가 성질난다는 듯 잇새로 씨잇 소리를 내자 주인은 더이상 잔소리 않고 겹간을 통째로 내왔다. 큰 참외만이나 한 겹간은 탱글탱글하고 윤이 반드르르했다.

“큼, 이게 저 거시키니 소 한마리라는 게여. 간 옆에 붙었는데 맛이 그러니깐두루 기가 막히지 큼큼.”

칼과 도마와 기름소금 담은 종지와 막소주 한되가 잇달아 나왔다. 아저씨가 몸소 칼질을 하는데 보통 육질 써는 소리와는 다르게 사각사각하는 소리가 들렸다. 이백만은 술이야말로 장인어른에게 배웠다면서 늘 하던 말이 있었다. 사람이 파락호가 분명했으나 맺고 끊는 게 일본말로 ‘아싸리’ 했다고. 드르륵 판자문이 열리며 건장한 사내가 인부 둘을 데리고 등장했다. 그는 먼저 만이 아저씨와 시선이 마주치자 얼른 고개를 굽신해 보였다.

“성님 나오셨에요?”

“큼큼, 니가 여긴 웬일이냐?”

몸집이 커서 문을 꽉 채울 만한 사내가 공손하게 인사를 했고 만이 아저씨는 대수롭지 않게 말했다.

“거시키니 이거 니가 큼큼, 맡아놨다면서?”

“예? 아뇨 뭐……”

“큼, 여기가 내 단골집이다.”

"예예, 저희는 물러가겠습니다. 편히 드십시오."

푸줏간 주인은 어안이 벙벙해서 이러한 광경을 멀거니 바라보고 있었다. 하역장 강십장이라면 부두 인부들을 쥐락펴락하는 그야말로 힘깨나 쓰는 장사인데 이렇게 조그마한 사람에게 쩔쩔매는 꼴이 기이하기도 했을 것이다. 그러나 세상에는 누구에게나 임자가 따로 있는 법이다. 만이 아저씨가 아직도 멍한 표정인 주인에게 말했다.

"큼큼, 거시기 그 뭐시냐, 토시하구 제비추리하구 큼, 안심하구 조금씩만 주게."

푸주한은 찍짹 소리 없이 칼질하여 석쇠 얹은 숯불 화로와 함께 내왔다.

"그러니깐두루 내 보통은 거시키니 소주 석되를 먹는데 큼, 오늘은 자넬 만났으니 두되만 간단히 하고 고기 좀 먹세 큼큼."

백만이는 술이 제법 거나해지자 아저씨 같은 소한이 아까 그 거한을 어떻게 눌러놓았는지 궁금해서 슬그머니 틈을 엿보다 물어보았다.

"큼큼, 거 뭐 별것 아닐세. 우리네야 몸집이 작으니 다른 기술이 있단 말이지."

저렇게 생긴 놈은 대개는 씨름으로 동네에서 행세하던 터라 맞붙으면 먼저 잡아 넘기려고 위에서 두 팔을 뻗고 덤빈다. 그럴 때 작은 몸집의 자기는 잽싸게 밑으로 기어들어가 찰싹 붙어 불알을 잡는다는 것이다. 꽉 움켜쥐자마자 상대가 흐물흐물해진다. 너 이제 나를 성님으루 모실 거지? 몇번 쥐어짜면서 으름장을 놓는다.

내가 놓아주면 다시 덤빌라구 생각하지? 그러면서 마지막으로 힘을 주어 훑어버리면 자지러지게 비명을 지르면서 애고 성님 소리가 저절로 나온다는 것이었다.

"큼큼, 거 머시냐 내가 부둣가에서 한번 그렇게 혼찌검을 냈걸랑."

그날 이백만은 좋은 안주에 아저씨가 권하는 술을 흔쾌히 마시고 흠뻑 취해버렸다. 혀가 꼬부라진 건 아무것도 아니고 아예 사지가 낙지처럼 되어버렸다. 백만이가 그렇게 어깨동무를 당하여 만이 아저씨네 두칸 집으로 갔는데, 새벽녘에 불벼락 치듯 호된 귀싸대기를 맞고 놀라서 눈을 떴다. 방 안은 어느새 촛불이 켜져 훤하게 밝은데 아직 작취미성이건만 그의 목에 날카로운 칼끝이 지그시 누르고 있는 걸 생생하게 느낄 수 있었다.

"큼, 이 망할 자식 감히 어디메서 큼, 자빠져 자구 있는 게냐?"

"에구머니!"

이건 또 무슨 새된 여자 목소리가 바로 옆에서 들렸다. 돌아보니 속곳만 입은 여자가 벌떡 일어나 두 손으로 얼굴을 감싸고 난 몰라앙, 하면서 방문을 박차고 뛰쳐나갔다. 아저씨가 몸집은 작아도 완력이 어찌나 센지 백만이의 두 팔을 찍어 누르고 식칼을 그의 목에 들이대고 있었다.

"그러니깐두루 남의 집 귀한 딸과 큼큼, 동침하였으니 너 혼인을 할 테냐 말 테냐 큼."

백만이는 영문도 모르고 우선 살아야겠으니 예예 장가들랍니다, 하고 캑캑거리며 대답했다. 만이 아저씨는 대답을 듣자 슬그머니

나가버렸다. 이백만은 새벽부터 잠을 설치고 날이 밝자마자 나가려고 부스럭거리는데, 방문이 열리더니 밥상을 차린 딸을 앞세우고 아저씨가 들어섰다.

"저 머시냐 큼큼, 기왕에 일이 이렇게 되어버렸으니깐두루 거시키니 날짜를 멀리 잡을 필요두 없구, 오늘 당장 자네 형 천만이 찾아가서 통고를 할 테다 큼."

그러면서 그는 자기 딸 자랑을 실컷 했는데, 어미 없이 자란 불쌍한 년이지만 이날 여태까지 속 한번 안 썩이고 살림도 야무지게 잘해왔다는 것이었다. 또한 자기가 혼수비용으로 여축한 돈을 줄 터이니 한뎃잠 자고 밥 사 먹으며 살지 말고 영등포에 한두칸 집이라도 얻으라고 했다. 그렇게 해서 이백만은 얼결에 주안댁을 아내로 맞게 되었는데, 식구들에게는 자신이 만취하여 엄벙뗑하는 순간에 장인에게 엮이게 되었다는 사정은 말하지 못하였다. 나중에 장인은 외손자 한쇠가 태어나자 술김에 사위에게 속내에 있던 말을 뱉어놓았다.

"큼큼, 내가 자넬 첨 볼 때부터 거시키니 사윗감으루 찍어놓았다이 말이야 큼. 어려운 세상에 큼, 기술 가진 게 인제 얼마나 큼큼, 대견하냐 이거야. 그래서 술 멕여 집으루 데려갔지 큼."

이백만은 시장 사거리를 중심으로 옹기종기 늘어나기 시작한 방두칸짜리 서민 한옥들 가운데 제일 구석진 자리의 집에 세 들어 살림을 시작했다. 한쇠를 낳고도 몇해가 지나서야 영등포 철도공작창의 정식 고원이 되었다. 그러니 견습 딱지를 떼는 데 다섯해나 걸린 셈이다. 일본인들은 공업중학교만 나와도 견습 기사 자격을 주고 소학교만 나오고도 도제를 거쳐 삼년이면 기능공이 되었지만 조선인들에게는 절대로 책임 있는 자리를 맡기지 않았던 것이다.

주안댁은 만이 아저씨의 자랑처럼 생활력이 강한 아낙네였다. 고원의 월급으로는 원래가 제 한 몸 살기에도 팍팍했는데 집세에다 이제는 아기까지 세 식구가 되어서 혼자 벌이로는 감당키 힘들었다. 주안댁은 그때부터 친정 동네를 날마다 오가기 시작했다. 친정 동네라고는 하지만 아버지에게 찾아가 손을 벌리는 게 아니라 인천 어시장 출입을 했다는 뜻이다. 생선을 떼어오기도 하고 오뉴월이 되면 부두에 들어오는 배에서 직접 생새우를 받아다가 집에서 육젓을 담갔다. 소금은 아버지에게서 섬으로 떼어다가 쟁여두었다. 그래서 집 안에 들어서면 언제나 갯비린내가 진동하기 마련이었다. 일본인들이 아침거리로 구이든 조림이든 국이든 생선을 즐겨 찾아서 아지 숭어 청어 정어리 병어나 일본인들에게 고급 생선인 도미 복어 등을 제철에 맞게 떼어왔고, 새우 꽃게 대합 바지락 굴 같은 것도 가져왔다. 마당에 움을 파서 대여섯개의 큼직한 새우젓 독을 묻어두었고 초겨울 김장철에 내다 남김없이 팔아치웠다. 주안댁은 처음에 함지에 생선을 이고 역전 일본인 마을로 가서 집집마다 방문하며 장사를 하더니 차츰 그들의 주문을 받아다 총각 하나를 고용하여 지게를 지워 배달을 다녔다. 얼마 안 가서 아예 시장에 목을 잡고 좌판을 벌여 어물가게를 냈다.

나중에 한쇠의 아내가 된 신금이가 시장에 나가 옷장사를 시작했던 것도 시아버지 이백만이 그때는 진작 죽은 주안댁의 장사 수완에 대한 추억담을 여러번 해주었기 때문이다. 그들 식구들 중에 주안댁을 기억하는 것은 남편이었던 이백만 말고는 고모 이막음과 어쩌다가 집안에 경사가 있으면 나타나던 이백만의 장인 정도였다. 그중에서도 장인 자리야 몇년에 한번씩 어쩌다 보이다가 안 보이게 되자 작고했다는 사실도 뒤늦게 알려진 터여서, 주안댁이 예전에 한쇠 두쇠의 엄마였다는 것쯤으로나 기억되었다. 그런데 주안댁에 대한 이야기를 많이 했던 사람은 역시 막음이 고모였다. 주안댁이 자다 일어나서 고구마 먹다 가슴이 막혀서 죽었다는 이야기도 막음이 고모가 신금이와 한쇠 두쇠 형제에게 해주어서 알려졌을 정도였다.

한쇠가 철도학교를 나오고 철도관사에 살게 되었을 때에 이백만은 관사에 들어가 살기를 처음에는 좀 꺼려했는데, 우선 주민의 대부분이 일본인이고 예전에 그를 부리던 상사였던 치들도 있어서 거북스러웠기 때문일 것이다. 그런데 다른 한가지 이유는 버드나무집에 정이 들어서였다. 버드나무집은 그들이 세 들어 살던 시장 사거리 뒷길 막다른 구석의 그 집이었다. 대문 바로 옆에 집 지을 때부터 베지 않고 남아 있던 버드나무가 해가 갈수록 무성하게 자라났다. 마루를 가운데 두고 안방과 건넌방 있고 대문 옆에 변소와 문간방까지 잇달린 집이었는데 문간방은 주안댁이 장사를 벌이면서 일꾼을 들인다고 대어서 지은 작은 방이었다. 두어평짜리 방구석에는 일꾼 한명이 누우면 발 뻗을 데도 마땅찮게 늘 소금가마가 쟁여져 있고 마당은 새우젓 독을 묻은 움이 반나마 차지했다. 어쨌든 그 집을 주안댁이 생선젓갈장수로 돈을 모아 사들였던 것이다. 누군가가 찾아올 적에는 집 모퉁이의 버드나무가 목표가 되어서 식구들도 '버드낭구집'이라고 부를 정도였다.

주안댁은 제 아버지 만이 아저씨와는 달리 기골이 장대했다. 만이 아저씨도 덩치가 작았지만 웬만한 씨름꾼이나 싸움패를 간단히 기죽여놓고는 했는데 그게 모두 협기가 있고 담대해서 그렇다고 했다. 만이 아저씨는 입담도 만만치 않았다. 그는 사위 이백만에게 늘 한수 가르쳐주었다.

"큼큼, 쌈할 때 과묵한 건 별루 큼, 도움이 되질 않는다 그 말이야. 딱 맞상대할 때에 입심이 싸움의 절반이다 큼큼. 칼 들고 덤비면 태연자약하게 짜식아, 집에 가서 애들 참외나 깎아주지 멀 그런 걸 내밀구 그러냐? 하고, 아무튼 연장 들고 덤비는 놈은 한 팔밖에 못 쓴다구 생각하면 된다. 한방 맞거나 자빠뜨려서 넘어졌다 할지라도 기죽으면 안 되지. 그냥 누워서 틈을 노려두 된다구. 발 들어오면 잡아채구, 일으키려고 멱살 잡으면 머리로 박치기해주구. 그러면서두 이바구를 쉬면 안 된다구. 넌 오늘 일진 망쳤다. 보아하니 발발 떨구 있구나."

그런데 주안댁은 저희 아버지와는 달리 매우 과묵한 여자였다. 키도 벌써 열살 넘으면서 아버지보다 훨씬 크게 자랐고 어깨가 벌어지고 팔다리도 길고 튼실했다. 기운이 남자보다 세어서 새우젓독을 혼자서 냉큼 들어다 옮기는 것은 날마다 하는 일이었다. 그녀는 경인선 기차를 이용했는데 이백만이 정거장의 동료들에게 말하여 화물차를 얻어 타고 다녔다. 내왕하는 화물차의 시간이 정해져 있어서 새벽에 나갔다가 오후에 돌아오곤 했다. 어떤 때에는 객차를 타고 빈 함지만 싣고 갔다가 내려올 때 화물차를 얻어 타기도 했다. 일주일 내내 그런 것은 아니라서 이삼일에 한번씩 인천을 오갔다.

화물계 역부가 전해주어서 백만이 알게 되었는데, 한번은 큰 사고가 났다고 한다. 작은 짐은 두 바퀴 달린 구루마에 얹어다 싣기 마련인데 큰 짐들은 노새 달구지에 싣고 정거장 구내까지 들어가 화물차 옆에 대고 실었다. 주안댁이 그날도 빈 생선함지를 포개놓고 기다리는데 허벅지와 다리가 튼실하고 갈기털이 빳빳한 노새가 끄는 달구지가 들어왔다. 마부가 우선 달구지를 맞춤한 곳에 세우고 바퀴 밑에 돌을 받쳐놓고 기다리면 역부들이 짐을 화물차량에 부지런히 옮긴다. 짐을 동료들 어깨에 얹어주는 일을 맡은 역부 하나가 달구지 위로 올라갔고 다른 역부들이 주위에 몰려서자 노새가 몇발짝 옮기면서 동요했다. 혀 차는 소리를 내며 마부가 고삐 줄을 바싹 잡고 섰는데 삐걱하더니 수레의 바퀴 한축이 부러지며 달구지가 기울어지고 역부가 달구지 아래로 떨어졌다. 노새가 제풀에 놀라 껑충 뛰자 마부는 진땀을 흘리며 재갈 물린 고삐 줄을 더욱 당겼다. 다른 역부가 비틀어지고 불안정해진 다른 쪽 바퀴 아래에 돌을 받치려고 하는데 그마저 주저앉으며 깔려버리고 말았다. 위에 짐이 잔뜩 실려 있다가 아래로 미끄러져 떨어졌지만 그래도 남은 짐의 무게가 만만치 않을 것이었다. 깔린 인부는 두 다리를 버둥거리다 혼절했는지 잠잠해졌다. 이때 주안댁이 달려들어 수레 밑에 쭈그리고 어깨를 들이밀더니 번쩍 치켜올렸다고 했다. 그사이에 역부들이 동료의 두 다리를 잡아당겨 끌어냈다고 한다. 그 일을 전해준 역부가 이백만에게 혀를 차며 말했다.

"글쎄 니 마누라 얼굴만 조금 붉어졌더라. 파리 잡아먹은 두꺼비 처럼 시치미를 뚝 떼고 섰더라니까."

이백만은 대충 짐작이 가는 바가 있었다. 신혼 때에 셋집 단칸방에서 살 적에 밤중에 방사를 치르는데 백만이가 한창 막바지 열이 올라 마누라 배 위에서 용을 쓰고 있었다. 그때에 뭔가 등 뒤에서 와지끈 뚝딱 하는 소리가 들리면서 문짝이 부서져 그를 덮쳤다. 밑에서 요동치던 주안댁이 흥겨운 김에 두 다리를 들어 방문을 걷어찼던 것이었다. 하여간에 백만이는 원래가 집에서는 말이 별로 없었고 주안댁도 과묵한 편이라서 집 안은 늘 절간처럼 조용했다. 게다가 백만이가 노는 날에도 집에 앉아 뭔가 작은 공예품들을 만들고 다듬고 하자 주안댁은 더욱 과묵해졌고 무엇이든 우걱우걱 많이 먹고 살이 찌기 시작했다. 그러고는 앉은자리에서 궁둥이를 한편으로 기우뚱 쳐들고 방귀를 길게 푸다다다 뀌는 것이었다. 막음이 고모가 먼저 깔깔대고 웃으며 말하기를, 아 글쎄 문풍지가 달달달 떨리곤 했다니까.

손자 이지산은 자라면서 아버지 이일철이 할아버지 이백만을 따라서 한강으로 물 구경 나가던 일을 여러번 들은 적이 있었고 증손자 이진오도 그것을 전해 들었다. 샛말은 물론이고 한강 일대가 오년 동안이나 홍수가 졌다는 이야기였다. 누구든 들으면 어떻게 오년 동안 홍수가 지느냐고 믿지 못할 테지만 그건 엄연히 그들 가족이 겪은 일이었다.

영등포가 원래 모래땅이고 여름이면 물이 드는 게 늘 있는 일이어서 겨울만 빼고는 언제나 땅이 질척거렸다. 그러니 오래전부터 주민들은 영등포를 진등포라고 자조하여 불렀다. 짚신이나 신던 시절에는 말할 것도 없고 고무공장에서 쏟아져나오던 작업화 지카타비(왜버선 모양 작업화) 고무신 고무장화가 나온 뒤에는 진등포에 살려면 마누라 없인 살아도 장화 없이는 못 산다는 말이 돌았다. 진등포는 점잖은 말이고 그보다 더하게는 비만 오면 물이 들어 흙길이 죽처럼 된다고 죽마루라고도 불렀다.

큰 홍수가 시작되기 바로 한해 전에 전국적으로 삼일독립만세운동이 일어났다. 영등포는 경부선과 경인선이 만나는 지점이고 물자와 사람의 왕래가 빈번한 경성의 길목이었다. 전국의 소문이 하루 이틀이면 닿는 곳이라 문안과 경기도 일대에서 일시에 만세가 일어났다는 소문이 장거리에 파다하게 퍼졌다. 피 끓고 성미 급한 이들뿐만 아니라 구경 좋아하는 이들도 걸어서 한강 인도교 거쳐 문안으로 들어가 친척이나 동무들을 만나고 돌아와서 소문이 사실이었다고, 자기가 보고 들었던 이야기를 퍼뜨렸다. 이백만이 영등포에 와서 십년 가까이 살아오는 동안에 나라는 망했지만 의병은 끊임없이 사방에서 일어났다. 일본군과 총격전도 벌이고 때로는 폭탄 습격도 했지만 잡혀 죽고 스스로 자결하기도 하면서 조선 사람들에게 아프고 깊은 기억을 남겼다. 봄 여름 가을 겨울이 지나면서 잠잠해지고 잊히고 나면 보통의 아무 일도 없는 나날이 물처럼 그 위를 덮고 흘러갔다. 천재지변 역시 그러했다. 한강 기슭에 큰물이 드는 일은 해마다 여름이면 연례행사처럼 벌어졌다.

초여름에 접어들어 음력 오뉴월이 되면 사람들은 장마철을 기억하고 거처의 안위를 걱정하기 시작한다. 이백만은 퇴근해서 저녁을 먹은 뒤에 한쇠의 손목을 잡고는 해가 저물기 시작한 강가로 나가보곤 했다. 멀리 북한산과 남산에 반사된 노을이 비쳐 있고 서쪽으로는 선유도 뒷전으로 붉은빛이 가득한 하늘이 보였다. 한강은 여의도에서 갈라져 샛강을 이루어 영등포 앞으로 흘렀다가 양화나루 앞에서 합수되고, 안양천은 오목내 앞의 염창 앞에서 한강으로 흘러드니 영등포는 그 사이에 낀 곳이었다. 강 건너 마포 일대와 용산에 이르기까지 기슭은 거의가 모래땅이었다. 비가 오다가다 흐렸다 개기를 거듭하기 시작하면 장마의 초입이었다. 한쇠는 처마 밑에서 빗물 떨어지는 소리를 들으며 자고 깨는 날이 어쩐지 아늑하고 고즈넉해서 오히려 시끄럽기는커녕 잠이 잘 왔다.

그날 밤은 뇌성벽력이 하늘과 땅을 뒤집는 것처럼 요란했고 굵은 물줄기가 하늘을 가득 채우며 쏟아붓듯이 날이 새도록 비가 내렸다. 이백만은 걱정스럽게 하늘을 쳐다보며 출근했는데 바람 때문에 몸을 가릴 것이 없었다. 지우산은 일본 여자들이나 쓰는 물건이고 우비는 그때에 나오지도 않았다. 삿갓을 쓰든지 도롱이나 뒤집어쓰던 시절이었다.

한쇠가 여덟살, 두쇠는 여섯살이었다. 한쇠는 열살이 되어서야 보통학교에 진학했으니 엄마가 장사를 나가면 아우를 돌보며 동네 아이들과 놀러 다닐 때였다. 주안댁은 아이들에게 사랑이 극진하여 눈비가 오거나 바람이 불면 장사를 접고 아이들과 함께 지냈다. 비 오는 날이면 한쇠가 남달리 기분이 좋아지는 건 그날따라 엄마와 하루 종일 함께 지낼 수 있었고, 엄마가 밥상을 챙겨주는 건 물론이고 저녁에 아버지 돌아올 무렵까지 끊임없이 뭔가 군것질거리를 만들어 함께 먹었기 때문이다. 수수나 감자로 전을 부쳐주고, 옥수수 또는 고구마를 굽거나 쪄주고, 단호박도 쪄주고, 아버지 몰래 찹쌀 멥쌀을 찧어 인절미나 절편도 만들어주었다. 이백만은 영문도 모르고 저녁 밥상 앞에서 아이들이 몇숟갈 뜨다 말면 괜히 어디 아픈가 이마에 손을 대보거나 배를 쓸어보고는 했다. 한쇠는 엄마와 단단히 약조를 했기 때문에 입을 다물었지만 가끔씩 두쇠가 산통을 깨버렸다.

"우리 떡 해 먹었다 뭐."

이백만은 그러면 그렇지 하는 얼굴로 고개를 끄덕이고는 엄마에게 한소리를 했다.

"자네 손이 커서 큰일이야. 이거 살림을 하자는 게야 말자는 게야. 남들 입방아에 오르내릴까 무섭다. 무싯날에 자빠져서 애들하구 밥쌀을 갖구선 떡을 해 처먹어?"

그러면 주안댁은 아무 소리 없이 마주 앉아서 우걱우걱 밥을 숟가락에 고봉으로 떠서 입에 틀어넣고 그 때문에 말 못하는 시늉을 했다. 눈으로는 두쇠를 흘겨보면서.

아버지 잔소리는 그뿐이었지만 말없이 건넌방으로 가서 공작을 하는 일에 빠져버리곤했다.

"저노무 쇳조각들을 몽땅 쓸어다 버리든지."

주안댁은 아이들이 듣건 말건 그렇게 혼자 씨불였다.

그런데 그날은 그러루한 보통 장맛비가 아니었다. 비가 듣거나 잠깐씩 개거나 하지 않고 밤새 내리던 그 모양새로 계속해서 좌락좌락 물동이째로 붓듯이 쏟아지는 것이었다. 골목 안의 구석 집이라 햇볕도 잠깐 들다 마는 위치여서 세상의 형편이 어떠한지 살필 곳도 마땅치 않았다. 이런 날 집에서 식구들과 머물러 있지 않고 고지식하게 공장으로 출근한 남편을 주안댁은 원망하며 중얼거렸다.

"벽창호 같으니, 이러다 집두 사람두 다 떠내려가면 어디 가서 식구들을 찾을라구 그러나."

그런데 그 말은 곧 씨가 되었다. 비가 계속해서 쏟아지고 하늘이 더욱 컴컴해진 오후에 주안댁은 드디어 결심을 하고 빈 독을 옮겨 놓고 그 위에 통나무를 걸치고 아슬아슬 지붕 위로 올라갔다. 지붕 위에 올라간 그녀는 기와가 깨질까 조심하며 용마루까지 기어가서 엉거주춤 상반신을 폈는데 놀라운 광경을 보았다. 동네는 시장 쪽보다는 조금 높은 지대였는지 아직 골목길엔 물이 들어오지 않았지만 그 너머로는 온통 흙탕물로 뒤덮여 있었다. 가끔씩 사람들이 지나가는 게 보였는데 물이 무릎까지 찰랑거렸다. 저 물이 늘어난다면 꼼짝없이 골목 안에 갇히고 말 터였다. 그녀는 성큼성큼 내려와 한쇠에게 일렀다.

"내 잠깐 나갔다 올 테니까 아우 데리고 집 지키고 있어라."

주안댁이 골목 바깥으로 나가 시장 사거리 모퉁이의 큰길에 당도하니 사방에 아무것도 안 보이고 흙탕물뿐이었다. 보따리를 이고 진 사람들이 이곳저곳에서 몰려나와 서로 식구를 부르고 찾으며 큰 난리가 난 형국이었다. 어른들에게는 지금 무릎 위 정도로 올라왔지만 아이들은 배 위에까지 물이 차올라 있었다. 물은 점점 불어날 것이다. 그러면 아이들의 키를 넘어서게 될지도 몰랐다.

주안댁은 집으로 돌아오며 물난리가 났을 때 어디로 가야 하는

지 빨리 생각해보았다. 높은 지대로 가야 한다. 부근에서 가까운 곳은 두군데였고 남편의 일터와 가까운 곳에 한군데가 더 있었다. 좀 더 먼 곳에 자기 생각에도 안전한 곳이 있었지만 거기까지 가는 동안 물이 더 불어나서 중도에 오가지도 못하고 횡액을 당할 수도 있었다. 그녀가 건사할 아이가 둘이나 된다. 집 동네에서 가까운 곳은 한 방향이니, 동북쪽으로 가면 옹기말이 있는데 그녀가 새우젓 독이나 항아리를 사러 가던 동네였다. 옹기막이 두군데 있었고 집은 십여호에 지나지 않았다. 이 동네 어귀에 교회당이 들어서고 언덕 전체에 빼곡히 기와집이 들어선 것은 한쇠가 중학생이 되었을 무렵이었다. 옹기말의 언덕을 넘어서 샛강 강변까지 다가가면 다시 좀더 높은 언덕이 나오는데, 거기엔 은행나무 고목이 여러그루 있는 당산이 있었다. 다른 곳은 시장 사거리를 지나 남쪽 신길리 쪽의 방아곶 나루 앞의 언덕인데 그 아래 샛강 쪽으로는 귀신바위가 있어서 아이들이 여름에 멱 감다 빠져 죽기도 하는 깊은 물웅덩이와 바윗덩이들이 있었다. 그곳은 자칫 가는 도중에 언덕 아래로 샛강물이 밀려들 수 있어 위험하다고 그녀는 생각했다. 남편이 있는 공작창 부근에는 원당산 언덕이 있는데 아마 이백만이 귀가하지 못하면 그리로 피할 수도 있었다.

그녀는 옹기말 쪽으로 방향을 정하고 아이들을 재촉하여 집을 나섰다. 무엇이든 물에 뜨는 것을 찾다보니 집에 있는 거라곤 커다란 나무함지뿐이었다. 맞춤한 손잡이가 있어 새끼를 꿰어 붙들어 매고 물이 찰랑찰랑 들어오기 시작한 동네 골목길에서는 그냥 끌다시피 하며 걸었다. 다행히 맨땅보다는 훨씬 나아서 함지는 잘도 미끄러지며 따라왔다. 사방에서 몰려나온 사람들이 각자 정한 방향을 따라서 물속을 허위허위 돌아다니고 있었다. 주안댁은 두 아이를 데리고 걷는데 어떤 곳은 얕았지만 장소에 따라서 깊어지기도 하여 두쇠가 외마디 소리를 지르며 가슴께로 차오른 물에 놀라 넘어지자 얼른 손목을 잡아 일으켜 세웠다. 두쇠는 흙탕물을 들이켜고 캑캑거리며 울었다. 두쇠를 업고 한쇠는 물에 동동 뜬 나무함지를 붙잡고 가도록 하였다. 한쇠는 어려서부터 봄이 지나 초가을 무렵까지 동네 꼬마들끼리 샛강에 나가 놀기를 좋아하여 개헤엄을 칠 줄도 알았다. 그래선지 함지를 붙잡고 가끔씩 두 발을 땅에서 떼고 물장구를 신나게 해보기도 하는 것이었다.

세 모자가 옹기말 언덕 아래 당도하니 제법 많은 사람이 사방에서 모여들고 있었다. 그들은 옹기막으로 올라갔다. 사방에 깨어진 항아리며 독이 굴러다니고 굴뚝 올린 가마가 두군데나 있는데 옹기막은 기둥에 지붕만 얹은 작업장이었다. 그러한 작업장이 디근자로 길게 연이어져 있으니 많은 사람이 비를 피하여 머물 만한 장소였다. 비가 그 기세를 꺾지 않고 밤과 낮 동안 한결같이 쏟아져 내리는데 보통날보다 훨씬 일찍 어둠이 내렸다. 물론 이백만은 소식도 없고 식구들 앞에 나타나지도 않았다. 천하장사라 하여도 그런 난리에 별도리가 없었을 것이다.

옹기막 사람들이 천재가 일어났으니 서로 돕겠다고 작업장 몇군데에 모닥불을 피웠다. 그리고 저녁밥 때가 늦어지자 마을에서 밥을 지어 주먹밥을 만들어다 나누어주었다. 피난한 사람들은 남녀노소 합하여 삼십여명 되었고 옹기막 사람들까지 합하면 사십명쯤 되었을 터였다. 물이 점점 차올라 언덕 아래 제법 가까운 곳까지 다가왔다. 옹기막에서 서로 의지하여 하룻밤을 새우고 훤해진 새벽녘에 언덕 아래를 내다본 사람들은 자기들이 완전히 고립되어 있음을 확인했다. 사방이 그야말로 망망한 물바다였다. 옹기말 언덕배기를 남기고 범람한 물이 온 들판에 가득했다. 주안댁은 거뭇거뭇 솟아 있는 지붕들의 형체로 자기네 동네를 가까스로 알아볼 수가 있었다. 번지고 넘친 샛강물이 거칠게 흘러내려갔다. 멀리 북쪽으로 비죽비죽 고목나무가 서 있는 당산 언덕이 보일 뿐이고 서쪽으로 공장지대의 굴뚝이 몇군데 보였지만 물이 어느 높이까지 차올랐는지 가늠할 수가 없었다. 그날 낮에 주안댁이 옹기말에서 큰일을 해냈는데 두고두고 사람들의 입에 오르내리는 전설이 되었다.

사흘 동안 줄기차게 내린 비로 불어난 강물이 흙탕물이 되어 한강 연안의 저지대를 모두 휩쓸어버리고 있었다. 오후가 되면서 폭우는 차츰 걷히는가 싶었는데 거품을 머금은 흙탕물이 옹기말 언덕을 둘러싸고 거칠게 흘러내려갔다. 무너진 집이며 나무와 허섭스레기와 농짝이 물에 반쯤 잠겨서 우쭐거리며 떠내려왔다. 피난온 사람들은 언덕가에서 그러한 광경을 불안하게 내다보고 있었다. 주안댁이 무슨 생각이 들었는지 옹기막으로 올라가 이리저리 둘러보고 다녔다. 그러다가 주인 옹쟁이에게 말했다.

"뭐 밧줄 같은 거 없수?"

"그건 뭣 하시게?"

주안댁은 푸시시 웃으며 말했다.

“보물단지들이 떠내려오는데 건져볼라구요.”

“에이, 큰 탈 날라구 그래. 어찌 개헤엄이라두 치슈?”

주안댁이 다시 웃으며 대꾸한다.

“지가 원래 제물포 갯것이라 물속이 앞마당이라오.”

옹기막 주인은 호기심이 발동하여 새끼줄을 가져다 세줄을 덧붙여 능숙한 솜씨로 밧줄을 꼬았다. 튼실한 밧줄 두가닥이 완성되자 주안댁이 언덕가로 내려가는데 주인이 다시 쫓아오더니 뭔가 꾸러미를 내민다.

“이거 우리가 천렵 갈 때 쓰던 투망인데 한번 써보슈.”

주안댁은 그물 뭉치를 쓱 한번 보더니 반색을 한다.

“그거 참 맞춤한 물건이우.”

주인과 인부 두엇이 주안댁을 뒤따랐고 그녀는 밧줄을 허리에 감고 끝은 인부들에게 내주었다.

“내가 말하면 끌어올려주소.”

주안댁이 언덕 가녘에서 살피다가 서슴없이 물속으로 뛰어들자 밧줄이 풀려나갔다. 그녀는 무리 지어 떠내려오는 수박덩이를 목표로 헤엄쳐 가더니 몇덩이를 그러모아 투망에 뒤집어씌우고 외친다. 그녀는 물가로 잠깐 나왔다가 다시 들어가서 참외며 오이 등속을 그러모아 나왔고, 어느새 물질에 이골이 나서 닥치는 대로 건어들였다. 판자나 서까래 등속이며 누군가의 집에서 떠내려온 나뭇짐도 묶여 있는 그대로 건어왔다. 그때에 돼지 두마리가 사지를 버둥거리며 떠내려왔다. 하나는 거의 주안댁만이나 하고 다른 한마리는 그것의 절반 정도 크기였다. 주안댁은 헤엄쳐 다가가서 큰 놈의 머리에 올가미를 씌우고 다른 한마리는 목을 그러안고 외쳤다. 인부들이 도움을 요청하여 주위에 둘러섰던 사람들이 남녀 모두 달려들어 밧줄을 잡고 끌어올리기 시작했다. 큰 돼지는 그 방향이 살길이라 저도 사지를 버둥거리며 줄에 딸려 나오고 작은 돼지를 그러안은 주안댁도 한 손과 발장구로 헤엄쳐서 줄 끝에 매달려 나왔다. 그날 오후에서 저녁까지 옹기막에서는 수박과 참외에다 돼지를 잡아 옹기가마에 구워서 포식을 했고, 이 이야기는 수년 동안 이나 전설처럼 부풀려져서 온 동네 사람들에게 전해졌다. 주안댁이라는 여자가 어찌나 헤엄을 잘 치고 힘이 천하장사인지 돼지 수십마리를 물속에서 건져냈다고.

그런 이야기만 전해진 게 아니었다. 주안댁이 공작창까지 남편 이백만을 구하러 갔다는 이야기도 있었다. 이건 막음이 고모할머니가 이일철에게 얘기하고 손자 이지산을 통하여 증손자 이진오에게까지 전해진 사연이었다.

이백만은 홍수 첫날 공작창에 출근했다. 일본인 간부들은 거의 나오지 않았고 기사 몇 사람과 계장직과 고원들 그리고 용인(傭人) 역부들 대부분은 출근했다. 선반부 기사였던 마쓰다 상은 아무래도 발전설비와 선반기계들이 물에 잠길까 걱정하고 있었다. 그러나 대부분이 중장비들이라 함부로 옮길 수도 없었다. 그들은 출근하자마자 공장 건물 입구에 모래주머니로 임시 제방을 쌓기 시작했다. 물이 차오르기 시작하자 사람 키 높이까지 쌓았다. 평지에 비하여 비교적 고지대인 공작창이 그 정도 높이까지 물에 찬다면 전시가지는 물바다가 될 것이었다. 오후에 급히 쌓은 모래 제방의 삼분의 이 높이까지 물이 차오르자 직원들은 대피를 시작했다. 그들은 영등포역으로 철수하려고 했는데, 그곳이 고추말고개의 초입으로 낮은 언덕이었기 때문이다. 원래 정거장 부지는 기관차의 출발과 정지를 지형을 이용하여 도움받기 위해서 평지보다는 높은 지대에 정하던 것이다. 공작창에서 역까지 지선 철도가 있어서 기관차에 객차 세량을 달아 이동하기로 하였다. 몇 사람이 마지막까지 남아서 공장을 지키기로 했으며 이백만도 고원들과 함께 남아 있었다. 기차가 직원들을 싣고 조심스레 출발했고 철로는 물에 덮여 이미 자취가 사라졌다. 그래도 객차가 높아서 물이 찰랑찰랑 승강구 계단에 닿을 정도였다. 공장에 남은 사람은 십여명쯤이었다. 물이 더 차오르면 지붕 위로 대피할망정 공장을 떠나지 않을 각오였는데, 임시 제방의 모래주머니 한쪽이 무너지면서 물이 안으로 쏟아져들어왔다. 이백만은 동료들과 함께 비상 사다리를 타고 지붕으로 올라갔다. 목구조에 슬레이트를 올린 지붕이어서 한곳에 몰려 있으면 무너질 지경이라 각자 흩어져서 처마 근처에 쪼그리고 앉아 있었다. 어느새 비에 온몸이 흠뻑 젖었고, 아무리 여름철이라지만 밤에는 한기 때문에 견디지 못할 것이었다. 부근을 잘 아는 이가 원당산 철도관사 언덕으로 피하자고 제안했다. 보통날은 싸온 벤또를 가지고 나무 그늘을 찾아가 점심을 먹고는 하던 곳이니 지척인 셈이었다. 그러나 물의 깊이가 얼마쯤 되는지 모르니 함부로 건너갈 수도 없고 이미 밤이 되었다. 모두들 거기서 비를 맞으며 밤을 새웠다. 잠들면 저체온증으로 죽는다며 노래를 부르기도 하고 서로의 귀싸대기를 때리기도 했다. 이튿날 허기지고 지친 채로 서로를 부둥켜안고 버티는데 다행히 비는 그쳤지만 물은 차츰 더 불어났다. 정오쯤에 비가 다시 내리기 시작했을 때 부연 안개 속에서 누군가가 나타났다.

주안댁은 돼지를 끌어올리는 활약을 보여주고 나서, 건져올린 잡동사니들 중에 부서진 집들의 부산물인 판자며 서까래 등속을 모아서 새끼줄로 묶어 뗏목을 만들었다. 그녀는 뗏목을 물에 띄워 긴 장대로 삿대를 삼아 남편의 공장 방향으로 저어 갔다고 한다. 고여 있는 물도 아니고 홍수가 져서 흐르는 물에 뛰어들었으니 누구라도 말려야 할 일이었다. 하지만 주안댁이 밧줄을 찾으러 다니는 것부터 돼지를 끌어올리는 것까지 말도 없이 해치운 것을 목격하였으니 아무도 그녀의 결정을 말릴 계제가 아니었다. 주안댁의 뗏목은 그야말로 쏜살같이 당산리 쪽으로 미끄러져갔다고 한다. 삿대질이 어찌나 빠르고 거세었던지 물속을 팍팍 찍는 동작이 춤추는 것 같았다고 그랬다. 공작창의 지붕만 남아 있었는데 주안댁은 정확하게 사람들이 모인 곳에 뗏목을 대었고 그들을 실어다 원당산 언덕 기슭에 부렸다. 남은 사람이 십여명이었으니 두어명 태우기도 힘들었을 텐데 다 옮기려면 열차례는 오락가락했을 거라고 그랬다. 원당산에는 당집이 있고 집도 몇채 있는데다 인근 사람들이 피신해 있어서 모닥불을 피우고 음식도 얻을 수 있었을 것이다. 어쨌거나 주안댁이 여러명을 살린 셈이었다. 하루 더 지나서 물이 거의 빠진 뒤에 주안댁은 이백만과 함께 걸어서 옹기막으로 갔고 맡겼던 아이들을 만나 온 가족이 무사하게 버드낭구집으로 돌아갔다. 주안댁에 관한 놀라운 전설에 대하여 이백만은 대개는 침묵하고 이렇다 저렇다 말이 없더니, 그래도 손자 이지산에게는 너그러워서 한마디로 간단하게 대답했다.

"너희 고모할머니가 원체 허풍이 심하니라."

이백만이 누이동생 이막음의 허풍 재담으로 돌렸지만 그렇게 말하는 할아버지의 대답이 못내 서운하더라고 이지산은 늘 얘기했다. 돼지 건진 건 사실이지만 그런 능력을 가진 주안댁이 뗏목을 만들고 홍수를 헤쳐나가 수십명을 구했다는 건 거짓말이라니 앞뒤가 맞지 않는다는 것이었다. 그 말이 맞아야만 을축년 홍수 때에 이미 세상을 떠났던 주안댁이 다시 나타났다는 애기가 성립되지 않겠는가.

워낙 막음이 고모가 어릴 적부터 입담이 세어서 수많은 얘기가 부풀려졌지만 주안댁과 관련해서는 모두 근거가 있는 얘기라는 것이다. 오년 동안 거듭 일어났던 물난리 중에 마지막이던 을축년 홍수가 제일 컸는데, 그때에는 이미 주안댁이 세상을 떠나고 막음이 고모가 방직공장에 취직하러 왔다가 혼자된 둘째 오빠를 위하여 아이들을 돌보고 살고 있었다. 그런데 그 물난리 가운데 주안댁이 다시 나타났다고 그랬다. 어쨌든 그건 처음 홍수 때로부터 다섯해 뒤의 일이다.

이막음의 체험에 의하면 을축년 홍수 때까지 다섯해의 일들이 정리가 된다. 한번 물난리를 겪은 사람들은 아직 장마가 오기 전인 양력 유월 초가 되면 벌써부터 준비를 해두기 시작했다. 유지를 구해다가 가족 전원을 위한 도롱이를 만들고 비를 피하고 물을 피할 만한 구조물을 집 안에 만들어두었다. 어떤 이는 기역 자나 디근 자로 이어진 지붕 위에 서까래를 가설하고 판자를 잇대어 올라가 앉는 임시 대피처를 만들거나 마당이 넓은 집은 원두막 같은 모양과 구조의 정자를 따로 짓기도 하였다. 이백만의 집은 가장의 솜씨가 워낙 좋았던지라 구조물이 동네에서 제일 그럴듯해 보였다. 버드낭구집이라는 이름에 걸맞게 집 모퉁이의 버드나무 위 적당한 높이에 튼튼한 대들보를 올리고 그것을 나중에 지어 올린 문간방의 지붕에 걸쳤다. 서까래를 엇갈려서 걸치고 그 위에 판자를 깔았다. 작은 누마루가 생겨난 셈이었고 두 어른과 두 아이가 쪼그리고 앉아 있을 만했다. 한쇠와 두쇠 형제는 세월이 오래 흐른 뒤에도 그 나무 위의 작은 정자를 기억했고 세상에서 가장 멋진 본부였다고 말하곤 했다. 해마다 물이 들었지만 첫 홍수가 난 이듬해에는 마루 아래에 닿는 것으로 그쳤다. 물론 시장 일대는 모두 침수가 되었다. 신유년부터 용산과 영등포 일대에 제방공사가 시작되어 주안댁이 세상을 떠나던 해에 완공되었다. 막음이 고모가 이백만의 집에 온 것은 주안댁이 죽기 전이었는지 그뒤였는지 확실하지 않다. 주안댁이 고구마를 수십개 삶아 먹고 죽은 걸 얘기하는 걸 보면 막음이 고모가 주안댁이 죽기 전에 온 것이 확실하지만, 이백만의 말을 들어보면 그것도 허풍이라는 것이다. 주안댁은 고구마를 먹고 체해서 죽은 게 아니라 셋째 임신 중에 잘못되어 앓다가 태아와 더불어 사망했으며 아이들 때문에 백만이 며칠 동안 결근을 했다고 그랬다. 따라서 막음이 고모가 주안댁이 죽고 나서 영등포에 왔다는 얘기가 된다. 고모가 을축년 홍수를 자세히 기억하고 있는 것으로 보아 그녀는 그해 여름 무렵에는 분명히 주안댁 없는 집을 지키고 있었다.

경신년에 혼이 났던 총독부가 부랴부랴 경성 일대를 홍수로부터 안돈시키느라 해마다 물난리를 겪는 와중에도 제방공사를 서둘러 끝냈다. 그렇지만 겨우 일년 안에 해치운 날림공사가 분명했다. 지난번에도 그랬지만 을축년에도 두차례에 걸쳐서 폭우가 내렸고 홍수는 엎친 데 덮치는 식으로 몰려들었다. 칠월 초에 태풍이 다가와 비가 많이 온데다 미처 물이 다 빠져나가기도 전에 중순에 다시 뒤를 이은 태풍이 서해안으로 몰려와 상류에서부터 물난리가 시작되어 경성의 저지대 전부와 고양 광주 양주 가평 시흥 김포 양평 등지가 물에 잠겼고 가까스로 완공한 한강변의 제방을 무너뜨리면서 용산 마포 영등포 일대를 흙탕물로 만들었다.

해마다 수해를 겪어왔던 이백만 가족은 대개 버드나무에 잇대어 가설한 정자 대피처에서 이삼일 견디면서 홍수의 고비를 넘기곤 했다. 그해에도 장마가 시작되자 예년처럼 식수를 저장한 항아리를 정자 위에 올려두고 지붕에도 초가 이엉을 얹어 밧줄로 튼튼히 엮었다. 한쇠가 열세살 보통학교 삼학년이었고 두쇠는 열한살 이학년이었다. 비가 오기 시작하자 학교에서는 아이들을 출석만 부르고는 그대로 집으로 돌려보냈다. 아마 막음이 고모가 영등포 둘째 오빠의 집에 찾아온 것이 그해 봄이었을 것이다. 이전 해의 겨울에 주안댁이 세상을 떠났으니까. 이백만은 두 아이를 데리고 뒤치다꺼리를 하며 어렵게 겨울을 났다. 백만이 쪽에서 먼저 누이동생에게 도와달라고 청하지는 않았다. 이막음은 올케가 작고했을 때에 막내오빠 이십만과 함께 와서 빈소를 지키며 장례 일을 도왔다. 큰오빠 이천만은 배를 타고 해주에 올라가 있어 참석할 수 없었다. 이막음은 이웃집의 제 또래가 영등포 방직공장에 취직이 되었다는 소문을 듣고 자기도 이럴 때가 아니라고 생각했던 것이다. 오빠네 집에 아낙도 없으니 가사도 도울 겸 영등포에 가 있다가 기회를 보아 공장에 취직할 길을 찾아야겠다고 결심했다. 막음이가 찾아오자 이백만은 겉으론 무덤덤하게 아무런 내색을 하지 않았다. 그러나 백만이 한달 뒤 월급을 타자마자 옷감을 끊어다 동네 재봉소에 맡겨 옷을 지어 입도록 한 것으로 보아 누이동생을 반긴 게 사실이었다.

막음이 고모가 그해 봄에 왔을 때 한쇠 두쇠 형제는 어른들 말로 이미 대가리가 커서 자기 앞치레는 할 만하게 철이 들었다. 비가 억수로 내리던 그날 아이들이 학교에서 돌아오고 이백만도 공장에서 일찍 퇴근하여 온 식구가 모이니 안심이 되었다. 오후부터 저지대에 물이 들기 시작했고 막음은 밥을 보통날보다 세배쯤 많이 지어 저녁을 먹은 뒤에는 주먹밥을 뭉쳐놓았다. 이미 비상식량으로 누룽지도 모아두었다가 꾸덕꾸덕하게 말린 것을 종이에 가득 싸두었다. 골목 어귀에 물이 들기 시작하자 그래도 아직은 견딜 만하다고, 마루에 닿기 전에는 그냥 방에 머무를 작정이었다. 몇차례 홍수 때에는 동네 골목으로 물이 들어오기는 했으나 어른 허벅지에 닿을 정도여서 마당으로 들이치는 물을 염려스럽게 바라보기만 했을 뿐 정자로 올라가지는 않았다. 이삼일쯤 개었다가 다시 폭우가 쏟아져내리면서 제방 곳곳이 무너지며 물이 한꺼번에 밀려들어 영등포 전체가 물에 잠기기 시작했다. 이때에는 마루를 넘어 마당의 물이 어른 허리께에 차올랐다. 이백만 식구는 그제야 정자에 올라가서 밤을 새웠는데 물은 점점 더 차올랐다. 그들은 어둠 속에서 정자에 쪼그리고 앉아 뇌성벽력 소리에 잠을 이루지 못했다. 물이 마당을 뒤덮고 마루를 넘어 안방 건넌방으로 밀려들어갔으니 이보다 낮은 시장 사거리 일대는 사람의 키를 넘어섰을 것이었다.

한밤중이었는데 빗줄기는 줄지도 않고 계속해서 쏟아졌고 물도 점차 불어났다. 나중에 발표하기를 제방이 무너지면서 평지였던 영등포 전체가 물에 뒤덮여서 가옥의 지붕이 보이지 않을 정도였으며 심지어 비교적 높은 지대였던 영등포 역전 부근마저 삼 미터의 높이로 침수되었다고 했다. 일대에서는 공작창 부근의 철도관사가 있던 원당산 언덕만이 남았다. 몇해 전에 주안댁이 삿대로 뗏목을 저어 공장 사람들을 실어 날랐다는 그곳이었다. 아직 물이 거기까지는 차오르지 않았을 한밤중이었는데 누군가가 대문을 두드리는 소리가 들렸다. 막음이 고모의 말에 의하면 그때 마당에 들어찬 물을 헤치고 나가서 문을 열어줄 사람이 아무도 없었다고 했다. 이백만은 꾸벅꾸벅 졸고 있었고 한쇠가 제일 먼저 졸다가 깨어났다고 한다.

"고모, 우리 엄마가 오셨어요."

이막음이 얼결에 말했다.

"아이고, 그러면 어서 대문 열어줘야지."

했다가는 아니 그런데 올케가 세상을 떠났다는 생각이 들었다.

"저건 바람 소리다. 누가 왔다구 그래."

"꿈에 엄마가 온다구 그랬다니까."

와지끈하는 소리가 들리고 대문이 활짝 열리더니 주안댁이 왕골 도롱이를 쓰고 머리엔 삿갓까지 얹고 철퍽거리며 안으로 들어서서 가설 정자 위를 올려다보았다.

"아가씨, 애들하구 어서 내려오지 않구 뭘 하구 있소?"

그 소리에 정신이 번쩍 들었는데 한쇠가 제일 먼저 저희 어미에게 내려갔고 두쇠도 따랐지만 이백만은 코를 골면서 자고 있더란다.

"오빠야, 언니가 델러 왔네. 얼른 일어나요."

하니까 이백만은 그제야 일어나 누이를 먼저 내려보내고 자기도 엉거주춤 내려왔다. 골목으로 나오니 뗏목이 기다리고 있어서 모두들 기어올랐고, 주안댁이 맨 뒤에 올라서서 삿대로 밀어내기 시작하니 골목을 요리조리 빠져나가 네거리라고 짐작되는 너른 물에 나왔다. 물이 점점 불어나고 뗏목이 요동을 쳤다. 아무튼 출렁거리고 삐거덕거리며 뗏목이 서남쪽 방향으로 내달려 원당산 언덕에 당도한 것은 겨우 몇분 만이었다. 주안댁은 그들을 언덕에 내려놓고는 다시 뗏목을 타고 어둠 속으로 사라져버렸다고 했다. 이런 이야기 역시 이백만은 나중에 다르게 말했다.

막음이 고모가 어려서부터 저 혼자 생각에 골똘하는 버릇이 있는데 제 머릿속에서 생각한 일을 사실이라고 믿어버린다는 것이었다. 그날 공장에서 이백만은 태풍이 올라오니 이번에 모든 직원들은 솔가하여 철도관사로 대피하라는 공지를 받았다고 했다. 퇴근하여 막음이와 한쇠 두쇠를 데리고 철도관사 동네로 갔고 공회당에서 사흘을 머물다 물이 빠진 뒤에 귀가했다고. 그런데 문제는 막음이 고모 혼자 주안댁의 도움을 기억하고 있는 게 아니고 한쇠까지도 엄마가 왔었다고 굳게 믿고 있었다. 한쇠는 그에 보태서 엄마가 무럭무럭 김이 나는 팥시루떡을 하나씩 주어서 맛있게 먹었다고 그랬다. 그걸 뗏목 위에서 먹은 게 아니라 엄마가 나중에 나타나서 공회당 밖으로 불러내어 자기와 아우에게 주어서 비를 맞으며 먹어치웠다고 한다.

"너희들 여기 있을 동안 엄마가 매일 와서 떡을 줄게."

한쇠는 주안댁이 그랬다는 말까지 덧붙였다. 한쇠는 막음이 고모가 눈을 찔끔대며 아버지 있을 적에는 그런 얘기를 하지 말라고 당부했는데도 잊어버리고 신이 나서 떠들곤 했다. 한쇠 나이가 그때 열세살이었고 보통학교도 다녀서 충분히 문리를 깨칠 무렵이었으니, 나중에 그의 아내 신금이나 아들 이지산이 절반 정도는 믿을 수밖에 없었다. 두살 터울이었던 아우 두쇠는 이백만의 편을 들었지만 그의 말은 곧 무시당했다. 한마디로 두쇠가 집안 돌아가는 사정에는 커서도 별 관심이 없었다는 게 그 이유였다. 두쇠는 주의자들에게 휩쓸려 일경에 쫓겨 도망 다니거나 옥살이로 세월을 보내지 않았느냐는 것이다.

막음이 고모는 한쇠와 죽이 맞아서 주안댁에 대한 여러가지 전설을 만들어냈다. 이막음은 남편을 만나게 된 인연을 얘기할 적에도 주안댁을 놓치지 않고 끼워넣었다. 그녀는 방직공장에 들어가보려고 모집 공고가 날 적마다 오빠 이백만에게 부탁도 해보았고 돈을 모아두었다가 반장 하는 이의 아내에게 화장품도 사들고 찾아갔건만 언제나 허사가 되고 말았다. 그래도 보통학교는 나와야 되지 않겠느냐는 것이다. 그러니 이제 열일고여덟이면 혼삿길을 찾아야 할 나이로 시집이나 가지 뒤늦게 직공이 되려느냐고 좋게 거절만 당하였다. 그때도 모집 공고를 보고 면접까지 하고는 같은 소리의 면박만 당하고 눈물 바람으로 돌아오는데 집 마당으로 들어서니 주안댁이 절구질을 하고 있었다.

"아이고, 형님 여기서 뭘 하구 있소?"

주안댁은 예전처럼 우람한 몸집을 흔들며 절구에 공이를 쿵쿵 내려찧는 동작을 멈추지 않고 대답했다.

"보면 몰라? 우리 한쇠 두쇠 떡 해줄라구."

"오빠가 무싯날에 떡 하면 화낼 텐데 밥이나 합시다."

막음이가 그랬더니 주안댁이 핑 하니 웃으며 절구질을 계속했다.

"벽창호 오기 전에 빻아놓고 갈 테니 시루에 찌는 건 아가씨가 해여."

그러고는 방에 들어가 옷 갈아입고 나오니 주안댁은 온데간데없었다. 절구 안에는 뽀얗고 곱게 빻은 쌀가루가 담겼고. 그래서 막음이 고모는 그날 밥보다 먼저 떡을 찌게 되었다. 아이들은 학교에서 돌아와 명절에나 먹는 팥시루떡을 오랜만에 허겁지겁 먹을 수 있었다. 막음이 고모는 오빠가 퇴근하여 돌아오기 전에 모든 흔적을 싹 치우고 된장찌개에 생선구이로 저녁 밥상을 차려냈고, 아이들은 먼저 저녁을 먹었노라고 시치미를 떼었다고 한다. 이튿날 한가한 오후에 이막음이 낮잠을 한숨 자고 일어났는데 마루 끝에 주안댁이 앉아 있었다.

"아가씨가 어디 갈 데가 있어."

주안댁이 이끄는 대로 따라갔는데 시장 초입이었다. 중년 남자와 젊은 사람이 덧거리 가가를 짓고 있던 중이었다. 나무 기둥을 세우고 위에 지붕을 떠받칠 서까래를 얹고 원래의 집에 덧대어 길 쪽으로 점포를 내는 참이었다. 이막음이 옆을 돌아보니 자기를 끌고 왔던 주안댁은 보이지 않았다. 그녀는 서성이다가 젊은 목수에게서 말을 듣게 된다.

"저리 비켜요. 거 일하는데 왜 거치적거려?"

"우리 집두 고칠 데가 있어서 물어볼라구 왔수."

누가 시키지도 않았는데 이막음이 그렇게 술술 말했고 나이 든 목수가 그녀에게 대꾸했다.

"아, 저 골목 안에 버드낭구집이라구 아까 웬 아주머니가 이르더만."

하고는 그가 젊은이에게 일렀다.

"니가 얼른 가서 형편을 보구 오너라. 일은 낼 아침부터 가서 할 테구."

이막음은 젊은 목수를 뒤에 달고 집으로 돌아갔고 미리 생각이나 해두었던 것처럼 말하게 되었다.

"우리 집이 여름마다 침수를 당하여 성한 데가 한군데두 없어요. 우선 방방이 비가 새구 기둥도 기운 데가 여럿이우."

젊은이는 고개를 끄덕였다.

"허물어진 집이 태반인데 그래두 이 집은 운이 좋네. 어디 봅시다."

그는 기울어진 주춧돌 위의 기둥을 살펴보고 안쪽의 평기둥 몇 군데도 툭툭 건드려보고 비가 샌다는 방 안의 천장을 살펴보았다. 이막음이 퇴근한 오빠에게 주안댁이 현몽하여 집수리를 하라기에 내일부터 일을 시키련다고 하였더니 이백만은 쓰다 달다 말이 없었다. 그는 목수들이 오는 시각까지 기다렸다가 그들과 공사 약정을 하고 노임을 정한 뒤에 뒤늦은 출근을 했다. 그날로부터 열흘 동안 집수리가 진행되었고 막음이는 목수 부자의 점심과 새참을 뒷바라지했다. 이것이 연이 되어 아버지 목수가 먼저 이백만에게 이막음을 아들의 아낙으로 들이기를 청했다. 세상 떠난 주안댁이 중매를 섰던 셈이라 어느 누구에게도 그에 대한 이야기를 할 수는 없었으나, 막음이 고모가 그런 사연을 얘기한 사람은 두 사람뿐이었다. 하나는 물론 그의 말에 처음부터 편을 들어주었던 한쇠 이일철이었고 다른 하나는 나중에 그의 아내가 된 신금이였다. 주안댁은 그뒤로도 이막음과 이일철에게 종종 나타나 신금이와 더불어 세 사람은 소곤소곤 자신들이 겪은 얘기를 주고받곤 하게 되었다.

예를 들자면 이일철이 나중에 지선의 화물차를 타던 시절에 기관 조수 아래 화부부터 시작했는데, 눈이 강산같이 내리던 동짓달 밤의 일이다. 기관수는 역전기와 브레이크 밸브가 달린 핸들을 쥐고 전방을 살피고, 조수는 지형과 속도에 맞추어 화구에 투탄을 하고 있었으며, 그는 기관실 뒤의 저탄고에 쭈그리고 앉아 석탄덩이를 깨고 있었다. 갈탄에 화력을 높이느라고 콜타르를 잔뜩 섞은 탄을 지급했는데 그게 추위로 얼어붙기까지 해서 삽으로 뜨기 쉽게 일일이 깨야 했다. 끝을 뾰족하게 깎은 긴 쇠막대로 얼음 깨듯이 석탄덩이를 부서뜨리는 일이었다. 원래가 속도를 내거나 비탈을 올라갈 때면 조수와 화부가 함께 번갈아가며 저탄고의 탄을 삽으로 퍼서 화구에 던져넣는데 평지를 달릴 때에는 적당히 모아놓고 가끔씩 처넣던 것이다. 기관수나 조수도 이런 구간에서 잠시 쉴 참을 얻는다. 일철은 우비 입고 지붕 없는 저탄고에 쭈그리고 앉아 눈보라를 맞으며 탄 깨는 작업을 계속했다. 춥기는커녕 일이 고되어 열이 나고 입안이 말라 두되짜리 물통을 비치해두는데, 대개는 쉬이 지치니까 힘내라고 막걸리를 담아두었다. 물 대신 목마르면 물통을 기울여 막걸리를 꿀꺽이며 작업을 계속했다. 눈보라가 거세어지고 있었다. 일철이 쇠막대를 들어 석탄덩이를 향해 내리꽂는데 어둠 속에서 울창한 전나무 숲이 휙휙 지나가고 있었다. 길눈이 밝은 일철은 이곳을 지나면서 비탈이 시작되는 걸 알고 있었다. 투탄을 연속으로 해주지 않으면 비탈에서 기차가 힘에 부쳐 정지할 것이며 그러다가는 뒤로 밀려 수십리 밖에서 다시 가속을 시작해야 될지도 몰랐다. 얼핏 살피니 기관수는 물론 기관 조수도 각자 왼편 오른편의 의자에 쪼그린 채로 졸고 있었다. 쇠막대를 던지고 화구 앞으로 뛰어들려는데 뭔가 시커먼 사람이 앞을 가로막더니 화구가 벌겋게 열리며 삽질을 시작했다. 그것은 옆으로 서서 춤추듯이 몸을 뒤로 돌려 삽으로 탄을 퍼서 앞의 화구 속에 던져넣는 동작을 계속했다. 일철은 기관실에 오자마자 기차가 떠나기 전에 한시간 이상씩 투탄 실습을 받았는데, 느닷없이 나타난 사람이 어느 화부보다도 능숙하게 삽질을 반복했다. 일철은 그것이 주안댁임을 한눈에 알아보았다. 머릿수건 쓰고 몸뻬 입은 평소의 차림 그대로였다. 일철이 정신을 차리고 삽을 들어 그녀 옆으로 가서 함께 투탄을 하고 있을 때 조수가 깨어났다.

"어이쿠나, 빠꾸 먹을 뻔했구나!"

조수가 허둥지둥 삽을 집어 투탄을 시작했고 일철은 다시 저탄고로 물러났다. 기관수도 깨어나 비탈길을 올라가기 시작한 기관차의 증기 압력을 올렸고 기차는 안간힘을 쓰면서 산을 넘어갔다.

4

언젠가부터 진오는 아침을 먹지 않았다. 밖에서는 노동자들의 일상을 지원하기 위한 쉼터를 만든다고 연대운동을 벌이는 중이었다. 사회 각계로부터 모금을 하여 도심지 골목 틈새에 있는 낡은 건물을 사서 새 단장을 한다는 소식이었다. 그러면 이진오의 농성을 지원하는 베이스캠프가 든든하게 세워지고 다른 동지들도 교대로 체류하며 그를 도울 수가 있게 된다. 이진오는 거친 일을 하는 것도 아니고 고작 열여섯걸음밖에 안 되는 공간에서 활동을 제약당하고 있는 자신이 밥 세끼를 꼬박꼬박 챙겨 먹는다는 게 오히려 이상하다고 생각했다. 무엇보다도 단순노동이나 알바 일을 하면서 해고 기간을 견디며 자신을 지원하는 동료들에게 시간 여유를 줄 수가 있었다. 물론 금속노조의 지원도 있지만 그것은 어디까지나 사회에 알리는 홍보나 기업 측에 대한 연대활동에 국한된 것이고 일상은 당사자들 스스로가 자립적으로 해결해야만 했다. 동료들이 돌아가면서 일이 없는 날을 택하여 그를 지원하고 있지만 점심 저녁 두번으로 식사시간이 정해지자 한결 부담이 덜해진 듯했다.

이진오는 올라와서 두어달은 이 공간에 적응하는 기간이었고 이제 차츰 밀착이 되는 느낌이었다. 그건 마치 메마른 바위에 포자가 날아와 붙었다가 미세한 습기와 바람과 햇볕을 받으며 삶의 거처를 만들어가는 이끼가 자라는 과정과도 같았다. 무엇보다도 그는 무료함을 극복했다. 아침 해가 뜨면 텐트에서 기어나와 왕복 서른 걸음이 되는 트랙을 한시간 가까이 걸으면서 몸을 풀었고 셋 동작을 실시했다. 팔굽혀펴기 동작에서 다리 오므리고 쪼그렸다가 일어나며 허공으로 펄쩍 뛰었다가 다시 쪼그리고 팔굽혀펴기로 돌아가는 동작이 하나였다. 이렇게 셋 동작을 겨우 열번밖에 못하다가 이제는 열여섯번까지 늘렸다. 트레이너가 말하던 스무개를 채울 작정이었다.

장마철이 지나자 무더위가 덮쳤다. 시멘트 덩이의 굴뚝은 달아올라 섭씨 오십도를 넘어섰고 한낮에는 육십도에 육박하기도 했다. 그 정도면 달걀이 반숙되는 온도였다. 따라서 운동은 새벽 다섯시쯤에 일어나서 여섯시 무렵까지가 적당했고 늦어도 일곱시쯤에는 마쳐야 했다. 코펠에 식수를 부어 고양이 세수를 하고 칫솔질을 하고 박박 밀어버린 머리에도 물을 끼얹어 닦아냈다. 지난달부터 날씨가 무더워지면서 전동 바리캉을 올려 머리를 밀어버렸고 그뒤부터는 아예 면도기로 얼굴과 머리까지 한번에 밀었다. 밤에는 팬티 차림이었지만 낮에는 오히려 기능성 긴팔 셔츠에 트레이닝복을 걸치는 게 덜 뜨거웠다. 사막 유목민들이 어째서 온몸과 얼굴까지 감싸고 사는지 알 것 같았다. 후덥지근하기는 했지만 뜨거운 열기를 감당할 수 있었다. 가슴팍과 궁둥이에서는 땀이 줄줄 흘러도 그게 훨씬 나았다.

점심이 올라왔다. 이제는 도르래에 걸린 밧줄을 당기기에도 요령이 생겨서 물건을 서너차례씩 나누어서 올렸다. 이진오는 손바닥에 고무가 코팅된 작업 장갑을 끼고 밧줄을 당겨 올리곤 했다. 내려다보니 그와 함께 오랫동안 노조지부를 지켜왔던 김창수가 오늘 식사 당번을 맡은 게 보였고 그들은 서로 손을 흔들어 안부 인사를 주고받았다. 휴대폰의 진동음이 울리고 김의 목소리가 들렸다.

"내일이 백일째라 작은 행사라도 할까 하는데."

"뭐야, 이제 시작인데 쑥스럽게."

이진오의 계면쩍은 말에 김은 전혀 목소리를 바꾸지 않고 진지하게 말했다.

"행사 결정은 이형이 하는 게 아니고 노조에서 하는 거야. 당신은 거기서 버티고 있으면 되는 거지."

"글쎄, 뭐 나야……"

진오는 그냥 입을 닫고 만다. 회사 측에서는 일절 반응이 없었다. 그동안 몇차례 회사 앞에서 회장 면담을 요청하거나 노조 지원의 가두방송과 시위도 했지만 누구 하나 빌딩 밖으로 나와 말을 거는 사람은 없었다. 그저 거리의 소음일 뿐이었다.

"응, 그리고 쉼터가 개소식을 했다네. 이제 식사는 거기서 날마다 배달해올 거야."

진오는 속으로 이제는 집밥 비슷한 음식을 먹게 되었다고 생각했다. 사실 담장 밖 임시 천막에서 취사해 올려주던 음식은 일종의 캠핑 음식이어서 사흘만 지나면 질려버릴 솜씨들이었던 것이다. 그는 도시락을 열고 자신이 청했던 쌈장을 꺼냈다. 화분의 상추가 제법 자라서 그동안 부지런히 따 먹었는데도 잎이 너푼너푼 무성했다. 더위가 심해지면 이것들도 모두 시들 테니 부지런히 따 먹어치울 작정이었다. 이제 아래쪽의 여린 잎들이 올라오고 있으니 그것들이 자라면 따 먹고 시들면 화분에 곱게 묻어줄 것이다. 그들도 지상을 떠나왔으나 물 몇방울로 생명을 굳게 지켜내고 있었다.

사방에서 여러가지 소식이 몰려왔다. 남쪽 도시 어느 곳에서는 택시 기사가 크레인에 올라가서 일년 가까이 농성 중이었고 기차의 여성 승무원들은 십여년 넘게 복직투쟁을 계속했다. 또 교사들은 법외 노조를 제도권 안으로 회복시켜달라고 몇년째 거리에 나와 있었다. 어디서는 청소원들이, 또 어디서는 임시직 노동자가 죽고 다치고 쫓겨났다. 이들에게 시간은 정지되어 있었다. 진오의 동료 열한명에게도 이 싸움은 삼년이 넘게 지속되었고 언제 끝날지도 알 수 없었다. 어느 늙은 노동자가 술자리에서 외치던 목소리가 이진오의 귓가에 생생하게 남아 있었다.

“하여튼 간에 자본주의는 나빠. 그럼 대안이 뭐냐구? 그건 모르지. 대안은 좆두 모르지만 하여튼 자본주의가 나쁘다는 건 안다구.”

점심을 끝내고 한창 달아오르기 시작하는 난간 앞에 섰는데 휴대폰의 우웅 하는 진동 소리가 들렸다. 들여다보니 아내였다.

“나야, 당신 잘 있지?”

“밥 잘 먹구 잘 싸구 잘 자니까 삼쾌 건강이지.”

이진오는 일부러 너스레를 떨며 말한다.

“어떻게, 애들은 잘 지내지?”

“응, 별일들 없어, 학교 잘 다니고. 나 내일 거기 오라던데, 김씨가.”

“왜 바쁠 텐데, 일 안 나가?”

“응, 낼은 야간 조야.”

“거 무슨 마트가 맨날 철야냐. 밤에 누가 사러 온대?”

“마트가 다들 그래. 참 어머니가 같이 가재서 모시구 갈라구.”

진오의 아내는 그가 복직투쟁을 하던 기간에 대형마트에 계산원으로 취직해 가장 노릇을 떠맡았다. 어머니 윤복례는 신금이가 하던 시장 점포를 진작 정리했으며 시장은 앞에 재래 자가 붙은 뒤에 토박이들은 모두 사라지고 지방에서 올라온 이들이 그 뒤를 물려받았다. 윤복례는 샛말집에 살 적에 동네 앞에 작은 구멍가게를 내고 살림을 돕더니 신식 슈퍼들이 들어서면서 저절로 그만두게 되었다. 진오네 식구들은 가산을 정리하여 스물네평짜리 아파트를 장만할 수 있었으니 그나마도 다행이었다.

“오지 마. 별일두 없을 텐데.”

“뭐 문화 일 하는 사람들이 동영상 만든다구 우리보구 한마디씩 해달래.”

“백일에 웬 난리들야. 콧방구두 안 뀔 텐데.”

“응, 수고오.”

“잘 지내.”

아내와의 통화가 끝났다.

그는 김이 점심때 바구니 속에 올려준, 플래카드로 사용할 헝겊과 매직펜을 꺼냈다. 오후 땡볕이 따가워지기 시작했지만 바람이 불어서 제법 견딜 만했다. 이진오는 천을 두 팔 길이만큼 펴서 한 발은 올려놓고 다른 쪽엔 이미 갈색으로 변해버린 소변 담긴 페트병을 얹어두었다.

농성백일째

조태준은 파기한 협약을 준수하라

노사대화에 즉시 나서라

처음 것이 다섯자, 두번째가 글씨 열넷 빈칸이 셋, 세번째는 글씨 열자 빈칸 둘. 그는 한 글자씩 크게 눌러쓴다. 조태준은 글자에 불과했으나 그들을 해고하고 회사를 넘겨버린 장본인이었다. 지난 다섯해의 복직투쟁 기간 동안 수백번 외친 이름이었으나 한번도 본 적이 없으니 얼굴도 인상도 모르는 상대였다. 서류 위에서 글자로만 익힌 이름이었다. 책에 의하면 그것은 자본의 추상적 기호에 지나지 않았고 사회가 부여한 역할을 침묵 속에서 수행하고 있었다. 그는 청년기 장년기 노년기 그 어느 곳에도 속하지 않았다. 다만 이진오와 그의 동료 노동자들과는 전혀 다른 시간 속에서 그들과 무관한 삶을 살고 있을 것이며 기억조차 하지 않을 것이다. 조태준에게 그들은 벽지의 흠집처럼 거기 있어 잠깐 시선에 걸리기는 하지만 일상에 지장을 주지 않아 익숙해진 작은 흔적에 지나지 않을 것이었다. 이진오는 플래카드를 붉은 매직과 푸른 매직으로 써서 밧줄에 잡아매어 둥근 난간에 둘러쳤다. 매직을 들고 잠깐 생각하던 그는 빈 페트병들을 내려다보았다. 그는 조태준에 버금가는 자기편의 이름들을 그 물체에 붙여주고 싶었다. 힝 웃고 나서 진오는 병의 통통한 몸체에 매직으로 썼다. 깍새. 그러고는 다시 줄지어 놓인 몇개의 페트병을 하나씩 집어 들어 이름을 쓰기 시작했다. 주안댁, 금이, 그렇게 써놓고는 그는 붉은 매직잉크가 번진 엄지 검지를 살펴보았다. 베인 상처 같구나. 영숙 두자를 쓰고는 멈춘다. 다른 페트병에도 진기라고 이름을 붙여준다. 뭐야, 와글와글 갑자기 몰려들 왔잖아. '깍새' '진기' '영숙' '주안댁' '금이'. 그렇게 이름을 붙여주고 보니 모두 죽은 사람들이었다. 큰할머니와 할머니, 깍새가 옛날 이름들이라면 영숙과 진기는 근년에 그가 알았던 이름들이었다. 그는 이름을 쓴 병들을 소변 담은 페트병 무리에서 떼어다가 따로 난간에 매어놓았다.

그날 저녁을 먹고서 해가 저물자마자 진오는 머리맡에 깍새 병을 놓고 말을 걸어보기로 했다.

"야, 깍새 오랜만이다. 나는 가끔 니가 보구 싶었다. 너하구 놀러 다니던 귀신바우와 샛강에 가보고 싶었지. 양말산 밤섬에두 가보구 싶었다구."

열두어살 소년이 까치발을 하고 그의 머리맡에 앉았다. 진오는 놀라는 시늉을 하며 텐트 밖으로 기어나와 마주 앉는다.

"나는 높은 데가 싫은데 새끼, 너는 여기서 사냐?"

깍새가 주위를 두리번거리며 말한다.

"인마 여기서 살긴, 놀러 왔지. 보면 모르냐?"

진오는 저도 어린것이 되어 그의 말투로 받았고 깍새가 재빨리 속삭인다.

“야, 땅콩 캐러 가자. 요맘때가 제일 맛있어.”

“둘이서만?”

“그럼 여기 너밖에 더 있냐?”

“가지, 뭐.”

진오가 선선히 대답하자 깍새는 언제나 그랬듯이 조건을 낸다.

“나만 아는 밭이 있다. 지금쯤 알갱이가 무르익었을 거다. 니 딱총 나 줄래?”

아, 딱총이 기억난다. 자전거 바큇살에서 빼어낸 나사를 파이프에 끼워 나무막대에 꽂은, 나무 손잡이가 달린 권총이다. 아버지가 큰할아버지의 공방에서 틈을 내어 만들어준 장난감이었다. 방아쇠와 공이가 달린 멀쩡한 권총이었다. 촛농을 녹여 나사에 박은 뒤 그 앞에 종이 화약을 붙이고 방아쇠를 당기면 폭발음과 함께 뜨거운 촛농 덩어리가 상대방에게로 날아간다. 맞으면 따갑고 아프다.

“그건 좀 아까운데.”

“새끼, 그럼 그만둬라. 난 가볼 테니 너 혼자 놀지그래.”

“알았어, 주께 주께.”

진오는 어느 결에 굴뚝을 내려와 뚝방을 넘어 샛강에 이르렀다. 물억새와 갈대와 달뿌리풀이 허리께로 자라난 강변을 따라 내려가다 물이 줄어 작은 시내가 되어버린 길목에는 맞춤한 돌을 놓은 징검다리가 있었다. 그곳을 건너 물웅덩이와 맨땅이 드문드문 나타난 길을 앞서가던 깍새는 일일이 손가락으로 어느 어름을 가리키며 떠들었다.

"조기는 삘기가 많고 저어쪽은 싱아 그러고 저 뱀풀 숲에는 까마중이 무더기로 있다. 여긴 나만 아는 데야. 먹을 게 지천이라구."

그들은 멀찍이 양말산이 보이는 땅콩밭 모퉁이에 이르렀다. 아카시아 잎처럼 동그란 잎사귀가 무성한데 손을 더듬어 줄기를 잡고 손가락으로 모래땅을 후벼 뿌리를 살살 뽑으면 작은 혹처럼 매달린 땅콩 열매가 줄지어 나왔다. 열매만 추리고는 또다른 것을 살살 캐낸다. 잠깐 사이에 두 아이의 무릎 안에는 땅콩이 수북이 쌓였다. 우선 먹어보고 다시 캐기로 한다. 입으로 훅훅 불어 모래흙을 털어내고 이 끝으로 껍질을 물고 살짝 힘을 주어 으깬다. 손가락으로 발라내려면 아직은 속이 마르지 않아 알갱이가 엉겨 있다. 껍질도 무슨 막처럼 약하고 부드럽다. 그대로 씹으면 달착지근하고 비릿하고 고소하다. 땅콩의 속살은 삶은 것처럼 부드럽다. 그들은 땅콩을 양쪽 주머니에 빵빵하게 채워넣고 러닝셔츠를 벗어서 잔뜩 싸가지고 돌아온다. 우선 어른들 눈에 띄면 공연히 잔소리를 듣기 마련이니까 집 동네 근처로 가기 전에 다 먹어치워야 한다. 그들은 여의도 비행장이 내려다뵈는 뚝방에 올라가 송유관 위에 걸터앉아 땅콩을 세심하게 까서 입안에 털어넣는다.

"너 근데 저 굴뚝 위에 다시 올라갈 거냐?"

"그래야지."

"재밌냐?"

"재미는 없지만 약속했으니까 지켜야지."

"누구 만나기루 했냐?"

깍새의 궁금증은 쉽사리 끝나지 않을 것 같다. 진오는 웃으면서 그에게 손가락질을 해 보였다.

“짜샤, 너 만나기루 했잖아!”

“나더러 맨날 그 높은 데 올라오라구?”

“아니, 내가 부르면 나하구 이렇게 놀아주면 되는 거지.”

깍새는 잠깐 생각해보고 나서 말했다.

“인마 공짜가 어딨냐? 느이 공방에 신기한 물건 많잖아.”

“그건 내 맘대루 못한다.”

“야야, 느이 큰할아버지 못 만드는 물건이 없잖아. 나 트럼펫 꼭 지 잃어버렸다. 그것만 만들어주면 뭐든지 시키는 대루 해줄게.”

진오는 선선히 대답했다.

“알겠어. 내가 어떻게든 울 아부지나 큰할아버지께 부탁해볼게.”

이진오는 어느새 텐트 안에 엎드린 채로 턱을 괴고 있었고 깍새 페트병은 앞에 얌전하게 있었다. 그는 페트병을 제자리에, 다른 이름의 병들 사이에 놓아두었다.

해가 뜨자 백일째의 날이었다. 행사를 벌인다고는 했지만 이진오는 기분이 별로였고 시큰둥했다. 이제 겨우 시작인데 농성했다고 떠들기도 좀 쑥스러웠다. 사방에서 농성하는 노동자들은 거의가 일년쯤은 지나가야 사람들이 ‘허어, 벌써 일년이나 되었단 말인가?’ 하며 관심을 갖기 마련이다. 오늘은 아침부터 닭장차가 오더니 의경들이 줄지어 내려서 굴뚝 주위를 에워쌌고 따로 트럭에 실어온 안전방석에 바람을 넣어 깔았다. 투신 예방이라나 뭐라나. 탄력 실험을 위해 한번 투신해보고 싶은 마음도 들었다.

정문 쪽에도 경찰병력이 문 앞을 가로막고 도열해 있었다. 발전소 담장 너머 임시본부 천막에 동료들과 노조원들이며 시민단체 회원들이 모여들었다. 확성기 소리가 들리고 김의 호소문 읽는 소리가 들렸다. 기자들이 몇명이나 왔는지 모르지만 매스컴에서도 별로 관심을 보이지 않는다고 했다. 요즈음은 동영상이다 뭐다 하는 기술 수단이 많아져서 자가발전을 하는 수밖에 없었다. 노조원들이 사방으로 퍼 나르기를 하다보면 나름대로 효과는 있었다. 아직 직접 면회를 요청할 단계는 아니어서 그는 젖혀버린 사다리를 복구할 마음이 없었다. 아래에서도 이제 본격적으로 농성이 시작된다는 선언 정도로 오늘을 활용할 생각인 듯했다. 휴대폰 벨 소리가 들렸다.

"진오냐? 에미다. 근데 왜 아침은 안 먹구 그래."

윤복례의 목소리가 들려왔다.

"아니, 여긴 왜 오셨어요?"

"내가 너 얼굴 한번 볼라구 왔는데 안 들여준댄다. 근데 어째서 대답이 없냐? 아침은 왜 굶구 그래. 다 먹구살자구 하는 일인데."

"꼼짝 않구선 세끼 다 먹으면 오히려 병나요."

"내가 꿈에 어머닐 뵈었더니 너 팥시루떡 멕이라구 그러더라. 원래는 할아버지가 좋아하셨다는데 너두 좋아하지 않든?"

"우아, 저두 좋아해요."

"노동투쟁은 원래가 이씨네 피에 들어 있다. 너 혼자 호강하며 밥 먹자는 게 아니구, 노동자 모두 사람답게 살아보자 그거 아니겠냐?"

윤복례가 씩씩하게 지당도사처럼 말하는데 진오는 그만 울컥해진다.

"그, 그렇지요."

"한두달 새 내려올 생각 아예 마라. 쩌어 예전부터 지금까정 죽은 사람이 숱하게 쌨다."

그녀가 하는 말은 큰할아버지 이백만과 할아버지 이일철과 아버지 이지산이 늘 입에 달고 쓰던 말이었다. 그 말은 이진오의 어머니 윤복례도 젊은 시절부터 지금까지 동의했고 자신의 생각이기도 한 말이었다.

"목 마칠까봐 식혜두 담거서 가져왔다. 오늘은 굴뚝에서 니가 태어난 날이거니 생각하고 생일치레로 맛있게 먹어."

어머니가 통화를 마치고 아내에게로 넘겼다. 어머니나 자기의 건강이 좋다는 것, 아이가 성적이 올라갔다는 것, 친정엄마 즉 장모에게는 이런 일을 알리지 않았다는 것, 그러니까 혹시라도 전화가 오면 직장에 있는 것처럼 말하라는 것 등의 내용이었다. 그리고 동영상은 어머니 혼자 찍었는데 아들 자랑만 실컷 하셨다고 덧붙였다.

'농성백일째' 행사는 조촐하게 끝났다.

그날 저녁부터 쉼터에서 취사 팀이 정성껏 만든 음식이 올라왔다. 그는 두 사람의 여성에게서 문자를 받았다. 한 사람은 그도 잘 아는 옛날 섬유노조의 해고자 출신이었는데, 오랫동안 공장에 나가다가 근년에 집으로 살림하러 들어앉았다가 다시 예전 동료들이 그리워 자원봉사로 나왔다고 한다. 다른 하나는 또래의 아주머니로 역시 해고노동자였다. 공장 앞에서 일인시위를 오랫동안 하다가 복직되고 나서 이진오네 공장처럼 외국으로 옮겨가며 위장파산되어 해고당했다. 노조는 물론이고 각계각층의 후원자들이 십시일반으로 성금을 내어 쉼터를 마련하고 운영했다. 그리고 다른 노조 노동자들이 장도 보아오고 조리도 거들었고, 음식이 준비되면 이진오의 동료들이 현장으로 배달해왔다. 반찬 바구니에는 보온도시락과 보온병이며 반찬 그릇이 들어 있고 쪽지가 한장 있었다. '오늘 백일째 추카추카요! 백일짜리 갓난애니까 돌까지 갑시당!' 무슨 생일이나 명절날처럼 보온병에 담긴 소고기 미역국에 따뜻한 밥에 전붙이며 제육볶음에 나물까지 있었다. 그런데 돌까지 가자면 일년 넘기자는 소리구나. 하기는 앞선 고공농성자들이 거의 일년씩 넘기는 게 상례였고 그런 정도가 되어야 사측에서 겨우 협상에 나서는 듯한 시늉을 했으며 여론도 눈길을 주기 시작한다. 참지 못한 이들은 중도에 투신하기도 했지만 열사의 이름이 붙으면서 수많은 사진 속에 섞이고 세월과 함께 묻혀갔다.

이진오는 쉰내가 고약한 수건에 물을 적셔 온몸에 번진 땀을 닦았다. 밤이 되어도 열기가 좀처럼 가시지 않는다. 땀이 물이 되고 몸을 닦은 수건의 물기가 도로 땀이 되었다. 초저녁에 저녁을 먹었는데 밤 아홉시쯤 되니까 다시 굴풋해진다. 진오는 낮에 먹다 싸둔 팥시루떡을 비닐봉지에서 꺼내어 미지근해진 식혜와 함께 먹고 마셨다. 떡이 아직은 부드럽고 먹을 만했다. 하룻밤 자고 나면 별수 없이 쉴 테고 그러면 그의 오물과 함께 쓰레기에 섞여 바구니에 달아 내려주게 될 것이다. 진오는 떡을 한입 베어물다가 금이라고 할머니의 이름을 써놓은 페트병에게 말을 걸었다.

"할머니 떡하구 나박김치 한그릇 시언하게 먹었으면 좋겠네요."

그런데 아무 대답이 없다. 페트병은 그저 조용히 난간에 기대어 섰을 뿐이었다. 어제 깍새는 놀러 와서 샛강에 가고 땅콩도 캐 먹었는데 하며 그는 아쉬워했다. 난간 끝까지 돌아나가 천막으로 막힌 뒤편까지 가서 오줌을 누고 돌아서는데 낯익은 사람이 앞에 서 있었다. 신금이가 평소의 옷차림으로 서서 손짓하며 말했다.

"나박김치 먹으러 집에 가자꾸나."

그들은 앞서거니 뒤서거니 하며 어둠 속을 걸어나갔다.

진오는 할머니의 뒤를 따라 샛말 옛집도 아니고 전에 살았다는 이야기만 들었던 시장 거리 뒷골목 버드낭구집으로 걸어갔다.

이일철이 보통학교를 사년 만에 졸업하고 오년제 고등보통학교에 들어간 일은 이백만에게 오래도록 자랑거리가 되었다. 그는 비록 독학으로 글을 익히고 사환과 용인을 하면서 일본어를 익히고 기술을 배웠지만, 맏이는 버젓하게 학교를 다니며 배운 사람으로 자라날 것이기 때문이었다. 그는 아들이 기관수가 되기를 소망했다. 백만이 처음 기차의 위용을 보면서 가슴이 부풀었을 때에 꿈꾸었던 것은 엄청난 힘을 가진 기관차의 운전석에 앉아 있는 자신의 모습이었다. 버드나무집에 살 적에 일철이는 총독부의 철도종사원 양성소에 합격했다. 이전에 만주철도 위탁경영 시절에 경성철도학교이던 것이 총독부 직영으로 넘어오면서 양성소로 이름이 바뀌어 재개설했다. 이백만이 늘 한스럽게 생각하는 것은 이맘때가 되기 전까지 조선인 기관수는 한 사람도 없었고 경부 경의선의 객차에는 기관 조수나 화부나 탄부마저도 조선인을 태우지 않았다는 것이다. 그러다가 지선의 화물차나 객차에 조선인 화부나 탄부를 두었고, 철도종사원양성소가 생긴 뒤부터 조선인에 대한 철도 기술교육이 허용되었다. 이일철은 고등보통학교 삼학년 때에 아버지의 도움으로 철도공작창 일본인 주임관의 추천서를 받아 응시했고 본과에 합격했다. 조선인의 입학이 허용되었다 할지라도 일본인 열명에 조선인 두세명의 비율에 불과했다. 본과의 수업 연한은 삼년이었고 입학 자격은 고보 이년 수료까지였다. 철도국 직원의 자제는 우선순위여서 이일철의 입학 자격은 차고 넘치는 셈이었다. 일철은 십이원의 학자금 대여를 받았고 용산의 학교 기숙사에 입소했다. 그가 학생제복과 망토를 입고 시장 사거리 골목 동네에 나타나면 이백만은 공연히 그를 데리고 시장 주점으로 데려가서 어른친구를 만난 것처럼 대작을 했다. 일철이 어쩌다 하는 이야기지만 그들 부자가 아우 이철과 달리 술주정 버릇이 없는 것은, 아버지는 그의 장인에게서 술을 배웠고 자기는 아버지에게서 배웠으니 그럴 수밖에 없었다는 것이다. 아우 이철은 방직공장에서 저희 또래들과 마구잡이로 술을 배워서 술주정 버릇이 들었다고 했다. 그렇기는 하여도 아우 이이철이 신금이를 먼저 알아보고 형에게 소개를 했다는 게 어쩌면 기특한 노릇이었다.

신금이는 김포 중농 집의 막내딸이었다. 오빠 다섯이 있었고 당시로서는 중늙은이 취급을 받던 아버지 나이 쉰살에 태어났다. 어머니는 마흔여덟살이었다. 여식 귀한 줄 모르던 그 시절에도 집안에 딸이 없어 이쁜 딸 하나 있었으면 하는 말을 그녀의 부모는 입에 달고 살았다. 오빠들과는 나이 차이도 많아서 막내오빠가 남의 집으로 치면 이미 아버지뻘이었다. 사정이 그러하니 온 식구가 신금이 말이라면 벌벌 떨었다. 오빠 셋은 장가를 들어 분가하여 제 집 살림들을 하고 있었고 큰오빠와 막내오빠는 친가에서 함께 살았다. 신금이는 누가 집에 놀러라도 오면 빤히 바라보다가 개 조심해여! 말 한마디 하고는 자기가 무슨 말을 했는지도 잊고 곧 자기 놀이에 빠졌다. 그게 무슨 방정맞은 소리냐고 엄마가 야단치고 며칠 지나보면 방문객이 개에 물렸다는 소식이 들려왔다. 또는 할머니한테 잘해야겠네! 그러면 얼마 후에 그 손님의 할머니 초상이 나더라는 식이었다. 그래서 가족들이 쉬쉬하면서 단속을 하여도 신금이는 매번 말해놓고 잊어버렸다.

하루는 조선 신문에 난 광고를 한자씩 천천히 읽는 걸 보고 아버지가 놀라서 그녀에게 신식교육을 시킬 결심을 하게 되었다. 신금이는 오빠 시절에는 없던 군의 보통학교에 들어갔다. 신금이는 사년제 보통학교를 나오면 당연히 여자고등보통학교에 보내줄 거라고 믿었다. 경성과 지방도시에 사립여고보가 여럿 있었지만 아버지는 막내딸을 타관 대처에 보낼 생각이 조금도 없었다. 학교마다 기숙사가 있다고 보통학교의 담임선생이 누누이 설명했으나 아버지는 들으려고도 하지 않았다. 당시의 모든 아버지들이 딸에게 그랬듯이 이제 곧 열다섯살이면 혼기가 되어오는데 집에서 얌전히 가사나 배우다가 신랑감을 만나 시집을 가야 한다는 것이었다. 어머니는 식음을 전폐하고 방에 틀어박힌 딸을 안타까워했다.

막내며느리가 좋은 소문을 들었다고 했다. 막내며느리는 염창리에서 시집을 왔는데 자기 마을의 또래 동무 하나가 방직공장에 들어가 교육도 받고 기술도 배워 지금은 조장이 되어 출세를 했단다. 월급도 많이 받고 같은 공장의 기술자를 남편으로 만나 지금은 영등포에서 남부럽지 않게 살고 있다는 얘기였다. 엄마는 막내며느리를 앞세우고 옷감이며 귀한 건어물 등속의 선물을 한보따리 준비하여 그 여자를 만나러 영등포로 나갔다. 행주나루에서 물이 들 때에 돛배를 타면 염창 지나서 선유도 양화나루까지 반나절이면 당도했다. 막내며느리의 동무는 금이가 보통학교를 졸업했다는 말을 듣자 대번에 취직은 다 된 거나 마찬가지라고 장담을 했다. 공장에 삼년의 야학 강좌가 있으니 돈을 벌면서 공부할 수 있다고도 말했다. 신금이네 집이 김포에서 논 삼십마지기 가진 중농이라고는 했지만 자식은 많고 배운 일이 농사일밖에 없어 분가한 자식들도 근근이 살아갔고, 본가 식구들마저 열심히 농사지어 겨우 밥술이나 먹고 살 정도였던 것이다. 세상은 쌀보다 돈이 더 필요한 시대가 되어버렸다. 금이가 그래도 보통학교를 나온 것이 당시로서는 대단히 유용한 일이었다. 조선어 대신 '국어'를 배워 어른들이 못하는 일본어를 말하고 읽고 쓸 줄 알게 된 것이다. 금이는 막내올케를 따라 영등포로 나갔다. 방직공장에 취직할 때까지 한달쯤 그녀의 동무 집에 양식을 주고 숙식을 했다.

신금이는 공장에 입사하고 기숙사에 방을 배정받았다. 기숙사 방은 사조 다다미방으로 네다섯명이 함께 기거했는데 기숙사 식당에서 된장국에 절인 채소와 가끔씩 생선 한토막이 나오는 밥을 먹고 일이 끝나면 강좌실로 가서 두세시간의 수업을 받았다. 일주일에 일요일 하루만 쉬었고 오후부터 저녁까지 외출을 할 수 있었으며 여덟시에는 귀사해야 했다. 그러나 듣던 바와는 다른 게 너무도 많았고 하루 노동시간도 열시간에서 열세시간이 보통이었다. 새벽 여섯시에 일어나서 아침 먹고 일곱시부터 일을 시작하여 열두시에 점심 먹고 오후 한시에 다시 일을 시작해서 저녁 여섯시에 일을 마쳤다. 그러고는 기숙사 안의 교실에 가서 졸며 강의 듣고 열시 넘어서 쓰러져 잠들었다. 일이 밀리면 연장근무라고 밤 아홉시 넘어서까지 일하는 날도 많았다. 기숙사의 규율이 엄하여 일요일 하루 이외에 공장 바깥으로 나가는 외출이며 심지어는 배정받은 방을 벗어나 다른 동료의 방을 방문하는 것도 금지였다. 그래도 보조 직공들은 그들을 부러워했다. 용인과 인부들은 임시직이었고 임금도 일당이었으며 공장의 고된 허드렛일이나 했는데 조금이라도 게으르거나 실수를 저지르면 그날로 해고였다. 신금이는 이년 만에 견습을 떼고 직공이 되었고 삼년의 강좌를 마친 뒤에는 조장이 되어 자기 방직기를 보조 두명과 더불어 담당하게 되었다.

이일철이 철도종사원양성소의 이학년이 되던 해에 만주사변이 터졌다. 교실에 들어온 선생이 군에서 파견된 교관 장교를 소개했고 그는 지난주에 일어난 만주 류탸오후(柳條湖)사건과 그 경과에 대하여 자세히 설명해주었다. 그는 먼저 있었던 장춘의 완바오(萬寶)산 수로공사 현장에서 발생한 조선인 이민 농민들과 중국인들과의 마찰을 간단히 설명했다. 중국인들이 토지를 외지인에게 임대할 때 현청의 허가를 받지 않으면 무효라는 규정을 속이고 계약한 뒤에 조선 농민들의 수로에 관한 권한을 인정하지 않았다는 것이다. 일본 측과 중국군의 작은 충돌이 있고 나서, 만주로의 조선인 이민을 일본 진출의 선발대로 인식하던 일본 측은 이를 빌미로 중국이 조선인을 억압 침탈하고 있다는 선전을 조선 신문에 대대적으로 보도케 하였다. 그리하여 이 사건을 진실이라 믿었던 조선인들이 경성은 물론 지방 도처에서 화교의 음식점이나 상점 농장 등을 습격했다. 사정을 알게 된 조선인 각 사회단체가 진상을 알리고 일본 측의 선전에 속지 말라면서 조중 인민의 친선을 강조하고 나섰다. 물론 학교에 틀어박혀 기술교육을 받는 데 전념하고 있던 이일철이 이런 실정을 알게 된 것은 훨씬 뒤의 일이다. 일본은 진작 만주 전역에 철도를 놓고 남만주철도회사를 설립하였으며, 이로써 일본인 및 그 생명과 재산을 보호한다는 구실로 관동군의 만주 주둔을 합리화하였다. 일본군 참모부는 만주의 실질적 점령을 위하여, 중국이 자신들의 이권을 침해할 목적으로 만주철도를 먼저 폭파했다고 선전 발표했다. 그러나 이것 또한 관동군 특무의 작전으로 실시된 자작극이었다. 교관은 얼굴이 붉게 상기된 채로 현 정세 보고를 마무리했다.

"우리의 영용무쌍한 대일본제국의 관동군은 단지 오일 만에 요동성과 길림성의 대부분 지역을 장악하고 오랫동안 종속되어왔던 이 지역을 중국으로부터 독립시키기에 이르렀다."

이일철이 아직 철도종사원양성소에 재학 중이던 이듬해 겨울방학 중에 만주국 건립이 선포되었고, 청의 마지막 황제였던 부의가 집정에 취임했다. 만주는 이제 완전히 일본의 수중에 들어갔다.

그의 아우 이이철은 보통학교를 나와 인근 철공장에서 아버지 이백만처럼 선반을 배우더니 철도공작창에 인부로 들어갔다. 인부에서 정식 고원이 되려면 아버지처럼 기술이 뛰어나고 성실해야 했다. 그는 형같이 학업 성적이 우수하지는 못했지만 눈치가 빠르고 똘똘한 편이라서 조수 노릇을 곧잘 해냈다. 이철이가 아버지 이백만의 동료 기술 고원 아래에서 선반을 연마하고 있었는데, 하루는 조장 고원이 이맛살을 찌푸리며 주조부에 가서 거푸집의 원형 치수가 올바른지 확인해오라고 일렀다. 그는 주물을 들고 부서로 찾아갔다. 치수를 확인한 고원이 쇳물을 거푸집에 붓고 있던 인부 용역들을 다그쳤고 그들 중에 누군가가 손을 들며 말했다.

"우리는 보내준 틀에 용액을 붓고 굳혀서 빼었을 뿐입니다. 처음부터 치수가 잘못되어 내려온 게 아닐까요?"

"하여튼 어느 쪽이 되었든 잘못한 조는 변상하고 책임을 져야지."

잠시 주조부 고원이 넘겨받은 종이쪽지에 적힌 치수를 확인하고 재보더니 고개를 끄덕였다.

"거푸집 제작에 착오가 있었군."

그들 중에 다른 사람이 손을 들고 물었다.

"불량품이 몇개입니까?"

이철이 대답했다.

"일곱개요."

"그건 내가 변상하겠시다."

고원이 그 사내를 물끄러미 쳐다보았다.

"여보슈, 이 자리에 있는 우리 모두가 조선 사람인데 서로 도웁시다. 다시 부어내는 데 이십분쯤 걸릴 테고 우리가 그 수량만큼

더 만들어내면 되지 않소?"

그 역시 수년의 용역 인부를 거쳐서 고원이 된 사람이라 한참을 잠자코 있다가 말했다.

"당신 오늘 일당에서 빼도 좋겠소?"

그는 빙긋이 웃으며 대답했다.

"그러시구려. 해고는 하지 말고."

그의 말에 주조부의 고원은 함께 웃어주면서 말했다.

"해고는 무슨……"

얼어붙었던 분위기가 한꺼번에 풀리는 듯하였다. 이이철은 그 인부에게서 깊은 인상을 받았다. 저녁에 퇴근하여 귀가하는 길에 그가 허리끈에 도시락을 매달고 좌우 어깨를 흔들며 앞서가는 게 보였다. 이철이 걸음을 재게 놀려 그의 등 뒤로 다가서며 말을 걸었다.

"댁이 어디세요?"

"아니, 이게 누구요, 선반 조수 아니신가?"

"말 놓으세요. 보아허니 아저씬데."

이철이가 쾌활하게 말하니 그는 손을 내저었다.

"내가 모르는 줄 아슈? 이백만 고원 아들이라며? 우리네야 막일꾼인데 뭐."

그가 시장 뒷거리 봉노에서 기거한다고 말하자, 자기 집도 거기서 멀지 않다고 가다가 어디 선술집에서 대포나 한잔씩 나누자고 이철이가 먼저 제안했다. 시장 거리 주변에는 오래전부터 밥집도 많고 술집도 많아서 퇴근시간 무렵이면 부근이 온통 떠들썩하고 앉을자리도 없었다. 가정 있는 자들은 주말이 아니면 으레 반찬거리로 생선이나 한두마리씩 사들고 총총히 귀가하기 마련이지만, 돌아가봤자 여럿이 함께 일세를 내고 묵는 봉놋방 신세의 노동자들은 아는 이끼리 추렴하여 저녁 요기 겸 싸고 푸짐한 안주에 막걸리나 소주를 마셨다. 두 사람은 선술집 화덕에서 구운 청어와 빈대떡을 시켜 주전자에 막걸리 받아놓고 판자 선반가에 서서 먹고 마셨다. 먼저 통성명하고 고향이 어딘지 주고받았다.

"나는 방우창이라 하오. 충청도 천안에서 왔소."

"이이철이구요, 아부지 고향은 강화라는데 나는 영등포 태생이우."

방이 웃으면서 이철에게 물었다.

"솜털이 보숭보숭한데 몇살이우?"

"예, 열여덟입니다."

"허, 이팔청춘은 넘겼으니 대장부가 분명하우. 나는 이제 갓 서른살이라 퇴물이지."

이철이 처음부터 궁금했던 점을 그에게 물었다.

"근데 오늘 불량 나온 거 아저씨가 뒤집어쓰셨잖아요. 그런 이가 드문데."

방우창은 언제나 그랬듯이 빙글빙글 웃는 얼굴로 말했다.

"어제가 오늘 같고 오늘이 내일 같을 텐데. 오늘 하루 없던 셈 치면 되지."

방은 이어서 말했다.

"선반부와 주조부가 치수와 주형의 착오가 어디서 비롯되었는지 다투다보면 우리끼리 인심 사나워질 테고 싸움이 커지면 누군가가 해고될 게 뻔하지 않소. 조선도 그렇게 해서 망한 거요. 여우 같은 일본은 그런 식으로 조선 백성을 가지고 노는 거요."

"우리가 다 조선 사람이라는 말에 모두들 입을 다물었지요."

이철이 진심으로 감명을 받았다는 듯이 말하자 방이 막걸리 사발을 들어 주욱 들이켜고는 말했다.

"그걸 모두 새카맣게 잊어버리고 우리네끼리만 아웅다웅하지. 여기는 조선 땅이고 우리가 쥔이란 말이야."

술이 거나하게 오르자 방은 자연스레 이철에게 말을 놓았다.

"자네 공일날엔 뭐 하구 지내나?"

"뭐, 그냥 집에서 뒹굴대지요."

"내 아는 동무들이 있는데 천렵을 가기루 했거든."

"좋지요. 내가 준비할 건 뭐 없나요?"

"자넨 술이나 한병 받아와. 딴 건 우리가 다 준비할 테니."

일요일이랬자 바로 사흘 뒤였다. 이철은 시장에서 막소주 한되짜리를 받아서 옆에 끼고 뚝방으로 나갔다. 시장 거리에서 뚝방까지는 바로 지척이라 단숨에 둑 위에 오르니 샛강변에 먼저 와서 기다리던 방과 낯선 사람 두 사람이 보였다. 방이 이철에게 자기 동무들을 인사시켰다. 홍씨와 지씨였는데 이철이 그들을 자세히 보니 각 부서에서 일하는 인부들이라 낯이 익었다. 방이 누군가 한 사람 더 온다고 하여 잠시 기다렸더니 얼굴이 가무잡잡하고 다부지게 생긴 청년이 나타났다. 그는 한쪽 어깨에 둘둘 말아 접은 투망을 메고 있었다. 방이 그를 이철에게 소개했고 다른 이들은 서로 잘 아는 사이였다. 안씨라고 했는데 갑종 용인으로 화차부 소속이었다. 공장의 일터는 합금주물 전기 객화 화차 시아게 도장 강판 등으로 나뉘어 있었다. 갑종 용인이라면 기술도 어느정도 인정받고 견습 고원의 문턱에 있는 인부였다. 안은 이십대 말에서 삼십대 초반으로 보였고 이름은 대길이라고 그랬다. 방이 그를 소개하면서 웃기는 소리를 했다.

“이름자는 크게 길하다고 그랬지만 성이 나빠서 아니라는 게여.”

안은 사람 좋게 웃으면서 고개를 끄덕였다.

“아무리 이름을 좋게 지어도 안씨는 아닌 게 되니까.”

“투망은 우리 동네 인근 사방에서 솜씨 제일이지.”

홍씨가 말하자 방이 얼른 끼어들었다.

“성은 붙이지 말자구. 그냥 투망꾼이라고만 해여.”

하늘에는 뭉게구름이 군데군데 떠 있었고 햇볕은 뜨거웠다. 모두들 웃통을 벗고 개천이나 다름없는 샛강을 건너서 곳곳마다 너른 웅덩이가 있는 곳으로 몰려갔다. 모래밭에 식기며 양념, 채소 등을 벌여두고 돌을 주어다 냄비를 얹을 아궁이까지 만들었다. 누군가가 말했다.

“어이, 그물이 떠들썩하고 재밌는데 투망은 너무 도 닦는 거 같단 말이야.”

안대길이 혼자 물이 무릎에 닿을 만한 깊이까지 걸어들어가 수면을 노려보다가 투망을 던지자 그물이 아름답고 둥글게 펼쳐지면서 물 위를 덮쳤다. 세차례쯤 투망을 던졌는데 바구니에 크고 작은 민물고기들이 가득 찼다. 그들은 잔챙이들을 골라내어 물에 던졌다. 한시간쯤 지나서 바구니를 보니 메기 쏘가리 붕어 모래무치 등속이 가득했다. 운 좋게 마포 강의 명물 장어도 두마리나 걸려들었다. 어죽이 끓는 동안 그들은 장어를 통째로 지글지글 구워서 소금만 뿌려 첫 소주잔을 들었다. 술 마시고 어죽 먹고 물에서 텀벙거리며 더위를 식히고 나서 근처 당산나무 그늘에 둘러앉았다. 다른 사람들은 이런 놀이 겸 모임을 전에도 했던 모양인데 이철은 그들에게서 처음으로 신기한 이야기를 들었다.

이철은 방우창이 천안 사람이라는 것만 알았지 그가 소싯적에 만세운동에 가담했던 일은 처음 들었다. 그가 아직 어렸을 적에 경성과 경기도는 물론이요 전국 각지에서 독립만세운동이 벌어졌던 얘기는 물론 들어보았다. 사람들이 여럿 죽고 다치고 잡혀가서 곤욕을 치르고 감옥살이를 했다는 소문도 알고 있었지만, 그런 일을 겪은 이가 방씨라는 게 새삼 놀라웠다. 천안 장터에서 삼천여명이 모여서 만세를 불렀다니 그것도 대단하지만, 그 자리에서 수십명이 일본군 총에 맞아 죽었다는 것이다. 방씨는 그 무렵에 사월 한 달 내내 산에 올라가 봉홧불을 올렸는데 장터에서 붙잡혀 헌병대로 끌려가 죽도록 맞고 육개월이나 옥살이를 했다고 그랬다.

안대길의 말은 더욱 신기했다. 만세나 부른다고 독립이 되지도 않으려니와 우리 같은 맨손의 노동자나 땅도 없는 농사꾼들은 자신은 물론이고 제 자식 손자 대에 이르기까지 이런 가난을 면할 길이 없다고 했다. 우리는 무겁게 겹친 바위에 깔린 개구리와 같다는 것이다. 일본과 자본에 이중으로 억눌려 있다고도 했다.

"자본이 뭐요?"

말하는 도중에 이철이가 물으니 안이 말했다.

"그건 쉽게 말해서 돈이요."

"돈은 벌면 되잖아요?"

"맨손으로?"

안이 말했다.

"땅이나 공장이 생산수단인데 그게 다 돈이거든. 그걸 일하는 사람들이 함께 가지면 골고루 먹구살 수 있지만, 그걸 다 차지하구 있는 몇몇 놈이 우리를 맘대루 부리잖소? 옛날에는 왕과 측근의 벼슬아치들이 차지하고 있다가 그들 주변의 권력자들이 대물림하여 재부가 되었고, 이젠 일본 놈들이 우리나라 전체를 차지하여 그놈들과 더불어 우리를 부려먹구 있소."

방이 말했다.

"이군은 보통학교까지 나왔다네."

"그럼 조선말 일본말도 읽을 수 있겠구먼."

"어려운 건 잘 모르우."

하여튼 그들의 얘기는 어딘가 어렵기는 했지만 이치에 맞는 소리 같았다. 아라사(러시아)에서는 십수년 전에 이미 백성들이 들고 일어나 황제를 몰아내고 인민의 정부를 세웠고, 만주에서는 수많은 조선인 애국자가 무기를 들고 일본과 싸우고 있으며, 조선도 일본에서 벗어나 새로운 나라를 세우기 위해서는 혁명을 해야 한다는 것이었다. 식민지 인민의 자유와 평등을 실현하려는 사회주의사상이 들어와 지난 십수년간 농촌에서 소작쟁의가 전국적으로 천여번 이상 벌어졌고 공장 광산 항만 부두에서도 노동자의 권익을 위한 싸움이 계속되고 있다고 했다. 이러한 싸움은 우선 조직이 없으면 불가능하고 조직은 과거처럼 책깨나 읽은 지식인이 위에서 지시하여 이루어지는 게 아니라, 일하는 노동자 스스로가 자기들의 생활을 개척해나아가면서 동료들을 모아 그중에 대표와 지도자를 만들어내어 조직의 최고 단계인 당을 만들어야 한다는 것이었다.

이철은 몇달쯤 지난 뒤에야 이런 일이 결국은 당을 건설하기 위한 노력임을 알게 된다. 이미 수년 전에 조선공산당이 창립되었으나 몇달 만에 일제에 의해 검거되었고 뒤를 이은 사회주의자들의 이차 삼차 재건운동이 계속되고 있었다. 산에 오르는 길이 여럿이듯 독립운동을 하는 길도 여러갈래여서 사상과 정견의 차이가 있었지만 가장 치열하게 싸우는 쪽은 역시 아무것도 가진 것 없는 무산자를 배경으로 한 사회주의 계열이라고 했다. 안대길은 그러한 이야기까지는 하지 않았으나 방이 슬그머니 전해준 공책에는 여러가지의 내용이 실려 있었다. 그것은 여러 사람이 직접 손으로 써서 모아놓은 공책으로 매우 구체적인 내용이었다.

노동자의 파업투쟁의 자유, 즉 파업에 대한 경찰 군대의 탄압 절대 반대. 노동조합 기타 일체의 노동자 조직의 자유. 노동자를 탄압하기 위한 모든 악법 절대 반대, 특히 치안유지법, 출판법, 폭력행위 취체령 등 반대. 일체의 정치범 즉시 석방, 사형제도의 반대. 노동자의 언론 집회 결사의 자유. 정치적 집회 시위의 자유. 일체 경영위원회 창설의 자유. 노동자에 대한 일체의 봉건적 기숙사제적 속박 반대. 하루 7시간 1주 40시간 노동제 획득. 처가 있는 노동자에 대한 최저임금제 획득. 야전적 노동강화, 대우개

악, 임금인하, 시간연장 등 부르주아적 산업합리화 절대 반대. 동일노동에 동일임금제 획득. 부인 아동의 연기계약제 및 매매제 절대 반대. 전국적 전경성적 산업별 노동조합의 촉성.

그러고는 지난 1925년부터 조선 신문에 실린 여러 사건의 기사를 연도와 날짜별로 오려서 붙여놓았다. 사월에 조선공산당을 창당했으나 십일월에 신의주 사건으로 수많은 사회주의자가 피검되었다. 제일차 공산당사건 이후 제오차 공산당사건에 이르기까지 오년 동안 전국에서 노동쟁의와 소작쟁의가 일년에 수백건씩 일어났으며 참가 연인원은 일이만명에서 많게는 삼만여명에 이르렀다. 독립군은 초기에 국내외 출동 건수가 오백여회에서 매년 백여회로 이어지면서 만주와 국경 접경지역에서 일본군과의 전투를 계속하고 있었다. 바로 최근에는 제오차 공산당사건이 터지고 광주학생항일운동이 일어나 전국으로 확산되었다. 만주사변이 일어나 일제의 치안유지법이 강화되면서 항일민족통일전선체인 신간회가 해체되고 십개월 동안에 삼천여명이 피검되었으며 감옥은 포화상태가 되었다.

이이철은 불과 십년도 안 되어 이렇듯 엄청난 사건들이 있었다는 사실에 놀랐고, 영등포의 언제나 똑같은 일상 저쪽에서는 불길이 이글이글 타오르고 있었다고 생각했다. 그는 이런 기사 자료 이외에 안대길과 방우창이 전해준 일본어 책자도 몇권 읽었다. 이철은 어려운 대목은 몇번이고 곱씹어 읽었고 일요일에 그들을 만나면 밑줄 친 문장을 묻고는 했다. 이철은 일본어에서 조선어로 번역

된 마르크스의 『선언』을 필사본으로 읽었다. "하나의 유령이 유럽을 배회하고 있다"로 시작해 "세계의 노동자여 단결하라!"로 끝나는 얇은 공책 한권은 그 자신의 필사에 의하여 세권으로 불어났다. 아마도 누군가가 독서하는 동안 그렇게 쓰인 필사본이 자기에게도 주어졌을 것이다. 『자본』은 일본어로 된 것을 읽었지만 무슨 뜻인지 조금만 알 수 있었고 일본 학자가 해설한 『유물론』은 처음부터 너무 어려웠다. 오히려 『자본』을 발췌하여 해설을 붙인 글이 훨씬 읽기 쉬워서 그것만 따로 필기했다. 『자본』의 해설은 누군가가 연필 글씨로 까맣게 달아놓았는데 문장이 끝나는 마지막 부분에 조그맣게 유,라는 연필 글씨가 보였다. 마르크스의 『자본』보다는 레닌의 『국가와 혁명』 발췌본이 보다 이해하기 쉬웠다. 특히 무산자의 임무 부분이 심장을 찌르는 듯했다. 이철은 몇달 사이에 모래땅이 물기를 흡수하듯이 이들 새로운 사상의 개요를 파악해나갔다. 무엇보다도 그 자신이 노동자였으며 일본 제국주의의 점령 아래 있는 조선의 인민이었기 때문에 모든 말들은 그 자신을 향해서 외치고 있는 것만 같았다.

그가 안대길 방우창과 만나고 돌아온 어느날 저녁이었다. 집에는 두 식구뿐이라 이미 안방에 불이 꺼졌고 빈집인 것처럼 조용했다. 아버지의 나직하게 코 고는 소리도 들리지 않았다. 이제 건넌방은 일철 이철 형제가 쓰는 방이지만 형은 용산의 철도학교 기숙사에 들어 있던 때라 이철이 혼자 기거했다. 그가 발소리를 죽이고 마루 위로 올라 방문을 열려고 하는데 이백만이 기침 소리를 내고는 물었다.

"두쇠 오냐?"

"예에, 저…… 왔습니다."

"좀 보자."

이백만은 불을 켜고 이부자리에서 일어나 앉아 있었다. 이철이 윗목에 쭈그리고 앉을 때까지 그는 가만히 바라보다가 물었다.

"너 요즘 뭘 하구 다니냐?"

"뭘 하긴요, 퇴근해서 동무들 좀 만나구 오는 길인데요."

"술 먹었냐?"

이철은 시큰둥하게 대답했다.

"뭐, 막걸리 한잔했습니다."

"어떤 녀석들이야?"

이백만의 느닷없는 질문에 이철은 잠시 대답을 못한다.

"내 가만 보아허니 니 작업장에 이놈 저놈 기웃거리고 너두 제 일터를 비울 때가 많더구나. 니 형은 이제 양성소를 졸업하면 어엿한 철도국 직원이 될 터인데, 너는 기술이라도 부지런히 연마해야 인부를 면하고 고원 조수라도 될 게 아니냐?"

이백만의 말에 이철은 고개를 돌리고 중얼거렸다.

"제 살길은 제가 알아서 찾을 테니까 염려 마세요."

"뭐, 하루 벌어 하루 먹는 날품팔이로 인생을 끝낼 작정이냐?"

"저두 다 생각이 있습니다."

이철이 일어나려는데 이백만이 갑자기 목소리를 높여 일렀다.

"앉아 있어! 내가 할 말이 있으니까."

이백만은 소리를 질러놓고는 한숨을 길게 내쉬었다.

"나두 요즘 세상 돌아가는 소문은 다 들어서 알구 있다. 조선 전국에서 쟁의질하구 동맹파업하구 난리라는데, 그러면 우리나라가 독립할 거 같냐? 일본 놈들이 처먹은 이 나라를 만만하게 내줄 거 같냐구. 너희들 사회주의 놀음하는 걸 내가 모를 줄 알았어? 우리나라가 독립해야 된다는 걸 모르는 조선 사람이 어딨냐? 우선 이 세월을 견디구 살아남아야지. 나는 그래두 운이 좋아 직장을 얻어 오늘날까지 먹구살아왔지."

"아부지가 운이 좋긴 뭐가 좋아요? 아부지한테는 왜놈들이 상전이구 주인이잖아요? 제 말씀은요, 일본 놈이든 조선 놈이든 그냥 목숨만 부지할 정도루 주는 대루 먹구사는 종놈이 아니라, 일한 만큼 대우를 받으며 살자는 거예요. 그런 사회가 오면 나라도 독립이 되겠지요."

이철의 말에 이백만은 의외로 순순히 고개를 끄덕였다.

"그래, 니 말이 일리가 있다 치자. 근데 우리가 무슨 힘이라두 있어야 그런 세상도 이루고 독립도 하지. 우리 집안이 첨부터 땅이 있었냐 배가 있었냐? 조선 백성의 팔할이 우리 같은 사람들이다. 느이 형을 봐라. 그애는 너보다 생각과 이치가 모자라서 공부만 열심히 했겠냐? 먼저 지 몸을 일으켜서 생활 기반을 만들어야지."

이철은 형의 얘기가 나오자 갑자기 울컥하면서 목소리가 높아졌다.

"아버지, 이젠 형 얘기 좀 그만하세요. 옛날부터 막음이 고모두 그랬구요, 인천 큰아버지, 작은아버지 그러구 아버지가 맨날 입에 달구 사시는 게 우리 한쇠 아닙니까? 통지표 들고 오면 형만 칭찬

받구 우등상장 받아온 날은 닭도 잡았지요. 저야 형 덕분에 얻어먹기나 했잖아요. 저는 아버지 공방에서 일두 도와드렸구요, 뭐든 잘해볼라구 했건만 한번두 칭찬받아본 적 없어요. 형이 있으니 아버진 걱정 없으시지요. 저 하나쯤 없는 셈 치세요. 제 인생은 제가 알아서 할 테니까."

아버지의 격노한 태도가 급변하면서 목소리가 나직하게 변했다.

"니가 정 하겠다면 좋아, 우리 식구 중에 너 같은 사람도 하나쯤 나와야겠지. 하지만 내가 찬성은 안 할 테고 이제 와서 반대두 안 할 거다. 어차피 제 밥벌이는 지가 알아서 해야 될 나이니까 니가 알아서 해라. 그 대신 니들이 공장에서 무슨 짓을 벌이든 나는 모르는 일이다. 차라리 니가 애비와 다른 일터에서 밥벌이를 했으면 좋았겠구나."

그러고는 아버지 이백만은 더이상 말을 않고 보통 때의 무뚝뚝하고 표정 없는 얼굴로 돌아갔다. 이이철은 벌떡 일어나 안방을 나왔다. 그는 불 꺼진 건넌방에 누워 아버지의 나지막한 코 고는 숨소리로 그가 잠들었다는 걸 알았다. 그는 전등 대신 촛불을 켜고 엎드려서 공책을 폈고, 짤막한 해설 위에 붙인 소제목에다 연필로 진하게 줄을 치며 다시 읽었다. 맨 아래 파업투쟁의 방법 대목에서 그는 해설 부분을 쓰기 시작했다. 그것은 안대길 방우창 등과 그동안 몇번이나 토론하던 과제들이었다. 이철은 그때까지 공장 바깥에 어떤 조직 상부가 있는지 알지 못했고 안대길이 그들과의 연결점인 것을 어렴풋이 알고 있는 정도였다. 밖에도 공장 내와 동일한 조직부서의 전담자들이 있다는 것은 몰랐다. 이들은 경성의 여러 공장에 연결되어 있을 것이다. 그가 알기로도 조선에서의 당은 언제나 몇달이 못 가서 일제의 치안기관에 피검되어 분쇄되어버렸다. 그리고 행세식 지식인들이 파당을 지어 저희끼리 모이고 흩어지기를 되풀이했고, 자신은 생활을 바꾸지 않은 채로 현장의 노동자나 농민대중과 연결하려는 조급성으로 슬로건만 앞세운 조직을 급조했다가 피검되곤 하였다. 소부르주아 인텔리의 관념적 조직과 파벌주의에 대하여 코민테른의 '십이월테제'는 엄혹하게 비판하고 모든 과거 조직의 해체와 통합을 요구했다. 이이철은 안대길에게서 민족주의적 개량주의와 적색노동조합운동의 차이점이 무엇인지에 대하여 교양을 받았다. 좌우합작 운동체였던 신간회의 민족주의 우파가 일본에게서 자치권을 바라는 정도의 노선을 드러내자, 사회주의 계열은 이러한 기회주의를 철저히 배격하며 조직 해소론으로 나아가게 되었다고 그는 말했고 이철은 이에 크게 공감했다.

신금이는 당시의 일을 자세히 기억하고 있었다. 그녀는 손자 이진오에게 할아버지 이일철과 결혼하던 무렵의 이야기를 몇번이고 해주었다. 다행히 아들 이지산이 아버지를 따라갔다가 전란 속에서 구사일생하여 후문을 전했지만, 어쨌든 반세기 이상이나 이산가족이 되어 구십세가 넘도록 살아오면서 그녀는 남편의 청년기 때 모습을 잊지 않으려 애쓰는 것처럼 보였다.

"그러니까 그때는 느이 증조할아버지가 아직 시장 거리에 살았을 적이란다. 우리가 결혼하고 지산이 아부지가 철도국에 취직을 한 뒤에야 자리가 나서 당산 철도관사에 들어가 살게 되었지. 거기서 한 삼사년 살았는가 싶다. 느이 증조할아버지가 못내 공방을 못

잊어하셔서 샛말 고모네로 나오게 되었구나. 느이 막음이 고모할머니는 그 무렵에 만주로 이민 떠났고."

"그럼 할머니는 할아버지하구 어떻게 만나셨어요? 뭐라더라…… 중매요, 연애결혼이요?"

진오의 물음에 신금이가 배시시 웃으며 말했다.

"우리가 촌사람두 아니니 중매를 서줄 이두 없구. 그렇다구 길거리서 눈 맞아 연애질한 것두 아니구."

"그럼 뭐예요?"

할머니는 입을 손으로 가리면서 웃었다.

"반반이라구 해두자꾸나."

중매 반 연애 반이라는 얘기인데, 진오가 두 사람이 어떻게 만나게 되었는지 자꾸 캐묻자 그제야 남편의 아우였던 이이철 작은할아버지 얘기를 꺼냈다.

"우리 시동생이 일정 때 주의자였단 얘기는 너두 들었겠지?"

이진오는 머리가 커서야 그게 무슨 뜻인지 알아들었다. 그로부터 꼼짝달싹도 못할 정도로 자신의 미래가 노동자 이외의 다른 존재로는 살아갈 수 없게 한정 지어졌다고 그는 억울하게 생각했던 시절이 있었다. 할아버지는 월북했고 아버지는 그를 따라갔다가 부상당하여 반공포로가 되어서 돌아왔다. 그리고 일찍이 그의 작은할아버지는 공산주의자로 일제강점기에 해방을 맞지도 못하고 옥사했다. 할아버지의 선택은 이미 정해져 있던 것이었을까. 증조부 이백만의 무덤덤하고 표정 없는 중립주의마저 오래전에 정해져 있던 것이었을지도 몰랐다.

5

신금이는 그때 일요일만 되면 교회에 나갔다. 여고보 과정을 공장에서 단기로 수료할 수 있다는 말에 현혹되어 방직공장에 여공으로 들어갔으니 뭔가 배우겠다는 일념이 강했던 그녀였다. 그녀는 전문학교 학생이나 일본 유학생들이 영어를 배워서 말하고 읽는다는 것이 부러웠다. 그래서 교회당에 영어성경반이 있는데 가보지 않겠느냐는 친구의 말에 다니기 시작했다. 교회에는 조선인 목사 외에 미국인 선교사 부부가 봉직하고 있었는데 그 부인 메리가 영어성경반을 맡고 있었다. 수업은 일주일에 두번 수요일과 일요일에 있었다. 수요일에는 저녁 예배가 끝나고 나서 한시간이었고 일요일에는 낮 예배 끝난 오후 한시간이었다. 아무튼 공장에서 삼년의 단기 여고보 과정을 수료한 뒤였으니까 전보다는 시간 여유가 많은 편이었다. 그녀는 이제 어엿한 정식 직공이자 조장이어서 부근에 집이 있었다면 출퇴근도 할 수 있는 입장이었다. 그러나 오히려 기숙사에 기거하는 것이 좀 불편하기는 하여도 숙식이 해결되어 생활비를 절약할 수가 있어서 그녀는 기숙사의 이인실에 잔류하는 쪽을 택했다. 기숙사 사감은 교회에서 확인서를 받아오도록 하여 외출을 허용해주었다. 교회는 공장에서 제법 떨어진 곳에 있었는데 영등포역으로 해서 시장 사거리를 지나 옹기말 언덕 초입에 새로 지은 벽돌 건물이었다. 나중에 이곳에 유치원이 생겼을 때에 그녀는 이지산을 넣지 못한 것을 안타까워했다. 아무튼 일요일은 오전에 나와 예배를 보고 오후에 성경반 수업을 받은 뒤 때로는 외식하고 들어가거나, 시장 거리에 있는 극장에 들러 활동사진을 보고 일본 신파극 또는 잔바라 같은 사무라이극도 구경했다. 그런데 수요일에는 수업이 끝나면 보통 아홉시가 넘은 시각이라 총총걸음으로 기숙사의 취침시간인 열시에 맞추려고 서둘러야 했던 것이다. 그맘때에 공장까지 돌아가는 길은 역전 광장 부근만 빼고는 거의 인적이 드물었다. 여름에는 그래도 행인이나 집 앞 골목에 나와 있는 주민이 많았지만 날씨가 궂은 날이나 추운 날이면 사방이 적막하고 조용해서 무섬증이 들었다. 예나 지금이나 귀신이 무서운 게 아니라 사람이 무서웠다. 어느날 신금이가 교회에서 나와 걷기 시작했는데 검은 그림자가 뒤에 적당한 거리로 따라붙더니 같은 방향으로 계속 쫓아오면서 차츰 거리를 좁혀오는 것이었다. 그녀는 행인의 왕래가 제법 보이는 시장 사거리에 이르러 갑자기 걸음을 멈추고 기다렸다. 다가오는 사람을 보니 젊은 청년이었고 목까지 단추를 채우는 국방색 작업복을 입고 있었다. 부근에서는 직장 다니는 사람이 일터에서 돌아오는 행색으로 익숙한 모습이었다. 청년은 그녀를 지나쳐가지 않고 대여섯걸음 떨어져서 돌아서더니 짐짓 궐련을 꺼내어 불을 붙이며 어물쩍거렸다. 신금이는 당돌한 데가 있어 겁먹지 않고 대뜸 그에게 다가가 말했다.

"왜 저를 쫓아오는 거예요?"

"예에?"

그는 피워 물었던 궐련을 얼른 내리고 뒤로 두어발짝 물러나며 더듬거렸다.

"서, 선옥씨 잘 아시죠?"

"박선옥 말인가요? 내 조수인데 그애가 무슨 상관이죠?"

"어디서부터 말씀드려야 하나 이거. 실은 나두 같은 직장에 나갑니다."

신금이는 그때에 뭔가 회색빛 그림이 어둠 속에서 떠올랐다가 사라지는 것을 보았다. 그의 거뭇한 몸 위로 무슨 검은 줄이 세로로 죽죽 그어져 있었다. 그녀가 그런 장면을 떨쳐버리듯 머리를 흔들자 검은 줄은 사라졌다.

"나는 댁에를 본 적이 없는데요."

그는 머리를 긁적이더니 계면쩍게 말했다.

"공장 들어간 지 이제 한 달포 되었습니다."

"어느 부서죠?"

"발전부 인부로 들어갔습니다."

신금이는 저절로 웃음이 나왔다. 인부라면 일당을 받는 임시직이니 허드레꾼이나 마찬가지였고 더구나 달포 되었다면 이제 겨우 공장 안을 파악했을까 말까 한 기간이다.

“일이나 열심히 배워서 장정 구실 할 생각이나 하세요.”

그랬더니 청년은 꾸뻑 인사를 하고는 말했다.

“네, 그럴 생각입니다. 실은 제가 철도공작창에 다니다 해고당했거든요.”

신금이는 처음부터 그의 인상이 어딘가 막일꾼으로는 보이지 않았고 눈앞에 떠올랐던 그림이 마음에 걸렸다고 그랬다. 아들 이지산과 손자 이진오에게 몇번이나 그 얘기를 했다. 그게 옥살이를 연거푸 해야 할 도련님 자리의 운명을 미리 보았던 것이라고 그녀는 말하곤 했다. 신금이는 공작창에서 수백명이 들고일어났던 파업사건을 잘 알고 있었다. 그런 큰 사건에 대하여 영등포에 사는 누군들 듣지 않았으랴. 많은 사람이 잡혀갔다 풀려나왔고 노동쟁의는 전기공장 고무공장 제분공장 정미소 등에까지 번져서 영등포와 인천 일대가 한동안 떠들썩했다. 두 사람은 자연스럽게 천천히 걷기 시작했고 그는 공장까지 따라왔다. 그가 하려던 말은 지금 공장의 몇 사람이 일요일마다 밖에서 독서모임을 하는데 신금이씨도 참여했으면 좋겠다는 것이었다. 그녀를 넌지시 소개한 것이 바로 그녀의 직조기 조수인 박선옥이라는 얘기였다.

“지금 와서 하는 얘기지만 영등포에는 신세대 주의자들이 막 노동운동을 시작하고 있을 때였단다. 선배 세대가 매번 요릿집이나 까페에서 당을 선언만 해놓고는 잡혀가고 깨지고를 반복하니까, 그 사람들은 아예 각자 공장에 들어가서 조직을 만들어 밑에서부터 시작하려구 했대. 맨 뒤에 이 아무개라는 전설 같은 활동가가 있었지. 느이 할아부지도 그때는 그 사람 얼굴도 못 보았던 시절이다. 그러구 선이 한둘이라야 말이지. 제각기 조직을 만든다구 국제당의 선을 자처하는 사람들도 있었지만, 우리네야 모두 입을 모아 말했지. 제발 힘을 합치라구. 조선 사람들 사는 꼴을 보라구."

영등포공작창은 만주사변과 세계 경제 불황의 여파로 재정비를 한다며 임시휴업을 단행했고 이에 조선인 공원 백여명이 파업에 돌입했다. 회사 측은 단호하게 정식 직공과 다수의 용인 인부를 포함한 이백여명을 해고했다. 이에 맞서서 삼백여명이 파업에 동참했고 공장은 완전히 멎어버렸다. 안대길 방우창 이이철을 비롯한 칠팔명의 비공개 파업위원회가 꾸려지고 밖에서는 안대길이 접선하고 있던 중앙조직이 파업을 지휘했다. 이들은 전체 직공대회를 개최하고 그중에서 공개적으로 대표자 다섯 사람을 선정했다. 그동안 식민지 조선의 파업 중에서 공장 내의 전 종업원을 망라한 대회가 조직된 적이 한번도 없었기 때문에 당연히 위력적이었다. 한꺼번에 이백여명을 해고한 강경책이 오히려 노동자들을 뭉치게 만들었던 것이다.

이철은 공장에서 모든 공원들이 기계를 멈추고 앞마당에 모이던 그날 아침을 언제나 잊지 않았다. 해고 통보를 받았던 이백여명은 물론이고 조장 반장 고원 기술직원에 이르기까지 모두 일터를 나와 모여들었다. 개중에는 일본인 반장이나 고원들도 있었는데, 물론 모여든 인원의 대부분은 조선인 인부들이었다. 이철은 공장의 안쪽 끝에 있던 아버지의 선반기를 바라보았다. 물이 서서히 빠지듯 전원을 끊은 여러 기계가 멈추면서 공원들이 차례로 통로를 걸어나오기 시작할 때에 이백만의 기계는 여전히 돌아가고 있었다. 마지막으로 그의 기계도 멈추었고 아버지는 한참이나 작업대 앞에 앉아 있었다. 이백만이 기계들 사이의 통로를 천천히 걸어나왔다. 이철은 좌우로 활짝 열린 공장 문 앞에 서 있었다. 아버지가 마지막 사람이 되어 문밖으로 나서자 이철이 레일에 달린 문을 닫았다.

"너 담배 있냐?"

이철이 작업복 주머니에서 담배를 꺼내어 한대 뽑아 내밀었고 아버지에게 성냥을 그어 불까지 붙여드렸다. 이미 공장 마당에는 모여든 공원들이 파업위원회의 사회자가 부르짖고 있는 성토 내용에 박수를 치고 호응의 구호를 외치는 소리가 떠들썩했다. 이백만은 담배 첫 모금을 길게 내뿜더니 아들에게 말했다.

"기왕 이렇게 되었으니 열심히 해라. 나두 삼백명 해고자 명단에 들었다만 으름장일 게다. 공장을 돌릴 수가 없는데 저들이 어쩌겠느냐. 하지만 너희들은 이번에 호주머니 속의 송곳처럼 드러나게 되었으니 각오는 해야겠지."

그렇게 부자는 파업에 동참했다. 며칠간의 파업 끝에 최소한의 구속자와 해고자가 나오고 사태는 수습되었다. 그러나 이는 시작에 지나지 않았다.

일제 당국은 유화책으로 해고를 철회하면서 면밀히 조사를 시작하여 대표자 다섯 사람은 물론 그들과 공공연하게 대중집회를 끌고 나갔던 이이철을 연행해 조사했다. 그들은 불순 조직과의 연계를 완강히 부인했고 일단 훈방되었다가 안대길 방우창의 존재가 드러나게 되면서 다시 모두 연행되었다. 안대길 방우창 두 사람은 구속되고 이이철과 파업위원을 맡았던 홍씨 지씨가 해고되었다. 그는 육개월쯤 쉬었다가 다시 방직공장에 인부로 취직했던 터였다. 외곽의 중앙조직은 여전히 활발하게 돌아가고 있었다. 그들에 비하여 드러나지 않았던 아주머니 용인을 안대길과 방우창이 잡혀 있는 유치장으로 면회를 가도록 했다. 아주머니는 공원들이 십시일반으로 모은 돈을 사식비로 넣었고, 그들이 구치소로 넘어가기 전까지 안씨의 형수라고 핑계 대어 면회를 다녔다. 면회를 다녀온 아주머니가 안대길의 말을 이철에게 전해주었다. 방씨는 곧 나갈 것이며 안씨에게는 실형이 떨어지게 될 거라고 했다. 안대길은 자기 어머니가 신길정 부근에서 집을 얻어 밥집을 하는데 이이철에게 한번 찾아가보라고 했다는 것이었다. 이철은 이제 활동가로서 첫걸음을 뗀 것에 불과했으나 대뜸 그 말에는 어떤 목적이 있을 거라고 생각했다.

영등포 정거장을 지나 고추말고개를 넘어 신길정으로 가노라면 신작로 양편에 새로 생겨난 거리가 나왔다. 수십년 전에 일본인들의 거류지와 상권이 생기고 마루보시공장이 들어서면서 일대는 시장 인근에 못지않은 밥집 주점 숙박업소 등이 생겨났다. 행인과 출입객 거개가 일본인들의 상업활동이나 공장 일을 바라고 모여든 노동자들이었다. 일터가 있는 노동자건 가두노동을 하는 날품팔이건 모두들 이곳 어딘가에 등을 기대고 살았다. 값싼 일셋방에서 밥집까지 젊은 사내들이 버글거렸다. 정거장 뒤편의 철로변을 따라서 형성된 수많은 골목에는 임시로 지어진 가가에 사창가가 모여 있었고, 역전의 버젓한 간판을 달고 영업하는 유곽에서는 일본 창녀들이 영업을 했다. 이이철은 홍씨가 한번 안대길 모친의 밥집에 가본 적이 있다고 하여 함께 그 집을 찾아갔다. 혼잡한 점심시간이 지나 설거지에 여념이 없던 안대길의 모친은 이이철과 홍씨의 위로의 말에 눈물이 가득 고인 눈길을 돌리고 픽 웃으면서 말했다.

"내가 뭘 아나? 사내자식이 큰 뜻이 있어 하는 일이겠지."

"안대길 형님이 모친을 찾아가 뵙고 의논하라 하셨습니다."

이이철이 은근히 말하자 안의 모친은 잠깐 그들을 바라보고는 고개를 끄덕였다.

"사흘 뒤에 다시 오게나. 내가 전할 말이 있을지두 모르겠네."

이철은 다시 찾아가서 시간과 장소를 전달받았다. 그는 한강 인도교를 건너 용산까지 가서 해가 저물기 시작한 여섯시에 전차 정거장에 서 있었다. 그는 접은 신문지로 햇빛을 가리는 시늉을 하며 얼굴 앞쪽에 비스듬히 쳐들고 있었다. 누군가가 옆으로 지나치며 그를 툭 치면서 말을 걸었다.

"영등포 사람이우?"

그는 그렇게 말을 건네면서도 걸음을 멈추지 않고 계속 걸어갔다. 이철은 그를 따라 자연스럽게 걸어가면서 말했다.

"안에서 모친을 찾아가보라는 전갈이 와서요."

"성함이 어찌 되시우?"

"이이철이라구 합니다."

그들은 용산 역전 방향으로 가로수가 섰는 인도를 따라서 계속 걸었다.

"해고들 당했지요? 오랫동안 일손을 놓고 있어서는 안 됩니다.

재취업하세요."

그는 조직의 방법에서, 확실하게 믿음직한 소통을 주고받을 수 있는 두 사람의 동지를 만들어 세 사람이 논의하면서 각자가 자기 일터를 찾아가 같은 방법으로 논의할 수 있는 그룹을 형성한다는 것이었다. 접촉점을 최소화하면서 삼삼은 구, 삼사 십이, 삼오 십오, 하는 식으로 조직을 넓혀간다고 하였다. 나중에 이러한 점조직을 세마리의 말이 끄는 썰매 같다고 하여 트로이카 방식이라고 부르게 된다. 이이철은 중앙과의 접촉에서 안내길의 역할을 물려받았고 영등포 조직의 연락 책임자가 되었다. 상부 선과의 연락은 일차와 이차가 있었는데 일차가 신길정 밥집이었고, 이차가 매달 말일 같은 시간에 용산시장 입구에 있는 삼개국밥집에서 저녁을 먹는 일이었다.

이철은 아버지와 현장에서 습득한 선반 기술이 있었고 아직 정교한 부속은 제작하지 못했지만 웬만한 기계조작은 다룰 줄 알았다. 그는 인부 모집에 응했는데 전에 어디서 일한 적이 있느냐고 물어서 보통학교 나온 뒤 마치코바(소규모 공장) 개인 공업소에서 일하다 나왔노라고 답했다. 그는 대번에 취직이 되었고 기계부의 데모토에 배치되었다. 조수라고는 하여도 직공은 고장 난 기계가 돌아오면 그에게 세부사항만 알려주고 그가 처리하는 걸 지켜보다가 안심하고 자리를 떠나 담배참을 갖거나 동배들과 잡담하다 돌아오곤 했다. 이철은 며칠 못 가서 작업장 안의 조장이네 반장이네 하는 이들과 거의 얼굴을 익히게 되었고 술판에도 어울리는 사이가 되었다. 그가 독서회를 시작하게 된 것은 취직하고 한달쯤 뒤부터였다. 이전의 공작창과는 달리 방직공장이라 공원의 대부분이 젊은 미혼 여성들이고 감독과 교부 반장들도 모두 나이 지긋한 여성들이었다. 신금이는 일요일에 조수 박선옥을 따라서 독서회가 모인다는 곳에 찾아갔다. 그곳은 시장 거리의 북쪽 뚝방 아랫동네였다. 시장과 지척이어서 거기까지 점포들이 번져 있었고 크고 작은 가게와 노점 좌판이 늘어섰다. 모임 장소는 작은 한옥의 앞쪽을 튼 점포집이었다. 그곳은 떡 파는 가게였다. 박선옥의 외할아버지, 외할머니 부부가 시골서 올라온 총각 하나를 데리고 떡을 만들어 팔았다. 점포 앞의 좌판에는 김이 무럭무럭 나는 시루떡에 백설기에 절편에 가래떡 바람떡 송편 등속을 늘어놓았다. 안쪽에 살림하는 공간이 있고 맨 구석에 뒷방이 있는데 곡식 가마니며 떡메에 홍두깨에 함지 채반 따위의 잡동사니가 방의 반쯤을 차지했지만, 그래도 여러 사람이 벽을 등에 지고 둘러앉을 만했다. 모인 사람은 여섯명이었다. 이이철 한 사람 빼고는 모두가 여성이었고 정식 직공 신금이 외에는 조수거나 보조 용인이었다. 이철은 처음에는 혁신적인 인사들이 주도하는 월간잡지와 팸플릿 몇가지를 들고 와서 서로 돌아가며 읽어보게 하였다. 단편소설이나 시도 읽고 사회과학에 관한 글도 읽었다. 박선옥의 낭독 차례였는데 그녀는 더듬거렸다.

“프로…… 프로펠라……”

“프로펠라는 바람개비구요, 프롤레타리아.”

이이철이 웃으면서 고쳐주자 박선옥이 물었다.

“이 말이 여러번 나오는데 무슨 뜻이에요?”

이철은 아무것도 가진 것 없는 무산자를 말하며 우리 같은 노동자의 또다른 명칭이라고 알려주었다. 이철은 안대길에게서 들은 대로 옛날 서양의 로마시대에 사회에 기여할 것이라곤 자신과 같은 노예를 재생산하는 능력밖에 없는 계급을 이르는 말이었다고 설명했다.

집중력이란 대개 한시간에서 두시간 이상을 유지하지 못하기 때문에 한시간 동안 책을 읽고, 내용을 서로 묻고, 감상을 이야기하고 나서 남은 시간에 친교활동을 했다. 그리고 공장의 동무들 가운데 진중하고 성품 좋은 이들 중에 독서회에 참여할 만한 이들을 서로 찾아보자고 이야기했다. 신금이는 공장 야학의 동급생 중에서 두 사람을 끌어들였고 이철은 남성 조장 한 사람을 찾아냈다. 조영춘 직공은 자신보다 다섯살 위의 청년이었고 보통학교를 나와 공업고보를 이년 다니다 중퇴한 이였다. 그는 아직도 학업에 대한 꿈이 남아 있어 돈을 모으면 일본에 가서 기사 자격을 따오겠다고 말하곤 했다. 몇달 사이에 조영춘도 이철이처럼 공책 학습으로 식민지 노동자인 자신의 처지를 깨닫게 된다. 이이철과 조영춘은 박선옥과 더불어 방직공장의 기본 오르그(지도원)를 이루었다. 이들은 바깥 중앙과의 연락 속에서 산별노조를 중심으로 연대해야 함을 알게 되었으며 이미 금속 섬유 화학 출판 등으로 부서별 연대가 진행되고 있음을 눈치챘다. 이철은 제사 방적 견직 등의 공장마다 적게는 칠팔명에서 많게는 십여명 이상의 적색노조준비위가 연결되고 있다는 것을 알게 되었다. 화학 분야의 고무공장들이 전국에 걸쳐서 도시마다 있었고 섬유 분야도 방직공장이 경성에 수십곳이 있고 웬만한 대도시에도 서너곳씩 있었다. 그리고 이들 대부분이 부녀자와 미혼 여성들이었다. 이들은 어떤 의미에서는 학교 문전은 커녕 자기 집 담 밖에도 나가지 못하고 아버지가 정해주는 남자에게 시집갈 날만 기다리는 수많은 자기 또래의 조선 처녀에 비해서 과감하게 자기 인생을 개척해나아갈 준비가 되어 있던 존재들이었다. 따라서 공장의 남자 직공들보다도 선진적이었다. 신금이는 이이철의 안내에 따라 사회주의의 초입에 들어서긴 했지만 그때에 매우 개인적인 사건이 발생했다고 한다.

이이철이 가을에 해고당하고 이듬해 봄 독서회를 시작했는데, 그해 가을쯤에는 회원도 두배로 불어나서 공장 안에서만도 두 그룹이나 되었고 이웃 제사공장까지 연계하여 세 그룹이 되었다. 이이철은 바깥의 연락부서를 자원하여 분주했고, 조영춘은 박선옥과 함께 독서회를 이끌었다. 신금이는 박선옥 손영순과 더불어 제사공장 친구들과 원족도 가고 신파극을 구경하러 다니기도 했다. 신금이가 공장 야학 시절부터 늘 붙어다니던 손영순을 독서회에 끌어들인 뒤에 손은 누구보다도 열성적으로 여공들을 회원으로 끌어들이려고 노력했다. 셋 중에 그녀가 나이가 가장 많아서 스물한살이었고 신금이와 친해지자 사실은 충청도 친정집에 아들을 맡기고 왔다고 고백했다. 보통학교를 다녔고 열일곱에 결혼했다는데 남편은 자기보다 세살이나 아래인 소년이었다. 아들을 배고 있을 때에 남편이 어느 여름날 마을 동무들을 따라서 금강에 뱃놀이 겸 천렵을 갔다가 빠져 죽었다. 그녀는 친정으로 돌아갔고 아이를 낳고 얼마 안 되어 친척의 소개로 방직공장에 취직하는 길을 알게 되었다고 한다. 신금이는 그녀와 삼년 동안 같은 기숙사 방에서 기거했는데 밥을 먹다가도 자리에 누워서도 가끔 손영순은 멍하니 다른 곳에 생각이 가 있는 때가 많았다. 그녀의 젖은 눈을 들여다보면 신금이는 저절로 머리숱이 적고 눈이 큰 아기를 보게 되었다. 너 아기 생각하는구나, 그러면 영순은 손바닥으로 눈을 가리면서 울곤 했다.

그날 박선옥은 조영춘과 다른 독서회 모임에 가 있었고 신금이와 손영순은 이이철 등과 함께 모임에 참석했다. 회원이 많아지면서 원래의 박선옥이네 떡집 모임에서 두 그룹으로 나뉘어 이이철이네 버드나무집에서 모이게 되었던 것이다. 그들이 돌아가며 책을 읽고 각자의 생각을 얘기하고 있는데 방문이 벌컥 열리며 툇마루 앞에 누군가가 서 있는 게 보였다. 이이철이 아무렇지도 않게 그에게 말했다.

"방문 닫아."

그는 금속 장식이 달린 모자를 쓰고 목까지 금속 단추를 잠근 검정색 학생복을 입었다. 모자챙을 깊숙이 눌러써서 얼굴의 반쯤밖에 보이지 않았다. 이철의 간단한 말에 그는 말없이 방문을 닫았다. 손영순이 이철에게 소리를 죽여 가만히 물었다.

"누구예요?"

"형이오."

신금이는 그때 방문 옆에 앉아 있어서 그를 정면으로 보지는 못했고 고개를 돌리면서 힐끗 손에 감긴 붕대만 보았다고 그랬다. 나중에 일철은 실습 중에 다쳤다고 간단히 얘기했는데 금이가 사실은 그 붕대가 인상적이었다고 여러번 얘기했다. 마치 전선에서 용감하게 싸우다가 돌아온 전사 같지 않으냔 것이었다. 또는 몸을 다칠 정도의 격렬한 사연을 숨기고 나타난 남자 같았다고 그랬다. 고보생들 가운데 축구 유도 검도 같은 운동반 학생들이 목이나 손이나 팔뚝에 공연히 붕대를 감고 다니는 유행이 오래간 것도 그런 이유가 있을 법했다. 여드름에 별표 모양으로 작은 반창고를 붙이거나 목에다 붕대를 감은 여고보생들 경우에는 좀 논다는 표시이기도 했을 것이다. 모임이 끝나고 일어나서 나오려는데 이철이 금이에게 말했다.

"오늘 공일날이잖아요. 좀 이따 우리 활동사진이나 보러 갑시다."

"뭐 좋은 영화 들어왔대요?"

"조선 영환데 입소문이 났습디다."

금이는 영순에게 그럴까 하는 시늉으로 눈짓을 했고 영순도 고개를 끄덕여 보였다. 세 사람이 마당으로 내려서는데 건너편 이백만의 공방에서 이일철이 나서면서 아우에게 말했다.

"뭐, 영화 구경 간다고?"

"형두 갈 테면 따라와."

아우의 말에 일철은 툇마루에서 구두를 신으면서 어딘가 서두르는 기색을 보였다.

"실은 나두 보구 싶었던 영환데 여기 들어왔더라."

그들 네 사람은 자연스럽게 집을 나서 시장 사거리로 걸어내려갔다. 이철이 형에게 두 사람을 소개했다. 먼저 금이를 소개했는데 당연히 식구들은 바로 그 순간에 일철의 얼굴을 보면서 아무런 그림도 떠오르지 않았더냐고 여러차례 물었다. 그런데 뜻밖에도 돌아온 대답은 정말 아무것도 떠오르지 않았다는 것이다. 친한 사람 심지어는 전혀 모르는 사람도 척 보면 그가 겪는 사정을 짐작할 정도로 신기한 감각을 가진 신금이가 일철에게서는 아무것도 볼 수 없었다는 건 오히려 이상한 조짐이 아니던가. 나중에 두 사람이 결혼하여 함께 살게 되었을 때에야 비로소 뭔가 장면과 그림을 보게 되었고, 온양 철도여관에 갔던 첫날밤에 지산이의 모습을 본 게 식구들에게 가장 유명한 일화였다. 그것도 생생한 대낮에 짐을 들고 방에 들어섰는데 다다미방에 펴놓은 이부자리 위에 지산이가 발가숭이로 누워서 사지를 버둥거리면서 깔깔 웃고 있었다는 것이다. 이지산의 배꼽 옆에 큰할아버지 이백만의 것을 닮은 검은 물사마귀가 있는 것까지 보았다고 하였다. 이백만의 검은 물사마귀는 물론 죽지뼈 위에 있었지만. 태어나기도 전에 자기 아들의 모습을 볼 정도로 대단한 지감(知鑑)을 가졌던 신금이가 장차 자기의 남편이 될 사람을 처음 만났을 때에 아무것도 못 보았다는 게 오히려 이상하지 않은가. 아들인 이지산은 물론이고 며느리 윤복례나 손자 이진오가 그런 일에 대하여 물으면 신금이는 언제나 준비된 대답이 있었다.

"그건 그이가 내 남편으로 확실하게 정해져 있었기 때문에 구태여 보여줄 필요가 없었던 게야."

신금이는 일철을 보면서 아무런 그림도 떠오르지 않자 그제야 가슴이 두근거리기 시작했다. 일철이도 그녀의 이마와 영리하게 반짝이는 눈이 너무 귀여웠다고 더듬거리며 말했던 적이 있었다.

"무슨 영화 보러 가는 거예요?"

손영순이 물으니 일철 이철 형제가 거의 동시에 말해버렸다.

"「임자 없는 나룻배」."

"「아리랑」 본 사람?"

금이와 영순이 동시에 고개를 흔들자 형이 아우에게 말했다.

"넌 일은 않구 맨날 활동사진만 보러 다니냐?"

"그러는 형은?"

"신문마다 떠들썩하길래."

형이 네 사람의 표를 끊겠다고 하자 신금이가 반대를 했다. 학생이 무슨 돈이 있느냐, 우리는 직장인이니 표는 우리가 끊겠다. 이철은 형이 수십원의 돈을 받으며 기숙사에서 배우는 총독부 학생이니까 돈 좀 써야 한다고 볼멘소리를 했다. 결국 각자 표를 사기로 했고 형이 뒤에 저녁을 한턱내기로 정했다. 영화의 마지막에 나루터의 늙은 사공이 도끼로 철교공사장 기사를 쳐 죽이고 침목과 철교를 부수려고 수없이 도끼질을 하는 장면이 나왔다. 기차가 경적을 울리며 정면으로 달려들고, 사공이 죽은 뒤 집에 불이 나서 딸도 불길 속에 타 죽는다. 강물 위에는 무심하게 빈 나룻배만 출렁이며 떠 있다. 극장에서 나오니 금이와 영순이는 울어서 눈이 붉게 충혈되었고 이철이는 아직 분이 풀리지 않았는지 연신 욕지거리를 했다.

"왜놈들이 저질러놓은 세상을 엎어버려야 할 텐데. 쪽발이들을 모두 쳐 죽여야 해!"

일철은 말수가 별로 없다가 중국집에 가서 우동을 기다리는 중에 한마디 했다.

"나룻배로 철교를 당할 순 없겠지. 우마차가 비행기를 당할 수 없는 것처럼."

"그렇다고 그냥 가만히 죽치구 살아야 하나?"

이철의 말에 일철이 한마디 더했다.

"나는 기술을 배우려고 한다. 다만 그게 어쨌든 조선 사람에게 좋은 쪽으루 쓰였으면 하는 게 내 소망이지."

그들과 헤어지고 돌아온 다음에 건넌방에 나란히 누운 형제는 이런저런 이야기를 나누었다.

"너 공작창 그만두고 방직공장 들어갔다면서?"

"해고당해서 아무 데나 들어간 거야."

"아버지 말씀으로는 니가 주의자활동 한다던데?"

이철은 대답하지 않았고 일철이도 더이상 꼬치꼬치 묻지는 않았다.

"나는 이번에 학업이 끝나면 철도국 직원이 된다. 운전과니까 장차 기관사가 될 작정이다. 집안은 내가 맡을 테니 걱정하지 마라. 그 대신 네 바깥일은 밖에서 해결했으면 하는구나."

형제는 그때에 입장을 확인하고 서로를 이해하기로 약속했다고 한다. 이러한 약속을 둘은 끝까지 지키려고 노력했다. 처음의 약속이 어긋나게 된 것은 해방 후였고, 그것은 이미 아우 이철이 세상을 떠난 뒤의 일이다.

이철은 가까운 시일 안에 파업이 벌어지리라고는 예상하지 못했다. 무엇보다도 공장 종업원들의 자각이 중요했는데 몇달 사이에 은밀하게 묶인 십여명의 독서회원도 자기들이 무엇을 해야 하는지 확실하게 인식하지 못했다. 또한 이제 막 연결하기 시작한 다른 섬유 분야의 공장들도 아직 파악이 제대로 이루어지지 않고 있었던 터였다. 이철은 신길정 밥집에 들렀고 삼개월 만에 나왔다는 방우창의 소식을 들었다. 그는 가두노동을 하면서 인근 일셋방에서 기거하던 중이었다. 이철은 자신이 영등포의 연락책이 되어 있다는 사실은 그에게 알리지 않았다.

"건강은 어떠세요?"

이철이 아저씨뻘인 방에게 물으니 그는 여윈 뺨과 턱을 쓸어내리며 말했다.

"뭐 기소유예루 석달 만에 나왔으니 고생이랄 것두 없네."

"안형은?"

"고문 많이 당했지. 일넌 육개월 먹었다데. 건강만 잘 추스르면 단련 기간이라구 해야겠지."

방씨는 검거당했을 때에 일자무식꾼처럼 행세했다는 것이다. 글도 못 읽는 시늉을 했고 싹싹 빌면서 모든 것을 안대길에게 미루기만 했다. 그들은 뭔가 찾아내려고 고춧가루 물도 먹이고 발가벗겨 매달고 기절할 때까지 때리기도 했지만 방씨는 그저 울며 살려달라고 빌었다. 그렇지만 그런 시늉은 이번 한번만 통할 것이며 다른 사건에 연루되면 처벌과 징역은 배쯤이 될 거라고 그는 낙천적으로 웃으면서 말했다. 방씨도 이철에게 모두 다 말해준 것은 아니었는데 그는 상해에서 왔다는 누군가를 구치소에서 만났던 것이다.

방우창은 당분간 가두노동에 종사하면서 조직 일은 쉬겠다고 말했다.

이철은 용산시장 입구의 삼개국밥집에 월말 날짜를 맞추어 여섯시에 들어가 앉아 중앙의 접촉을 기다렸다. 그는 국밥 한그릇을 시켜놓고 앉아서 지난번 그 사내를 기억해내려고 애를 썼는데 도무지 얼굴이 생각나지 않았다. 그가 복장을 바꾸고 나타난다면 몰라볼 것만 같았다. 여섯시 조금 넘어서 작업복 차림에 헌 벙거지를 눌러쓴 사람이 들어서더니 출입구 근처에 앉은 이철에게 와서 털썩 앉았다. 그가 국밥을 주문하고 나서 이철에게 웃어 보였다.

“얼른 요기하구 나갑시다.”

이철은 그가 지난번 그 사람이 맞다고 생각했다. 우선 음성이 낯익었고 웃을 때 눈가에 잔주름이 잡히던 얼굴이 생각났던 것이다.

“이형이 열심히 사업하구 있다는 소식은 들었습니다.”

“예? 누가요……”

하다가 이철은 더이상 묻지 않는다. 서로 어떻게 연결되는지 묻는 일은 쓸데없는 노릇이기 때문이다. 두 사람은 더이상 얘기하지 않고 국밥만 열심히 먹고는 저물고 있는 거리로 나섰다. 이철은 걸어가면서 진행하고 있는 독서회에 대해서 얘기했고 사내는 가끔씩 궁금한 점을 물었다. 그들은 청엽정 부근의 숲이 있는 언덕으로 올라갔다. 벙거지 사내가 말했다.

“너무 급하면 체하기 마련이우. 지금 만든 독서회를 잘 유지하면서 파업이나 쟁의는 되도록 많은 직원이 참여할 만큼 무르익었을 때에 일으켜야 합니다. 절대로 혁명적인 내용이나 말로 근로대중에게 들이대서는 안 될 거예요. 생활과 밀접한 문제 제기를 해야 합니다."

언덕에 오르니 주변 주택가의 불 켜진 창문들이 드문드문 보였다. 그들은 언덕의 오솔길을 통하여 내리막길 끝까지 갔다가 다시 되돌아오기를 반복했다. 숲에는 인적이 끊겨서 조용했고 발밑에 수북하게 쌓이기 시작한 낙엽 밟는 소리만 들렸다. 어둠 속에서 누군가가 나타나더니 그들의 뒤를 따라왔다. 벙거지가 이철을 툭 치면서 나직하게 말했다.

"앉았다가 갑시다."

이철이 그를 따라서 엉거주춤하게 앉았고 뒤에 따라오던 사람이 서슴지 않고 그들의 곁에 와서 앉았다. 벙거지는 아마도 그와 이 장소에서 만나기로 약속을 해두었을 것이다. 어둠 속에서 그림자처럼 갑자기 나타난 사람은 인력거꾼의 유카타를 걸치고 있었다. 그가 이철에게 말했다.

"안대길 동무에게서 당신 얘기를 많이 들었습니다. 나는 유씨라구 합니다."

이이철은 공책에서 그의 성이 적힌 연필 글씨를 본 적이 있었다. 유씨가 쾌활하게 말했다.

"영등포에서 여러가지로 수고가 많다지요?"

이이철은 침을 꿀꺽 삼켰다.

"저, 저야 이제 겨우 걸음마를 떼고 있어요."

"우리 모두가 이동무처럼 첫걸음마를 떼고 있지요. 시간이 많지 않으니 긴요한 점만 짚어보십시다. 활동가와 대중이 따로 정해진 게 아니며 누구는 항상 앞장서고 또 누구는 따라가기만 하는 일도 없어져야 합니다. 개인과 대중이 의식화되면 서로에게서 배우게 되지요. 대중 없는 당은 머릿속 관념일 뿐이겠지요. 일제의 폭압이 심해질수록 좌편향이 되기 마련인데, 그럴수록 우리는 침착해야 합니다. 원칙을 지키되 너그러워야 하고 감출 것은 깊이 간직해야 합니다. 근로대중의 생활과 동떨어진 어떤 말이나 행동도 경계해야 되겠지요."

이이철은 못내 궁금하던 점을 물었다.

"독립운동과 계급운동은 다른 일인가요?"

"나에게도 그게 항상 문제였습니다. 우리는 두개의 무거운 철쇄에 묶여 있어요. 일제의 식민 억압과 부르주아 사회체제입니다. 근로대중의 투쟁을 불러일으키고 일제와 싸우는 과정에서 그 두 과제를 자연스럽게 해결해나갈 수 있다고 봅니다."

그들은 독서회의 구성원에 대하여도 토론했고 다른 공장과의 연락에 대해서도 많은 이야기를 나누었다.

"접촉은 범위와 인원을 최소화하고 각 일터의 사정에 맡겨서 사업을 해나가야겠죠. 이동무가 했던 방식으로 다른 일터에서도 점차적으로 조직 범위를 넓혀가면 되겠군요."

그날 이철이 뇌리에 새긴 것은 서두르지 말되 급변하는 상황을 놓쳐서도 안 된다는 것과 노동대중의 자율성과 지도력을 신뢰해야 한다는 것이었다. 활동가는 대중을 도우면서 끊임없이 대중의 지도를 받는 존재라야 했다. 청엽정 언덕에서 만났던 유씨를 이철은 그후 다시는 만날 수 없었다. 이이철은 그가 준 필사본 책자 몇권을 오래 간직했다. 그것들은 때로는 매우 이론적이고 어려운 것도 있었지만 유씨가 직접 필기한 것들은 대개가 구체적인 내용들이었다.

도보의 경우, 큰 물건 예를 들면 책 등을 가지고 밖으로 나갈 때 겨울에는 두루마기, 외투 또는 목도리에 감추고 여름에는 옷 가운데 감출 것, 작은 물건 예컨대 편지 등은 신 바닥에 감출 것.

전차의 경우, 전차에 타면 바로 차표를 끊고 반드시 뒷문으로 타서 앞문으로 내릴 것. 단 소지품이 있을 때는 앞좌석에 앉고, 앉을 때 소지품을 무릎 아래에 놓을 것. 정류소마다 주의하고 형사가 전차에 타면 바로 내릴 것.

정해진 장소에는 정각 일이분 전에 그 부근에 가서 정세를 면밀히 살핀 후 현장으로 갈 것.

상대와 서로 시선을 마주치려고 시도하다가 마주친 다음에는 만나기로 정해진 사람의 후방에 붙어 갈 것. 밝은 뒷길에서는 서로 떨어져서 걷고, 노출된 길로 들어설 때는 서로 시선을 마주치고 앞뒤로 걸으며, 길을 건널 때는 서로 시선을 마주친 다음 따라가는 자가 먼저 길을 건널 것.

다른 사람의 주의를 끌지 않도록 자연스럽게 행동하고 낮은 소리로 말할 것.

실내에서는 탁자 위에 부르주아 문학서 등을 나열해두고 주요 책은 실외에 둘 일.

낙서 특히 이름의 낙서는 엄금할 일. 글자를 쓴 종이는 방 틈 사이에 꽂아둘 것.

이런 식의 구체적인 행동 방식을 열거한, 복사지에 깨알같이 긁어서 쓴 필사본 팸플릿들이었다. 이재유라는 이름은 몇년 뒤 신문의 일면을 가득 채우며 '체포 탈출 잠행 지명수배' 등의 머리글자와 함께 조선 전체를 떠들썩하게 만들었고, 그는 체포되어 오랜 세월 구금되었다. 나중에야 이이철은 유가 성이 아니라 이름의 맨 끝 자였음을 알았다. 이이철이 먼저 옥중에서 목숨을 거두었고 이재유도 일제가 패망하기 불과 십개월 전에 옥사한다. 용산에서 접촉하던 사람은 이이철과 종씨이자 일본에서 유학하고 돌아온 인텔리로 나중에 서대문형무소와 예심 재판정에서 만나게 되었지만 그것도 수년 뒤의 일이다. 일단 이씨는 언제까지가 될지는 모르지만 그의 접촉선이 되기로 했는데, 통신은 안대길 모친의 밥집이었고 만날 경우에는 용산의 삼개국밥집이었다. 그러나 비상시에는 그가 따로 연락을 해오기로 되어 있었다.

6

신금이는 그날 방직공장에서 벌어진 사건은 계획되었던 게 아니라 우연히 일어났다고 했다. 어느날 손영순이 기계를 조수들에게 맡기고 공장 밖으로 뛰어나갔고 감독이 뭐라고 소리를 지르며 그녀를 쫓아나갔다. 신금이는 처음에는 무슨 영문인지 몰랐다.

"그날 야근은 없었고 여섯시가 다 되었으니 일이 거진 끝나갈 때였다구. 고향에서 영순이 친정엄마가 네살짜리 아이를 데리구 딸을 만나러 올라온 거야. 수위가 면회는 일절 금지되어 있다며 문 앞에서 쫓아버렸다지. 할머니는 우는 손자를 달래며 공장 문밖에서 서성거리며 몇시간을 기다렸어. 드나드는 이에게 달려가 사정을 얘기해보았지만 어느 시간에든 출입이 마음대로인 사람들이란 높은 사람들이나 일본 사람들이었겠지. 그들은 듣지도 않고 그냥 뿌리치고 들어가버리곤 했대. 다행히 조선인 기술자가 일본 사람들과 들어가다가 사연을 듣게 되었대.”

그가 공장에 들어와 누군가에게 정문 앞 사정을 알려주었다. 손영순은 아들과 친정엄마가 자기를 찾아 먼 길을 왔다는 소식에 걱정과 기쁨이 뒤범벅이 되어 눈물 바람을 하면서 뛰쳐나갔다. 일본인 감독은 중년 여성이었는데 미처 사정을 듣지도 않은 상태에서 근무시간에 허락도 없이 기계 앞을 떠나 뛰쳐나가는 조장에게 경고를 했다고 한다. 손영순이 가로막는 수위를 제치며 통용문을 열고 나가 엄마와 아이를 얼싸안았다. 감독은 성이 나서 씨근벌떡이며 뒤쫓아와서는 손영순의 머리끄덩이를 잡아당겼다.

“바카시네(바보 죽어라). 지금 근무시간이야.”

이를 본 엄마가 감독의 등을 두 주먹으로 때렸고 감독은 영순의 머리카락을 놓고는 돌아서서 엄마의 얼굴을 후려갈겼다. 한번 때리고는 엄마가 휘청거리자 다른 손으로 뺨을 쳤고 그녀가 쓰러질 때까지 양손으로 네차례나 뺨을 때렸다는 것이다. 손영순은 머릿수건을 벗어 땅바닥에 주저앉은 엄마의 코피를 닦아주며 울기만 했다. 그러고는 돌아서서 공장으로 돌아가는 감독의 등 뒤에 대고 침착하게 말했다.

“당신 책임져야 해!”

손영순은 일터와 기숙사 방으로 돌아오지 않고 그냥 아들과 엄마를 데리고 사라졌다. 그녀는 그길로 박선옥이네 떡집으로 갔고 퇴근한 선옥이 그들을 제 방에 묵도록 해주었다. 박선옥의 연락을 받은 신금이와 독서회의 같은 그룹이었던 조영춘이 달려왔다.

“어머님은 좀 어떠시우?”

조영춘이 묻자 손영순은 야무지게 말했다.

"공장을 뒤집어놓을 거예요. 까짓것 짤리면 엄마 모시구 아들 데리구 고향으루 돌아갈라구요."

"분명히 그냥 넘어갈 순 없지."

조영춘의 말에 손영순은 고개를 끄덕이며 다시 말했다.

"파업합시다. 내가 앞장설 거예요."

"사람들을 모으려면 적어도 이삼일은 시간이 필요할 텐데."

박선옥이 말하자 손영순이 나섰다.

"우리 모임만 해두 열네명이잖아요."

신금이는 잠자코 있다가 한마디 했다.

"너는 당사자니까 가만 좀 있어봐. 분김에 그만둔다는 소리는 하지 말구."

"하여튼 파업위원회를 만듭시다. 내가 회원들에게 연락을 하겠소."

그날 밤 늦게 이이철과 조영춘은 시장 사거리에서 만났다.

"파업을 하자는 건 누구 결정이오?"

이철의 질문에 조영춘은 우물쭈물했다.

"그야 뭐…… 손영순 조장이 앞장서겠다니까."

"회원들과 할지 말지를 논의하고 결정해야 되잖아요?"

조영춘은 평소와는 달리 어딘가 좀 들뜬 표정으로 자신 있게 말했다.

"그래서 내일 출근하자마자 공개모임을 갖자고 돌아다니며 연락을 해두었소."

"파업은 최후수단입니다. 희생자가 많이 나올지도 모르고. 이제 겨우 밥상을 차리는 참인데 갑자기 둘러엎는 거나 마찬가지오. 내일 공개모임을 하지 말고 저녁에 따로 모입시다. 준비하려면 적어도 이삼일은 여유가 있어야겠지요."

이이철의 만류에 조영춘은 어이없다는 듯이 고개를 쳐들며 웃었다.

"허어 참, 김을 빼자는 거요 뭐요. 오늘 일어난 일은 공분을 불러일으킬 사태지만 며칠 지나다보면 대수롭잖은 일이 되어버릴 거요."

"사나흘에 흐지부지될 일이라면 첨부터 안 하는 게 낫지요. 논의도 하고 부서를 정하여 일을 분담하고 문건도 만들고 파업위 쪽으로 사람을 많이 끌어모으려면 사흘도 숨 가쁜 시간입니다."

그때에 조영춘이 담배를 한대 뽑아 물더니 연기와 함께 한숨을 푹 내쉬며 말했다.

"당장 행동 개시를 해야 한다는 게 윗선의 생각인 모양이오."

"윗선? 그런 게 어딨어요? 우리는 각자 생활현장에서 노동대중의 조건에 따라 활동한다는 게 원칙이라구요."

조영춘이 대꾸 없이 일어서자 이철은 그에게 다시 물었다.

"윗선이라구 했는데, 요새 누구 만났어요?"

"자기두 연락하러 댕기면서 뭘 그래요?"

이철이 멍하니 그를 올려다보자 조영춘은 시장 사거리 건너편으로 발길을 돌리면서 말을 남겼다.

"방우창씨를 좀 만나보쇼."

이튿날 손영순은 보통 때처럼 출근을 했고, 동료 여공들 사이에는 이미 소문이 퍼져서 그녀에게 힘내라며 말도 던져주고 센베이 과자나 왕사탕을 작업대 옆에 놓고 가는 조수들도 있었다. 공장 안에 무거운 침묵과 긴장이 흐르는 가운데 긴 하루가 지나갔고 독서 회원들은 하나둘씩 박선옥이네 떡집으로 모여들었다. 그러잖아도 비좁은 방에 손영순의 엄마와 제 아들까지 묵고 있어서 이들은 염치 불고하고 박선옥의 외조부모가 쓰는 안방에 모여 앉았다. 회원 열네명 중에서 열두 사람이 참석했다. 어제 벌어졌던 일은 직공들 모두가 알고 있어서 대뜸 본론으로 들어갔다. 먼저 파업을 할 것인가에 대하여 논의를 시작했다.

조영춘은 현재 파업을 일으켜야 할 이유에 대하여 그동안 공장 안에 적폐가 많아서 이번 기회에 개선해야 하고 어제와 같은 일도 고분고분 넘어가버리면 더욱 비인간적인 처우를 받게 될 거라고 말했다. 그는 작금에 조선 팔도에서 소작쟁의와 노동파업이 일어나는 것이 거의 하루가 멀게 일상이 되어버렸다고 말했다. 우리네뿐만 아니라 이미 영등포 철도공작창에서도 대대적인 파업이 있었고 이웃 제사공장과 문안의 방적공장 제사공장이며 견직공장 고무공장 등이 여러차례의 파업을 겪었다고도 말했다.

이이철은 조영춘의 이야기가 사실이기는 하나, 아직 우리 공장이 다른 데 비하여 대우가 나쁜 편이 아닌데다 직공대중의 의식 수준도 곧바로 투쟁으로 돌입하기에는 아직 미흡한 데가 있다며 말문을 열었다. 파업은 희생자를 낼 각오를 해야 하는데 그런 만큼 반드시 얻어낼 것을 획득하고 이겨야만 한다고 그는 말했다. 이철은 지는 싸움도 중요하다고 생각하지만 좀더 무르익은 다음에 이기는 싸움을 할 수도 있다고 말했다.

어쨌든 파업 찬성과 반대를 거수로 결정하기로 하였다. 먼저 파업 찬성에 여덟명이 손을 들었다. 나머지는 물어보나 마나 네 사람이니 파업으로 결정이 난 셈이었다. 조영춘과 손영순은 물론이고 박선옥, 신금이 등도 파업에 손을 들었다. 모두들 손영순과 가족이 겪은 일을 자기가 당한 것처럼 분개하고 있던 터여서 반대고 자시고 할 감정들이 아니었다. 나머지 넷은 이이철과 그가 끌어들였던 두번째 그룹의 회원들이었다. 그렇지만 결정이 나자 모두들 파업위원회의 성원이 되는 것에 찬성했다. 나중에 해고와 처벌이 확실한 위원장을 먼저 선출하기로 하였는데 손영순이 제일 먼저 자기가 떠맡겠다고 나섰고, 신금이는 그를 말리며 자기가 맡겠다고 나섰다. 그들은 이이철 조영춘이 바깥 조직과 연계가 있는 것을 대개는 눈치채고 있어서 그들이 노출된 직임을 맡지 않기를 오히려 바라고 있었다. 손영순과 신금이가 서로 다투다가 회원들이 의견을 내었다. 손영순이 파업위원장을 맡고 신금이가 선전부서에서 부위원장을, 박선옥이 조직부서를, 나머지 파업위원회 위원들이 조사부와 연락부를 맡기로 하였다. 조영춘은 공장 내의 조직위 일을 돕고 이이철은 선전과 연락부서의 일을 돕기로 하였다.

논의를 끝내고 이이철은 어제 조씨가 방우창의 애기를 하던 것이 마음에 걸려서 그를 찾아가볼 작정이었다. 신길정 안씨 모친의 밥집과 방우창의 일셋방이 지척의 한동네라 그는 먼저 밥집에 들러보기로 했다. 새로운 상황이 벌어졌기 때문이다. 밥집에 들르니 저녁 장사도 모두 끝나고 안씨 모친은 휴식 중이었다. 그가 인사를 하고 넌지시 말했다.

"몸이 안 좋아서 왔어요. 삼촌에게 연락해야 하는데요."

모친은 아무렇지도 않게 말했다.

"요즈음 환절기라 고뿔이 돈다네. 조심해야지. 어디 한바퀴 돌구 오지 그러나? 마침 그 양반이 마실을 나왔거든."

"예에? 언제요?"

"아까 점심때 여기서 밥 먹구 갔어. 근처에 볼일이 있다구 하던데."

"제가 두어시간쯤 있다가 다시 오겠습니다."

안씨 모친은 이철에게 손사래를 치면서 말했다.

"그럴 거 없네. 마루보시 후문 앞 골목에 그때쯤 가 있게나."

이철이 방우창의 일셋방에 들르니 그가 먼저 보고 얼른 신을 꿰고 마당을 나섰다. 방마다 그리고 마당에도 일을 끝내고 돌아온 막일꾼들이 들락거렸고 쉰내 비슷한 땀내와 발 냄새가 지독했다. 말없이 걷는 방우창을 따라 걸으며 이철이 말했다.

"우린 파업하기로 결정했어요. 근데 조영춘을 잘 아시우?"

"음 좀 알지. 오해는 말게나."

그들은 골목을 벗어나 자갈이 밟히는 철도가로 나왔다. 두 사람은 거기 쭈그리고 앉아 얘기했다.

"나는 큰집에서 국제당 연락선을 만났네. 상해에서 건너온 유학생인데 별일 없으면 두어달 있다가 나올 걸세. 그가 전해준 선이 있어서 내가 접촉을 했지. 영등포에는 여러 선이 들어와 있더군."

"이쪽은 국내에서 적색노조를 기반으로 당을 재건하려는 쪽이잖아요? 편의상 경성 트로이카라구 우리끼리 부르고 있구요."

"코민테른에서는 이미 수년 전 십이월테제에서 조선의 당 건설운동을 파벌과 종파로 규정했네. 해체 후 재건 지침이 내려졌다네."

"그건 나두 알구 있어요."

"무조건 통합하라는 게 목전의 과업이라네."

"어느 쪽이 파벌주의인지 모르잖아요?"

하고는 이철은 조금 열이 나서 말을 이었다.

"근로대중은 그런 거 알 바 없어요. 자기의 생활현장에서 생존권을 걸고 싸울 뿐이죠. 어느 쪽이든 헌신하구 도움을 주려 하면 누구든 받아줄 수 있는 거 아닙니까?"

"대중이야 그렇겠지. 그러나 우리는 전위 아닌가? 우리는 국제당의 지도를 무시할 수 없다네. 자네들 일은 우연이겠지만, 이번 영등포 일대의 파업도 그쪽에서 먼저 승낙하고 지도에 들어갔다네. 자네가 접촉하고 있는 그쪽 윗선에 알려서 국제선과의 회합을 추진하지."

"일단 연락은 해놓도록 하지요. 그렇지만 방형에게 말해두는데, 서로 지킬 건 지켜야 할 겁니다."

두시간 지나서 이철은 마루보시 후문 골목에서 벙거지 사내를 만났다. 그곳은 사창가가 시작되는 장소여서 취객도 많았고 창녀들은 격자 유리창문 안에 앉아 있지 않고 거리로 나와서 적극적으로 사내들의 소매를 잡기도 했다. 이철이 불안하게 두리번거리고 있었는데 구겨진 양복 상의를 헐렁하게 걸친 사내가 다가와 그의 어깨에 팔을 두르며 호기 있게 말했다.

"여어, 어디 가서 한잔해야지이."

그는 오늘은 벙거지를 쓰지 않았다. 그가 이철의 귀에 속삭였다.

"저기 쌍성루 보이지요? 그리루 들어갑시다."

그들은 때늦은 중국식당으로 들어가서 칸막이와 붉은 커튼이 쳐진 구석 자리에 앉았다. 식사시간이 지나고 술손님도 끊겨 손님은 그들뿐이었다. 이철이 조금 전에 방우창을 만난 것과 파업 얘기와 방의 전언을 재빨리 이야기하는 동안 그는 고개를 끄덕이며 듣기만 했다.

"유동지는 늘 말했어요. 우리는 결코 해외에 나갈 수 없다고. 죽어도 조선에서 죽고 최후까지 국내에서 활동하리라고. 여기 이 땅에 우리 조선 인민이 살아가고 있으니 그들의 삶이 바로 우리의 현장이요 현실이기 때문이오. 바깥의 누군가가 우리의 혁명을 대신해주지는 않습니다. 가난하고 초라하고 미흡하지만 우리는 조선 인민의 힘을 믿을 수밖에 없지요."

모스크바 공산대학을 졸업한 이들은 친목회를 만든다느니 각자 무슨 노선으로 모인다느니 했지만 대부분 국경을 넘자마자 또는 경성 거리에서 검거되고 말았다. 이들은 갑자기 나타나서 프로핀테른의 파견자니 코민테른 상해지부의 명을 받고 나왔다느니 하면서 제각기 국제선을 자칭하는 경우가 한두번이 아니었다. 그러나 유동지를 비롯한 국내 당재건파에서는 한번도 국제적 연대와 지도를 거부한 적이 없다고 이씨는 말했다. 그들이 거부했던 것은 코민테른의 기치를 내걸고 국제선의 권위를 빌려 군림하려는 권위주의적인 태도였다. 이이철은 방우창에게서 들었던 이야기를 그에게 전했고 자신의 독서회 성원이던 조 아무개라는 직공이 그와 연결되어 있음을 알게 되었다고도 말했다. 이씨는 한숨을 내쉬었다.

"코민테른을 비롯한 국제 혁명조직은 식민지 조선의 운동에 대한 체계적이고 일관된 방침을 효과적으로 제시하지 못했어요. 코민테른 극동부에서 파견되었다는 인사, 상해에서 중국공산당의 지도를 받았다는 인사, 프로핀테른 극동부에서 파견 나왔으며 국제당의 레포 회의에 참가했다는 인사, 국제공산청년동맹 동양부니 중국공산당 만주성회니 태평양노동조합의 파견원이니, 그리고 모스크바 공산대학 출신이라는 무수한 인사가 있었지요. 이들은 일제의 압박 속에서 꿈틀거리며 살아가려고 일어서는 조선의 근로대중을 놓고 서로 자기 조직이라면서 운동선을 중복시키고 주도권 다툼을 해왔지요. 이런 사람들이 밖에서 배웠던 조선에 대한 지식은 국내에 들어와 운동하는 데 현실적인 도움을 주지 못했습니다."

"어떡하시겠습니까? 회합을 추진하자는데요."

이철의 물음에 그는 고개를 끄덕였다.

"위험하긴 하지만 회합해야겠지요. 아니면 우리가 종파로 몰릴 거요. 그 동무들은 이번에 우리의 실력을 시험해보려는 것 같소. 내 생각으로는 이번 파업을 이길 수는 없을 겁니다. 지난 몇달 동안 경성과 인천 여러곳에서 파업이 연달아 일어나 일제 당국은 모든 촉각을 곤두세우고 있어요."

"이미 다수결로 파업 결정이 났습니다. 철회하기는 어려워졌거든요."

"물론 현장의 분위기가 그렇다면 해야지요. 줄 건 주고, 받을 건

받아냅시다. 우리는 방씨를 통해서 회합을 추진할 테니 현장에서는 계획된 대로 하세요."

그는 왜 영등포에 활동가들의 여러 선이 들어오게 되었는지 이이철에게 말해주었다.

이 지역은 각종 공장이 삼십여개나 밀집해 있으며 노동자도 이만여명이고 자유노동자까지 합치면 수만명에 가까운 산업지대였다. 노동자들은 거의 토착 원주민이 드물고 거의가 전국 각지에서 일을 찾아온 사람들이었다. 공장의 기숙사에 수용된 소수의 일부 노동자들을 제외하고는 일반 민가에 방을 얻어 거주하거나 또는 함바나 토막 같은 가가에 거주했다. 따라서 주거의 영속성이 드물었고 직장의 이동 또한 빈번하여 경찰의 추적이나 감시로부터 상대적으로 자유로운 이점이 있었다. 영등포는 서울에서 운동의 중심지이자 지하조직의 근거지였을 뿐만 아니라 때로는 활동가들에게 좋은 도피처가 되기도 하였다. 또한 철도를 따라 이어진 서해안의 가장 큰 항구 인천을 불과 한나절 안에 내왕할 수 있었고, 그곳 역시 부두 하역장과 공장이 밀집해 있어서 노동자가 수만명이었다. 영등포는 사실 인천을 배후 기지로 두고 경성을 앞에 둔 전선이었다. 이씨는 말했다.

"영등포에서는 파업을 활동 실적으로 내세울 필요도 없을지 모르오. 여기에 굳건한 적색노조 동무들이 공장마다 조직되어 있다면 운동은 일상화될 수 있을 거요."

이이철은 그날 밤에 돌아가 문건을 만들었고 이를 복사지에 필사하여 열부쯤 만들었다. 기숙사의 여공들 기상시간이 여섯시였고 일곱시가 작업 개시시간이었다. 파업위원회에 든 독서회 그룹은 모두 열네명이었고 이들은 각자의 맡은 임무대로 여섯시에 공장으로 가서 여러곳에 벽보를 붙였다. 그리고 조장 여공과 조수, 조수보조, 용인 인부 등에게 공장 마당에 모일 것을 알렸다. 여섯시 반에서 일곱시 사이에 삼백오십여명의 노동자들이 마당에 모여들었고 위원장을 맡은 손영순이 성명서를 읽기 위하여 단상에 올라섰다. 그녀는 문건을 읽기 전에 먼저 자신이 겪은 이틀 전의 사건을 말했다.

"여러분, 저의 친정어머니가 머나먼 충청도에서 오랜 시간 기차를 타고 여기까지 저를 만나러 오셨습니다. 저에게는 친정에 맡기고 온 네살짜리 아들이 있어요. 어머니께서 손자가 날마다 제 어미에게 가자고 울며 보채어서 무작정 들쳐 업고 고향집을 나섰던 것이지요. 여기 오면 딸을 만날 수 있겠거니 하며 오셨던 거예요. 그런데 우리 공장 규칙이 어떻게 되어 있습니까? 공일날을 제외하곤 면회와 외출이 엄금되어 있습니다. 제가 어머니와 내 새끼를 만나겠다구 잠시 일터를 벗어나 정문 앞으로 갔건만, 나카가와 감독은 저희 식구를 못 만나게 하려고 쫓아나와 저의 머리끄덩이를 잡아채고 제 어머니의 뺨을 수차례 때렸습니다. 노인네는 코피가 터질 정도로 얻어맞았어요. 우리가 아무리 나라 없는 백성이지만 이렇게 서러운 처우를 받아야만 합니까? 우리는 나카가와 같은 감독 밑에서는 일할 수 없으니 그를 즉시 해고해야 마땅합니다. 현재의 작업시간 열세시간은 원칙적으로 계약 위반입니다. 아침 일곱시부터 저녁 여섯시까지의 열시간 노동도 일본 내지(內地)에 비하면 과한

터에 야간 연장근무까지 세시간을 아무런 수당 없이 공짜로 일해 주고 있습니다."

그녀가 성명서를 읽고 구호를 외치기 시작하자 직공들은 목청을 합쳐 따라 외쳤다.

일, 나카가와 감독 아래에서 일할 수 없으니 즉시 해고하라! 이, 노동시간 열세시간을 열시간으로 줄이고 연근할 경우에는 수당을 지급하라! 삼, 일본인과 조선인 여공의 식사 차별을 철폐하라! 사, 기숙사의 면회와 외출을 금지하는 회사 내규를 개정하라! 이상 우리의 요구가 관철될 때까지 무기한 파업을 선언한다.

그들은 각자의 작업장으로 삼삼오오 흩어져 돌아갔지만 기계는 돌아가지 않았고 조장 반장들 누구도 일하라고 독촉할 사람이 없었다. 파업 주동자들은 이 시간을 놓치지 않으려고 제각기 뛰어다니며 연판장을 돌렸다. 이름을 쓰고 이름 끝에 자기 지장을 찍도록 했다. 직공들은 누구든 망설이지 않고 지장을 찍었다. 조수와 조수 보조는 물론이고 일반 용인 인부들도 모두들 일손을 놓고 앉아 있었다. 장본인 나카가와 감독은 사무실로 불려 올라갔고 일본인 교부 아줌마들도 현장에서 자취를 감추었다. 사무실에서 일본인 간부가 교부 한 사람을 대동하고 나타난 것은 점심때가 지나서였다. 일하지 않으면 모두 해고하겠다고 경고했지만 누구도 일을 다시 시작할 기미는 보이지 않았다.

"여기 누가 대표자인가?"

간부가 미간을 찌푸리며 묻자 손영순이 나섰다.

"나요."

신금이가 그녀를 따라서 앞으로 나섰다.

"나도 대표요."

하자마자 박선옥이 나서면서 말했다.

"나도 대표요."

일본인 간부는 화가 나서 중얼거렸다.

"바카, 전부 대표인가?"

공장 안에 있던 여공들이 제각기 떠들었다.

"우리 문제니까 우리 모두가 대표요."

"뒤에서 숙덕거리지 말구 직원들 앞에서 새로운 방침을 발표해요."

결국 하루 종일 이렇다 할 타협도 없이 퇴근시간이 되었고 이튿날부터는 아예 출근을 하지 않기로 결정하고 직공들은 제각기 기숙사와 집으로 돌아갔다. 신금이는 그때의 일을 이야기했다.

"손영순이는 자식과 어머니 때문에 곧장 숙소로 돌아가버렸고, 박선옥이도 자기네 집에 그 식구들이 묵으니 돌봐줘야 한다며 퇴근해버렸지. 그러니 이이철씨나 조영춘씨는 남자라 기숙사 근처에 범접도 못해. 다만 공장 뒤뜰에 몇 사람이 화톳불 피워놓고 밤새우며 우리와의 연락을 기다리는 형편이었다구. 기숙사에 돌아가니 그래두 독서회원 여섯명이 있어서 각자 방으로 돌아다니며 내일도 모레도 우리의 요구사항이 이루어질 때까지 일하면 안 된다고 다짐을 받았어. 기숙사 사감과 교부는 어디로 가버렸는지 한 년두 보이지 않더라. 파업한 지 사흘 지나서야 회사 측에서 전직원을 강당에 모아놓고 타협안을 내놓았는데, 네가지 사항 중에 식사 차별 문제와 기숙사의 면회 외출 문제만을 들어주겠다고 하더구먼. 그렇지만 우리는 네가지를 모두 해결하지 않으면 일을 하지 않겠다고 그랬지. 타협이 깨진 이튿날인가 아침에 일어나 세면하고 식당으로 내려갔더니 입구에 순사와 사복형사 두 사람이 사감과 함께 지켜 서 있다가 나를 제일 먼저 불러 세웠어. 왜 그러냐니까 임의동행이라든가 뭐라든가. 그들은 내 옆에서 벽보도 붙이고 내 방에서 함께 잔 조수 보조 아이를 불러서 공장 밖으로 나갔지. 역전의 본정통 경찰서로 끌려갔더니 손영순과 박선옥이도 먼저 끌려와 있었어. 다행히 이이철씨와 조영춘씨는 파악을 못했던가봐."

영등포경찰서 고등계의 조정으로 타협이 이루어졌다고 신문에 발표가 되었다. 나카가와 감독은 직원과 그 가족을 폭행하고 직공들의 불신임을 받는 처지이니 견책 사표를 내도록 하고, 노동시간과 임금 문제는 연장근무 시 미리 통보하고 연근 한달의 임금을 일당으로 쳐서 조정하도록 하겠다는 내용이었다. 초여름부터 늦가을에 이르기까지 경성 권역의 업종도 각기 다른 공장들에서 파업과 소요가 빈번히 일어나 일제의 치안당국은 긴장하고 있었다. 주의자들의 선동에 의한 것이 아닌가, 치밀한 내사를 요한다는 총독부 경무국의 지침이 내려왔을 정도였다.

경찰은 감독의 사표 수리를 권고한 대신 회사 측의 의견을 받아들여 파업의 위원장을 맡은 손영순을 해고하도록 하였는데 핑계는 다른 공장으로 이직을 하도록 해준다는 것이었다. 그 대신 기한은 육개월 휴직 뒤에 가능하다고 했다. 이에 덧붙여 같은 조건을 부위원장을 맡았던 신금이에게도 내놓았다. 신금이는 만약 손과 자신두 사람만 해고하겠다면 받아들이겠다고 응답했다. 아무튼 그렇게 밀고 당기는 열흘 동안 손영순과 신금이는 유치장에 갇혀 지냈다. 이이철과 조영춘, 박선옥 등은 이제 투쟁 경험을 갖게 된 노동자들의 조직 속에 있는 기본 세포로서 당분간 소리 없이 처박혀 있을 작정이었다.

유치장은 아래위층으로 구분되어 있었는데 신금이는 공범인 손영순과 분리되어 아래층에 있는 방에 들어가 있었다. 칼 찬 검은 제복의 일본인 순사가 조선인 순사 보조와 함께 교대로 감옥을 지켰다. 신금이의 방은 여자들 칸이라 일본인 집에서 도둑질을 했다는 아이보개 소녀와 사창가에서 잡혀온 두 여자가 있었다. 신금이는 한눈에 척 보고 그들을 모두 알아보았더란다.

"애야, 너 반지 땜에 들어왔구나."

금이가 소녀에게 한마디 했더니 그애는 한 손으로 입을 가리며 놀란 눈을 크게 떴다.

"에구머니, 그걸 어찌 알았수?"

"내게는 훤히 보이는데. 너 살던 집에 목욕간 있지? 거기 유리 달린 미닫이문 아니냐? 반지가 문과 벽 틈새에 굴러들어간 거야. 아직두 거기서 반짝반짝하는구나."

소녀가 억울하다며 다시 울기 시작하자 맞은편에서 졸고 있던 창녀들은 서로 기대고 있던 머리를 떼어내고 지껄였다.

"시끄럽게 울고 지랄이야. 이년아, 조용히 해. 여기 죄 없이 들어온 사람이 너뿐인 줄 아냐?"

"거 왜 애는 공연히 울리구 그래. 당신 점쟁이여 무당이여?"

신금이는 배시시 웃고는 그들에게도 한마디 해주기로 한다.

"거기는 하룻밤에 손님을 둘이나 받아놓고 각방을 오락가락하다가 쌈이 나서 여기 왔구, 또 거기는 지나가는 학생 모자를 뺏어서 놀다 가라 그랬구먼."

"아이구나 정말 도사님 납셨네여. 그럼 우린 언제 나가게 되우?"

"오늘 하룻밤 자면 나가니까 걱정 마셔. 그 댁에 곱슬머리 남자 있지?"

"헉, 우리 포주 아저씨."

"벌금 내고 낼 데려갈라구 하는구먼요."

금이 또래거나 좀 아래로 보이는 두 여자는 두 손을 합장하고 빌면서 연신 유치장 마루에 이마를 조아리며 절을 했다. 신금이는 그들과 대번에 친해졌으니 그중 하나가 제사공장 여공을 하다가 나락에 떨어졌다는 사연을 듣고서였다.

신금이가 취직했던 공장은 제사와 방적이 한데 있었으니 규모가 큰 공장이었다. 일본 본사에서 기술진이며 경영진이 파견된 대기업이어서 경성에서는 조건이 매우 좋은 축에 속해 있었는데도, 하루 작업시간이 보통 열세시간이었다는 것이며 임금수준이 일본인의 절반에도 못 미친다는 점으로 보아 분명한 착취적 노동조건이었다. 일반적으로 제사공장 같은 소단위의 공장들은 큰 공장의 하청을 받기 마련이어서 노동조건은 거의 살인적이었다.

지방의 관청이나 경찰에서 일본인 또는 조선인 업자들에게 두당 얼마씩의 수수료를 받으며 동조하여 시골의 소녀들을 모집했고, 단돈 십여원에 팔려온 이들은 육년에서 십년의 계약으로 한번 들어가면 절대 나올 수 없었다. 이들은 각자의 운세에 따라서 사창가나 공장으로 팔려갔다. 이러한 일본 관청의 경험은 관례가 되어 나중에 전쟁 시기의 징용과 정신대 동원에 활용되었다. 굶주린 부모를 살리기 위하여 자신의 몸을 던진 이 소녀들은 사창가에서 자신의 살을 베어 파는 것 같은 고통 속에 시들어갔고, 공장에서는 소모품처럼 죽어갔다. 신금이가 유치장에서 만난 창녀 아이들은 처음에는 공장에 팔렸다가 기술 향상도 지진하고 부채가 늘어간다 하여 지옥살이를 몸 파는 곳으로 넘겨버린 예에 지나지 않았다. 역시 창녀들은 하루가 돈이라, 일을 시킨다며 포주가 벌금 내어 풀려나갔다. 아이보개 소녀는 절도죄를 뒤집어쓰고 구치소로 넘어갔다. 신금이가 콩이 절반인 가다밥에 오경찬 짠 무에 콩나물, 소금국으로 세끼를 먹고 지내던 중 난데없이 사식이 들어오기 시작했다. 점심식사 후에 순사가 철창 앞에 다가와 문을 따더니 나오라고 했다.

"면회다."

"누가요?"

"알게 뭐냐, 약혼자라는데?"

금이는 어두컴컴한 유치장을 벗어나 경찰서 면회실로 들어갔는데 유리창에서 쏟아지는 햇빛을 등지고 앞에 검은 것이 우뚝 서 있었다. 얼굴도 보이지 않았지만 순사가 약혼자라고 말했을 때 금이는 어쩐지 그가 한쇠 이일철일 거라는 직감이 들었다. 그들은 입회순사를 옆에 두고 마주 앉았다.

"어제 집에 와서야 뒤늦게 소식을 들었소."

일철이 말했을 때 그 목소리는 부드럽고 약간 쉰 듯 나직했다.

금이는 그 순간 이 사람에게 시집을 가야겠다고 결심했다는 것이다. 그때에 그녀는 자신의 운명을 알았다. 나는 이 사람의 지킴이가 될 것이다.

"동무 때문에 나선 일이니 후회하지 마시오."

일철의 말에 금이는 일부러 새침하게 받았다.

"누구 때문이 아니라구요."

"알아보니 회사를 옮기도록 해주고 그 직장에서는 해고한다더군요."

"그만둘 작정이에요."

일철은 할 말이 더이상 없어졌는지 묵묵히 앉아 있었다. 그는 각진 모자를 쓰고 학생복 위에 망토를 걸치고 있어서 순사보다도 높은 사람처럼 보였다. 잠시 둘 사이에 침묵이 흐르자 순사가 면회 종료를 알렸다. 금이는 그 방을 나가기 전에 일철에게 재빨리 말했다.

"여기선요, 다른 사람들이랑 나눠 먹어야 해요. 인절미나 절편을 사서 넣어주셔요."

그 말을 알아들었던지 그녀가 유치장으로 돌아가 한시간쯤 되었을 때에 큼직한 떡 보따리가 들어왔고 그녀는 아래위층의 십여명 유치인에게 떡을 골고루 돌렸다. 그리고 신금이는 그후 오랫동안 자랑을 했었다.

"우리 약혼은 결국 유치장에서 치른 셈이란다. 죄수들이 혼약의 떡을 나누어 먹었으니까 그이들이 증인이지. 깔깔."

열흘 만에 손영순과 신금이가 풀려났다. 손영순은 이미 자신의 기술이 쓸모없게 되었음을 알았다. 그가 다른 공장에 일자리를 얻어 현재와 같은 직조기를 책임지는 조장이 되려면 이전 직장의 추천서나 증명서를 받아야 했는데, 그녀에게는 오히려 파업위원장을 했다는 이름이 따라다닐 것이다. 고향과 가까운 지방도시에도 군소 제사 방적공장이 있으니 용인 잡부로 취직을 할 수는 있을 것이다. 그러나 그녀는 씩씩하게 말했다.

"내 새끼 키우며 고향에서 어떻게든 살아봐야지."

신금이도 해고당했으니 기숙사에는 더이상 머물 수가 없었고 우선 거처를 마련해야 했다. 남자들 같으면야 맨손으로도 하루 일용 품팔이 일을 하며 일셋방이나 봉노나 함바집에 들어가 합숙을 하면 되겠지만, 여자는 제 몸단속을 해야 하고 노상의 가두노동은 할 수 없었다. 박선옥이 외가에 자기 쓰던 방에서 함께 지내자고 하여 신금이는 기숙사에 있던 짐을 그리로 옮겼다. 며칠 지내던 중에 이일철이 아우와 함께 그녀를 찾아와서 일철은 묵묵히 방바닥을 내려다보며 앉았고, 아우 이철이가 앉은 자리에서 상체만 구부려 절을 하고는 능청스럽게 말을 꺼냈다.

"형수, 인사드립니다. 우리 형이 이미 유치장 면회 가서 약혼자라고 관청 문서에 적었으니 이젠 무르지도 못하오."

신금이도 이일철도 끽소리 못하고 앉았더니 박선옥이 곁에서 맞장구를 쳤다.

"맞아, 나두 이제는 조장에게서 해방될 때두 되었지. 어서 우리 언니 모셔가요."

이철의 말을 요약하자면 형이 이제 곧 철도학교를 졸업하고 직장을 배치받게 되면 가장의 구실을 해야 한다. 지금은 약혼 기간이라 그냥 집에 와서 건넌방을 쓰면서 함께 살아도 되지만, 먼저 부모님의 허락이 있어야 할 테니 예의범절에 따라 다른 곳에 모시겠다. 일간 짬을 내어 김포 집에 우리 아버지와 형이 찾아가 청혼을 넣을 작정이다. 결혼식은 형의 졸업 이후인 내년 정이월에 치르면 좋겠다는 것이었다. 활발하고 낙천적인 신금이도 막상 제 앞치레를 해야 할 때에는 말수도 적어지고 어찌할 바를 모르는 것처럼 보였다. 형제가 다녀간 이튿날 아침에 박선옥이 출근하고 금이는 마당에서 노부부의 떡쌀 앉히고 절구에 찧고 하는 일을 거들고 있었는데, 어떤 여편네가 서슴없이 가게 옆 쪽문을 밀치고 들어섰다.

"응, 니가 금이냐?"

"예, 누구신데……"

"누구긴 누구여? 자네 데리러 온 사람이지."

그런데 그렇게 호기롭게 큰 목소리로 말하는 여편네의 등 뒤에 덩치 크고 자다가 일어난 것처럼 머리카락이 부스스한 또 하나의 여편네가 싱긋이 웃으며 서 있었던 것이다. 글쎄 남의 집에 새색시를 만나러 온다면 옷이라도 갖추어 입어야 남 보기에도 좋았을 텐데. 그냥 맨 저고리에 아래에는 여성 잡부들이 작업복으로 흔히 입는 왜바지 몸뻬를 걸치고 생뚱맞게 발에는 고무장화를 신었다. 당황하여 그의 아래위를 훑어보는 금이의 눈길을 따라서 자기 주제를 스스로 아래위로 훑어보더니 그녀는 사내처럼 너털웃음을 웃으며 말했다.

"허허, 내가 우리 서방님 일터에서 도와주다 달려오느라고 차림새가 이렇다네. 나는 일철이 이철이 고모 되는 사람이여."

금이는 주위에 선옥이 외조부모가 없었다면 그녀의 등 뒤에 따라온 사람에 대해서도 물어보았을 거라고 나중에 식구들에게 얘기했다. 신금이는 그렇게 막음이 고모와 만나게 되었고 중요한 장면마다 그녀와 한쇠를 따라다니던 주안댁까지 보게 되었던 것이다. 금이는 얼떨결에 보따리와 가방을 꾸려가지고 그녀를 따라나섰는데 거리에 나오니 일행으로 따라왔던 몸집 큰 아낙네는 보이지 않았다. 어디선가 따라오지 않는가 하여 금이는 자꾸만 뒤를 돌아보았고 고모가 그런 눈치를 채고 물었다.

"뭐, 저 집에 방귀라두 뀌어놓구 나왔남? 왜 자꾸 돌아보고 그래?"

"같이 오셨던 아주머니는 어디 가셨나 해서요."

막음이 고모는 걸음을 멈추었다.

"같이 오다니, 내가?"

"예, 키 크고 뚱뚱한 분이던데……"

고모는 두 손바닥을 찰싹 치고는 탄식했다.

"올케를 본 모양이네. 맞어! 우리 식구가 될 사람 맞네그려."

하고는 다시 걸음을 멈추고 눈을 가늘게 찌푸리며 금이에게 물었다.

"자네 원래부터 그런 이들을 보고 그랬나?"

사실 그녀는 그이가 헛것이 아닐까 생각했고 발설하고는 금방 후회하고 있던 참이었다. 어려서부터 집안에서 늘 그런 내색은 어디 가서 하지도 말라고 하도 많이 주의를 받아서 웬만한 상대가 아니고는 알은체하지 않았던 것이다. 유치장에서야 상대가 만만한 소녀들이었으니 그랬다 치고 앞에 서 있는 사람은 서방님 자리의 고모가 되시는 분이 아니던가.

“경우에 따라서 달라요. 오늘 일은 유난하네요.”

신금이는 대충 그렇게 얼버무리고 넘어갈 심산이었다. 다행히 고모는 더이상 묻지 않고 가던 길을 가면서 말했다.

“그이가 일철이 이철이 엄마 되는 이여. 집안 대소사에 중요한 일이 있으면 그렇게 시도 때도 없이 쓱 나타나군 하지. 걔들이 보통학교 다닐 때 올케가 죽어서 내가 오라버니 집에 가서 그애들을 키웠잖아. 이철이는 사람이 건성건성 무심해서 지 엄마가 와도 못 보지만 일철이는 자상하고 정이 많아 엄마를 가끔씩 보는 모양이더만.”

막음이 고모는 올케가 홍수 때에 활약한 이야기나 언젠가 일철이가 죽은 엄마에게서 떡을 얻어먹었다는 얘기는 꺼내지 않았다. 그런 얘기를 해봤자 아무도 믿어주지 않겠기 때문이다. 아무튼 신금이는 막음이 고모의 마음에 들었다. 그녀가 며느릿감이 아니라면 고모인 자기도 모르는 사이에 주안댁이 백주 대낮에 그 아이에게 보였겠는가. 이막음은 샛말의 집으로 걷다가 다시 참지 못하고 말을 꺼냈다.

“글쎄 나두 경우에 따라 다르긴 한데, 내가 우리 집 아저씨 만난 건 순전히 올케 때문이라구.”

하면서 그녀는 전날 주안댁이 와서 애들 떡 해주라고 절구에 쌀을 찧고 있던 일이며, 이튿날 일어났더니 올케가 또 나타나서 대낮에 어디 좀 가자고 하여 집수리하는 일터에서 남편 될 사람을 만났다는 이야기를 사실대로 금이에게 해주었다. 신금이는 절대로 놀라거나 어처구니없다고 하지 않았고 그녀의 말에 고개를 끄덕여주었다. 막음이 고모가 목소리를 낮추어 소곤거렸다.

“이건 일철이하구 나밖에 모르는 비밀이야. 이제 자네가 알게 되었으니 우리 셋이 한통속이 되었구먼. 깔깔.”

금이는 오늘은 어째서 일철의 모친이 고모의 눈에는 보이지 않았을까 생각해보니 그건 오로지 자기와 시어머니 자리의 첫 대면이 중요한 일이어서 그랬을 것이었다. 아니면 고모가 일부러 시치미를 떼었던 것인지도 몰랐다. 그리고 금이는 겉으로 내색은 하지 않았지만 자기는 이일철에게 첫눈에 반했다고 생각했다. 그러니 눈에 뭐가 씌어서 그를 처음 만났을 때 아무것도 볼 수 없었던 게 아닐까.

샛말집에 갔더니 막음이 고모의 남편 강목수는 일하러 나갔고 두 아이도 학교에 가서 아직 돌아오지 않았다. 집은 조그마한 삼칸 한옥이었는데 마당도 넓고 가운데 마루와 방 앞의 툇마루가 윤이 반들거렸다. 이막음의 살림 솜씨가 빈틈이 없어 보였다. 원래 초가집이었는데 시아버지가 돌아가시고 나서 남편이 큰맘 먹고 기와를 얹었다고 한다. 막음이 고모는 금이의 짐을 빼앗듯이 들어다 건넌방 옆에 딸린 조그만 격자 방문을 열고 던져넣었다.

“여기가 자네 방이여.”

그러고는 설명을 해주었다. 원래는 잡동사니 목공도구들을 넣어두는 방이었는데 며칠 전에 일철이 이철이가 와서 깨끗이 정리하고 도배까지 했다고 한다. 신금이는 방에 들어가 앉아 이리저리 새로 한지를 바른 벽과 창호를 둘러보고 아마도 그들 아버지의 공방에서 집어온 듯한 백동 장식이 붙은 반닫이를 가만히 열어보기도 했다. 옆의 구석에는 고모가 얌전히 개어놓은 요 이불 위에 수놓은 무명 보가 씌워져 있다. 새로 창호지를 바른 격자 방문 가운데에는 손바닥만 한 직사각형의 유리를 붙여놓아서 눈을 갖다 대면 마당과 대문 쪽이 한눈에 보였다. 금이가 얼굴을 가까이 대고 바깥을 내다보는 시늉을 하자 막음이 고모가 말했다.

"우리 한쇠 일철이가 얼마나 자상하고 꼼꼼한지 그 유리를 집에서부터 들고 와서 종이도 두겹을 대어 꼼꼼히 붙였다구. 자네가 갑갑할 거라구 말이야."

신금이는 또한 창문 세군데에 노란 은행나무 잎이 종이 속에 붙여져 있는 걸 보았다. 겹 종이 속에 붙어 있는 은행잎은 햇빛을 받아 노란색이 더욱 선명하게 보였다. 그것도 아마 일철의 솜씨였을 것이다.

방직공장에서 이직을 전제로 한 권고사직 형식이어서 신금이는 이주일쯤 막음이 고모네서 머물며 퇴직 처리 등 생활 정리를 하였다. 일철은 먼저 신금이를 데리고 집으로 가서 아버지 이백만에게 인사를 드리고 혼인 의사를 밝혔고, 이백만은 두 사람을 마주 보고 있던 자리에서 슬그머니 고개를 돌리더니 눈물을 닦았다.

"어미도 없이 내가 뭘 한 게 있어야지. 거저 키운 셈이구나. 하여튼 탈 없이 학교도 마치고 당연히 직장도 잡을 것이니 내야 무슨 걱정이 있겠느냐. 이게 다 니들 복이니라."

혼담이 일사천리로 진행되어 날짜를 잡아 사흘 먼저 신금이가 김포 집으로 가서 부모님께 사실을 아뢰도록 하고, 이백만과 이일철이 찾아가 청혼을 하는 순서를 정하였다.

때는 초겨울이었지만 그날따라 날씨도 맑았고 바람도 그쳤다. 썰물 때를 맞추어 염창나루에서 배를 타고 순식간에 김포에 당도하여 처가에서 점심을 먹기 좋은 시각이 되었다. 나루터에 내리자마자 금이의 막내오라비가 나와서 기다리다가 일철의 교복 행색을 보고 말을 붙여 마을까지 안내를 받았다. 집 마당에 들어서니 금이의 양친과 맏오라버니가 기다리고 있다가 그들을 맞았다. 금이네 아버지 어머니는 이일철의 훤칠한 키와 교복 교모에 망토를 걸친 학생 차림새를 보자 저절로 입이 벌어졌다. 딸에게서 미리 듣기는 했어도 그만하면 썩 훌륭한 신랑감이던 것이다.

혼인식은 일철이 학교를 졸업하는 이월로 정했고 장소는 영등포 철도관사의 공회당에서 올리기로 하였다. 주례는 이일철의 보통학교 오학년 때 담임을 맡았던 조선인 허상우 선생이 나서주었다. 그는 연이어 아우 이철의 담임도 맡은 적이 있어서 이백만과도 안면이 있었다. 사범학교를 나온 조용하고 얌전한 중년 교사였는데, 그는 나중에 이철이 수배되어 곤경에 처했을 때 그의 시골집에 한동안 숨겨주기도 했다. 일철은 그를 늘 존경하고 따랐으며 가끔씩 찾아가 의논도 하는 사이였다. 신금이는 허선생의 죽음이 남편 일철의 월북 원인 중의 하나였다고도 말해왔다. 신금이는 결혼식 당일의 기억을 말할 적마다 세세한 부분까지 늘어놓을 때도 있었지만 대개는 몇가지의 일만 말하고는 입을 다물었다. 마치 좋은 얘기를 여러번 반복하면 아끼는 것들이 닳아 없어질 것 같은 모양이었다.

“구식 혼례야 시골에서 어려서부터 엄마 따라댕기며 수십번을 보았지. 일가친척에 동네 사람들까지 하얗게 모아놓고 제사 지내듯 음식 차려 궁둥방아 찧으며 맞절하고 또 절하고 혼례주 마시고. 하루 종일 눈 감고 소경노릇 하며 벌서지. 근데 우리는 개화 혼인식이 좋더라. 딴딴따다 풍금 소리에 발맞추어 입장하고 주례가 성혼 선언하면 신랑 신부 팔짱 끼고 퇴장하는 게 끝이야."

무엇보다도 사진을 찍는 게 특별한 일이었다. 식이 끝난 뒤에 신랑 신부가 다시 입장하여 단둘이서 그리고 양가 부모님 모시고 찍고 나서 친척들이며 친구들과 더불어 단체사진을 찍는다. 그때만 해도 다리가 달린 사진기를 앞에 놓고 사진사가 무슨 붉은 안감을 댄 검정 보자기를 카메라 위에 둘러씌우고는 제 머리를 그 안에 들이밀고 한참이나 뭔가 조정을 하는 꼴이 매우 지루하고 우스꽝스러워 보였더란다. 그러기를 또한 몇분간 하고서는 드디어 머리를 내밀고, 줄이 달린 작은 공을 한 손아귀에 쥐고 다른 손에는 넓적한 판때기를 쳐든 채 자아 웃으세요,라든가 모두 앞을 보세요,라고 말하고는 또 한참이나 기다렸다가 사진사 자신의 마음에 들었다 싶을 때에 판때기의 마그네슘을 터뜨리며 동시에 공을 누르는 식이었다. 폭발음과 함께 하얀 빛이 번쩍! 하면서 사진이 찍힐 때에 모두들 아이쿠 눈을 감아버렸는데, 어쩌나 싶은데도 나중에 사진이 나온 걸 보면 대충 굳은 얼굴이지만 그럴듯해 보인다. 그래도 간혹 눈을 감거나 게슴츠레하거나 놀란 토끼눈을 말똥히 뜨고 있기도 한다. 신금이는 제일 먼저 양가 부모님과 사진을 찍을 때에 앞자리에 버젓이 앉아 있는 주안댁을 보았다. 그녀는 하얀 치마저고리를 입은 모습이었다. 신부 금이는 양친이 섰는데 신랑 일철에게는 편부 이백만뿐이라 처음부터 누이동생 막음이 고모가 엄마 역할을 대신했던지라 신랑 옆에 나란히 서 있다. 그런데 신금이의 눈에는 주안댁이 앞자리에서 일어나 슬그머니 막음이 고모 옆에 가서 서는 게 보였다. 그녀는 일가친척들 차례가 되어서도 물러가지 않고 그대로 신랑의 곁에 붙어 있었다. 천만이 십만이 큰아버지 작은아버지 부부와 그 자식들까지 나란히 섰는데도 그때까지 주안댁은 거기 서 있었다. 그렇지만 물론 나중에 나온 사진에는 보이지 않았다. 식이 다 끝나고 이일철 부부는 이튿날 철도국 후생부의 선처로 온양온천 철도여관에 갔는데, 방에 들어가는 순간 태어나지도 않은 지산이의 갓난아기 모습을 보았다는 신금이의 이야기는 몇번이고 되풀이되었다. 그런데 신랑 이일철이 사실은 자기 어머니의 모습을 하객들 가운데서 보았다고 조심스럽게 아내에게 털어놓았던 것이다. 나중에 말을 맞추어보니 막음이 고모도 앞자리의 올케를 보고 있었다고 그랬다.

그날이 어떤 날이냐는 것이다. 막음이 고모는 주안댁이 그날만은 나타날 거라고 믿어 의심치 않았더란다. 그녀는 신금이가 자신과 비슷한 기질을 가진 데 대해서 매우 흡족하게 생각했다. 그래서는 일철이와 그의 아내 금이와 고모인 자기 세 사람 사이에는 남들이 모르는 특별한 신뢰관계가 있다고 여겼던 것이다.

이일철은 철도종사원양성소 본과 운전부를 졸업하자마자 기관사 견습 조수를 발령받아 일단 경인선에 배치를 받았다. 첫 승차라 아직 객차는 아니었고 화물 운송에서 시작했다. 견습 기간은 육개월로 이후에는 어느 선에 배치를 받을지 아직은 알 수 없는 노릇이었다. 다만 조선철도를 만주철도회사에 위탁 경영을 맡겼던 총독부가 다시 직영으로 찾아온 뒤에 개설한 철도학교를 나온 졸업생을 우선적으로 각처에 배치하겠다는 정책이었다. 그것은 외진 지선에 이르기까지 총독부 교육기관의 제대로 교육받은 인력으로 채워넣겠다는 의지의 표현이기도 했을 것이다. 경인선 객차의 종점은 노량진이었다가 한강철교가 전선 개통된 뒤에는 남대문이 되었다. 그러나 경부선과 경인선의 접점이 영등포였으며 수십군데의 공장이 들어서며 산업화물이 늘어났고 경부선의 지선으로 출발한 호남선까지 지나게 되었다. 화물창고가 수십채로 늘어났으며 역구내의 철로도 여러 선으로 복잡하게 얽히게 되었다. 공장지대와 철도공작창으로 연결된 철로가 영등포 시내를 관통하게 된 지 오래되었다. 경인선은 인천이 항만인데다 산업화로 공장지대가 늘어나 경부선의 끝이었던 부산에 다음가는 주요 화물운송로였다. 낮에는 물론이고 특히 객차가 운행되지 않는 야간에는 밤새도록 화물차가 왕래했다. 일철은 이제 막 시작한 견습이라 주로 야간 화물차에 배치를 받았다. 그는 해가 훤히 떠오른 아침나절에야 집으로 돌아와서는 아침밥도 건성으로 숟가락 드는 시늉을 하고는 죽은 듯이 늘어져 잤다.

일철의 견습 기간 육개월은 금이가 버드나무집에서 신혼살림을 차린 기간이었다. 시아버지 이백만은 자기가 쓰던 안방을 아들 부부에게 내주고 건넌방으로 옮겼고 출퇴근으로 이어진 평범한 기술공의 일상을 이어갔으며 주말과 휴일이 오면 별다른 취미도 없이 마당 건너편에 만든 공방에 틀어박혀 철물 공예품들을 만들었다.

손자 이지산이 소학교에 입학할 무렵에 당산 철도관사에 입주하게 되는데, 이백만은 거기서는 공방을 차려놓지 못했고 다시 샛말로 나오게 될 때까지 일손을 놓아야 했던 것이다. 이백만은 그때가 생애 중 가장 길고 지루한 기간이었다고 손자에게 털어놓기도 하였다. 이철은 형이 장가를 들고 아버지가 건넌방으로 옮기자 슬그머니 신길정 동네에 방을 얻어 나가버렸다. 처음에는 사나흘에 한번씩은 집에 들르더니 일주일 열흘씩 뜸해지기 시작했다. 그는 차츰 자신의 존재가 드러나게 되면서 방직공장에서 전기공장으로 직장을 옮겼고 여전히 기술공 데모토를 전전했다. 식구들은 그가 여전히 활동가의 역할을 계속하고 있으리라 짐작할 뿐이었다.

금이는 그맘때에 지산이를 배어서 차츰 배가 불러오는 중이었다. 바야흐로 초여름이었는데 느닷없이 호박김치가 먹고 싶었다. 호박김치는 주로 가을에 담그는데 찌개용으로 담가서 푹 익기 전에 해물을 넣고 끓였다. 이제 겨우 일년도 못 되어 친정집의 반찬 생각이라니, 하며 금이는 스스로 고개를 저었다. 그때에 대문이 삐꺽 열리더니 막음이 고모가 마당에 들어섰다. 일철이 야근하고 돌아와 정신없이 쓰러져 자는 중이라 고모가 호들갑을 떨며 큰 소리를 내기 전에 금이는 쉬잇, 하는 시늉으로 입술에 손가락을 대어 보였다. 고모는 보퉁이를 들고 왔다. 둘은 낮에는 비어 있는 시아버지 이백만의 공방으로 들어가 앉았다. 보퉁이를 끄르니 조그만 항아리가 나왔고 뚜껑을 열자 시큼한 냄새가 풍겼다.

"아니, 이게 뭐예요? 혹시 호박김치 아녜요?"

"아니, 자네가 어찌 아나? 이거 우리 계서 늘 해 먹는 김친데. 입맛 없고 밥이 잘 안 넘어가면 이보다 맛난 게 없다네."

"신통도 하네요, 고모님. 그러잖아도 이거 먹구 싶다구 생각하구 있었는데."

막음이 고모는 손뼉을 쳤고 다시 금이가 손가락을 입술 앞에 세우며 쉬이이, 했다.

"흥, 뚝 하면 뒷집에 호박 떨어지는 소리 아닌감. 내 그럴 줄 알았지. 우리 강화에선 꽃게를 넣어 끓여 먹네."

"김포 우리 동네선 밴댕이나 잔갈치를 넣어 끓여 먹어요."

"물 건너 황해도 사람들은 젓국 넣어 끓이더만."

막음이 고모가 잠깐 기다리라는 듯이 손을 흔들어 보이고는 대문 밖으로 휭하니 나갔다가 한식경도 채 못 되는 사이에 돌아왔다. 그녀는 한 손에 자잘한 서해 갈치 세마리를 새끼줄에 꿰어 들고 왔다. 풍롯불 지펴서 호박찌개를 끓이고 그 반찬 하나만으로 맛있는 점심을 먹었다. 이렇게 마음이 맞고 통하니 막음이 고모도 기분이 좋았던지 금이에게 말했다.

"배도 부르고 하니 우리 마실이나 좀 다녀올까?"

"어디 뚝방 나가서 샛강 바람이라두 쐴까요?"

"한쇠는 저녁때나 되어야 일어나지?"

"예, 그렇긴 한데……"

여기서 가까운 데라면서 자기를 따라오라며 막음이 고모가 앞장을 섰다. 금이는 따라나서긴 했지만 영문을 몰라서 차츰 걸음이 느려졌다.

"어디 가시게요?"

“응, 내가 우연히 알게 되었는데 조오기 철로변에 갈 데가 있네.”

철로변이라면 시장 사거리에서 곧장 올라가 샛말로 굽어지는 부근이었다.

“누구, 사람 만나러 가는 거예요?”

막음이 고모는 웃는 얼굴로 고개를 끄덕여 보였다.

“천리안이 있다네.”

둘은 철로변에 있는 작은 집으로 들어갔다. 한옥도 일본집도 아닌 유리창 달린 어중간한 맞배집이 길가에 늘기 시작하던 시절이었다. 아래는 한창 팔리기 시작한 고무신 작업화 등속의 신발가게였고 가파른 사다리가 있었다. 소녀가 파리채를 휘두르고 있다가 막음이 고모의 “계시지?” 하는 소리에 천천히 고개만 끄덕였다. 금이는 고모가 이끄는 대로 사다리를 조심스레 딛고 올라갔다. 한지를 하얗게 바른 지붕 다락방 안에 교자상 펴놓고 웬 할머니가 앉아 있었다.

“낮잠 한숨 자려는데 웬일이여?”

하면서도 그 노파는 고모의 등 너머로 금이를 쏘아보았다. 눈길이 마주쳤는데 어쩐지 금이는 시선을 피하기 싫어서 저절로 노려보게 되었다. 할머니의 눈길이 슬그머니 아래로 처지더니 그때부터는 고모만 바라본다. 금이는 할머니의 옆에 서너살배기 계집아이가 앉아 있는 걸 보았다. 몽당치마 저고리에 철 지난 낡은 배자를 입고 있었다. 금이를 본 계집아이는 배시시 웃었다. 막음이 고모가 할머니에게 인사를 건넸다.

“응, 오늘은 내 조카며느리를 데리구 왔수. 천리안으루 좀 봐주시라구."

했더니 할미가 쌀을 한줌 쥐어 금이를 향해 툭툭 뿌리면서 중얼거렸다.

"천리안은 뭐, 새댁이 그렇구먼."

금이가 가슴께에 맞고 후드득 떨어지는 쌀을 털어내며 물었다.

"그건 왜 저한테 뿌리세요?"

"기가 세서."

하고는 할미가 되물었다.

"시방 우리 태주가 보이시지?"

막음이 고모는 실실 웃으며 옆으로 비켜 앉았고 금이가 말했다.

"마마 걸려 죽은 아이 아닌가요? 할머니 손녀로구먼."

늙은 무당은 아랑곳하지 않고 방울을 흔들더니 하품을 연신 하면서 어깨를 추슬렀다 내렸다가 진저리를 치고는 어린 계집아이의 목소리로 말했다.

"응, 아들을 낳겠구나. 똑똑하구 잘생겼네. 애비두 별 탈 없이 입신출세를 하겠구나. 근데 생이별 수가 있어. 부모 자식이 헤어졌다가 다시 만나야 한대. 아주머니 혼자서 온 가족 이끌구 험한 세상을 헤치구 나가야 한댄다."

배자 입은 계집아이는 금이를 똑바로 바라보며 쫑알거렸는데 입만 오물오물 움직일 뿐 소리는 할미에게서 나오고 있었다. 할미가 이런저런 이야기를 계속 늘어놓는데 막음이 고모가 교자상을 탁 내리치며 외쳤다.

"오늘은 잘 안 뵈는 모양이네. 그만하슈, 그만해."

할미가 한숨을 푹 내쉬며 까뒤집었던 눈을 바로 했고 신금이는 털털하게 웃으면서 말했다.

"수고 많았어요. 아들 낳고 남편두 출세를 하겠다니 좋은 말씀 고마워요."

막음이 고모는 어쩐지 풀이 죽어서 금이를 데리고 그 집을 나섰다.

"저 할망구가 오늘은 영 신통칠 않은 모양이네."

"나는 그 명두인가 태주인가 하는 계집아이하구 눈을 맞추었다구요."

금이가 쾌활하게 말했고 막음이 고모는 또 평소 습관대로 손뼉을 쳤다.

"자네가 천리안인 걸 내가 공연히 헛걸음시켰구나. 나는 그런 건 안 보인다네."

"두쇠 도련님 말에 의하면 이런 걸 다 미신이라구 할 텐데요. 그냥 타고난 소질이겠지요. 세상은 별의별 일들이 다들 뒤섞여서 돌아가기 마련이니까."

막음이 고모가 시무룩하게 말했다.

"저 할미가 나더러는 수만리 타관에 살게 되는데 천금만금 남부럽지 않게 산다더라. 근데 뭐 좀 외로울 거라고 하더만."

신금이는 언제든 낙천적이어서 싱글싱글 웃으며 말했다.

"앞날이 정해졌다면 애달 캐달 하지 않고 그냥 겪어가며 재밌게 살라구요."

이듬해 신금이는 말 그대로 떡두꺼비 같은 아들을 낳았다. 대문간에 매단 새끼줄에는 붉은 고추가 꿰어졌고 백일 때까지 매달려 있었다. 이일철은 경인선 기관 조수의 견습 기간을 끝내고 경부선 화물차에 배치를 받았다. 그의 성실하고 조용한 성품이 일본인 간부의 눈에 들었는지도 모르고 그의 아버지가 오랫동안 철도공작창의 고원으로 말썽 없이 묵묵히 일해온 덕분인지도 몰랐다. 하여튼 다른 산악지대나 지선의 광물 운반을 하는 기관차가 아니라 애초에 대륙으로 나가는 본선이라 할 경부선의 기관 조수로 발령받은 것은 운이 좋았다고 철도원 선배들은 모두들 얘기했다.

7

이진오가 굴뚝에 올라온 지 칠개월 가까이 되었고 이백일 되는 날이 사흘 뒤라고 김형이 말해주었다. 이미 첫눈도 며칠 전에 내렸으니 본격적인 겨울로 접어들었다. 월동 준비로 털모자에 동절기 등산복과 패딩 재킷을 껴입고 털양말에 방한화까지 신었다. 굴뚝 테라스의 시멘트 위에 비닐을 깔고, 텐트 안의 바닥에는 다시 스티로폼에 은박지 깔개를 얹은 뒤 합섬담요를 깔고 방수패딩 침낭 위에 또 담요를 덮었다. 월동 물품들은 노조에서 각 시민단체들의 지원을 받아 올려준 것들이었다. 옷가지와 음식물을 담을 용기들은 모두 등산용품들이었다. 아직까지 낮에는 그런대로 견딜 만했으나 해가 지고 밤이 되면 기온이 갑자기 떨어졌고 새벽이 오면 한겨울의 혹한기처럼 변했다. 고공에 노출되어 있는 것은 마치 절벽에 매달려 있는 상태와도 같았다.

진오는 그래도 두차례나 이와 비슷한 경험을 해본 적이 있다고 생각했다. 군에 갔을 적에 전방고지 초소에서 두해의 겨울을 보냈다. 그때 지급받은 월동 장비는 지금 자신이 착용하고 있는 아웃도어 복장과 비슷한 정도였고 자연환경도 이에 못지않았다. 아니, 어쩌면 그때가 현재의 상황보다는 좀더 나았다고 할 수 있다. 초소근무는 심야나 새벽 시간이나 한시간에서 길게는 두시간이 못 되었고 다음 순번의 초병이 교대하러 오기 마련이었다. 그것도 주야간 순환근무제여서 일주일에 몇차례였다. 여기처럼 사방이 노출된 고공이 아니라 산등성이에 참호로 연결된 벽과 지붕이 있는 초소였다. 전방에 시찰구가 뚫려 있고 바람이 들어온다고는 해도 방한 마스크와 고글을 쓰면 아늑해서 잠이 올 정도였다. 대개는 장전한 총의 총구를 시찰구 앞으로 내밀어놓고 의자에 기대어 앉아 졸다 깨다 하면서 교대시간을 기다렸다. 다만 내무반의 선임이 일상을 간섭하고 괴롭히지 않았다면 겨울도 그리 끔찍한 계절은 아니었다.

두번째는 그가 노조지회장 시절에 집회시위법 위반으로 육개월 동안 감방에 갔을 때였다. 대개 교도소에는 사계절이 없다고들 말한다. 감옥은 여름과 겨울 두가지의 징역뿐이라는 것이다. 여름은 오월에 시작해서 구월이 되어야 끝나며 겨울은 시월에 시작하여 사월에 끝난다고 했다. 그는 재수 없게 시월에 들어갔으니 오롯이 겨울 징역을 산 셈이었다. 시월이 겨울의 시작이라는 것은 그맘때에 침구와 옷가지와 시설점검이 월동 준비 태세로 바뀌기 때문이다. 수감자들은 고참일수록 자질구레한 사항들을 미리미리 준비하기 시작한다. 피복부에 부탁하여 합섬솜이 들어간 조끼를 만들어 수인복 상의 안쪽에 안감 대신 박아넣는다. 털양말을 구입하여 신기도 하고 적당히 잘라서 머리에 쓰는 취침용 보온 모자를 만들기도 한다. 지급받은 이불은 오랫동안 물려내려오는 터여서 세탁을 수차례씩 하는 동안에 안의 솜이 뭉쳐져서 잔뜩 오그라들어 있었다. 독거수는 노역수들이 일하러 나간 사이에 큰 방에 들어가 이불 홑청을 벗겨 안에 눈사람처럼 뭉쳐진 솜들을 정성스럽게 뜯어서 천 위에 골고루 편 뒤에 홑청을 빈틈없이 다시 꿰맨다. 시월 말부터 감방은 추워지기 시작하여 한겨울이 되면 시멘트 위에 그대로 깔아버린 널판자 마룻장에서는 끊임없이 습기가 올라온다. 스펀지 매트리스 아래 종이상자를 깔지 않으면 매트리스가 축축해져서 잠을 잘 수가 없다. 종이상자를 깔았다가 아침에 일어나 들춰보면 체온과 마룻장의 온도 차이로 습기가 차서 비 맞은 것처럼 종이상자가 젖어 있었다. 아침에 눈을 뜨면 시멘트벽에 성에가 하얗게 끼고 천장에서는 물이 한방울씩 떨어진다. 밤새 내쉰 자신의 호흡이 천장에 올라가 성에가 되었다가 녹아서 떨어지는 물방울이다. 교도소에서 물려내려오는 군수용품 가운데 실탄통은 매우 귀중한 보온용품으로 끗발이 있는 죄수들에게만 사용이 허락된다. 실탄통은 철물이고 고무 패킹이 붙어 있어서 보온물통에 맞춤했다. 그걸 구할 수 없다면 재질이 두꺼운 페트병을 두세개쯤 구해놓아야 했다. 추운 날에는 교도관의 허락을 받아 복도의 난로에 끓인 뜨거운 물을 받아 병에 담는다. 병이 제대로 보온 기능을 할 수 있도록 보완을 해줘야 하는데 그것은 병주머니였다. 헌 담요 조각을 두겹으로 바느질하여 그 속에 물병을 넣고 이불 속 발아래 묻어놓으면 아침 기상시간까지 따뜻한 온기가 이불 속에 남아 있었다.

지금 여기서 더운물을 올려달라고 동료들에게 부탁할 수는 없는 일이고 이제는 핫팩이라는 물건이 나온 지 오래여서 그럴 필요도 없었다. 자기 전에 핫팩을 양쪽 발에 감고 목덜미에서 어깨까지 두 장을 붙여두면 그런대로 따뜻하고 견딜 만했다. 식수 물병을 머리맡에 놓아두면 새벽녘에 얼어붙어서 그는 침낭 안에 두기로 했다. 저녁에 해가 재빨리 지고 밤이 길어지자 감옥에서처럼 아홉시만 되면 배가 고팠다. 어쨌든 밤 아홉시 무렵에는 침낭 속으로 들어가 잠을 청해야 한다. 이진오는 매섭게 추운 긴긴 밤이 지나가는 동안 되도록 텐트 안에서 바깥으로 나갈 생각이 없었다. 잠자리에 들기 전에 그의 제일 원칙은 미리 소변을 보아두는 것이었다. 그래야만 한참이나 침구를 여미고 자세를 바로잡고 비로소 잠들어 체온으로 침낭 속이 따뜻해진 뒤에 깨어 일어나 바깥 테라스까지 나가지 않아도 되는 것이다. 그는 패딩을 걸치고 지퍼를 턱밑까지 끌어올리고 털모자 위에 패딩 후드까지 덮어쓰고는 텐트 밖으로 기어 나갔다. 뒤뚱거리며 텐트에서 먼 곳까지 걸어나가 난간 가녘에 서서 상의 옷자락을 위로 올리고 방한복 바지 지퍼를 내렸다. 가랑이 사이에 처박혀 움츠러들었던 그것이 반사적으로 오줌을 쏟아냈다. 그는 바람의 방향을 가늠하고 소변을 보았고 다행히 서북풍이 오줌 줄기를 왼쪽으로 흩날려보냈다. 으쓱, 진저리를 치고 테라스 바닥을 조심스럽게 내디디며 돌아올 때는 몸을 되도록 벽 쪽으로 붙이고 한 손은 뻗어 난간 쇠파이프를 잡으며 한발짝씩 걸었다. 뭔가 발에 걸려 넘어졌다. 내려다보니 난간에 기대놓고 밧줄로 매어두었던 페트병들 중의 하나가 빼져나와 있다. 진오가 이름을 적어서 세워두었던 병들이다. 그는 허리를 굽혀 병을 집어 들고 텐트 안으로 기어들어갔다. 손전등으로 비춰보니 '진기'라고 쓴 매직 글씨가 보였다.

그는 패딩 코트와 방한화를 벗고 두꺼운 털양말을 신고 털모자 쓴 채로 침낭 속으로 들어가 누웠다. 바람 소리는 텐트 자락을 열고 밖으로 나서면 날카로운 휘파람 소리처럼 들렸고 안으로 들어오면 바닷가의 묵직한 파도 소리가 되었다. 때로는 속이 빈 굴뚝을 맴돌고 지나가는 바람이 우웅, 하는 소리를 냈다. 진오는 머리맡에 놓아둔 진기 페트병을 생각했다. 진기는 금속노조의 집회에서 알게 되었던 노동자 친구였다. 세살이나 아래였는데도 또라진 반말로 그를 대했다. 어이, 이진오. 우리 다 쇳가루 먹고 사는 버러지들 아닌가. 요즘 세월에 자칫하면 군홧발로 뭉개지고 마는 목숨들이지.

그는 키가 작았다. 진오와 마주 서면 그의 정수리가 훤히 내려다보였고 가마는 흔적도 없이 사라져 거의 탁상시계만 한 넓이로 탈모가 진행 중이었다. 동료들이 진오와 진기가 이름자가 비슷하다고 형과 아우라고 불렀고 모르는 이들에게는 농담으로 '형제는 용감하였다'고 옛날 영화제목을 빌려 말했다. 자동차공장 해고노동자였던 진기는 몇년 전에 공장 굴뚝 위로 올라가 일년 가까이 고공농성을 했지만 패배했다. 이후 스물두명의 해고노동자가 자살했고 그는 아홉번째의 자살자였다. 그에게는 아들 둘에 딸 하나, 세 자식이 있었고 아내는 그가 해고당한 뒤 수년간 식당에서 일하며 식구들을 근근이 먹여 살렸다. 진기는 노래를 잘했다. 소싯적에 그의 고향에 「전국노래자랑」 프로그램이 들어왔을 때 뽑혀서 지방 도청 소재지의 월말대회에 나오라는 통지도 받았지만, 그의 표현에 의하면 바로 전날 '만땅꼬로 취해서' 참가하지 못했다고 한다. 진기 얘기만 나오면 이진오는 피식 웃고 눈물을 찔끔 흘리고는 건성 하품으로 얼버무렸다. 왜 하필이면 바로 그 전날 만땅으로 취했느냐고 진오가 되물으면 그는 늘 똑같은 대답으로 사람을 웃겼다. 꽃사슴이 내가 성공할 때까지 기다리겠노라고 고백을 했거든. 아니꼽게 그 자식은 언제나 자기 아내를 남들 다 듣는 데서 꼬박꼬박 '우리 집 꽃사슴'이라고 불렀던 것이다. 이진오는 머리맡에 진기 페트병을 세워둔 채 누워서 중얼거렸다.

"나는 늘 니가 맘에 걸렸다."

소리를 내어 말하자 바로 곁에서 목소리가 들렸다.

"야야, 그럼 쐬주나 한잔 사든지. 우리 처가포차에 가자!"

"어라, 왜 여기까지 나타나구 지랄이야."

이진오가 돌아보니 진기는 머리에 한 팔을 받치고 비스듬히 옆에 누워서 그를 내려다보고 있었다. 면도하기에 게을러서 늘 코밑과 턱에 돼지털 같은 수염이 괴죄죄하게 자라나 있는 얼굴도 그대로였다. 진기는 늘 그랬듯이 형 행세로 시작했다.

"인마, 형이 왔으면 먼저 한잔 꺾자구 앞장설 것이지, 굳이 내가 먼저 말하게 만드냐?"

"쫑을 깐 게 언젠데 쬐끄만 놈이 형 타령이야."

"니가 나이만 세살 위지 굴뚝에 올라온 건 내가 새카만 선배다."

"그래, 너 선배 먹어라 짜샤. 까짓것 술 한잔 사지 뭐."

진오는 휘적휘적 앞장서서 굴뚝을 벗어나 양쪽으로 잡초가 무성한 아스팔트길을 따라 걸어갔다. 철야작업 중인 공장의 불빛들이 보였다. 남쪽 지방의 산업공단은 도시의 남동쪽 외곽에 있었고 진오와 진기가 일하던 공장은 서로 한 블록쯤 떨어져 있었다. 공단 입구에 아파트 연립 원룸, 그리고 편의점 식당 술집 등이 모여 있는 중심가 비슷한 거리가 있었다. 그곳이 그들의 동네인 셈이었다. 이 도시에 식구들과 함께 자리를 잡은 이들도 많았지만 먼저 일하면서 다른 도시에 식구가 자리를 잡은 축은 혼자 또는 두세명이 합숙을 하는 경우도 많았다. 진오는 식구들이 영등포에 오래 살아온 토박이여서 혼자 내려와 있었지만 진기는 식구들과 공단 초창기부터 내려와서 살았다. 처가포차는 돼지 뒷고깃집이었다. 그 술집도 진기가 먼저 데리고 가서 알게 되어 진오도 술 생각이 날 때마다 들르는 단골집이 되었다. 처음에 그 술집에 갔을 때 진오는 진기에게 물었다.

"어이 조직부장, 지저분하게 뒷고기가 뭐냐?"

자기도 첨엔 그렇게 알았다면서 진기는 웃었다. 옛날에 도축장에서는 돼지를 잡으면 상품으로 잘나가는 고기를 먼저 취하고 부위마다 조금씩 나오는 잡고기들을 따로 처리했는데 그런 것들에 오히려 맛있는 부위가 있었다. 도부꾼들이 일 끝내고 뒤에 모여서 먹었다고 하여 뒷고기라는 이름이 붙었다고 진기는 설명했다.

"원래가 궂은일 하던 사람들이 현장에서 젤 맛있는 걸 먹었다는 얘긴데. 그것두 옛말이 되어버렸지. 요새는 특수부위라고 이름이 바뀌면서 더 비싸졌단 말이야."

아무려나 둘은 뒷고기를 시켜 숯불에 올려놓고 소주를 마시기 시작한다. 굵은 소금 몇알갱이를 톡톡 찍어서 구운 고깃점을 씹으며 잔을 주고받는다.

"너 짤린 지 벌써 얼마나 됐냐?"

"알잖아, 삼년이 다 되어간다."

그들은 외환위기 때에 어떻게 살아냈는지 아무도 얘기하려고 하지 않았지만 긴 침묵으로 서로를 짐작해내곤 했었다. 그것은 마치 평온하던 개미굴을 큰 삽으로 무지막지하게 들쑤셔버린 것과 같았다. 공장들은 분해되었고 고용의 유연성이라든가 구조조정이라는 애매한 말로 얼버무려서 노동자들을 마구잡이로 해고했다. 요행히 해고든 권고퇴직이든 피하고 살아남은 경우에도 다른 지방의 공장으로 발령받아 임시직이니 계약직이니 하는 위태로운 처지로 불안한 잔명을 부지할 수밖에 없었다. 그러고 나서 이제는 다 지나갔겠거니 할 때쯤에 무한 경쟁이다 세계화 시대다 하는 그럴듯한 유식한 말씀과 함께 공장들은 보따리를 싸서 보다 임금이 싼 해외로 빠져나가기 시작했다. 진기네 자동차공장의 일부가 해외로 옮겨가면서 국내의 노동자들을 대량 해고했다. 그들은 공장을 사수하겠다며 버텼고 옥상에서 조직적으로 농성했지만 경찰 병력이 투입되어 무자비하게 진압당했다. 노조의 조직부장은 이를테면 행동대장인 셈인데, 그는 화상 몇군데만 입었을 뿐 자신의 말처럼 사지가 말짱했다. 진기가 소주잔을 치우고는 유리잔에다 술을 따르더니 벌컥대며 마셨다.

"니미, 웬 술을 그렇게 급히 먹어?"

“왜, 술값 많이 나올까봐 걱정되냐? 하도 오랜만이라 술맛이 달아서 그런다.”

이진오네 공장도 소문이 안 좋아서 조마조마하고 있었지만 그래도 아직은 별 탈이 없던 시기였다. 월급 받는 자기가 오늘은 진기에게 술 한잔 사리라 작정하고 있던 터였지만 그의 태도가 어쩐지 불안했다. 진기가 유리잔으로 몇잔 연거푸 마시고는 그제야 눈이 풀리고 거나해져서 진오에게 말했다.

“씨바, 이제 좀 술이 올라오네. 야, 높은 사람 지회장아, 나 노래 한자리 하까?”

“노래방두 아닌데 여기서 해?”

“그럼 말뚝 같은 너 데리구 노래방 가서 폼 잡아야 되겠냐? 우리 꽃사슴두 없는데.”

“니 마누라 어디 갔어?”

“인마, 일하러 갔지. 야, 내가 노래 한자리 한다니까.”

그가 의외로 차분하게 음성을 낮추어 노래를 부르기 시작했다. 입술이 풀려서 발음이 또렷하진 않았지만 그래서 더욱 듣기에 괜찮았다. 자식이 언제나 노래는 잘 불렀지. 아마도 그를 처음 만났을 때 가두집회의 뒷자리에서 그가 흥얼거리는 노랫소리를 듣고 쇳가루 먹는 노동자치곤 분위기가 있다고 진오는 생각했던 거였다. 그가 처가포차에서 불렀던 노래가 무엇이었지? 제목은 모르지만 첫 구절은 생각이 난다.

눈을 감고 걸어도

눈을 뜨고 걸어도,
보이는 것은 초라한 모습

그는 노래를 하다가 한참이나 고개를 숙이고 있더니 얼굴을 들고 상반신을 탁자 위로 기울여 그에게로 내밀면서 말했다.

"진오야, 나 올라갈라구 그런다."

"어딜 올라가?"

"굴뚝 위로. 씨바, 우리가 거기밖에 갈 데가 어딨냐?"

진오는 아무 말도 하지 않았다. 많은 사람이 떠나갔지만 진기는 아직 이 도시에 남아 있었고, 스물두평짜리 다가구주택에는 가장이 언젠가는 일터로 돌아갈 것을 기다리며 그의 가족이 함께 버티고 있었다.

"나 어제 초상집 다녀왔다. 우리 노조에 줄초상 난 거 알잖아?"

"또야?"

"다섯 사람이 떠났다. 이번은 대의원하던 선밴데 정말 고급 기술을 가진 사람이었다구. 십오층 아파트에서 뛰어내렸어."

진오는 그다음 주에 진기가 폐쇄된 공장의 굴뚝에 올라간 것을 현장에 찾아가서 똑똑히 보았다. 굴뚝 전면에는 길게 플래카드가 늘어져 있었고 '해고는 살인이다!'라는 붉은 글씨가 선명하게 쓰여 있었다. 해고된 뒤로 그들은 삼년을 거리에서 보냈고 굴뚝에도 올라가고 송전탑에도 올라가고 그리고 철탑 위에도 올라갔다. 진기가 죽은 뒤에도 농성은 계속되었지만 해결된 것은 아무것도 없었다. 이번에는 이진오네 공장이 폐업하고 매각하면서 문을 닫았고, 그게 사실은 이름만 바꿔 자본을 이동시킨 것이라는 게 들통이 났다. 해고자들은 무기력하게 흩어졌고 버티는 사람들은 오십명에서 삼십명으로 줄어들었다가 십여명이 남더니 이제 다섯이 가까스로 고공농성을 이어가고 있지 않은가.

이진오는 어느새 술집을 나와 굴뚝에 돌아왔고 침낭 속에서 고치에 든 애벌레처럼 꼬무락거리고 있었다. 진기도 따라와서 혼자도 비좁은 텐트 안에 비스듬히 누웠다.

"니 장례식에 못 갔다. 그때 본사 건물 앞에서 며칠째 시위 중이었거든."

이진오의 말에 진기는 킬킬 웃었다.

"세상이 변할까? 점점 더 나빠지구 있잖아."

"살았으니까 꿈틀거려보는 거지. 그러다보면 아주 쬐끔씩 달라지긴 하겠지."

이진오는 텐트 자락을 올려다보며 중얼거렸다.

"그래두 오늘 살아 있으니 할 건 해야지."

이전에는 여러 사람이 전염병에라도 걸린 듯 스스로의 몸에 기름을 붓고 불을 질렀다. 그러나 이제 그들을 무너뜨리는 것은 분노가 아니라 절망이었고, 그것은 일상이라는 무섭고 위대한 적에 의해서 조금씩 갉아먹힌 결과였다. 집회에서 헤어지면 그들은 모두 혼자가 되었다. 가족이 기다리고 있는 집으로 돌아가도 그들 각자가 혼자가 되었다. 세계란 원래가 우주처럼 무심하다. 괴괴하고 적막하고 고요하다. 무료하고 가치 없는 일상이 그들 모두를 무너뜨렸다. 해고는 살인이다.

진오는 진기의 장례식이 있은 지 열흘쯤 뒤에 그의 집을 방문했다. 전에 함께 노조활동을 하던 같은 공장의 동료들과 의논하여 약간의 조의금을 뒤늦게 모았다. 평소 친구처럼 지냈던 이진오가 대표하여 죽은 진기의 집을 찾아가기로 했던 것이다. 지금 진오는 굴뚝에서 내려와 그날로 다시 돌아간다. 진기는 연기처럼 흐늘흐늘 흔들리며 진오의 주위를 맴돌고 앞서거니 뒤서거니 하며 따라온다.

“내가 너희 집 기억이 날까 걱정했는데, 저 연립 아니냐?”

“한번 찾아봐라.”

원래는 흰색 칠을 했을 사층 건물은 군데군데 칠이 벗겨지거나 얼룩지고 곰팡이가 검게 앉은 부분도 보여서 꽤 낡았음을 알 수 있었다.

“맨 앞 건물이고 그중 왼쪽에서 두번째 입구였지. 몇층이었더라……”

“나는 땅 냄새 풀 냄새를 좋아해.”

그렇지, 일층이었어. 그 집 아이들이 거실 문을 열어놓고 바로 앞의 나무 아래로 뛰어나가곤 했다. 그는 입구로 들어서자마자 오른편으로 돌아서서 초인종을 눌렀다. 한번 두번 한참 기다렸다가 다시 누를까 하는데 문이 빼꼼히 열렸다.

“안녕하세요. 저는 이진오라구 합니다.”

“어머나, 이지회장님.”

꽃사슴은 자다가 깼는지 부스스한 모습이었다. 아직 슬픔이 가시지 않은 건지 원래 그랬는지 모르지만 어딘가 멍하고 무표정했다. 들어오라는 말도 없이 문을 연 채로 비켜서기에 진오도 내키지 않는 것처럼 슬그머니 문 안쪽으로 몸을 들이밀었다. 거실의 낮은 상 앞에 아이들이 모여 앉아 있다가 제각기 인사를 하고는 우르르 방 안으로 몰려들어가버렸다. 엄마가 텔레비전을 끄고 방석을 끌어다주며 말했다.

"좀 앉으세요."

이진오는 엉거주춤 주저앉았다.

"저희두 그날 행사가 있어서 가지 못했습니다. 너무 갑작스러운 일이라, 참 뭐라고 드릴 말씀이 없네요."

꽃사슴은 이제 그 별명을 불러줄 사람이 없으니 지친 엄마로 돌아가 있었다. 그녀는 자꾸만 진오의 얼굴 너머 뒤쪽 벽을 올려다보았다. 집 앞에까지 동행했던 진기는 이곳에선 보이지 않는다. 그래도 진오는 저도 모르게 힐끔 뒤를 돌아보았고 거기 둥근 전자 벽시계가 걸려 있는 걸 보았다. 그녀는 시계를 보고 있었구나.

"어디 일 다니십니까?"

진오의 질문에 그녀는 고개를 희미하게 끄덕였다.

"네, 오늘 철야라서. 애들 저녁 먹이려고 들어왔어요."

"어, 그럼 제가 일어서야겠네요."

"아뇨, 괜찮아요. 봉제 일인데 우리 동네에 있는 조그만 공장이에요. 옛날에 하던 일이라서."

그녀는 이제 배시시 웃기까지 했다. 열흘 정도라면 표정이나마 무덤덤해지는 것일까. 아마 그녀는 피곤할 것이고 지쳐 있을 거였다. 지친 꽃사슴이 갑자기 말투가 바뀌며 어조가 빨라졌다.

“글쎄 그 난쟁이 아저씨가 우릴 감쪽같이 속였잖아요. 애들 학교 다 보내놓고 나 일 나간 사이에 혼자서 일을 저지른 거 있죠? 나는 공장에 있었구요, 딸아이가 학교 파하고 집에 왔다가 젤 먼저 보고 나한테 달려왔더라구요. 머리맡에 파라치온 살충제 병이 있구 입에는 거품이 잔뜩 묻어선 방바닥에는 온통 토해놓은 자국이 여러 군데였어요. 힘들었는지 방 안을 굴러다녔나봐요.”

그렇게 힘든 이야기를 단숨에 뱉어놓고는 그제야 한숨을 한번 길게 내쉰 그녀는 손가락 끝으로 눈물을 찍어내어 치마에 닦았다.

진오는 어느 결에 다시 침낭 속이었다. 진기는 아직도 그의 옆에 비스듬히 누워서 갈 생각을 하지 않는다. 진오가 그에게 물었다.

“야, 니 깡다구로 왜 자살한 거냐?”

진기는 피식 웃었다.

“지난 일은 왜 물어보구 그래. 사는 게 의미가 없어져서 그랬다, 왜?”

“인마, 니 꽃사슴하구 애들은 어떡하라구.”

“내가 곁에 있어두 별루 달라질 게 없잖아. 애들두 나처럼 살아가게 될 텐데.”

이진오는 진심으로 말했다.

“그애들두 우리처럼 굴뚝에 올라가든지 다른 세상을 만들든지 하면서 살아가는 게 어때서……”

“내가 바라는 게 너무 많았나부다.”

진기가 좀 풀이 죽어서 중얼거리자 진오도 어쩐지 울컥해져서 말했다.

"니가 바라는 게 많긴 뭘 많았냐?"

그에게서 대답이 돌아오지 않아 진오가 돌아보니 바람에 간간이 떨리는 텐트 자락이 보일 뿐이었다. 진기는 가버리고 없었다.

해가 뜨기 시작하면 단단히 여미어놓은 텐트의 앞자락 사이로 새어든 빛 때문에 붉은 천의 색이 선명해졌다. 진오는 그때쯤이면 저절로 눈을 떴고 식사 당번을 맡은 동료가 보낸 휴대폰 진동음이 울릴 때까지 침낭 속에서 기다렸다. 아침 여덟시 반에서 아홉시 사이에 조반을 맡은 동료가 굴뚝 아래 당도한다. 아침 해 뜨는 시각은 그 무렵에 일곱시 반을 넘어서 사십분 사십오분 하는 식으로 늦어졌다. 가을까지 조반을 폐지하다가 겨울이 오면서 아침 공복이 혹한을 견디기에 매우 불리하다고 하여 다시 동료와 쉼터의 뒷바라지 팀들에게 폐를 끼치기로 하였다. 삭발했던 머리털은 겨울이 되자 그냥 내버려두었더니 제법 자라나 삐죽이며 귓가를 덮기 시작했다. 수염은 작은 공작가위로 대충 자를 수 있었다. 진오는 나름대로 자기 규율을 지키고자 했는데 아무리 농성 중이라 하여도 행색을 폐인처럼 방치해서는 안 된다고 생각했다. 전날 저녁에 더운 물을 담은 페트병을 식사와 함께 올려주면 그것을 침낭에 묻고 잤다가 아침에 일어나 세수하고 이를 닦았다. 그는 작은 손거울로 가끔씩 자신의 얼굴을 들여다보며 확인했다. 볼이 좀 패고 여윈 느낌이었지만 아직은 괜찮아 보였다. 다른 계절에 매일 두세차례씩 해오던 운동을 이제는 팔굽혀펴기와 앉았다 일어서기로 축약해서 점심 이후 오후시간에 실행하고 있었다. 이 모든 노력들에 의미가 있다고 그는 생각했다. 증조할아버지 이백만에서 할아버지 이일철과 아버지 이지산을 통해 그에게 전해진 의미는 무엇이었을까. 그것은 아마도 삶은 지루하고 힘들지만 그래도 지속된다는 믿음일지도 모른다. 그렇게 오늘을 살아낸다. 그는 여덟시에 침낭을 빠져나와 미지근해진 페트병의 물로 세수를 하고 이를 닦았다. 아침 기온은 영하 이십도가 넘었다. 물기를 닦아내고 얼른 털모자를 쓰고 장갑을 낀다. 팔굽혀펴기를 삼십번씩 세 세트를 했고 다리굽혀펴기를 또 그만큼 했다. 털모자에 가려진 이마에 땀이 어리는 것이 느껴졌다. 여덟시 삼십오분에 휴대폰의 진동이 우웅 소리를 냈다. 진오는 휴대폰을 집어 들었다.

"이선배, 저예요."

목소리로 진오는 그가 정이라는 걸 알아차렸다. 그가 아침 식사 당번을 담당하기로 자원했다며 십여일 전에 말해주었다. 그는 임시직이었지만 부근 공사장에 일거리를 잡았다고 했다. 아침에 출근하면서 쉼터에 들러 음식을 받아 그의 농성장에 전해주면 점심에는 막내 차군이나 때로는 쉼터 살림을 맡은 여성 노동자들이 오기도 했고 저녁에는 늘 그와 같은 또래인 김창수가 왔다. 그도 저녁 일을 마치고 돌아가면서 뒷바라지를 하던 것이다. 최후로 남은 해고자 다섯 사람 중에 박은 경기도의 채소농장에 일거리를 잡고 있어서 주말에만 찾아와 동료들과 동행하여 미안함을 달래는 정도였다. 오히려 진오가 그에게 열심히 일하며 버티고 있으라고 격려했다. 정이 굴뚝 아래 도착해서 식사를 올려주기 전에 휴대폰을 통해서 말했다.

"낼모레 이백일인 거 기억하시죠?"

"응, 어제 김형이 말해줘서 알았네."

"이번엔 행사를 좀 할라구 그럽니다."

"삼백일 때 크게 하고 이번에두 약식으루 대충 넘어가지."

그동안 목격했던 다른 농성자들의 경우를 보더라도 일년 정도가 지나야 사회에서 작은 여론이 일어나고, 눈치를 살피던 회사 측에서 협상하는 시늉이라도 보이게 되어 있었다. 물론 협상이 그맘때에 타결된다는 보장은 없지만 적어도 뭐래? 하는 식으로 고개를 돌리게 된다. 사실 싸움의 시작은 밑에서나 위에서나 그때부터 겨우 첫걸음을 떼게 되어 있었다.

"선배는 그냥 우리에게 손이나 흔들면 되구요, 노조와 각 사회단체 분들이 밑에서 뭘 좀 할 겁니다."

"추운데 고생은 너무 하지 말라구 그래."

그가 어제 비운 용기들을 배낭에 넣어 내려주었고 밑에서는 아침 식사가 담긴 보온용기와 식수를 올려주었다.

오후 다섯시에 땅거미가 지기 시작하여 삼십분쯤 지나면 주위가 완전히 캄캄해졌고 가로등과 한강철교 위의 조명은 진작부터 켜져 있었다. 저녁밥이 올라오는 시각은 여섯시로 정해져 있었지만 대개는 여섯시에서 여섯시 반쯤까지 들쭉날쭉했다. 때가 퇴근 무렵이라 쉼터에서 여기까지 오는 교통이 제법 혼잡하기 때문이었다. 김창수는 음식을 배낭에 넣어 전철을 타고 오거나 쉼터를 방문한 사람의 차를 얻어 타고 왔다. 김이 도착한 것은 여섯시 사십분쯤이었다. 그는 도착해서 의경들이 식사 배낭을 점검하는 동안 두 손을 입에 대고 위에다 외쳤다.

"어이, 오늘두 별일 없었지?"

"그래, 수고 많아."

진오도 상반신을 난간에 걸치고 마주 외쳐준다. 도르래를 통과한 밧줄에 점심때 올라온 배낭을 내려주면 아래에서 김이 메고 온 배낭으로 바꿔 달아맸다. 저녁때에는 더욱 묵직한 게, 식사와 책이며 가끔씩 랜턴용 배터리와 더운물이 가득한 페트병 두세개가 올라오기 때문이다. 그럴 때에는 두세번에 나누어 올려주기도 한다. 짐이 다 올라오자 휴대폰의 진동음이 울리고 김의 목소리가 들린다.

"모레는 우리가 국회를 방문해서 농성에 대한 이유를 설명하고 해결에 나서라고 촉구한 다음에, 오체투지로 이곳까지 기어올 예정이야."

"문화제 한다면서?"

"시민사회단체 사람들 모여서 문화제를 열고 우리는 기어서 여기 도착해. 그러구선 자네를 만나러 굴뚝 위로 오르게 될지도 몰라."

"너무 먼 거리 아닌가. 날씨도 추운데."

"뭘 그래. 삼백일째가 되면 우리 전부 청와대까지 기어갈 생각인데."

"하여튼 사람들 너무 고생시키지 말어."

진오가 그렇게 말했으나 김은 오히려 진오를 나무랐다.

"사람이 물러터졌구먼. 회사 측에서는 아직 콧방귀도 안 뀌는데. 자넨 그냥 거기서 버티면서 밥 잘 먹구 잘 싸구 지내면 되는 거야.

싸움은 우리가 해낼 테니."

김이 물러가고 진오는 텐트 안으로 들어와 바람이 들어오지 않도록 자락을 잘 여미어놓고 저녁밥을 먹는다. 보온도시락 속의 밥이 아직 따뜻했고 국은 금방 식기 시작해서 굳은 기름기가 입술에 붙는다. 갓 담근 김장김치의 속잎이 고소하다. 가끔씩 양념에 버무려진 생굴이 씹힌다. 그는 따로 싸 보낸 김칫소를 밥 위에 듬뿍 얹어 비빈다. 아, 참기름 몇방울이 있었으면. 밤에 자다 일어나 할머니의 부엌을 뒤지면 이맘때 무생채가 가득 담긴 보시기가 있었다. 가마솥을 열면 잔불에 아직도 뜨거운 물이 있고 그 안에 담아놓은 밥 한그릇이 있다. 밥과 무생채를 양푼에 쏟아붓고 고추장 한숟가락 얹고 들기름 뿌려서 비비면 누구라도 함께 먹자고 두리번거리며 부를 기세가 된다. 그는 저녁 식사를 마치고 용기를 챙겨넣고 물도 마신 뒤에 코가 시릴 정도로 매운바람이 부는 난간에 서서 잠시 도심지의 먼 불빛을 바라보았다. 좋은 계절에는 노래도 가끔씩 불렀었다. 그는 텐트 앞 난간에 늘어세운 이름 쓴 페트병들 중에 금이를 집어 들고 텐트 안으로 들어가 앉았다. 소녀처럼 귀엽고 예쁜 이름이 마치 어릴 적 동네 골목에서 소꿉장난을 하던 이웃집 아이 같은데, 할머니의 이름을 동무처럼 성도 붙이지 않고 적어놓았구나. 그는 어려서부터 할머니와 많은 시간을 집에서 보냈다. 할머니는 아는 것도 많고 얘깃거리도 많고 이상한 옛날 노래도 여러곡을 진오에게 가르쳐주었다. 그가 가끔씩 할머니에게 배운 노래를 흥얼거리면 아내도 직장 동료들도 배를 잡고 웃거나 그거 어느 태곳적 노래냐고 신기해하던 것이다. 그는 「시집장가노래」 「약과노래」「한알때 두알때」, 심지어는 「인터내셔널가」까지 할머니에게서 배웠다. 신금이 할머니에게 「인터내셔널가」는 누가 가르쳐주었느냐고 물으니 이철이 시동생에게서 배웠고 할아버지도, 네 아버지도 할 줄 안다고 말했다. 진오는 랜턴을 켜놓고 텐트 안에 누워서 노래를 흥얼거렸다.

까딱까딱 상투 끝 애기 새서방
왈낭절낭 말 타고 장가가누나
우리우리 다 같이 놀리워줄까
그래그래 그러자 놀리워주자
새서방 망태 꼴망태 의주벙거지 날라리
새서방 망태 꼴망태 의주벙거지 날라리

장독 같은 시악씨 늙은 시악씨
가마 타고 눈감고 시집가누나
우리우리 다 같이 놀리워줄까
그래그래 그러자 놀리워주자
색시 맥시 맥맥시 언덕 아래 구럭시
색시 맥시 맥맥시 언덕 아래 구럭시

진오는 구럭시이~ 하면서 끝 소절을 길게 끌며 목청을 높인 채 끝을 낸다. 어느 틈에 나타났는지 신금이가 그의 맞은편에 쭈그리고 앉아 무릎장단을 치며 함께 노래를 부르고 있었다. 건넛마을 잔

칫날 구경 갔다가, 약과 약과 한조각 얻어가지고, 엄마하고 나하고 먹으렸더니, 빌어먹을 개한테 그만 떼웠지.

그다음은 추운 겨울날 장판 아랫목에 깔아둔 요에 발을 묻고 서로의 무릎을 헤아리면서 부르는 노래다. 노래가 끝날 때 잡힌 무릎의 임자가 벌을 받는다. 한알때 두알때 삼세니알 오드득 보드득 산진이 날진이 총잽이 따콩. 진오는 중얼거린다.

"옛날에는 가사 뜻도 모르고 할머니 따라 불렀는데 엄마가 그만두라고 야단치곤 했어요."

"무슨 노래 말이냐?"

"「국제가」 있잖아요."

"한번 해보렴."

진오는 흥얼거리며 노래를 시작한다. 역시 수많은 군중이 불러야 바다 물결처럼 휘몰아쳐오는 느낌이 들 텐데 속삭이듯 부르니 너무 슬프고 가냘프다. 마치 진기의 「눈을 감고 걸어도」같이. 그렇지만 아래서 솟는 뭔가 뜨거운 느낌이 있었다.

일어나라 저주로 인 맞은 주리고 종 된 자 세계
우리의 피가 끓어넘쳐 결사전을 하게 하네
압제의 세상 뿌리 빼고 새 세계를 세우자
짓밟혀 천대받은 자 모든 것의 주인이 되리

이는 우리의 마지막 판가림 싸움이니
인터내셔널로 인류가 떨치리

이는 우리의 마지막 판가림 싸움이니
인터내셔널로 인류가 떨치리

"근데 할머니, 저는 일정 때 노래보다 요즈음 우리가 바꿔 부른 「국제가」가 더 좋아요."

할머니가 나직하게 웃으며 말한다.

"세상일은 자꾸 되풀이된다는데. 그건 뭐 세상이나 사람이 달라지구 풍속두 달라졌는데두 그렇다는구나. 아마 사람 사는 일이 예나 지금이나 겉만 달라졌지 내용은 같다는 얘기겠지."

진오는 더이상 노래를 부르지 않았지만 집회에서 동료들과 부르던 노래의 가사를 목구멍 속에서 되새기고 있었다.

"너 굴뚝 위에 혼자 있는 거 같지?"

"할머니하구 이렇게 같이 있잖아요."

그녀는 손자의 손목을 잡아 이끌었다.

"저어기 하늘에 별들 좀 보아. 수백 수천만의 사람이 다들 살다가 떠났지만 너 하는 짓을 지켜보구 있느니."

진오는 다시 어린것이 되어 할머니의 손을 잡고 영등포시장 거리로 나아갔다. 언제나 꿈속처럼 보이던 버드나무집은 여전히 그대로였다. 그의 기억은 나중에 철도관사에서 이사 나간 샛말집에서부터였지만 아버지와 할머니에게서 하도 많이 들어서 그림을 그릴 수도 있을 정도였다.

8

이일철은 경부선의 화물차 기관 조수로 발령받았고 용산과 영등포에서 출발하여 대전까지만 왕복하거나 때로는 대전에서 교대 숙직했다가 부산까지 가서 숙직하고 돌아올 때도 있었다. 그러니 일주일의 절반쯤은 집을 비웠다. 그가 처음 용산역 운전계 대기실에 갔더니 일본인치고는 키가 큰 편인 칼칼하게 마른 삼십대 중반의 사내가 난롯가에 앉아서 오차를 홀짝이며 마시고 있었다. 그는 격자 유리문을 열고 들어서는 일철의 얼굴을 똑바로 쳐다보며 물었다.

"오이, 신입인가?"

"예, 화물계에 발령받았습니다."

"견습은 어디서 받았나?"

"경인선입니다."

"자네 운이 좋구나."

하면서 그는 이름을 물었고 그가 이일철이라고 이름을 대자 난처한 표정이 되었다.

“이, 이, 이르처르 부르기 어려운 이름이다. 그냥 이 상이라면 되겠나?”

“예, 다들 그렇게 부릅니다.”

“좋아, 나는 하야시다.”

그가 기관수 하야시였다. 기관수는 기차 출발시간 두시간 반 전이나 적어도 두시간 전에 도착해야 했다. 먼저 중앙사무실에 들러 자신의 운행 구간을 지령받고 화물 수송에 관한 특이한 점이나 주의사항을 청취한다. 그리고 운전계 대기실로 가서 함께 일할 조원들과 합류한다. 대기실에는 출발 전에 각 노선의 기관수와 조수 등이 모여 있어 조금 혼잡스럽지만 이내 기차를 향하여 몰려 나가고 나면 언제 그랬느냐는 듯이 건물이 텅 비어버렸다. 하야시가 그에게 회중시계를 내주었다. 기관 조수와 기관수가 지급받는 회중시계였다. 모든 기관수의 회중시계는 시와 분, 초침까지 정확하게 맞추어져 있었다. 기관수들 중에 초임자들은 대개 남대문역 용산역 영등포역 같은 큰 역에서 기관차들을 노선에 따라 분리하고 배치하는 일을 하게 되는데 그들에게는 사무실에서 받은 선로 번호와 기관차 번호가 적힌 작은 목패가 있었다. 하야시가 일어섰다.

“요시(좋아), 그럼 가볼까?”

그들은 대기실을 나와 객차가 서는 폼에서 벗어나 선로를 가로질러 위쪽에 창고가 늘어서 있고 화물열차가 줄지어 정차해 있는 곳까지 올라갔다. 하야시는 정확하게 위치를 알고 있었다. 인부들이 창고에서 소하물을 꺼내어 수레에 실어다 화물열차 폼 앞에 쌓아놓고 연이어 화차에 실었다. 화물열차 구역의 폼에 누군가가 섰다가 하야시에게 인사를 하며 달려왔다. 그는 작업모에 작업복을 걸치고 다리에 각반을 찬 차림이었는데 일본말로 일철에게도 잘 부탁합니다, 하고 인사를 했다. 하야시가 고개를 끄덕이고는 일철에게 말했다.

"이 상, 이 친구가 자네 오른팔 노릇을 할 탄부다. 성이 뭐라구 그랬지?"

하야시가 묻자 그는 허리를 꼿꼿이 펴고 크게 대답했다.

"김입니다."

"음, 김군이라구 했지."

일철은 첫눈에 그도 조선인임을 알아보았다. 원래 기관수와 기관 조수, 화부, 탄부 네 사람이 기관차에 배치되기 마련이었으나 번거롭다고 하여 기관수와 조수 탄부 세 사람이 기관실의 정원이 되었다. 화부와 탄부는 조수와 더불어 두가지의 일을 해낼 수 있다고 보았기 때문이다. 화부 겸 탄부인 김군과 조수 겸 화부인 이일철은 종잇장 하나 정도의 서열이었지만 상하관계는 큰 차이가 있었다. 김군은 인부 용인의 직인 셈이고 이일철은 장차 기관수가 될 조수였기 때문이다. 일터에서는 일본인 한 사람이 있어도 조선어로 조선 사람끼리 대화하는 것이 금지되어 있었다. 하야시가 폼을 벗어나 평지에서 더욱 높아 보이는 기관차의 철제 계단을 오르기 전에 일철에게 물었다.

"자네 이게 무슨 기관차인지 알고 있겠지?"

"예, 미카도형 아닙니까?"

"음, 대단한 괴물이지. 이거 미국에서 사다 쓰던 것을 우리 가와사키 조선소의 공장에서 개량하여 만들어냈지. 어떤가, 국산이란 말일세."

그는 조선에서 운행되는 기차에 대하여 학교에서 배워 자세히 알고 있었다. 화물열차용 기관차 중에 미카도는 최대형으로 중량 오십 톤에 기통 견인력이 사만 파운드나 되고 천분의 십 구배선(句配線)에서 한시간 평균 이십 마일의 속도로 최대 화물열차 이십사량을 견인할 수 있었다. 파시형이라고 하는 퍼시픽 기관차는 미카도와 더불어 형제와 같은 기관차로 여객열차용이었다. 파시는 경부선과 경의선 등 간선의 여객열차로 운행되었고 만주에 이르는 국제 특급열차는 텐더형 대형 기관차들이 도맡게 되었다. 김군은 기관차 아래 부동자세로 서 있었고 하야시가 일철에게 말했다.

"먼저 아래를 점검하고 운전실을 보도록 한다. 다음부터 바깥은 이 상이 맡아야겠지."

"알겠습니다."

그는 작은 망치를 손에 쥔 하야시를 따라 기관차의 육중하고 커다란 바퀴 아래로 다가섰다. 피스톤 실린더와 압축공기 탱크를 가끔씩 두드려보았고 연결봉과 슬라이드 바가 제대로 바퀴에 맞물려 조여 있는지 살피고 또한 망치로 두드려보기도 했다. 그는 압축기도 정비되어 있는지를 보았다. 이제는 기관실로 올라갔고 세 사람은 차례로 철제 계단으로 올라갔다. 기관수석은 안쪽 왼편에 있었고 조수석은 오른쪽에 있었다. 정면에 제동기가 있고 역전간과 가

감간이 있어서 밀면 증기구가 닫혀서 감속되고 당기면 열리면서 가속이 되었다. 기관실 가운데 정면에 보일러 탱크가 있고 그 아래 화구가 있었다. 밸브를 발로 밟으면 화구가 양쪽으로 열리고 발을 떼면 닫혔다. 제동기도 기관차에만 작동하는 단독제동기와 열차에까지 전달되는 자동제동기가 손잡이에 붙어 있었다. 운전석 앞에서는 기관차의 몸통 옆으로 선로의 왼쪽 전방이 보였다. 조수석에도 열차의 오른쪽 전방을 향하여 창이 뚫려 있었다. 뒤에 저탄고가 있고 그 아래는 물탱크가 있어서 주수기를 통하여 보일러로 연결되었다. 탄부는 저탄고 앞에서 갈탄을 삽으로 퍼서 앞으로 던지고 적당히 쌓이면 조수와 탄부 두 사람이 화부가 되어 번갈아 화구 속으로 석탄을 퍼넣었다. 속력을 낼 때에나 비탈을 올라갈 때 분주하게 석탄을 넣어야 하지만 화력을 눈대중으로 가늠하면서 적당히 조절하는 게 고참 화부의 역할이었다. 조수는 화부의 역할도 해야 하지만 운행 경험이 생겨나 숙달되면 쉬고 있는 기관수 대신 기차를 몰았다. 기관수 하야시가 이리저리 운전기기를 점검하는 동안 일철은 기관차의 위로 올라가 보일러의 안전밸브와 증기 리시버의 조절 밸브를 살피고 모래 탱크에 제대로 모래를 채웠는지 두드려보았다.

시간이 되자 일철은 전방의 선로 쪽을 내다보았고 운행을 알리는 폐색기 표지판이 삐죽이 올라왔다. 장애물이 아무것도 없다는 표시였다. 그가 손을 들자 하야시가 증기 밸브를 열었고 열차는 삐이 하는 소리에 뒤이어 우렁찬 기적 소리를 토해냈다. 출발한다는 신호였다. 기차가 천천히 앞으로 나아가기 시작했다. 늘 하던 대로 일철은 조수석의 출입구 철계단을 딛고 서서 한 손은 철봉을 잡고 다른 한쪽 팔을 들어 내밀었다. 홈 막다른 곳에 선로계의 역원이 통패를 들고 기다리고 있었다. 그것은 원형의 가죽 테였는데 아래쪽에 조그만 지갑이 달려 있고 그 안에는 일종의 통행증이 들어 있었다. 열차가 운행하는 그 시간의 전방 선로 독점을 허용했다는 신표인 셈이었다. 운행은 매 역마다 전보 전화로 통보가 되어 선로의 변환에서부터 통행로의 안전을 위한 장애물의 이동 등이 철저하게 시간별로 집행되었다는 표시였다. 통패가 없는 기차는 화물열차든 여객열차든 함부로 운행할 수 없었다. 기차가 속력을 내기 시작하고 달려갈 때에 조수는 역원이 내주는 통패를 잡아채야 한다. 화부가 삽질부터 시작한다면 기관 조수는 통패 낚아채기부터 일이 시작되었다. 일철은 통패를 팔뚝으로 받았는데 휘리릭 감기면서 날아든 원형 가죽 테가 팔뚝을 호되게 때렸다. 그때마다 가죽 채찍에 맞은 것처럼 벌겋게 상처가 나서 기관수들 사이에서는 고참이 되었느냐는 농담으로 '팔뚝에 줄기 섰냐'고 물었다. 일철이도 한달 만에 통패를 손으로 날쌔게 낚아채게는 되었지만.

통패에서 허용된 구간은 일단 천안역까지이며 속칭 천안삼거리에서 충청도 내포평야 방향으로 갈리는 충남선 지선이 있어서 한숨을 돌리며 대기해야 했다. 여객열차와 달리 심야의 화물열차는 일정한 속도로 내달리면서 작은 역마다 일일이 정차할 필요가 없었다. 오늘 미카도 기관차가 달고 가는 화물차는 십팔량을 달고 있어서 좋은 속도를 유지할 수가 있었다. 화물차의 평균속도는 시속 이십 마일을 유지하니까 한시간에 팔십리 정도의 거리를 달려간다. 야근인데도 정거와 출발이 잦은 여객열차에 비해서 기관수의 피로도가 훨씬 덜한 것도 어찌 보면 단조로운 화물열차의 근무 조건 덕분이었다. 세시간 반이면 천안에 도착할 것이다.

새로운 조원으로 편성하여 첫 운행을 시작하고 한달쯤 지나자, 하야시 기관수는 경성과 영등포 지역을 벗어나 안양 수원 지점에 당도하면 운전석에서 물러나 뒤쪽에 푹신한 방석을 얹은 낮은 의자를 놓고 차벽에 머리를 기대고 쉬었다. 그 대신 일철이 기관수석에 앉아 운전대를 잡았다. 여객열차와 대륙행 기관차들은 거의 자동 급탄 시설이 된 신형 기관차들이었지만 간선의 화물기관차는 거의가 탄부와 화부가 직접 삽으로 석탄을 퍼서 불을 때는 구형 기관차들이었다. 탄부 김군은 뒷전의 저탄고에 있지 않고 앞으로 나와 화구 앞에서 삽질을 했다. 대개 구간마다 연료의 양이 정해져 있어서 저탄고에서 갈탄을 퍼서 쌓아두고 가끔씩 화구 안으로 던져넣었다. 보일러의 증기압력을 일정한 수준으로 유지하려면 화력을 떨어뜨리면 안 된다. 화구 안은 마치 접시처럼 가운데가 평평하고 좌우 가장자리가 올라와 있어서, 삽질을 할 때 오른쪽에 한 번 뿌리고 왼쪽에 다시 뿌린 다음 가운데로 깊숙이 삽을 밀치듯 흩뿌려넣었다. 철도국에서는 견습 화부 탄부들에게 투탄대회도 열어 상을 주고 격려하기도 했는데 인부의 대부분이 조선 사람이라 역시 노동에도 흥이 중요했다. 즉 춤동작이 되어야 한다는 것이다. 측면으로 서서 뒷전의 탄을 한삽 푹 떠서 몸을 돌리며 왼쪽 오른쪽으로 넣은 뒤 화구 앞 정면으로 서면서 깊숙이 흩뿌려넣는데 한둘, 셋 넷, 다섯, 여섯의 동작이 끈에 매인 듯이 일사불란해야 했다. 팔다리에 힘을 빼고 어깨를 들썩이며 타령조의 장단을 맞추는 것이다. 오산 지경부터 서정리 지나 평택에 이르는 구간까지 완만한 비탈이 시작되는데, 고개가 두군데요 커브길이 두군데였다. 그다음 평택에서 천안까지는 철길이 곧장 직선으로 뻗어나가는 들판을 달리는 구간이라 다시 한숨 돌리는 것이다. 밖에는 초겨울 비가 추적이며 내리기 시작했다. 그쯤에서 하야시는 천천히 의자에서 일어나 기지개를 펴고는 일철이를 밀어내고 자기가 운전대를 잡는데, 한달여가 지나고 조수가 그 구간을 제법 능숙하게 통과해내는 걸 보고는 뒷전에서 그냥 자고 있는 날이 많았다. 일철은 비탈에 들어서기 전에 줄을 당겨 기적을 울렸다. 그 소리에 기관수가 깨어났을 법한데도 그는 모른 척하고 눈을 감고 앉아 있었다. 일철이 김군에게 주의를 주었다.

"투탄 계속!"

김군이 흥얼거리며 「신고산타령」을 부른다. 투탄 춤이 시작되는 것이다.

> 신고산이 우루루루 석탄차 떠나는 소리에
> 고무공장 큰애기는 반봇짐을 싸누우나
> 어랑어랑 어허이야 에헤야 디어라아
> 모두가 내 사랑이로다
> 어랑어랑 어허이야 에헤야 디어라아
> 모두가 내 사랑이로다

기차는 칙칙폭폭 증기를 내뿜으며 비탈로 오르기 시작하고 차츰 늦춰지는 속도가 사람이 뛰어서 기차에 오를 수 있을 만해진다. 이때 그는 가감기를 당기며 가속하는 동시에 모래 상자의 살포관을 여는 장치를 누른다. 눈이나 비가 오는 날에 바퀴와 선로 사이의 마찰력을 높이기 위해서 모래를 뿌리며 달리는 것이다. 비탈을 올라가면 완만한 경사는 다시 내리막길이 되기 마련이고 그때에는 가감기를 밀어서 평속을 유지하도록 한다. 기차가 커브를 도는 곳에서는 철로의 폭이 차츰 넓어져서 천사백삼십오 밀리 폭에서 천사백사십오 밀리로 거의 십 밀리가 늘어난다. 커브 바깥쪽의 동륜이 철로와 마찰하면서 내는 소리가 날카롭게 들린다. 이때에 달려나가는 기차의 바퀴에서 갈려나온 쇳가루가 바람에 흩날려 운전석으로 날아들기도 하는데 기관수들은 이를 두고 '장님 된다'는 말을 한다. 쇳가루가 망막에 들어와 앉으면 따갑고 눈물이 나서 한동안 눈을 뜨지 못하는데, 서로의 눈을 까고 입김으로 불어주기도 하고 손수건에 물을 적셔 씻어내기도 한다. 비탈과 커브길 각각 두군데를 가까스로 지나고 나면 평택에서부터 천안까지 곧고 평탄한 철길이 주욱 뻗어나간다. 일철은 다시 줄을 당겨 기적 소리를 냈다. 천안역의 화물차 구역 선로로 향할 때에야 하야시는 일어나서 운전대를 잡았다. 천안역에 기차를 정지해놓고 세 사람은 대기실로 향한다. 여기서 한시간쯤 대기하는 동안에 다른 여객열차들이 지나가고 간선으로 나가는 화물열차가 지나간 뒤에 다시 출발한다. 이제부터는 차령산맥을 지나고 충청남북도의 사이로 달려 조치원 신탄진 지나 대전에 이르는 구간인데 곳곳에 터널과 교량이 있고 경사로가 많아서 하야시가 직접 운전대를 잡는다. 천안에서의 대기 시간까지 합치면 서울 대전 화물열차의 소요시간은 여섯시간이었다. 화물이 집중되는 성수기에 기관수는 대전에서 교대하지 않고 내처 부산까지 달리면 대개 열두시간에 주파할 수 있었다. 기관수들은 비수기에 여섯시간 근무하고 대전에서 숙박할 수 있지만 바쁘면 부산까지 가서 숙박하고 하룻낮 동안 휴식하고는 당일 심야에 부산을 출발하여 서울로 돌아온다. 한달에 절반쯤을 대전에서 묵고 나머지 절반은 부산에서 숙박과 주간 휴식으로 비교적 긴 시간 체류를 했다. 하야시 이일철 김군 세 사람에게 대전과 부산은 익숙한 지역이 되었다. 몇달 안 가서 그들은 한식구처럼 가까워졌고 기관수들 사이에 전해내려오는 관습이나 법칙 따위의 일도 그대로 물려받게 되었다.

대전에서 하룻밤 자려면 역 구내의 합숙소에 가서 숙박하는데 구조는 간이 여인숙 정도의 시설로 일개 조에 다다미방 한칸씩 배정되었다. 출입구 현관 옆에 변소와 욕실이 있으며 군대 막사와 같은 긴 목조건물 좌우로 방들이 연달아 있다. 하야시는 처음에는 그들과 합숙소에서 함께 자더니 얼마 안 가서 외박을 하고 출발시간 삼십분 전에야 화물 폼에 나타나곤 했다. 그는 다른 노선의 기관수들과 둘셋씩 동행하여 외박을 했는데 어느날은 혼자 남았는지 일철에게 은근히 말했다.

"이 상, 나하고 밖에 나가지 않겠나?"

"밖이라뇨?"

일철이 모른 척하고 되물으니 그가 말했다.

"이봐, 우리 기관수는 배 타는 마도로스와 같다. 놀 줄도 알아야지."

"뭐 하고 노는데요?"

"따라오면 가르쳐주겠다."

하야시는 호탕하게 웃으며 일철의 어깨를 두드렸다. 역전 광장으로 나서니 허허벌판 가운데 일본식 목조가옥들이 빼곡히 들어선 중심가가 보였다. 하야시가 역사 앞에 서서 두리번거리자 한 사내가 다가와 인사를 하고는 그에게 봉투를 하나 내밀더니 바삐 사라졌다. 하야시는 광장 건너 맞은편 거리를 향해 걸어갔고 일철은 그의 뒤를 묵묵히 따라갔다.

"여기가 인력거 대기소인데 시간이 늦어 한대두 없구먼."

일철이 회중시계를 꺼내어 들여다보니 새벽 두시가 넘었다. 그는 휘파람을 불며 오른편 길로 휘어져 걸어갔다. 네거리를 서너차례 지나서 양쪽에 시멘트 기둥을 세우고 등을 달아놓은 대문 같은 곳에 이르러 일철을 돌아보며 하야시가 말했다.

"대전 하루히초(春日町, 춘일정 유곽)가 여기다."

대문은 그저 길가에 구역을 표시하기 위해 세워놓은 것일 뿐, 안쪽에도 거리가 계속되었고 비슷한 생김새의 이층집 난간마다 등이 줄지어 걸려 있었다. 그는 중간쯤의 여관 비슷한 집으로 들어갔고 당직을 서는지 문간의 작은 다실에서 쪼그려 앉아 졸고 있던 기모노 차림의 중년 여자가 화들짝 깨어 고개를 들었다.

"어서 오십시오, 하야시님."

"다들 잘 있었나? 우리 안내 좀 해주게."

여자가 그들을 응접실로 안내했고 머뭇거리며 기다리자 하야시가 일렀다.

"나쓰카를 불러주게, 손님이 없다면 말이지."

여자가 고개를 까닥하고 나가더니 젊은 일본 여자가 데운 사케를 담은 자기 병과 도토리 잔에 안주 접시를 쟁반에 받쳐들고 나타났다.

"뭐야, 오늘은 평일이라 한산하구나. 오늘은 내 조수 이 상을 데리고 왔다."

하야시가 말하자 나쓰카는 무릎 꿇고 앉은 채로 허리를 숙여 인사했다.

"잘 부탁합니다. 나쓰카라고 합니다."

"그래, 인사를 나눴으면 누구 하나 불러주지그래."

하야시의 말에 여자가 쟁반 아래 가져온 얇은 앨범을 꺼내어 상 위로 내밀었다. 하야시가 그 사진첩을 일철의 앞으로 밀어주며 말했다.

"그중에서 골라봐라."

일철은 머뭇거렸다.

"저어, 저는 피곤해서 술 한잔 대작해드리고 숙소로 돌아가겠습니다."

"뭐야, 사내자식이. 상관으로서 명한다. 오늘 우리는 여기서 숙박하기로 한다."

두 사람의 대화를 가만히 듣고 있던 나쓰카가 웃으며 말했다.

"조선 아이도 있습니다. 거기 맨 뒷장에 보십시오."

하야시가 제 맘대로 사진첩을 집어 들더니 뒷장을 들쳐보았다.

"응, 여기 다섯명이나 있잖나. 이중에서 하나 골라."

일철이 말없이 머쓱해서 앉아 있었더니 하야시가 사케를 잔에다 부어주며 그에게 말했다.

"자네 신혼이라구 했나? 반년이나 지났으니 이미 구혼이다. 오입 개시 날짜가 충분히 지났다."

하야시가 다시 묻지도 않고 여자에게 일렀다.

"자네가 알아서 제일 최근에 온 녀석으로 데려와라."

"잘 알겠습니다."

"그런데 고타쓰가 얼어 죽은 모양일세. 방이 왜 이렇게 추워?"

"죄송합니다. 늦은 시간이라 고타쓰가 꺼진 모양이에요."

"뭐 괜찮다. 곧 잘 테니까."

그녀가 사라지고 사케 잔이 서너번쯤 오간 뒤에 나쓰카가 개화한복 차림의 소녀를 데리고 들어왔다. 일철은 옷차림새가 아니라도 그녀가 조선 여성임을 알아볼 수 있었다. 화장을 안 한 얼굴과 단발머리에 무엇보다도 발목 위로 올라간 개화치마에다 고름 없는 누비저고리 차림이었다. 얌전히 모은 두 발에는 코버선을 신었다. 일철은 말이 없는데 하야시가 감탄을 했다.

"호오, 들꽃이구나. 이름이 뭐라고?"

나쓰카가 눈짓을 하자 조선 여성은 조그만 소리로 말했다.

"하, 하루카."

"허허, 이 집은 전부 향기 향 자를 쓰는 모양이군."

일철은 속으로 그녀에게 붙인 이름이 하필이면 춘향인가 하여 풋 하는 웃음소리를 낼 뻔하였다.

"오늘은 우리 이군을 잘 부탁한다."

하야시와 나쓰카는 서로 눈짓을 하고는 이층으로 올라갔고 둘은 한참이나 말없이 앉아 있었다. 졸음을 참지 못했던지 하루카 춘향이가 이도령에게 먼저 말을 꺼냈다.

"주무시지요."

일철은 응접실에 혼자 남겨지는 것도 쑥스러워 말없이 엉거주춤 일어났고 여자의 뒤를 따라 이층으로 올라가 복도의 맨 안쪽 끝에 있는 방으로 들어갔다. 방 안에는 이미 이부자리가 깔려 있었고 두 동달이 기다란 베개가 머리맡에 놓여 있다.

"목욕하시려면 안내해드리겠습니다."

"아니, 괜찮소."

하고 일철은 얼른 말해버렸다.

"나는 피곤해서…… 그냥 혼자 자겠소."

여자는 그에게 사정하듯이 말했다.

"그러시면 저만 혼이 납니다. 제발 나가라고 하지 마셔요."

둘은 다시 한참이나 앉아 있다가 여자가 먼저 말을 꺼냈다.

"불 끄고 주무시지요."

"먼저 누우시오. 나는 좀 앉았다가 돌아갈 테니."

여자가 발돋움하여 공중에 매달린 알전구의 스위치를 끄고 부스럭거리며 겉옷을 벗고 이부자리 안으로 들어가 누웠다. 일철은 그대로 어둠 속에 앉아 있었다. 다시 여자가 중얼거렸다.

"저 조선 옷 안 입을라구 그랬는데 여기서 갖다주며 자꾸만 입으라구 해서요."

일철은 조선 옷이든 일본 옷이든 그게 무슨 상관이냐고 말해주고 싶었지만 그냥 입을 다물고 듣기만 했다.

"조선집에 가겠다구 그랬더니 거긴 굴다리 지나서 여기보다 더 험한 데라구 해서요."

여기 일본 유곽에서 조선 사람 특색을 보이는 것이 동포에게 수치스럽다는 뜻이었을까. 이 아이는 어떻게 여기에 오게 되었을까. 춘궁기의 농촌에 가서 과년한 딸을 취직시켜주겠다며 몇십원 가불해주고 데려왔을 것이다. 일년이 넘으면 소녀는 능숙해지고 노련한 창녀가 되어 하루히초의 춘향이로 오입쟁이들 사이에 이름을 날리게 될지도 모르고, 병을 얻거나 부적응자로 찍혀서 보다 헐값에 역전 사창가로 팔려갔다가 나이 들며 벽지의 광산지대나 섬의 파시로 팔려가고 서른살도 못 되어 죽을지도 모른다. 두쇠는 어디서 뭘 하고 있는지. 민족해방은 이런 사람들에게까지 새로운 삶을 가져다줄 수 있는 것일까. 일철은 소녀가 나직하게 고른 숨을 내쉬며 잠든 기척을 알아채고는 외투를 집어 들고 발소리를 죽여 조심스럽게 이층 계단을 내려왔다.

이튿날 서울로 출발할 시각에 면도 깨끗이 하고 간밤의 석탄 얼룩도 사라진 하야시가 기관실에 올라와서는 일철을 나무랐다.

"이 상, 바카데쇼! 어제 각자 삼원씩이나 주었는데 그냥 도망쳐?"

"피곤해서 숙소로 곧장 왔습니다."

일철은 그렇게 얼버무리면서 생각했다. 그러면 하야시는 어제 유곽에서 육원을 지불했다는 얘기다. 쌀 한가마에 오원이니 그들은 어제 쌀 한가마 이상을 먹어치운 셈이었다. 조선인 기관 조수인 자신의 월급이 삼십원이고 기관수가 되면 올라서 사십원쯤 될 테고 하야시는 일본인으로서 조선인의 두배를 받으니까 적어도 팔십원쯤 되었다. 그렇다고는 하여도 무슨 돈으로 그는 숙박지마다 외박을 하며 유흥비를 쓸 수 있는 걸까. 일철은 나중에야 기관수들의 '탄떼기'라는 용돈벌이가 선배들로부터 물려내려온다는 걸 알게 되었다. 대전에서 그런 일이 있고 나서 며칠 후에 일철과 김군은 철도원 합숙소로 가고 하야시는 다른 일본인 기관수들과 외박을 나갔다. 그는 기차에 오르기 전에 일철을 한쪽으로 불렀다.

"이거 경성 가면 김군과 밥이든 술이든 사 먹어라."

그가 네모반듯하게 접은 것을 일철의 작업복 주머니에 재빨리 집어넣어주었다. 나중에 가만히 꺼내보니 일원짜리 석장이었다. 탄떼기는 대개 중간 기착지의 역이나 종착역에서 벌어진다. 예를 들어 천안역이라면 출발하고 나서 기차가 역 구내를 벗어나 외곽에 접어들기 직전쯤이 적당한 장소가 된다. 그때에 하야시는 운전대를 일철에게 넘기고 탄부 김군까지도 뒤에 제쳐놓고 자기가 직접 부삽을 잡는다. 기차의 화실은 거대한 난로 같은 구조인데 바닥에 타버린 석탄재가 쌓이기 마련이다. 역에서 급수를 보충하기도 하고 재는 반드시 정차하여 털어내야 한다. 개폐봉을 밀어 화실의 바닥을 활짝 열고 침목 아래로 재를 버리면 선로계에서 말끔하게 걷어간다. 기차가 출발하여 서행을 하면서 약속된 장소에 이르면 속도를 내는 때처럼 부지런히 삽으로 갈탄을 퍼서 화실 안으로 수북이 집어 던지고는 화실 바닥을 열고 지나간다. 침목 위로 석탄이 줄지어 깔린다. 기다리고 있던 업자가 일꾼 몇명 데리고 와서 버리고 간 갈탄을 부대에 담아 수레에 싣고 사라진다. 이미 그는 역 구내에서 대기 중인 기관수에게 갈탄 값을 미리 지불했을 것이다. 탄떼기는 시중 가격의 절반 값이어서 역 인근 상인들이 서로 기관수에게 줄을 대려고 난리였다. 현장 박치기도 있고 한달에 한번씩 몰아서 지불하는 경우도 있었다. 종착역에서는 역 구내로 진입하기 전의 외곽 초입에서 화실의 바닥을 열어준다. 출발역에서 탄을 받는데 대개 기관차의 종류와 견인하는 차량의 수와 화물 무게 등을 측정하여 갈탄을 지급한다. 미카도의 경우 최대 견인차량이 이십사량이므로 그에 준하여 지급하는데 도중에 연료가 떨어지면 큰 사고의 원인이 되므로 넉넉하게 급탄한다. 견인차량이 줄어들면 연료도 그만큼 남게 되니까 그것은 야간근무를 많이 하고 위험하고 고된 작업을 하는 기관수의 일종의 보너스인 셈이었다. 따라서 기관수들은 서무과 차량계의 담당 직원에게 평소에 기름칠을 자주 해주어야 한다. 아마도 한 노선에서 탄떼기 한번 또는 두번에 하야시는 십원에서 십오원 정도의 부수입을 올렸을 것이다. 여러 지방 도시의 중심가가 모두 역을 중심으로 형성되어 있었고, 그중 술집 요정 유곽 등에서 기관차의 기관수들이 '기마에(기질)'도 좋고 배운 사람들이며 인물도 훤칠하다 하여 여성들에게 인기가 많았다. 시중에서 기관수는 길에서 살며 그래서 좀 놀 줄 아는 한량들로 불렀다. 대륙을 뛰는 기관수들은 국내와는 비교가 되지 않을 정도로 통 크고 수입도 많았고 현지에 애인 없는 자가 없을 정도라고 했고 댄스홀, 바 등지에서 인기였다.

또한 탄떼기는 '차떼기'에 비하면 푼돈벌이에 지나지 않았다. 멀고 먼 지방을 연결하는 기관차는 사람도 나르지만 물자와 그 지역의 특산물도 나른다. 그곳에서는 값이 눅은 물건이 저곳으로 이동하면 몇배가 되기도 한다. 먼 곳일수록 그 격차는 커진다. 차떼기도 종류가 여러가지였는데 견인하는 화물열차의 차량 한두칸을 화물주와 짜고 규정된 운임의 절반 가격에 실어다준다. 그보다 더 확실한 돈벌이는 아예 수완이 있는 현지인을 고용하여 계절마다 품귀가 되거나 값이 오르는 물건들을 입수해서는 등재되지 않은 기관수의 화물차량에 실어다 다른 고장에 팔아넘긴다. 차떼기는 자주 할 수 있는 일이 아니어서 한달에 한두번이면 큰 수입이 되었다. 수완 있는 기관수는 일본에서보다 두세배의 수입을 올리는 식민지 근무를 자랑했고, 대륙을 뛰는 사람들은 고등관 참사가 부럽지 않았다고 전해졌다.

이일철은 대전 왕복 노선을 뛰는 날에는 저녁에 출근했다가 밤을 대전에서 보내고 다음 날 오후에 집으로 돌아왔다. 집에서 쉬면서 이튿날은 하루 종일 가족과 시간을 보내다가 다시 저녁때에 출근하는 것이 일상이었다. 대전을 거쳐 부산까지 운행하는 날에는 전날 저녁에 출발하여 열두시간 걸려서 다음 날 오전 부산에 도착해서 오후까지 잠자고, 다시 당일 저녁에 출발하여 경성에 이튿날 오전에 도착하면 그날은 귀가하여 쉬고 다음 날도 출근하지 않고 쉰다. 장거리 운행을 다녀온 이튿날에는 하루의 휴식시간을 주는 셈이었다. 명절을 앞두고 부산에서 기장미역 등의 건어물과 구포배를 차떼기로 싣고 온 날에는 하야시가 그들 앞으로 오십원을 내놓는 걸 보면 그는 삼백여원 가까이 벌었으리라 짐작할 수 있었다. 일철은 하야시에게서 수고비를 받을 때마다 어색하고 쑥스러웠다. 더구나 김군에게 자신이 받은 수고비를 나누어줄 때에는 뭐라고 할 말도 없고 매우 난처하여 선뜻 내주지 못하고 늘 우물쭈물하였다. 탄떼기 때에는 자기네가 얻는 돈이 삼사원 정도라 일원으로 퇴근길에 그럴듯한 청요릿집이나 주점에 들러 함께 먹고 마시고, 헤어질 때쯤 각자 일원씩 나누어 '애들 과자나 사들고 가게'라든지 '안사람 선물이라두 사게' 하며 내줄 수가 있었다. 그러나 오십원 정도라면 자기 월급 삼십원을 훨씬 웃도는 액수인데다 김에게는 월급의 다섯배가 되는 돈이었다. 그렇다고 자기의 월급만큼 삼십원 차지하고 그의 십원 월급의 두배인 이십원을 나누어주기도 뭣하였다.

일철은 어려서부터 아버지 이백만의 치밀하게 근검절약하는 습성을 배우며 자라났다. 그는 각자의 월급만큼을 차떼기의 상여금으로 알고 가져가기로 마음속으로 정한다. 즉 자신은 삼십원 김군은 십원으로 분배한다. 그리고 나머지 십원은 공평하게 오원씩 나눈다. 즉 각자에게 삼십오원, 십오원으로 계산이 떨어졌다. 이렇게 한두달에 차떼기로 생기는 돈은 일철에게도 큰 도움이 되었지만 특히 김군에게는 횡재나 다름없는 일인 모양이었다. 어느날 퇴근길에 조장 하야시와 헤어져 일철과 김은 종착역인 용산 화물역에 도착해서 역전으로 나왔다. 일철은 그날 하야시에게서 받은 탄떼기 수고비를 김군에게 나눠주기 전에 잘 가던 주점에 들렀다.

"하야시 상은 참말 좋은 분 같아유."

김군이 싱글벙글하며 말했고 일철은 덤덤하게 물었다.

"철도국에는 어찌 들어오게 되었나?"

"예, 아버지가 고향에서 사설철도 선로반에서 오래 일하셨시유. 그래서 저도 충남선 철도 구간에서 용인으로 있다가 이리 오게 되었구먼유."

그들은 수육을 놓고 막걸리를 마셨다. 김군은 일철이 주전자를 내밀면 잔을 두 손으로 받쳐들고 받았다.

"나는 그전부터 철도는 누구의 것인가 생각해보았다네."

"예? 누구 거라뉴?"

"일본의 것인지 조선 것인지 생각해보았다는 말이지."

김군은 아무렇지도 않게 대답했다.

"그야 이전에는 남만철도회사에 위탁경영을 주었다가 되찾아 왔으니께, 조선총독부 거구먼유."

"글쎄, 그러니까 일본의 것인가?"

"그야 뭐, 우리는 나라가 없으니께……"

하다가 김군은 머쓱해져서 이일철을 빤히 쳐다보았다.

"우리가 태어나기도 전에 일본이 조선 땅에다 철도를 깔기 시작했는데 망해가는 나라에서 부설권도 탈취한 걸세. 땅도 노동력도 거의 징발하여 헐값으로 건설했지. 주객이 바뀐 셈이 아닌가."

"빼앗겼든 어쨌든 이제 남의 거 아닌감유?"

김군은 연이어 일철에게 물었다.

"하여간에 집은 우리 집인디 가산이 망혀서 다른 임자가 들어와 살구 있으니 워쩐대유?"

"집이야 지었다가 허물 수도 있다지만 땅을 떼가겠는가? 여긴 조선 사람이 살고 있는 내 땅이니 우리 것이 될 걸세."

"에이, 어느 세월에유?"

일철은 순진한 김군에게 설명해주었다.

"도둑이 내 집의 재물을 훔치러 들어오면서 담에다 사다리를 걸치고 들어왔네. 일본이 조선 사람을 위해서 철도를 놓았겠나. 일본은 처음부터 대륙으로 나가는 반도의 철도를 군용철도라고 정했다네. 그래서 마음대로 강압적인 징발 징용을 할 수 있었던 거지."

"이런 난세에 일자리를 얻었은께 우리는 그래두 운이 좋잖아유?"

김군의 말에 일철은 체념하듯 고개를 끄덕였다.

"그건 그렇구먼. 하야시 상의 촌지도 받고 있으니. 다만 내가 하구 싶은 말은 우리가 주인이란 사실을 잊으면 안 된다 그 말일세."

한참이나 두 사람은 말없이 술만 마시다가 김이 고개를 들고 말했다.

"아, 기분이 좋아졌구먼유. 우리가 주인이라니께!"

"그래, 지금은 곁다리로 남의 시중이나 들고 있지만 우리가 주인이지. 그걸 잊지 말자구."

그들이 술자리를 끝내고 나오니 밤 아홉시 무렵인데도 주위는 깊은 밤처럼 적막했다. 일철이 술값을 치르고 남은 하야시의 촌지 중에서 김군의 몫으로 일원짜리 한장을 건네주었다. 두 사람은 오늘도 어쩐지 계면쩍었다. 어물쩍 주고받기를 끝내자마자 두 사람은 인사말도 변변히 못하고 돌아섰다.

신금이가 아기를 재워놓고 시아버지의 공방이며 마당을 대청소 중이었는데 대문을 두드리는 소리와 막음이 고모의 목소리가 들렸다.

"지산이 에미야, 에미야!"

금이가 싸리비를 던지고 문간에 나가니 막음이 고모가 웬 여성을 뒷전에 달고 찾아왔다. 고모가 먼저 그 여성에게 신금이를 소개했다.

"인사해여, 우리 조카며느리야."

금이가 그녀를 살펴보니 위에는 흰 저고리에 아래로 검정 개화치마를 입었고 머리는 단발이었다. 눈매가 서글서글하고 시원하게 큰데 꼭 다문 입술이 야무져 보였다. 그녀는 허리를 숙이며 신금이에게 인사했다.

"한여옥이라구 합니다."

신금이는 언제나 그랬듯이 눈을 가늘게 뜨고 상대의 신체 윤곽이 햇빛 속에서 희부염하게 녹아버리는 걸 보았다. 그녀의 뒤에 두쇠 이철이의 웃는 모습이 떠올랐고 그가 아기를 안고 있는 게 보였다. 아기는 나뭇가지처럼 앙상한 팔을 쳐들고 조막손을 꼼지락거리고 있었다.

"뭘 멀뚱히 보고 섰어?"

막음이 고모의 웃음기 섞인 핀잔에 금이는 그제야 퍼뜩 제정신이 들었다.

"나는 지산이 엄마요."

고모가 곁에서 거들었다.

“말하자면 우리 두쇠 형수 자리여. 걔 형이 이 사람 서방님이고. 깔깔.”

금이가 눈짓으로 고모에게 물으니 그녀는 고개를 크게 끄덕였다. 이철이의 여자냐는 말을 묻지는 않았으나 두 사람은 대번에 의사를 소통한다.

“어서 들어와요.”

신금이가 안방으로 안내했고 고모는 자고 있는 아기를 보고 목소리를 낮추었다.

“에그, 우리 지산이 자는 것 좀 봐라. 저 애는 착하구 순해서 거저 키우는 셈이지.”

“삼춘 본 지도 한참 되었는데 요즈음 어디서 뭘 하구 지내는지.”

한여옥의 눈치를 살피며 금이가 혼잣말 비슷이 중얼거리자 막음이 고모가 말했다.

“두쇠가 엊그제 이 사람을 데리구 왔어.”

신금이는 그녀가 시동생의 여인임을 첫눈에 알아보았고 그들 사이에 아이가 생겨날 줄도 미리 알게 되었던 것이다. 막음이 고모가 말했다.

“당분간은 내가 데리구 있을 참인데 우선 방도 알아보고 이부자리나 세간붙이도 마련을 해줘야겠다.”

“우리 집에 있어두 되는데요.”

신금이의 말에 막음이 고모는 마치 자기가 신세를 끼치기라도 한다는 듯이 얼른 손을 내저었다.

“아녀, 그럴 일이 아니라구. 오라버니가 시방 건넌방 쓰구 기시잖아."

"건넌방은 원래가 도련님 쓰시라구 비워두고 있었는데요."

"그럼 오라버닌 공방으로 물러가야 하잖여. 우리 집에 자네 시집 오기 전에 잠깐 썼던 쪽방이 그런대루 쓸 만하니까 당분간 우리 집에 있기루 했네."

잠자코 앉았던 한여옥이 입을 뗐다.

"갑자기 폐를 끼치게 되어 죄송합니다. 요새 이이철씨와 저에게 긴박한 사정이 생겨서 당분간 근신해야 되겠기에……"

신금이는 대번 알아들었다.

"그러면 방을 한시바삐 알아보아야겠네요. 근데 도련님은 어디서 뭘 하구 있대요?"

한여옥은 입이 무거워서 자기네들 사업에 관하여는 한마디도 하지 않았고 막음이 고모가 그녀 대신 대답했다.

"뭐, 사람들 다리 놓고 연락하러 다니는가보더라."

신금이는 이철이 적색노조의 영등포 연락책이라는 사실은 이전부터 눈치채고 있었고 아마도 최근에 당국의 사찰이 심해졌겠거니 짐작할 뿐이었다. 신금이는 지산이 때문에 나가지 못하고 이철과 한여옥이 최소한의 살림붙이를 장만할 수 있도록 막음이 고모에게 돈을 쥐여 보냈다. 나중에 방을 얻게 되면 다시 좀더 보태주리라 생각했다. 저녁에 일철이 퇴근하여 돌아오자 신금이는 시동생 이철에게 배우자가 생긴 사실을 알려주었고 당분간 고모 댁에서 지낼 것이라고 말했다.

"이철이도 쫓기는 처지에 집으로 와서 살 수는 없겠지. 그나저나

둘이 살림할 수 있도록 어디 주택가에 전셋집이라도 알아봅시다."

신금이는 아들 지산에게 늘 얘기해주곤 했다.

"나는 지금도 느이 작은어머니가 죽지 않고 어디선가 잘 살고 있겠거니 생각하구 있다. 기가 세고 만만찮은 사람이었거든."

한여옥은 경상도 소도시의 한의원집 딸이었다. 보통학교를 마치고 열일곱살에 완고한 부친이 강압으로 혼인을 시키려 하자 일본으로 도망쳤다. 어머니의 도움으로 전문학교 예비 과정을 다니다가 더이상 학비 조달이 안 되어 돌아왔다. 전라도의 대지주 댁 서방님을 만나 혼인했지만 봉건적이고 가부장적인 억압을 참지 못하여 스스로 뛰쳐나와 만주로 가서 대륙 곳곳을 유람한 뒤 경성에서 까페의 여급으로 일하고 있었다. 그녀가 사상운동에 연결된 것은 아마도 만주에서부터였을 거라고 짐작할 뿐이었다. 그녀가 조선의 사회주의 조직에 가입하게 된 시기가 그 무렵에 모스크바 동방대학을 나온 젊은 지식인들이 대거 조선으로 운동 거점을 찾아 입국하던 때와 맞아떨어진다. 아마도 국제선을 자처하는 여러 선이 국내의 운동 접점을 찾아 지도를 받으라며 나서던 바로 그때에 그녀가 국내 조직의 어느 선과 만나게 되었을 것이다. 그녀가 이이철과 만나고 함께 살게 된 과정은 이철과 여옥이 제각기 신금이에게 조금씩 털어놓은 이야기 조각들에 의해서 불완전하게나마 완성되었던 것이다.

이철은 형이 신금이와 혼인한 뒤에 집에서 나와 신길정에 쪽방을 얻어 혼자 자취하며 다시 전기공장에 데모토로 취업을 하고 있었다. 그러나 하루 열세시간 이상을 공장에 매여 살아가지고는 여러 직장별로 흩어져 있는 조직 구성원들과의 연락을 감당해낼 수가 없었다. 그는 방우창처럼 활동이 보다 자유로운 가두노동자가 되기로 했다. 물론 중앙과의 유일한 선이었던 이동지와 협의를 했다. 차츰 서로 간에 활동을 통하여 신뢰가 쌓인 뒤에 통성명이 이루어져 그의 이름이 이관수라는 걸 알게 되었고, 그가 일본 유학을 거친 고보의 교사 출신이라는 것도 알게 되었다. 또한 이이철이 속한 조직이 중앙을 형성하게 된 것은 제사차 조선공산당 조직이 검거되고 코민테른의 십이월테제가 나온 뒤에 새로운 자각과 흐름이 시작된 무렵이었다. 그것은 만주사변이 일어나던 무렵이었고 이재유가 감옥에서 나온 뒤의 겨울부터였을 것이다.

당시에 코민테른은 서신을 통해 식민지 조선의 사회주의운동에 대하여 지식인 중심, 파벌주의, 계급성의 결여, 사상의 혼잡성, 민중과 분리되어 있는 관념주의를 비판하며 조선공산당의 해산을 공식화했던 터였다. 따라서 신세대 활동가들에게는 과거의 선배들과 다른, 활동 노선의 전환이 운동의 임무와 목표가 될 수밖에 없었다. 그것은 지식인 사회주의자 몇몇이 모여 당 조직이라고 결성하여 선포하는 게 아니라, 매개 활동가들이 노동자 농민의 삶의 현장에 들어가 그들을 의식화하고 투쟁을 통하여 단련한 다음에 거기서부터 아래에서 위로 조직을 결성하여 당을 건설한다는 당연한 조직 방침이었다. 1930년대 초반에서 중반에 이르기까지 이러한 형태의 활동은 전국에서 들불처럼 일어났고 만주에서는 민족주의계의 무장투쟁이 차츰 사라지고 사회주의 계열이 중심이 된 무장투쟁이 활발하게 전개되고 있었다. 그러나 다시 일국일당주의 원칙에 따라서 중국에서 싸우는 조선의 공산주의자는 중국 당에, 일본에서는 일본 당에 흡수되어야 한다고 정해졌고, 식민지 조선의 공산주의자들은 조선 땅에서 당을 건설해야 하는 것이 목전의 시급한 임무가 되었다. 국권을 빼앗겨 식민지가 된 나라에서 혁명을 할 토대마저도 잃어버려서는 안 되었기 때문이다.

이재유는 일본에서 노동을 하면서 대학 전문부에 다녔고 고려공산청년회 일본부에서 활동하다가 검거되어 조선으로 압송되었다. 그는 기나긴 예심 기간 중에 형무소를 거쳐가는 여러 활동가를 만났고 이들은 조직의 기초를 미처 세우기도 전에 조선좌익노동자전국평의회니 조선공산주의자협의회니 조선반제동맹이니 하는 거창한 간판부터 세웠지만 실천활동은 몇몇 문건이나 선언문에 지나지 않는 경우가 대부분이었다. 아직 서로가 연결되지는 않았으나 전국 각 지방의 농촌 도시마다 이름 없는 사회주의 그룹들이 형성되어 수많은 소작쟁의와 노동쟁의를 끊임없이 벌이며 투쟁하기 시작한 것도 삼일운동 이후의 시대적 특징이었다. 이재유는 이들 헌신적인 활동가들이 서로 연결되어야 하고 무엇보다도 조선에서 가장 가난하고 고통받는 노동자 농민들, 즉 자신의 생존권을 걸고 투쟁에 나서는 민중 속으로 찾아가야만 한다고 생각했다.

그는 석방되자마자 감옥에서 알게 된 또래의 몇몇 청년과 함께 네차례에 걸쳐 뿌리가 뽑혀버린 조선공산당의 재건을 위한 조직 방식을 수립했다. 그들은 각자 역할을 분담하여 조직 구성에 들어갔다. 먼저 학생운동을 위하여 남녀 고보와 전문학교 대학 등을 전담할 구성원을 정하고, 경성과 영등포, 인천 등지의 공장을 산별 부문으로 구분하여 전담자를 정했으며, 운동의 원칙과 방법론을 제시했다. 최초의 역할 분담을 맡은 이재유를 비롯한 구성원이 중앙이 되고, 이들이 각자 맡은 현장에서 만난 이들로 소그룹을 형성했으며, 이 그룹의 성원들은 다시 각자 역할 분담을 통하여 하위 그룹들을 만들어냈다. 이 조직은 과거와 달리 아무런 명칭도 강령도 없었다. 다만 각 그룹들은 합법적인 책자를 읽으면서 차츰 중앙에서 내려오는 비합법 필사본이나 유인물을 읽었다. 서로 교류나 소통을 최소화하고, 점조직화된 연락망을 통하여 중앙과 의견을 주고받는 방식이었다. 이들은 나중에 일제 검거가 시작되었을 때에 거의 이백여명에 이르는 것으로 세상에 알려졌지만, 체포를 모면하고 현장이나 외곽에 잔존해 있던 구성원들이 그만큼 되었다고 본다면 오백여명 가까이 되었을 것이다. 오백여명의 대중적 활동가를 토대로 가진 조직은 능히 상부에 당을 재건할 능력이 있었던 것이다. 그러나 이들은 함경도, 평안도 지방의 원산이나 평양에서부터 황해도 평야지대의 일본인 대농장의 소작농들, 그리고 남쪽의 충청, 전라도의 농민들과 광주 목포 부산 대구의 노동자들 사이에 스며들어간 사회주의 활동가들의 운동과 공공연하게 전국적으로 연계하는 것을 겸허하게 삼가고 있었다. 아직 연대투쟁을 벌일 단계는 아니었고, 최소한의 인적 교류를 통하여 누가 어디서 무슨 일을 벌이고 있다는 것 정도로 서로를 파악하고 있었다. 이재유를 비롯한 조선공산당재건위 성원들은 경성을 중심으로 보다 알차고 탄탄한 조직으로 성장시키려고 하였다. 이들이 이른바 경성 트로이카 조직이었다.

아무튼 이이철이 그들과 우연히 접촉하게 된 때는 아직 초기였던 셈이다. 그들이 경성지역의 각급 학교에서 맹휴를 감행하고 공장들에서 최초의 연쇄적 파업을 일으켜 부분적으로 승리하거나 또는 검거되면서도 아직은 활동이 위축되지 않고 있던 기간은 거의 일년 반쯤이었다. 일제의 치안당국은 전국에서 빈번하게 일어나는 뭔가 불온한 기미를 알아채고 촉각을 곤두세워 내사를 벌이기 시작했다. 일제는 정규 경찰 인력 외에도 조선인 출신의 보조원이나 밀정들을 대거 동원하기 시작했다. 이들은 현장의 노동자들이거나 농민이나 빈민들 중에 활동하다 잡혀서 전향한 자도 있었고, 처음부터 금품과 생활보장 때문에 정탐을 자원했던 자들도 있었다. 조직원들은 회합과 연락도 개별화하였으며 서로의 이름도 밝히지 않고 두세차례의 보안 경로를 통과시킨 다음에 안전이 확인된 상태에서 만났다. 하부 구성원끼리는 상부의 지시만 받고 지정된 장소의 무인 포스트에 가서 문건을 수령하기도 했다.

이이철이 사나흘에 한번씩은 인근 방우창의 일셋집에 들르곤 했는데 가끔씩 밥이라도 함께 사 먹거나 돈이 생긴 날은 막걸리도 마셨다. 사실 이철은 형의 도움을 받았다. 그가 활동비가 떨어져 형에게 가서 얼마의 급전을 돌려달라고 하면 일철은 아무 소리도 않고 십원, 때로는 오십원도 건네었다.

“허어, 철도국 기관수가 잘나긴 잘났네!”

직업도 없이 일도 않으면서 큰돈을 건네받은 이철이 어쩐지 민망해져서 일부러 형에게 이죽거리면 일철은 덤덤하게 한마디 했다.

“그거 도둑질한 돈이니 좋은 일에 써라.”

이철이 방우창에게 찾아갔더니 그가 마침 마당에 나왔다가 다른 합숙방 노동자 여럿이 귀가하여 제각기 물 길어다 씻느라고 법석이어서 얼른 이철을 이끌고 나섰다.

"안 그래도 내가 자넬 찾아가려던 참이었다. 좀 급한 일인데 말이지."

이렇게 일상적으로 만나는 사이라도 중요한 이야기는 보행 중에 나누기로 되어 있어서 이이철과 방우창은 마루보시 앞을 지나서 철도 연변을 가로질러 샛강 제방길까지 산책을 했다. 방우창이 조심스럽게 얘기를 꺼냈다.

"상해에서 파견된 동지가 있는데 자네 중앙과 만나기를 원하고 있네."

두 사람은 각자가 다른 연결점을 가진 사이라지만 또한 영등포의 노동자 조직에서는 같은 구성원이라서 신뢰하는 사이였다. 이철이 말했다.

"문의하고 대답이 오면 알려주리다."

"시간이 별루 없는데. 내일까지 안 될까?"

"이삼일 걸릴 텐데, 하여튼 곧 연락할게요."

이이철은 방우창과 만나고 난 뒤 노량진 전차 종점까지 걸어가서 전차를 타고 문안으로 들어갔다. 동대문 창신정 근방에 이관수의 거처가 있었는데 바로 골목 입구의 담뱃가게가 통신 장소였다. 이철이 가게 안으로 들어서서 살피니 비좁은 가게 안쪽 작은 방에는 앉아 있는 할머니가 보였다.

"담배 주십시오."

"뭐, 장수연 드릴까요?"

"아뇨, 사쿠라 주세요."

하고는 담배 한갑을 집어 들면서 이철이 물었다.

"이씨 집에 있나요?"

"가보슈. 오늘 안 나갔을 테니."

이철이 골목 안으로 들어가 비탈길 안쪽의 나무판자 대문을 밀어보니 열려 있었다. 대문에 작은 쇠방울이 달려 있어 딸랑거리는 소리가 났다. 왜식 비슷하게 맞배지붕에 단순한 장방형 집인데 앞마당이 비좁아서 그냥 집 앞으로 길이 있는 모양새였다. 끝 쪽에 판자문 달린 이관수의 방이 보였다. 그가 비좁은 마당 안으로 걸어 들어가자 판자문이 빠끔히 열리며 그가 내다보고 있었다. 아마도 대문에 매달린 쇠방울이 울릴 때부터 그는 살펴보고 있었을 것이다. 앉은뱅이책상 앞에 앉아 그는 손으로 직접 필사를 하던 중이었다. 각 소그룹들에 배포할 문건들은 등사하지 않고 모두 필사를 했다. 이철이 연락사항을 전하자 그는 미간을 찌푸리고 한참 생각해보더니 말했다.

"우리도 그가 누군지는 알고 있소. 그 사람들 들판에 콩 심듯이 전국에 한두 사람씩 연결해놓고 삐라나 문건 등을 살포하는 걸 활동으로 알지요. 지난번 파업 때에도 선을 대려고 하여 그쪽 사람을 만난 적이 있었잖소?"

"예, 기억하구 있습니다. 그때도 제가 연락해드렸지요."

"내용은 비슷했어요. 해외에서 온 상당히 중요한 지위에 있는 국제선의 동지를 유동지가 만나보라는 것이었어요."

그는 이재유를 말할 때에 언제나 이름의 끝 자인 유로 불렀다.

"그때 안 만나셨군요."

"물론이지. 유동지는 우리끼리 의논하면서 이렇게 말하더군. 구체적인 투쟁 문제를 중심으로 만나려는 이라면 어떠한 동지도 좋지만, 한번 만나고 손을 떼는 것과 같은 소부르주아적 인물은 처음부터 만날 필요가 없다구. 우리는 그의 말에 찬성했고."

"이번에도 만나지 않을 작정인가요?"

"아니, 이번에는 아마 만나야 하지 않을까? 다른 조직들이 현장에서 자꾸 부딪치는데 연합을 하든지 조정을 할 시기가 왔다구 생각하오."

이철은 궁금해져서 이관수에게 물었다.

"그분이 누구인지 아신다구요?"

이관수는 빙긋이 웃으며 말했다.

"물론이지. 그 사람 때문에 사찰이 심해지곤 했으니까. 삐라를 살포할 때마다 우리는 긴장했어요. 그는 우리 선배 또래로 이름이 널리 알려진 사람이오. 아마 김형선이라는 인물일 거요."

그들은 문건을 만들어 북선 지방에는 우편을 통하여 보낸 다음 그 지역 조직원이 다시 등사하여 평양 인근 공장들과 평북의 광산 등지에 우편으로 송부했고, 전국 각지의 공장과 광산 신문지국 등에 발송하고 서울과 인천의 가두에서 수백매를 살포했다. 기관지의 이름은 '콤뮤니스트'였는데 내용은 반전투쟁의 전개, 소비에트 동맹의 사수, 중국 홍군과 소비에트의 옹호, 제국주의전쟁을 일제에 반대하는 민족해방전쟁으로 전환할 것, 조선의 절대 독립 등이었다. 삐라 격문은 '일본의 만주 점령에 반대하자!'는 것과 '붉은 5·1절'이라는 두종류가 있었다.

"이런 일을 공개적인 대중활동으로 전개하여 우리는 좀 놀랐어요."

이관수는 조국과 민중의 현장에서 멀어진 해외 활동가들의 모험주의에 대하여 탄식하며 말했고, 거기서 필요한 것은 무엇보다도 무장투쟁일 것이라고 덧붙였다. 어쨌든 그쪽의 의향을 알아볼 필요는 있다고도 말했다. 이관수가 한숨을 길게 내쉬고 나서 중얼거렸다.

"해방을 위해 싸우자는 것이니까 누구든 함께해야 되지 않겠소."

이이철이 연락사항을 전하고 이튿날 다시 찾아가니 이관수가 이재유의 전언을 그에게 주었다. 그것은 제안대로 만나겠다는 것과 시간과 날짜와 장소였다. 다만 두 사람이 만나는 접선 장소는 일차로 이이철과 상대방의 연락원 레포가 만나고 나서 정하기로 했다. 조금이라도 이상이 발생하면 회합은 파기될 것이었다.

김형선은 1920년대 초에 사회주의 보급이 빨랐던 마산에서 사회운동에 참여하기 시작했다. 그는 마산공산청년회를 조직하고 연이어 마산공산당을 조직했다. 이듬해 서울에서 조선공산당이 창립되자 김형선이 조직했던 마산공청과 공산당은 '발전적으로 해소'하고 조선공산당과 고려공산청년회의 마산 세포조직으로 각각 개편되었다. 그는 제일차 조선공산당을 설립할 때에 화요파의 박헌영 김단야 등과 함께 최연소 발기인에 들었다. 신의주에서 비밀 모임이 있었는데 그 자리에서 신의주의 청년 하나가 술이 만취하여 일본인과 싸우다가 자기가 공산당원이라고 호기 있게 소동을 벌였고, 일본 경찰은 그를 체포 문초하여 조선공산당의 전모가 드러나는 어이없는 사건이 일어났다. 이때에 전국적으로 검거 선풍이 불어 김형선은 박헌영 김단야와 더불어 중국 상해로 탈출했다. 십이월테제가 나온 이래 중국 만주 일대의 조선인 공산주의자들은 주체적으로 조선 국내에서 당을 재건하려는 입장을 국내 연장주의라고 비판하면서 중국공산당에 입당했다. 두해에 걸쳐서 조선인 공산주의자들의 만주총국 일본총국이 해체되고 일국일당주의 원칙에 따라 각기 중국과 일본의 공산당에 흡수되었다. 이때에 김형선은 중국공산당으로부터 중국공산당 및 상해에 있는 모든 단체와의 관계를 끊고 김단야와 제휴하여 조선에서 운동할 것을 명령받았다. 김단야 등과 논의한 김형선은 조선에 들어가서 노동자 농민들에게 삐라 격문 팸플릿 등을 배포하여 교양을 하고 이를 통하여 당 건설을 위한 준비 공작을 하기로 하고 1931년 이월에 상해를 출발하여 경성에 도착했다. 이후 그는 이듬해 사월 말까지 김단야와 수차례의 연락을 주고받으면서 상해에서 김단야가 보낸 격문 및 팸플릿을 중심으로 운동을 전개한다. 김형선은 상해의 연락원을 통하여 운동자금과 함께 그룹의 기관지 『콤뮤니스트』 각 호를 받기 시작했으며 등사판을 구입하여 인쇄하고 각처에 살포했다. 경찰의 검거가 시작되자 그는 조선을 탈출하여 상해로 가서 김단야 등과 만나 활동보고를 하고 삼개월 후에 다시 입국했다. 김형선은 이전에 기관지와 격문 등으로 연결이 되었던 각지의 조직원들을 차례로 만났다. 이것은 1930년대 초반 전국 각지의 대도시를 중심으로 활동가를 파견하여 조직망을 구축한다는 전형적인 당재건운동 방식을 채택했는데 각 지역마다 대중적 기반은 전반적으로 미약했다. 서울을 중심으로 전국 각지의 주요 도시를 연결하려던 김형선 그룹이 서울에서 이재유가 이끌던 운동선과 부딪친 것은 당연한 결과였다. 그들은 현장에서부터 이미 서로를 감지하고 있었다.

약속 날짜에 이이철은 정해진 때보다 십오분 이른 시각에 이화정 근방에 도착했다. 저녁 일곱시가 다 되어가 경성제대 본관이 있는 동숭정 대학로 길에는 학생들의 발길도 끊기고 인적이 드물었다. 초여름의 양버즘나무 가로수들은 한창 푸르렀고 해가 저물기 시작하여 노을빛이 건물 벽에 물들어 있었다. 이철은 이화정에서부터 대학로를 따라 천천히 걸어올라갔다. 그는 주위에 미행자나 잠복한 자가 없는지 세심하게 살피면서 혜화정 로터리 초입까지 걸어갔다가 되돌아오기로 했다. 양측 연락 레포의 보안 점검은 그렇게 같은 시각에 동시에 이루어질 것이다. 그쪽에서도 누군가가 나올 것이며 각 레포는 중간 지점인 대학 본관 정문 앞에서 접선하게 되어 있었다. 이철이 보도를 따라 걸어가는데 맞은편에서 걸어오고 있는 사람이 보였다. 그는 여성이었다. 이철은 저쪽에서 연락이 오기를, 양산을 쓴다고 했기 때문에 여성인 줄은 짐작하고 있었다. 단색 원피스에 구두를 신고 있었고 상반신은 하늘색 양산으로 가려져 얼굴을 볼 수가 없었다. 두 사람의 거리가 가까워지자 여성은 양산을 살짝 쳐들며 얼굴을 드러냈는데 이철을 날카로운 시선으로 바라보았다. 이철은 작업복 바지에 와이셔츠 소매를 접어 입고 왼손에 신문을 둘둘 말아 쥐었는데 그것이 이쪽의 신표이기도 했다. 그녀가 옆으로 지나갈 때에 둘은 시선을 마주쳤다. 이철은 그녀가 상대측 연락 레포라고 확신했다. 이철이 혜화정 로터리 앞까지 갔다가 길을 건너 다시 되돌아오면서 바라보니 대학 정문 앞에 양산을 든 그녀가 서 있는 게 보였다. 이철은 그녀를 향하여 걸어갔다. 회중시계를 보니 정각 일곱시였다. 그가 다가서자 여자가 먼저 말했다.

"지금 몇시예요?"

"일곱십니다."

이철은 주위에 행인이 하나도 보이지 않는 것을 확인하고는 자연스럽게 말했다.

"같이 걸으실까요?"

그들이 함께 걸어가는 것 자체가 안전신호였다.

"올해는 가뭄 들겠어요."

여자가 말했고 이철이 맞장구를 쳤다.

"그러게 말입니다. 봄부터 비가 오지 않았지요."

두 남녀는 혜화정 쪽을 향하여 올라가면서 두리번거리지는 않았지만 주변을 놓치지 않고 살피며 걸었다. 낙산 쪽에서 내려오는 비탈길로 밀짚모자를 쓰고 반소매 모시 셔츠를 입은 이재유가 그들의 뒤로 멀찍이 떨어져서 걸어왔고 혜화정 로터리 부근에 이르자 길 건너편 골목에서 양복 차림의 남자가 나타났다.

"오셨습니다."

이철이 신문지를 버리며 말하자 여성도 양산을 접으며 고개를 끄덕였다.

“저희 쪽도 오셨어요.”

두 남녀가 길을 건넜고 이재유가 따라서 건너왔다. 골목에서 나왔던 양복쟁이는 맞은편에 서 있었다. 두 남녀는 그를 지나 창경궁 쪽으로 접어들었고 만나야 할 사람들은 자연스럽게 합류하여 동소문 쪽으로 나란히 걸어갔다. 그들이 무사히 만나게 된 것을 확인하고 두 남녀는 아까보다는 훨씬 긴장이 풀린 상태에서 창경궁 돌담길을 걸었다. 서로의 이름도 묻지 않았고 무슨 일을 하는지도 알 수 없지만 일제와 싸우는 활동가 조직의 일원이라는 것으로 한집안 식구처럼 느끼는 친밀감이 전해졌다. 원남정 부근에 이르러 이철이 문득 말했다.

“저녁 요기는 하셨습니까?”

“아뇨, 그렇지만 점심을 늦게 먹어서……”

이철은 각자가 약속시간에 대어 오느라고 저녁을 먹을 겨를이 없었다는 걸 잘 알고 있었다. 그는 솔직하게 털어놓았다.

“매우 배가 고픈데요.”

여자가 길 건너편을 가리키며 말했다.

“저기 식당인 것 같아요.”

길을 건너자 여자는 잠깐 멈춰 서서 말했다.

“요기를 좀 하시지요. 저는 이만……”

“어어, 함께 드셨으면 했는데요.”

여자가 희미하게 웃음을 지어 보이더니 고개를 까딱 흔들어 묵례를 하고는 종로 방향으로 걸어갔다. 길모퉁이의 유리문 달린 식당은 국숫집이었다. 이철은 아쉬운 마음으로 구석 자리에 앉아서 혼자 콩국수를 시켜 먹었다.

이재유와 김형선은 동소문을 나와 돈암정 베비 골프장 부근까지 걸으며 회담을 진행했다. 김형선은 먼저 자기가 느낀 국내의 운동에 대하여 이야기를 꺼냈다.

"수년간 투옥되어 있었다니 정세를 잘 모를 수도 있을 거요. 일제는 만주를 집어삼키고 대륙으로 진출했어요. 아마도 이것이 전면 전쟁의 시작이 될 겁니다. 우리 조선 인민은 전보다 더욱 극심한 빈곤과 압박 속에 있어요. 오히려 인민들은 절박한 가운데 투쟁하려는 의지가 폭발 직전에 있는데도 조선의 활동가들은 그에 부응하지 못하고 있습니다. 자기네끼리 인텔리를 중심으로 파벌주의와 관념주의에 빠져서 이들은 인민과 따로 놀고 있습니다."

이재유는 묵묵부답 듣기만 했고 김형선은 참지 못하고 자기가 누구인가를 밝혔다.

"국제당에서는 혼란상태에 있는 조선 좌익운동의 전선 정리를 위하여 나를 파견했습니다."

그는 올바른 국제노선과의 연계를 통하여 국내 각 파의 노선을 정리하고 있으며 이를 통하여 조선 운동을 확대 강화해야 한다고 강하게 주장했다. 이재유는 겸손하게 자기 의견을 말했다.

"저는 아직 구체적인 활동은 전개하지 못했습니다. 저야 무력한 개인이니 조직의 명이라면 국제노선의 운동에 따를 것입니다."

다음 회합은 그로부터 다시 일주일쯤 지난 저녁 여덟시 숭일정 불교 중앙학림 서쪽의 소나무 숲속으로 정했다. 그전처럼 이이철은 십여분 전에 부근에 도착하여 중앙학림 근처까지 오르내리며 안전 점검을 했고 역시 미리 나왔던 지난번의 여성을 만났다. 그녀도 부근을 산책하며 둘러본 뒤였다. 주위는 이미 해가 저물어 어두워지고 있었다. 양측 레포의 안전신호에 따라 이재유와 김형선은 한적한 길 건너편 숲길로 들어갔다. 두 사람이 이삼분 간격으로 숲길로 들어서는 것을 확인한 두 사람은 지난번처럼 산책 나온 연애 청춘처럼 한적한 혜화정 길로 천천히 걸어내려왔다.

"지난번에는 미안했어요."

여자가 말했고 이철은 처음보다는 쾌활하게 대답했다.

"뭘요, 제가 저녁이라도 대접해야 했었는데."

"오늘은 저두 좀 시장한데요."

"그럼 제가 안내를 하겠습니다. 아까 오면서 봐둔 데가 있거든요."

이이철은 활동가 노릇을 하면서 영등포 공장지대에서 수많은 사람을 독서회에 끌어들이고 가까운 관계가 되도록 애쓰는 동안에 붙임성 있는 사람이 되어갔다. 그의 성격이 원래 낙천적이고 외향적인 탓도 있었다.

"저는 성이 이씨입니다. 이동무라구 불러주세요."

여자는 잠깐 망설였다가 선선히 말했다.

"한이에요."

그들은 대개 운동 선상에서 만나는 노동자나 대중에게는 가명을 쓰게 되어 있었다. 이이철은 두어가지의 가명을 가지고 있었는데 박철 또는 김영 등이었다. 또한 활동가끼리 현장에서 만날 때에도 통성명은 금지되어 있는 것이 원칙이었다. 이름을 안다는 것은 서로에게 부담이기 때문이다. 그들 중 누가 언제 먼저 잡혀가서 모진 고문 끝에 다른 이의 이름을 불게 될지 알 수 없었다. 그러나 아주 가까운 동지끼리는 서로의 신념을 믿고 그가 체포돼 고문을 당하여도 절대로 입을 열지 않으리라는 믿음으로 본명을 말했다. 그런 사이란 같은 조직에서 동일한 임무를 맡게 된 사이를 의미했다. 이이철이 자신의 성을 말하고 여자가 자기 성을 가르쳐주었다는 것은 이제 같은 일을 수행한다는 아주 작은 신뢰관계가 싹텄다는 상징이기도 했다. 두 사람은 혜화정 전찻길로 나가기 전 길가에서 조금 들어간 골목에 있는 설렁탕집으로 들어갔다. 자리에 앉으며 이철이 말했다.

"이거 뭐, 여성이 오시기엔 좀 그렇습니다."

한동무는 말없이 웃기만 했다. 저녁을 먹으면서 이철은 그녀에게 물었다.

"원래 고향이 서울입니까?"

"아뇨, 저 아래 남쪽이에요."

"그런데 한동무 말투가 어느 지방인지 통 모르겠네요."

그녀는 또 배시시 웃고는 말했다.

"사방으로 떠돌아다니며 살아서 그래요. 이동무는 고향이 어딘데요?"

"저는 영등포에서 태어나 한번도 다른 데로 가본 적이 없습니다."

저녁 식사를 마치고 그들은 전차 정류장 앞에서 헤어졌다. 이철은 전차의 차창 앞에 서서 고개를 숙이고 걸어가는 한이 안 보이게 될 때까지 돌아보았다. 지난번에는 아무렇지도 않게 헤어졌는데 오늘은 왠지 그녀가 아무 일 없이 귀가할 수 있을까 염려하는 마음이 들었다.

소나무 숲속으로 들어간 김형선과 이재유는 잠깐 침묵하고 주위에 다른 소리가 들리지 않는지 기다렸다가 자리를 잡고 앉았다. 두 사람은 소나무 숲속 바위에 올라앉아 두번째 회합을 시작했다.

"지난번에 이동무가 국제노선에 따르겠다고 하여 얼마나 마음이 놓였는지 모르겠소."

김형선이 자못 느긋하게 입을 열고는 다시 부드럽지만 단호한 말투로 말했다.

"동무에 대한 결정이 내려졌소. 이곳을 떠나 함흥에 가서 활동해 주시오."

이재유는 지난번과는 달리 좀더 냉정한 태도로 그에게 되물었다.

"그것이 국제선의 합리적인 결정입니까? 함흥에 가는 것도 좋지만 새로이 거처를 옮기면 경찰에서 주목할 우려가 있습니다. 저는 그쪽의 사정을 잘 알지도 못합니다. 그곳은 공업화가 일찍 진행되어 원산총파업 이후 사상적으로나 조직적으로 매우 진보된 곳입니다. 태평양노동조합의 기관지는 경성까지 반입되어 노동자들에게 큰 격려를 주고 있습니다. 그런 훌륭한 일꾼들이 많은 곳이니 그쪽의 노선도 이미 정해져 있을 것이고 제가 갈 필요도 없겠지요."

"함남 지방의 지도부가 대거 검거되어 장기형을 받았으니 공백이 생겼어요. 이동무가 파견된다면 큰 도움이 될 거요."

이재유는 물러서지 않고 말했다.

"제가 만일 꼭 가야만 한다면 지침을 주시지요."

"지침? 무슨 지침 말이오?"

"국제당으로서 현실적인 지침을 가지고 갈 필요가 있겠지요. 확실한 방향의 노선이 정립되지 않는다면 무엇으로 그들을 지도할 수 있습니까?"

국제선의 권위를 통해 동지를 획득해왔던 김형선으로서는 당황하지 않을 수 없었다. 자신의 주체적인 운동 방침을 가지고 있지 않았던 그는 결국 해외의 권위를 빌릴 수박에 없었으므로 이렇게 말했다.

"상해 국제당의 조선위원회에서 발행하는 신문이 있습니다. 이 신문을 배포하여 독자를 모으고 이 독자반을 그룹으로 묶어세워 운동을 해야 합니다."

김형선이 말하는 신문이란 박헌영 김단야 등이 상해에서 발간한 『콤뮤니스트』를 비롯한 팸플릿과 격문 삐라를 가리키는 것이었다. 이재유는 다시 그에게 물었다.

"이 신문은 정치신문인가요, 이론적인 잡지인가요?"

"정치적이고 이론적인 신문이오."

"어느 쪽이라 하더라도 그것은 결함을 지닐 수박에 없습니다. 만일 정치신문이라면 조선 국내 대중의 정치적 요구를 시시각각으로 다루어야 하는데요, 상해에서 발행된다면 이중삼중의 감시망을 뚫고 들어온다 하여도 이삼개월이 걸려 조선에 도착할 때는 이미 구문이 되고 말겠지요. 또한 이론적인 잡지라면 이를 중심으로 하여 만든 독자 그룹이 혁명적인 당의 기초로 될 수박에 없으므로, 그것은 상해에서 발행하는 출판물에 의하여 조선 독자와 활동가를 모집한다는 비현실적인 방침입니다."

이재유는 김형선을 공격하지 않고 침착하게 설득했다.

"따라서 이것만을 가지고 운동 방침이라고 하여 저에게 활동 지역을 바꾸라는 국제선의 지시를 저는 받아들일 수가 없습니다. 예컨대 각 파벌이면 파벌에 대한 방침이라든가 조직 문제라든가 기술 선택의 문제라든가, 중심적인 정치적 방침을 구체적으로 제시해주십시오."

이 질문에는 여러가지 의미가 담겨 있었다. 당재건운동에서 흔히 나타나고 있는 해외 중심주의와 국제노선에 대한 무비판적이고 맹목적인 추종, 자주적인 운동 방침이 없이 국제선의 권위를 빌려 활동가들 앞에 군림하려는 태도, 대중적인 기반 없이 소수의 운동자들에 의해 위로부터 조직을 결성하려는 방식 등에 대한 반성과 비판의 의미를 가지고 있었다. 대답이 궁색해진 김형선은 우물쭈물 자신의 제안을 정리했다.

"어찌 됐든 이 문제는 나중에 기관지 출판물이 나온 뒤에 다시 토론하기로 합시다."

이재유도 자신의 의사를 분명히 해두기 위하여 말했다.

"그런 이유만으로 이곳의 동지들을 두고 함경도로 가는 것을 급히 서두를 필요는 없겠습니다. 상당한 시간이 지난 뒤에 설령 함남 지역으로 간다 하더라도 국제선의 지령이 아니라, 운동의 요구와 필요에 따라 갈 것임을 양해하여주십시오."

그들의 세번째 만남은 그다음 달인 칠월 초순에 이루어졌다. 몇번의 과정을 통하여 보안이 담보되었으므로 이번 약속 장소는 탑골공원 부근이었다. 물론 이때에 레포는 가지 않기로 했다. 만나기로 한 날짜만 정해두었다가 연락 레포가 당일 전에 먼저 만나 정확한 시간과 장소를 서로 확인했던 것이다.

이이철과 한여옥은 연락의 시초가 되었던 영등포에서 만나기로 하였다. 이철이 방우창을 통하여 통보했고 곧 그녀가 오겠다는 소식이 왔다. 그들은 방하곶 아래편 귀신바위 부근 초입에서 만나기로 했다. 거기서 샛강을 사이에 두고 왼편은 제방이 시작되는 곳이고 오른쪽 비탈을 내려가면 여의도의 미루나무 숲이었다. 이철이 먼저 와 있었다. 아마도 그녀는 노량진 전차 종점에서 내려 걸어올 것이다. 그는 길 옆 바위에 앉아 언덕 아래 대방정 방향을 내려다보고 있었다. 행인이 두엇 보였는데 그들 뒤로 여성이 보였다. 멀리서 보기에도 그녀가 분명했다. 오늘은 몽당치마에 흰 저고리를 입은 평범한 서민 아낙의 차림새였다. 그는 일부러 그녀가 보이도록 길 가운데 잠시 섰다가 가까운 거리에 이르자 앞서서 비탈길을 내려갔다. 힐끗 돌아보니 그녀도 비탈길을 내려왔다. 그는 징검다리를 건너 미루나무 숲 쪽으로 걸어들어갔다. 이제 그곳에는 아무런 인기척이 없었다. 그녀는 걸어오느라고 이마에 땀이 송골송골 맺혀 있었다. 손수건으로 얼굴과 목을 훔치면서 한여옥이 가까이 왔다. 그들은 제법 시원하게 불어오는 강바람을 맞으며 숲 사이의 모래땅 오솔길을 걸었다.

"날짜는 내일로 두분이 약속했구요, 장소 시간은 탑골공원 십층석탑 부근 저녁 일곱시입니다."

이철이 가장 중요한 것부터 말했고 한은 되풀이 확인했다.

"네, 내일 저녁 일곱시에 탑골공원 십층석탑 부근에서."

하고는 한이 이철에게 물었다.

"그분은 정말 분파주의자인가요?"

이철이 걸음을 멈추었다.

"아, 그런 말을 들으셨어요?"

"제가 알고 있는 사람 몇이 그러더군요."

이철은 대강 짐작은 하고 있었다. 진작부터 국제선과 연결하여 활동한다는 이들을 공장의 현장 연락 중에 만났던 적이 있었고, 작년 파업 시즌 동안에는 경성 어느 현장에서 파업을 논의하는 노동자들을 앞에 두고 양측이 논쟁을 벌인 적도 있었던 것이다.

"국제당의 지도를 받겠다고 이미 우리 의견을 밝혔습니다. 그렇지만 운동이란 어떤 경우에도 문제가 벌어지고 있는 생활의 현장에서 일어나는 일입니다. 레닌이 독일에서 러시아혁명을 지도했다고 하여 똑같은 방법을 가져올 수는 없습니다. 국제당의 지침은 큰 선에서, 이를테면 아래로부터 대중을 조직하여 투쟁을 통해서 올라온 이들이 당을 조직해야 한다거나 그런 원칙을 제시해주면 됩니다."

"그렇게 실천하고 있습니까?"

한이 다시 물었고 이철은 확신을 가지고 대답했다.

"우리는 어느 그룹이든 함께하려고 합니다. 그것이 우리의 가장 시급한 당면 목표이기도 하구요."

한이 어쩐지 망설이는 듯하다가 말했다.

"저두 참여시켜주세요."

"예?"

"저는 공장에 들어갔다가 몇달 전에 나왔습니다. 처음 독서회에서 시작했다가 취업을 했는데요, 날마다 문건을 배포하는 일만 하러 다녔습니다. 그런데 문건 자체도 어쩐지 수준이……"

"수준이라뇨?"

한이 피식 웃으면서 말했다.

"내용을 잘 파악하는 사람의 글이나 말은 쉽고 간단명료한데요, 이건 너무 어렵고 외래어가 많고 한자투성이입니다."

이이철도 웃으면서 동의를 했다.

"그런 팸플릿이 오면 우리는 무시하고 배포하지 않거나 요약하고 풀어서 다시 등사합니다. 그런데 괜찮겠습니까? 저희 쪽에서 일하셔도."

"어느 쪽이든 조국과 노동계급의 해방을 위하여 싸우는 일인데, 뭐 입신양명하는 사업두 아니잖아요? 아, 남자들은 헤게모니에 집착하니까. 그런데 현장에 가보면 노동자들이 이해를 못해요. 왜 별 차이도 없는 노선을 가지고 다투냐구요. 우리는 양쪽 다 우리를 응원해주면 일본과 싸우겠다고 그러지요. 저두 그 사람들과 뜻을 같이하려 합니다. 옳은 노선은 접수하고 비현실적인 지침은 모른 척하는 것이지요."

"저두 원칙적으론 한동무와 같습니다. 그렇지만 지도부가 조직적인 논의를 통해서 결정한 사항은 끝까지 해내야겠지요."

이철은 그때에 자신의 이름을 밝혔다.

"저는 이이철입니다. 집에서는 어려서부터 두쇠라구 불렀어요."

한이 먼저 입을 가리며 웃었다.

"그러면 첫쇠나 한쇠가 있겠네요."

"예, 한쇠가 우리 형입니다."

"제 이름은 한여옥이라구 합니다."

그녀가 이름을 말했을 때 이철은 가슴이 찌릿하면서 어깨가 떨릴 정도였다고 한여옥 본인에게도 말했고 나중에 형수 신금이에게도 고백한 적이 있었다. 그들은 그때에 조직의 레포에서 개인의 얼굴로 되돌아왔던 것이다.

탑골공원에서 만난 김형선과 이재유는 낙원정의 미로 같은 뒷골목을 돌아다니며 토론했다. 지난번의 만남에서 자신의 뜻이 정면으로 비판받고 거절당했던 김형선은 굳은 얼굴로 헤어졌지만 다시 만났을 때에는 이재유를 반갑게 대하고 있었다.

"우리는 이동무의 의견을 받아들이기로 하였습니다. 그러면 해외에서 들어오는 기관지 말고 조선 내에서 출판할 수 있는 조직이나 활동가들을 소개할 수는 있겠지요?"

김형선의 말에 이재유는 쾌히 응낙했다.

"좋습니다. 그런 일은 저희도 이미 실행 중에 있었습니다."

하고 나서 이재유가 김형선에게 물었다.

"신문에 보도된 바로는 상해에서 극동반제대회가 열릴 예정이라던데요, 여기에 대하여 상해의 그룹은 어떤 방침을 갖고 있습니까?"

"그야 상해에 있는 동지들이 알아서 결정하겠지요."

"우선 반제대회가 상해에서 개최된다는 사실을 선전 선동하여 대중에게 인식시켜야 하겠습니다. 이런 노력이 전제되지 않고 상해에서 누가 파견되든 아무런 의미가 없을 것입니다."

김형선은 다시 이재유에게 함경도로 갈 것을 타진했지만 그는 이번에도 한마디로 거절했다. 자신을 필요로 하는 곳은 운동이 활발하게 진전된 함경도가 아니라 이제 시작하고 있는 경성이며, 이 지역의 노동운동이 성숙한 이후에 다시 생각해보겠다고 그는 말했다. 김형선은 자신들의 결정에 따르지 않는 이재유가 못마땅했지만 그를 강제로 떠나게 할 수는 없었고, 결국은 국내에서 자체적으로 기관지를 만드는 일만 합의한 셈이었다. 그러나 어쨌든 이들의 협의는 더이상 진행할 수 없게 되었다.

김형선은 영등포의 조직 점검을 하는 것이 시급하다고 생각했다. 그것은 국내 운동의 기반이 아직 취약했던 그로서는 이재유와 합의했던 대로 경성에 기관지를 살포할 조직의 구성을 자신도 어느정도는 해놓아야만 연합운동이 가능할 것이라고 생각했기 때문이다. 그는 남경성이라고 부르는 영등포 공장지대와 인천지역을 가장 가능성이 큰 곳이라고 생각했다. 영등포의 방우창을 연결해준 것은 먼저 감옥에 갔다가 기소유예로 나온 상해 시절의 공청 회원이었던 장이라는 청년이었다. 그가 방우창과 같은 방에서 옥살이를 하면서 의기투합했던 바가 있었다. 문건으로 연결된 조직은 경성 안에 삼십여명이 있었고 장은 한여옥과 같은 조의 성원이었다. 장과 한은 번갈아 김형선과 연락하며 레포 역할을 담당했다. 김형선이 장을 데리고 영등포로 방우창을 만나러 온 것이 칠월 중순이었으니 이재유와 세번째 회합을 가진 지 이주 정도 지난 뒤였다. 김형선은 먼저 레포 장을 방우창에게 보내 거처에서 갑자기 그를 데리고 나오도록 했다. 때는 저녁 여덟시경이어서 이미 밥때도 지났고 주위가 어두워졌다. 장은 몇차례 그의 합숙소를 드나든 적이 있어서 노동자들이 씻고 환담하며 오가는 마당 안으로 서슴지 않고 들어가 곧장 그의 방으로 찾아갔다. 한창 더운 여름이라 방마다 속옷 바람의 노동자들이 문을 열어놓고 있었다. 방우창이 웃통을 벗고 누워 있다가 방문 앞에 그가 나타난 것을 보자 황망히 일어나 셔츠를 걸치고 그를 재촉하여 밖으로 나섰다.

"소식도 없이 불쑥 찾아오면 어떡해?"

"이게 더 안전하지 않겠어요?"

사실 그들의 정기 접선은 한달에 두번 매달 첫번째 화요일과 마지막 화요일 저녁이었다. 그때에 특이사항이 있으면 미리 통보하여 날짜와 시각을 변경하는 것이 원칙이었다. 방우창은 동네를 벗어나 인적이 드문 곳으로 산책을 나가듯 하는 게 자신의 회합 방식이었다. 앞장서 걸으며 장이 말했다.

"그분이 오셨습니다. 저를 따라오시죠."

방우창은 그가 누구를 말하는지 대번 알아들었다. 상부 선이라면 국제당의 파견자가 분명했기 때문이다. 방우창은 묵묵히 장을 따라서 마루보시 뒷길로 들어섰다. 홍등가 입구의 그 중국집이었다. 경험이 있는 자라면 그런 거리의 후미진 곳에 있는 중국집이 맞춤한 장소임을 알아보았을 터였다. 언젠가 이이철이 이관수를 만났던 장소도 아마 그곳이었을 것이다. 그들은 평일 밥때가 지난

청요릿집에 손님이 드문 것도 알고 있었고 좌석마다 칸막이가 되어 있어서 더욱 안전하다고 생각했다. 커튼을 열어젖히자 식당 안쪽의 칸막이에 앉았던 김형선이 일어났다. 두 사람이 앉은 뒤에 차분하고 은밀하게 장이 방우창과 김형선을 각각 소개했다. 그들은 음식과 술을 시키고 인사를 주고받았다. 이야기가 한창 무르익을 즈음에 누군가가 갑자기 커튼을 열어젖히며 상반신을 내밀었다.

"어이구, 이게 누구요? 청요리를 다 자시구."

하는 순간 방우창이 벌떡 일어나 사내의 면상을 들이받았고 장이 칸막이 밖으로 나가면서 그자를 한번 더 발로 찼다. 장은 얼결에 정면 통로로 밖을 향하여 달려나갔고 김형선도 그 뒤를 따랐다. 이때 방우창은 몸을 돌려 식당의 주방과 변소가 있는 반대편 안쪽으로 뛰었다. 그가 주방을 통과하여 놀란 조리사들을 제치고 뒷골목으로 빠져나오니 호루라기 소리가 날카롭게 들렸다. 방우창은 막다른 골목의 담을 턱걸이하여 뛰어넘고 그 집 마당을 지나 어두운 철도 연변으로 나왔다. 아직도 서로 외치는 고함 소리가 요란한 가운데 그는 철도를 넘어 익숙한 샛강의 뚝방 쪽으로 뛰었다. 이제 그는 합숙소로 돌아가서는 안 되며 영등포에 머물 수도 없게 되었다는 것을 깨달았다.

중국식당 문밖에는 서너명의 사복경찰이 기다리고 있었고 장이 김형선을 도망시키기 위하여 그들을 가로막으며 달려들었다. 그들을 체포하기 위해 노리고 있던 형사들은 물론 준비가 되어 있었다. 형사가 달려드는 장의 머리를 곤봉으로 후려갈기자 장이 혼절하여 무너져버렸고 김은 꼼짝 못하고 제압당하여 땅바닥에 쓰러졌다.

그들은 김형선의 두 팔을 돌려 수갑을 채웠다.

"방우창이를 놓쳤습니다."

코피가 터져 셔츠가 피투성이인 사내가 식당에서 나오더니 홧김에 쓰러진 장을 몇번이나 짓밟아서 다른 형사들이 말릴 정도였다. 그중 상관인 듯한 자가 늘어져 있는 장의 얼굴을 구둣발로 젖혀 들여다보고는 말했다.

"방가를 놓친 게 큰 실수로군."

그들이 방우창을 사찰하기 시작한 것은 몇주 전부터였다. 총독부 경무국에서는 작년부터 전국적으로 일어난 파업 사태가 한바탕 휩쓸고 지난 다음 물밑에서 처음부터 차근차근 재조사를 시작했다. 경무국 고등계가 각 경찰서에 특파되어 파업과 연관된 자들을 내사했고, 근래의 동향을 살피던 중에 이미 다른 사건으로 검거되었다가 석방된 자들을 미행이나 잠복 등으로 일상을 재점검하기 시작했다. 파업 건으로 검거되었다가 삼개월의 옥살이를 하고 나온 방우창이 가두노동자로 노동자 밀집지역에서 기거하는 것은 주요한 협의사항이었다. 그가 경성 문안 출입이 잦으며 영등포에서도 공장노동자들을 자주 만나는 것도 확인되었다. 중국식당의 커튼을 젖히고 방우창에게 알은체했던 젊은이는 사실 순사 보조였다. 나머지 셋 중 한 사람이 정식 일본인 형사였고 나머지 둘은 모두 조선인 보조원들이었다. 일제는 합방 초기부터 헌병과 경찰력을 늘려오면서 조선인 보조원 제도를 시행하였다. 삼일운동이 일어나고 다섯해 동안의 지원자는 이 대 일 또는 삼 대 일 정도의 경쟁률이었으나 1920년대 중반에 십 대 일을 넘고 1930년대에 들어서면서 모집 인원이 증원되었는데도 이십 대 일 이상의 경쟁률을 유지했다. 이들은 대개 밀정의 역할을 하면서 조선인을 사찰하는 앞잡이의 노릇을 하게 된다. 보통학교를 나오고 일본어를 할 줄 아는 자는 거주지의 신원조회를 거친 뒤에 시험을 치르고 일정 기간 교육을 받고 나서 헌병대나 경찰서에 배치되었다. 그러나 때로는 헌병과 경찰이 사건에 따라 임시 정보원으로 쓰다가 믿을 만하고 유능하면 특채를 했다. 일제강점기의 후반기로 갈수록 정식 채용자보다는 그러한 정보원 출신이 더 많아지게 된다.

그날 김형선의 체포는 사실 그들에게 우연히 걸려든 대어나 마찬가지였다. 치안 전과가 있는 방우창을 사찰하기 위해서 보조원이 노동자로 변장하고 같은 합숙소에 기거하며 방의 곁에 가까이 기어들어갔던 터였다. 그는 장이 한번 그를 방문하여 나가는 것을 보고 미행한 적이 있었고 방우창이 외출하여 문안에 들어가 장을 만나는 것을 재차 확인한 적도 있었다. 그는 방이 만나는 자가 거리의 노동자가 아님을 직감적으로 알아차렸는데 고등계의 속어대로 이르자면 어딘가 '먹물 냄새'가 난다는 것이었다. 그의 직속상관인 일본인 형사에게 보고하니 다음에 접촉자가 나타나면 즉시 연락하여 체포하자는 논의가 정해졌다. 그날도 방우창을 찾아온 같은 청년을 보고 그는 미행했고, 중국식당에 그들이 들어가자마자 전화하여 역 부근의 비상선에 연락했다. 십분이 못 되어 달려온 것은 단 한 사람의 일본 형사와 보조원 둘이었다. 그들은 그냥 예비 검속을 하는 기분으로 일단 잡아놓고 보자는 생각이어서 지원 요청은 생각도 않고 그대로 덮쳤던 것인데, 김형선을 잡고 보니 거물이어서 온 경성의 치안망이 서로 연락하노라고 분주했다.

방우창은 일단 샛강변의 풀숲에서 모기에 뜯기며 밤이 깊어지기를 기다렸다. 그리고 그는 대담하게도 다시 신길정 방향으로 되돌아갔다. 그가 가는 곳은 이이철의 방이었다. 그가 살던 합숙소와 이이철의 신길정 동네는 이웃이었으나 구역도 다르고 거리가 제법 떨어져 있었다. 언덕 위로 작은 집들이 다닥다닥 붙은 서민 동네였다. 그가 골목 쪽으로 난 이이철의 집 창문 아래 이르러 유리창을 손으로 가볍게 두드리자 창문이 대번에 열렸다. 그는 어둠 속에서도 방의 얼굴을 확인하고 사태를 눈치챘는지 조용히 일어나 대문을 열었다. 문간방이어서 안채에서는 대문으로 누가 드나들고 있는지도 모를 시각이었다.

"무슨 일이에요?"

방우창이 나직하게 자초지종을 간단히 설명했고 이이철은 긴장했다.

"날 새기 전에 떠나셔야 하는데 어디루 가시게요?"

"글쎄, 인천으로 갈까 하네."

"비상을 걸어야 하잖아요?"

"조영춘에게 전해주게."

그가 자기의 선이었던 방직공장의 오르그인 조를 지목했고 이철은 고개를 끄덕였다. 이철이 윗목의 장판을 살짝 들치고 꼬깃꼬깃하게 접은 비상금 이십원을 꺼내어 그에게 내밀었다.

"어서 일어나세요."

방우창은 그냥 이철의 손만 꽉 잡았다가 놓고는 대문 앞에서 다시 속삭여 말했다.

"당분간 활동 중지하게."

그는 어둠 속으로 사라졌다. 인천까지 그는 칠십여리 길을 걸어갈 것이다. 이철은 날이 새자마자 노량진까지 걸어가 전차를 타고 동대문에 이르렀다. 마음이 조급했다. 이제부터 시간 싸움이 시작된다. 활동가들에게는 이십사시간의 불문율이 있었다. 즉 체포된 자는 고문을 받기 마련이며 그가 알고 있는 다른 동지들의 도피를 위하여 최소한 하루를 버텨야 한다는 규칙이었다. 치안 당국도 그런 점을 알고 있어서 검거하자마자 최대한 많은 정보를 얻기 위하여 '쥐어짠다'는 말이 있을 정도로 그들이 알고 있는 모든 방법의 고문을 가했다. 그 과정에서 무너진 자는 전향하여 적의 도구가 되거나 정신적인 불구가 되어 이탈자가 되었고, 끝까지 버텨내고 견딘 자는 몸이 망가져 옥사하지 않으면 살아남아 더욱 단련된 활동가로 되돌아오기 마련이었다. 결국 조직이란 모든 약하고 외로운 개인들의 집합체였다. 그가 창신정 이관수의 집에 도착한 것은 아침 일곱시 반쯤 되어서였다. 그가 마당 안쪽 이관수의 판자 방문을 두드리자 그도 벌떡 일어나 긴장한 얼굴로 이이철을 맞았다. 이이철은 김형선이 검거된 것과 방우창의 도피를 그에게 알렸고 두 사람은 지체 없이 일어나 집을 나섰다. 이관수는 이재유의 동숭정 아지트를 즉시 옮길 책무가 있었던 것이다. 그는 혼자서 낙산을 넘어갔다.

이철과 여옥 두 사람은 얼마 전 마지막 레포 임무를 끝내고 헤어지기 전에 여러시간 동안을 걷고 다리쉬임도 하면서 함께 이야기했다. 막상 헤어지게 되었을 때 이철이 그녀에게 비상시에는 어떻게 연락을 했으면 좋겠느냐고 물었다. 그러고는 그녀가 경계할까 하여 자신의 연락선도 알려주었다. 자기가 잘 아는 방우창이 그쪽 선에 닿으니 연락해달라고 말했고 한여옥은 종로의 어느 까페를 가르쳐주었다. 지금 이이철은 조바심이 나서 견딜 수가 없었다. 이렇게 위급한 때에 그녀가 혹시나 자기에게 닿기 위하여 마루보시 합숙소의 방우창에게 찾아갈까 해서였다. 이이철은 동대문에서 종로 우미관 부근까지 빠른 걸음으로 걸어갔다. 까페를 찾았지만 아직 이른 아침이어서 열시가 넘어서야 문을 열게 될 것 같았다. 그가 뒷골목으로 들어가 설렁탕으로 요기를 하고 시간을 충분히 보낸 다음 까페로 찾아가니 아직 점심시간 전이라 실내는 한가했고 손님은 양복쟁이 젊은 남자 한 사람뿐이었다. 그는 출입문 가까운 구석 자리에 앉았다. 여급이 하품을 하며 그에게 다가왔다.

"뭐 드시겠어요?"

이철은 기억나는 대로 가만히 말했다.

"이모 계시죠? 저는 그이 고향 사람입니다."

"무슨 일로……"

하면서 그녀가 한명뿐인 다른 손님 쪽을 힐끗 보고는 저도 가만히 물었다.

"어머님이 위독하셔서 그럽니다."

이철의 말에 그녀는 고개를 까딱하고는 얼른 카운터로 돌아가 전화를 걸었다. 삼십분쯤 지나서 한여옥이 문을 열고 들어섰다. 그녀는 땡땡이 무늬의 여름 원피스 차림이었다. 그녀는 실내를 한번 둘러보고는 자리를 지키고 있던 여급과는 눈인사만 하고 다시 밖으로 나갔고 이철은 그 뒤를 따라 나갔다. 그녀는 큰길로 나가지 않고 길게 이어진 피맛골 골목길을 걸어갔다. 이철은 얼마쯤 거리를 두고 걷다가 걸음을 재게 놀려 나란히 걸었다. 한여옥이 물었다.

“무슨 일 있어요?”

“김선생이 지난밤에 영등포에서 체포되었습니다.”

한여옥은 놀라서 제자리에 멈춰 섰다.

“시간이 별로 없네요. 저두 주변 정리를 해야지요.”

“일단 연락만 하고 지금 거처는 떠나야 될 겁니다. 그쪽 레포 동무가 함께 체포되었다니.”

“다행히 그는 저의 집을 몰라요. 하지만 어느 동네 부근인지는 알죠. 먼저 가세요. 그쪽도 정리할 곳이 있잖아요. 오후 다섯시 그 전에 만났던 방하곳에서 만나죠.”

두 사람은 일단 헤어졌고 이철은 전차를 탔다. 그는 영등포에 가자마자 그의 오르그로 남은 박선옥과 조영춘을 만날 것을 궁리해보았다. 지금 염려되는 것은 조영춘이며 박선옥은 그가 방우창 선인 줄 모르고 있었다. 그러나 조영춘이 드러난다면 그녀도 위험하다고 생각했다. 그는 다른 전기공장의 오르그를 생각했고 비교적 작은 일터인 그곳이 길가에 있어서 지나다 누군가를 불러내기에 맞춤하다고 생각했다. 역시 여름이어서 길가의 공장은 창문마다 열렸고 앞뒤의 문은 좌우로 활짝 열려 있었다. 안에서 기계 돌아가는 소리가 요란했으며 뜨거운 열기가 길 밖에까지 훅훅 끼쳐왔다. 그가 기웃거리자 바로 아는 얼굴이 뛰어나왔다. 예전에 안대길 방우창 등과 생강으로 천렵을 함께 나갔던 지씨였다.

“무슨 일 생겼어?”

그는 시커멓게 기름이 묻은 얼굴을 가까이 들이대며 물었다. 그가 담배를 한대 피워 물기에 이철은 말했다.

“나도 한대 줘봐.”

두 사람은 나란히 쭈그리고 앉아 담배를 피웠다. 누가 보기에도 일하는 짬에 한숨 돌리며 담배 한대를 나눠 피우는 자연스러운 모습이었다. 이철이 아무렇지도 않게 웃으면서 말했다.

“오늘 국제선의 간부가 연락원이랑 같이 체포됐수. 그리고 방우창 형이 현장에서 튀었고.”

“저런, 그럼 우리 식구는 괜찮은 건가?”

“형, 조퇴할 수 있지?”

지씨는 인상을 잔뜩 찌푸리고 말했다.

“좀 번거롭지만 나갈 수는 있네.”

이철은 지금 그길로 방직공장으로 가서 조영춘에게 이 소식을 알리라고 일렀다. 아마도 조는 국제선과 직접 접촉한 적은 없으니 방우창이 검거되지 않는다면 안전할 수도 있었다. 다만 그가 하부 조직으로 다른 연결점이 있다면 미리 정리를 해둘 필요가 있을 것이다. 이철은 방하곶으로 가서 다섯시에 한여옥을 만나 미루나무 숲에서 어두워질 때까지 기다렸다. 그녀는 종로에서 만났을 때와는 다른 복장을 하고 있었는데 전혀 다른 사람처럼 보였다. 흰 무명 저고리에 검정 무명 치마를 입고 작은 트렁크를 들고 있어서 어느 시골에서 직장이라도 얻으러 떠나온 수수한 여자처럼 보였다.

그런데 이철의 눈에는 그런 모습이 더욱 좋아 보였다. 저녁 땅거미가 어둑어둑 내릴 무렵에 그들은 뚝방을 넘어 시장 사거리를 지나 샛말 쪽으로 걸어갔다. 그가 찾아가는 곳은 막음이 고모네 집이었다. 이철은 고모 집 앞에 와서 한여옥을 세워두고 잠시 망설이다가 대문을 두드렸다. 안에서 누구요, 하는 소리도 없이 기다렸다는 것처럼 대문이 빼꼼히 열렸다.

"응, 두쇠 오냐? 어서 들어오너라."

두쇠는 조금 놀랐다. 미리 알고 기다렸다는 듯이.

"저어, 함께 온 사람이 있는데요……"

막음이 고모는 아무렇지도 않게 대문을 조금 더 열면서 말했다.

"글쎄, 알았다구. 어서 들어오려무나."

이철이 먼저 문 안으로 들어서고 한여옥이 뒤따라 들어서자 고모는 대문을 얼른 닫고 한여옥의 등에 손을 얹으면서 말했다.

"아까부터 기다리구 있었다니까. 우리 집에 잘 왔다, 잘 왔어."

나중에 막음이 고모가 신금이에게 넌지시 알려준 내막이 있었다.

고모부 강목수는 그때 영등포 장로교회의 장로 되는 이가 문래정 제사공장 방직공장 제분공장 등이 몰려 있는 곳에 오백채의 영단주택을 짓는 사업에 하청을 받아 백채를 짓는 공사의 현장감독으로 나가서 일을 다니고 있었다. 하청을 준 회사는 물론 일본 건설회사였고 주택은 네모반듯한 상자갑 같은 일본식 모단주택이었다. 강목수는 그래서 일주일에 절반 이상은 현장 함바에서 자고 오는 날이 많았다. 막음이 고모는 그날도 남편이 현장에서 돌아오지 않는 날이라 점심 겸 저녁을 느지막이 찬밥으로 때우고는 심드렁하게 앉아 있었다. 남편이 들여다준 하꼬 라디오를 머리맡에 놓고 당시에 유명짜한 신불출이라는 만담 광대가 풀어대는 우스갯소리를 깔깔대며 듣고 있었는데 인기척이 들렸다고 한다. 뭔가 짚이는 데가 있어 막음이 고모는 미닫이 방문을 스르륵 열면서 중얼거렸다.

"누가 왔나?"

속으로 에구머니 하면서 놀랐지만 고모는 침을 꿀꺽 삼키고는 마루를 내다보았다. 마루 끝에 마당을 향하여 등을 돌리고 앉은 퉁퉁한 몸집의 여인이 보였던 것이다.

"형님 오랜만에 오셨구려!"

했더니 주안댁이 고개를 돌리고 푸스스 웃기까지 하더란다.

"으응, 우리 두쇠가 온다구 그래서 내가 시방 기다리구 있지."

"에그, 그러면 얼른 밥이라두 앉혀야겠네."

주안댁은 시누이의 말을 듣고 천연덕스럽게 일어나 부엌으로 내려가는 것이었다. 그러고는 막음이 고모에게 물었다.

"아가씨 쌀은 어딨구 거시키니 절구는 또 어디 있습나?"

"요즘은 다 정미소에서 기계루 찧어나온 백미여. 내가 할게 내비두슈."

막음이 고모의 말에 주안댁은 또 푸실푸실 웃으며 말하더란다.

"두쇠가 장가간다구 색싯감 델구 온다네. 떡 해줘야지."

"응, 그려. 떡두 하구 밥두 해주지 뭐."

그리하여 고모는 항아리에 고이 모셔두었던 찹쌀을 꺼내고 밥쌀 떡쌀을 가마솥에 부어 안쳤다. 고모가 된장찌개도 끓이고 밑반찬도 꺼내고 하는 사이에 찰밥이 완성되어 주안댁은 시키지 않았는데도 봉당 바닥에 쭈그리고 앉아 찰밥을 펴서는 함지에 넣고 나무 떡메로 찰지게 빻았다. 콩을 마른 솥에 볶어서 곱게 가루를 내어 네모반듯하게 펴놓은 찰떡 위에 골고루 뿌리고 각지고 모양 좋게 썰어내니 인절미 떡이 되었다. 인절미는 한쇠 두쇠 형제가 가장 좋아하는 군것질거리였다. 대충의 준비가 끝나고 시누이올케가 마루 끝에 나란히 앉아 한숨 돌리고 있던 바로 그 참에 대문 두드리는 소리가 들렸던 것이다. 막음이 고모는 얼른 뛰어나가 이철이와 한여옥을 맞아들였다. 그때에 신금이가 함께 있었더라면 아마도 주안댁을 알아보고 고모에게 속삭임으로 알은체를 했을 테지만 두 사람의 눈에는 주안댁이 보이질 않았으니 막음이 고모는 시치미를 떼기가 어딘가 부자연스러웠다. 한여옥은 시댁 식구들과 친해진 뒤에야 신금이와 막음이 고모에게서 시어머니 주안댁의 헛것 이야기를 듣고는 고개를 끄덕였다. 어쩐지 처음에 고모 댁에 들어설 때부터 누군가가 자기네를 지켜보고 있는 듯하여 마당을 두리번거렸다고 했다. 그뿐 아니라 한여옥은 고모의 시선이 자기들에게 집중하지 못하고 자꾸만 방 한쪽 구석으로 향했다가는 돌아오곤 하여 거기에 누군가가 있는 것 같은 느낌이었다고 말했다. 한여옥은 이렇게 묻기까지 했던 것이다.

"저 옆방은 비어 있나요?"

"응? 으응, 우리 애들이 쓰는 방이구 느이들 방은 저 아래 따로 있으니 걱정 말어."

고모는 여옥이 눈치를 챈 줄도 모르고 그렇게 얼버무리면서 우선 인절미와 나박김치를 얹은 소반을 먼저 내왔다. 윗목에 앉아 지켜보던 주안댁이 고모에게만 들리는 음성으로 말을 거들기까지 했다.

"인절미는 물김치도 마셔가며 천천히 먹어야 속에 좋아."

"으응, 형님은 나서지 말구."

막음이 고모가 소반을 내려놓다가 뒷전으로 고개를 돌리고는 얼결에 한마디 했고 두쇠가 영문을 모르고 말했다.

"에? 누가요? 나서지 말라니요?"

막음이 고모는 이철에게만 눈을 끔벅끔벅해 보이면서 얼버무렸다.

"요즈음 맨날 집만 보고 있자니 혼잣소리가 늘었지 뭐냐?"

이철이는 눈치를 채고 빙긋이 웃었다.

"울 엄마 요새두 가끔 보이세요?"

"아니다. 원, 너하구 느이 아부지는 한통속이면서."

막음이 고모의 말은 이철이와 오라버니 이백만이 자기의 말을 늘 믿지 않는다는 소리였고, 이철은 인절미 한개를 얼른 집어서 호물호물 씹으며 다시 웃었다.

"하하하. 고모하구 형하구 형수는 셋이서 한통속이잖아요."

저녁을 잘 먹고 뒷방에 들어간 이철이와 한여옥은 이부자리가 하나뿐인 것에 매우 당황했다.

"이거 우리 고모가 뭔가 단단히 오해를 한 모양입니다."

"아니, 괜찮아요. 변명하면 더 이상하잖아요. 저는 옷 입고 그냥 벽에 기대어 자겠어요."

"제가 아이들 방으로 가겠습니다."

그때에 한여옥이 이철을 완강하게 말렸다.

"우리는 오늘부터 부부입니다. 언제까지 이 집에 있을지 모르지만 흔히 아지트에서 부부 노릇을 하는 동무들을 많이 보았습니다. 그러다 자연스럽게 부부가 될 수도 있겠지요."

이철은 우물쭈물하면서 방문 앞에 다시 주저앉았다.

"자리에 누우세요. 저는 이쪽에서 쉬겠습니다."

두 사람은 한동안 눕지 못하고 각자 엇갈려 앉아서 이야기를 주고받았다.

"눈치를 못 채셨을 텐데요, 저희 고모는 돌아가신 엄마를 가끔 보신다고 합니다. 아까도 우리가 저녁을 먹을 때에 엄마가 옆에 계신 것처럼 행동하시더라구요."

이철이 그냥 재미 삼아 꺼낸 말에 한여옥의 반응은 예상 외로 침착했다.

"정말 그럴지도 모르잖아요? 어쩌면 자식들이 걱정되어서 나타나실 수도 있지요."

"저희 형과 형수는 저런 미신 같은 고모의 우스갯소리를 믿는다니까요."

"그럼 이철씨는 왜 안 믿으시는데요?"

이철은 계면쩍게 말했다.

"우리는 과학 하는 사람들이니까……"

그때에 한여옥은 소리를 내어 웃었다.

"그냥 따뜻하게 받아주시면 돼요. 세상사란 우리가 모르는 게 훨씬 더 많잖아요?"

이철은 여옥의 어른스러운 그 말에 감동을 받았다고 했다. 이철은 나중에 체포되어 형무소에서 청년기를 졸업하게 되었고, 이후에는 자기 인생의 변화를 형수 신금이에게 솔직하게 털어놓곤 했다고 한다. 그들이 도란도란 이야기를 나누다 전등을 껐는데 그때에 한여옥이 가볍게 탄성을 내질렀다.

"어머나!"

이철이 그녀가 왜 그러는지 물었으나 여옥은 어둠 속에서 나직하게 소리 내어 웃기만 했다. 한여옥은 불이 꺼지는 그 순간에 열린 방문의 문턱을 넘어가는 여인의 뒷모습을 보았던 것이다. 그녀가 막음이 고모에게 은근히 말을 꺼내기를, 그분의 키가 남자처럼 크고 어깨도 떡 벌어지지 않았더냐, 허리가 구분이 안 될 정도로 퉁퉁한 체격이 아니냐고 물어서 고모는 깜짝 놀랐다고 그랬다. 한여옥이 저희 시어머니 자리의 헛것을 분명히 알아보았다고 고모는 신금이에게 몇번이고 다시 얘기하곤 하였다.

이후 한여옥이 두쇠의 아낙이고 틀림없는 제 식구라고 굳게 믿게 된 막음이 고모는 며칠 후에 그녀를 이끌고 신금이를 찾아갔던 터였다. 이일철 신금이 부부와 고모의 도움으로 이철과 여옥은 살림집을 얻어들었다. 역시 사람이 많은 데가 오히려 한적한 곳보다 안전하다 하여 샛말로 들어가는 철로 연변의 새로 생긴 가게들이 늘어선 동네 뒷골목에 방 두칸짜리 셋집을 얻었다. 한식도 일식도 아닌 맞배지붕의 상자갑 같은 단층집으로 당시의 집장사들이 짓던 도시형 서민주택이었다. 앞에는 세를 놓을 수 있도록 거리 쪽으로 출입구와 유리문이 달린 공간이었고 그 뒤에 딸린 방 한칸, 그리고

문 하나를 사이에 두고 부엌과 마루방과 방이 한칸 더 있었다. 직업 없는 두 부부만 달랑 살기에는 주위의 눈도 있어서 앞에는 어쨌든 전을 벌여놓는 것이 유리할 것 같았다. 가족이 논의하여 박선옥이네 떡집에서 떡을 받아다 팔기로 하였다. 이철은 중고 화물자전거를 한대 샀고 아침마다 떡판 상자를 잔뜩 싣고 시장 윗동네 뚝방마을까지 달려가곤 하였다. 이철이 박선옥이네 외조부모가 새벽부터 만든 시루떡 백설기 절편 가래떡 바람떡 술떡 송편 등속을 골고루 받아오면 점포에 늘어놓고 한여옥이 팔았다. 처음에는 받아온 떡이 남으면 두 사람은 그걸로 저녁밥 대신 또는 이튿날까지 끼니로 때우더니 한두달 지나면서 안정이 되어 단골도 생기고 밥벌이에 대한 근심이 사라지게 되었다. 막음이 고모는 두 형제가 지들 어미 주안댁을 닮아서 원체 떡보인데다 먹을 복까지 타고났다고 치하를 해주곤 하였다. 그리고 일요일에는 가겟방에서 남녀 직공들의 독서회 모임을 가졌다. 여러 공장의 오르그들은 저마다 여러곳에서 대여섯명씩 모여서 독서회를 가졌고 이철이 이들에게 중앙에서 받아온 유인물이나 성명서를 돌리고 각 모임을 연결해나갔다.

이이철과 한여옥이 명목상의 아지트 부부에서 언제 속궁합까지 맞추게 되었는지는, 식구들도 어림짐작으로 남녀가 한방에서 살다가 자연스레 한 몸이 되었거니 여길 뿐이었다. 그들은 식구들의 도움으로 전셋집을 얻어 살림을 나게 되었어도 처음 몇달 동안은 따로 기거했다. 이철은 점포에 딸린 방에 그리고 여옥은 안쪽 부엌이 있는 방에서 각각 헤어져 잤다. 하루는 저녁나절에 점포를 닫고 이철은 모임 때문에 나가고 한여옥 혼자 집을 지키고 있었다. 여옥은 저녁상을 치우고 바깥방과 안방에 각각 잠자리를 펴고 안방에서 문건을 필사하는 일을 하고 있었다. 그런데 뒷전에서 부스럭거리는 소리가 들리더니 안방 문이 열리며 이부자리가 먼저 들어왔다. 언젠가 어둠 속에서 보았던 여자가 이부자리를 품 안에 안고 방으로 상반신을 내밀었던 것이다. 노란 삼십촉짜리 전등이 훤히 밝혀진 불빛 아래 헐렁한 왜바지에 고름 없는 저고리를 입은 풍채 좋은 여편네가 웃는 얼굴로 성큼 들어서더니 말을 걸었다.

"거시키니 니들은 어째 각방을 쓰구 그러느냐? 부부가 됐씨믄 같이 자야지."

한여옥은 이철과 그이 일로 말을 나눈 적도 있어서 아무렇지도 않게 대답했다.

"네, 어머니. 저희는 아직 부부가 아닙니다. 피치 못한 일로 행세만 하고 있을 뿐이지요."

주안댁은 푸시시 웃고는 아예 안방에 깔아놓은 이부자리 위에 털썩 퍼질러 앉아버리는 것이었다.

"그래설라무네 내가 이케 이부자릴 들구 왔다. 너희는 오늘부터 합방해라 그 말이야, 내 말은. 그러니깐 손주나 하나 낳아주려무나."

한여옥이 문득 머리를 흔들고 나서 다시 살펴보니 방 안에는 이부자리만 놓였고 주안댁은 홀연히 사라졌다. 여옥은 그이를 다시 뵐까 하여 전등을 끄고 어둠 속에 조용히 앉아 있어보았다. 처서가 가까운 여름날 밤의 선선한 바람이 창문으로 들어올 뿐이었다.

통영의 선창이 내다보이는 바닷가에 그녀의 집이 있었다. 원래

기역 자 한옥과 마당이 넓은 집이었고 여러해 자라난 감나무 네그루가 담장가에 서 있었다. 선대도 한의원이었고 그녀의 아버지도 가업을 물려받았다. 전라도와 경상도의 바닷길을 잇는 배가 많아지면서 고깃배만 드나들던 선창이 연락선과 화물선으로 점점 커지고 항구의 인구가 늘어나면서 한의원도 번창했다. 여옥의 아버지는 마당에 신식 이층 건물을 짓고 인근 섬과 지방의 환자들을 받았다. 이층은 침을 놓고 치료를 받는 방이 여럿이고 아래는 주로 약초를 들이고 내는 약방과 손님 대기실로 썼다. 그녀가 심부름이라도 가보면 대기실에는 늘 대여섯 사람이 앉아 있었는데, 환자 대기실과 따로 떨어진 약방은 아버지의 지인들이 놀러 와서 아버지와 환담을 나누는 장소였다. 아버지는 곰방대 물고 안쪽에 병풍을 등지고 앉았으며 그 뒤에서 의원 조수가 약초를 썰거나 조제를 했다. 방 안에는 교자상이 놓였고 그 주위에 방석을 깔고 손님들이 둘러앉아서 때로는 바둑도 두고 차도 마시고 점심에는 부두의 식당에서 배달해온 면상을 받기도 했다. 여옥이 보통학교를 졸업한 것은 열다섯살 무렵이었다. 여옥은 부산의 여고보에 진학하려 했지만 아버지는 당시의 지방 유지들이 다들 그러했던 것처럼 여자가 많이 배우면 공연히 팔자나 사납다고 생각했다. 집에서 가사를 돕다가 밥술깨나 먹는 그러루한 집안의 남아를 만나 조용히 시집가면 그게 여자에게는 가장 평안한 일생이 되리라고 아버지는 굳게 믿고 있었다. 더구나 매일 그를 둘러싸고 놀러 다니는 항구의 유지들도 거의 생각이 일치했고 저마다 추천하는 신랑감이 한둘이 아니었던 터였다. 신금이처럼 한여옥도 어머니에게 자신의 답답하고 안타까운 심경을 호소했고 모녀가 늘 안방에서 하루 종일 함께 지냈으므로 어머니도 딸의 의견에 동조하게 되었다. 여옥이 바깥출입을 할 데라고는 천주교회당뿐이었는데 그녀는 거기서 외국인 신부와 수녀를 만나 사진과 책으로 개화에 눈을 뜨게 되었다. 마침내 그녀가 집을 탈출하게 되는 일이 벌어졌다.

아버지의 친구 중에 배를 서너척 가진 선주가 있었는데, 그 집 아들이 부산에서 고보를 졸업하고 집에 돌아오니 그들 아버지들은 두 남녀가 혼기에 이르렀으며 서로가 맞춤한 배필이라고 의기투합하게 되었다. 여옥은 결혼을 할 의사가 전혀 없었고 통영에서 일생을 마칠 생각은 더더욱 없었다. 더구나 그 남학생이 반바지 위에 유카타를 헐렁하게 걸치고 입에는 궐련을 문 채 게다짝을 끌며 지나가는 걸 본 후로 인상이 좋지 않았다. 꼴에 머리 위에는 흰 줄 친 학생모를 비뚜름하게 쓰고 있었다. 그게 어느 댁 아들인지 부두에서도 다들 알아볼 정도였으니까. 선을 보는 자리에서 여옥은 그 철딱서니를 다시 보게 되었고 넌더리가 나버렸다. 청요릿집에서 양가 부모가 만나 식사를 하는 자리였는데 녀석이 마주 앉아서 여옥을 향하여 계속 바보처럼 벌쭘벌쭘 웃어대질 않나, 심지어는 요리상 아래로 발을 뻗어 그녀의 무릎을 발가락으로 더듬기까지 했던 것이다. 속이 좋지 않다는 핑계를 대고 당황한 부모의 만류도 뿌리치고 집으로 돌아가버렸던 한여옥은 당장 집에서 나가겠다고 결심했다. 눈물로 만류하는 어머니에게 저도 같이 눈물 바람으로 하소연한 여옥은 어머니의 비상금을 받아 부산 가는 새벽 연락선을 탔고 그동안 알아두었던 동경의 외삼촌이 머물던 하숙집을 목표로 정하였다.

한여옥보다 불과 네살 연상이었던 외삼촌은 조선에서 고보를 나와 일본에 가서 이년의 예과 과정을 거쳐서 대학에 진학해 있었다. 물론 외가도 마산에서 살 만한 집안이었고 여옥의 아버지도 처남에게 가끔씩 학비 보조를 해주던 터였다. 여옥이 편지를 두어번 삼촌에게 보낸 적도 있어서 그는 조카의 동경 출현에 많이 놀라지는 않았다. 누나의 근심에 가득한 당부 편지가 날아왔기 때문에 그는 책임감을 더더욱 갖게 되었다. 여옥은 독립심이 강한 여자였고 집에서 어머니가 부쳐주는 하숙비와 학비 중에서 적어도 학비만은 자기가 일하여 보태리라 결심하고 있었다. 삼촌이 자신이 예과 시절에 일하던 신문보급소의 배달 일을 주선해주어서 그녀는 새벽에 일어나 자전거를 타고 신문 배달을 다녔다. 배달부 중에는 학생들이 많았는데 그중에 많은 숫자가 조선에서 건너온 젊은이들이었다. 그녀는 자연스럽게 동년배들에게서 사회주의 모임에 관하여 듣게 되었으며 일년이 못 가서 공산당 일본 총국 산하의 고려공청 조직에 들게 되었다. 책 읽고 먹물깨나 들었다는 유학생치고 사회주의 모르면 무식쟁이 취급을 받던 때여서 여옥은 목마른 이가 물 마시는 것처럼 신사조를 재빠르게 흡수했다. 조선에서도 좌익 서적들이 버젓이 감옥에 들어가던 시절이라 이른바 내지라는 일본에서는 혁명적인 서적들이 원전은 물론이고 일본 학자들의 해설서까지 신간으로 무수히 출판되고 있었다. 그녀가 학업을 그만둔 것은 명목상으로 학비 조달 때문이었지만 사실은 고려공청에 검거 선풍이 몰아닥치면서 많은 조선인 학생이 검거 또는 퇴학당했고 그녀도 수배를 받았기 때문이다. 신금이는 말하곤 했다.

"장산이 에미가 나에게만 그 얘기를 해주었단다. 그건 연애도 사랑도 아닌 급박했던 시기에 지푸라기를 잡아보려던 것이었다구. 저희 삼촌 다니던 대학의 동급생 중에 군산서 왔다는 대지주의 아들이 있었는데 학생들 모임에 큰돈을 내주곤 했다지. 일종의 혁명 지원자 같은 모프르 행세를 했다는 게야. 그 사람이 오랫동안 여옥이를 좋아했다는구나. 마침 그가 귀국하려던 참에 이국땅에서 곤경에 처한 사람을 구원하게 되어서 그에게는 행운이었던 셈이지. 장산이 에미는 처녀의 몸으로 그 사람을 따라서 일단 시모노세키로 가서 여객선을 타지 않고 후쿠오카로 나아가 화물선을 야미로 타고 목포항에 닿았다지."

그러고서 한여옥은 그의 부모도 만나지 못한 채 군산에서 집을 장만하여 살림을 차렸는데, 일년쯤 살고 나서야 그가 처자식이 있는 기혼자라는 걸 알게 된다. 고보 시절에 이미 집안의 권유로 장가를 들었고 본처는 아들까지 낳았으며 그가 학업을 마치고 돌아오는 날만 기다리고 있었다. 갓 스무살의 한여옥은 남편과 다투지 않고 냉정하게 담판하여 그가 주는 위자료를 받아가지고 중국으로 떠났던 것이다. 그녀가 중국에서 어떤 일을 겪었는지는 자세히 알려지지 않았다. 그러나 이철이 형수인 신금이에게 몇가지 일화를 이야기해준 바에 의하면 그녀는 상해를 거쳐서 만주로 갔고 이전 일본 유학 시절의 공청 경력이 도움이 되어 동만주의 프로핀테른 조직에 소속된 듯하다. 만주사변이 일어나고 조선 청년 윤봉길이 상해의 공원에서 폭탄을 던져 일본군 히라카와 대장등 다수의 장교를 폭사시킨 사건이 일어나면서, 아마도 그녀는 국내로 들어오게 되었을 터였다. 마침 국제당 극동부의 일국일당주의 정책도 그녀와 같은 고려공청 조직원들의 국내 진입을 촉발한 계기가 되었을 것이다. 그녀가 평양을 거쳐 경성으로 와서 까페의 여급으로 일했던 것은 조직의 결정이었을지도 모르지만, 한여옥은 마치 태생이 그러했던 것처럼 모던한 기생이나 다름없는 까페 여급 일을 능숙하게 치러냈다. 그녀는 술도 마셨고 손님들과 담화도 나누었지만 별다른 춘사는 벌어지지 않았던 것으로 보인다. 한여옥은 그 누구도 사랑한 적이 없었던 말라 죽은 나무 같은 여자였을까. 신금이의 회고에 의하면 '사랑을 받을 겨를이 없었던' 가엾은 사람이었다. 그리고 신금이 할머니는 아들 이지산과 손자 이진오에게까지 늘상 그렇게 말하곤 했다.

"그 시절에 가엾은 여자가 어디 한둘이라야 말이지."

한여옥은 어둠 속에 눈을 감고 앉아 있다가 조용히 일어났고, 뒷마당으로 나가 함지에 물을 가득히 채워 목욕을 했다. 찬물이 머리에서 어깨로 그리고 아랫배와 허벅지로 흘러내렸다. 목욕을 하고는 방 안에 이부자리를 붙여서 깔고 누웠다. 베개도 나란히 붙여두었다. 까무룩하게 잠들 무렵, 기척이 들리고 점포의 유리문을 여는 소리가 들렸다. 모임을 끝내고 돌아온 이철이 바깥방의 방문을 여는 소리가 들리더니 잠시 조용했다. 그가 발걸음을 죽여 안으로 들어오는 문을 열고 부엌에 서서 안방 문을 열까 말까 망설이는 기척도 느껴졌다.

"이부자리가 여기 있어요?"

하고 그가 물었다. 여옥은 누운 채로 졸음이 가득 담긴 목소리로 말했다.

"들어오세요. 오늘은 여기서 같이 자요."

잠시 침묵이 흐르고 나서 방문이 소리 없이 열리고 이철이 들어와 문 앞에 앉았다. 한여옥은 가만히 누워서 기다렸고 이철이 망설이다가 옷을 벗고 속옷 바람이 되어 그녀의 옆에 누웠다. 여옥은 몸을 돌려 그의 어깨 위로 팔을 올려 안았다. 그날 밤에 장산이가 그녀의 몸에 깃들었는지 모르지만, 하여튼 그 무렵에 몇달이 지나서 그녀는 임신을 했다고 막음이 고모와 신금이에게 귓속말을 해주었다. 이철의 형 일철의 아들 이름을 큰할아버지 이백만의 고향인 강화 지산리에서 따다가 이지산이라 지었지만, 그것도 돌림자라고 산을 따서 여옥의 고향 부근 산 이름을 따서 길 장에 뫼 산 자, 장산이라고 지었다. 물론 그것은 그다음 해의 일이었고, 막음이 고모와 신금이의 보호 아래 장산이는 아버지 없이 태어나게 된다. 그때쯤에는 이이철이 검거되어 감옥에 갇혀 있었고 그가 나올 무렵에는 장산이의 명이 짧아 또다시 아버지를 만날 수 없었던 것이다.

9

이일철은 그날 화물차를 타고 부산을 왕복했고, 용산역에서 퇴근길에 경인선을 타고 영등포역에 내렸다. 아마 추석 무렵이었던 것 같다. 김군과 함께 고기 몇근을 샀고 기관수 하야시와 차떼기하면서 남은 구포 배를 한상자씩 나누어 받았던 것이다. 그는 어깨에 배 상자를 짊어지고 한 손에는 고기를 싸서 묶은 노끈을 쥐고 역 앞 광장으로 걸어나왔다. 그를 지나쳐 가던 어떤 사내가 멈칫 서더니 일철을 향하여 말을 걸었다.

"오이, 거기 이일철 아닌가?"

일철은 고개를 돌려 그를 바라보았다. 머리에는 도리우치를 쓰고 양복 상의에 당고바지 차림의 그가 낯이 익었지만 도무지 생각나지 않는다.

"내가 이일철이 맞소만 누구시우?"

"야이 짜식, 나야 최달영이. 보통학교 때 우리 같은 반이었잖아?"

이름을 듣고 나서야 일철은 그의 얼굴을 알아보았다. 영등포 보통학교 부근에 있는 언덕 너머에 토박이들이 오랫동안 마을을 이루어 살던 모랫말 동네가 있었고 그곳에는 초가집이 많았다. 동네에 돼지를 기르는 촌가가 많았고 달영이 녀석의 집에서도 돼지를 여러마리 길렀다. 어느 집이나 돼지 먹이를 주는 것은 남자아이들의 일이어서 최달영의 옷에서는 늘 시궁창 냄새가 가시질 않았다. 그 냄새 때문에 학급 아이들의 놀림도 많이 받았는데 일철이는 잊어버렸지만 그를 몇번 두둔해주었다고 한다. 일본인 선생이 월요일 아침에 위생검사를 하다가 최달영의 앞에 서더니 코를 쥐고 손가락을 뻗쳐 교실 바깥을 가리켰다.

"밖으로 나가랏!"

그 일은 일철이도 기억을 분명히 하고 있었다. 달영이가 미처 결정을 못 내리고 얼굴이 빨개져서 우물쭈물하는 사이에 선생은 아이의 머리를 출석부로 내려치면서 다시 말했다.

"지쿠쇼(짐승)! 당장 옷을 빨아 입고 와라."

그때에 일철이가 일어났다.

"최군 집에서는 돼지를 기릅니다. 냄새가 조금 나는 게 당연합니다."

일철이가 공부도 잘하는 모범생이어서 선생은 의외였던지 성난 기색을 억제하며 말했다.

"호오, 너는 이 녀석의 냄새가 좋단 말이지?"

"어려운 사람을 부끄럽게 해서는 안 된다고 배웠습니다."

일철의 말이 떨어지자마자 선생이 그의 뺨을 후려갈겼다.

"요시, 너두 나가라! 건방진 놈 같으니."

최달영은 눈물을 찔찔 짜며 교실 문을 밀고 뛰쳐나갔고 일철이도 그 뒤를 따라 나갔다. 두 소년은 학교 담장가에 있는 수도로 달려갔다. 달영이가 상의를 벗은 뒤 바지도 벗으면서 중얼거렸다.

"에이 씨발, 내 다시는 돼지 밥 주나봐라."

수도를 틀어 상의와 바지를 구겨서 던져놓고는 달영이가 내려다보고 서 있자, 일철이가 신발을 벗고 바짓가랑이를 걷어올리고는 그의 옷들을 두 발로 밟기 시작했다. 그 모양을 보고 달영이도 같이 제 옷을 밟았다. 그제야 소년들은 웃음이 나왔다.

"너 철도국 입사했다는 소문은 들었다."

최달영이 그의 어깨를 툭 치며 말했고 일철이도 반가워하면서 그의 아래위를 훑어보았다. 차림새로 보아 그냥 막일꾼은 아니고 제법 어디 사무실에서 일하는 복장이었던 것이다.

"넌 어디 다니냐?"

최는 잠깐 사이를 두었다가 말했다.

"응? 어어 나는 저어…… 식산은행에 다닌다."

그가 보통학교를 간신히 졸업했던 것으로 아는 일철은 속으로 좀 놀랐다. 식산은행이라면 총독부 직계의 동양척식회사와 함께 식민지의 경제 부문을 담당하는 국책기관이었던 것이다. 대부분의 간부가 일본인이고 조선인도 전문학교 이상을 나온 인텔리가 아니면 입사하기 어려운 회사였다.

"이야, 너 대단하구나. 거길 어떻게 입사를 했냐?"

일철의 감탄에 최는 뒤통수를 긁으며 말했다.

"아니, 정식 사원은 아니고 뭐 그저 고쓰카이다."

일철은 그가 하인 또는 용인이라고 스스로 자처하는 말을 듣고 함께 웃어주면서 말했다.

"뭐 우리 조선인들이야 어디서 일하건 고쓰카이 아닌가."

"여어, 우리 이렇게 만났는데 그냥 싱겁게 헤어질 수 있나. 어디 가서 입주 한잔해야지."

일철은 잠깐 배 상자를 내려놓고 상의 안주머니에서 회중시계를 꺼내어 들여다보았다. 일곱시가 다 되었으니 식구들이 저녁 상머리에 모여 앉을 시각이었다. 그러나 어쨌든 집안에서는 아버지의 저녁 식사시간에 맞추어져 있으니 신금이는 물린 상을 치울 것이었다. 그런 일은 야근과 비번 휴무 등으로 귀가와 출근이 불규칙한 그에게는 늘 있는 일이어서 아내도 그러려니 할 것이라 여겼다.

"역시 기관수 나리는 좋은 회중시계를 지녔구먼."

최달영은 호기 있게 역전 광장을 건너 중마루 동네 일본인 주민들의 본정통 길로 들어섰다. 이일철도 늘 바깥쪽 큰길인 역전 중앙로를 따라 지나다녔지만 막상 이렇게 그 동네로 들어가기는 이제까지 손에 꼽을 정도였다. 그가 들어간 곳은 문 앞에 휘장을 늘어뜨린 이자카야였다. 그들이 들어서자마자 주방에서 일하던 주인 남자가 어서 오시라고 일본어로 목청껏 외치며 인사를 건넸다. 사람 키 절반 높이의 칸막이가 쳐진 안쪽 구석진 자리에 최달영이 먼저 가서 앉았다. 그가 홀에서 일하는 일본인 중년 여성에게 한 손을 쳐들어 알은체를 하는 걸로 보아 이 집의 단골인 듯했다. 그가 상의를 벗어 거는데 겨드랑이의 가죽집에 육혈포 권총이 꽂혀 있는 게 보였다. 일철은 그를 말없이 바라보기만 했다.

"사실은 내가 은행이 아니라 경찰에서 일하구 있어. 아까 둘러대서 미안하다."

최달영은 아마도 그 말을 하려고 일부러 상의를 벗었는지도 몰랐다. 일철은 속으로 놀라기는 했지만 내색은 하지 않았는데 제일 먼저 떠올린 것은 아우 이철의 얼굴이었다. 최근에 아우에게 뭔가 긴장할 일이 생겼다고 하던 아내의 말을 기억하고 있던 터였다. 또한 그가 데려온 신여성과 함께 지낼 살림집까지 구해준 일도 있어서 일철은 앞에 앉은 최가와 잘 사귀어둘 필요가 있다고 마음먹게 되었다.

"뭐야 높은 사람이 됐잖아! 이거 조심해야겠는걸."

일철이 일부러 과장한 목소리로 놀라움을 표시하자 최는 길에서 만났을 때와는 전혀 다른 태도가 되었다.

"네가 철도학교 교복을 입고 지나가는 걸 멀리서 본 적이 몇번 있었다."

"아니, 그랬으면 오늘처럼 날 불러 세우지 그랬어?"

"철도국의 기관수라면 내지인들도 모두 부러워할 직업이다. 조선인 모두 고쓰카이라는 건 어딘가 불온한 소리가 아닌가?"

일철은 일순간 대답할 말을 잊고 머리를 긁적였다.

"그야 뭐…… 자네가 먼저 고쓰카이라구 하길래."

최달영이 일철의 어깨를 툭툭 치면서 웃었다.

"농담이다. 하여튼 우리 둘 다 이만하면 잘해왔단 말이지."

“나야 뭐 험한 일이지만 자네가 출세한 거지.”

최가 회 몇점과 나베 요리를 시키고 마사무네 두 도쿠리를 시켰다. 술 몇잔이 급히 오간 뒤에 최달영이 말했다.

“내가 잊었을 줄 아냐? 너하구 수돗가에서 돼지 똥 묻은 옷을 찬물에 빨던 일을 말이야. 그담부터 내게는 친구가 있다면 너 하나뿐이라고 생각했다.”

“나는 다 잊어버리구 있었다. 그렇게 생각해준다면 고맙구나.”

“거봐, 나는 지금까지 잊지 않구 있는데, 그뒤로 졸업식 때에도 너는 나 같은 건 거들떠보지두 않았지.”

일철은 보통학교 졸업식 날 자기가 뭘 했는지 기억하는 사람은 별로 없을 거라고 생각했다. 그날 뭘 했던가. 단체사진 찍고, 개인별로 예약한 사진사에게 몇 사람의 친구나 가족들과 기념사진을 석장쯤 박았고, 각자 헤어져 청요릿집 또는 집으로 직행하여 살 만한 집에서는 생일잔치 때처럼 친구들 불러서 불고기와 전붙이를 차려주었다. 그가 최달영을 특히 기억하여 사진도 함께 찍거나 집으로 불러들이지는 않았다. 아마 최는 멀찍이서 끼어들지 못한 채 바라보고만 있었던 모양이다. 그날 홀아비 이백만이 자기와 친구들을 집으로 데려다 작은 잔치를 차려주었을 리는 만무하고, 아마도 청요릿집에 데려가 막음이 고모와 두쇠 이철이와 아버지 등 식구들만 둘러앉아 짜장면 또는 우동을 먹었을 것이다.

“내가 오늘이 있기까지 얼마나 험한 일을 많이 겪었는지 너 같은 모범생이 알 리가 없겠지.”

하는 최달영의 말에 일철은 진심으로 미안한 마음으로 대답해주었다.

“그래 고생이 많았겠구나. 나야 뭐, 선생님이 가르쳐주는 대로 시험 보고 진학하고 그랬을 뿐야.”

“우리 같은 놈들은 그런 욕을 견디면서 차근차근 딛고 올라가는 수밖에 더 있겠냐. 주인에게 충성하고 받들면 그쪽이 알아주게 되는 거지.”

일철은 자연스럽게 화제를 바꾸려고 했다.

“참, 그런데 너희 부모님 모두 안녕하시지?”

“아버지는 진작 돌아가시고 어머니는 누이동생들 하구 도림정에 사시지. 하나는 곧 시집보낼 테구 작은애는 취직이나 시킬까 하구 있네. 참, 느이 아우 이철인 뭐 하구 사냐?”

“공장 다니다 그만두구 점포 차려서 장사한다.”

“왜? 너희 아버지하구 너하구 철도국 직원으루 사는데 그 녀석은 나처럼 공부하군 담 쌓은 모양이네.”

최달영은 자기 가슴을 두드려 보이며 다시 덧붙였다.

“나처럼 경찰이나 헌병 보조 시험을 보면 좋을 텐데.”

“글쎄 말이야, 요새는 경쟁률이 이십 대 일이 넘는다는데. 너처럼 머리가 좀 돌아가야 합격두 하구 그러지 않을까?”

일철의 말에 최가 턱을 흔들며 크게 웃었다.

“설마 내가 펜대 굴려서 들어갔겠냐? 그거 아무 소용없다구. 겉으론 공고가 그렇게 나가지만 특채가 지름길이다.”

일철은 오늘 최달영을 만났으니 밤시간은 이제 모두 그에게 맞추어주기로 결심을 했던 바여서 느긋하게 술잔을 주고받았다.

사실 최달영이 순사 보조에서 정식으로 순사 발령을 받은 것은 불과 몇달 전이었다. 그가 총독부 경무국이 인정하는 큰 공을 세웠기 때문이었다. 김형선이 체포되던 그날 방우창의 합숙소에서 며칠 동안 잠복하다 그를 미행했던 정탐이 바로 최달영이었다. 순사 보조라고 아무나 고등계에 소속되어 정탐 노릇을 할 수 있는 건 아니었다. 그는 십대 때부터 자청하여 일본 경찰의 끄나풀이 되었다.

달영이 보통학교를 나와 일거리를 찾아 헤맨 것은 그 무렵에 돼지를 키워 연명하던 아버지가 술병으로 죽고 나서 여자뿐이던 집안의 생계를 짊어지게 되었기 때문이다. 집에서는 어머니와 두 누이가 아버지의 생업이던 양돈을 계속했고, 달영은 기르던 돼지가 성돈이 되면 직접 도축하여 고기를 내다 팔았다. 처음에는 도축업자에게 도매금으로 돼지를 넘기다가 직접 잡아 고기로 팔면 훨씬 이문이 많이 남는다는 걸 알게 되었다. 아버지 때에는 집 옆의 마당에 기둥 몇개를 세워놓고 돼지의 귀를 뚫어 새끼줄에 매어 키웠는데, 그래서 온 식구가 돼지 오물과 냄새로 뒤범벅이 되어 살아야 했다. 최달영 소년은 동네 이장에게 가서 자신의 형편을 하소하고 인가에서 좀 떨어진 마을 언덕 한 모퉁이를 빌려 쓰겠다고 청원했다. 매년 단오에 동네 사람을 위하여 돼지 한마리를 잡아 내놓는다는 조건으로 어려움 없이 땅을 빌린 달영은 언덕에 토굴을 파고 앞에는 소나무 울타리를 둘러 그럴듯한 양돈장을 만들었다. 이때부터 돼지는 열마리도 못 되던 규모에서 스무마리쯤으로 불어났다. 달영은 양돈장 옆에 한칸짜리 움막을 지어놓고 밤이나 낮이나 그곳에서 기거했다. 밥때가 되면 누이동생들이 교대하러 오거나 찐

고구마라든가 감자 따위를 요깃거리로 갖다주기도 했다. 도축업자는 영등포시장 부근이나 도림천 너머에도 있었는데 돼지를 잡을 때마다 그들과 약조하여 고기를 넘기거나 적당한 수고비를 주고 데려와야 했다.

달영은 자신이 스스로 하면 모든 일이 돈이 된다는 점을 알아차렸고 눈썰미로 돼지 다루는 법을 익혔다. 돼지를 몰고 앞으로 나아갈 때에는 꼬리에 새끼줄을 매어 당기면서, 한 손에 대나무 회초리를 쥐고 좌우로 툭툭 치면서 몰고 간다. 거세를 하거나 도살 전에 날뛰지 못하게 하는 방법도 간단했다. 돼지가 힘을 쓰려면 아래위로 턱을 쳐들고 흔들어야 하는데 주둥이를 단단히 묶어놓으면 대번에 기가 죽는 것도 알게 되었다. 돼지를 잡는 것도 약간의 담력만 기르면 되었다. 양돈장에서 잡으면 그다음부터는 돼지들이 주인의 말을 듣지 않으니까 멀찍이 떨어진 집 마당 앞으로 끌어온다. 거기는 또한 우물도 가깝고 돼지를 처리할 물도 끓일 수 있었다. 돼지를 몰고 와서 마당의 기둥에다 목줄을 당겨 바짝 붙들어맨다. 이때에는 돼지도 벌써 저 죽을 줄을 알고 똥을 부직부직 싸면서 뒷발을 구르고 꽥꽥거리며 요동을 친다. 주먹만 한 쇳덩이가 달린 채석장 해머를 몸 뒤에다 감추고 침착하게 돼지의 대가리를 겨누기 맞춤한 거리까지 다가선다. 길게 사이를 두지 않고 한 호흡에 들이마셨다가 내쉬면서 해머로 돼지 이마를 딱 내려친다. 이마 뼈가 주저앉은 돼지가 졸지에 기절하면 즉시 잘 갈아놓은 칼로 목을 딴다. 그러면 조수를 맡은 만누이가 바가지와 양동이를 들고 와서 돼지 피를 받는다. 피가 거의 빠졌다 싶으면 죽은 돼지를 배가 하늘로 가도록 뒤집어놓고 머리를 자르고 목덜미에서 항문까지 베어 내장을 수습한다. 그러고는 끓인 물을 부어가며 잘 갈아놓은 칼로 뻣뻣한 털을 밀어낸다.

돼지 잡는 일뿐 아니라 기르는 일도 고되고 험했으니 무엇보다도 양돈의 성공 여부는 사료를 어떻게 얻느냐 하는 데 달려 있었다. 정미소에서 나오는 모든 곡식의 겨에서부터 옥수수 수수 등속의 줄기와 식당의 음식 찌끼, 두부공장이며 기름집 양조장에서 나오는 비지 깻묵 지기미 등속을 걷으러 다녀야 했다. 그뿐 아니라 묵집에 가서는 도토리 상수리 껍데기를 얻어야 했는데 이를 먹은 돼지의 육질이 부드러워지기 때문이다. 아버지 생전에 판로를 닦아놓은 곳이 몇군데 있었고 소년 최달영이 찾아다니며 뚫어놓은 업소가 더 늘어나서 그럭저럭 돼지 먹이는 해결이 되었다. 사료 조달의 문제는 부지런함과 장사 수완이 함께 있어야 하는 것이었다. 손수레를 끌고 거의 수십군데의 장소를 하루 종일 돌아다녀야 했고, 하루라도 틈이 생기면 그곳을 돌며 때로는 담배 한보루, 고기 몇근, 경우에 따라서는 몇푼의 돈으로 사례를 해야 했다.

그가 이런 모든 일에 역증이 나서 양돈 사업에서 손을 놓게 된 데에는 백순이 탓이 컸다. 백순이가 누구냐고? 그건 그가 길렀던 암돼지의 이름이다. 백순이는 묘하게도 검둥이라고 불렀던 토종 암돼지가 낳은 여덟마리 중의 막내였다. 그것이 주인 눈에 뜨이게 된 것은 우선 형제들 사이에서 기중 몸집이 작고 비실거리는데다 털빛이 달랐기 때문이다. 잡아서 고기로 팔기를 망정이지 그냥 산 채로 가축 시장에 내었다가는 털빛이 새카만 순종이 아니라고 흠

잡히기나 좋을 그런 돼지였다. 보통은 암수를 분리하고 어미와 새끼도 다른 울타리에 떼어 키운다. 교미 기간이 잦아서 암수를 함께 키우면 살을 찌우기 어렵고 어미와 새끼를 함께 키우면 어미가 새끼들을 먹이려고 스스로 먹기를 자제하는 까닭이다. 수유 기간이 지나면 얼른 새끼들을 어미에게서 떼어놓는다. 검둥이와 접을 붙인 수돼지가 원래 일본에서 들어온 외래종과 혼종이었던지 뱃바닥과 뒷다리에 흰털이 보이더니 여덟마리의 새끼 중에 두마리가 흰털이 섞였다. 한마리는 수컷이고 몸집도 정상이었는데, 암컷 한마리가 형제들보다 훨씬 작고 체력도 달리는지 늘 구석으로 밀려나 있었다. 젖을 먹을 때면 이악스러운 다른 새끼 돼지들에 끼지 못하고 어미 뒷다리께로 밀려나 젖꼭지를 물 기회가 없었다. 최달영은 이 새끼에게 백순이라는 이름까지 지어주고 어미의 젖꼭지에 갖다 대고 물려주기도 하고 젖을 뗀 뒤에는 울 밖으로 끄집어내어 따로 먹이를 주면서 정성스레 키우니 육개월이 되자 형제들보다 더욱 몸집이 크고 튼실한 암돼지로 성장했다. 사람의 특별한 보살핌을 받아 그랬는지 아니면 천성이 그러했든지 백순이는 제 이름을 부르면 알아들었고, 먹이를 주려고 다가서면 다른 돼지들은 먹이통이나 바가지에 달려들어 꿀꿀거리며 난리법석이건만 백순이만 꼬리를 치며 다가와 주둥이를 달영의 바짓가랑이에 비비며 반가워하는 양이었다. 그러던 어느날 백순이가 진짜로 자기의 말을 알아듣는다는 걸 최달영은 알게 되었다. 날씨 좋은 봄날 먼 들녘에 아지랑이가 피어오르고 햇볕이 따사한 점심 무렵에 백순이에게 비지와 쌀겨에 맑은 물 섞어서 여물통에 부어주고는 그는 울타리에 기대어 섰다. 그러곤 혼잣말로 늘 그러듯이 백순이를 향하여 말을 건네었다.

"콩비지 많이 먹어라. 새벽에 가져와서 아직두 따뜻할 거야."

라고 했더니 백순이가 꿀 꾸르륵 꿀꿀 하면서 주둥이를 위로 쳐들고 웃는 얼굴로 대답하는 것이었는데, 달영은 그 소리를 알아들을 수 있었다. 아버지 고마워요. 너무 맛이 있어요. 백순이가 분명히 자기에게 그렇게 말했다는 것이었다. 최달영은 깜짝 놀라서 다시 한번 백순이에게 말을 걸어보았다고 한다. 어쨌든 이런 이야기도 옛말 솜씨가 뛰어났던 신금이가 남편 이일철에게 들었다면서 아들 이지산을 거쳐 손자 이진오에게 전해진 이야기라 과장이 심했을 것이다. 하지만 백순이를 사료 받으러 나가는 리어카 뒤에 달고 다니던 그 무렵의 최달영을 기억하는 이가 있어서 그리 황당한 소리는 아니었던 듯싶다. 최달영은 백순이에게 이렇게 말을 걸었다고 한다.

"우리 백순이 맨날 울타리에 갇혀 살기가 갑갑하겠구나."

그랬더니 백순이가 꿀꿀하면서 대답했다.

"네, 아버지. 장에 갈 때 저도 데려가주세요."

최달영은 너무도 놀랍고 황당하고 기뻐서 혹시 이게 내가 돼지를 많이 잡다보니 돼지 귀신이 씌었나 걱정하기도 했다고 한다. 그는 점심 먹으라고 교대하러 온 맏누이가 나타나자마자 이 놀라운 사실을 말해주었다.

"히야, 우리 백순이가 나하구 말이 통한다는 걸 오늘에야 알았다!"

누이동생은 오빠의 얼굴을 멍청히 올려다보더니 고개를 좌우로 흔들고는 중얼거렸다.

"오빠는 안 되겠다. 돼지치기 일을 그만둬야 해."

그녀는 오라버니가 이렇듯 지저분하고 힘겨운 노역에 지쳐서 헛소리를 하는 줄 알았다는 것이다.

"이거 봐라, 내가 말을 시켜볼 테니."

최달영이 진지한 얼굴로 백순이 돼지를 내려다보며 명령했다.

"아부지 말 잘 들어라. 이제 언니에게 인사를 해봐라."

"뭐야, 촌수가 별나기도 하네. 오빠는 아부지고 나는 언니야?"

"가만있어봐. 자아, 백순아 언니에게 인사해."

그렇지만 어찌 된 일인지 백순이 돼지는 여물통에 머리를 처박고 비지 쌀겨 죽탕을 맛있게 들이켤 뿐이었다. 누이가 말했다.

"오빠야, 어서 가서 점심이나 먹구 와. 배고파서 머리가 어떻게 된 모양이야."

최달영은 그제야 백순이가 자기 혼자 있을 때만 말이 통한다고 깨닫게 되었다고 한다. 그다음부터 최달영은 목줄도 없이 그냥 백순이를 울타리 밖으로 내놓았고, 리어카 손수레를 끌고 시장으로 나갈 때에는 이미 중돼지가 다 된 백순이가 쫄랑쫄랑 그 뒤를 따라갔다. 마을에서 역전 지나 시장에 가기까지는 제법 먼 거리였는데 지나치는 거리의 상점 주인이나 행인들도 모두들 이 진기한 광경을 보기 위하여 멍한 표정이 되어 입을 벌리고 서 있곤 하였다. 아이들이 뒤를 따라오기도 하고 장난을 치려다가 최달영의 호통 소리에 달아나곤 했다. 개처럼 사람을 따라다니는 돼지가 영등포 일대에 유명해졌고 그 이름이 백순이라는 것까지 알려져서 시장 사람들은 최달영의 리어카와 돼지가 나타나면 "백순아, 백순아" 하면서 반가워했다. 시장 장사꾼들 중에는 자기가 팔던 고구마라든가 호박이든가 아무튼 돼지가 좋아할 만한 먹이를 내주었고 돼지가 맛있게 받아먹으면 좋다고 박수를 치기도 하는 것이었다. 백순이가 많이 먹고 배가 부를 때면 먹이를 받아 물고 제 아버지에게 내밀었고 일부러 최달영은 큰 소리로 알은체를 하던 것이다.

"아이고, 배부르니까 뒀다가 먹을래요? 아부지가 맡았다 줘요?"

그러면 시장 사람들은 손뼉을 치며 깔깔 웃었다.

그러던 어느날 백순이가 몸이 안 좋았던지 토굴 속에 틀어박혀 나오질 않았다. 달영이 울타리를 열고 들어가보니 네 굽을 모으고 옆으로 넘어져서 가늘게 숨만 헐떡이고 있었다.

"백순아 왜 그래, 어디 아프냐?"

했더니 돼지가 꾸룩거리며 대답했다.

"애고, 뭘 잘못 먹었나봐요."

하기는 며칠 전부터 만누이가 말하던 것이다. 백순이가 자꾸만 기둥에 몸을 비벼대고 땅을 앞발로 긁적이며 파는 게 심상치 않다고 했다. 그저 그러려니 했는데 단단히 큰 탈이 난 모양이었다. 달영은 개천 건너에 있는 다른 축사로 달려갔다. 그는 소와 돼지 수십마리를 기르는 노련한 축산 농민으로 아버지가 살았을 때부터 서로 상부상조하던 동무였다. 아저씨는 급히 달영과 함께 축사로 와서 백순이를 살펴보았다.

"얘가 자네 따라다닌다는 그 돼지여?"

"네, 영리하기가 개보다 낫지요."

"그러니 뭘 잘못 먹었거나 밖에서 전염병 옮아온 거 같은데."

아저씨는 고개를 갸우뚱하면서 다시 말했다.

"소문 못 들었어? 경기도 일대에 구제역 퍼졌다든데."

"그럼 어떡해요?"

"뭘 어떡해, 다른 놈들에게 옮기기 전에 얼른 잡아야지."

"잡다니요, 백순이를 잡아요?"

"허허, 이런 철딱서니 보았나. 무슨 돼지에게 이름까지 지어놓구 그래. 지금 당장 잡아서 고기라두 팔아야지."

아저씨는 별일 아니라는 듯이 껄껄 웃고는 돌아갔고 이전처럼 고기 떼어 받고 도축해주겠다는 제안은 하지 않았다. 최달영 소년이 직접 도축한다는 걸 알기 때문이었다. 그의 조수 격인 맏누이동생이 걱정스레 백순이를 들여다보며 말했다.

"오빠야, 빨리 잡아야겠다."

"쉿 조용해! 개 듣는 데서 무슨 소릴 하는 거야?"

누이는 어이가 없어서 하늘을 보며 웃는다.

"참 별꼴이네! 그래갖구 돼지 길러서 어디 우리 식구 멕여 살리겠수?"

누이가 핑 하니 돌아서서 집으로 가버린 뒤에 최달영은 백순이 돼지 옆에 한참이나 쭈그리고 앉아 있었다. 한식경쯤 지나서 그는 도구를 챙겨가지고 리어카 끌고 다시 돼지우리로 갔고, 염려가 되었던지 누이가 양동이를 들고 그를 따라왔다. 백순이는 아까보다 더욱 기력이 떨어져서 입에 거품을 물고 늘어져 있었다. 돼지를 리어카에 싣기 전에 최달영이 작은 목소리로 말했다.

"백순아, 너를 보내야겠구나."

했더니 전혀 움직일 기색이 없던 돼지가 머리를 움직이고 꼬리를 몇차례 흔들면서 꿀꿀 꾸루룩 했다. 최달영의 귀에는 백순이가 힘없이 이렇게 얘기하는 소리로 들렸다고 한다. 아버지 살려주세요. 제가 병이 나을 거예요.

"야야, 뒷다리 좀 맞들어라."

누이는 옘병할 어쩌구 구시렁거리면서 오빠가 돼지의 상체를 잡아 일으킨 아래쪽에 가서 돼지 뒷다리를 잡고 끙끙대며 간신히 리어카에 실었다.

"아이고, 그래두 이만하기가 다행이지. 더 컸으면 어쩔 뻔했음나."

집 앞마당으로 데려와 돼지를 기둥에 붙들어매고 함마로 때리고 할 것도 없이, 그냥 땅에 눕혀놓은 채로 최달영은 뾰족하고 긴 칼로 백순이의 멱통을 찌르고는 옆으로 길게 돌렸다고 한다. 힘이 없어 꽥꽥거리지도 못하고 백순이가 늘어지자 누이는 아무 생각도 없이 양동이를 갖다 대고 피를 받았고, 최는 칼을 집어던지고 집 밖으로 나가버렸다고 한다. 뒤처리는 평소에 오빠의 작업을 보아왔던 누이가 엄마와 제 동생까지 불러내어 큰일을 치러냈다. 그 뒤로 그는 돼지 기르는 일에 역증이 나고 말았고 돼지 근처에 가려고도 하지 않았으며 돼지고기는 한점도 먹지 못하게 되어버렸다고 한다. 최달영은 이 우습고도 처참한 이야기를 끝내고는 이일철에게 한마디 덧붙였다.

"지쓰요우, 그 말을 뒤늦게 배웠다."

최달영은 연이어서 말했다.

"지쓰요우혼이, 실용본위라구 하지. 어디서나 일본인 상관이 그렇게 가르치더군. 인정이니 의리니 하는 게 다 잡동사니 쓰레기란 소리 아닌가. 그런 걸 싹 치워버리면 머릿속도 빈방처럼 청결해진다."

일철은 묵묵히 그를 바라보기만 했다.

"잘 먹고 잘 살자는 게 사람이 태어난 이유고 본분 아닌가. 그게 왜 나쁜가 말이다. 나는 강해져야 한다구 결심했고 제일 먼저 실행을 해버렸다."

최달영은 어느날 역전 주재소로 안면이 있던 일본인 형사 모리를 찾아갔다. 언젠가 그는 단골집에 돼지고기를 넘기다가 도축법 위반으로 걸렸다. 옛적에도 그랬지만 일제가 들어온 뒤에도 시골 동네에서 혼인 회갑 장례 등 경조사나 동제가 있을 적에는 돼지나 닭 따위의 가축을 잡아서 현장에서 식구들과 이웃들이 나누어 먹는 일을 불문에 부치고 있었다. 그러나 상행위를 목적으로 허가 없이 도축하여 대중에게 고기를 파는 것은 엄금되었다. 큰 가축인 소는 주인이 직접 잡기가 곤란했지만, 돼지나 염소 정도는 아무나 잡을 수 있었다. 양돈 농가는 관청의 허가를 받은 도축업자에게 도매금으로 돼지를 넘기거나 그의 손을 빌려 도살 분해한 돼지고기만을 업소에 팔 수가 있었다. 그렇지만 그런 과정을 거치면 이윤이 거의 삼분의 일로 줄어들어서 많은 축산 농민이 직접 도축하는 일이 흔했다. 달영이는 어둑새벽에 가마니를 덮은 돼지고기를 리어카에 싣고 시장 안을 돌다가 어느 해장국집 앞에서 모리에게 딱 걸리고 말았다. 모리는 조선말 발음을 때로는 혀 짧은 소리로 했지만 능숙한 편이었고 그의 조선말 실력은 보통학교를 나온 최달영의 일본어 실력만이나 했다.

"그동안 봐주었는데 오늘은 안 되겠다. 이거 모두 압수 처분하고 너는 콩밥 좀 먹어야겠구나."

"한번만 봐주십시오. 은혜는 잊지 않겠습니다."

"그래? 내가 용서해주면 너는 무엇으로 갚을 텐가?"

모리가 소리를 버럭 지르며 얼굴을 바짝 들이대자 최달영은 엉겁결에 말해버렸다.

"미, 밀주를 파는 집이 있습니다."

모리 형사는 별로 반가워하지도 않고 심드렁하게 말했다.

"그게 어디 한두집인가. 만드는 놈을 잡아야지."

"소주를 밀조하고 있습니다."

밀주는 도축에 비하면 훨씬 엄중한 범죄였다. 조선 사람은 예전부터 마을의 동제를 위하여 공동으로 술을 담그기도 했고 집집마다 가내 제사며 경조사를 위하여 가양주를 담갔다. 일본이 점령한 뒤부터는 소금 담배 주류가 전매품이 되면서 특히 밀주는 엄한 단속 대상이었다. 만주사변 이래로 대륙에서 비공식적 전쟁이 계속되고 산미증식운동이 독려되고 있는 시국에 쌀을 절약해야 하거늘 누룩으로 함부로 술을 담그게 해서는 안 된다는 것이었다. 더구나 막걸리도 아니고 청주나 소주는 쌀의 소비가 많아서 더욱 당국의 관리를 받아야 했다. 술꾼들은 소주에 비하면 막걸리가 배만 부르고 육류나 생선 같은 안주와는 걸맞지 않는다 하여 저마다 소주를 찾았다. 소주를 몰래 만들어 팔면 몇배의 이익이 되었고, 그것은 세금을 도둑질하는 중한 범죄가 되었다.

"어느 집인지 앞장서라."

모리 형사는 주재소에 나와 있는 조선인 보조원 한 사람을 데리고 달영이를 앞세워 뚝방 동네로 갔다. 시장의 북동쪽에 있는 동네인데 차츰 장터가 확장되면서 크고 작은 업소가 늘어나고 있었다. 두부공장 콩나물공장 방앗간 기름집 양조장 등속이었다. 최달영은 앞서가면서 잠깐 후회하는 심정이었다가 마음을 고쳐먹었다. 양조장은 아버지 때부터 사료 술지게미를 얻어온 집이었고 지금도 사나흘에 한번씩은 달영이가 들르던 곳이었다. 그는 술지게미를 얻는 대신에 갈 때마다 일이 끝난 작업장을 대청소했고 독과 항아리들을 씻어 햇볕에 물기를 말리기 위하여 마당으로 나르곤 했다. 때때로 공장 일꾼들에게 술추렴하라고 돼지 부속물을 갖다주곤 했다. 그는 스스로 빚은 없다고 생각했다. 양조장에 도착하자 모리는 작업장의 일꾼 세 사람과 주인을 불러 마당에 세워놓고 보조원과 함께 뒤지기 시작했다. 양조장 안은 큰 작업장과 두군데의 칸막이가 있었는데 여러곳을 살피고 자시고 할 것도 없이 소주 내리는 곳을 찾아냈다. 또한 창고에서 막소주가 들어 있는 됫병들이 병을 담은 나무상자가 쌓여 있는 것을 발견했다. 최달영은 손으로 가리키기만 하고 뺑소니를 쳤는데 그뒤로 양조장은 한 달포 가까이나 문이 닫혔다. 달영은 어찌 되었나 궁금하여 주재소를 지나다가 고개를 빼고 기웃이 들여다보았다. 모리 형사가 안에서 그를 보았는지 돌아서서 가려는 달영의 뒤통수에 대고 불렀다.

"오이, 나 좀 보자."

달영이 주재소 안으로 들어가니 정복을 입은 순사장이 가장 안쪽에 앉았고, 모리와 또다른 정복 순사가 있었으며 창가의 긴 나무의자에 보조원 둘이 앉아 있었다. 그들은 지금 막 무슨 회의를 끝낸 모양이었다. 그들 중에 순사장과 모리 형사만이 일본인이고 순사와 보조원들은 조선인이 분명해 보였다. 모리가 순사장에게 최달영을 소개한다.

"이 녀석이 내가 말하던 아이요. 주재소장님께 인사해라."

최달영은 별생각 없이 허리를 숙여 인사했고 그가 물었다.

"이름이 뭔가?"

"최달영입니다."

주재소장은 그를 따라서 초, 츠 하며 발음하려다가 그만두고는 모리에게 말했다.

"이름 좀 지어주지그래."

모리가 최달영에게 물었다.

"너 사는 데가 어디라구 했나?"

"도림리에 삽니다."

"그 언덕 아래 동네 말이냐?"

모리는 잠깐 생각했다가 아무렇지도 않게 말했다.

"네 이름은 지금부터 야마시타라고 해라."

순사장이 다시 물었다.

"몇살이냐?"

"열여덟살이오."

그들은 아마도 양조장 밀주 사건 후에 고발했던 조선 소년에 대하여 의견을 나누었던 것으로 보였다. 모리와 순사장은 서로 고개를 끄덕였고 모리가 말했다.

"야마시타 군, 우리가 너를 취직시켜주려고 한다."

"예? 취직이라뇨……"

"너는 오늘부터 우리 주재소 사환이다. 월급은 십오원. 그렇지만 부수입이나 상여금이 나오니까 한달에 삼십원쯤 수입이 들어올 거다. 어떻게 생각하나?"

최달영은 속으로 여러가지를 따져보고 궁리해보았다. 한참이나 대답이 없자 모리가 상의 안주머니에서 지폐를 꺼내어 그에게 내밀었다.

"이건 지난번 일의 상여금, 이십원이다. 다음에도 일을 잘하면 공에 따라 상여금을 주겠다."

달영은 돈 이십원을 받아들자 얼결에 대답해버렸다.

"옛, 열심히 해보겠습니다."

한달에 삼십원이면 보통학교를 나와서 이십 대 일이나 되는 경쟁을 거쳐 순사 시험에 합격하고 순사보가 되어야만 받는 월급이었다. 뒤에 알았지만 주재소의 조선인 순사 보조원들은 정식 순사보로 발령받은 자들이 아니었고, 최달영처럼 끄나풀이 되어 활동하며 나이가 들어서 순사 보조원이라고 부를 뿐이지 자기와 똑같은 임시 고용인에 지나지 않았다. 그러나 이들은 진짜 순사보다도 시정에 나가면 조선인들에게 권세가 막강하였다. 이러한 자들을 조선인들은 앞잡이나 끄나풀, 또는 여우라고 불렀고 친일 사회단체의 공개적인 장을 맡아 앞잡이들을 총괄하는 각 기관의 조선인 촉탁들을 꿩이라고 불렀다. 이들은 공안기관 용어로 정탐 또는 밀정이라고 칭했다. 한일합병 직후에 헌병 삼천여명, 경찰 이천육백여명, 그리고 헌병 보조원 사천팔백여명에 순사보 삼천여명, 정탐 삼천명이었다. 헌병 보조원과 순사보도 밀정 역할이 위주였으니 정탐과 합치면 일만 팔백여명이고, 헌병과 경찰 한 사람당 두명의 개인밀정을 합치면 전국적으로 그 수는 어림잡아서 이만 오천여명이 되었다. 이러한 직임이라도 얻어보려고 해마다 이십 대 일의 경쟁을 통과했으니 들지 못한 자들까지 잠재적인 앞잡이로 본다면 그 숫자는 수십만이 될 것이다. 한쪽에서는 가산과 가족까지 버리고 목숨을 바쳐 일제와 싸우는 이들이 있는가 하면 적의 앞잡이가 되어 몇푼의 생활비와 작은 권력을 탐하는 자들이 그렇게나 많았던 것이다.

밀정의 종류는 대개 네가지로 분류가 되었다. 첫째는 최달영의 경우처럼 고용밀정이라 하는데 월급이나 상여금에 혹해서 직업적으로 개인이나 기관의 정보원 노릇을 한다. 그와 같은 자들은 경찰서 헌병대 특무기관 등에 고용된 밀정과 순사나 헌병의 정보원 노릇을 하는 개인밀정으로 구분된다. 둘째는 어느 사건이나 정보를 위해서 필요한 기간만큼만 밀정질을 하는 임시적인 촉탁밀정이 있었다. 이 경우에도 상여금을 탐내서 하는 예가 대부분이었다. 셋째는 밀고자인데 말하자면 준밀정이다. 이해관계나 원한 때문에 자발적, 능동적으로 정보를 제공한다는 점에서 단순한 제보자와 구별된다. 제보자는 물으니까 대답한다는 식으로 피동적인 경우가 많으므로 정보 제공의 행위에 이해관계가 없기 마련이다. 넷째는 순사나 헌병이 수사나 탐문의 필요에 따라 직책으로 밀정질을 하는 경우이다. 민간인 또는 활동가로 변장해서 직접 침투하거나 또는 자기의 개인밀정을 사용해서 간접으로 정보를 입수하기도 한다. 기관에서는 밀정의 정보를 확인하기 위해서 밀정을 정탐하는 경우도 있었다. 이러한 유형 중에서 중심은 어쨌든 고용밀정과 촉탁밀정이었다. 그중에서도 밀정업자라고 부를 만한 거물들이 있었다. 이런 부류는 일진회 같은 친일단체의 간부를 역임하거나 독립운동가 중에서 변절한 자들이 총독부 경무국 촉탁이니 일본 외무성 촉탁 따위의 직함까지 받아서 유지나 권력자로 행세했다.

최달영의 활동 범위는 영등포 역전 주재소에 속해 있었지만 영등포 구역에만 한정되어 있지는 않았다. 동북으로는 노량진 용산에서 서남쪽으로 부평 인천, 남으로는 관악산 너머 시흥 안양까지 사건에 따라서 출장을 나갔고 잠복 미행 침투 등 근무 형태에 따라서 변장을 했다. 처음 일이년은 모리 형사의 개인밀정으로 주로 범죄 탐문을 다녔다. 직속상관인 모리 형사의 수사 지시에 따라서 행동하기도 했지만 차츰 경험이 쌓이고 노련해지면서 스스로 먹잇감을 찾아다니면서 개인적인 이득을 취하기도 했다. 그는 후배 보조를 데리고 다녔고 그에게 지시하여 도박꾼 회사 조직을 미행하게 하였다. 대개 연평 조기 파시가 시작되는 봄이면 그는 인천 연안부두로 나가서 선주들의 도박이 벌어지는 판을 노렸고, 겨울철 농한기에는 시흥이나 김포, 고양 같은 경성 주변의 부농들 도박판을 덮쳤다. 회사란 도박으로 전과가 있는 전문 도박꾼들이 특기에 따라

모인 조직범죄단을 말한다. 기샤가 재빠른 솜씨로 화투장을 바꾸거나 숨기고 상대방에게 맞춤한 패를 주어 판돈을 과감히 걸게 하여 싹쓸이를 했다. 어수룩한 도박꾼인 것처럼 판에 끼어서 부추기며 기샤의 속임수를 돕는 자를 조슈라 하고, 장소를 마련하고 밑천을 대는 자를 슈진이라 하며, 돈 많고 도박을 즐기는 고객들을 모아 오는 자를 오야라고 하였다. 이들은 대개 서너명에서 많으면 칠팔명씩 한 구미를 이루었다. 이러한 조직과 방법도 대개는 개화기를 지나고 조선의 갑오잡기나 투전에서 화투로 변하면서 일본 도박꾼들의 영향을 받은 것이었다. 처음에 최달영은 도박판을 덮쳐서 판돈을 압수하고 방면하는 식으로 이득을 보더니 몇번 해보고 나서는 회사의 오야와 협의를 하게 된다. 즉 밤새도록 도박판이 벌어지고 새벽녘이 되면 판돈이 쌓이기 마련인데 그때쯤에 급습을 하여 꾼들이 따거나 소지한 돈을 모두 압수하고 방면하거나 아니면 달아나게 하고서는 판돈만 먹기도 하였다. 그 대신에 회사의 영업 행위는 보장을 해주었다. 도박꾼과 이들을 단속할 경찰이 한패가 되는 식이었다. 최달영은 그야말로 실용본위가 되어 모리에게 건수마다 상납을 했다. 삼년쯤 되어 야마시타의 유능함은 경찰 본서에 알려지게 되었고 형사의 개인밀정에서 정식으로 순사 보조로 특채되었고 고등계로 발령을 받았다. 그것이 재작년의 일이었다.

최달영은 고등계로 온 지 채 일년이 못 되어 영등포 사옥정 제사공장의 불온 파업을 사전에 적발, 분쇄했다. 영등포 고등계의 사찰목표는 공장지대의 특성상 노동자들의 파업이나 저항을 사전에 포착하는 일이었고 그중에서 주의자들을 잡아내는 일이었다. 1930년대로 넘어오면서 만주에서는 무장투쟁이 일상적으로 벌어지고 있었고 농촌과 공장에서는 사회주의자들의 소작쟁의와 파업이 전국적으로 번져가고 있었다. 최달영은 순사 보조였지만 서에서는 그를 조장으로 세 사람의 순사 보조를 붙여주도록 했다. 최달영의 지휘자는 고등계 과장인 일본인 마쓰다 경부였다. 달영은 본서에 들어가지 않는 날이 많았다. 야마시타 정탐조는 구역을 나누어 사찰을 하고 나서 저녁에 모여서 정보를 취합하곤 했다. 최달영은 제사공장이 세군데나 모여 있는 사옥정 현장으로 돌아다니는 어리석은 짓은 하지 않았다. 그래 봤자 여공들의 눈에 띄기나 하고 수상한 사람 취급을 받을 것이 뻔했다. 하청 공장인 제사공장은 방직공장에 비하면 환경이 열악했지만 숙련공들은 나이도 적잖고 임금이 조금 나은 편이어서 양평정 일대에 두세명씩 어울려 쪽방을 얻어 자취를 하는 여공이 많았다. 최달영은 이런 동네 어구에 국화빵 좌판을 차렸다.

최달영과 세 사람의 순사 보조로 이루어진 야마시타 정탐조는 양평정 사거리 입구에 벌인 국화빵 노점을 근거로 잠복근무에 들어갔다. 여공들은 삼삼오오 무리를 지어 노점으로 찾아와서 빵틀 앞에 서서 국화빵을 사 먹거나 방금 빵틀에서 구워져 나오는 것을 한봉지씩 사들고 숙소로 돌아가기도 했다. 그러는 사이에 재깔거리며 수다를 떠는 여공들의 대화를 놓치지 않고 듣는 것이 밀정들의 일차적인 임무였다. 간혹 중요하다고 생각되면 노점의 조력꾼처럼 대기하던 보조가 그녀들의 뒤를 미행하여 숙소를 알아내고 밤늦게 그녀들의 방 창문가로 찾아가 밖으로 흘러나오는 이야기

소리를 엿듣기도 했다. 그들은 독서회 모임이 있다는 것을 알게 되었고 독서회 구성원들을 내사하여 어느 공장의 무슨 직급인가도 알아내고 제사공장을 중심으로 독서회가 적어도 셋은 된다고 탐문해냈다. 한달 만에 야마시타 정탐조는 최초에 찾아냈던 독서회에 집중하면 그들에 연결된 다른 모임들은 수사에 의하여 적발할 수 있으리라 자신했다. 영등포 경찰서 고등계의 마쓰다 경부는 다시 최달영의 직속상관으로 진급하여 순사장이 된 모리를 반장으로 하여 제사공장 여공들의 독서회를 검거하도록 지시했다. 그들은 잠복근무 기간에 독서회 모임이 있는 장소와 요일, 시간 등을 파악해놓고 있었다. 토요일 저녁 일곱시경에 그들이 모이는 양평정의 한 가정집을 노리고 모리와 최달영, 세 사람의 순사 보조가 각자 자리를 잡았다.

제사공장 독서회는 이이철의 선과는 다른 조직이었는데 김형선이 국내에 들어와서 문건과 격문 기관지 등을 살포하고 그것을 기초로 급조했던 공장 조직이었다. 이들은 일찍이 이이철 등의 방적공장 파업 당시에 우연히 중복되어 서로의 존재를 알게 되었던 조영춘 방우창 등과 연결이 있던 국제선의 다른 조직들이 벌인 세포조직이었다. 독서회는 아직 중심에 닿는 오르그가 아니라 하부 세포인 야체이카에 지나지 않았으나 조직이 방만하고 느슨하게 되어 있다면 그야말로 감자 캐기처럼 줄기를 잡아당기면 줄줄이 땅속의 열매들이 드러날 수도 있었다. 정탐들은 각자 떨어져서 그 집 골목으로 들어섰고, 모리는 골목 입구에 누군가 기다리는 것처럼 담배를 피워 물고 시계를 보며 서 있고, 보조 한 사람은 골목의 뒤로 돌아가 이웃집 담장 앞을 지켰다. 누군가가 탈출하여 그 담을 넘어올지도 모르기 때문이었다. 최달영이 길가로 난 창문 앞에 서서 귀를 기울여 들으니 누군가가 무엇을 읽는 듯한 목소리가 나직하게 들려왔다. 한 사람이 읽고 방 안의 사람들은 듣고 있는 모양이었다. 최달영이 턱짓을 하자 보조는 대문 앞으로 다가섰다. 최달영과 다른 보조는 대문 양옆으로 비켜 서 있고 보조원이 대문을 두드렸다. 안에서 낭독 소리가 끊기고 잠시 침묵이 흐르다가 여자 목소리가 물어왔다.

"누구세요?"

"전보 왔습니다."

다시 조용하더니 대문 앞으로 나오는 소리가 들렸고, 빗장을 빼고 대문이 조금 열리는 순간 그들은 와락 밀치고 안으로 들어섰다. 모리는 어느 틈에 대문 앞으로 다가와 있었고, 최달영과 두 사람의 보조 세 사람이 일시에 문간방의 미닫이를 열고 신발 신은 채로 방으로 뛰어들었다. 방에는 모두 여섯명의 여공이 있었는데 첫눈에 살펴보기로는 문간의 미닫이문 외에는 길가로 난 작은 창문이 유일한 것이어서 탈출구는 없었다. 그들 중 누군가가 안채 마당으로 들어가 집 뒤편의 이웃집과 사이에 있는 담장을 넘어 튈 수도 있겠지만 그럴 만한 여유는 없었다. 그야말로 독 안의 쥐가 되어 일망타진되었던 것이다. 방 안에 숨길 데도 없는지라 그들이 갖고 있던 문건과 책들은 압수되었고 모두에게 수갑을 채우고 포승으로 연달아 결박했다. 모리가 안채로 들어가 집주인을 찾으니 오십대로 보이는 아주머니가 벌벌 떨면서 사정을 했다.

"우리네야 다른 집처럼 여공들에게 월셋방 빌려준 죄밖에 없습니다요."

"불온분자에게 방을 빌려주었으니 조사를 받아야 한다."

집주인까지 수갑을 채워서 일곱명을 본서로 연행하는데 지원차량이 삼십분 전에 와서 대기하고 있었으므로 두 차에 나누어 태우고 모리와 최달영이 동승했다. 보조 세 사람은 또다른 불온문서를 숨긴 것이 없나 하여 안채까지 샅샅이 뒤졌다.

일제 경찰의 간부들은 사이토 총독 이전의 헌병 출신이 대부분이었고 보통경찰제가 된 이후에도 조선인 체포자에 대한 고문과 악형은 그대로 대물림되었다. 헌병이 현장에서 체포한 조선인에 대하여 재판이나 죄의 경중을 묻지 않고 태형에서부터 즉결 처형에 이르기까지 무법적 악행을 벌인 전통은 경찰제 이후에도 여전했고, 치안유지법이 선포된 다음에는 기소 이후에도 재판 중에 피고가 자백을 번복하거나 혐의 사실이 고문에 의하여 강제로 조서가 작성된 것으로 이의를 제기하면, 다시 고문실로 데려다 악형을 가할 정도로 재판이나 사법 정의란 애초부터 허울 좋은 형식에 지나지 않는 것이었다. 또한 치안유지법은 독립운동을 하던 피고의 최종 형량이 선고되어 복역을 마치고 나서도 치안유지를 위해서라는 구실로 구속을 연장하여 보호유치를 할 수가 있게 되었다. 경찰은 활동가나 불령선인을 체포하면 그 첫날 이십사시간이 가장 중요하고 급박한 시간대라는 것을 알고 있었다. 대개 검거자가 하루만 버티면 그의 동지들이 혐의 물증을 없애거나 도피할 수 있는 시간을 벌어준다는 것도 알고 있었다. 연행되어 경찰서에 도착하자마자 고문이 시작되는 것은 그 까닭이었다. 혐의가 위중할수록 고문은 급박하고 야만적이었으며 정보를 캐기 위해서만 목숨을 살려둘 뿐 고문후유증으로 불구가 되거나 옥사를 하게 되어도 그 누구도 책임지지 않았다. 더구나 사회주의 계열에 대한 처사는 '죽여도 좋다'는 처분이 대부분이어서 '빨갱이는 죽여도 된다'는 말이 오랜 수사 관행이 되었다. 일본인은 주로 보고받는 위치에 있었고 대개 피검자가 거물일 경우에만 몸소 나섰으며 대부분의 경우에는 고문실 현장의 담당은 조선인 순사나 순사 보조들이 자행했다. 그들은 같은 조선인으로 피고문자의 감정의 결을 잘 이해했고 그들의 내면을 파악하기가 수월했기 때문이다. 같은 말도 어 해 다르고 아 해 다르다는 조선어의 미묘한 차이도 같은 조선인이라야 분간할 수가 있었던 탓이었다. 무엇보다도 조선인으로 하여금 조선인의 적이 되게 만드는 것은 일본으로서는 역으로 이로운 일이 되기 때문이었다.

여성들의 소단위 독서회 회원들이 연행되어 오자 경찰서 안은 흥분으로 들뜨기 시작했다. 그것은 먹이를 사냥해온 야수들의 소굴처럼 흥겨운 잔치판이 벌어지는 것을 의미했다. 여성이 잡혀오면 제일 먼저 옷을 발가벗겼다. 남성의 경우에도 옷을 벗기는 것은 마찬가지였지만 여성으로서는 벌거벗은 몸 자체가 견딜 수 없는 수치였기 때문에 처음부터 모든 악형을 각오할 정신력이 없다면 무너지게 되어 있었다.

고문은 여러가지가 있었다. 우선 여러 놈이 둘러서서 몽둥이로 정신없이 두들겨 패는 것, 납덩이 달린 채찍으로 발가벗긴 몸을 때리는 것, 각목을 무릎 안쪽에 끼우고 꿇어앉힌 채 위에서 허벅지를 밟는 것, 팔과 다리를 뒤로 돌려서 봉에 묶어 매달고 때리거나 장시간 방치하는 통닭구이, 책상과 책상 사이에 묶은 몸을 걸치고 위에서 누르거나 때리는 한강철교, 고춧가루 탄 물을 주전자에 넣어 거꾸로 매단 자의 코에 들이붓는 매운탕, 의자에 묶어 뒤로 젖힌 얼굴에 젖은 헝겊조각을 덮고 물을 들이붓는 물귀신, 손톱 밑에 대나무 침 박아넣기, 전극이나 몽둥이를 남녀 성기에 넣기, 인두로 지지기 등 활동가들의 회고록에는 갖가지 기상천외한 고문에 대한 기록이 남아 있었다. 가장 가벼운 고문 정도가 수동전화기의 전선을 물 뿌린 젖은 손가락에 감은 다음 발전 손잡이를 돌리는 것이었다. 이러한 고문은 나라가 해방된 뒤에도 정적들에게 수십년 동안 자행되던 일제의 유산이었다.

그들이 캐려는 것은 우선 누구의 권유나 지시로 독서회 모임을 가지게 되었는가 하는 것이며, 문건을 누구에게서 받았는가, 공장 내부 또는 다른 공장 노동자들과의 연루관계 등이 가장 급히 알아내야 할 사항이었다. 이들은 철저하게 분리되어 유치되고 고문받고 조사받는다. 이른바 입 맞추기를 사전에 예방하려는 것이다. 모임 안에는 어쨌든 주동자가 있기 마련이었다. 독서회 회원들도 그런 정도는 준비되어 있어서 주동자는 금방 취조의 초입에서 드러났다. 그에게 문초가 집중되고 다른 사람들은 그가 입을 열어 새로운 사실이 밝혀지면 그것을 확인하는 차원에서 분리된 채로 사실 확인을 받는 문초를 당한다. 그는 이 문건을 누군가에게서 전해 받았다. 그러나 그는 전달만 하고 사라졌다가 예고 없이 공장을 찾아오곤 하여 어디서 무엇을 하며 사는지 알 수 없다. 그의 성은 김, 이, 박. 이름은 아무개이다. 어쨌든 그것도 가명일 것이다. 활동가가 자기의 거처와 이름을 곧이곧대로 대지 않는다는 것은 상식이니까. 회원들 누군가에게서 새로운 사실이 나온다. 그는 약해졌고 겁에 질려 무너지기 시작했을 것이다. 그녀가 문건을 받아와서 독회를 가졌던 날 무심코 해주었던 말을 기억한다. 국제당의 선에서 전해준 문건이라고 그랬다. 다시 심한 고문이 시작된다. 국제당이라는 건 무슨 의미냐. 사실 경찰 측도 상해에서 발행하고 조선 전국에 우송된 『콤뮤니스트』 팸플릿을 파악하고 있던 차였다. 문건을 전해준 사람이 국제당에서 보내왔다고 말했을 뿐 그 사람을 만나야 내막을 알게 될 것이라고 독서회의 주동자는 말한다. 고문은 이틀 동안 계속되었고 세 사람이 기절하였지만 수사는 진전되지 않았다. 다만 공장 안의 일반 여공들 중에 이들이 포섭하려던 자가 몇명 있어서 그들에게 격문 몇장이 전달되었다는 사실이 밝혀졌다. 또한 이웃 공장의 독서회 회원 이름이 나와서 경찰들은 바삐 나가 그들을 하나둘씩 검거해가지고 돌아왔다.

경찰은 제사공장 세곳 중 두군데에서 독서회 회원 열다섯명을 체포해왔고 처음에 연행되었던 독서회 주동자가 이들 모두의 조직 책임자로 드러났다. 아마도 위급한 상황에 대비하여 최초에 체포당한 사람이 모든 책임을 지기로 정해져 있을지도 몰랐다. 이러한 사건에서 대부분의 평회원들은 무슨 뜻인지도 몰랐다, 다음에는 충실한 황국신민으로 살아가면서 성실하게 근로하며 살아가겠다, 독서회에 들게 된 것을 후회하고 참회한다 정도의 반성문을 쓰고 기소유예 또는 훈계방면 되는 길을 택했다. 그러나 이들 중에 몇몇은 다시 조직의 지침이 오거나 선이 닿으면 자기가 할 수 있는 일을 감당해내곤 하였다. 주동자는 만신창이가 되어 공장에서 해고당하고 재판에 넘겨져 일이년에서 삼년 정도의 징역형을 받았다.

최달영은 고등계에서 야마시타 조의 잠복근무와 적색노조 독서회 검거의 성과로 우수한 근무평가를 받았다. 그들은 다시 영등포 관내에서 있었던 노동쟁의의 주동자 및 관련자들을 사찰하는 것이 긴급하다는 결론을 내렸다. 최달영은 지난 사건의 서류를 뒤지다가 안대길 방우창 등의 이름을 찾아냈고 안대길은 복역 중이며 방우창은 주소지 불명으로 나왔다. 그는 보조 밀정들을 풀어 방우창의 소재를 파악하게 하고 자기도 은밀하게 그를 수소문하고 다녔다. 최달영은 이제 자신을 버젓하게 야마시타라고 자처하고 다녀서 본서에서는 일본인 상관들은 물론 조선인 보조들도 모두 그를 야마시타 상이라고 불렀다. 야마시타는 마루보시 동네에 박아둔 정보원에게서 방우창의 소재를 확인하게 되었다. 정보원은 역전 화물계의 일용 일꾼이었는데 작년에 절도죄로 큰집에 다녀온 녀석이 같은 감방에 있던 주의자를 함바에서 보았다고 그랬다는 것이었다. 그가 사람이 좋고 사식이 들어오면 방 안의 복역수들에게 차별 없이 나누어주곤 하여 모두들 그를 존경했다면서 그런 사람도 막일 잡부나 하면서 살아야 하는 세상이 참 못됐다는 이야기를 덧붙이기까지 하더란다. 야마시타는 서류에 붙은 사진으로 방우창의 얼굴을 익히고 정보원이 말하던 동네의 일셋방을 운영하는 함바집을 뒤지고 다녔다. 함바집이라고 해야 서너군데에 지나지 않아서 그는 며칠 지나지 않아 방우창을 발견했다. 야마시타는 헌 작업복 차림에 목에 더러운 수건 두르고 일셋방을 한칸 얻어 방과 같은 집에 거처를 정하고 그를 관찰하기 시작했다. 김형선의 연락 레포 청년이 방문하는 것을 보고 기회를 보던 그는 방우창을 미행했고, 조선에 나온 국제선의 중앙이었던 거물 김형선을 검거하게 되었던 터였다. 이제 그는 보조를 떼고 정식으로 고등계 형사가 되었다.

10

초겨울 무렵의 어느날 이일철은 용산역 중앙사무실에서 화물차 시간표를 보고 자신의 이름이 빠진 걸 발견했다. 일철이 당황하여 차량계의 직원에게 물으니, 그가 고개를 갸우뚱하면서 이리저리 서류를 들춰보고는 말했다.

"아, 여기 있군요. 남대문역으로 가시오. 경의선으로 발령이 났는데요."

직원이 일철에게 서류를 뽑아 보여주면서 다시 말했다.

"기관수가 하야시 타로오 상 아닌가요?"

"맞습니다."

"벌써 며칠 전에 통보했을 텐데 그 사람이 잊어버렸던 모양이군요."

일철은 철로가로 나아가 한 정거장 위인 남대문역 방향으로 천천히 진행 중인 아무 기관차나 손을 흔들어 세우고는 올라탔다. 남대문역이 즉 경성역이었는데 현장 직원들 사이에서는 예전에 부르던 이름으로 그냥 그렇게 불렀다. 더구나 서울역이라는 역 이름은 해방이 되어서야 부르게 될 이름이었다. 일철이 역으로 가서 중앙사무실에 들러보니 과연 그는 하야시와 더불어 경의선 화물차에 발령이 나 있었다. 출근시간은 원래의 규정대로라면 운행 두시간 삼십분 전이니까 아직 늦은 시간은 아니었다. 그가 화물차량이 머물러 있는 폼으로 가서 운전계 대기실에 가보니 하야시는 아직 보이지 않았고, 그 대신 다른 중년 사내가 몇몇 기관수와 앉아 있다가 주뼛거리며 들어서는 일철에게 먼저 말을 걸었다.

"당신이 이 상인가? 하야시 조의……"

"그렇습니다."

"나는 노선을 인계할 기관수요."

"잘 부탁합니다."

"하야시 상이 노련한 기관수니까 잘해낼 것이라고 보는데. 당신, 총독부 철도종사원양성소 출신이더군. 어느 선을 탔나?"

"예, 경인선 경부선을 탔습니다."

"호오, 그 정도 경험이면 기관수를 맡아도 충분하겠군!"

마에다는 나잇값을 해서 그런지 너그럽고 점잖은 편이었다. 삼십분쯤 지나서 하야시가 운전계 대기실로 들어섰다.

"오, 이 상 미안하다. 내가 그저께 퇴근하면서 자네에게 발령 소식을 알려주었어야 하는데. 마에다 상과는 인사를 했겠지?"

그들은 함께 화물차량 폼으로 나갔고 대기 중인 기관차로 향했다. 선로 위에 그들이 경부선에서 몰던 미카도형이 아닌 대형 텐더형 기관차가 서 있었다. 하야시와 이일철이 경부선 구간에서 몰던 미카도형이 총 중량 오십 톤에 기통 견인력이 사만 파운드였다면, 경의선 화물열차의 대종을 이루고 있는 탱크형 텐더 기관차는 최대 팔십팔 톤에 기통 견인력이 사만 천오백 파운드에 달하는 거구였다. 텐더 기관차는 나중에 배치되기 시작한 산악형 마터 기관차와 함께 산악지대와 장거리 수송에 유리한 대륙형 기관차였다. 이들 기관차는 모두 자동연결기와 공기제동기 및 공기 펌프를 갖추었다. 텐더 기관차 가운데 대형은 거의 자동개폐식 화구문에 역전기를 갖추고 있어서 승무원의 안전을 지켜주며 노고를 덜어주고 운전의 안전과 정확성을 높이는 데 큰 역할을 하였다. 또한 신식 장치로는 자동급탄기가 저탄고 바닥에서 화구 안쪽으로 연결되어 있어서 화부가 지켜 서서 삽으로 퍼넣는 수고를 하지 않아도 되었다. 연결된 파이프 안에서 나선형의 바퀴가 돌아가면서 석탄을 자유자재로 화구 안에 쏟아넣을 수가 있었던 것이다. 따라서 기관실에는 기관수와 기관 조수 두 사람이면 되었고 화부는 필요 없게 되었다. 경부선의 특급 여객열차 '아카쓰키'호는 새벽이라는 뜻으로 최고 시속 백십 킬로에 평균 시속 칠십에서 구십을 유지하며 여섯 시간 만에 주파해냈다. 화물열차의 경우에는 정차역이 여객열차보다 적었지만 고속을 유지할 필요보다는 화물의 안전 수송이 목표였으므로 동일한 거리에 여덟시간 정도가 소요되었다. 따라서 경성에서 의주까지 화물열차는 열시간 정도 걸렸을 것이다. 화물열차의 운행시간이 주로 야간이어서 기관수에게는 중노동이었다. 대체로 평야지대인 황해도를 지나 평안도로 올라가면서 산악지대를 통과하게 되니 많은 다리와 터널을 거쳐야 했다. 마에다가 미카도형과 다른 점들을 지적하며 설명했고 하야시와 일철은 텐더의 더욱 진보한 기계장치들을 확인했다. 급수와 급탄을 끝내고 마에다가 직접 가감기를 잡고 당겼다가 밀었다가 하면서 천천히 화물 폼으로 몰아갔다. 덜커덩하는 소리와 함께 기관차가 화물차량에 연결되었다. 마에다 기관수는 우선 삐익 하는 기적 소리를 내고는 증기를 길게 내뿜고 나서 천천히 전진하기 시작했다. 일철은 오른쪽 계단에 내려서서 한쪽 팔을 내밀고 홈의 끝을 바라보았다. 통패를 쳐들고 섰는 선로계의 역원이 보였다. 일철은 아주 능숙하게 통패의 원형 가죽 테를 잡아챘다. 처음에는 팔을 내밀어 고리 안으로 끼워서 잡아챘는데 그때마다 팔뚝을 채찍으로 맞는 것 같은 고통과 상처가 생겼다. '줄기 선다'는 신입 기간이 끝나고 일철은 한달 만에 통패를 잽싸게 낚아채기 시작했던 터였다. 가죽 고리의 아래쪽에 달린 작은 지갑 속에는 이 기관차의 통행증이 들어 있었고 구간은 평양까지였다. 평양에서 의주까지 다시 통패가 지급될 것이다. 텐더형 터우 기관차는 열다섯량의 화물차를 달고 시속 육십 킬로 정도의 속도로 경성 지경을 벗어나 이제는 고양으로 접어들고 있었고 문산포에 이르렀을 때 저녁 해가 한강 너머로 지고 있었다. 곧 임진강 철교를 넘어 한시간쯤 더 가면 개성역에 당도할 예정이었다.

개성역에서 저녁을 먹게 되었는데 저녁부터 초겨울 비가 내리더니 밤이 되자 진눈깨비로 바뀌었다. 그들은 역의 차량계 대기실로 가서 세면하고 작업복을 평상복으로 갈아입고 나서 역사 구내로 들어갔다. 개성역은 서양식으로 지은 목조건물로 가운데 높은 시계탑이 서 있고 양측이 앞으로 돌출된 제법 화려한 이층 건물이었다. 이층은 경사진 지붕이 그대로 천장을 이룬 다락방 형식이었고 돌출된 창이 경사진 지붕 쪽으로 달려 있었다. 그 이층 공간 양쪽에 까페와 식당이 있었다. 역전 그릴은 철도국 직영이어서 조선의 대도시 역사마다 있었다. 통상적인 메뉴는 일식과 양식이었는데 여객열차의 식당에서 파는 벤또와 스시, 그리고 양식으로는 오므라이스 카레라이스 하이라이스 등과 돈가스 비프가스 함박스테이크가 있었다. 일철은 속으로 이런 날은 뻑뻑한 음식보다는 따뜻한 국물이 좋을 텐데라고 생각했다. 그러나 마에다는 그들을 이끌고 역사의 이층으로 서슴없이 올라갔고 하야시도 그 뒤를 따라갔기 때문에 일철은 역사 밖에 즐비하게 있을 조선 주점이나 식당으로 가자고 의견을 내볼 겨를도 없었다. 저녁 식사시간으로는 좀 늦은 때여서 자신들뿐일 것이라 생각했던 일철은 안으로 들어서자마자 실내의 여러 자리를 차지하고 앉은 사람들 때문에 좀 놀랐다. 젊은 남녀도 있고 중년층도 있었는데 대략 이십여명쯤 되는 것 같았다. 사람들은 식당의 이곳저곳에 자리를 잡고 앉아서 도시락이나 라이스를 먹고 한쪽에서는 비루니 사케니 하는 술을 마시기도 했다. 자리가 빈 곳이 중앙뿐이라 그들은 두리번거리다가 홀의 가운데에 자리를 잡게 되었다. 네모의 공간 가녘으로 앉은 사람들 가운데 내키지 않게 자리를 잡은 그들을 먼저 와 있던 사람들이 일제히 바라보는 듯했다. 그곳에 있던 사람들은 모두가 양복 차림이었고 여성들도 투피스에 코트를 걸치고 구두를 신은 세련된 모습이었다. 마에다가 낮은 목소리로 중얼거렸다.

"뭐야, 여행객들인가?"

하야시가 가만히 귀를 기울여보더니 고개를 갸웃거렸다.

"국어도 들리고 조선말도 들립니다."

일철도 가만히 들어보고 나서 말했다.

"네, 일본인과 조선인이 섞여 있군요."

그는 사람들을 찬찬히 둘러보고 나서 다시 말했다.

"여행단은 아닌 것 같습니다. 혹시 예인들 아닐까요?"

"예인이라니, 무슨……?"

보이가 주문을 받으러 왔고 마에다가 음식을 시키기 전에 낮은 소리로 그에게 물어보았다.

"저 손님들 뭐 하는 사람들인가?"

"아, 모르세요? 경성의 유명한 청춘좌 배우들입니다."

그들이 음식이 나오기를 기다리며 먼저 비루를 시켜 마시는데 옆자리의 중년 사내가 일본어로 말을 걸어왔다.

"실례지만 어디까지 가십니까?"

"종점까지 갑니다."

"아, 그럼 신경(新京, 일본이 정한 만주국의 수도)까지 가십니까?"

마에다가 대답을 않고 두 사람을 돌아보았고 일철이 조선인으로 보이는 사내에게 조선말로 말했다.

"저희는 기관수들입니다. 경의선 화물열차를 운행 중입니다."

옆자리의 중년 사내는 조선어로 자기네 좌중의 사람들에게 큰

소리로 말했다.

"여기 이분들 기관수라네!"

하고 나서 그는 곧 일철에게로 얼굴을 돌려 말했다.

"조선인도 기관수가 될 수 있다니 놀랐습니다. 우리는 연극단원들인데 지금 만주 공연차 나섰습니다. 개성에서 공연 마치고 다음은 평양, 그리고 안동 봉천 신경 하얼빈에서 종연하게 됩니다."

그는 장황하게 자랑조로 늘어놓았고 일철이 물었다.

"만주는 처음 가십니까?"

"웬걸요, 이번이 세번째입니다."

일철이 솔직하게 말했다.

"여기 일본인 선배들이 정식 기관수고 저는 아직 기관 조수입니다. 만주는 가보지 못했어요."

"뭐, 앞으로 기관수가 되시겠지요. 만주는 중국도 일본도 조선도 아닙니다. 뭐랄까 국제적인 장소이지요. 신경에 가보시면 아시겠지만 그곳은 대단히 모단한 곳입니다."

두 사람의 조선어 대화가 계속되자 하야시가 일철에게 주의를 주었다.

"뭐라는 거야, 마에다 상에게 실례가 아닌가?"

"옛, 죄송합니다. 이분들은 공연하러 만주까지 간다는군요. 방금 만주는 국제적인 땅이며 신경은 대단히 현대적인 곳이라고 말했습니다."

옆에서 듣고 있던 마에다가 말했다.

"그건 오족협화론 덕택이다."

"좀 어려운데 무슨 뜻입니까?"

하야시가 묻자 마에다가 대답했다.

"일본인 조선인 한인 만주인 몽골인 등이 서로 화합하여 평화로운 나라를 만든다는 뜻이다. 또한 정착을 원하는 어느 나라 어느 종족의 누구든지 함께 살 수 있다. 물론 앞장서서 끌고 나가는 것은 첫 단계에서 일본이 하고 있는 셈이다."

그때에 하야시가 껄껄 웃으면서 일철에게 말했다.

"들었나? 대일본제국의 관동군이 평화의 만주를 만든다. 철도가 그 선발대라구."

그때에 음식이 나와서 세 사람의 대화가 저절로 끊겼다. 그러나 일철은 하야시가 평소에도 냉소적이었던 것을 기억하고 있었다.

개성에서 저녁 식사를 마친 세 사람은 다시 대기실로 돌아가서 삼십분쯤 기다렸다가 화물열차의 운행을 통보받고 곧 출발했다. 개성에서 평산까지 일철이 운전대를 잡았고 두 기관수는 휴식했다. 멸악산의 구릉지대를 지나는 곳에서 봉산 지나 사리원 거쳐 황주까지 하야시가 운전했고 마지막 평양역 진입은 마에다가 맡았다. 마에다는 두 사람이 굴이나 다리를 지날 때마다 지형지물이며 주의할 점들을 이야기해주었다.

평양역에 화물열차가 도착한 것은 자정 무렵이었다. 여기서 급탄 급수를 마친 기관차가 교체될 예정이었다. 그들은 현지 차량계에 일임하고 대기실에서 휴식했다. 야근을 일상적으로 해왔지만 낯선 길을 달려와서인지 피로감이 보통 때보다 더했다. 십여년 전부터 조선의 대도시마다 중국인 노동자들이 몰려들었고 교외에는 중국 농부들이 채소 농사를 짓는 큰 농장이 많았다. 완바오산사건의 잘못된 선전으로 평양과 평북지방에서는 중국인들에 대한 살상사건이 많이 일어났고 그때의 상흔이 조선인과 중국인 사이에 아직도 많이 남아 있었다. 일본인은 이러한 갈등으로부터 거리를 두고 역과 행정기관이 있는, 이른바 본정통에 모여 살았기 때문에 중국인 노동자들과 직접 접촉하지 않았다. 그러나 조선인 노동자들은 일터에서 경쟁하고 주거지에서 늘 부딪쳤기 때문에 점점 더 갈등이 쌓여갔다. 국경지방인 신의주는 강 건너 안동과 이웃 동네나 마찬가지여서 아옹다옹하면서도 서로 음식과 풍속이 뒤섞여 있었다. 중국인 노동자는 아무런 증명서 없이도 나룻배를 타거나 얼어붙은 강을 건너 조선으로 들어와서는 조선인보다 저임금에 장시간 노동을 했기 때문에 일본인 기업주들이 때때로 저항하는 조선인 노동자 대신 고용하기에 편했다. 총독부에서는 식민지 경영의 어려움을 나중에야 깨닫고 중국인의 조선 내 취업을 금지시키도록 했으나 일본인 농장주들이나 기업주들은 아랑곳하지 않았다. 만주에서는 반대로 중국인들이 조선인들을 멸시하며 망국노라고 배척했다. 그러나 항일 무장투쟁을 하는 중국과 조선의 젊은이들은 항일연군을 조직하여 함께 싸웠다. 개척 농민이 아닌 기술자 교사 관료 상인 등 조선의 중산계층은 만주의 지배자가 누구인가를 뼈저리게 깨달아 자기의 몸과 마음을 일본인과 똑같게 하려고 노력했다.

평양역에서 심야의 휴식과 기관차 교대를 마치고 마에다 하야시 이일철 세 사람은 다시 신의주를 향하여 철로를 달려나갔다. 청천강철교를 건너 정주 곽산 선천을 지나며 날이 밝아왔다. 신의주에 도착하여 화물차량을 현지 차량계에 넘기고 철도여관에 들어가 쉬기 전에 세 사람은 기관수들이 종점에서 늘 그러듯이 술 한잔을 나누기로 했다. 마에다가 신의주며 압록강 건너 안동에서 봉천, 신경까지 훤히 알고 있어서 그들을 중국요릿집으로 데려갔다. 마에다가 중국어 몇마디로 음식을 시키고는 두 후배에게 말했다.

"나는 내일 아침에 신경으로 출발한다. 자네들이 앞으로 몇년 경성-신의주 선로를 익히면 나처럼 대륙선을 타게 될 것이다. 그리고 여객열차를 담당하게 될지도 모르지. 점점 일본인 철도원이 줄고 있다는 소문이다."

기관수들 사이에서 급행 여객열차의 기관수는 철도원의 꽃이라고 말해왔다. 하야시는 마에다의 말에 제법 흥분된 표정으로 물었다.

"그, 그게 무슨 근거가 있는 소문입니까?"

"전쟁이 확대될 거라는 소문 말이다. 철도원들은 교육도 받았고 징집되면 장교로 임관된다."

하야시는 마에다의 말에 픽 웃어버린다.

"군대 징집으로 철도원이 줄어들어 자리가 많이 나게 된다는 말이군요. 제가 기관수를 계속하게 된다는 보장은 없다는 얘기구요."

"이 사람아, 자넨 벌써 삼십대 중반 아닌가? 전쟁 막판이 되어야 자네 같은 늙다리들을 부르겠지."

하야시는 고개를 끄덕이더니 일철을 돌아보며 말했다.

"자네 같은 조선인들에게 기회가 많아지겠군."

이튿날 두 사람은 강 건너 안동에 가서 만주 초입의 이국적인 분위기를 둘러보았다. 갔던 길을 되짚어 다른 기관수가 이끄는 의주-경성 간 화물열차를 타고 돌아왔고 이전과 같은 근무가 계속되었다. 경성-의주 간 기관수들은 장차 대륙으로 담당 구간을 옮겨갈 것에 대비하여 일년에 보름씩 남만철도국의 대륙 기차를 타고 답사 교육을 받곤 했다.

이이철과 한여옥이 차려놓은 떡집은 차츰 인근 양평정과 샛말에까지 알려져 단골들이 늘어났고 박선옥의 외조부모네 집에서 떡을 받아다 파는 것으로는 어림도 없을 지경이었다. 그들은 막음이 고모와 의논하여 집에서 함께 떡을 만들기로 결정했다. 대가마솥 세개와 떡시루 셋, 각종 무늬의 떡살, 안반 떡메 절구 공이 함지, 어레미 체와 홍두깨 등 크고 작은 도구들을 마련했다. 그래도 시대가 좋아져서 시장 거리에는 정미소가 두군데나 있었다. 며칠에 한번씩 찹쌀 멥쌀 잡곡 등속을 쓸 만큼 가루로 빻아왔고 팥 콩 녹두 참깨 꿀 기름 같은 고물이나 속에 쓸 것들은 틈틈이 만들어두었다. 막음이 고모가 집에서 놀면 뭐 하느냐며 부업이라도 벌여 아이들 월사금에 보탠다고 소매를 걷고 나섰다. 한여옥은 그때 장산이를 잉태하여 차츰 배가 불러오고 있었다. 이이철은 마음대로 모임에 나다니기가 점점 미안해져서 일주일에 한두번 외출을 했고, 대개 낮에는 떡을 팔거나 배달을 가고 저녁에는 이튿날 오전부터 제작할 물건을 준비했다. 큰일은 주로 자신이 했고 떡을 썰거나 빚거나 모양을 찍고 속을 넣는 섬세한 일들은 한여옥과 막음이 고모가 방에 다정히 앉아서 해냈다. 그날도 한여옥과 막음이 고모는 가겟방에서 떡살에 절편 무늬를 찍어 곱게 써는 작업을 하고, 이철은 가마솥마다 쌀가루 앉힌 시루를 얹고는 불을 땐다, 물을 긷는다, 장작을 나른다 하며 한창 바쁘게 돌아치던 때였다.

"오라버니, 큰일 났어요!"

방 안의 여자들도 이철도 가슴이 덜컹 내려앉을 정도로 놀라서 바라보니 유리문을 열고 뛰쳐들어오는 것은 박선옥이었다. 그녀는 신금이의 조수로 방직공장의 적색노조 야체이카 세포로 두어해를 보내는 동안에 직공 조장이 되었고 조직에 대해서도 깊이 알고 있는 이이철의 기본 오르그였다. 그에게는 영등포에서 몇 손가락 안에 드는 소중한 동지였던 셈이다.

"이것 좀 보세요."

그녀는 신문을 들고 있었다. 그녀가 내민 신문은 아직도 인쇄 냄새가 진하게 풍기는 오늘 자 석간이었다. 일면 머리기사에는 이재유의 체포 소식과 함께 그의 도피 과정이 자세하게 나와 있었다.

경무국에서는 어렴풋하게 이재유의 지하조직에 대해서 파악하고 있었다. 경성에서 연쇄파업이 빈번해지고 각 공장들에서 주동했던 남녀 노동자들을 문초하는 가운데 중앙에 근접한 자의 실토가 나왔다. 사건을 담당한 서대문서와 용산서 등에서는 문건을 대량으로 압수했고 그중에서 같은 종류의 지침 같은 문건을 발견했다. 그들은 적색노조 중앙을 파악하려고 심문을 강화했다. 강화한다는 것은 거의 살인적인 고문이 가해졌음을 의미한다. 조사 도중에 한 사람이 사망했고 둘은 예심 중에 형무소에서 옥사할 정도였다. 경무국은 지난 서류철에서 이재유가 일본에서 검거되어 조선으로 압송된 사실과 그의 인적사항이 전향한 적색노조 조직원의 진술과 맞아떨어지는 것을 발견했다. 경무국은 얼마 안 가서 그가 이재유임을 확신하고 경성의 전 경찰서 고등계에 첩보로 명령을 내려보냈다. 그를 체포하는 자는 일계급 특진과 함께 막대한 포상금을 받을 것이었다. 이재유에게는 자신과 접근하여 연락을 도맡았던 여성 레포가 있었다. 은신처에서 멀지 않은 곳에 그녀의 자취방이 있었고 김형선이 체포된 날 그는 즉시 그녀와 함께 방을 얻어 아지트 부부가 되었다. 동네 사람들의 의심을 사지 않으려고 이는 도로 공사판에 일을 다녔다. 그가 아지트 키퍼인 그녀와 나눈 원칙은 귀가시간을 지킨다는 것이었다. 그리고 집을 나가고 들어올 때마다 주위 정찰을 게을리하지 않았다. 나가기 전에는 그녀가 먼저 골목 바깥 큰길까지 나아가 전차 정류장 주위를 살피고 들어왔고, 이가 일을 마치고 들어올 때면 한 정거장 전에서 내려 도보로 걸어오면서 거리의 동향을 살폈다. 그는 골목 입구에서 집 방향을 바라보고 안전신호를 확인했다. 담장에 흰 빨래가 걸려 있으면 안전한 것이고, 빨래가 없으면 시간을 바꾸어 다른 곳에서 대기하거나 주의하라는 뜻이며, 검정 색깔이면 들어오지도 말고 다시는 돌아오지 말라는 뜻이었다. 이재유는 일터에서 돌아오던 어느날 골목 입구에서 집을 바라보고 담장에 빨래가 없는 것을 확인했다. 그는 집으로 들어가지 않고 발길을 돌려 용산지역의 공장을 맡은 중앙 오르그의 믿을 만한 동지에게 갔다. 그는 안대길 방우창 등과 더불어 이재유의 최초 적색노조 오르그에 참가했던 노동활동가였다. 이들은 모두 몇차례나 좌절된 조선공산당을 재건하기 위해서 아래로부터의 조직에 매진해온 일꾼들이었다. 그는 서울역 뒤의 만리정 언덕에 있는 서민주택가에 문간방 하나를 빌려 공장에 다니고 있었다. 그 역시 지난번 연쇄파업 뒤로 수배에 올라 공장을 그만두고 역 주변에서 가두노동을 하며 조직과 연결하고 있던 중이었다. 장만수가 그의 별명이었다. 이는 어두워질 때까지 부근에서 기다리다가 그의 방을 찾아갔다. 마침 장이 돌아와 있었고 이는 아지트의 경계신호를 말하고 그가 파악해주기를 원했다. 당일 밤을 뜬눈으로 새우고 장이 나가서 그가 접촉하는 공장의 여공 조원을 시켜 사정을 알아오게 하였다. 이재유는 그동안 남산으로 올라가 소일하며 시간을 보내다가 정해진 약속시간에 장을 만나기 위하여 중림정 전차 정류장 부근으로 가서 기다렸다. 이미 오후 세시로 정했던 약속시간이 십오분이나 지났지만 그는 장이 조금 늦을지도 모른다는 기대를 하면서 삼십분까지 기다려보기로 했다. 그러나 원칙을 어긴 것은 이재유의 잘못이었다. 약속한 상대가 십분을 넘기면 그는 곧 자리를 떠어야 한다.

경찰은 아지트를 파악하고 그와 부부 노릇을 하던 학생 출신의 여공 홍 아무개를 검거했다. 다행히 이재유가 집을 비웠던 대낮이었다. 그들은 파업 당시에 체포했던 여공을 재검거하여 고문해서 홍의 인적사항을 샅샅이 알아냈고 그녀가 이재유의 레포라는 사실도 짐작했다. 그들은 다만 그녀를 체포하면 이의 행적을 근접하게 알아낼 수 있으리라 믿고 잠복도 없이 그대로 덮쳤다. 그러던 중 세를 내준 집주인과 동네 사람들에게서 그들이 부부라는 것을 알아냈고, 공사장에 일 다닌다는 그녀의 행세 남편의 인상 파악으로 그가 바로 그들이 찾고 있는 이 아무개가 맞는다고 확신했다. 그녀가 이재유의 아지트 키퍼라는 것이 밝혀진 것이다. 체포된 뒤에 홍은 자연스레 이의 귀가시간에 안전신호를 보낼 수 없게 되었고, 홍을 검거해놓고도 경찰은 비상망을 풀지 않고 잠복에 들어갔다. 골목 주변에 노점상과 행상으로 변장한 형사들이 지키고 있었다. 만약 장만수가 직접 갔다면 그는 먼 곳에서도 이들 잠복한 경찰의 비상망을 눈치챘을 테지만, 그도 수배 중인 몸이어서 오히려 평범한 모습의 여성을 보내면 홍의 예전 직장 동료라고 둘러댈 수 있을 거라고 생각했다. 그러나 경찰은 훨씬 노련했다. 그녀가 아지트인 집을 찾아가 언니 어디 갔느냐고 묻고 체포를 확인하고 긴장해서 나올 때까지 그냥 내버려두었다. 잠복조는 곧 현장에서 미행조로 바뀌었다. 이들은 여공을 미행하여 서울역 앞에서 기다리고 있던 리어카꾼 장만수를 체포했다. 서대문서의 고등계는 그들을 체포해오자마자 어떻게 다루어야 하는지 잘 알고 있었다. 장만수를 집중적으로 고문했다. 체포되면 이십사시간을 버텨야 하는 것이 모든 조직원의 원칙이었다. 침묵하다가 정 못 견디면 수사를 교란하기 위하여 엉뚱한 사람의 이름과 주소를 대거나 허튼 장소와 시간을 말해주는 식도 있었다. 그러나 특고들은 오랜 경험과 훈련에 의하여 대번 알아챘다. 이재유와 직접 관련된 정보가 아니면, 허위라고 생각되는 실토에 대하여는 더욱 무자비한 고문을 가해서 공포에 무너지게 만든다. 여성이라면 즉시 가장 부끄러운 부분을 공격하고, 장만수 같은 건장한 사내에게는 거의 현장에서 지금 바로 병신이 되거나 처참하게 고통을 당하다가 죽을지도 모른다는 생각이 들

정도의 악형을 가한다. 그들도 체포 후 한두시간이 가장 중요하다는 걸 알기 때문이다. 장만수는 세시간 만에 무너졌다. 아니, 다 무너진 것은 아니었다. 한번의 허위 정보로 그는 손톱이 뽑혔고 이후에 전기고문을 받았다. 지난밤에 이재유가 자기 방에서 자고 갔다는 사실만을 실토했다. 그리고 자신의 방 주소를 가르쳐주고 말았다. 오후 세시에 이재유와 중림정 전차 정류장에서 만나기로 한 사실만은 끝내 감출 수 있었던 것이다. 장으로서는 이만한 시간 여유라면 경험 많은 조직의 지도자인 이재유가 무사히 도피를 할 수 있으리라 믿었다. 따라서 그가 발설한 시간도 오후 세시였다. 그들 조선의 순수한 활동가들은 체포 뒤 이십사시간이라는 원칙을 지키려고 애를 썼다. 전설적인 활동가들 가운데 이러한 원칙을 지켰던 이들은 수십명이었지만 강자가 아닌 한 옥살이 중에 후유증으로 목숨을 잃었다. 또한 많은 사람이 대개 몇시간을 버티기는 했다. 호흡을 참아본 이들은 말했다. 이삼분이 얼마나 긴 시간인지, 또는 오분이면 전장의 육박전도 대개는 끝이 난다고. 오분은 일생이 지나는 것처럼 긴 시간이며 중요한 오분은 역사를 좌우하기도 한다고. 어쨌든 장만수는 자기의 방 주소만을 불었지만, 문제는 그가 귀가하는 길이란 게 중림정 전차 정류장에서 내려 만리재 언덕길을 오르는 그 길이었으니 너무 가까운 장소였다.

겨울 오후 거리는 매서운 바람이 몰아쳐서 춥고 행인도 별로 없었다. 상점의 유리 창문은 하얗게 성에가 끼었고 밖으로 내밀어놓은 난로 연통마다 흰 연기가 올라왔다. 한길에 전차와 승용차가 가끔씩 지나다녔다. 마지막으로 이번 전차만을 확인하고 가리라 생각한 이재유는 남대문 방향에서 휘어져 들어오는 전차를 바라보고 서 있었다. 위의 전선에 접선된 도르래 바퀴에서 가끔씩 합선 불꽃이 튀는 게 보였다. 전차 안에는 서 있는 승객이 제법 많이 보였다. 추위에 떨며 삼십분이나 기다렸던 이재유는 내리는 승객들 중에 장만수가 있을까 싶어서 정류장 쪽으로 바삐 다가섰다. 전차 차장의 얼굴을 알아볼 수 있을 만한 거리까지 다가섰을 때에 한떼의 남자들이 출구로 몰려서 내리기 시작했다. 형사들이었다. 잠복근무 중에는 그들도 빈민 노동자 행상 등으로 변장을 하니까 알아보기가 힘들었다. 그들은 누군가를 체포하려고 경찰서에서 바로 출동해 나온 게 틀림없었다. 도리우치나 중절모를 쓰고, 양복 상의에 당고바지 또는 각반을 차고, 외투에 금테 안경 쓰고 콧수염 기른 자들은 모두가 고등계 형사임을 이재유는 경험으로 대번에 알아보았다. 전차에서 쏟아져내리는 형사들을 본 그는 얼른 등을 돌리고 봉래정 방향으로 되돌아서 걸어갔다. 그는 뒤를 돌아보지 않고 점점 잰걸음으로 걸었다. 인적이 드문 도로변에서 전차에 다가서다가 방향을 바꾸어 빠르게 걸어가는 그의 모습은 쉽게 눈에 띄었다. 전차에서 내리던 형사들 중에 몇명이 그를 주목하고 뒤를 따르기 시작했다. 이재유가 발걸음을 더욱 재촉하여 봉래정 다리에 올라섰을 때 다리 건너편에서 걸어오는 대여섯명의 형사와 마주쳤다. 그들도 장만수의 집으로 몰려가던 다른 조의 형사들이었다. 이제는 돌아설 수도 없었다. 이재유는 긴 호흡으로 숨을 가라앉히고 아무렇지도 않은 표정으로 앞만 보며 걸어갔다. 형사들도 그의 존재를 모르는 듯 천천히 걸어왔다. 앞에서 오는 형사들은 매서운 눈길로 이재유의 아래위를 훑어보며 지나갔다. 뒤에서 쫓아오던 형사들도 지척에 다가와 있었다. 이재유와 그들이 막 엇갈려 지나치는 순간에 양편의 형사들은 직감적으로 그가 자기들이 쫓던 인물임을 알아차렸다. 조선인 형사가 몸을 휙 돌려 이의 목을 뒤에서 휘감으며 끌어안고 함께 땅바닥에 나뒹굴었다. 형사들이 일제히 달려들어 그의 팔다리와 목을 잡고 눌렀다.

"당신 이재유지?"

"그게 누굽니까? 나는 철도국에 다니는 김가인데요. 사람 잘못 보신 거 아니에요?"

숨 가쁘게 대답하는 이의 뒤로 꺾인 손목에 수갑이 채워졌고 다시 포승줄까지 묶였다. 이재유는 온몸을 버둥거리며 외쳤다.

"놔라, 이 더러운 왜놈들아!"

그는 끌려가지 않으려고 발버둥치고 바닥에 뒹굴며 고함을 질렀다. 누구에게든 조선 사람들에게 한 조선 사람이 잡혀간다는 것을 알리는 일 또한 활동가의 임무였다. 길 가던 조선인들은 다가오지 못하고 멀찍이 서서 지켜보거나 겁을 먹고 못 본 체 황황히 그 자리를 비켜서 지나갔다. 형사들은 그를 한참 동안 발길질과 주먹으로 흠씬 때려서 기를 죽인 뒤에 저희끼리 희희낙락하며 끌고 갔다.

이재유가 검거되기 이전에 많은 활동가가 이미 경찰에 잡혀와 있었다. 이의 조직은 서울에 이백여명, 지방에 백육십여명 정도로 추산되었다. 경찰은 이재유가 상해와 연락하여 전국적인 조직을 결성하려 했다는 혐의를 두고 자백을 받기 위하여 악랄한 방법으로 고문을 시작했다. 나중에 나온 출판물에는 이렇게 기록되었다.

때리고 차고 물을 먹이고 달아매고 하다가 나중에는 쇠꼬챙이를 불에 달구어 넓적다리를 지지고 하였다. 죽음으로써 자기의 신념을 지키고 그 운동을 지키려는 숭고한 정신에서 이재유 동무가 침묵으로 일관하자 초조해진 경찰은 음식도 잘 못 먹고 보행도 못하는 이동무를 자기들이 업고 부축하여 취조실로 끌어내어 전기고문까지 하였다. 이재유 동무는 나중에 그의 동무들에게 '고문을 견디지 못하고 죽을 것을 각오하였다'라고 회상했다.

고문을 맡은 것은 서대문서에서 악명 높던 두명의 조선인 형사였다. 그들은 먼저 이재유의 웃통을 벗겨 역기할 때 쓰는 것과 같은 종류의 좁고 긴 나무의자에 눕히고 양손과 양발을 묶어 꼼짝 못하게 했다. 한 놈은 그의 가슴팍에 말 타듯 올라타서 입을 벌려 수건으로 재갈을 채워 입으로는 물을 마시거나 숨을 쉴 수도 없게 만들었다. 또다른 자는 구두를 벗고 고무장화로 갈아 신고는 의자에 바짝 다가서서 피고문자의 얼굴을 좌우로 움직이지 못하도록 양다리로 단단히 끼고 물이 가득 찬 주전자의 주둥이로 코에 물을 부었다. 입이 막힌 상태에서 코로 물이 들어가고 호흡이 불가능해지자 물이 폐로 들어가 내장이 터져버릴 것 같은 고통이 몰려왔다.

혀를 깨물고 죽을 수도 없게 입에 수건으로 재갈이 물려 있어서 고통으로 꿈틀거리다가 혼절하기를 되풀이했다. 경찰은 물고문이 통하지 않자 자석식 전화기의 전선을 젖은 몸에 감아놓고 페달을 돌려 전기고문을 했고 불에 달군 인두로 허벅지를 지졌다. 이재유는 자신의 살이 타들어가는 냄새를 맡으며 비명을 질렀다. 그의 조직의 실질적인 활동이었던 연쇄파업에 대해서는 이미 먼저 잡힌 이들이 진술해놓은 조서가 있어서 조사받기가 수월했다. 그가 할 수 있는 일이라고는 조직원 개개인에 대한 질문이 나왔을 때 그 사람은 사회주의가 뭔지도 모르고 동생이나 친구 때문에 참가했다는 식으로 거짓 진술을 하여 그들의 형량 부담을 덜어주는 일뿐이었다.

이러한 고문과 악형에도 이재유가 굴복하지 않자 경찰은 두고두고 정신적 육체적으로 고통을 주어 자백을 받아내려고 장기 취조에 들어갔다. 이때 그는 유치장에 있지 않고 고등계 사무실 이층 분실에 있었다. 경찰은 그가 격렬한 열병 혹은 각기병 때문에 따로 분리 수용했다고 발표하고 있으나, 이는 고문후유증을 숨기려던 것이며 또다른 이유도 있었다. 그것은 유치장에서 일당끼리 서로 통방을 하여 사건의 내용을 적당히 짜 맞추거나 고문 사실을 폭로하며 소동을 일으킬까 염려해서였다.

삼월 중순의 어느 비 오는 밤이었다. 이재유는 오랜 취조로 지친 형사가 졸고 있는 틈을 타서 길가로 난 창문을 넘어 밖으로 뛰었다. 오랜 고문과 각기병으로 비틀거리며 광화문 쪽을 향해 뛰고 걷고 하면서 그는 경찰의 추적에서 되도록 멀어지려고 안간힘을 다했다. 정동 입구까지 이르니 벌써 경찰의 추적하는 호루라기 소리며 외침 소리가 들려왔다. 그는 정동 골목으로 들어서서 마침 지나가는 장작 수레 뒤를 밀어주며 따라갔다. 추적이 급해지자 이재유는 어느 건물의 담을 뛰어넘었다. 그가 들어간 곳은 정동 재판소 건너편의 미국 영사관이었다. 그는 그곳이 어디인 줄도 모르고 비를 피해 처마 밑으로 기어들어갔다가 한꺼번에 몰려온 피로와 풀린 긴장으로 혼절해버렸다. 얼마나 지났는지 시끄러운 소리에 놀라 깨어난 그의 앞에는 제복 입은 서양 군인이 장총을 겨누고 서 있었다. 군인들은 그를 경비실로 끌고 갔고 이재유는 서투른 영어로 자신은 정치적 망명자이며 보호해달라고 요청했지만 그들은 모르는 척했다. 미국 영사는 그를 경비실에 앉혀놓고는 경찰에 전화해서 도둑을 잡았으니 데려가라고 신고했다. 경찰서를 탈출한 이재유를 찾기에 혈안이 되어 있던 일본 경찰은 도둑 신고 따위에 신경 쓸 겨를이 없어 무시하다가 몇번이나 독촉 전화를 받고서야 할 수 없이 순사를 보냈다. 잔뜩 귀찮은 표정으로 도둑을 인수하러 온 순사는 그가 이재유라는 것을 뒤늦게 알고는 놀라서 지원 병력을 부르며 소란을 떨었다. 혼절한 채 서대문경찰서로 실려간 이는 주사를 맞고서야 정신을 차렸다. 경찰은 그가 러시아 대사관에 들어가 망명을 하려다가 지척에 있는 미국 영사관에 잘못 들어갔다고 생각하고 공산주의국가로 가려 했다는 이유로 무수한 매질과 모욕을 가하였다. 살려는 생각도 없이 오히려 자살을 생각할 정도의 가혹한 고문이었다. 손에 자동식 수갑을 채우고 발에는 커다란 쇳덩이를 붙들어매어 수족을 묶인 몸이 되었다. 그리고 허리에는 방울을 차서 몸을 움직이면 달랑달랑 소리가 나서 감시자의 졸음도 깨우도록 해두고 문이란 문은 다 열쇠를 굳게 채운 뒤 그 열쇠는 요시노 고등계 주임이 퇴근하면서 자기 집으로 가지고 갔다. 이것이 이재유 제일차 탈출 실패의 전말이다.

온몸이 만신창이가 되어 잘 걷지도 못하는 그가 이토록 삼엄한 감시 속에서 또다시 탈출하리라고는 누구도 생각하지 못했다. 다시 한달이 지난 사월의 어느 늦은 밤이었다. 이재유는 철통 같은 감시망을 뚫고 드디어 두번째의 탈출에 성공한다. 비상경계망을 펼친 가운데 전 서울의 경찰이 개미떼같이 풀려나와 역마다 지키고 교외로 나가는 길목마다 지키며 검문검색을 실시했고, 정사복 경찰들은 집집마다 이 잡듯이 뒤지며 남산 북악산 인왕산 낙산 등지에서 야간 매복까지 했지만 그를 잡지 못했다. 이에 요시노 고등계 주임은 인책 사임을 당했으며 사건은 경기도 경찰부로 넘어가고 말았다. 탈출한 이재유에게는 오백원의 현상금까지 걸렸다.

그의 탈출 경과는 나중에 밝혀졌는데, 담당 검사 측의 기록과 해방 이후 활동가들의 회상이 조금씩 다르게 알려졌다.

전자는 다음과 같이 기록했다. 그가 탈출하기 십이일 전에 계도의 편의를 위하여 족쇄는 채운 대신 수갑을 풀어주었다. 양손이 자유로워지자 그는 곧 탈출 준비에 착수했다. 그는 한달여 전에 혼자 갇혀 있다가 이층의 고등계 훈시실로 옮겨졌는데 그 안에는 김 아무개 등 조선인 사상범 예닐곱명이 갇혀 있었다. 다른 이들은 수갑도 채우지 않았고 계단 아래 일층에 내려가 대소변도 볼 수 있었지만 이재유는 훈시실 밖으로 한 발도 나가지 못하도록 용변도 변기를 가져와서 보게 했다. 수감자들은 유리병에 담긴 우유를 배달해 마시고 있어서 양철로 된 병뚜껑을 쉽게 구할 수 있었다. 그는 밥알을 짓이겨서 족쇄 안에 넣어 형을 뜬 다음 우유병 뚜껑을 구부려 열쇠를 만들었다. 실험을 해보았더니 놀랍게도 족쇄가 쉽게 풀렸다. 침상 밑 나무 마루 틈새에 양철 열쇠를 숨겨두었다. 침상 밑에는 개인 사물을 그대로 넣어두도록 했기 때문에 외투와 함께 손톱깎이에 붙은 작은 칼도 있었다. 입고 있는 옷의 안감을 도려내어 변장용 마스크를 만들었다. 한밤중에 모두가 잠들었을 때에 한가지씩 준비하여 아무도 눈치채지 못했다. 잡힐 때에 입고 있던 외투 안쪽에는 만약을 대비하여 안감을 찢어 지폐를 넣고 바느질해두었던 비상금도 있었다. 그날 저녁밥을 일부러 남긴 이재유는 이를 같은 방에 있던 이질 환자 김 아무개에게 주었다. 김은 좋아라고 이를 얻어먹었다. 밤 열두시경부터 김은 순사에게 변소에 가고 싶다고 애원했다. 거듭되는 애원에 못 이겨 순사가 새벽 네시에 그를 데리고 변소에 갔다. 이때 이는 열쇠로 재빨리 족쇄를 풀어 마스크를 쓴 다음 침대 밑의 외투를 입고 모자를 깊이 눌러쓰고 당당하게 정문을 나섰다. 문 앞에서 보초 순사가 변장한 그를 형사로 알고는 '이제 퇴근하십니까?'라고 인사를 하자 수고하라는 답례까지 하면서 그는 택시를 잡아탔다. 택시비는 언제라도 그가 도주용으로 쓰려고 안감 속에 꿰매두었던 비상금으로 지불했다. 그는 택시를 몇 번씩 바꿔 타면서 생각해두었던 최후의 은신처로 달려갔다.

그러나 후자의 진술은 앞의 검사의 기록과는 다르다. 이재유는 고등계 훈시실에 야간 감시자로 들어오는 일본인 초임 순사와 사귀게 되었다. 경찰관 중에는 애초에 선량한 사람들을 보호하고 악한 자를 잡겠다는 순수한 마음으로 경찰 시험을 치른 일본인 청년이 있기 마련이었다. 천성적으로 밝고 이타적인 성격을 가진 모리

다라는 젊은이도 그런 사람이었다. 사회주의자는 아니었지만 '일본의 천황주의를 싫어하고 민주주의적 사상을 가졌으며 공산주의에 대해서는 많은 흥미를 가진' 모리다는 야간에 근무하러 들어오면 '인간 평등을 위해 사회주의자가 되었다'고 당당하게 말하는 이재유와 이야기를 나누고 싶어했다. 처음 붙잡혀왔을 때에는 두 사람이 일개 조가 되어 지키는 바람에 단둘이 이야기할 기회가 없었던 것이다. 감시가 완화되어 혼자 당직을 서게 되자 모리다가 먼저 일본어로 말을 걸어왔다. 이재유는 특유의 '선전 선동의 힘으로 모리다를 감화시켜 그의 호감과 이해를 얻었으며, 모리다는 그의 혁명적 열정과 지성 및 풍부한 인간성에 감복해' 그의 탈출을 돕고자 했다는 것이다. 이재유는 천황제야말로 자본가와 권력자들이 인민을 지배하기 위해 만들어놓은 정신적인 족쇄이며, 일본은 천황제를 폐지하고 궁극적으로는 사회주의가 되어야만 완전한 인간 평등을 이룰 수 있을 것이라고 모리다에게 말해주었다. 일본이 제국주의로 아시아를 침략하고 조선이 그 피해자가 된 것도 끝없이 팽창하지 않으면 자신을 유지할 수 없는 자본주의의 필연적인 결과라고 이는 말했다. 그는 자신의 조직원들에게 말할 때처럼 다정다감하고 신념에 찬 얼굴로 모리다에게 설명했다. 동서양과 남녀의 구별 없이 모든 세상의 인간은 자유롭고 평등하게 살 권리가 있으며 인류가 그 꿈을 이룰 수만 있다면 자신의 한 목숨은 조금도 아깝지 않다고 그는 말했다. 모리다는 그의 말에 깊이 감화되고 말았던 것이다. 두 사람의 대화는 밤이 깊도록 계속되었고 모리다는 자신의 비망록에 그의 말을 받아적기도 하며 열렬한 동의를 표시했다. 초임 순사인 모리다는 밤마다 야간 당직에 들어왔고 여러차례 깊은 대화를 나눈 두 젊은이는 서로 마음을 열어놓을 수 있을 정도로 가까워졌다. 어느날 한참이나 대화를 나누고 나서 이재유는 조심스럽게 지나가는 말처럼 던져보았다.

"나는 밖에 나가고 싶소. 옳은 일을 하며 자유롭게 살고 싶소."

모리다의 얼굴에서 일순 웃음기가 사라졌다. 그러고는 진지한 말투로 대답했다.

"밖에서는 활짝 피어 있던 벚꽃도 이곳에만 들어오면 시들어버립니다. 그러나 시들지 않고 피어나는 꽃을 누가 막을 수 있겠습니까? 친구가 가버리면 외로워지겠지요. 그렇지만 소란을 피우지는 않을 겁니다. 차 한잔이 식을 때까지는."

이날 밤 이가 족쇄를 풀고 옷 보퉁이를 이불 속에 넣어 불룩하게 해놓고 다시 창문을 넘어 탈출한 후, 모리다는 약 삼십분이 지나서야 호루라기를 불며 범인이 달아났다고 고함을 질렀다. 숙소에서 잠자다 뛰어나온 순사들은 건물 안을 이리저리 몰려다니고 옷도 제대로 챙겨 입지 못한 기마경찰대가 말을 끌고 나오느라 소란을 떨었다. 경찰차와 오토바이들이 몰려나갔다. 집에서 자다가 달려온 요시노 주임은 권총을 뽑아들고 미친놈처럼 화를 내며 사무실을 돌아다녔다. 소란이 벌어진 몇시간 뒤에 이재유를 놓친 당사자인 모리다 순사가 조선인 사상범들이 잡혀 있는 유치장에 나타났다. 갓 스무살을 넘긴 애송이 모리다는 다른 일본인 순사들과는 달리 정이 많고 순수하여 조선인 수감자들에게 은밀한 동정을 보여주던 사람이었다. 탈주자를 잡는다고 경찰서가 온통 뒤집혀 있었지만 모리다는 야근으로 조금 피곤해 보였을 뿐 태연한 얼굴이었다. 그는 평소처럼 웃는 얼굴로 유치장에 갇힌 조선인들 앞에 서더니 어젯밤에 자신이 만든 짧은 노래를 불러보겠다고 말했다.

"벚꽃 동산에 피어 있는 꽃, 바랜 꽃도 있고, 피는 꽃도 있네."

모리다는 일본 노래의 곡조에 맞추어 노래를 불렀다. 밖에서 무슨 일이 벌어지고 있는지 모르고 있던 조선인 정치범들은 잘 지었다고 칭찬해주었고, 모리다는 생각에 잠긴 얼굴로 쓸쓸히 웃기만 할 뿐이었다. 이 일로 엄한 추궁을 받은 모리다 순사는 경성에서 멀리 떨어진 함경도의 산골 오지 주재소로 좌천되었다.

서대문경찰서 부근의 자동차회사에서 택시를 잡아탄 이재유는 황금정2정목에서 내려 3정목까지 걸어가서 다시 차를 잡아타고 동소문까지 가서는 또 하차하여 낙산 기슭을 넘어 동숭정으로 갔다. 그는 일단 추적의 예봉을 피하기 위해 신분이 뚜렷하고 일제 경찰이 전혀 의심하지 않을 사람의 집을 염두에 두고 있었다. 이재유가 쁘띠인텔리 계급의 관념적인 선배들의 운동 방식을 극복하여 당 재건을 아래로부터 설립해나가자는 실천을 해온 이후 조직 성원들은 거의가 노동자로 현장에 투입되었다. 그가 노동 현장만큼이나 중요하게 생각했던 것이 학생운동권이었다. 이들은 노동자만큼 급박한 생존조건에 몰려 있지는 않았으나 순수하고 선진적인 사회사상을 적극적으로 받아들였으며, 투쟁에 나섰다가 검거되거나 억압을 당하여도 스스로 극복하고 운동 현장에 되돌아오는 자가 많았다. 학생운동은 특히 광주학생항일운동이 전국화된 이래로 수년째

독립운동의 성격을 띠면서 진행, 성장해오고 있었다. 처음에 중앙 조직을 결성할 때부터 학생운동 분야의 책임이 정 모에게 맡겨졌다. 정은 경성제대를 나와 출세의 길을 걷지 않고 활동가가 되었다. 경성제대의 교수 미야케는 동경제대를 거쳐 독일에 유학하여 그곳에서 사회주의운동에 참여했고 경성제대에 부임하여 경제학과 맑시즘을 가르쳤다. 그에게 영향을 받은 조선인 학생이 여럿이었다. 학생운동 분야를 담당했던 정이 이재유에게 미야케를 소개했고 이들은 조선 정세와 일본의 제국주의에 대하여 몇차례 토론하면서 서로를 신뢰하게 되었다. 이재유는 경찰의 숨 가쁜 추격을 피하여 경성제대 미야케 교수의 관사에 찾아가면 얼마 동안의 시간을 벌 수 있으리라 생각했던 것이다. 그는 동숭정에 이르러 어둠 속에서 미야케 교수의 집 담장을 넘어 정원에 앉아서 날이 새기를 기다렸다. 날이 훤히 밝자 그는 흙 묻은 옷을 털고 마스크를 벗었다. 그러고는 현관 벨을 눌렀다. 하녀가 나오자 자기는 김 아무개라는 학생이고 교수님의 제자인데 만나 뵈러 왔다고 말했다. 미야케는 하녀에게서 김이라는 학생이 찾아왔다는 말을 듣고 기억이 나지 않아 고개를 갸웃거리면서 현관으로 나가보았다. 양복 차림에 넥타이를 매고 외투를 걸친 이재유의 새벽 방문에 그는 사태를 짐작하고 얼른 거실로 안내했다. 이는 방금 전 새벽에 서대문경찰서에서 탈출하여 오는 길인데 당분간 은신할 수 있겠는가를 미야케 교수에게 물었다. 그의 일차 탈출 소동이 이미 달포 전에 신문에 났기 때문에 미야케는 두번째 탈출에 더욱 놀랐다. 마침 그날 정 아무개도 미야케 교수를 방문하러 왔다. 이재유는 정에게 적합한 은신처를 물색해달라고 했으며 잠행에 필요한 의복이나 신발 등을 준비해줄 것을 부탁하였다. 이 무렵에 미야케의 아내는 병원에 입원해 있었으며 어머니가 일본에서 방문차 와 있었고 하녀가 있었다. 보안을 위하여 하녀가 없는 것이 좋겠다는 이재유의 의견에 따라 하녀는 그날로 해고되었다. 운 좋게도 이재유가 찾아갔을 때 미야케 교수의 아내와 어머니는 병원에 있었다. 거실에서 하룻밤을 보낸 이가 미야케에게 어디엔가 당분간 숨어 지낼 방 하나를 빌려달라고 했지만, 경성 전역에 경찰의 비상망이 펼쳐져 집 밖으로는 한발짝도 움직일 수 없는 상황이었다. 더구나 그날 낮에 관할 동대문경찰서에서 춘계 청결심사를 4월 15일에 실시하겠다고 통보해왔다. 이때 일제강점기의 운동사 가운데 가장 놀랄 만하고 기이했던 사건이 일어난다. 미야케 교수가 침착하게 자기 의견을 말했기 때문이다.

"차라리 이 마루 밑에 숨어 지내는 것이 어떻겠어요?"

이재유와 미야케는 함께 다다미를 들어내고 마루 판자를 뜯었다. 바닥에 맨땅이 드러났는데 살펴보니 모래가 많이 섞인 부드러운 흙이어서 쉽게 팔 수 있을 것 같았다. 이재유는 삽으로 바닥을 파기 시작했다. 예전부터 일대가 천변이어서 모래흙이었지만 돌이 많아 땅 파는 작업은 쉽지 않았다. 아침 열한시경에서 밤 열시 무렵까지 이재유는 땅을 팠다. 파낸 흙과 돌은 교수가 양동이에 담아 내어 정원에 쌓았다. 사람이 누워 지낼 만한 구덩이와 통로가 마련되었고 남쪽 창문 아래로 공기구멍을 내어 음식을 넣어주기로 했다. 흙바닥에는 신문지를 두툼하게 깔고 침구와 옷가지 등속을 넣어두었다. 음식으로는 제때에 먹을 빵 달걀 만두에서 귤 사과 같은 과일과 통조림을 비상식량으로 장만해두었다. 대소변은 구멍을 파서 볼일을 보고 흙으로 덮곤 했다. 4월 20일에 미야케의 아내가 퇴원하여 모친과 함께 집으로 돌아왔고, 이튿날 모친은 일본으로 돌아갔다. 그러나 걱정은 미야케가 4월 22일부터 만주의 간도 방면 시찰을 위한 출장을 갔다가 열흘쯤 뒤인 5월 2일경에나 돌아오게 된다는 것이다. 이는 바깥에서 정세를 살펴온 정 모의 연락에 의하여 이재유가 미야케에게 권유한 출장이었다. 주인이 출장을 간 것이 확실한 이 집이 경찰의 주목에서 벗어나지 않겠는가 하고 이재유는 생각했던 것이다.

"번거롭지 않도록 음식을 한꺼번에 마루 밑에 장만해주시면 됩니다."

이가 그렇게 부탁했지만 미야케 교수는 고개를 저었다.

"저는 차마 그렇게 할 수는 없습니다. 아내에게 사실을 밝히고 부탁해놓겠어요."

"아, 부인에게 말씀하신다구요?"

"아내는 학생 때부터 독일 유학 때까지 저의 충실한 동지였습니다. 그녀에게 거짓말을 할 수는 없습니다."

미야케는 아내인 히데를 거실로 불러냈고 수염이 덥수룩한 이재유를 소개했다.

"이 사람은 조선의 혁명가이며 공산주의운동의 동지요. 나는 이 사람을 보호할 책임과 의무가 있소. 당신이 나를 사랑하고 믿어준다면 우리를 도와주세요."

히데는 눈물이 글썽해지며 미친 듯이 고개를 끄덕였다.

"저를 믿어주셔서 고마워요. 당신의 뜻대로 이선생님을 보호하겠습니다."

히데는 독일 유학 시절에 베를린에서 열린 반제동맹대회에 참석하기도 하고 독일 사회주의 그룹들과도 교유하여 그곳의 분위기에 익숙했기 때문에 사상적 활동가들에게 호감을 가지고 있었다. 남편이 출장을 떠난 열흘 동안 그녀는 마루 아래 토굴 속의 이재유에게 음식을 넣어주는 등 남편과 약속한 자신의 임무를 충실히 이행했다. 나중에 정과 미야케가 검거되는 5월 21일까지 삼십팔일 동안 이재유는 마루 밑 토굴 안에서 은신했다. 그가 조선은 물론 일본에까지도 널리 알려지게 된 것은 경성제대 교수였던 미야케와의 동지적 우정과 그 집의 마루 밑에 토굴을 파고 은신했던 일화 때문이었다. 그동안에 이재유는 거실 탁자의 나무다리 옆으로 젓가락이 들어갈 정도의 구멍을 파고 종이쪽지를 주고받으며 미야케와 통신연락을 하였다. 이재유는 미야케가 넣어준 책을 회중전등으로 비추며 읽기도 하고 때로는 한밤중에 굴에서 나와 목욕을 하기도 했다. 이 기간에 그는 자신과 노동자들의 검거로 중단되었던 조선 반제운동의 일반적 방침에 관한 협의를 미야케와 함께 진행하였다. 연쇄파업의 엄혹한 상황 이래로 결정하지 못했던 조선 운동의 방침서 초안 중에서 과거 운동의 비판 및 금후의 운동 방침 등을 검토했다. 그러한 맥락에서 프로핀테른 극동부의 지도를 받았다는 원산을 비롯한 함경도 지방의 '태평양노조 계열은 어떤 이론을 가지고 있었는가?' 또는 '조선 운동의 일반적 방침은 무엇인가?' 등에 관하여도 두 사람은 활발한 토론을 벌였다. 앞서 정 모를 통하여 이재유와 접촉했던 미야케는 역시 정의 주선으로 국제선이라 자칭하던 김형선 계열의 '경성 공산주의자' 그룹과도 운동 방침을 협의하면서 이들 두 조직을 연결하기 위한 노력에 적극적이었다. 그래서는 이재유의 토굴 시기에 미야케는 국제선 그룹의 비합법 출판물인 『코민테른 제13차 총회 테제』 및 기관지 『프롤레타리아』 『메이데이 격문』 등의 내용을 그와 함께 검토, 비판하기도 하였다.

5월 17일에 그들과 선을 대던 정 모가 검거되면서 나흘 만인 21일에 미야케 교수도 검거된다. 경찰에서 미야케는 취조를 하루만 연기해줄 것을 요청했다. 그러면 자신이 정신을 수습하여 스스로 자백서를 쓰겠다고 하였다. 다음 날인 22일 저녁에야 미야케는 비로소 서대문서에서 탈출한 이재유가 자신의 집에 숨어 있다는 사실을 자백했다. 물론 이재유에게 도망갈 시간을 벌어주겠다는 운동가들끼리의 원칙을 지키려던 미야케의 지연 전술이었다. 이재유는 이미 정 아무개가 검거된 날 이후부터 언제라도 도주할 수 있는 만반의 준비를 갖추고 있었다. 그는 정 모가 인텔리이므로 오래 버티지는 못할 것이며 자신 이외의 일도 자백할 것이라고 예상했기 때문이다. 그래도 정은 나흘을 버텨준 셈이었다. 이재유는 정이 체포되기 전에 학생운동 조직이 마련해준 양복과 구두를 입고 있었고 미야케는 이재유에게 회중시계와 비상금 삼십육원을 마련해주었다. 미야케의 아내 히데가 남편이 연행되어 갔다는 소식을 전하자마자 이는 그 집을 빠져나와 낙산을 넘어 종로6정목 방면으로 도주했다. 미야케의 자백으로 형사대가 그의 집을 덮쳤을 때 은신처로 사용하던 마루 밑 토굴에는 이재유가 먹다 남긴 밀감만이 여기저기 널려 있었다고 한다. 이후 미야케는 치안유지법 및 범인 은익죄로 경성지방법원에서 징역 삼년형을 선고받고 복역한다. 옥중에서 그는 '감상록'이라는 성명을 내고 전향한다.

미야케가 검거된 후 그의 아내 히데는 경성제대를 나온 제자들의 도움으로 병목정에서 고서점을 열었다. 그러다가 조선인 활동가들의 도움으로 명치정에서 '거북의 집, 가메야'라는 고서점을 개업하여 남편의 옥바라지를 하였다. 출옥 후 미야케는 아내가 열었던 고서점을 정리하고 1937년에 일본으로 돌아갔다. 부인 히데와 함께 일본에 돌아간 그는 다시는 대학에 복직할 수 없었고, 산기슭에서 버섯을 재배하며 살다가 전쟁이 끝난 후에야 교직에 복귀했다. 그는 여든두살의 나이로 죽기 일년 전까지 여러 대학에서 강의했다. 생전에 그가 소장하고 있던 장서는 센다이의 동북대학에 '미야케 문고'라는 이름으로 기증하여 보관되었다.

11

최달영의 야마시타 정탐조는 새로운 작전에 들어가 있었다. 경성 일대의 경찰서 고등계는 경성과 전국을 떠들썩하게 만든 이재유의 탈출 사건으로 두달 이상이나 비상근무에 들어갔지만 그는 잡히지 않았다. 공장이 밀집된 영등포지역은 수만명의 직공과 이들 주변에 모인 일용노동자에서 가두노동자에 이르기까지 파악되지 않는 유동인구가 또한 수만명이었다. 그들은 영등포와 인천이 한 구역이나 마찬가지라는 점을 파악했는데 인천에서 직장을 가졌던 사람이 영등포로 옮기거나 그 반대로 영등포의 직공이 인천으로 이직을 하는 일이 다반사였다. 방직 기계 화학 전기 제분 등과 유사한 공장이 인천에도 그대로 밀집되어 있었다. 대부분의 공장들은 일본에도 본사가 있는 대기업이었고 대륙과도 연계되어 있었다. 마쓰다 경부가 경무국 회의에 참석했다가 돌아와 새로운 지침을 전달했다. 지난번에 영등포서에서 체포한 김형선과 이번에 경성 서대문서에서 체포한 경성제대 교수와 이재유의 조직원 등을 취조한 결과에 의하면 공산당 재건파와 대륙에서 파견된 국제당의 조직이 통합을 꾀하고 있다는 것이었다. 지난번 야마시타 조가 검거했던 여공들의 독서회에서 사용된 문건들을 살펴보더라도 김형선 일파가 들여와 재출판한 것이 분명했다. 마쓰다 경부가 말했다.

"국제당의 조직이 여전히 활동 중이라는 것을 그 사건으로 보더라도 짐작할 수 있다. 아마도 재건파의 수괴인 이재유는 이들과의 접촉을 최우선 과제로 삼고 있을 터이다. 국제당과 관련 있는 불온 모임을 사찰해내야 한다."

"지난번에 놓친 방우창이 혹시 인천으로 가지 않았을까 추정하고 있습니다."

야마시타 조의 조장인 최달영이 말했고 마쓰다가 물었다.

"확실한가?"

"그자가 영등포에 없다는 건 분명합니다."

모리 반장이 말을 이었다.

"여기서 도주했다면 경성이나 인천 쪽입니다. 노동자들의 동향을 보면 영등포에서는 이직을 하여도 경성 쪽으로는 가지 않는 경우가 많습니다. 용산까지는 연결이 됩니다만 그곳은 아무래도 총독부 직영의 철도국이나 그에 관련된 공장이 많아서 즉시 파악할 수 있지요. 빈민지역인 토막촌도 영등포와 인천에 비하면 규모가 작습니다. 아무래도 우리 지역에서는 인천을 살펴봐야겠습니다."

마쓰다 경부가 고개를 끄덕였고 야마시타가 말했다.

"방우창과 안대길이 같은 사건으로 입건되었지요. 안대길이 곧 출감합니다. 그자의 동향을 살필 필요가 있습니다."

"요시, 인천에 정탐조를 보내기로 하자."

마쓰다 경부의 말에 모리 반장이 질문했다.

"인천서에 협조 요청을 할까요?"

마쓰다는 대뜸 그에게 힐난조로 말했다.

"이봐, 그들은 방우창의 이름도 모르고 있을 거다. 차라리 인천경찰서에다 잡아달라고 부탁을 하지 그러나? 비밀작전을 해야 한다."

야마시타가 말했다.

"지난번처럼 잠복근무하겠습니다. 덫을 놓고 미끼를 던지면 됩니다."

"어떻게?"

"우리가 국제당 노릇을 해야지요."

경부와 반장은 즉시 찬성했다. 야마시타는 늘 그랬듯이 세 사람의 형사 보조를 데리고 인천으로 출발했다. 그들은 하인천의 방 두 칸짜리 서민주택을 월세로 얻었다. 본서에서 가져온 자료들은 수사 과정에서 입수한 문건과 팸플릿 등속이었고 대륙에서 발간된 기관지 종류도 있었다. 이들은 준비해간 등사기로 격문도 백여장 찍어냈다. 공장지대의 길에다 함부로 뿌리면 노동자들도 집어 보겠지만 오히려 신고가 들어가 인천의 경찰들을 자극하게 될 것이 염려되었다. 이들은 보름 만에 방직공장의 여공과 기계공장 노동자 그리고 정미소 노동자들의 숙소가 모여 있는 곳이며 이들이 모이는 식당 밥집 술집 등을 파악했다. 그리고 한두명씩 개별적으로 모여서 냉면이나 국밥 또는 막걸리를 마시는 젊은 남녀 직공들에게 접근했다. 야마시타 최달영은 며칠 전부터 들르던 주점에서 두 사람의 남자 직공을 점찍고 있었다. 그들은 탁주를 한 주전자 비우고 두번째 주전자를 마실 때쯤부터 목소리가 커지고 웃음소리도 커졌다.

"그 반장 쪽발이 자식을 언젠가 혼내주고 말 거야."

"나두 그 자식에게 두번이나 따귀를 맞았다구. 개새끼!"

야마시타는 탁자 옆을 지나가는 소년에게 넌지시 일렀다.

"얘 총각아, 돼지고기 수육 한접시 다우."

소년은 그의 막걸리 사발 앞에 안주가 반접시 정도 남은 걸 보고 의아해서 되물었다.

"아저씨, 안주 많이 남았는데요?"

"아니 얘야, 계산은 내가 할 테니 뒷자리에 갖다드리라구."

소년이 잠시 후에 김이 무럭무럭 나는 삶은 돼지고기 담은 접시를 그쪽 탁자에 갖다주었다. 식은 빈대떡 두장을 앞에 놓고 아껴 먹던 두 청년은 어리둥절했다.

"어? 이거 우리 시킨 적 없는데."

"이쪽 손님께서 보내라구 해서요."

야마시타는 웃으며 뒤를 돌아보았고 그들은 고개를 돌려 힐끗 보고 나서 저희끼리 숙덕였다.

"너 아는 사람이야?"

"아니, 모르는 사람인데."

야마시타가 몸을 돌려 뒷자리에 말을 건넸다.

"아니, 두분이 재밌게 얘기를 나누시는데…… 나두 좀 끼어들까 해서 말이우."

"아 예에, 혼자 오셨군요."

"혼자 술 먹자니 좀 싱겁고 적적하군요. 허허."

"합석하시지요. 하하."

야마시타는 우선 그들이 마음을 놓게 만든다.

"나는 최라구 합니다. 직업은 배 타는 사람이우."

"저는 김가구요, 이 사람은 오가입니다."

"우린 둘 다 기계공작소에 다닙니다."

"호오, 기술자들이군요."

"뭐, 아직 몇년째 데모토요."

그들은 이제 한자리의 다정한 술꾼이 되었다. 고향 얘기도 나오고, 아직 미혼이라며 요즈음 사는 이야기도 나오고 하는데 야마시타가 말했다.

"나는 배 타고 상해를 오락가락하고 있어요. 기관 조수요."

그가 또다시 술과 안주를 시켰고 두 청년은 이제 거나해졌다.

"아까 잠깐 들으니 반장이 일본 사람인 모양이죠?"

"어디나 윗사람은 왜놈들 아닙니까?"

"배에서두 그렇긴 합니다만."

"그 자식들 남의 나라에 와서 다 뺏어가면서 주인 노릇 하잖습니까요?"

야마시타는 내심 옳거니 하면서 말을 꺼낸다.

"부당한 일이 있으면 여럿이 의논하고 힘을 합쳐서 항의해야 해결이 됩니다."

"어떻게 힘을 모아요?"

"우선 뜻을 같이하려면 여러 사람과 생각을 모아야지."

야마시타는 거기까지만 얘기하고 술자리가 끝나갈 때쯤에 안주머니에서 격문 한장을 꺼내어 그들에게 내밀어준다.

"내가 우연히 이런 걸 주웠는데 읽어보니 피가 끓습디다."

어리둥절한 그들과 주점 앞에서 헤어지면서 야마시타가 말했다.

"우리 배가 며칠 후에 떠납니다. 날 만나고프면 낼두 이 집으루 놀러 나오시든지."

그들은 웃는 얼굴로 헤어졌다. 야마시타 조가 숙소에 모여 하루 일과를 서로 보고했다. 세 사람의 조원은 둘씩 하나씩 나가서 그들 조장이 한 것처럼 격문을 나눠주었고 약속은 하지 않았으나 이제 몇명이나 모으게 될지 기대했다.

야마시타가 이튿날 저녁 주점에 나가서 기다리는데 두 직공 청년이 두리번거리며 안으로 들어섰다. 그는 서슴지 않고 손을 번쩍 들어 보였다. 청년들은 주춤주춤 그의 앞에 다가와 앉았다. 다가온 술청 소년에게 탁주 한 주전자와 안주를 시키고 야마시타는 말했다.

"어제 그걸 보고 놀라지는 않았어요?"

"왜놈들을 물리치고 독립을 하자는데요, 뭐……"

"노동자가 단결하자는 것두요."

말하고는 직공 청년은 주위를 두리번거리다가 그에게 물었다.

"형씨는 정말 뱃사람이우?"

그는 빙긋 웃고는 돌려서 말한다.

"상해에서 왔다니까. 거긴 여기와는 분위기가 딴판이라오. 왜놈들과 싸우자는 조선 젊은이가 한두 사람이 아니지."

"많이 가르쳐주십시오."

야마시타는 그들에게 사실 그는 독립운동자인데 사람을 모으고 있다고, 독서회를 만들려 한다고 말했다. 두 청년은 흔쾌히 자기들도 배우고 싶다며 응낙했다. 그들은 고향을 떠나와 노동일을 하면서 세상의 장사치 때가 묻지 않고 순수한 마음을 간직하고 있었다. 날짜와 시간, 장소를 알려주고 그들은 그날도 유쾌하게 술을 마시고 헤어졌다. 야마시타 조가 모집한 독서회 회원 희망자는 우선 여섯명이었다. 그들은 숙소 부근에 방 두칸의 다른 집을 얻어 모임 장소로 쓰기로 했다.

야마시타와 조원 한 사람이 독서회에 나갔고 다른 조원 두 사람은 당분간 그들 모임에 끼지 않기로 했다. 한달이 지나자 회원들은 두배로 늘어났다. 그동안 독서회는 네번의 모임을 가졌다.

야마시타 최달영은 준비해온 자료들을 등사하여 독서회원들에게 나누어주고 함께 읽고 나서 토론하는 방식으로 모임을 이끌어가고 있었다. 그는 십여명의 회원에게 믿을 만한 동료 노동자들을 데려오라고 모임 때마다 권유했다. 기계공장에 나가는 오군이 자기 일터의 조장이라면서 한 사람을 모임에 데려와 소개했다. 조장 윤 아무개는 용인으로 오랜 견습 기간을 지낸 발전기 기술공이었고 나이도 서른이 넘은 남자였다. 그런 정도라면 공장에서도 반장급 대우를 해줄뿐더러 일반 용인들이나 견습공들에게 말발이 먹히는 고참인 셈이었다.

방우창은 인천으로 도피해온 뒤에 개항 초창기부터 들어서기 시작했던 오래된 정미소로 찾아갔다. 방은 영등포 철도공작창에서 자신의 선반기를 담당했던 공원이어서 정미소 정도의 공장에서는 대번 기술자로 모실 정도였던 것이다. 인천에도 부두 하역 노동자 가운데는 원산 부두 파업을 겪고 이동해온 태로계(태평양노동조합계열)의 활동가 몇명이 있었다. 이들은 일년이 못 되어 각급 공장에 들어가 있던 경성과 강원도, 경기도 등지에서 온 활동가들과 연줄이 닿게 되었다. 이들은 자연스럽게 김형선의 국제선과도 닿아서 그들이 발송하는 기관지와 유인물을 받아보고 있었던 터였다. 이들 중에는 공산당 경성재건파의 선도 있어서 방우창은 이들 양쪽을 파악할 수 있는 유일한 일꾼이었다. 그는 도피하여 인천에 오자마자 태로계의 좌장인 부두 하역장의 십장 조씨에게 자신의 상황을 보고했다. 도피자에게 가장 좋은 은신처는 결국 일터라는 결론이 나서 그는 인천에 오자마자 취업을 했다. 조씨의 소개로 부두 건너편에 늘어선 가장 오래된 일본인 경영의 정미공장에 들어갈 수 있었다. 그는 직접 일터로 찾아가 선반기계를 자유자재로 사용하여 할당받은 기계 부속품 몇개를 깎아 보였고 일본인 공장장과 기사는 흔쾌히 그에게 전담할 기계를 내주었다. 그들은 일주일에 한번씩 단골 주점에 모여 인근에서 돌아가는 상황들을 점검하곤 했는데, 하루는 어느 기계공장에서 일하는 윤 아무개라는 조장이 자기 밑에 있는 조원 두 사람이 독서회에 나간다는 소리를 들었다고 보고했다. 당연히 그들은 어떤 선이 들어와 있는지 파악해둘 필요가 있다고 보았다. 태로계는 블라디보스토크에 거점이 있었으며 국제당 조직선은 상해에 있었으니 이들은 방향이 다르다 해도 결국 국제선을 배경으로 하고 있었다. 이재유 등의 당재건파는 드러난 것만으로도 이백여명이 검거되었지만 지하에 많은 남녀 활동가가 여전히 현장에 남아 있었다. 국제당의 활동가들은 이재유 등의 중앙이 도피에 들어가자 통합이라는 대의명분으로 이들을 흡수해보려고 하는 중이었다. 그러나 현장 노동자들은 서로의 선을 까다롭게 따지지 않았고 오히려 분파주의를 극복해야 한다고 비판하는 분위기였다. 그래서 인천 태로계의 좌장 조십장은 기계공장의 윤씨와 방우창에게 새로 생긴 독서회를 파악해볼 것을 권유했다. 그래서 윤씨가 자기와 같은 일터에서 일하는 조원을 따라 야마시타 정탐조가 공작 중인 독서회에 나타나게 되었던 것이다. 일요일 오후 두시라면 공장노동자들이 금쪽같이 생각하는 여유로운 시간이었다. 가족이 있는 자들은 모처럼 김밥을 싸가지고 월미도 유원지에 소풍도 가고 친척 집이나 부모 집을 방문하고, 청춘 남녀는 기름때 묻은 작업복 대신 화사한 계절 옷으로 갈아입고 랑데부를 하고 배구나 축구 시합으로 오후 한나절을 보내기 마련이었다. 윤조장을 데려온 직공 오군이 독서회를 주관하고 있는 최달영에게 먼저 그를 소개했고 독서회가 시작되기 전에 다시 그를 좌중에 소개했다.

"저희 공장 발전반의 조장으로 있는 윤형을 모시고 왔습니다."

윤은 애써 평범하게 한마디 했다.

"저는 아무것도 모릅니다. 세상이 어찌 돌아가는지 몰라 답답할 때가 많았습니다. 많이 가르쳐주시기 바랍니다."

최는 날카로운 정탐의 시선으로 윤을 살펴보았다. 흰 무명 반팔 셔츠에 작업복 바지 차림의 그는 평범한 노동자로 보였다. 얼굴은 언제나 입가에 미소를 띠고 입은 반쯤 벌린 방심한 표정으로 토론하는 젊은이들을 번갈아 쳐다보곤 했다. 그가 다 알아듣는 것처럼 보이지는 않았다. 미리 내준 『콤뮤니스트』라는 팸플릿의 일부분을 무릎 위에 내려놓은 채로 그는 차츰 무료한 기색을 보였다. 그는 등사된 글씨를 읽지는 않고 대충 들치며 소제목만을 훑어보는 듯했다. 두시간의 독서회가 끝나고 야마시타 최달영은 처음 온 윤씨에게 몇마디 묻기로 했다. 윤씨에게도 그것은 원하던 바였다.

"어떻습니까? 독서회에 들어오신 소감이."

윤씨도 최달영만큼 노련한 사람이어서 연신 웃으며 대답했다.

"저는 뭐 무식해서 잘 모르겠습니다. 다만 우리 공장의 노임이 좀 올랐으면 하는 생각은 하구 있습니다."

"그러려면 우선 뜻이 맞는 사람들을 모아야겠지요. 혼자서는 아무 일도 못합니다."

"한데 선생께서는 어느 공장에서 일하고 계신지요?"

그러자 옆에 앉아 있던 오군이 말했다.

"제가 말했잖아요. 이분은 배를 타는 선원입니다. 상해에서 오셨구요."

윤은 다시 사람 좋게 웃으면서 고개를 끄덕였다.

"아, 상해에서요. 그러면 이곳 사정은 잘 모르시겠군요."

최달영은 하는 수 없이 말했다.

"저는 다만 중개인입니다. 상해에서 이곳 노동일꾼들에게 소식을 전해달라고 해서요."

윤은 목소리를 낮추더니 표정이 바뀌었다.

"여긴 위험지역입니다."

최달영은 자기 패를 좀 보여주는 게 낫겠다는 생각이 들었다.

"일전에 신문에 보니 국제당에서 나왔다는 김형선이란 사람이 체포되었더군요."

윤은 다시 예의 그 모자란 듯한 얼굴로 돌아갔다.

"우리 같은 사람들이야 먹고살기 바빠서 세상이 어떻게 돌아가는지 모르고 삽니다."

그들의 만남은 대충 그렇게 시작되었다. 야마시타는 독서회가 끝난 다음에 숙소로 돌아가서 정탐조원들과 일일 평가회를 가졌다. 토론을 마치면서 그는 정리를 했다.

"윤은 두가지의 가능성이 있는 인물이다. 정치적으로는 무식하지만 임금이라든가 직장 처우가 개선되기를 바라는 보통의 고참 노동자일 수 있다. 그에게는 이해관계가 가장 관심 있는 문제일 것이다. 어쩌면 우리 편으로 만들기 쉬운 상대일지도 모르겠다. 또다른 가능성은 공장에 잠입한 활동가로서 우리를 살피기 위해서 왔을지도 모른다. 윤씨의 동향을 잘 지켜볼 필요가 있다."

한편 윤씨는 활동가 주간 모임에 가서 태로계의 조십장과 방우창, 적색노조 계열의 김근식을 비롯한 다섯명의 핵심들을 만나서 독서회를 참관했던 인상을 보고했다. 그는 자기가 얻어온 팸플릿을 그들 앞에 펼쳐 보였다.

"내용으로 보아 우리가 가진 『콤뮤니스트』 3집에 뒤이어 나온

4집입니다."

방우창이 그것을 들춰보고는 말했다.

"그건 김형선 동지가 원본을 재출간하라고 당부한 것이니 새로울 것이 없습니다. 그렇기는 해도 어떻게 저들이 이 기관지 문건을 가지고 있는지? 국내에서 재출간했다면 경성의 남은 조직과 관련이 있을 수도 있겠군요. 또 분명히 상해에서 왔다면 이것 다음의 새로운 문건이 있어야 할 거요."

조십장이 말했다.

"어느 쪽인지 파악이 될 때까지 좀더 기다려보십시다."

야마시타 정탐조의 조원 한명이 윤씨의 기계공장 부근에 행상을 벌여두었다. 며칠 안 가서 조원들은 교대로 윤의 뒤를 은밀히 미행했다. 다음 독서회 기간이 오기 전에 그들은 윤의 동선을 거의 파악하게 되었다. 최달영은 조원들만 남겨두고 자신은 영등포 본서로 돌아가 이제까지의 정탐 사정을 보고했다. 그리고 야마시타 정탐조에게 상해로부터의 새로운 자료가 필요하겠다는 당연한 결론이 내려졌다. 경무국에 요청하여 최근에 상해에서 발간된 문건들을 입수했다. 열흘쯤 지나서 최달영은 인천으로 돌아갔다. 보조원들이 새로운 사실 몇가지를 그에게 보고했다. 윤은 예사로운 노동자가 아니라는 것, 그 증거로 일이 끝난 뒤에 그가 집으로 돌아가서 책을 읽거나 휴일에는 만국공원 문학산 축항 월미도 등에서 다른 공원들을 만나 야외 독서회를 한다는 것이었다. 최달영이 이주 만에 열린 독서회 모임에 나갔더니 열한명의 회원 가운데 윤씨도 끼어 앉아 있었다. 최달영은 등사판으로 인쇄된 유인물을 나누어주었다. 그것은 상해에서 나온 공청의 잡지 일부분이며 『콤뮤니스트』 5집에 실린 논문과 메이데이 투쟁에 관한 격문, 그리고 제국주의전쟁을 반대하자는 격문 등이었다. 최달영은 언제나 그랬듯이 문건에 관한 보안지침을 주었다. 격문은 각자 소지해도 좋다. 만약 당국에 발각되면 길에서 주웠다거나 낯선 사람이 주어서 가지고 있었다고 말해야 한다는 것. 그리고 문건들은 일단 집에 가지고 가서 면밀히 학습하고 다음 시간에 와서 반환해야 한다는 것. 역시 발각되면 누군가가 집 앞에 던져두고 갔다고 말해야 할 것 등이었다. 이번 시간에는 격문 두가지에 대하여 토론하고, 잡지와 기관지의 글들은 집에 가지고 가서 읽은 뒤에 다음 시간에 만나서 학습해 보자고 최달영이 말했다. 그는 여기서는 최갑식이란 가명으로 통했다. 윤씨는 다음 주에 활동가 정기 모임 자리에서 동지들에게 문건 자료들을 내놓으며 말했다.

"최갑식이라는 사람이 배를 타고 상해에 다녀온 것이 분명합니다. 내용으로 보아서 이것은 최근 국제당의 문건들입니다."

조십장과 김근식은 이들 문건의 내용이 당조직에서 집필되었음을 한눈에 알아보았다. 어쨌든 현지에서 온 목소리였고 그것은 당의 지침이며 운동의 방향을 큰 선에서 제시하고 있었다. 방우창이 말했다.

"모두가 접선할 필요는 없고 그쪽은 윤동무가 맡아서 포섭해나가면 되겠습니다."

하인천 근방의 주점에서 윤이 몇몇 사람을 만난다는 것을 조원의 보고로 알게 된 야마시타 최달영은 한달쯤 후인 팔월 중순경에 그 주점 건너편에 진을 치고 기다렸다가 그들과 함께 만나는 방우창을 확인했다. 그가 작년에 영등포의 마루보시 골목에서 놓쳤던 잊을 수 없는 얼굴이었다. 그는 방우창을 보는 순간 이대로 덮쳐버릴까 하는 생각을 했다가 뛰는 가슴을 진정시키느라고 담배를 꺼내 물었다. 천천히 담배 한대를 피우고 나서 그를 안내했던 보조에게 말했다.

"저들 모두 어디서 뭘 하며 사는 자들인가 파악해야 한다. 이게 우리가 인천에서 공작하는 이유다. 특히 방우창은 내가 맡겠다."

야마시타는 즉시 본서로 들어가 보고했고 경무국 고등계에서도 과장이 나와서 그의 보고를 재확인했다. 검거하지 말고 저들이 경성과 연결될 때까지 기다렸다가 일망타진하기로 결정이 내려졌다.

안대길이 형기를 마치고 석방되었다. 그는 신길정에 있는 모친의 밥집으로 돌아갔다. 안대길은 치안 사건으로 수감되었다가 석방된 활동가의 수칙을 지켰다. 대부분의 활동가는 조직을 끌어가던 핵심이 아닌 경우에는 수사 과정과 재판정에서 전향 선언을 할 수 있었다. 현장 노동자의 거의 모두가 정치적 책임을 검거된 핵심 활동가에게 미루고 자신은 무지해서 의미도 모르고 시키는 대로 했다거나 앞으로 선량한 황국신민으로 살아가겠다는 각서를 제출했다. 석방 직전에도 그들은 형무소 당국에 이러한 행정 절차의 서약서에 지장을 찍었다. 그 대신에 조직의 핵심 활동가는 대중과 사회에 대한 선전 선동적 책임을 지기 위하여 끝까지 자신의 사상을 밝히며 고수했고, 다만 자신의 혁명적 행동은 아직 준비 과정에 있었고 조직화 직전에 미수에 그쳤다고 주장했다. 안대길의 경우에도 파업쟁의 과정에서 주동자 노릇을 했달 뿐 적색노조의 조직적 연계는 밝혀지지 않았기 때문에 비교적 짧은 구속 기간의 형량을 받았고, 석방되기 전에 서약서에 지장을 찍었던 것이다. 석방되면 과거 동지들과의 연락을 서두르면 안 된다. 그리고 휴식 기간에는 옥중 고초를 겪으며 쇠약해진 건강을 회복하려 노력하면서 단조로운 일상을 계속한다. 무엇보다 가장 중요한 것은 어떤 일이든 생계를 마련해야만 한다. 취업을 해야 하는 것이다. 취업을 한다는 것은 그가 사회의 제도 속으로 들어온다는 것을 의미하기 때문에 감시의 눈초리도 느슨해진다. 만약 조직에서 연락이 필요하면 레포를 파견할 것이다. 그때까지 모든 것을 잊고 기다려야 한다. 또한 급한 사안이 발생하여 자기 쪽에서 연락하려 한다면 반드시 믿을 만한 레포를 통하여 알리고 지시를 받아야 한다. 안대길은 하루의 일과를 스스로 정하였다. 새벽에 일찍 일어나 어머니의 취사를 위하여 물을 긷고, 시장으로 나가 모친이 일러준 채소와 음식 재료들을 구입하여 자전거에 여러상자를 싣고 돌아왔다. 모친이 뒷마당에 걸어놓은 쇠솥에 쌀을 안치면 장작불을 때고 풍로에 숯불을 지핀다. 그러고는 하루 온종일 어머니를 도와 손님들에게 밥과 반찬을 나르고 영접하고 문 앞에까지 배웅하는 등 바쁘게 돌아쳤다. 저녁밥 때가 지나서 한가해지면 그제야 목에 수건을 두르고 방하곶 쪽으로 걸어나가 샛강에서 몸을 씻거나 산책을 하고 돌아왔다. 그의 일상은 완전히 판에 박힌 듯 돌아갔다. 불온분자의 동향 살피기는 대개 신입 순사 보조들이 하는 일이었다. 이들은 안대길의 늘 똑같은 행동거지를 시간별로 적어서 보고했는데 대개 한달쯤 지나면 관찰

자나 보고를 받는 담당 형사는 느슨해지기 시작했다. 한편 연락을 하려는 쪽에서는 그의 일상 가운데 어느 시간과 장소가 유리한지 면밀하게 그 틈새를 지켜보고 있을 터였다.

이이철은 안대길의 석방 날짜를 정확하게 알고 있었고 신길정 밥집 먼발치서 그가 오락가락하는 것도 확인했다. 그는 방직공장의 야체이카이면서 당재건파의 기본 오르그인 박선옥을 선택했다. 안대길은 그녀가 누구인지 잘 알고 있었고 누구의 연락을 전하려는 것인지 쉽게 알아챌 수도 있었다. 박선옥은 방직공장 직공이었지만 외조부모를 도와 출근 전에 장을 보러 나오는 때가 많았다. 이이철과 한여옥은 떡집을 차린 뒤로 번갈아 시장에 나왔으므로 새벽 시장이야말로 영등포 거리와 골목에서 소점포를 운영하는 자영업자들에게는 특별한 장소가 아니었다. 안대길은 장꾼으로 제법 북적이는 새벽에 자전거를 이끌고 시장 좌판을 따라 걷고 있었다. 박선옥이 그가 살피던 좌판 앞에 와서 그의 옆에 발걸음을 멈추었다. 안대길은 한눈에 그녀가 누구인지 알아보았다. 그녀의 얼굴에 순간적으로 반가운 미소가 떠오르다 사라졌다. 그때에 한여옥은 너른 장거리의 가녘에 있는 어물전에서 생선을 들었다 놓았다 하며 두 사람의 주위를 살폈다. 역시 경험 많은 그녀의 눈에 안대길이 달고 다니는 꼬리가 보였다. 누가 순사 보조 아니랄까봐 그는 헐렁한 양복 상의 아래 홀태바지에다 각반을 두르고 있었다. 아마 안대길 역시 자신의 꼬리를 알고 있었을 것이다.

"에그, 그렇게 기다리던 햇콩이 나왔네!"

박선옥이 반기면서 콩을 한줌 쥐어 바구니에 줄줄 흘려보았다.

안대길은 자연스럽게 옆에 섰는 그녀에게 말을 건넨다.

"이게 좋은 물건이지요?"

"그럼요, 밥에 넣어도 맛있고 떡고물도 맛있지요."

그녀는 햇콩을 한됫박 달라고 주문하고는 혼잣말처럼 중얼거렸다.

"추석이 낼모레라는데 날씨는 왜 이렇게 더운 거야. 아낙네는 귀신바우에 멱 감으러 갈려면 자시가 넘어야 되는데."

안대길은 대번에 알아들었고 확인까지 했다.

"목간은 추석 전날이 젤 좋겠네."

콩을 산 박선옥이 좌판에서 멀어지고 안대길은 푸성귀와 감자 등속을 사서 자전거에 실었다. 아직 장터를 돌아다니는 안을 남기고 박선옥과 한여옥은 시장 입구에 나와서 나란히 걸어갔다.

"추석 전날 열두시에 귀신바우, 확인되었어요."

박선옥이 맡은 일을 가볍게 처리했고 한여옥은 돌아가 남편 이이철에게 알려주었다. 이철은 이재유의 체포와 탈출 소동이 있고 나서 중앙에 대한 그의 유일한 선이었던 이관수와 접촉을 유지하고 있었다. 그러나 이재유가 미야케 교수 집에서 은거하다 재탈출한 후부터 이관수가 아지트를 옮기면서 연결이 끊기고 말았던 것이다. 아마도 그들은 경성 인근 어딘가에 함께 잠복해 있으리라고 짐작할 수 있었다. 이이철은 이럴 때일수록 조직 점검을 하면서 서로 흩어지거나 일탈하지 않도록 운동 역량을 보존해야 한다고 생각했다. 그것은 체포되지 않고 남은 사람들의 의무이기도 했다. 영등포 조직의 기본 트로이카로 함께 출발했던 안대길과 방우창은 그에게 소중한 출발점이었다. 한여옥이 경성을 점검하러 갔다가 와서 경쟁적으로 출발했던 국제선 권 아무개의 조직이 자신들이야말로 이재유 그룹의 후계로서 당을 재건할 유일한 조직이라며 현장 노동자들을 접촉하고 다닌다고 했다. 이이철은 그들이 또한 경성 트로이카의 당재건파는 분파분자들이며 과거식의 사업은 척결되어야 한다고 주장하는 비판을 몇번이나 전해 듣고 있었다. 이철은 이미 성장한 주의자로서 이를 불문에 부쳤다. 현장 사람들은 어느 누구든 뜻이 옳으면 도움을 주고받아야 한다고 생각했다. 몇몇은 이것이 국제당을 자칭하는 자들의 조직 찬탈이라고 했지만 이이철은 개의치 않았다.

거의 둥글게 차올라 귀퉁이가 조금 모자란 열나흘 달이 중천을 빗겨갈 즈음에 이철은 집을 나섰다. 집집마다 일년 만에 찾아온 한가위에 나름대로 차례상을 준비하노라고 골목마다 기름 냄새가 진동했다. 열두시 무렵이 되자 거리에는 인적이 끊겼고 모두들 내일 아침을 위하여 깊은 잠에 빠진 것 같았다. 그 무렵은 일제의 개들도 제 식구를 위하여 일찍 퇴근해서는 곯아떨어질 시간이었다. 그는 방하곶 귀신바위 근처로 갔고, 그 부근은 그가 어릴 적부터 숱하게 멱 감으러 오던 곳이라 어둡기는커녕 눈을 감고도 돌아다닐 수가 있었다. 더구나 열나흘 달밤이었다. 그곳은 일찍이 이이철이 김형선의 레포 한여옥을 만났던 장소이기도 했다. 그는 샛강의 호수 같은 너른 웅덩이 끝에 귀신바위가 거뭇하게 내려다보이는 언덕에서 길 아래쪽을 지켜보고 있었다. 곧 희부연 사람의 형체가 보였고, 그가 가까워지면서 낯익은 안대길의 걸음걸이를 알아볼 수 있었다. 그가 가까이 다가오자 이철은 먼저 그가 알아보도록 길 가운데로 나섰다가 아무 말도 없이 먼저 웅덩이 쪽으로 걸어내려갔고 안대길도 그의 뒤를 따랐다. 웅덩이의 기슭을 돌아 작은 시내를 건너면 억새와 잡목들이 우거진 숲이었다. 그들은 함께 억새 사이에 주저앉자마자 서로를 그러안았다.

"고생 많았지요?"

"뭐 나는 무식쟁이루 버텨서 첨에만 혼이 났지. 형무소 가서는 공장 출역도 나가고 괜찮았네."

하고는 그가 못내 궁금했던지 제일 먼저 이철에게 물었다.

"그런데 방형은 어디루 간 거야? 나보다 먼저 나갔잖아?"

"국제당 김선생에게 연루되어 잠행 중입니다."

"저런, 좀 쉴 것이지. 어디야?"

이이철이 말했다.

"인천입니다. 자리를 잘 잡았으니 염려 안 해두 돼요."

이철은 그동안 일어났던 많은 일에 대하여 안대길에게 말해주었다. 되도록 빨리 중앙과의 접선을 회복해야겠다고 의견을 나누었다. 그들은 재접선의 신호며 중간 연락처 등에 대하여 입을 맞추었다.

까마귀 날자 배 떨어진다고 며칠 후 안대길의 밥집에 누군가가 찾아왔다. 그는 행상 차림이었는데 팔다 남은 밴댕이 멸치 등속을 담은 널판상자 두어짝을 지게에 얹어 지고 들어섰다. 그는 두리번거리며 지게를 마당에 받쳐놓고 청에 앉았다.

"아주머니 국밥 하나 말아주구 탁배기 한사발두 주시오."

그는 서성거리는 안대길은 눈에 뵈지도 않는지 분주한 시간대가 지나 방문턱에 걸터앉아 쉬고 있던 그의 모친에게 호기 있게 말했다. 안대길이 눈치 빠르게 접근하여 수저를 놓아준다 김치보시기를 내준다 하는데, 사내가 주위를 둘러보고 그들 모자 두 사람뿐임을 확인하고는 목소리를 낮추어 말했다.

"나는 인천서 온 사람이우."

안대길은 대꾸 없이 그냥 그를 멀거니 쳐다본다.

"그래서요……?"

사내는 씨익 웃더니 말했다.

"밴댕이 좀 들여노시라구. 이거 인천 방씨 상회에서 온 좋은 물건이우."

안대길이 쓰다 달다 말없이 고개만 끄덕이고는 모친이 말아낸 뜨거운 국밥을 쟁반에 얹어 날라다가 건어물 행상 사내 앞에 내주며 말했다.

"우선 국밥부터 자시우. 그러고 나서 장사를 하든지 말든지 해야 할 거 아니우?"

"딴은 그렇구먼요."

행상도 금방 알아들었는지 씨익 웃으며 받았다. 그가 식사를 마치자 부엌 앞에 서서 지켜보던 안대길이 말했다.

"일루 좀 들어와보슈. 그 밴댕이 좀 봅시다."

두 사람은 부엌 봉당에 가까이 앉자마자 눈초리와 말씨가 달라졌다.

"어디의 누구슈?"

안의 말에 행상이 대답했다.

“인천에서 공장 다니는 김근식이라구 하오. 방우창 동무는 정미 공장에 잘 안착했고 조직과도 연결이 되어 있습니다.”

안이 아직도 긴장을 풀지 않은 채로 그에게 다시 물었다.

“내게 무슨 다른 말은 전하지 않습디까?”

“두쇠는 잘 있는가 안부를 묻습디다.”

안대길은 안심하여 고개를 끄덕이고는 김의 손을 마주 잡았다. 그들은 십분 안에 모임을 끝내야 했으므로 중요한 사항만 주고받았다. 헤어지기 전에 김근식이 말했다.

“상해 쪽과 선이 연결되었으니 국제당과 협의가 활발해질 겁니다.”

안대길은 원칙대로 행동했고 그와 방우창이 직접 만나는 일은 오랫동안 있을 수 없다고 생각했다.

“머지않아 두쇠가 그쪽으로 갈 겁니다.”

안은 그렇게만 말해주었다. 사실 야마시타 정탐조는 김근식의 이동을 눈치채지 못했다. 그래서 꼬리를 달지 못했던 것이다. 그는 집에서 새벽에 출발하여 부두에 나가 조십장의 도움을 받아 행상 차림과 건어물 등속을 갖추고 부평까지 걸어서 인천 경내를 빠져나왔다. 그러고는 부평에서 기차를 타고 영등포역에 내린 것이 이른 아침이었고 출퇴근하는 노동자와 사무원들로 역은 제법 붐볐다. 그는 실제로 그날 오전 내내 양평과 당산 일대의 서민주택가를 돌아다니며 행상을 했다. 김근식은 노련한 활동가였으므로 꼬리를 달았든 그렇지 않든 간에 자신이 행상이 되어야 한다고 생각했다. 혹시 자신이 알아채지 못한 정탐의 눈길을 피하기 위해서라도 그랬다. 그리고 점심 무렵이 지나서 느지막이 오후 두시쯤에 안대길네 밥집으로 찾아갔던 터였다. 또한 그는 귀로에도 부평에서 내려 지게를 진 차림대로 걸어서 인천 중심가를 피하여 한밤중에야 부두에 도착해서 차림새를 바꾸었다. 그가 귀가를 한 시간은 자정 무렵이어서 골목에는 인적이 끊긴 지 오래였다.

이이철은 종적을 놓친 이관수에게서 연락을 받았다. 이재유와 그는 아직 경성 관내를 벗어나지 않은 듯했고 활동은 극도로 자제하고 있었지만 정리 중이었다. 그들 사이에 정리라는 것은 피해를 줄이기 위한 것과 올바른 노선의 제시에 있었다. 우선 노출되지 않은 연결점들을 스스로 끊고 최소한으로만 남겨서 문건으로 지침을 전달했다. 필사된 간단명료한 문건은 외우거나 재필사되어 전해졌다. 이철은 연락을 받고 경성으로 들어갔고 이전에 비상시의 장소로 정해졌던 동대문 바깥 동묘 부근으로 갔다. 동묘를 둘러싸고 번성한 도시 빈민들의 초가집 토막촌의 좁은 골목에는 늘 장사꾼들이 붐볐다. 그는 오후 다섯시 반에서 여섯시까지 이백 미터쯤 되는 길을 오르내리기로 약속이 되어 있었다. 그가 세번째로 골목길을 걷고 있는데 바로 맞은편에서 이관수가 걸어왔다. 이관수는 누빈 마고자에 날개를 젖힌 털모자를 깊숙이 눌러쓰고 있어서 이철은 처음에 그를 알아보지 못했다. 이철이 막 지나치려는데 그 농사꾼이 걸음을 멈추며 말을 걸었다.

"여보슈, 길 좀 물읍시다."

이철은 그의 목소리를 듣고서야 이관수임을 알아채고는 대답했다.

"예에, 물어보슈."

"동묘가 어디쯤 되오?"

이철은 서슴지 않고 그의 앞장을 서며 말했다.

"내가 시방 그리로 가는 길입니다. 따라오시오."

두 사람은 자연스럽게 일행이 되어 토막촌 사이의 샛길로 들어서서 마을 외곽으로 나갔다. 미행이 없는 것을 확인하고 그들은 이미 가을걷이가 끝난 채마밭 들판으로 나아갔다. 주위에는 초겨울 날의 땅거미가 어둑하게 내려앉았다. 두 사람은 들판을 걸으며 이야기를 나누었다. 용건은 간단했다. 체포된 정 아무개와 미야케가 접촉하던 국제당 선의 권 모가 회합을 요청했으나 지키지 못했다. 남은 조직 중 일부가 현장 파악을 위해서라도 그들과 함께 사업하는 것이 좋겠다. 문건은 조선공산당재건협의회 이름으로 나가며 이후 그것이 각 조직의 연합을 이룬 명칭이 될 것이다. 학생운동 부문을 맡았던 박 아무개 동무가 경성의 남은 오르그 간의 연락을 책임질 것이다. 문건은 이들 최소의 오르그들만 열람한다. 이이철도 그에게 인천의 현황을 보고했다.

"김근식이라는 사람을 아십니까?"

"아, 그는 이재유 동지의 오랜 동무고 두 사람은 징역에서 만났다네. 우리 쪽 사람이지."

"그의 전달에 의하면 상해와 연결선이 있다는데요."

"인천이니까 그럴 수도 있겠지. 그러나 그들은 국내 사정을 너무 모르니까 직접 연결은 피하도록 하게."

"방우창 형은 우리 조직에서 일하면서 국제당의 김형선씨와 연결되어 있었습니다. 그가 인천으로 도피한 경위는 잘 아시지요?"

"알고 있네. 그를 통해서 코민테른 블라디보스토크 극동부에서 나왔다는 권 모의 조직과 만나보도록 하게."

이이철과 이관수는 용건을 마치고 나서 저녁도 함께 먹지 못하고 왕십리 들판에서 헤어졌다. 이이철은 귀가하여 아내 한여옥과 논의했다. 그녀는 차라리 자기가 인천에 가보겠다고 말했지만 이철의 생각은 달랐다. 그녀는 김형선의 레포로서 최초의 연락자였고 접선하면서 방우창이 드러나게 되었다. 따라서 아내는 이 일에 다시 연루되어서는 안 된다고 그는 생각했던 것이다. 더구나 그녀는 산달이 가까워오고 있었다.

이이철은 일전에 김근식이 전해준 인천의 연락처를 알고 있었다. 그는 먼저 박선옥을 보내기로 했다. 박선옥은 그냥 수수한 평상복인 개화치마와 저고리에 외투를 걸치고 여사무원이나 여직공의 나들이처럼 인천으로 갔다. 김근식은 역시 오랜 활동가답게 약속 장소도 범상치 않았다. 그녀가 간 곳은 교회당이었다. 박선옥은 예배가 끝나기를 기다렸다가 성가대의 풍금 반주를 마치고 나오는 여성에게 접근했다. 박선옥이 건어물장수를 아느냐 물었고 그녀는 그게 무슨 소리냐고 되물었다. 박선옥이 지난번에 그이가 팔고 간 밴댕이가 맛있었다고 하자 그녀는 안색을 바꾸었다. 그 여성은 동양방직에 다니는 김근식의 레포였다. 그날 저녁에 박선옥과 김근식은 만국공원에서 청춘 랑데부를 가졌다. 그 자리에서 이이철과 방우창이 만날 날짜와 시간이 정해졌다.

12

이이철은 매서운 추위가 시작된 십이월 중순에 기차를 타고 인천으로 갔다. 그는 어둠이 내려앉은 응봉산 초입에서 정각 여섯시를 기다렸다.

야마시타 조는 방우창을 집중적으로 사찰하며 결정적인 때를 노리고 있었다. 두 사람이 한조가 되어 미행과 잠복을 반복했다. 정미공장에 다니는 방은 비교적 일상이 규칙적이었고 별다른 변화는 보이지 않았다. 주점에서의 모임도 차츰 뜸해지더니 장소를 바꾸거나 형식이 바뀌었는지 함께 모이지 않게 되었다. 야마시타 최달영은 점점 초조해졌다. 너무 뜸만 들이다가 다 된 밥을 아예 태워버리는 게 아닌가 걱정이었다. 그들이 공작으로 운영하는 독서회 모임은 잘 돌아가고 있었다. 그들은 윤씨와 방우창의 동태를 사찰하면서 끈을 놓치지 않고 있었다. 야마시타가 숙소에 있는데 잠복

나갔던 조원이 황급히 뛰어들어왔다.

"방이 외출했습니다."

"뭐야, 어디로?"

"지금 미행 중입니다. 빨리 가보셔야 할 것 같습니다."

야마시타는 손목시계를 들여다보았다. 누구나 저녁 먹을 시간이었다. 아니면 방우창도 술 한잔 생각이 났을지도 모를 일이다. 그러나 그의 퇴근 후 외출은 매우 오랜만의 일이었다. 확인하고 돌아와도 별로 손해는 아니었다. 그가 누군가를 만나고 자신이 확인하지 못한다면 이제까지의 고생이 모두 수포로 돌아갈지도 모른다. 야마시타는 신발을 꿰어 신고 서둘러 거리로 달려나왔다. 그들은 주위의 시선도 아랑곳하지 않고 얼마 안 가서 미행하는 조원을 따라잡았다. 멀찍이 앞서 걷고 있는 방우창을 확인하자 같이 간 조원은 임무를 교대해 방을 따랐고 먼저 미행하던 자는 빠지면서 야마시타 조장의 옆으로 붙었다.

"틀림없이 누군가를 만나러 가고 있습니다."

"어째서 그런가?"

"지금 거리 밖으로 빠지고 있지 않습니까? 술이나 밥을 먹으러 가는 게 아니란 말씀입죠."

그들은 간격을 두고 방의 뒤를 쫓으면서 점점 확신을 갖게 되었다. 그가 향하는 곳은 응봉산 방향이었다. 응봉산의 만국공원 성공회 교회당 옆의 산책로를 향하여 그는 올라갔다. 그들은 어둠 속에 간신히 자취를 알아볼 만한 거리에서 방이 오솔길로 접어들었음을 알아차렸다. 그들은 서로 속삭였다.

"우리는 여기 잠복해 있을 테니 자네가 가서 누구를 만나는지 확인해라."

"체포합니까?"

조원이 긴장해서 묻자 야마시타가 짜증을 냈다.

"바카, 키워서 잡아먹자고 이 고생 아닌가. 확인만 해라."

잠시 후 어둠 속으로 사라졌던 조원이 돌아왔다.

"누군가를 만났습니다."

"요시, 방우창은 숙소로 돌아갈 게 틀림없고 우리 목표는 그를 만나러 온 자다."

야마시타는 순간적으로 판단했다. 그자는 인천 바깥에서 방을 만나러 왔을 것이다. 그렇다면 되돌아가야 한다. 여기서 숙박하지 않을 것이다. 여관이나 숙박업소에 흔적을 남기게 된다. 교통편은 두가지였다. 도보로 나가거나 경인선 기차를 타는 길이다. 이 추운 밤에 걸어가지는 않을 것이며 분명히 기차역으로 간다.

야마시타는 종착역인 하인천역이 부두 지척에 있음을 생각했다. 그는 우물쭈물하지 않고 결정을 내렸다. 한 사람은 여기서부터 만나러 온 자를 미행하고 역으로 가는 중간 지점에서 다른 조원이 기다렸다가 교대하여 그를 따른다. 조장 야마시타는 역에서 그를 기다리기로 하였다. 그는 역 대합실에 가서 기차 시간표를 확인했다. 남은 것은 막차였다. 그는 우선 영등포까지 가는 표를 끊었다. 지원받지 못하는 상태에서 그를 미행하든가 도중에 체포하게 될지도 모른다. 삼십분쯤 지났을 때에 손님들이 하나둘씩 대합실 안으로 들어오기 시작했고 야마시타는 대합실의 오른쪽 구석에 신문을 펴들고 앉아 있었다. 몇 사람이 들어오고 뒤에 조원이 들어서는 게 보였다. 그는 한눈에 조장을 알아보고 곁에 와서 앉았다.

"저기 국방색 반외투에 털모자 쓴 자입니다."

야마시타가 미행해온 조원의 눈짓 방향을 바라보니 매표소 부근에서 막차 시간표를 확인하는 듯한 사내의 뒷모습이 보였다. 야마시타는 천천히 일어나 사내를 향하여 걸어갔다. 가까이 가서 그의 얼굴을 확인해두려는 것이었다. 그가 네걸음쯤 떨어진 위치까지 다가섰을 때 사내가 돌아섰다. 야마시타는 당황하지 않고 고개를 숙인 채 그를 스쳐지나가서 기차 시간표를 향하여 걸음을 멈추었다. 고개를 쳐들고 시간표를 보는 시늉을 하면서도 그는 뒤통수가 근질거렸고 가슴이 몹시 뛰기 시작했다. 그 사내의 얼굴을 본 순간 야마시타 최달영은 불침을 맞은 것처럼 화들짝 놀란 것이다. 대합실의 사람들이 술렁대더니 개찰이 시작되었다. 그가 돌아보니 승객들이 줄지어 개찰구를 빠져나가고 있었다. 야마시타는 줄에 끼어들지 않고 국방색 외투가 인파 사이로 사라지는 것을 바라보며 그 자리에 서 있었다. 멀찍이 떨어져서 조장을 관찰하던 보조원이 뛰어와서 다급하게 말했다.

"미행하지 않습니까?"

야마시타는 아무렇지도 않게 대답했다.

"그럴 필요가 없게 되었다."

그는 몸을 돌리더니 앞장서서 대합실 밖으로 나와 담배를 물었다. 조원이 성냥을 그어 불을 붙여주자 그는 담배 한모금을 빨아들였다가 길게 내뿜고는 말했다.

"내가 잘 아는 녀석이다."

이튿날 아침 야마시타는 영등포 본서로 가서 그동안의 정탐 결과를 놓고 부두 하역장의 조십장 방우창 그리고 자신들의 공작 독서회에 드나드는 윤씨와 어제 방을 만나러 왔던 연락원에 대하여 논의했다. 결국 부두의 조십장은 일찍이 함경도 원산에서 흘러들어온 태로계라는 것이 내사 결과 밝혀졌고, 코민테른 극동부와의 연결점은 역시 조와 방이라고 추정했다. 따라서 방우창은 국제당과의 연결 속에서 조를 찾아 도피한 것이라고 보았다.

"그 두 놈을 쥐어짜면 경성의 국제당 조직은 모두 드러날 겁니다."

"어제 만났던 자가 연락원이라면 그도 연결되지 않겠나?"

"그자가 방에게 연락선을 물으러 갔을 겁니다. 서두르지 않아도 됩니다."

마쓰다 경부가 물었다.

"서두르지 않다니, 그건 또 무슨 소린가?"

"제가 파악하고 있던 자입니다. 그를 놔두었다가 미끼로 쓸 수 있습니다."

"주요인물이 아닌가?"

"주요인물은 수배자를 직접 만나지 않습니다."

야마시타는 거의 확신을 가지고 말했고 모리 반장도 동의했다.

"연락원이라면 하부 야체이카일 것입니다."

마쓰다 경부가 미심쩍다는 듯이 고개를 갸웃하며 말했다.

"음, 아무튼 그자도 잠복조를 보내서 계속 관찰하도록."

영등포경찰서 고등계는 행동 개시일을 화요일 밤으로 정하고 모리 반장이 일본인 형사 두 사람을 증원하여 인천으로 가서 야마시타 정탐조와 합류하기로 결정했다. 그들이 인천으로 출발하기 전에 이이철의 떡집을 정탐하러 갔던 보조원이 헐레벌떡 달려왔다. 그는 야마시타에게 보고했다.

"떡집에 문이 잠겨 있어요. 둘러보니 집 안에 아무도 없는 것 같습니다."

야마시타는 잠깐 생각해보더니 보조원에게 말했다.

"내가 알아서 조치할 터이니 당분간 입 다물고 있게."

그들이 인천에 가서 체포하려는 자는 조십장과 방우창 두 사람이었고, 그들이 공작하며 내사한 자료는 인천경찰서에 넘겨줄 것이었다. 즉 야마시타 조가 공작 독서회를 조직하면서 걸려든 조선인 노동자의 명단과 그들의 직장, 따로 독서회를 운영하는 것으로 보이는 윤씨의 독서회 등에 대하여 간단한 사찰보고서를 주기로 했던 것이다. 모리와 야마시타가 인천경찰서 고등계를 찾아가 반장에게 그동안의 공작 내용을 알리자, 뒤늦게 보고를 받은 일본인 경부는 노발대발하면서 그들의 발밑으로 보고서를 집어 던지기까지 했다.

"너희들 뭘 믿고 남의 나와바리에 와서 이따위 장난을 치는 거냐?"

모리가 뻣뻣하게 말했다.

"우리는 경무국의 지령을 받고 공작했을 뿐입니다."

"그래서 너희 놈들은 오야붕을 체포하여 공을 세우고, 우리는 농락당한 자코(잡어)들 뒤치다꺼리나 하라는 거냐?"

"죄송하게 되었습니다만, 경무국에서 직접 지휘하는 치안 사건입니다."

잠시 침묵이 흐른 뒤에 경부는 화가 풀리지 않은 기색으로 부하들에게 일렀다.

"다 잡아들여. 상해와 연결된 조직 사건이니까."

경부가 나간 뒤에 인천서의 반장이 야마시타에게 이죽거렸다.

"당신 앞으로 인천에 얼씬거리지 마라. 내가 보는 즉시 상해의 적색분자 연락원으로 체포할 테니까."

화요일 밤 열시에 그들은 방우창과 조십장을 체포해서 영등포로 이송했다. 그들은 체포한 첫 밤이 매우 중대한 날이라는 것을 알고 있었다. 새벽 동이 틀 때까지 되도록 많은 사실을 캐내야만 더욱 많은 성과를 올릴 수 있었다. 그들은 조십장에게서는 원산과의 연락망을 알아냈고, 방우창을 집중 고문하여 그가 이미 경성 국제당의 중심인 권과의 연락선을 이이철에게 가르쳐주었음을 알아냈다. 영등포 공장 조직 가운데 국제당 오르그 몇 사람의 이름도 나왔다. 또한 그가 경성 당재건 그룹과 국제당의 양쪽에 닿아 있던 것과 경찰 측의 추측대로 이들 양 파가 통합하려는 움직임이 있다는 것도 알아냈다. 경찰은 방우창이 이이철에게 권의 레포의 소재지를 알려주었다는 사실에서 한발 더 들어가 권이 어디에 있는지를 캐냈다. 새벽의 고문은 매우 끔찍하게 계속되었다. 방우창은 세번이나 기절했고 그때마다 대기하던 의사가 들어와 강심제 주사를 놓았다. 날이 밝아올 무렵에 방은 꺾였고 권 모가 은신한 익선정 담뱃가게 아지트를 불었다. 경무국에서 직접 나와 있던 경부보는 비상

전화를 통하여 형사대를 익선정에 급파했고 그를 검거했다는 소식이 들어왔다. 모리의 지휘를 받아 방우창을 직접 고문한 야마시타 등 조선인 형사들은 영등포 관할의 각 공장으로 나가 노동자들을 잡아들이기 시작했다. 그날 오후 방우창은 최후의 기력을 잃었는지 사망하고 말았다. 의사의 진단서에는 심장마비라고 적혀 있었으나 장시간의 전기고문과 물고문에 의한 폐 손상이 분명했다.

이이철은 어떻게 이 가장 위험한 최초의 검거 기간을 모면할 수 있었던가. 인천에 가서 방우창을 만나고 하인천역 종점을 향해 걷고 있었을 때에 그는 이상한 기미를 눈치챘다. 중심가로 들어서는 길목의 전봇대 뒤에 누군가가 서서 담배를 피우고 있었다. 그는 비교적 먼 거리에서도 작은 불똥을 눈여겨보았다. 이철은 그를 지나쳐 걸어가면서 힐끗 상대방의 차림새를 훑었다. 털 달린 반외투에 귀에는 토끼털 귀가리개를 두른 남자였다. 이철은 스스로 어둠에 묻혔으리라 짐작한 곳까지 걸어가서 고개를 휙 돌려 보았다. 거뭇한 그림자 두개가 보였고 얼마 안 가서 하나가 되었다. 그는 꼬리가 달렸다는 것을 대번에 눈치챘다. 이이철은 자신과 방우창과의 만남을 그들이 노리고 있었다고 뒤늦게 깨달았다. 그렇다면 저들은 방우창의 꼬리였을 것이다. 그리고 그들은 인천서의 개들일 것이다. 그는 잠깐 망설였다. 이대로 어두운 들판을 향하여 도주할 것인가 아니면 예정대로 종점으로 가서 기차를 탈 것인가. 이미 주위는 중심가였다. 그는 다시는 뒤를 돌아보지 않았다. 일부러 한길을 건너 맞은편 길로 바꾸어 걸어보았는데 뒤를 따르는 자는 어느 틈에 사라져버렸다. 이이철은 예정대로 막차를 타기로 작정했다. 그가 역의 대합실에 들어섰을 때 다시 토끼털 귀가리개의 그자가 보였고 누군가의 옆에 가서 앉는 것도 보았다. 이철은 일부러 뒤돌아보지 않고 열차 시간표를 올려다보며 기다렸다. 그리고 갑자기 몸을 돌렸다. 신문을 보던 그자가 곧장 자기를 향하여 걸어오고 있었다. 몇초였을까, 두 사람의 시선이 마주쳤다. 상대가 고개를 숙이고 옆을 지나갔지만 이철은 이미 시선이 맞부딪쳤던 그 순간에 그가 누구인지를 알아보았던 것이다. 그자는 최달영이 분명했다. 이철은 형의 어릴 적 동무 중 하나였던 돼지치기 달영이를 잘 알고 있었다. 그가 순사 보조가 되어 앞잡이 노릇을 한다는 것을 형에게서 들은 적이 있었고, 가끔 시장 거리나 역전 모퉁이에서 그가 어슬렁거리는 꼴을 먼발치서 본 적도 있었다. 대합실에서 이철은 그가 말을 걸어오기를 기다렸다. 그러나 어찌 된 일인지 그는 모른 척했다. 이철은 기차를 탔고 최달영은 그를 따라오지도 않았다. 이철은 집에 도착하자마자 만삭의 아내에게 자기가 겪은 일을 말했다. 한여옥은 비록 아지트 키퍼 노릇으로 가부부로 지내다가 이철과 진짜 부부가 되어버렸지만 혁명운동의 중대함을 잘 아는 여자였다.

“지금 당장 그 연락 레포에게 가서 비상을 알려요.”

“직접 닿지는 않을 거요. 우리가 하는 식대로 두번 보안접선을 하게 될 거요.”

“그럼 이틀이나 걸리잖아요?”

“시간이 없소. 내가 누구인지 최가도 알고 있으니까. 우리가 지금 이럴 시간이 없소.”

한여옥이 잠시 생각해보더니 남편에게 말했다.

"저는 막음이 고모에게 가서 의논해볼 거예요. 당신은 어서 피하세요."

이철은 아직 접선한 일이 없는 권 모의 레포를 만나려고 애쓰지 않았다. 그는 영등포의 정리가 가장 중요하고 시급하다고 생각했다. 그는 국제당과 경성 재건파의 연결 고리를 끊을 생각이었다. 현재 총독부 경무국이 찾고 있는 것이 국제당 선이었고 경성 재건파는 이재유의 탈출을 전후하여 수백명이 이미 검거되었다. 그는 박선옥을 먼저 만나 사정을 미리 알려주었고, 도피를 하든가 검거되더라도 자신의 피해를 최소한으로 줄이기 위하여 잔심부름이나 한 것으로 진술하라고 당부해두었다. 그리고 방우창과 자신이 곧 체포될 것임을 안대길에게도 알리고 국제당에 선을 대고 있었던 조영춘과 지씨에게도 알리면서 선택은 각자에게 맡긴다고 말해주었다. 그리고 박선옥을 지켜줄 것을 부탁했다. 조영춘은 자신의 독서회 회원들은 일반 노동자들이니 검거되어도 아는 것이 별로 없고 피해도 적을 것이라며 시간을 끌다가 그들의 명단을 내어줄 작정이라고 말했다. 그리고 사실 그는 방우창 외에 영등포 바깥의 조직들과 직접 연결된 바는 없었던 것이다. 이철은 날이 밝자마자 자신의 집 부근에 형사들이 배치되리라는 걸 알고 있었다. 그는 물론이고 아내 한여옥도 다시는 집으로 돌아갈 수 없게 되었다. 이철은 버드나무집에 갈 수도 없어서 박선옥을 통하여 형수에게 연락을 해주도록 부탁했다.

신금이는 시동생과 그의 아내 한여옥, 그리고 그때는 아직 출산

전이었던 장산이의 운명에 대하여 자세한 것까지 오랫동안 기억하고 있었다. 박선옥이 두 손을 쳐들고 부들부들 떨며 위급한 상황을 알리러 왔던 것이며, 저녁 짓기도 팽개치고 집을 나서던 일을 말할 때면 언제나 그렇듯 시어머니 주안댁의 출현을 빼놓지 않았다.

"동네 교회당 유치원 앞마당이 약속 장소였다. 집을 나서는데 벌써 주안댁이 내 세발짝 앞에서 슬슬 걸어가구 있는 게야. 나는 그이에게 말두 걸지 않구 아는 길이라 그냥 발 가는 대로 갔지. 교회는 벽돌담이 둘러 있구 앞에 철창문이 열렸는데 미끄럼틀이며 그네가 있었지. 그 안으루 들어갔더니 시동생이 바로 문 옆 어둠 속에 섰다가 형수, 하며 나를 불렀어."

이철은 상황을 대충 얘기하고 아내가 막음이 고모에게 간 것이며 두 사람 다 도피해야 한다고 말했다. 신금이가 어디로 갈 작정이냐고 물으니 아직은 정해놓은 데가 없지만 어쨌든 영등포에서는 벗어나야 한다는 거였다. 그때에 두 사람 옆에는 주안댁이 구부정한 자세로 서서 그들의 이야기를 듣고 있었다. 그녀가 현신하면 보통은 말없이 앉았거나 서 있거나 따라오는 정도였는데 그날따라 신금이의 귀에 걸걸한 목소리가 들려왔다. 거시키니 그 누구냐, 야 이덜 담임선생 하던 사람 있지 않냐. 느이 혼인 때 주례 서준 얌전둥이 말이다. 글루 가서 숨어 있으문 되겠구먼그래. 신금이는 경황없는 중에 귓전에 들리는 시어머니의 음성에 따라서 말해버렸다.

"허상우 선생님 댁에 가보는 게 어떨까요?"

이철은 고개를 끄덕이고는 신금이에게 말했다.

"그 댁이 어딘지 아시지요?"

"그야 저희는 알죠. 지난 추석 전에도 찾아뵈었으니."

신금이는 시동생을 데리고 도림정으로 갔다. 그들 형제가 다니던 보통학교 길 건너에서부터 영단주택 동네가 시작되고 있었다. 허선생 댁에 가니 마침 저녁상을 차리던 때라 신금이는 몹시 민망했다고 한다. 사모님도 그들 형제를 잘 알고 있었고 신금이를 며느리처럼 생각하는 터여서 그들의 느닷없는 방문을 오히려 반가워했다. 저녁을 얻어먹고 나서 이철이 지금의 상황을 털어놓았다. 허선생이 말했다.

"자네가 사상운동을 한다는 얘기는 얼핏 들었다마는 나중에 잡힐 때 잡히더라도 예봉은 피해야 한단 옛말이 생각나는구먼. 거친 풍파가 지날 때까지 숨어 있어야겠네."

하고는 오늘은 일단 선생 댁에서 자고 내일 날이 밝자마자 관악산 기슭의 시골집으로 가자는 것이었다. 그의 고향집은 시흥군 나꿀이었고 영등포 바로 접경에 있는 마을이었다. 관악산 줄기의 야산이 둘러싸고 있어 안으로 들어가면 갑자기 외진 두메산골처럼 되어버리는 아늑한 곳이었다. 어느 여름방학에 선생을 따라 형제가 그 댁에 놀러 가서 이틀을 보낸 적도 있었다. 신금이가 주안댁이 허선생 댁을 찾아가라고 일러줄 적에 두말없이 방향을 정한 것은 막음이 고모가 홍수 때 시어머니가 나타나서 도와주었다는 얘기를 믿고 있었기 때문이다. 나중에 남편 일철에게 그 얘기를 했더니 잘했다고 고개를 끄덕여주기까지 했다. 그는 아우 이철이보다 어머니의 현신을 더 굳게 믿고 있었으며 자기가 체험하기까지 했던 까닭이었다. 이튿날 이철이는 허선생을 따라서 나꿀로 갔다. 시골집에는 노부모가 돌아가신 후에 지금은 선생의 아우님이 살며 농사짓고 있었다. 그 댁 별채에 너른 방이 두개나 있어서 이철은 신세를 지기로 하였다.

인천에서는 김근식을 비롯한 활동가 몇명이 드러나지 않은 채 남은 조직을 간수하고 있었지만 영등포에서는 지난 두어해 동안 벌어졌던 각종 파업쟁의에 관련된 일반 노동자들이 일제히 검거되어 조사를 받았다. 안대길 조영춘 지씨 박선옥 등은 일차로 검거 연행되었다. 영등포서에 잡혀온 노동자들은 대략 사십여명이었다. 그중 방우창에 대한 조사가 가장 혹독했고 그가 취조 중에 사망하자 전과가 있는 안대길에게 남은 문초가 집중되었다. 이이철은 방우창 안대길 지씨 등과 영등포 철도공작창 시기부터 최초의 오르그였음이 밝혀졌다. 그리고 이철이 당재건파 중앙과 연결되는 주요 연락원이라는 사실이며 그의 아내 한여옥이 국제당 파견자 김형선의 레포였다는 것까지 밝혀졌다. 야마시타는 즉시 버드나무집으로 이일철을 찾아왔다. 일철은 그를 데리고 시장 사거리 모퉁이의 주점으로 갔다. 최달영은 일철이 따라준 막걸리를 주욱 마시고는 단도직입적으로 말했다.

"이철이가 잡히지 않으면 너희 집안은 풍비박산이 될 거다."

일철은 조심스럽게 얘기를 꺼냈다.

"어느 집에나 말썽꾼이 있지 않냐? 나는 총독부 철도학교를 나오고 직영 철도국에 다니는 투철한 황국신민이다. 네가 알다시피 우리 아버지도 거의 평생을 철도공작창에서 기술자로 어떤 과오도 없이 충실하게 살아온 분이다. 내가 어떻게 협조하면 되겠는지 제발 좀 알려다우."

최달영은 그를 빤히 쳐다보며 말했다.

"그를 자수시키면 된다. 내가 너하구의 의리를 생각해서 첨에 인천에서 마주쳤을 때에도 일부러 잡지 않고 놓아줬던 거야. 다른 놈들 취조를 하는 중에 이철이의 죄상이 다 드러나서 나로서도 더이상 봐줄 수가 없게 되었다. 그 녀석 처 역시 같은 주의자로서 연락원이었다구 한다. 지금이라도 당장 체포할 수 있다. 지금 둘이 같이 있나?"

일철은 다급하게 말했다.

"제수가 지금 만삭이라 출산이 오늘내일하는 중이다. 그 사람이야 남편이 시켜서 심부름한 것에 지나지 않을 테지. 한가지만 약속해주면 내가 아우를 설득해서 자네에게 넘기도록 하겠다."

"너무 무리한 청이 아니라면…… 좋다!"

"출산을 앞둔 제수씨를 체포하지 말아주게. 내가 바라는 건 그것 하나뿐이야."

최달영은 손가락으로 탁자를 톡톡 두드리며 생각에 잠겼다가 대답했다.

"좋다, 이철이가 전향을 하겠다면 그의 아내는 약식으로 조사만 하고 방면해주지."

"어떻게든 설득해보겠다."

"그 대신 질질 끌면 안 된다. 만약에 이철이가 도피 중인 이재유의 소재를 분다면 녀석도 즉시 훈계방면 조치할 작정이다."

이일철은 아내 신금이로부터 아우가 허상우 선생의 나꿀 시골집에 은거해 있다는 걸 들어서 알고 있었다. 그는 비번이 돌아온 날 나꿀로 이철을 찾아갔다. 아우는 형이 직접 찾아온 것을 보고 놀랐다. 일철은 최달영과 나눈 이야기를 그에게 털어놓았다.

"어떻게 형이 나에게 이럴 수가 있어? 아무리 일제의 노비 노릇을 하여 먹고살지만."

"그래, 아버지는 평생 쇠를 깎으며 엄마도 없이 우릴 키웠고, 이제 내가 아버지를 대신해서 집안을 꾸려가야 한다. 네가 욕을 하지만 나라 없는 백성들은 모두 그렇게 살아가고 있다. 아버지도 말씀은 안 하시지만 나처럼 너를 이해하실 게다. 한데 네 아내와 장차 태어날 아이는 어떻게 할 테냐? 활동가를 하겠다면서 왜 아낙은 들이구 그래. 네 처자식은 보호해야 할 거 아니냐?"

이철은 눈물이 흐르자 닦지도 않고 얼굴을 위로 쳐들고 한숨을 푹 내쉬었다.

"어쩌다보니 그렇게 되었어. 누군 그러구 싶었나 뭐."

"니가 전향서 쓰면 제수씨는 훈계방면한다구 약속했다."

"동지들을 생각해서라두 그럴 수는 없다구. 차라리 고문받다 죽는 게 낫겠지."

일철은 아우에게 진심을 다하여 달래고 또 달랬다.

"방우창씨가 검거 첫날을 넘기지 못하고 취조 중에 사망했다고 하더라. 온갖 고문을 당했겠지. 살 수 있다면 살아남아야 한다. 그까짓 종이쪽지가 무슨 소용이야. 욕스러운 건 견뎌내야지. 몸이 부서지지 않게 살아남았다가 다시 싸울 수 있잖니? 너는 유명인사도 아니고 지도부도 아니잖아."

형제는 그날 함께 밤을 새웠다. 겨울바람이 불어와 창호지 문짝을 흔들어댔다. 일철이 몇번이나 돌아누우며 잠을 못 이루다가 까무룩하게 잠이 들려는 참인데 아우가 어둠 속에서 중얼거렸다.

"형, 자나?"

"응? 아니."

"내일 같이 영등포 나가자."

"정말이지?"

이철은 잠깐 멈추었다가 말했다.

"먼저 여옥씨 만나고 모레 최가를 만나도록 할게."

형제가 막음이 고모네 집으로 간 것은 이튿날 점심 무렵이었다. 한여옥은 신금이가 혼인 전에 잠시 머물렀고 그녀와 이철이가 방을 얻어 나가기 전에 쓰던 뒷방에 누워 있다가, 인기척에 조각 유리로 마당을 내다보고는 화들짝 달려나왔다. 일철은 마루로 올라서지 않고 마당에서 제수에게 말했다.

"여러가지로 고생이 많습니다. 둘이서 잘 의논해보세요."

막음이 고모는 초췌해진 이철이를 보고는 벌써부터 눈물 바람이었다.

"애고, 떡집이나 하구 살게 그냥 내버려두지 않구선."

일철은 이튿날 아침에 아우를 찾아오리라 약속했으므로 그냥 버드나무집으로 돌아갔다. 그날 밤 이철과 여옥은 두 손을 꼭 잡고 나란히 누워서 여러 이야기를 나누었다. 자술서를 되도록 간단하게 간추려 쓰려면 미리 맞추어둘 사항이 제법 많았다. 이철의 일상이야 영등포에서 주위가 다 아는 바이지만 여옥의 과거는 모두 지워져야 마땅했다. 그녀의 고향 이야기며 일본 갔던 이야기까지는 그대로 두고 군산에서의 혼인 이후는 모두 지워버렸다. 중국에 갔던 것이나 활동가의 길에 들게 된 경위 등은 물론 없는 일이 되어버렸다. 혼인 파탄 이후에 경성에 와서 까페 여급으로 일하다가 이이철을 우연히 만나게 되어 그가 시키는 대로 심부름 몇번을 했었다. 이이철도 자기 정리를 해두었다. 철도공작창에서 파업을 하면서 방우창 안대길 등을 알게 되었고 방의 지시로 경성에 들어가 이관수라는 사람을 한번 만난 적이 있었다. 그것은 무슨 문건이었는데 영등포지역의 파업에 관한 내용이었던 것으로 기억한다. 그리고 다시 국제당에서 왔다는 사람과 이씨가 만난다고 하여 연락 레포 노릇을 했다. 그때에 한여옥에게도 중간 연락을 맡겼다. 김형선과 이재유가 누구인지는 모르지만 국제당과 경성파의 주요인사가 만난다고 두겹의 보안이 실시되어 자기네 쪽에서도 두 사람이 필요했다. 한여옥은 전적으로 자기의 지시대로 아무것도 모른 채 약속 장소에 나가 다음 장소를 듣고만 왔다. 이철은 자신은 처음에는 노동자의 권리를 찾아야 한다는 이론에 이끌렸지만 깊은 뜻이나 철학은 너무 어려워서 몰랐다. 우리나라가 일본으로부터 독립을 해야 한다는 뜻은 좋다고 생각했다. 그러나 그것은 내 개인만의 힘으로 이루기에는 너무 멀고 어려운 일로 생각된다. 다시 기회가 주어진다면 황국신민으로 성실하게 생업에 종사하며 살아갈 작정이노라. 두 사람은 그런 정리를 해나가다 서로 약속이나 한 듯이 울음이 터졌다.

"이제 치욕스러워서 어떻게 살아요?"

한여옥이 울음 섞인 어조로 중얼거렸고 이이철도 목이 메어 말을 더듬었다.

"역량 보존을 해야 된다구. 대의명분을 세우는 사람과 다시 싸울 사람이 둘 다 필요하다잖아요. 내 어떻게든 이 고비를 넘어서 다시 돌아오겠소. 당신은 나 대신 떡집 하면서 기다리구 있으면 돼요."

이튿날 이일철은 아우를 데리고 시장 사거리를 건너서 역전 본정통의 경찰서 부근 까페로 나갔다. 그러고는 최달영에게 전화를 넣었다. 최는 말쑥한 양복 위에 검은 코트를 입고 까페 안으로 들어섰다. 그의 옆에는 보조원이 따라붙어 있었다. 그는 맞은편 자리에 앉자마자 이철에게 말을 걸었다.

"두쇠 오랜만이다. 이렇게 찾아온 걸 보니 결심이 선 모양이군."

이철은 말없이 고개를 푹 숙이고 앉았고 일철이 말했다.

"약속대로 제수씨는 건드리지 않겠지?"

"아, 그야 우리 두쇠가 어떻게 하느냐에 달렸지. 너무 염려는 하지 마라. 참고인 조사만 하고 방면할 테니까."

야마시타 최달영이 다른 자리에서 지켜보던 보조원을 돌아보자 그가 다가와서 이철의 두 손목에 수갑을 채웠다. 일철은 아우를 연행하는 야마시타의 뒤를 따라가며 말했다.

"잘 처리해주게. 그 은혜는 내 잊지 않으마."

야마시타 최달영은 싱긋 웃으며 이일철에게 말했다.

"저지른 일이 있으니 징역 좀 살아야 할 거야. 한데 왜 너는 창씨개명하지 않나? 이제 시책이 내려왔지만 전국민화될 텐데 말이야."

이일철은 그 말이 폐부에 깊숙이 와닿았다고 한다. 아, 일본식 이름이 필요하겠구나. 온전히 철도국 밥을 먹고 살려면 총독부에서 시키는 일에 고분고분 응해야 할 것이다. 더구나 자기는 기관수가 되어야 할 조선인이 아닌가. 그는 입초가 서 있는 경찰서 정문 앞에서 걸음을 멈추었고 잡혀들어가는 아우의 구부정한 등을 바라보았다. 이철은 형이 바라보고 있을 줄 알았을 터인데도 한번도 뒤를 돌아다보지 않았다. 이철이 경찰서 고등계의 취조실로 들어서자마자 야마시타 조의 보조원들이 통과의례를 치를 준비를 하고 있었다. 야마시타는 이철의 등을 밀고 들어서면서 부하들에게 일렀다.

"자수했으니 살살 다뤄라."

그는 한마디 하고는 옆방으로 사라졌다. 보조 한 놈이 먼저 이철의 면상을 주먹으로 후려갈기자 비틀거리며 옆으로 쓰러지려는 것을 다른 놈이 멱살을 잡고는 반대쪽을 후려갈겼고 앞으로 쓰러지려고 하자 또다른 자가 끌어올려 무릎으로 올려찼다. 이철은 뒤로 벌러덩 자빠졌다.

"호오, 이렇게 약해서야 어디 주의자 노릇을 해먹겠나."

이철의 얼굴은 코와 입술이 터져서 이미 피범벅이 되었다. 조선인 보조원 고문자들은 한참을 두들겨 패고는 그의 상의와 바지를 벗기고 빤쓰 바람으로 조사받는 책상 앞의 의자에 앉혔다. 야마시타가 들어와 그의 조서를 받기 시작했다. 그날 저녁 무렵에야 조사가 대충 마무리되었고 이튿날에는 한여옥이 불려왔다. 그녀는 오전 중에 조사를 끝내고 저녁 퇴근시간 무렵까지 대기하고 기다렸다. 부부가 미리 정리한 내용이 맞아떨어졌고 일단 이이철의 조사가 순조로웠으므로 한여옥은 귀가 조치되었다. 앞에 중대한 혐의

자들의 조사가 지나갔고 무엇보다도 국제당의 중앙인 권 모의 조직이 거의 검거되었으므로 이이철 부부의 레포 행위는 앞의 사실들을 시간 장소별로 맞추는 일에 불과했다. 방우창의 취조 중 사망은 영등포 노동자들을 조직적으로 확대하여 엮는 것을 미리 방어해준 것이나 다름없었다. 처음부터 총독부 경무국의 조사 방향이 국제당의 조선 노동자에 대한 조직적 접근을 분쇄한 사건에 초점이 모여 있었으므로 평범한 노동자들은 자술서와 각서 등으로 반성의 기미가 보이면 훈계방면이나 기소유예 처리가 되었다. 다만 안대길 조영춘 이이철 등은 조직과 연계가 있었으므로 비교적 중형이 내려졌다. 재범이었던 안대길은 사년, 독서회를 관리하던 조영춘은 이년, 연락원 이이철은 일년 육개월의 형을 받았다. 사실 당시의 행형제도와 형무소 형편은 매우 열악했으므로 일년의 형을 받고 나와도 병을 얻어 오래 고생하거나 후유증으로 사망하는 일도 많았다. 조영춘 이이철은 야마시타가 불러주는 대로 전향각서를 쓰고 지장을 찍었다. 물론 국제당 조직 관계자들은 삼사년 이상의 중형 처분을 받았고 개중에 지도부는 형기를 마친 후에도 치안감호 처분을 받고 보호소에 유치당했다. 그들이 검거되고 일년이 지나서야 경기도 인근 농촌 마을에서 농사를 지으며 잠복활동하던 경성 당재건협의회의 중앙 이재유가 체포되고 이관수는 다시 탈출하여 지방으로 내려간다.

한여옥은 이이철이 체포되고 한달쯤 지나서 그가 아직 예심을 받고 있던 무렵에 아기를 낳았다. 신금이는 그때를 어제 일처럼 생생히 기억하고 있었다. 설 명절이 며칠 앞으로 다가온 때였다. 한여옥은 그들 부부가 열었던 떡집으로 돌아가려 했건만 막음이 고모와 신금이가 극구 말려서 그대로 고모네 뒷방에 머물고 있었다. 언제 출산을 하게 될지 모르니 항상 누군가 보살펴줄 사람이 지척에 있어야 하겠기 때문이다. 밤 열시쯤이었나. 신금이는 혼자 안방에서 잠들어 있었다. 이일철은 그때 경성-신의주 간의 화물열차 기관수로 승급되었다. 이제는 조수가 아니라 기관수로서 한 노선을 책임지게 된 것이다. 아마 그 밤에 일철은 머나먼 국경도시 신의주에서 자고 있었을 것이다. 신금이는 누군가가 자기의 가슴을 흔드는 걸 느끼고는 얼핏 잠에서 깨어났다.

"응…… 누, 누구야?"

"애야, 어서 건너가봐라. 거시키니 우리 손주가 이제 나올래나 부다."

신금이가 눈을 뜨니 어둠 속에 주안댁이 머리맡에 앉아 있는 게 보였다.

"어머니 이 밤에 또 뭔 일이래요?"

그녀가 흐트러진 머리를 쓰다듬으며 일어나 앉는데 주안댁이 다시 재촉한다.

"얼른 가보래두. 작은애가 애길 낳는다누나."

"예에, 애기를요?"

신금이는 벌떡 일어나 주섬주섬 옷을 걸치고 마루로 나서며 건넌방 쪽으로 귀를 기울여보았다. 시아버지 이백만의 코 고는 소리가 들렸다. 그녀는 일부러 기침 소리를 크게 내질렀다. 이백만이 코골기를 뚝 그치고는 졸음이 가득한 소리로 물었다.

"게 지산이 어멈이냐?"

"예, 고모님 댁에 가볼라구요. 동서가 오늘 출산할 거 같아서요."

이백만이 상반신을 일으키고 방문을 활짝 열었다. 평소에 내색은 하지 않았지만 며느리의 예감에 대하여 아는 바가 있어서 그는 무심결에 말했다.

"어찌, 이번에 아들을 낳겠느냐?"

"그러믄요 아버님."

"응 그래, 지산이 걱정은 말구 어서 다녀오너라."

그녀는 발걸음을 재게 놀려 샛말 막음이 고모 댁에 이르렀고 문 앞에 벌써 당도한 주안댁이 서성이며 기다리고 서 있었다. 문을 두드리자 막음이 고모가 자다가 나와 문을 열어주었다. 그녀는 신금이와 동행한 주안댁을 보자마자 대번 알아차렸다.

"애가 나오는 모냥이군. 산파 불러오까?"

"여기 우리 셋이 있는데 무슨 걱정이우?"

"셋이?"

하다가 고모는 깔깔 웃었다.

"하긴 우리 성님이 기시니 젤 든든허지."

그로부터 오분도 채 되지 않아서 여옥의 출산 진통이 시작되더니 곧 아이를 낳았다. 신금이와 막음이 고모가 아이를 받아낸다, 탯줄을 끊는다, 목욕시켜 강보에 싼다, 하며 출산을 도왔다. 이마에 땀방울이 돋은 채로 한바탕 곤욕을 치른 한여옥은 잠이 들었고 아기 또한 눈을 감고 어미 옆에 누웠다.

신금이와 막음이 고모는 출산 전부터 아기의 이름 장산이를 알고 있었다. 신금이가 지산이의 아우가 될 장산이를 대견하게 여기고 있는데 갑자기 먹구름 같은 어두운 기색이 주위에 감돌며 아가의 얼굴이 새카맣게 변색되는 걸 보았다. 그리고 작은 아기를 담은 대나무 광주리가 보였다. 광주리 위에는 흰 천이 둘둘 감겨 있었다. 아기가 죽겠구나. 그녀는 하도 서러운 생각이 들어서 눈물을 철철 흘렸다. 막음이 고모가 산모를 위하여 준비했던 미역국을 들여오다가 그걸 보게 되었다.

"뭐야, 왜 방정맞게 눈물 바람인고?"

"아니에요, 대견하고 좋아서 그래요."

막음이 고모는 자식처럼 키운 두쇠 이철은 감옥에 가고, 아기는 아비도 못 보는 게 불쌍해서 자기도 눈물을 흘렸다.

"언젠가 좋은 날이 오겠지!"

한여옥이 몸을 풀고 삼칠일 지났을 무렵에 신금이가 아기와 산모를 버드나무집으로 데려왔다. 시아버지 이백만이 건넌방을 비우고 공방에서 침식을 하겠다며 작은며느리와 손자를 집으로 데려오라고 큰며느리 신금이에게 여러번 청하였기 때문이다. 막음이 고모는 아들 둘이 모두 보통학교에 다니고 있어서 자기가 두 모자를 돌보겠다고 우겨보았지만 신금이가 이백만의 간곡한 뜻을 전하자 짐을 싸면서 말했다.

"아이고, 우리 오라버니 그노무 고집을 누가 말려? 이제 떡집은 나 혼자 하게 생겼구먼 뭐."

지산이와 장산이는 두살 터울이었고 마치 한쇠와 두쇠의 어린 시절 행동거지를 쏙 빼닮아서 이백만에게는 청춘이 돌아온 듯하였다. 이백만은 장산이가 백일이 되자, 예전의 가난한 살림도 아니라서 조촐하게나마 잔치를 치르기로 했다. 막음이 고모가 신금이에게 격식을 자세히 일러주었다. 아침에 삼신상을 차리는데, 흰밥에 미역국 그리고 백설기에 수수팥떡에 과자며 과일을 올려놓고, 작은 상에 백지를 깔아 흰쌀과 흰 실타래와 지폐를 얹어놓았다. 장산이를 안은 한여옥이 상 중앙에 앉고 양쪽 좌우로 막음이 고모와 신금이가 나란히 앉아서 합장 배례하면서 아기의 장수를 기원했다. 백일잔치란 아낙네가 주동이라 이백만은 공방에 앉았다가 제례가 다 끝난 뒤에 안방으로 들어와 가족 상에 둘러앉았다. 그때까지는 이철이가 감옥에 들어간 일 빼고는 이백만의 집안은 다른 조선 사람들에 비해서 평온하고 먹고살 만한 시절이었다.

철쭉이 피었다가 질 무렵이었으니 오월 말 유월 초쯤이었을 것이다. 지산이와 장산이가 감기에 걸렸다. 처음에는 장산이가 먼저 콧물을 흘리고 기침을 하더니 지산이도 곧 동생을 따라서 감기 증상을 보였다. 두 아이가 대청마루를 가운데 두고 안방과 건넌방에서 각각 앓았고 신금이와 한여옥은 서로 의논해가며 어린것들을 돌보았다. 아기들이 사흘 동안 열이 나고 얼굴과 가슴에 열꽃이 피어나자 그제야 이게 보통 감기가 아니란 걸 눈치채게 되었다. 막음이 고모가 달려와서 들여다보고는 어두운 얼굴이 되어 대뜸 말했다.

"뭐야, 고뿔이 아니라 홍역이구먼. 두드러기를 보니 그런 거 같네!"

두 여자는 앞서거니 뒤서거니 하면서 지산이와 장산이를 데리고 사거리 뒷길에 있는 한의원에 보이러 갔고 홍역이 틀림없다는 진단이 내려졌다. 홍역은 예부터 백약이 무효라고 알려져왔고 죽고 살기는 하늘의 뜻이라고 그랬다. 나을 사람은 사흘쯤 고열을 앓고 나면 두드러기가 온몸에 퍼지고 발끝까지 내려갔다가 저절로 열이 내리면서 일어났고, 죽을 사람은 열꽃이 배 부위에서 맴돌 때에 기침이 심해지면서 숨을 거두었다. 그때에 온 동네의 어린것들이 홍역 돌림병으로 여러명 죽었는데 지산이는 열꽃이 발바닥에까지 번졌다가 일어났고 장산이는 숨을 거두었다. 신금이는 이럴 일을 미리 알고 있었지만 어미 한여옥에게는 물론 막음이 고모에게까지 입도 뻥끗하지 않았던 것이다. 또한 신금이 눈에는 역귀도 보였다고 한다. 지산이와 장산이가 나란히 고뿔이 들어 열 내고 기침도 하기 전이었는데 버드나무집 동네 골목에서 신금이가 고년을 보았다고 한다. 황혼 무렵이라 서향의 골목은 안쪽이 어둡고 바깥쪽으로는 햇빛이 곧추 들어와 눈이 부셨다. 신금이가 장 보러 나가려고 대문을 나서는데 작은 계집아이가 집 앞에 서 있었다. 고것은 양 갈래 땋은 머리에 노랑저고리 다홍치마를 입고서 마치 사방치기라도 하듯이 깨금발을 뛰면서 놀고 있었다.

"요년, 왜 남의 집 앞에서 방정맞게 뛰어다녀?"

신금이가 날카롭게 중얼거리자 계집아이는 놀랐는지 동작을 멈추고 오뚝 섰다.

"아주머닌 내가 보여요?"

"그럼, 보이다마다. 니까짓 게 우리 집을 노리는 모양인데 시루 속에 갇히고 싶으냐?"

계집아이가 혀를 낼름 내밀어 보이고는 달아나면서 종알거렸다.

"흥, 벌써 들러서 나왔지."

그 소리를 듣고 신금이는 가슴이 철렁했다. 낮잠이 든 사이에 고년이 집 안에 들어왔다가 나온 모양이었다. 계집아이는 치맛자락을 팔랑거리며 역광이 비낀 골목 안을 이 집 저 집 뛰어다니고 있었다. 그렇다고 신금이는 무당이나 점쟁이 판수를 찾아다닐 정도는 아닌 개화 여성이어서 그냥 내버려두었다. 장산이가 숨을 거둔 아침에 신금이는 대문간 쪽에서 무엇을 보았는지 바가지에 냉수를 떠다가 고춧가루를 타서는 문 앞에 이리저리 뿌렸다.

"예끼 이 고얀 년, 썩 물러가거라!"

장산이를 애장시킨다고 상둣도가에서 한 사내가 왔다. 그는 어린것에게 배냇저고리 입히고 다시 깨끗한 천으로 싸서 대광주리에 넣고 흰 무명을 둘둘 감아서 멜빵을 메어 등에 졌다. 신금이가 애통해하는 한여옥을 붙잡고 따라가지 못하게 말리는 동안 이백만과 막음이 고모가 상둣도가 사내를 따라나섰다. 그들은 어느 공동묘지 모퉁이에 애장을 했다고만 나중에 알려주었다. 한여옥은 장산이를 보내고 보름 동안을 시름시름 앓더니 여름이 되자 멀리 대전형무소에 갇힌 이철을 면회하고 돌아왔다. 이철을 면회했던 이야기는 한여옥도 하지 않았고 나중에 석방되어 집으로 돌아온 이철도 말을 꺼내지 않아서 두 사람 사이에 무슨 얘기가 오갔는지 알 수는 없었다. 그렇지만 신금이는 그때 한여옥이 장산이의 탄생과 죽음에 대하여 아이 아버지에게 말해주었을 것이고 자기는 떠나겠다는 뜻을 전했을 것이라고 짐작했다.

그해 가을 어느날, 한여옥이 이일철 신금이 부부와 저녁에 외식을 하자고 제안을 했다. 동네에서 제일 큰 중국집에 자리까지 맞춰 두었다는 한여옥의 말에 그들 부부는 무슨 일일까 매우 궁금했다. 자리를 잡고 식사를 하면서 여옥은 말을 꺼냈다.

"제가 여염의 아낙네로 살 팔자가 못 되어, 이렇게 된 것이 모두 제 탓인 듯합니다. 지난번 장산이 아버지 면회를 가서 저희들 의논은 모두 끝났습니다. 저는 집을 떠나려 합니다."

신금이는 대강 짐작은 하고 있었고 속수무책인데도 일단 그녀를 말려보았다.

"서방님이 나오면 다시 재밌게 살아야지 어디루 간다구 그래?"

한여옥은 희미하게 쓴웃음을 지었다.

"그이나 저는 한번 들어선 이 길을 벗어날 수 없습니다. 동지들한테 진 빚이 너무나 많거든요. 저는 이전에 머물던 만주로 돌아갈까 합니다."

한여옥은 결연하게 말을 이었다.

"그곳에선 삶과 죽음이 언제나 분명했지요. 정치가 아니라 총 들고 싸우는 전투였으니까요."

침묵하고 있던 일철이 물었다.

"제수씨는 만주에 어디 갈 데가 있어요?"

"그전에 알던 사람들의 마을을 찾아가볼 작정입니다."

"그게 어딥니까?"

"간도 쪽입니다."

일철은 말했다.

"두만강 쪽이라면 예전과 달리 일본군의 경비가 삼엄합니다. 일단 압록강 연안으로 가셨다가 만주에서 기차로 이동하는 게 안전할 겁니다. 그런데 고등계에서 제수씨의 이동을 그냥 방관하겠습니까?"

"염치없지만 시아주버님께서 좀 도와주신다면……"

신금이는 어쩐지 그 말에 눈물이 나서 손수건으로 눈가를 찍어내고는 일철에게 속삭였다.

"여보, 이건 우리가 해야 할 일이에요. 저라두 이렇게 했을 테니까요."

일철은 곰곰이 생각해보고는 입을 떼었다.

"며칠만 말미를 주시지요. 제가 한번 준비해보겠습니다."

이일철이 경의선 화물열차를 몰고 두어차례 왕래한 후에 한여옥의 출발 날짜가 정해졌다. 신금이는 떡집의 전세금을 빼어 여비를 마련해 동서에게 쥐여주었다. 그때까지는 막음이 고모가 한해 뒤에 만주로 이사를 가게 될 줄은 누구도 모르던 시기였다. 한여옥은 용산역으로 가서 일철의 안내를 받아 그가 배정받은 화물열차에 몰래 탔다. 일철은 이제 기관사였고 기관 조수도 조선인이었다. 만주에서의 전황이 급박해지고 대륙의 전장이 확대되면서 일본인은 관동군에 징집되었고, 그 빈자리에 아직은 군 입대가 허용되지 않았던 조선인들로 철도원이 보충되었기 때문이다. 일철은 한여옥을 기관차 바로 뒤에 매단 첫번째 화물차에 태웠다. 그곳에는 대개 철도국 자체의 화물이나 유력 인사들의 짐을 실었다. 또한 고참 기관수들은 장거리 구간에서 일호 화물차에 침구까지 마련해놓고 교대로 잠을 자기도 했던 터였다. 화물차의 정면 행거도어뿐만 아니라

측면에도 쪽문이 있어서 기관차에서 드나들기도 편리했다. 한여옥은 상자로 막아놓은 구석에 자리를 잡고 누웠다. 기차는 밤새도록 달렸고 평양에서 기관차가 교체될 때에도 일철은 휴게실로 가지 않고 자리를 지켰다. 신의주에 이르러 하루 동안 비번이었던 일철은 제수를 데리고 구의주로 갔다. 밤이 올 때까지 기다렸다가 며칠 전에 수소문하여 약조했던 사공을 만났다. 국경 경비초소를 피할 수 있는 도강은 중국과 조선을 오가는 많은 장사치 노동자 밀무역자 항일활동가들이 이용하는 길이었고, 강이 얼어붙는 겨울철에는 더욱 수월했다. 한여옥은 만주에서 가장 안전한 양장 차림이었다. 한복은 눈에 띄었고 중국 옷은 어쩐지 조선인에게 어울리지 않았으며 양복이야말로 누구나 입을 수 있는 옷차림이었다. 나룻배에 오르기 전에 한여옥은 이일철에게 허리 숙여 인사했다.

"언제 식구들을 다시 만나 뵐지 모르겠군요. 조선이 독립하는 그날이 오면 제가 영등포 집으로 찾아가게 되겠지요. 신금이 형님에게도 인사 전해주십시오."

이일철도 허리 숙여 인사를 받고는 말했다.

"장산이 엄마를 우리 모두 기다릴 거요. 다시 만날 때까지 건강하시오!"

13

이진오는 아직 캄캄한 어둠 속에서 눈을 떴다. 오늘은 그가 굴뚝에 올라온 지 삼백일째가 되는 날이다. 며칠 전부터 이날을 준비해왔다. 밑에서는 시민단체와 금속노조의 집행부가 주최하는 오체투지 시위가 준비되고 있었다. 그들은 이른 아침에 굴뚝 아래 모여서 출정식을 간략하게 마치고 청와대까지 기어갈 작정이었다. 이제 삼월이었으나 날씨는 아직 쌀쌀했고 굴뚝 위는 여전히 겨울이었다. 그리고 의사가 올라와 그의 건강을 간단히 체크할 것이다. 또한 홍보부서의 일꾼들이 자체 제작한 영상을 유튜브에 올려서 전국의 노동자들은 물론이고 일반 시민들에게도 널리 알릴 필요가 있었다. 그러나 당국에서는 의사 외 다른 사람들이 굴뚝에 올라가는 것을 안전상의 문제로 허용하지 않았다. 어떻게든 카메라를 올려서 왜 굴뚝에 올라왔으며 요구사항은 무엇인지 또 어떻게 농성하고 있는지를 이진오 스스로 촬영해야 했다. 그는 안에서 손을 꼼지락거리며 슬리핑백을 조금 열고 팔을 밖으로 빼내어 망설이지 않고 지퍼를 주욱 내렸다. 냉기가 대번에 전신에 스며들었다. 그는 잽싼 동작으로 겹겹이 옷을 껴입었고 두툼한 겨울 내의 위에 방한복 바지를 입었다. 그러고는 두꺼운 털양말을 신은 채 잠자리를 빠져나와 얼른 방한화를 신었다. 이제 든든해졌다. 휴대폰을 보니 새벽 다섯시 십분이다. 너무 이른 시간이 아닌가. 까짓것 동료들이 오늘은 아침 일곱시에 온다고 했으니 두시간은 후딱 지나갈 것이다. 그사이에 진오는 할 일이 많다고 생각했다. 그는 어제 동료들이 올려준 플래카드의 끝자락부터 조심스럽게 펼쳐나가기 시작했다. 바람에 불려 날아가거나 뒤틀리지 않게 조심했다. 그것을 난간에다 길게 둘러칠 작정이었다. 천의 곳곳에 구멍을 뚫고 매듭지어놓은 밧줄을 난간의 철봉에 매려는 것이다. 그는 플래카드를 옆구리에 끼고 끝자락부터 펼쳐 붙들어맸다. 그렇게 펼치고 매기를 거듭해서 난간의 끝까지 채웠다. '!라하시실 동가장공 고하단중 각매할분'이라고 쓴 붉은 글씨가 보였다. 그는 다섯명의 동료 중에 막내인 재주꾼 차군이 자신의 휴대폰에 전송해준 포스터를 들여다보고 또 보았다. 굴뚝농성 삼백일 기념 문화제를 알리는 전자 포스터였다.

민주노조 사수, 고용승계 쟁취, 분할매각 저지!

청춘을 공장에 다 바친 노동자
단물만 빼먹고, 노동자는 필요 없다는 회사

300일 동안 굴뚝을 공장을 지키는
이진오를 만나러 갑니다

굴뚝 그림을 배경으로 떠 있는 살아 움직이는 듯한 글자들을 들여다보다가 그는 물을 잘못 삼킨 것처럼 울컥하며 숨을 멈추었다가 후우 길게 내뿜었다. 지상에서 해고 반대를 외치며 싸우는 사이에 삼년의 무심한 세월이 흘러갔고 노조 지회는 회사가 일방적으로 통보한 정규직과 비정규직으로 이해관계가 엇갈리면서 분열되었다. 어용노조가 탄생했고 해고는 정당화되었다. 그는 아직 동이 틀 징조도 보이지 않는 하늘을 올려다본다. 굴뚝 위에서는 언제나 차디찬 강바람이 몰아쳐왔다. 봄이 왔다고는 하지만 지상에서도 그랬듯이 꽃샘추위는 얄밉게 버티며 물러가지 않았다. 봄이 왔건만 봄 같지 않다는 옛말은 계절 이야기가 아니라 자기네 같은 노동자의 현재를 말하는 것만 같았다.

진오는 바깥에 두른 비닐 천막 아래 앉자마자 일인용 등산 텐트 속의 잠자리로 돌아가 다시 눕고 싶었다. 어느날 외롭고 적막해서 페트병 위에 적어놓았던 그리운 사람들의 이름들 가운데 영숙이 누나 페트병이 금이 할머니 페트병 옆에 기우뚱 서 있는 게 보였다. 그렇지, 그녀가 있었다. 그들보다 몇년 전에 조선소의 크레인 위에 올라가 일년여를 버텨낸 강철 같은 여성 노동자. 아니 남들이 그렇게 부르지만 그녀 자신은 그냥 젊은 노동자들의 누나가 되고 싶다고 했다. 그리고 어느 시 쓰는 노동자의 말처럼 영숙이 누나는 대지모신처럼 강철 크레인을 거대하고 푸르른 나무로 바꿔버린 아름다운 사람이었다. 올라가 농성하던 거대한 철탑이 태양 빛에 달구어져 누나의 가냘픈 살을 태울 듯 뜨거웠던 계절에 그녀는 동료들에게 보내는 편지에 그렇게 썼다. 아직도 덜 식어 후텁지근한 열기가 남은 크레인 운전실의 쇳덩이 방에서 누나는 꿈을 꾸었다. 철탑의 아래에서 스멀스멀 작은 진동이 느껴졌다. 육중한 사각의 크레인 쇠기둥이 움직이기 시작하면서 그것들은 뿌리로 변하여 구불거리고 꿈틀대며 땅속을 파고들어갔다. 대지에 뿌리를 박고 뻗어나가자마자 아래에서부터 나뭇잎이 돋아나고 갈색 페인트 색은 싱싱한 녹색으로 되살아났다. 쇠가 살아 있는 나무로 변하면서 나뭇잎은 무성하게 자라나 시원한 그늘을 드리우고 위로 위로 올라왔다. 드디어 크레인 철탑은 자취를 감추고 거대한 나무가 되었다. 이진오는 영숙이 누나의 꿈 이야기처럼 아름다운 글을 어떤 책에서도 읽은 적이 없었다. 한 노동자가 그녀의 철탑 농성 시기에 몇줄 글귀로 그녀의 반평생을 적었고 진오는 그 몇마디를 아직도 기억하고 있다.

열다섯살에 가출해
신문 배달, 봉제 보조, 시내버스 안내양을 거쳐
태산중공업 최초의 여성 용접공이 된 사람,
스물여섯살에 해고되고, 대공분실 세번 다녀오고
감옥 두번 살고, 오년 수배생활을 하다보니
머리 희끗한 쉰셋의 나이가 되어 있더라는 사람.
한국 근현대사 노동자·민중의 수난사를

자신의 온몸에 빈틈없이 새겨넣은 사람
절망의 크레인 위에서도
이 평지의 누구보다 밝고 활달하고
유머러스했던 사람.

누나가 철탑에 올라가 있었을 때에 진오는 지원투쟁을 위하여 동료들이며 뜻있는 시민들과 함께 남쪽 끝에 있는 항구도시로 달려갔다. 가냘프고 나이 든 그녀를 올라가게 한 것은 무슨 힘이었을까. 수년간의 끝없는 노동운동을 통하여 노조는 그녀에게 지도위원이라는 뻣뻣한 직함을 주었지만 그것은 후배 젊은 노동자들에게는 맏누나라는 말의 다른 명칭에 지나지 않았다. 그녀가 함께 해고당하고 같이 농성하던 동료가 자결한 뒤에 그 죽음의 의미를 널리 알리고자 철탑에서 죽기를 작정하고 올라갔던 이야기는 나중에 알려졌다. 일년 이상을 버티다가 몸은 거의 삭정이처럼 마르고 쇠약해져서 두 눈만 빛나던 영숙이 누나를 공안 당국은 현장에서 체포하여 일년 반의 구형을 때렸다. 사회에 분노가 번져가자 영숙이 누나는 병원으로 옮겨졌고 조용해진 뒤에 소리 소문도 없이 적막한 일상으로 돌아갔다. 그녀는 지쳤는지 아니면 스스로 자기 정리가 필요했는지 사람들을 피하여 은둔하고는 소식이 끊겼다. 그리고 병들었다는 소식이 들려왔고 이제 그녀는 뜻만 남기고 사라졌다. 우리는 전국 곳곳에서 평지를 탈출하여 허공으로 올라가기 시작했다. 이름도 없고 가난하고 힘도 없는 사람들이 저희가 겪은 억울한 일을 세상 사람들과 공유할 길은 험한 상황을 버텨내는 길고 긴 과정을 보여주는 수밖에 없었다. 온 세상은 우리의 편이 아니며 겨우 한발짝씩 아주 느리게 변할 뿐이라는 것을 누구나 잘 알게 되었다. 그는 가만히 불러본다. 영숙이 누나.

짙은 청색 작업복에 사내처럼 상고머리를 깎은 반백 머리의 그녀가 테라스 난간 위에 서 있었다. 진오는 깍새도 진기도 할머니도 여기서 만났던 일을 잊어버리고 새삼 놀라서 중얼거렸다.

"아니, 누나가 여긴 웬일이우?"

"우리 후배 지회장이 삼백일을 살아냈다구 그래서 와봤지."

"누나가 그랬잖우. 1970년대의 전태일 선배와 세기가 지난 2003년의 주익이 형의 유서가 여전히 똑같은 한국사회라고."

"그건 맞잖아?"

이진오는 신금이 할머니에게 물었듯이 누나에게 물었다.

"그런데 우린 왜 이걸 계속해야 되는 거요?"

영숙이 누나는 그의 옆에 다가와서 쪼그리고 앉는다.

"힘들면 지금이라두 내려가라."

그는 한참이나 말없이 고개를 숙이고 있다가 대답했다.

"나보다두 저 아래 동료들이 어렵게 버텨온 삼년이 소중해요. 그러구 우리뿐인가? 천만 노동자라구 하잖아."

"우리를 무더기로 해고한 회사는 어디로 사라졌겠니? 필리핀으로 갔지. 더 싸구, 더 만만하구, 우리보다 더 힘없는 노동자들이 있는 나라를 찾아서 통째루 옮겨간 거야. 거기서는 이제 겨우 시작인데 수십명이 다치고 죽어나갔다더라."

"나는 어렸을 때부터 겁쟁이였어. 우리 가족이 삼대 빨갱이 집안이라는 소릴 들었거든."

영숙이 누나가 놀라지 않고 이진오에게 물었다.

"그게 무슨 소리니?"

"일제 때부터 전쟁까지 겪으면서 우리 집 남자들 모두가 노동자였거든."

"이북은 지배자들이 우리 같은 사람들을 내세워 자칭하는 것이고, 결국은 한마디 말로 충분할 것 같더라."

영숙이 누나는 열네살 무렵의 어느 가을날을 얘기했다. 그녀는 국민학교를 나와 집에서 엄마를 돕고 있었다. 아버지는 소작을 떨군 뒤에 공사장을 전전하며 한두달에 사나흘 집에 다녀오고 먼 지방까지 나다니더니 허리를 다쳤다며 험한 몰골이 되어 고향에 돌아왔다. 그러곤 푼돈이라도 생기면 소주를 마시고 마을 골목길을 돌아다니며 미운 사람 집 근처에 가서 혼자 고함치다가 돌아와 쓰러져 잠들었다. 남들이 모두 거두어간 고구마밭에 모녀가 함께 찾아가 어둠 속에서 더듬거리며 호미로 흙을 파헤치면 한참 만에 미처 캐지 못한 고구마가 몇알씩 따라 나왔다. 그렇게 밤이 깊어질 때까지 너른 밭고랑을 파헤쳐서 한가마 분량을 캤다. 이제 한끼를 고구마로 때우면 한달 식량의 절반이 해결된 셈이었다. 모녀가 가마니를 앞뒤에서 들다가 끌다가 하면서 걷는데 누군가가 쫓아왔다. 고구마밭 임자네 할머니였다. 그녀는 씨근거리며 뛰어오더니 대뜸 가마니를 손으로 잡고 두 발로 밟고 섰다.

"이거 우리 밭에서 캔 거지? 누가 허락두 없이 캐 가라구 했냐? 낼 우리가 이삭걷이를 할라구 그랬는데."

그러지 않아도 낼 아침에 만나 뵈면 말씀을 드리려고 했다, 다른 일거리가 있으시면 우리 모녀가 도와드리겠다고 엄마가 기죽은 목소리로 말했다. 할머니가 가마니를 밟고 서서 고집을 부렸다.

"낼 와서 말할 땐 하더라도 이건 두고 가게."

모녀는 저녁조차 먹지 못하고 고구마까지 빼앗겨 맥이 풀린 채 터덜터덜 집골목으로 들어섰다. 엄마가 문 앞에서 주저앉더니 꺼이꺼이 울면서 부르짖었다.

"같이 좀 살자, 못된 것들아. 같이 좀 살아."

이진오는 그녀가 말하려던 충분한 한마디가 바로 이 말이라는 걸 알아들었다.

"노동자가 높은 데로 올라와 사람들에게 자기 처지와 입장을 알아달라고 농성하게 된 것만 해두 엄청난 사회적 변화라구. 우리 할머니는 늘 그렇게 말했어. 어쨌든 세상은 조금씩 아주 조금씩 나아져간다고."

진오의 말에 김영숙은 고개를 끄덕였다.

"그건 그래. 우리 젊었을 적에는 노조는커녕 쟁의나 파업을 의논만 해도 아니 누군가가 동료에게 그런 얘기만 속삭여도 잡혀갔어. 그래서 교회나 성당으로 찾아가 우리를 보호해달라구 그랬던 거야. 빨갱이 누명 쓰지 않을라구. 너는 집시법 위반이었지? 감옥 갔던 게……"

"한겨울 나고 나왔어. 누나는 툭하면 대공분실 잡혀가고 두번이나 징역 살고 오년 동안 잠수했잖아. 그동안 우리는 눈치코치 보다가 뒤늦게 시작했으니까."

치안본부 대공분실에서 젊은 대학생이 고문 도중에 목숨을 잃었고, 나중에 여론의 압력으로 그 건물 전부가 폐쇄되기 전까지 노동쟁의의 주모자들은 그곳을 고문공장이라고 불렀다. 영숙이 누나가 다른 남자 동료들과 그곳에 끌려갔을 때 여성인 그녀만 분리되었다. 시멘트벽에 흰 페인트를 칠한 방에는 책상 하나 의자 두개 그리고 군용 목침대가 전부였고 바로 옆에 화장실이 붙어 있었다. 제법 넓은 화장실에는 어울리지 않게 커다란 욕조가 놓여 있어서 무슨 모텔의 특실처럼 보였다. 그러나 욕실에 물을 채우면 그곳은 죽음의 장소로 돌변했다. 선배들 말에 의하면 그들이 저지르는 갖가지 고문들은 모두 일제강점기부터 전해내려오던 기술들이라고 했다. 전극을 발뒤꿈치에 대면 충격이 장딴지를 타고 올라와 배 속의 내장을 흔들고 척추에 거미줄처럼 집결한 신경줄을 찢어발기고 머릿속에서 폭발한다. 두 사내가 그녀를 욕조 물속에 거꾸로 처박고 아예 물을 먹이거나, 아니면 앉혀놓고 손수건을 얼굴에 덮고 주전자의 물을 천천히 흘리면 젖은 천이 얼굴에 찰싹 달라붙어 숨이 막히고 코와 입으로 물이 들어오면서 질식했다. 발가벗겨 칠성판에 눕히고 물을 끼얹은 뒤 전극을 대기도 했고, 사지의 관절을 뽑아 방치했다가 다시 맞추기도 했다. 대공분실을 거쳐 나온 이들은 고문의 무서움보다 더한 모멸감과 수치심 때문에 진저리를 쳤다. 무릎 꿇고 울부짖고 빌면서 네네, 무엇이든 불러주는 대로 받아썼다. 그들의 실직 굶주림 가난 야근 피로 질병 따위의 자세한 고통들은 간단하게 개인 사정으로 지워져버렸고 혁명 투쟁 평양 김일성 간첩 같은 엉뚱한 단어들로 조서가 채워졌다. 수사관들도 그들의 파업이나 쟁의 목표가 좀더 나은 임금과 노동환경을 요구하는 일이라는 걸 너무도 잘 알고 있었지만, 대공 문제로 끌고 들어가는 것이 오랜 수사기법이라고 말했다. 그래서 정부가 설립한 부서의 이름도 대공분실이었다.

"잠수 탔을 때에 제일 힘든 게 뭔지 아니?"

영숙이 묻자 진오가 말했다.

"해고당했던 날이 생각나네. 갑자기 세상에서 쫓겨난 거 같더라구. 쓸모없다구 버려진 거잖아."

"그래, 폐기처분된데다 수배자라는 사회적 죄까지 짊어지게 된 거지. 제일 힘든 건 외로움이야."

이진오는 지금 굴뚝 위에서 자신이 겪고 있는 외로움이 어떤 것인지 잘 알고 있었다. 물론 동료들이 어김없이 나타나 매 끼니 밥을 올려주고 바깥소식도 알려줄 때마다 자신을 다잡고 추스르게 되었지만 그것은 무서운 일상 속에 먹혀버렸다. 갑자기 내가 지금 무슨 소용없는 짓을 하고 있느냐는 반문이 목구멍까지 차올라왔다. 혹한의 겨울밤에도 저 굴뚝 아래 아파트와 건물 빌딩들의 빛나는 창문들과 강변도로 위를 끊임없이 흘러가는 매끈하고 날렵한 자동차의 헤드라이트 물결을 볼 때마다 세상은 언제나 그냥 무심하다는 걸 실감한다. 그는 버려지거나 잊힌 것도 아니고 그냥 가로수보다도 못한 관심 밖의 미물에 지나지 않았다. 영숙이 속삭이듯 낮은 목소리로 중얼거렸다.

"옛날 수배 중에 고향 마을로 찾아갔던 일이 생각난다."

"그래, 나두 들은 적이 있는 것 같아."

영숙이 어느 결에 신작로를 따라 앞서서 걸어가고 있었고 진오는 그녀의 뒤를 따라 걸었다. 해가 등 뒤에서 저물고 있었고 신작로는 비포장도로였다.

"누나 갑자기 고향집엔 왜 찾아간 거요?"

진오가 묻자 영숙이 대답했다.

"첫번째 옥살이는 일년 이개월 만에 때우고 나왔어. 일하러 다닐 적에는 감기 한번 앓지 않았는데 웬일인지 몸이 쇠약해진 거야."

영숙은 수배자가 되어 이 일 저 일 닥치는 대로 하며 돌아다니다 보니 끼니도 거른 적이 많았고 과로하는 날도 많아서 독감에 걸렸다. 호되게 앓고 나서 회복이 되었다 싶은데도 잔기침이 그치질 않았다. 노조 지부의 동료들 도움으로 병원 진단을 받아보니 결핵 초기였다. 사회에서는 아예 자취를 감춘 병이라더니 결핵은 과로에 영양이 부실하면 신체의 면역력이 떨어져서 누구나 걸릴 수 있다고 했다. 약을 타다 먹기 시작했는데, 쉬면서 잘 먹어야 한다지만 언제 어디서 잡혀갈지 모르는 불안한 처지에다 숙소도 연탄을 때는 작은 쪽방이어서 공기도 좋지 않았다. 그녀는 절실하게 충청도 고향집 생각이 났다. 고향에는 어머니가 살아 계셨고, 사남매가 먹고살 길을 찾아 뿔뿔이 흩어졌지만 작은오빠가 집에 남아 비닐하우스를 돌보고 있었다. 시외버스를 타고 청양까지 가서 신작로를 따라 흘러내려오는 지천의 상류로 이십여리를 걸어올라가면 물안골이었다. 마을은 빈집이 많아졌고 집집마다 노인들뿐이었다. 그녀는 마을 사람들 눈에 띄지 않으려고 일부러 늦은 저녁시간에 찾아들었는데 아직도 마을길에는 가끔씩 사람들이 나다니고 있어서 어두워질 때까지 동네 앞산 언덕에 앉아 한적해지길 기다렸다. 어두워진 뒤에 사람들이 저녁 밥상 앞에 모여 앉았을 즈음에야 그녀는 집을 찾아들어갔다. 진오도 영숙이 누나의 조심스러운 걸음걸이를 따라 그 집으로 들어섰다. 낯선 개가 컹컹 짖었고 일자집의 가운데 방문이 열리면서 오빠의 목소리가 들렸다.

"누구요?"

영숙은 대답 없이 마루로 다가갔다.

"저예요, 영숙이에요!"

그의 대답에 오빠의 뒷전에 앉았던 엄마가 앉은 채로 문지방을 넘어 마루로 기어나왔다.

"누구? 영숙이라구?"

오른쪽 끝의 부엌에서 올케가 나왔고 밥을 먹고 있던 두 조카 남매도 마루로 뛰쳐나와 서로 부둥켜안고 있는 모녀를 바라보았다. 식구들이 모두 밥상 앞에 둘러앉고 진오는 벽 쪽에 선 채로 이 모습을 내려다보았다. 창백한 형광등 불빛 아래 영숙은 어린아이가 되어 엄마의 밥 시중을 받고 있는 중이다. 국도 새로 데워 내오고, 밥을 푸고 수저를 쥐여주면서 엄마는 그녀가 좋아하는 비린 자반 고등어를 젓가락으로 떼어 밥술 위에 얹어준다.

"우리 손주가 읽어주는 편지로만 만나다가 이렇게 다 커버린 내 딸을 만나게 될 줄 누가 알았냐."

오빠가 처음 보는 올케와 조카들을 인사시키고, 드디어는 마당의 황구 돌쇠까지 소개를 마쳤다.

장면이 바뀌고 영숙은 부엌 옆에 딸린 작은방에 가서 누웠는데 기침 소리가 들린다. 오빠가 들어온다. 볕에 새카맣게 그을린 그의 얼굴 가운데서 눈만 빛이 난다.

"너 또 사고 쳤냐?"

"별일 아녜요. 금방 풀릴 거예요."

"그랬으면 좋겠다만 며칠 전에도 왔더라."

"누가요?"

목소리에 짜증이 섞인 말투로 오빠가 말했다.

"누구긴 누구야, 읍내 정보과 형사지."

"그치들이 여기까지 와요?"

"낸들 아냐? 니가 빨갱이 물이 들었다면서 혹시 소식 온 게 없냐고."

진오는 영숙의 등 뒤에 앉아서 우리 식구들은 평생 저 소리를 듣고 살았다고 생각했다. 의견이 있는 노동자는 이 땅에서는 언제나 빨갱이가 된다. 수걱수걱 주는 대로 몇푼 받고 일만 직사하게 하면 착한 백성이라고 한다. 노예라고는 절대로 말하지 않는다. 작은오빠가 말한다.

"나는 도무지 이해가 가지 않는다. 니가 용접기술자가 되었을 땐 나두 너무나 부러웠고 이렇게 시골에 처박혀 살아가는 게 후회가 되기도 했다. 한데 무엇 때문에 그 좋은 직장에서 짤리고 감옥 가고 빨갱이 소리 들으면서 이 고생을 하구 다니는지."

"어디서부터 말해야 할지 이건 너무 긴 이야기라 할 수가 없어요. 다들 살아가기 힘들죠. 그렇지만 힘들게 일하면 일한 만큼 대우를 받아야 해요."

"나두 비닐하우스에 상추, 고추, 푸성귀 길러서 넘기고 나면 우리 식구 품값도 안 나올 때가 너무 많다. 어느해는 수지를 맞추고 어느해는 값이 폭락해서 그냥 들에 내다버리기도 한다. 모두 운수소관이려니 생각하구 살지."

"그게 다 장사꾼들 좋은 일 시키는 거죠. 우리는 큰 장사치들하구 싸우는 거예요. 그자들은 돈밖에 몰라요. 사람 생각은 안 해요. 힘 있는 것들도 돈 가진 놈들 편이구요."

"그래도 밥 굶지 않으면 다행 아니냐?"

"오빠, 나 좀 아파요. 며칠 쉬어갈까 하구 왔어요."

오빠는 한숨을 쉬더니 천장을 올려다보며 말했다.

"내가 이 동네 이장이다. 남의 눈을 봐서라두 낼이나 늦어두 모레까진 너 집에 왔다구 신고해야 한다."

영숙은 오빠의 말이 서운하지는 않았다. 옛날에도 공장에서 농성할 적에 경찰은 부근에 사는 여공의 가족들을 데리고 와서 그들이 끌어내도록 시켰다. 엄마와 딸이, 오빠와 누이동생이 서로 외치고 끌어내고 하는 광경을 형사들은 먼발치에서 웃으며 바라보고 있었다. 그녀는 이튿날 하루 온종일 방 바깥으로 나가지 않았고 마당에 나가서 돌쇠의 머리를 쓰다듬어볼 겨를도 없었다. 이틀 밤을 자고 영숙은 아직 동이 트지 않은 새벽에 물안골을 떠난다.

도망 다니던 시절에 건강이 안 좋았던 영숙은 안정하고 싶어서 정자 언니를 무작정 찾아갔다. 정자 언니는 기적적으로 예전 그 공장에 여전히 다니고 있었다. 도시 외곽에서 망하지는 않지만 발전은 정체된 채 하청 일을 계속하는 작은 업체들이 있기 마련이었다.

정자 언니는 고향 물안골의 같은 동네 사람으로 그녀가 열다섯살에 집을 뛰쳐나와 찾아갔을 때에도 부천 그 동네에 살았다. 그녀는 영숙이보다 다섯살 위였고, 누구든 도시에 가려면 비빌 언덕이 있어야 한다며 처음에는 택시 운전을 하는 오빠 집에 있다가 직장이 정해지면서 쪽방을 얻어 나왔다. 정자 언니는 바지런하고 손재주가 많아서 시다에서 보조까지 얼른 떼고 미싱사가 되었다. 영숙이 찾아가자 언니는 자기가 처음 도시로 올라왔을 때가 생각난다며 함께 있자고 선선히 받아주었다. 영숙은 신문 배달을 하면서 낮에는 작은 공사장에 가서 잔심부름을 했고 봉제공장에 시다로 일을 얻었다. 정자 언니가 있어서 영숙은 서울 근교에서 노동자가 될 수 있었다. 영숙은 다시 버스 안내양을 했지만 그런 일로는 제대로 먹고살 수가 없다는 걸 알았다. 용접기능사 학원에 다니고 현장실습을 하고 시험에 합격한 것이 스물한살이었다. 서울에 올라온 지 육년 만의 작은 성공이었다. 부천을 떠나게 된 것은 그녀가 태산중공업에 취직을 하면서였다. 스물여섯에 노조의 일원이 되면서 해고당했고 다른 하청 공장을 전전하며 수배당했을 때에는 삼십대 중반이 넘었다. 그녀는 설마 하면서 정자 언니에게 연락을 해보았고 놀랍게도 사십대의 언니가 기적처럼 망하지 않은 부천의 그 봉제공장에서 여전히 미싱사로 일하고 있었다. 사장 겸 공장장이며 반장인 마음 좋은 미싱사 출신의 오십대 남자는 정자 언니 같은 숙련공이 자기의 동업자나 마찬가지라고 대놓고 얘기했다. 언니는 또래의 노동자와 만나 결혼했다. 대개 여공들은 큰 욕심 내지 않고 예전 일을 하면서 나이 들어가지만 그녀의 남편을 비롯해서 남성 노동자들은 기술자가 아니면 경공업공장의 반복되는 단순작업을 지겨워했다. 그러나 공장을 그만두고 나와서 할 일이란 배워보지 않은 먹는 장사나 행상이 고작이었고, 망해먹거나 신통치 않으면 결국은 다시 공사장이었다. 요즈음은 외국인 노동자가 많아서 노임 좋고 형편도 괜찮은 막노동 일거리를 잡기도 쉽지 않았다. 새벽부터 인력시장에 나가 기다렸다가 뽑히면 일이 생기지만 날마다 그렇지는 않았다. 개중에는 지방으로 일터를 찾아나섰다가 돌아오지 않기도 했다. 정자 언니네가 그러했다. 나중에 남편을 수소문하여 찾아보니 남쪽 어느 섬에서 다른 여성을 만나 수산물 양식을 하며 살고 있었다. 그동안 언니는 딸 하나를 낳았고 남은 것은 십오평짜리 임대아파트뿐이었다. 딸아이는 이제 중학생인데 벌써부터 속을 썩였다. 툭하면 집에 들어오지 않았고 공장에 매여 있는 정자 언니는 딸을 찾으러 다닐 수도 없었다. 걱정 끝에 영숙도 나서서 학교에 찾아가보았지만 무단결석한 지 한달이 넘었다고 했다. 같은 반 아이에게서 그애가 잘 들른다는 게임방을 알아냈고, 게임방 알바 총각이 얘기해준 모텔을 알아냈다. 가출한 남녀 중딩들이 합숙을 한다는 얘기를 들었다. 영숙은 고민 끝에 정자 언니에게 그 사실을 털어놓았고 그녀는 거의 눈이 뒤집혔다. 정자 언니도 봉제공장 다니기 전인 앳된 스무살 시절에 버스 안내양을 했던 적이 있다. 그녀는 거친 운전기사들과 막무가내 승객들 사이에서 저절로 습득한 깡다구가 가슴속에서 부글부글 끓고 있던 터였다. 그런 깡은 영숙에게도 낯선 일이 아니었고 자신에게도 가득 차 있었다고 생각한다. 영숙의 말을 듣자마자 언니는 얼굴에 핏기가 가시더니 부들부들 떨면서 일어났다.

"당장 가서 패 죽이구 와야겠다!"

그러고는 집 안을 두리번거리더니 싱크대 옆 쓰레기통 뒤편에 세워둔 야구방망이를 성큼 뽑아들었다. 모녀 둘이서 사니까 방범용이라고 우스개처럼 말하던 거였다. 모텔 이름만 말했는데도 정자 언니는 아파트에서 나가자마자 복잡한 길거리를 잰걸음으로 헤치고 나아갔다.

"언니, 어딘 줄 아는 거야? 메이트모텔이라구."

"모텔 좋아하네. 그거 옛날 아리랑여관이다."

찾아가보니 그야말로 삼층짜리 시멘트 건물에 타일을 덕지덕지 붙인 초라하고 낡은 집이었다. 그녀는 입구에 들어서자마자 접수대에 앉아 있던 늙수그레한 여인에게 다짜고짜 다그쳤다.

"여기서 미성년자들 장기투숙 받고 있다메? 그 방 어디요?"

"아니, 지금 무슨 난리를……"

더듬거리는 여인에게 정자 언니는 야구방망이를 시멘트 바닥에 탕탕 두들기며 외쳤다.

"당신이 사장이야? 내가 이 집구석 신고해서 문 닫게 만들기 전에 어서 몇호실인가 대라구."

아마도 여인은 시쳇말로 '초바'라는 종업원인 듯 더듬더듬 중얼거렸다.

"난 몰라요. 삼층 끝 방인가 그럴걸."

종업원의 말이 끝나기도 전에 언니가 거친 숨을 내뿜으며 삼층까지 두어계단씩 뛰어올라갔다. 그녀는 어두운 복도를 지나 가르쳐준 맨 끝 방에 이르러 잠시 귀를 기울여보는가 싶더니 문을 두드렸다. 뒷전에 섰던 영숙의 귀에도 안에서 여럿이 떠드는 소리와 웃음소리가 들려왔다. 누구세요? 하는 소리가 들리고, 말없이 계속 문을 두드리자 문이 빼꼼히 열렸다. 정자 언니가 상대방을 밀치며 문을 열어젖히고 뛰어들었다. 영숙이도 그녀를 따라 안으로 쳐들어갔다. 어린것들이 여섯명 있었다. 남자애가 넷, 여자애가 둘이 있었고 이불이 사방에 뭉쳐진 방 가운데 맥주병과 소주병이며 과자 부스러기들이 널려 있다. 언니는 야구방망이를 총처럼 앞으로 겨누면서 고함을 질렀다.

"너희들 모두 꿇어앉아!"

물론 두 여자아이 중에 하나는 그녀의 딸이었다. 사내아이들 가운데 어른처럼 장발을 기르고 키가 껑청한 녀석이 항의조로 말했다.

"경찰두 아닌데 왜 이러세요?"

정자 언니가 다짜고짜로 그 녀석의 가슴팍을 방망이로 거세게 내지르자 아이는 헉 하고 숨이 막히는 시늉을 하면서 주저앉았다.

"이 새끼야, 내가 경찰보다 더 무서운 학부형이다."

"엄마아, 집에 갈게요."

영숙은 정자 언니 딸아이의 손을 잡아 이끌어내며 말했다.

"어서 가자."

"가긴 어딜 가? 이 새끼들 전부 지구대에 넘겨야지."

영숙이 언니를 달래어 방에서 데리고 나오자마자 그녀는 울음을 터뜨리며 딸의 등짝을 후려패기 시작했다. 영숙은 둘을 뜯어말리랴 딸을 가로막으랴 애를 쓰면서 거리로 나왔고, 집에 돌아오자 정자 언니는 마음을 놓았는지 방성대곡을 했다.

"남편 복 없는 년은 새끼 복두 없다더니, 저런 화냥년을 뭐 하러 학교 보내고 처멕이고 했는지."

그러고는 두리번거리다가 가위를 찾아내어 딸의 머리카락을 썩썩 잘라냈고 아이가 몸부림을 치면 아무 데나 두들겨 팼다. 영숙은 아이를 방에 밀어넣고 이불을 들씌워주었다.

"그렇게 씩씩하게 잘 살아가던 언니가 이게 웬 난리유?"

영숙이 차분하게 가라앉은 목소리로 말을 꺼냈더니 언니가 고함을 질렀다.

"내 앞에서 잘난 척하지 말어. 큰 직장 들어가서 배지가 부르니까 노조네 운동이네 하구 다니냐? 너 같은 것들 지긋지긋하다. 너희 땜에 우리처럼 못 배우고 열심히 살아보려고 하는 사람들이 더 힘들어지는 거야. 너 빨갱이지? 괜히 세상 좋아진다구 남들 거짓말루 꾀이지 말구 꺼져. 보기 싫으니까."

언니는 갑자기 생각났는지 주방 구석에 놓여 있던 영숙의 못생긴 가방을 던지고 옷걸이에 걸렸던 옷가지를 주섬주섬 걷어서 발치에 팽개쳤다.

"얼른 내 집에서 나가!"

영숙은 마음 같아서는 소주라도 몇병 받아다가 언니와 밤새우며 여러 이야기를 해주고 싶었건만 그 무렵 수배자 생활에 지쳐 있었던 것 같았다고 진오에게 말했다.

"한밤중에 쫓겨나서 어디든 잘 데를 찾아가면서 나는 눈물도 나지 않더라. 모두들 지쳤다는 생각도 없이 밥 먹고 일하고 잠자고 살아가면서 분노가 풍선처럼 가득 차 있다가 바늘 끝만 한 계기라도 생기면 폭발해버리는 거지."

영숙이 누나는 진오에게 물었다.

"그런데 어째서 그런 이들이 오히려 우리를 미워하게 될까?"

진오는 잠깐 생각해본다. 글쎄 왜 그러는 걸까.

"우리가 그 사람들 가까이 있으니까 그럴 테고, 누나가 싸울 힘이 남아 있는 게 샘이 나서 그러지 않을까?"

"싸울 힘? 나는 정말 언니보다 더 지쳤다. 그렇지만 꿈은 남아 있지."

진오는 꿈, 하면서 고개를 든다. 영숙이 누나는 사라졌다.

먼 동쪽 하늘에 가느다란 빛의 띠가 보였다. 이제 곧 날이 밝을 것이다. 그는 오늘도 팔굽혀펴기 삼십번씩 세 세트를 하고는 다리 굽혀펴기를 백번 가까이 실시했다. 뺨에 부딪는 새벽바람이 아직도 차가웠지만 한겨울과 달리 목덜미와 이마에 땀이 배었다. 여섯시 삼십삼분에 해가 떴다. 그는 전기면도기로 수염을 밀고 보온용으로 썼던 페트병을 침낭에서 꺼내어 미지근한 물을 플라스틱 작은 대야에 따라놓고 세수를 했다. 손님들이 온다니 덥수룩하고 괴죄죄한 얼굴을 보여서는 안 될 것이다. 후배 동료인 정이 자기 일터로 나가기 전 이른 새벽에 쉼터에 들러 음식을 받아오게 되어 있었지만, 그날은 행사 준비가 일곱시에 예정되어 있고 출정식이 여덟시여서 그 대신 쉼터의 여성 노동자가 아침을 가져오기로 했다.

가까운 데서 두런두런 말소리가 들리고 무엇보다도 자동차의 엔진 소리가 다가온다. 굴뚝 아래 컨테이너 초소를 세우고 교대근무를 해오던 의경 다섯명이 뛰어나와 일렬로 섰다. 버스는 정문을 통과하여 담장 안으로 거침없이 들어와 굴뚝 아래 와서 멎었고, 의경 수십명이 경위의 인솔 아래 버스에서 내려 정렬했다. 오늘의 삼백일 문화제에 대비하려는 모양이다. 일곱시 이십분에 배낭을 짊어진 여성 두 사람이 굴뚝 아래 나타났다.

"이지회장님, 오늘은 우리가 왔어요."

쉼터의 총무를 맡은 여성 노동자가 입가에 손나발을 만들어 위를 향하여 외쳤다. 진오도 마주 소리친다.

"예, 어제 전해 들었습니다."

"식사 올라가요."

그는 도르래에 걸린 밧줄을 풀어 내렸다. 아래에서 배낭을 밧줄에 묶고는 두번 튕겼다. 그는 배낭 속에서 보온도시락과 보온병에 담긴 국과 반찬을 꺼냈다. 어제저녁에 받아 올린 빈 그릇들을 챙겨서 아래로 내려보내는데 쉼터 총무가 외쳤다.

"오늘 삼백일 특식이에요. 힘내세요!"

뜨거운 소고기뭇국과 촉촉하게 구운 불고기에 전에 나물과 김치 등속으로, 무슨 생일이나 명절 상 같았다. 담장 너머 굴뚝이 올려다 뵈는 공터에 사람들이 모여들기 시작했다. 주최 측은 그곳에 행사본부로 쓸 대형 천막을 쳤다. 정문은 출입금지였고 안쪽의 굴뚝 바로 밑에는 행사 때마다 언제나 그랬듯이 경찰 병력이 대기 중이었다. 오히려 반대편 담장 너머 공터에서는 굴뚝이 더욱 가깝게 올려다보이고 농성자 이진오와 의사소통하기도 편리했다. 경찰에서는 담장 밖의 일에는 간섭하지 않았다. 당국은 노사 간의 일에 중립을 지키고 관여하지 않으면서 집단행동이나 폭력 사태 등 치안이 불안해진다고 여기면 농성장을 분쇄할 것이다. 수년 전에 회사 건물 옥상에서 농성하던 자동차회사 노조를 병력 투입으로 가차 없이 진압해버린 일이나 용산에서 철거민과 세입자들의 집단농성이 있었을 때에는 마치 전쟁 같은 진압작전 끝에 여럿 희생되기도 했었다. 따라서 일인시위나 노동자의 단독농성은 무책임, 무개입을 원칙으로 내세우면서 방임했다. 시민단체와 금속노조의 지원 팀들이 속속 모여들어 오백여명의 군중을 이루었다. 정각 여덟시에 삼백일 농성투쟁 기념식과 청와대로 가는 오체투지 출정식이 시작되었다. 각 노조 지부에서 나온 노동자들과 시민단체 회원들 중에 백여명이 지원했다. 그들은 모두 노조 문화부에서 지원받은 흰 바지저고리에 머리에는 구호가 적힌 띠를 두르고, 행진에 도보로 참여하는 사람들은 플래카드나 피켓을 들었다. 그들은 사회자의 제의에 따라서 몸을 돌려 굴뚝을 향하여 외쳤다.

이진오, 사랑해요! 힘내요!
먹튀자본은 해고를 철회하라!
노조를 승계하고 공장을 가동하라!
투쟁, 투쟁, 계속 투쟁!

먼저 성명서가 낭독되었다. 핸드스피커에서는 뜨거운 음성이 흘러나와 굴뚝 위에서도 곁에서 외치는 것처럼 생생하게 들렸다.

지난해 5월 27일 시작된 이진오 동지의 굴뚝농성이 오늘로 삼백일을 맞습니다.

청춘의 피땀으로 일군 공장, 오년의 폐업 반대투쟁 끝에 되찾은 공장을 먹튀자본에게 그냥 내어줄 수 없는 소수의 노동자들이 남아서 삼년을 더 싸웠습니다. 꿈쩍도 않는 자본에 맞서 싸움의 활로를 열기 위해 선택한 극한투쟁의 날들이 마치 일상처럼 흐르고 사계절을 돌아 다시 봄, 그리고 삼백일을 맞습니다.

마지막 투쟁을 선택한 노동자들이 지쳐 나가떨어지기만을 기다리는 자본은 이제 일방적으로 공장을 철거하겠다고 달려듭니다. 돈을 위해서라면 그 무엇도 중요하지 않은 자본에게 안 되는 것도 있다는 것을 보여줍시다.

늘 함께할 수는 없지만, 정말 힘을 모아야 할 때를 지나치지 말았으면 좋겠습니다. 노동자의 삶을 지키기 위한 싸움이 더는 외롭게 고립되지 않도록 한양중공업 굴뚝농성을 전사회에 알리고 연대를 호소합시다.

출정식은 계속되었다. 시민단체 대표의 호소문 낭독과 연대에 동참한 사회단체와 개인들의 소감이 이어졌다. 오체투지 시위는 굴뚝 주변에서 출발할 때에 일정 구간을 시행하고 나서 시청 앞까지는 도보로 행진하고, 거기서부터 청와대까지 다시 오체투지가 진행될 예정이었다. 오체투지란 원래 불교 쪽에서 시작했던 형식인데 불자가 스스로를 한없이 낮추고 불법 아래 귀의한다는 적극적 표현을 신체로 나타내는 행동이었다. 이는 또한 치안 당국에는 폭력적이지 않으며 상대방의 폭력까지도 무저항으로 받아들이겠다는 동작이기도 했다. 지금은 절집의 큰 행사에서나 시행되는 예식이고, 티베트에서는 인민들 사이의 일상적인 기도 방식이었다. 합장하고 몇걸음 걷고 북장단에 따라서 허리를 곧추 펴고 꿇어앉는다. 그런 뒤에 그대로 상체를 숙이며 두 팔을 뻗어 땅에 대고, 두 다리도 뒤로 죽 뻗어 몸을 완전히 땅에 밀착시킨다. 그리고 머리를 숙여 이마를 땅에 댄다. 원래 부처에게 절할 때에 그의 발에 이마를 대라는 것이지만 대지와 합치한다는 모양이기도 하다. 이마와 양쪽 팔과 양쪽 무릎이 땅바닥에 닿아야 오체투지가 된다. 엎드려 절하면서 부처님의 발을 받드는 시늉으로 손바닥을 위로 하여 귀 밑까지 들어올린다. 이는 부처님의 발을 조심스레 올려서 자신의 머리를 부처님의 발아래 둔다는 표현이다. 일어날 때에는 한 손바닥씩 차례로 짚고 상체를 일으키면서 동시에 두 발을 잡아당겨 꿇어앉은 자세로 되돌아간다. 합장을 하고 나서 발뒤꿈치를 붙이고 손바닥을 땅에 대었다가 머리를 앞으로 내밀며 몸의 탄력으로 가볍게 일어선다. 조류가 걷는 모습을 보면 목을 앞으로 조금씩 움직여 그 탄력을 이용해서 사뿐사뿐 몸을 움직이는 것과도 비슷하다. 마음을 비우고 간절한 소망을 기원한다. 그들은 일단 출발점에서 한길로 나가기 전까지의 짧은 구간을 몸을 땅바닥에 던지며 출정한 다음엔 천천히 도보로 시청 앞까지 나아갈 것이다. 시민단체에서 참가한 스님 한분이 나와서 오체투지의 합장에서 꿇어앉기, 접족례, 일어나기 서기의 순서대로 참가자들에게 시범을 보이고 몇번 동작을 실습하고는 출정했다. 그들이 절하고 온몸을 던지고 일어섰다가 엎드렸다가를 되풀이하는 동안 뒤를 따르는 시위 참가자들 중에 몇몇이 북을 울려 장단을 맞춰주었다.

이제 굴뚝에서는 그들의 모습이 보이지 않았지만 북소리는 차츰 멀어지면서도 한참이나 들려왔다. 모두들 떠나고 본부 천막에는 십여명이 남아서 제각기 맡은 일을 해내고 있었다. 스피커에서는 녹음된 구호와 투쟁가가 연속으로 흘러나왔다. 아홉시 정각에 동갑내기인 김형이 배낭을 지고 시민단체의 변호사 의사와 함께 정문을 통과하여 굴뚝 아래로 다가왔다. 그들은 정문 경비실에서 몸수색과 검문을 받았을 터인데도 굴뚝 아래 이르러 다시 경찰의 짐검색을 받았다. 의경 두 사람이 동행한 가운데 김형 변호사 의사 등 다섯 사람은 굴뚝 주위를 감돌아 오르는 비좁은 나선형 계단을 일렬로 늘어서서 올라왔다. 굴뚝 바로 아래 십여 미터는 아크릴 안전벽을 씌운 철제 사다리가 있었다. 굴뚝에 올랐던 초창기에 진오가 밑부분은 나사를 헐겁게 해놓고 윗부분은 아예 나사들을 뽑은 다음 사다리를 앞으로 젖혀 아크릴 방벽에 붙여버려서 누구도 올라오고 내려가지 못하도록 만들어놓았었다. 당국을 믿을 수 없으니 상황 변화에 따라 언제 진압하러 올라올지 모르기 때문이다. 이제까지 별일이 없는 걸 보면 아마도 당국에서는 방치 방관하려는 정책을 정한 것으로 보였다. 우선 저들이 올라오려면 통로를 회복해놓아야 했다. 그는 보관해두었던 사다리 윗부분의 나사와 멍키스패너를 색에 넣어 보조 밧줄에 묶어서 아래로 늘어뜨렸다. 김형이 줄을 잡아채어 색을 받았다. 의경을 데리고 오른 경사가 다급하게 물었다.

“뭐요? 그게 뭡니까?”

김형은 색을 벌려 그의 가슴팍에 들이대며 말했다.

“보슈, 멍키하구 볼트요. 저 사다리를 원상 복구해야 사람이 올라가지 않겠소?”

그는 말없이 물러났고 김형이 이진오에게 외쳤다.

“위에서 당겨줘!”

진오가 바깥쪽으로 밀어내어 아크릴 방벽에 붙어 있던 사다리를 앞으로 당겼다. 빽빽했지만 힘주어 당기자 사다리가 굴뚝에 붙었다. 김형이 맨 아래쪽 계단을 딛고 오르면서 느슨하게 뽑아두었던 나사를 멍키로 조여 박기 시작했다. 위로 오르면서 나사가 뽑힌 구멍에다 보관해두었던 나사들을 다시 박고 조였다. 김형이 마지막 나사를 박고 굴뚝 테라스 난간을 넘어오자 진오가 손을 뻗어 앞으로 끌어당겨주었다. 그들은 누가 시킨 것도 아니건만 저절로 감정이 일어나서 서로를 끌어안았다.

“고생 많았어!”

오히려 진오는 무덤덤한 표정인데 김형이 눈물을 손가락으로 찍어냈다.

“나야 뭘…… 밑에서 다른 분들이 고생 많았지.”

김형이 아래쪽에 기다리는 사람들을 향하여 외쳤다.

“천천히 올라오세요.”

안전을 위해서 한 사람씩 차례로 올라오도록 일렀다. 의사가 먼저 올라왔고 변호사가 나중에 올라왔다. 경찰 두명은 사다리 아래에서 기다리고 서 있었다. 허용된 면담시간은 삼십분이었다. 의사는 지고 온 배낭에서 혈압측정기며 청진기와 주사기 등속을 꺼냈다. 먼저 혈압을 재고 청진기로 가슴과 등을 진찰하고 주사기로는 소량의 혈액을 채취했다. 그는 진오의 안구를 살피고 입을 벌려 혀를 이리저리 뒤적였다. 혈압은 정상보다 좀 낮고 몸에 별 이상은 없어 보이지만 동상이 몇군데 보이고 피검사 결과는 며칠 지난 뒤에 나올 거라고 말했다. 그는 진오에게 몇가지 동작을 해보라고 하고는 지켜보았다.

"전체적으로 몸이 많이 쇠약해져 있는 게 사실입니다. 젊은이도 아닌데 이렇게 노숙하면서 일년 가까이 지냈으니까요."

"운동은 열심히 했거든요. 이거 보세요."

하면서 진오는 팔을 걷고 몇번 구부려 알통을 보여준다. 김형이 웃자 긴장하고 있던 두 사람도 따라서 웃었다.

"근육이 빠지지 않았다는 건 좋은 징조입니다."

변호사는 가져온 소형 카메라로 이러한 광경들을 동영상으로 찍고 있었다. 그는 카메라에 눈을 댄 채로 진오에게 말했다.

"살고 있는 이곳을 좀 설명해주세요."

"네, 여기는 열병합발전소의 굴뚝입니다. 높이는 사십오 미터, 이 굴뚝의 지름은 육 미터구요, 굴뚝 둘레에 있는 이 공간은 폭이 일 미터입니다. 그냥 작은 걸음으로 한 열댓걸음쯤 될 겁니다. 이 바깥쪽 펴런 천막은 바람벽이 되겠습니다. 이렇게 밧줄로 난간에 튼튼히 붙들어맸습니다. 안에 등산용 일인 텐트를 쳐두었구요, 침낭과 그 안에 또 담요가 이렇게 있습니다."

진오가 이곳에 올라오게 된 이유와 자신들이 주장하는 바를 이야기하려고 하자 김형이 말했다.

"시간이 별로 없으니까 나중에 혼자서 셀카로 말하고 찍어."

변호사도 카메라를 내려놓으며 말했다.

"동영상을 올릴 거니까 잘 준비해서 찍으세요."

"혹시 아냐? 이 동영상 올리면 조태준이 협상하자고 나올지두 모르잖아."

김형이 그렇게 말했고 변호사는 소형 카메라를 삼각대에 끼우고 초점 맞추기며 정지와 진행에 관하여 가르쳐주었다.

"요즘엔 간단해져서 휴대폰으로 찍는 거나 똑같습니다."

그들의 굴뚝 체류시간이 사십분을 넘기자 아래쪽에서 기다리고 있던 경사가 입가에 두 손바닥을 모으고 외쳤다.

"내려올 시간 지났습니다. 이젠 내려오시죠."

김형이 아래에다 대답해주었다.

"알았어요. 지금 내려갑니다."

그가 카메라와 삼각대를 진오에게 넘겨주면서 다시 말했다.

"낼 아침에 식사 배낭 올라오면 넣어서 내려보내."

의사와 변호사가 진오와 차례로 악수를 나누었다.

"운동 계속하시구요, 식사 거르지 말고 잘 챙겨 드세요."

"저희도 회사 측에 계속 협의할 것을 촉구 중입니다."

세 사람이 차례로 사다리를 타고 내려갔다. 진오는 난간에 서서 그들이 굴뚝 아래 지상에 내려설 때까지 지켜보다가 손을 흔들어 주었다. 그에게 청와대 앞에 도착한 오체투지 일행의 사진들이 휴대폰으로 전송되어왔다. 진오는 삼각대 위의 카메라를 보면서 몇 마디의 말들을 준비해보았다.

"우리가 길게는 이십여년에서 십년씩 일해오던 공장이 2006년 매각되었고, 그로부터 오년 동안 싸워서 간신히 고용, 노동조합, 단체협약이라는 삼 승계를 조건으로 새로운 회사로 넘어갔습니다. 그러나 헐값에 이 공장을 사들인 조태준 회장 측은 적자를 이유로 노동자 전원을 해고하고 비정규직으로 재취업할 것을 조건으로 내걸었습니다. 그리고 사측의 권유에 응한 노동자들 중심으로 어용노조를 만들었습니다. 권고사직과 희망퇴직을 하고 나면 조합원 자격을 유지할 수 없게 되는 거죠. 비정규직을 조건으로 받아들인 사람들은 각자 위로금과 퇴직금을 받고 어용노조 지회를 만들어 우리 노조가 승계한 세가지 조건을 박탈해버렸습니다. 이들 새로운 경영진은 처음부터 노조 파괴와 노동자의 비정규직화 그리고 공장 청산을 목표로 삼고 구매액의 배를 남겨먹는 매각처분을 하려는 것입니다. 그것은 가동한 지 겨우 일년 육개월 만에 공장 청산을 하려는 것에서 알 수가 있습니다. 자본 측은 어제까지 한식구처럼 지내온 노동자들을 서로 불신하고 반목하게 만들었고, 우리의 정당한 권리 요구에 대해 법적으로 가처분신청을 하여 압박하고 있습니다. 농성자, 그리고 천막 플래카드 구호 사용 모두를 그 처분 대상으로 하여 수억원의 배상금을 때렸습니다."

카메라의 렌즈를 향하여 혼자 중얼거리고 있던 이진오는 거기까지 말하다가 울컥하면서 목소리가 막히고 말았다. 온 세상은 내 편을 들어주지 않는다. 자본과 정치권은 물론이고 은행 법원 공권력 모두가 저희들끼리 한통속이 되어 힘 있는 자들의 손을 들어준다. 그는 갑자기 부끄러워서 더이상 말을 계속할 수가 없었다. 혹시 아냐? 이 동영상을 올리면 조태준이 협상하자고 나올지, 하던 김형의 농담에 어쩐지 마음이 흔들렸던 것 같았기 때문이다. 나는 지금 정당한 싸움을 하고 있다. 내가 이 사회를 해롭게 하거나 누구의 신세를 지겠다는 게 아니다. 그는 다시 마음을 가다듬어 가족들에게 안부를 전하고 해고된 동료들의 일상에 대하여 말하기 시작했다. 임금을 받지 못하고 수년 동안 버텨온 그들의 나날은 마치 가뭄 속의 나무들처럼 서서히 메말라가고 나뭇잎에서 가지와 뿌리에 이르기까지 병들어가는 중이었다. 단비를 맞는 대신 누군가가 가끔씩 바가지에 퍼다 나무 밑동에 부어주는 물로 몇년을 견뎌온 것이었다.

저녁에 오체투지를 마친 사람들과 시민단체 사람들이 다시 공장 뒤 공터에 모여들어 굴뚝농성 삼백일 기념 문화제를 마무리했다. 그들은 마지막으로 이진오를 격려하는 구호와 함성을 외쳤고 진오도 화답하여 짧은 연설을 했다. 저녁밥이 올라오고 식사를 마치기도 전에 곧 어둠이 찾아왔다. 바람이 차갑기는 했지만 역시 봄밤이어서 한겨울처럼 살을 에는 듯하던 냉기는 사라졌다. 그는 난간을 왕복 서른걸음씩 백번을 헤아리며 걸었다. 온몸을 쓰는 셋 동작은 겨울 동안 하지 않고 있어서 다시 시작해보기로 했다. 오늘 많은 일을 했다고 생각하자 피로가 한꺼번에 몰려왔다.

14

이진오는 침낭 속으로 들어가 지퍼를 올리지 않은 채 옆으로 누워 있었다.

“오늘 수고가 많았구나.”

어느새 할머니 신금이가 와서 머리맡에 앉았다.

“할머니, 그때 얘기 좀 해주세요.”

“언제 얘기 말이냐?”

“철도관사에 살았다면서요? 울 아부지 학교에 가던 무렵인가요?”

“아니야, 우리가 그리루 간 게 그러니까 느이 아부지 다섯살 때였지.”

할머니 신금이는 그해를 분명히 기억하고 있었다. 왜냐하면 그들 가족이 버드나무집을 팔고 철도관사로 옮겨간 것은 이일철이 부산에서 신경까지 잇는 대륙열차의 기관수로 발령받았기 때문이었다. 그동안 조선총독부 철도국은 수송시설과 능력을 향상시키기 위해 역의 선로와 기관차의 개량에 힘을 기울였다. 경인선에는 경성에서 인천까지 사십분에 주파하는 초특급열차가 투입되어 하루에 열세번 왕복이 가능해졌다. 철도국은 증기기관차의 성능을 개량하여 열시간 이상 소요되던 경성-부산 간을 여덟시간으로, 열두시간 소요되던 경성-신의주 간을 여덟시간 오십사분으로 단축하려고 시험운전을 계속했고 드디어 달성했다. 중일전쟁이 발발하자 조선과 만주를 잇는 대륙철도의 궁극적 목표는 부산-안동 간을 열여섯시간에, 그리고 동경-신경 간을 칠십이시간에 주파하겠다는 것이었다. 이일철이 하야시의 기관 조수로 화물차를 몰던 무렵에 부산-신경 사이에 직통 급행열차 히카리호가 등장했고, 부산-봉천 사이에는 노조미호가 등장하여 일본 동경에서 신경 사이의 소요시간을 열두시간이나 단축했다. 함경도 두만강 방향으로는 경성에서 웅기까지 직통 여객열차와 경성-청진 사이에 직통 화물열차가 운행되었다. 또한 부산-경성 사이를 여섯시간 사십오분에 주파하는 아카쓰키호가 등장했다. 전쟁이 터지고 나서 새로이 부산-북경 사이를 서른여덟시간 사십오분에 주파하는 직통 급행열차가 운행되었다. 일본의 철도 당국이 이처럼 열차의 속력 증가에 매진했던 것은 일본 조선 만주 중국의 시간적 거리를 최대한 좁힘으로써 조선과 중국 대륙을 일본에 강고하게 편입시키려는 목적이었다.

이일철은 부산에서 신경까지 가는 직통 급행열차 히카리호의 기관수로 발령받았다. 사실 이 노선의 기관수와 기관차는 삼교대로 운행되었다. 경부선 조와 경의선 조, 그리고 안동선 조 각각 세명씩 아홉명이 감당했다. 맞교대로 정원의 배가 되는 열여덟명이 이 노선을 감당했는데 전쟁 전에는 그중 겨우 두명이 조선인이었다. 중일전쟁이 터지면서 일본인이 열명이라면 조선인은 여덟명이 되었고 일제 말이 되면 반수 이상이 조선인 철도원으로 바뀌게 된다. 그리고 수송에서 여객보다 더 시급한 군수물자를 나르는 화물차의 운행이 증가하고, 수많은 조선인 조수가 기관수로 임명되었다. 많은 일본인 철도원은 군대의 하사관이나 장교로 징집되었던 것이다.

이철이가 일년 반의 징역을 받고 감옥에 가고 한여옥이 만주로 떠나고 나서 그 이듬해 연말 즈음에 막음이 고모네는 샛말 옛집을 떠나게 되었다. 어느날 막음이 고모가 아침 일찍 신금이를 찾아왔다.

"지산이 에미야, 문 좀 열어라!"

신금이는 아침부터 고모가 웬일인가 하여 불안한 생각이 들었다고 한다. 신을 끌고 달려나가 문을 열었더니 막음이 고모가 옷깃에 모피가 달린 처음 보는 외투를 입고 보퉁이 하나를 들고 서 있었다. 처음 보는 고모의 털외투 차림에 눈이 휘둥그레진 조카며느리 금이는 언젠가 태주점을 보는 할미에게 갔다가 막음이 고모가 수만리 타관에 나가 살 팔자라고 하던 말이 떠올랐다.

"어디 만주에라두 가는 거유?"

신금이가 그랬더니 막음이 고모는 마루에 털썩 주저앉으며 호들갑을 떨었다.

"애고머니 놀래라! 참 신통방통하기두 하다. 왜 자리 깔구 점집을 열지 않나 몰라."

금이는 자기도 얼결에 그렇게 말해놓고는 고모가 놀라는 내색을 하여 더이상 다급하게 묻지 않고 이실직고가 떨어지기를 기다렸다.

"만주로 출장 갔던 강대목이 어제 돌아왔구나."

양평정에 영단주택 오백채를 건설하는 데 백채 하청을 맡았던 홍사장이 일본 본사의 전무와 함께 출장 가는 길에 강대목도 따라갔던 터였다. 만주에도 일조 이주민의 영단주택을 짓는다고 하더니 드디어 공사 계약이 이루어져 솔가하여 만주로 이사를 간다는 결정이 내려졌다고 그녀는 단숨에 말하였다.

"그래 어디루 간답디까?"

"어디긴 어디야, 신경이지."

"어머나! 만리 타관이라더니……"

"거긴 그야말루 떡 벌어진 도시 대처라구 하더구먼. 거시기니 뭐시냐, 경성은 거기 비하면 촌이라구 하던데 뭘."

막음이 고모가 한바탕 늘어놓고 나서 보퉁이를 끌렀다. 안에는 사슴뿔 하나와 손바닥만 한 버섯이며 검은 석이버섯 등속이 들어 있었다.

"이게 선물받은 거라는데 모두 그쪽의 뭐시냐 특산물이라던데. 녹용 한쌍인데 내가 하나 빼어왔다. 오라버니 쇳가루 자셔서 잔기침하시잖아. 해소 기침에 특효가 거시기니 녹용이라더만."

"온 식구가 아예 만주로 이민을 가시려우?"

신금이가 묻자 막음이 고모는 펄쩍 뛰며 고개를 절레절레 흔들었다.

"아녀, 강대목 계약 기간이 삼년이라니 그만큼만 살다가 영등포로 돌아와야지. 그래서 뭐시냐 샛말집두 팔지 않구 세놓고 가려네."

총독부에서는 이른바 중일전쟁을 일으키기 이삼년 전부터 조선 농민의 만주 이민을 적극 권장하고 선전했다. 만주에 가면 땅 없는 농민들은 누구나 경작지를 얻어 농사를 지을 수 있다고 하여 농민 수만명이 식솔을 데리고 만주로 떠났다. 조선인뿐만 아니라 일본 내지인들도 만주로 모여들고 있었다. 지식인 중산층 조선인들도 일거리와 사업의 기회를 찾아 만주에 새로 번성한 대도시 봉천 신경 하얼빈 등지로 모여들었다. 물론 이들 가운데는 만주에서 항일 무장투쟁을 하는 독립군에 가담하려고 찾아가는 청년도 많았다.

이백만은 며느리에게서 누이네 가족이 만주로 이사 간다는 소식을 듣고도 무덤덤하여 아무런 말이 없었다. 이일철은 특급열차 히카리호의 기관수로 경의선 구간을 거쳐 휴식 교대하며 안동 신경 구간까지 달리고 돌아오는 데 나흘이 걸렸다. 돌아와 이틀을 휴식하고 다시 같은 구간을 달리는 직무가 계속되는 나날이었다. 막음이 고모가 다녀간 지 며칠이나 지나서 돌아온 일철은 아내 신금이로부터 그 소식을 들었다. 아버지의 공방에서 그는 아내가 받아온 막걸리를 마시며 집안 이야기를 나누었다. 일철이 사발에 따라주는 막걸리를 주욱 마시고는 이백만이 말했다.

"느이 고모네가 만주로 이사 간다는 얘긴 들었냐?"

"예, 고모부가 수완이 좋은 모양입디다."

"그야 홍사장과 배포가 맞아서 영단주택 건설을 잘해냈으니 일본 본사에서도 믿고 맡기는 거겠지. 그런데 개네가 샛말집을 세놓구 간다는구나. 그 집은 강서방이 탄탄하게 잘 지은 집이고 마당두 넓어서 좋더라만……"

일철은 아버지의 속마음을 눈치채고는 떨떠름하게 앉았다가 말했다.

"저는 철도관사 입주 대기 중입니다. 아마 두어달 있으면 살 집이 정해질 것 같은데요, 이제 특급열차의 기관수가 되었으니 철도국의 지시를 따라야 합니다. 이철이 때문에라도 눈 밖에 나면 직장을 잃을 수도 있어요."

이이철이 투옥된 지 꼭 일년이 되던 겨울에 경기도 양주 일대에 잠복하여 활동하던 이재유도 체포되었다. 그의 체포 소식은 여러 신문에 대서특필되었고 '집요 흉악한 조선공산당 마침내 괴멸하다'라고 보도됐다. 조선의 입장에서 보자면 그는 국내 사회주의 독립운동의 마지막 희망이었던 셈이었다. 농부로 변장하고 두 손에 수갑을 차고 포승에 묶인 그를 가운데에 두고 갖가지 계층과 직업군으로 변장하고 잠복하던 형사 스물일곱명이 찍은 기념사진이 신문의 일면을 장식했다. 온 조선이 그 사건으로 떠들썩했다. 1936년 12월 25일 체포되어 공주형무소에서 칠년의 형기를 마친 이재유는 치안유지법에 의거하여 청주보호교도소에 재수감된다. 그는 안타깝게도 해방되기 불과 십개월 전인 1944년 10월 26일에 옥사한다.

그러니까 이재유의 예심과 재판이 한창 진행되던 1938년 여름에 이이철은 석방되어 영등포 버드나무집으로 돌아왔다. 그렇게나 무뚝뚝하던 아버지 이백만은 옥살이를 하고 나온 작은아들의 몸보신을 해준다고 몸소 시장 거리로 나가 개고기를 사왔다. 그래도 털 그슬리고 초벌 삶은 고기라서 신금이가 감히 다루기에 험한 요리는 아니었다. 그녀는 이웃에 묻고 공책에 적어가며 찬물에 담가 피 빼고 된장 풀어 생강 소주 양파 차조기 넣고 고기 삶는 것부터 탕과 수육, 두루치기를 차례로 구분하여 만드는 데에 이르기까지 처음부터 성공적으로 해냈다. 그리하여 신금이는 능숙해진 보신탕 만드는 솜씨로 시아버지 이백만, 이일철 이이철 형제, 전쟁터의 지옥을 헤치고 살아 돌아온 아들 이지산과 손자인 이진오에 이르기까지 대대로 이씨네 집안 사내들을 먹여 살려냈다.

"이철이는 지금 어디서 뭐 하구 사냐?"

이백만이 물었고 일철은 자기가 아우의 얘기를 먼저 꺼낸 것을 후회하며 잠자코 있었다. 아우는 무슨 작정이나 한 것처럼 석방되고 백일 동안 요양하며 집에 붙어 있다가, 어느날 그가 근무를 마치고 돌아오니 온다 간다 말도 없이 사라져버렸다.

"저두 모릅니다."

"지산이 에미에게는 말이 없었다더냐?"

"글쎄, 아무 말도 없이 집을 나가서 돌아오지 않았답니다."

"경성 문안에 들어간 게 아닐까?"

일철은 아버지의 질문에 얼른 대답했다.

"그쪽으로 가진 않았을 겁니다."

이백만은 더이상 묻지 않고 막걸리만 마셨다. 일철은 속으로만 그가 아마도 아내 신금이에게는 뭔가 속내를 털어놓았으리라 짐작하고 있었으며 언젠가 아내가 슬쩍 흘리던 말도 기억하고 있었다.

"인천까지 기차루 한시간두 안 걸린다니 경성 종루에 나가는 거 하구 다를 바가 없네요."

"응? 갑자기 인천은 왜……"

일철이 되물으니 신금이는 다시 말을 주워담았다.

"아니, 누가 조기를 상자때기루 사다 말리면, 싼값에 한철 반찬 생긴다구 하길래."

"그래서 인천 가볼라구?"

"아니, 장산이 엄마 생각이 나서. 연평굴비를 너무 좋아했거든요."

"뭐야, 무슨 소식이라두 들었소?"

신금이는 그만 입을 다물어버렸고 그제야 문득 일철은 아우가 혹시 인천에 머물고 있는 게 아닌가 하는 생각이 들었다. 신금이는 옛날 방직공장 시절 같은 활동가이던 박선옥과 함께 두쇠 이철이를 집안의 도련님이기 전에 동지로 생각했다. 그의 형 한쇠 일철에게 시집와서 이러한 난세에 안온한 생활을 하는 것이 어쩐지 미안하고 안쓰러웠던 것이다. 비록 짧은 기간이었지만 한여옥을 알게 되고 장산이를 받아내고 이철의 투옥과 아기의 죽음 그리고 여옥의 영이별이 되어버린 망명을 지켜보면서, 형 대신 자신이 그의 아우를 돌보아야 한다는 책임감이 생겼다. 이철이 버드나무집을 떠나던 날 그는 물론 형수에게는 자기 생각을 밝혔다. 언젠가는 형에게도 전해지겠지 하는 마음이었을 것이다. 그는 석방되고 돌아와 밖에 나가지도 않고 집 안에 틀어박혀 지냈다. 이철은 감옥에서 나온 뒤 지정된 날짜에 영등포경찰서로 가서 보호관찰 담당자에게 자진신고를 해야 했다. 그의 담당자는 다름 아닌 야마시타 최달영이었다. 야마시타는 이제 고등계 형사반장이었다. 모리가 다른 부서로 발령받아 떠난 자리를 그가 이어받은 셈이었다. 이철이 정문 입초에게 경찰서에 온 목적을 이야기하자 그가 전화로 보고하고 잠시 후에 형사 보조가 나와서 그를 이층 고등계 사무실로 데려갔다. 고등계는 대개가 외근이어서 자리를 지키는 형사가 두어명 있었고 칸막이 너머의 반장 자리에서 야마시타는 전화를 받고 있었다. 이철이 보조의 뒤를 따라 들어서자 그는 유창한 일본어로 지껄이면서 들고 있던 만년필로 앞자리를 가리키며 앉으라는 시늉을 했다. 이철은 그 자리에 앉았고 보조가 그의 등 뒤에 다소곳한 자세로 서 있었다. 야마시타가 수화기를 내려놓고 이철에게 말했다.

"여어 두쇠, 고생 많았지? 자네 보호관찰 기간이 형기만큼이야. 그러니 일년 육개월 동안 우리에게 생활보고를 해야지."

"알고 있소."

이철은 무뚝뚝하게 대답했고 야마시타는 그를 물끄러미 바라보다가 말했다.

"그러게 왜 사상운동은 하구 다니냐구. 자네 아이는 낳자마자 사망하고 한여옥이는 달아나고. 집안이 풍비박산이 되었잖나? 자네 아버지나 형 모두 얼마나 선량하고 성실하게 사는 분들인가. 그래, 이제 앞으로 어떻게 할 건가?"

"별로 생각해보지 않아서……"

이철은 당장에 달려들어 그의 모가지를 두 손에 움켜쥐어 비틀어버리고 싶었지만 이를 꽉 물고 턱에 힘만 주고 앉아 있었다. 야마시타는 버릇처럼 만년필로 책상을 톡톡톡 두드리며 낮은 목소리지만 위협적으로 말했다.

"생각해보지 않았다? 니가 쓴 전향서 아직도 우리 서류철에 보관되어 있다. 그거 진심이 아니란 거, 우리 모두가 알지. 니가 달라진 생활을 보여주지 않으면 우리는 너를 당장에 잡아넣을 수 있다. 지금 이 자리에서 앞으로 어떻게 살아갈 것인지 자필로 자술서를 쓰도록."

그는 펜과 잉크병과 줄 친 양면 괘지를 그의 앞에 내밀었다.

"여기다 써라, 석방 소감과 앞으로의 생활 계획을."

보조를 이철의 옆에 남겨둔 채 야마시타는 잠시 자리를 떴다. 이철은 꼼짝도 않고 양면 괘지에 그어진 검은 선을 내려다보았다. 저 선 안에 나의 생활을 적어넣으라는 것이다. 그는 펜을 잡을 생각도 없이 야마시타의 빈 의자를 노려보며 앉아 있었다. 삼십분쯤 지나서 형사반장 야마시타가 돌아왔고 그는 처음 그대로 놓여 있는 양면 괘지를 보자 화를 냈다.

"이 자식이 누굴 놀리나? 자술서를 쓰라고 했잖아!"

"어떻게 써야 할지 모르겠습니다."

"그래? 그럼 불러줄 테니 받아써. 성명 생년월일 주소."

이철은 끄적였다. 야마시타가 불러주기 시작했다.

"저는 어리석은 실수로 불령선인들의 조직에 연루되어 체포 투옥되었고, 지난 일년 육개월 동안의 형기를 마치고 칠월 이십일일에 석방되었습니다. 그동안 저는 잘못을 뉘우치고 대일본제국의 황국신민이 되어 충성하는 마음으로 성실하게 살아갈 것을……"

야마시타는 중얼거리다가 이철이 쓰고 있는 종이를 들여다보더니 화가 나서 손바닥으로 그의 머리를 후려치며 외쳤다.

“바카, 이런 개새끼! 누가 언문으로 쓰라구 했나? 국어로 쓰란 말이다, 국어로.”

“국어는 잊어버렸습니다.”

야마시타는 점점 화가 머리끝까지 올라오는 모양이었다.

“너 보통학교까지 나오고 기술강습소까지 거친 녀석이 국어를 모른다? 이 자식 안 되겠구나. 조사실루 내려갈 테냐?”

뒤에서 지켜보던 보조가 답답했던지 이철의 뺨을 후려치고는 의자에서 밀쳐냈다.

“바닥에 꿇어앉아 있어.”

그러고는 이철이 있던 자리에 앉아 야마시타가 불러준 문장들을 능숙한 일본어로 휘갈겨 쓰기 시작했다. 그러다 펜을 멈추고 이철의 뒤통수에 대고 물었다.

“앞으로의 계획이 뭔가?”

“별로 생각해보지 않았으니 뭘 해야 할지 가르쳐주시지요.”

보조가 말하기도 전에 야마시타가 소리를 꽥 질렀다.

“뭔가 생계를 꾸려갈 일을 해야 할 거 아닌가! 생업을 어떻게 할 작정인가 말이다.”

“열심히 일하겠습니다.”

“무슨 일을 하려고?”

“공장에 다시 취업을……”

이철이 말을 마치기도 전에 야마시타가 잘랐다.

“그건 안 될 일이고. 니 이름 가지고는 공장에 다시는 취직할 수 없다."

"그럼 무엇을 해서 먹고살까요?"

"가두노동이건 행상이건 가게를 하건 그건 니가 알아서 해야지."

"가두노동을 하겠습니다."

이철이 말하자 야마시타는 못마땅하다는 듯이 혀를 찼다.

"느이 형하구 의논해봐라. 일단 노동이라고 써놓도록 하지."

형사 보조가 앞으로의 계획에 대하여 서너줄의 문장을 쓰고 나서 읽어주었고, 그것은 역시 대일본제국의 신민으로 법을 준수하고 생업에 힘쓰며 근로갱생하겠다는 내용이었다.

"이 아래 지장 찍어."

이철은 인주를 꾹 누르고 자술서 아래 이름을 쓰고 지장을 찍었다. 야마시타가 서류를 들여다보더니 한마디 했다.

"느이 아부지랑 형이 모두 총독부 산하 직원인데 여태 창씨개명도 하지 않고 뭐 하고 있는 거냐?"

이철은 묵묵히 서 있었고 야마시타는 계속 윽박질렀다.

"전쟁 시국이란 말이다. 아직은 권장사항이지만 앞으로 국가 시책이 될 것이다. 조선 사람은 뼛속까지 일본인이 되어야 살 수 있는 거야. 그래야 일등국민으로 다시 태어날 수 있다. 아무튼 다음 달에도 자진출두하도록."

이철이 돌아서서 나가려는데 야마시타가 그의 뒤통수에 대고 말했다.

"한쇠에게 안부 전해라!"

보조가 그를 경찰서 정문 앞까지 데려다주고는 헤어지기 전에 말했다.

"원칙적으로 경성지역을 벗어나는 것은 금지다. 여행 갈 일이 생기면 와서 신고하고 허락을 받도록 해라. 허락 없이 이탈하면 재구속이다, 알겠나?"

이철은 대답 대신 허리를 숙여 인사를 해 보이고 돌아섰다. 경찰서 자진출두는 등에서 진땀이 날 정도로 수치스럽고 괴로웠다. 그는 식구들에게 아무 말도 하지 않고 형수가 끓여주는 보신탕과 수육을 수걱수걱 먹어댔다. 그야말로 석달 열흘 동안에 이철의 얼굴에는 핏기가 돌아왔고 원기를 회복했다고 느꼈다. 신금이는 추석을 쇠고 난 며칠 후 가을볕이 따스하게 내려앉은 마당에서 호박고지 시래기 무말랭이 등속의 겨울철 갈무리 먹거리들을 채반에 널고 있었다. 지산이는 마당에서 할아버지가 만들어준 기차 장난감을 끌고 다녔다. 건넌방에 틀어박혀 있던 시동생 이철이가 슬그머니 나오더니 마루에 앉았다.

"형수, 나는 내일 집을 떠나려 합니다."

"예? 어디루 가시게요?"

"어디든 영등포에서 벗어나야겠어요."

금이는 시동생이 치안 당국의 보호관찰자로서 벌써 세번이나 자진출두를 했고 그때마다 괴로워하는 기색을 잘 알고 있었다.

"형수는 잘 아시겠지만 나는 운동을 계속해야 할 사람입니다."

"누가 말리겠어요."

금이는 그렇게 말하면서 공연히 웃음을 지었다. 그것은 씁쓸하고 안쓰러운 대꾸였을 것이다.

"박선옥 동무를 좀 불러주세요."

"선옥이는 그때 곤욕을 치르고는 공장도 그만두고 떡집 일만 하구 살아요."

"무슨 일에 끌어들이려는 게 아니구요, 둘이서 인천에 청춘 랑데부 다녀올까 하구요."

신금이는 청춘 랑데부가 무슨 말인지 곧 알아들었다. 연락 접선을 의미하는 활동가들의 속어였던 것이다. 그녀는 서슴지 않고 소리 내어 웃었다.

"홀아비가 처녀를 꾀려구요? 깔깔깔. 그애는 곧 시집갈지두 몰라요."

"장산이 엄마 소식은 알 길이 없을까요?"

형수가 분위기를 바꾸려 한다는 눈치도 채지 못하고 이철은 다시 무겁게 아내의 얘기를 꺼냈다. 그는 감옥에서 나오자마자 형수에게서 고모와 그녀가 장산이를 받아내던 일이며, 지산이와 장산이가 홍역에 걸려 사경을 헤매다 생사가 엇갈린 것, 그리고 한여옥이 만주로 떠날 것을 결심하고 일철과 자기를 밖으로 불러내어 의논을 청했던 사실에 대하여 자세한 이야기를 들었다. 신금이가 말했다.

"항일연군에 들어갔겠지요. 조선에 들어오기 전에 거기서 활동을 했었다니까. 일정한 거처가 있다면 모를까, 총 메고 산야를 누비고 다니는 사람의 소식을 어찌 알겠어요."

"저도 뒤따라 만주로 가고 싶었지만, 우리는 국내에서 조선의 당 재건이라는 당면 목표를 두고 모였던 사람들입니다. 다시 노력해야겠어요."

신금이는 고개를 끄덕였다.

"누군가 해야 할 사람은 해야지요. 선옥이를 불러올까요?"

"형수님 부탁합니다. 저와 인천 가겠느냔 의사 타진은 박선옥씨에게 제가 직접 하겠습니다."

버드나무집에서 선옥이 외조부모네 떡집까지 걸어서 십여분이면 닿을 거리라 신금이는 수돗가에서 손을 씻고 일어섰다.

"핑 하니 다녀올 테니 지산이 좀 봐주세요."

신금이가 박선옥을 찾아가니 그녀는 부엌에서 분주하게 일하다가 두 손에 떡고물을 잔뜩 묻힌 채로 반기면서 뛰어나왔다.

"이게 얼마 만이우? 언니 만난 게 몇년은 되는 것 같다아."

"뭘, 지난여름에 시장에서 함께 냉국수 먹었구먼."

금이가 목소리를 낮추어 소곤소곤 말했다.

"우리 시동생이 자넬 만나자네. 할 얘기가 있나봐."

"나오셨단 얘길 듣고도 엄두가 안 나고 부르지 않으셔서 못 가뵈었어요. 어찌, 건강은 회복하셨는지?"

"응, 많이 좋아졌어."

신금이가 박선옥을 데리고 집으로 돌아왔고 기다리던 이철과 선옥은 건넌방으로 들어가 의논했다. 그들은 나직하게 얘기를 나누었으므로 신금이는 내용을 듣지 못했고, 일부러라도 들으려 하지 않았을 거였다. 그저 짐작으로 인천의 누구인가를 만나려 한다는 느낌만 받았을 뿐이었다. 이튿날 열시쯤에 이백만이 공작창에 출근하고 일철은 아직 먼 고장에서 특급열차를 몰고 있을 무렵, 이철이 작은 트렁크를 들고 건넌방에서 나왔다. 그는 나서기 전에 형수에게 일렀다.

“아부지나 형에겐 아무 말씀도 전하지 마세요. 제가 인천 간다는 건 형수만 알구 계셔야 합니다. 어쩌면 안정된 후에 기별을 하게 될지도 모르겠습니다.”

“가시기 전에 서방님에게 알려드릴 일이 있어요.”

신금이의 진지한 표정을 보고 그는 마루 끝에 앉았다.

“모르셨지요? 지난 석달 열흘 동안 어머님이 늘 머리맡을 지키고 계셨다구요.”

이철은 이전처럼 웃거나 농지거리를 하지 않고 다소곳하게 앉아서 형수의 말을 듣고 있었다.

“어떤 날은 장산이를 데려오기두 했지요.”

그 말에 이철이 울컥하더니 고개를 떨구었고 굵은 눈물이 마루에 뚝뚝 떨어졌다. 신금이도 드디어 참지 못하고 울먹이면서 말했다.

“죽고 사는 일이 그렇게 별다를 것이 없지요. 그러니 하고픈 일을 하세요.”

이철은 총총히 버드나무집을 떠났고 다시는 이곳으로 돌아오지 못했다. 이후 그에게 변고가 생겼다는 말도 되지만, 이듬해 초에 이일철이 솔가하여 철도관사로 이사를 갔기 때문이다. 그러고는 삼년을 그 집에서 살게 된다. 이진오는 할머니 신금이와 아버지 이지산을 통하여 철도관사의 옛 생활을 자세히 들었다.

네모반듯한 상자 같은 똑같은 집들이 자동차가 왕래할 수 있는 큰길을 앞에 두고 일곱걸음쯤의 앞마당을 지나면 현관이었다. 집 뒤에는 서너걸음 정도의 뒤뜰이 있고 또 그만큼 거리에 뒷집의 뒤뜰이 있었다. 남향집은 운에 따라서 차지가 되었으며 운 나쁘게 서향이나 북향이 되는 집도 있었다. 미닫이로 열리는 격자 유리창 달린 현관문은 문짝 아래 작은 도르래가 있고 문턱에 철선이 있어서 조금만 힘주어 밀면 드르륵하면서 활짝 열렸다. 현관에서 마루 위로 올라서면 바로 옆에 변소가 있고 그 앞에는 문간방이 있으며 방 앞은 쪽마루가 이어진 부엌이었다. 마루 앞에 가족들이 모이는 거실로 들어가는 장지문이 있고 부엌 부뚜막 앞에도 작은 쪽문이 있어서 허리를 굽혀 밥상을 들여갈 만한 곳이 안방이었다. 마루 앞 장지문을 열면 다다미 여섯장 정도를 깔아놓은 우리 식의 대청 비슷한 곳이 식구들이 모여서 밥도 먹고 하루 일을 서로 이야기하거나 손님을 맞이하는 곳이었다. 그러니까 안방은 장지문 오른편 안쪽에 있다. 그리고 왼쪽에 방이 하나 더 있었다. 거실 앞쪽으로는 격자 창호지 문이 있고 쪽마루가 길게 이어졌으며 바깥쪽에도 유리 달린 문짝이 있었다. 여름에는 열어두고 겨울이면 꽁꽁 닫아 문풍지까지 단속해가며 지냈다. 겨울에도 날씨 좋은 날 안쪽의 장지문을 열어두면 햇볕이 유리창으로 비쳐들어 다다미가 따뜻해질 정도였다. 그래도 남서향 집이었으니 절반은 운이 좋았던 셈이다. 철도관사에는 대다수의 일본인 직원들이 거주했고 조선인은 이삼할 정도 되었다. 관사는 소유주가 총독부 철도국이었으므로 임대하여 사는 터라 누구든 변형 개조할 수가 없었고 수리도 허가를 얻어 영선부의 기사가 나와서 시행했다. 그러나 대부분의 조선인들은 다다미가 익숙하지 않고 조선 기후에도 맞지 않아서 안방만큼은 어떻게든 허가를 받지 않고 몰래몰래 온돌방으로 개조했다. 일본 사람들 하는 대로 처음에는 유탄포라는 함석 보온통에 뜨겁게 데운 물을 채워 요 속에 넣어 추위를 막았지만 새벽녘에는 영락없이 식어버려서 노인들이 고생을 했다. 보통 때 다다미방의 보온은 숯불 화로가 고작이어서 자주 환기시키지 않으면 가스에 중독되기도 했다. 이백만이 작은 주물난로를 만들어 중방 거실에다 놓았고, 갈탄을 때면서 제법 아늑한 집이 되었다.

대륙에서 본격적인 전쟁이 시작되면서 모든 생활은 전시체제로 바뀌어가기 시작했다. 이일철이 특급열차의 기관수가 되자 월급도 올랐고 철도공제회에 가입하여 급전을 대부받거나 적은 돈을 넣어서 목돈으로 불릴 수 있는 금융 혜택도 받게 되었다. 식량과 피복 등 생활필수품들은 배급제로 바뀌었지만 철도국우회의 소비부에서는 철도국 종사자의 가족들을 위하여 대량 구입으로 시장보다 싸게, 우선적으로 배급을 받을 수 있게 해주었다. 그러나 이백만 가족이 철도관사에 입주하면서 일본인들 틈에 끼여 살게 되자마자 바깥세상, 즉 조선인 사회에서는 아직은 총독부의 정책 시행령에 지나지 않던 모든 황국신민의 생활방침을 곧이곧대로 실행하지 않으면 안 되었다. 우선 창씨개명은 회사에서는 은근한 압력으로만 요구했고 조선인 사회에서는 두해가 지나서야 강제로 집행되던 것인데, 관사에 입주하자마자 거주지의 조선인 반장을 통해 자진해서 개명하도록 하였다. 그들 가족의 이씨 성은 리노우에로 바뀌었고 이름은 이치테쓰가 되었다. 아버지의 이름도 우스꽝스럽게 리노우에 하쿠만이 되었고 지산이는 이케야마가 되었다. 신금이는 남편의 성인 리노우에를 따르고 이름은 원래 이름의 뜻을 따라 부르기가 조금 낫다는 키누로 정하였다.

불과 일년 수개월 뒤에 총독부 시행령이 공포되었지만 자진해서 개명하는 조선인이 극소수여서 육개월의 시한을 정하고 강제로 성과 이름을 바꾸게 했다. 창씨개명을 하지 않은 집안의 자녀에 대하여 각급 학교의 입학과 진학을 거부하도록 했다. 이미 입학한 학생도 정학 또는 퇴학 조치하고 사립학교에서 학칙으로 따르지 않을 경우 해당 학교는 폐교한다는 방침이었다. 학교에서 창씨개명하지 않은 아동들을 이유 없이 질책, 구타하여 아동들의 애원으로 부모들이 못 이겨서 하도록 만들었다. 창씨개명을 하지 않은 성인 남녀는 어떤 공사기관에서도 채용하지 않으며 현직자도 점차 해고하도록 조치하고, 일본식 씨명으로 바꿀 경우에는 복직할 수 있었다. 행정기관에서는 창씨개명을 하지 않은 조선인의 모든 민원 사무를 취급하지 않았다. 또한 창씨를 하지 않은 조선인을 비국민 또는 불령선인으로 간주하여 경찰수첩에 기입하고 사찰을 철저히 했다. 우선적인 노무 징용 대상자로 지명했으며, 식량 생필품의 배급 대상에서 제외했다. 철도 수송 화물의 명패에 조선식 씨명이 쓰인 것은 취급하지 않았고 해당 화물은 즉시 반송 조치했다. 창씨개명을 하지 않은 자는 일본 내지로 도항할 수 없었다. 창씨개명령 제정 이후 출생한 자녀에 대하여 일본식 씨명으로 출생신고하지 않은 경우에는 계속 반려하여 그 부모가 의무적으로 창씨하도록 강제한다는 규정이 있었다.

'내선일체' 즉 일본과 조선은 하나라는 구호를 직장과 가정마다

써 붙이도록 했다. 철도관사의 공회당 정면에도 유리 액자에 든 한문 붓글씨가 붙어 있었다. 매달 한번씩 열리는 애국반상회에서 일본에 충성한다는 내용의 서약을 입을 모아 합창하듯 암송하도록 했다. 매일 아침마다 궁성요배라고 동경의 궁성(황궁) 방향을 향하여 절을 하도록 정했지만 온 가족이 나와서 자진하여 예를 차리는 조선인 가족은 없었고, 어쩌다 일본식 명절 또는 국경일에 반장 인솔로 공회당이나 동네 마당에 모여 요배가 이루어지곤 하였다. 평소에 말이 없는 이백만도 철도관사에 입주한 지 한달쯤 지나자 아들 일철을 불러놓고 불평했다.

"어째 두쇠가 드나들던 형무소보다두 못한 데루 들어온 것 같구나."

일철은 아무 대답이 없었고 신금이가 말했다.

"지금 바깥에선 백미 배급은 어림도 없구요, 시장에서 야미로 파는 것두 서너배나 비싸대요. 생일에 쌀밥 먹는 게 옛말이 되었지요. 여긴 아직 물자가 모자란 적이 없으니 그나마 다행이네요."

그 무렵에 일철은 아버지와는 물론 아내와도 시국담에는 아예 입을 다물었다. 지산이가 여섯살이라 관사 안의 탁아소에 보냈다. 신금이는 관사의 공회당에 나가서 일하기 시작했다. 공회당은 작은 강당과 사무실 몇칸에 비품창고와 매점 등이 있는 목조건물이었다. 일본인 조선인 주부들이 재봉반 편물반 수선반으로 나뉘어 한반에 십여명 가까이 모여서 봉사 겸 부업 벌이를 했다. 신금이도 편물반에 들어가 털실 뜨개질을 배웠다. 대나무 바늘과 코바늘로 털실 뜨개질과 레이스 뜨기를 했다. 장갑 양말 등속에서 갖가지 무늬의 털스웨터를 떠서 국우회에 납품했다. 편물반의 반장은 사십대의 일본인 여성이었고 그녀의 남편은 공작창의 기사였다. 어느 날 오후에 신금이가 한창 뜨개질에 열중해 있는데 누가 찾아왔다고 공회당의 조선인 사환이 알려주었다. 공회당 정문으로 나가보니 박선옥이 주위를 두리번거리며 기다리고 서 있었다. 신금이는 또 무슨 사건이 터졌나 하고 가슴이 털썩 주저앉는 것만 같았다.

"웬일이야?"

물으니 선옥은 간단히 말했다.

"여기두 근무시간이 정해졌나요?"

신금이는 잠깐 기다리라 해놓고는 얼른 반실로 돌아가서 편물반장 여인에게 집에 일이 생겨서 돌아간다고 말하고는 밖으로 나왔다. 박선옥은 신금이가 자신을 집으로 데려갈 때까지 아무 말도 꺼내지 않았다. 방으로 들어가 앉자 선옥이 그제야 안심을 했는지 입을 떼었다.

"다름 아니고요, 이철 오빠가 언니를 뵈었으면 한대서……"

"지금 어디 있는데?"

"인천이죠, 뭐."

신금이는 한숨을 푹 쉬었다.

"시국이 이런데 서방님은 좀 쉬면서 세월 보낼 생각을 해야지."

"만나보시려우?"

"뭔가 급한 일이 생겼으니 날 찾는 게 아니겠어?"

박선옥은 그녀가 응하는 눈치를 보이자 대뜸 말했다.

"내일 나하구 월미도에나 놀러 가요."

"내일 당장?"

"왜 지산이 땜에? 우리 집에 맡겨두고 기차 편으루 휭하니 다녀와요."

신금이는 시아버지가 출근하자마자 박선옥이네 떡집으로 지산이를 데리고 갔고, 그길로 인천 가는 기차를 타러 역으로 갔다. 영등포에서 기차로 사십분이어서 두 사람은 오전 열시 조금 지나 하인천역에 도착했다. 박선옥은 레포 노릇을 한 지 이미 수년이 되어서 노련했다. 도심지에서 만국공원으로 올라가 사방이 훤히 내려다보이는 바위에 앉아 시간을 보냈다. 그것은 그들에게 미행이 붙지 않았는지 확인하는 과정이었다. 두어시간의 소풍 끝에 꼬리가 붙지 않았음을 완전히 확인하고 나서 박선옥은 신금이를 데리고 공원에서 내려가 중국 거리 구역으로 갔다. 그녀는 간판을 몇번씩 확인하고 바닷바람이 시원하게 불어오는 이층의 구석방으로 신금이를 데려갔다. 두 여자가 앉아서 차를 마시며 음식을 주문하려는데 이철이가 불쑥 방문을 밀고 들어섰다. 그는 국방색 작업복에 군모 같은 작업모까지 깊숙이 눌러쓰고 있어서 어느 공장의 기술자처럼 보였다.

"형수!"

그가 외마디로 중얼거렸고 신금이는 자리에서 엉거주춤 일어나 보였다. 박선옥이 일어서며 말했다.

"두분 얘기 나누세요. 저는 먼저 출발할게요."

"아니, 점심이라두 먹구 가지."

신금이가 말했지만 박선옥은 대답도 없이 방금 들어선 이철의 등 뒤로 사라져버렸다. 신금이와 이철은 우동을 시켜놓고 말없이 앉아 있었다. 종업원이 음식을 놓고 나가자 그제야 형수가 먼저 시동생에게 물었다.

"안착을 하셨다면서 또 무슨 일이 생겼어요?"

"제가 출장을 가야 할 일이 생겼습니다."

"어디로요?"

이철이 잠깐 망설였다가 대답했다.

"국경입니다. 신의주까지 어떻게 안 될까요?"

신금이는 남편을 떠올렸고 완강하게 고개를 흔들었다.

"서방님 부부가 모두 활동가였다는 걸 당국에서 알구 있어요. 그리고 지금 수배자나 마찬가지잖아요? 요즘도 한달에 한번씩은 야마시타가 보낸 형사가 집에 와서는 행방을 묻고 가요. 출장 간다는 건 지산이 아부지에게 부탁해보려는 거 아녜요?"

이철은 간곡하게 말했다.

"형수님과 형에게, 식구들 모두에게 제가 폐를 끼치고 있다는 건, 저를 아는 모든 사람들도 알구 있어요. 그래서 일철이 형이 특수한 직업을 갖고 있고 내가 그 아우라는 것도 다 알고들 있지요. 평생에 한번 부탁을 드리는 것입니다."

"그럼 어떤 부탁인데요?"

"신의주까지 가서 누군가를 안전하게 데려오는 일입니다."

신금이는 대번에 두 눈이 젖어버렸다.

"그런 위험한 일에 지산이 아부지를 이용해서는 안 돼요!"

그때에 이철이 의자에서 비켜서더니 마룻바닥에 무릎을 꿇고 두 손을 모아 보였다.

“형수, 그리고 형님께 제발 부탁드립니다. 도와주십시오.”

신금이는 놀라서 시동생에게 말했다.

“어서 일어나 앉으세요. 지산이 아부지가 어떻게 해야 하는지 얘기나 들어볼게요.”

이재유와 당재건파의 다수 조직원이 검거된 뒤에 남은 사람들, 국제당과 선이 닿았던 그룹, 투옥되었던 지도적 인물들이 통합을 위하여 전국적인 연결을 시작하고 있었다. 만주에서 정치적 영향력을 가진 인사가 국내에 들어와 앞으로 지도적 역할을 해야 할 국내 동지와 회합을 가진다는 내용이었다. 이철은 모두 설명하지는 않았고 간략하게 상황만을 전하고는 마지막으로 덧붙였다.

“저는 다 말해버렸습니다. 가족으로서 신뢰하지 않는다면 발설할 수 없는 내용입니다. 형수와 형이 돕지 않겠다면 이는 없었던 얘기가 되고 말 겁니다.”

신금이는 식어버린 우동을 가만히 내려다보며 중얼거렸다.

“집에 가서 의논해보겠어요. 언제 어떻게 특급열차에 타서 형님을 만날 건지 먼저 알려주셔야지요.”

이철이 말했다. 지정하는 날짜에 기차를 타겠다, 다만 승차 역은 경성지역이 아니라 개성에서 타려고 한다, 신의주에서 돌아올 때에도 하차 역은 개성과 경성 사이의 어느 지점이 될 것이다, 앞으로 연락은 박선옥이 해줄 것이니 형수는 더이상 수고하지 않아도 된다. 신금이는 용건이 끝나자 돌돌 말아놓은 오십원이 되는 지폐를 시동생에게 내밀었다.

“지난번 집 떠나실 때 많이 드리지 못해 마음에 걸렸어요.”
이철은 거절하지 않고 아무 말 없이 형수가 준 돈을 받았다.

이이철은 이미 김근식의 존재를 알고 있었고 그가 이재유의 노선을 따른 당재건파의 초창기 오르그였다는 것과, 공장지대가 모여 있는 인천의 특별한 상황에 따라 국제당 권 모의 조직과도 연결이 있었다는 것도 알았다. 이철은 김근식의 견해와 입장이 자기와 같을 거라는 확신이 있었다. 겉으로는 조직이 와해되었으나 아직 현장 노동자들의 공장별 야체이카는 드러나지 않았으니 이를 수습하여 새롭게 전국적으로 연결, 통합해야 할 책임은 살아남은 자들에게 있다고 이이철은 생각했다. 그는 보호관찰에서 놓여나려면 영등포와 경성 지역을 벗어나야 한다고 생각하고 박선옥을 통하여 연락선을 잇고 인천에 가서 김근식을 만났다. 김은 강인하고 배짱도 있었지만 오랜 활동가답게 노련했다. 인천에는 각 공장의 독서회나 친목회 모임이 활발하게 진행되고 있었다. 그러나 치안 당국과 회사 경영진에 거스를 만한 직접 행동은 삼가고 있었다. 문건을 배포하고 읽고 소각하는 일은 일상적으로 일어나고 있었다. 동양방적 인천철공소 니노미야철공소 아리마정미소 가토정미소 경인메리야스 인천부두 등의 현장에는 각각 많게는 일고여덟명에서 적게는 서너명씩의 오르그가 형성되어 있었다. 그들은 공장별 세포위주로 활동하며 이전처럼 세포책들이 따로 합동모임을 한다든가 함부로 남의 독서회에 참여한다든가 하지 않고 일이 있으면 개별적으로 만났다. 이이철은 지난 사건에서 방우창 등과 함께 검거되어 부두를 맡았던 조십장과 분산된 독서회를 연결하려던 윤 아무개가 어느 선까지 자백하고 무엇을 감추었는지 기억하고 있었다. 김근식은 드러나지 않았을 뿐만 아니라 검거된 자들은 조사를 받는 동안 인천에서 김과 관련을 맺은 현장 노동자의 조직을 보호하려는 일관된 원칙을 가지고 있었다. 그들은 고작 자기 일터를 중심으로 문건을 돌려보던 이들을 몇몇 불었고 세상이 어찌 돌아가는지 알고 싶었을 뿐이라고 주장했다. 어쨌든 김근식과 현장 오르그는 활동을 중지하고 문건으로만 연결되고 있었다. 이철은 영등포를 떠난 이튿날 문학산 산책로에서 처음으로 김근식과 만났다. 그들은 지난 이야기를 주고받으면서 서로의 실천과 생각이 어떤 수준인지를 가늠해보는 시간을 가졌다. 오후 내내 주변을 거닐며 담화를 나누고 나서 김근식이 결정을 내렸다.

"이동무는 여기서 취업을 해야겠습니다."

"저는 선반기계 제작 일을 배웠습니다. 며칠 일해보면 곧 능숙해질 겁니다."

"인천철공소에 자리를 마련해봅시다. 다음 주 월요일에 공장에 가서 박용길 동무를 만나세요. 내가 얘기해놓겠습니다."

일터를 알선해주겠다는 것은 그를 이 지역의 조직 안에 받아들이겠다는 의사표시였다. 김근식이 헤어지기 전에 그에게 물었다.

"어떻게 기거할 곳이라도 있습니까?"

"여기에도 밥집이나 일셋방이 있겠지요?"

김은 이철의 말에 고개를 갸우뚱해 보였다.

"오히려 그런 데가 더 안전하지 않을 수 있어요. 끄나풀들이 수시로 숙박자들을 살피러 옵니다. 당분간 공장 내에서 기거할 수 있는지 한번 알아보십시다."

김은 속으로 날짜를 헤아려보았다.

"오늘이 금요일이니 월요일까지 사흘이군요. 부두 앞 골목으로 가면 싸구려 여인숙이 많이 있습니다. 뱃사람들이 주로 모여드는 곳이니 외지인이 많지요. 자, 그럼 별일이 없으면 곧 다시 만나게 될 겁니다."

이이철은 그의 말대로 인천 부둣가 뒷길의 어느 여인숙에 방을 얻어 들었다. 골목 안에는 한집 건너 술집과 식당이 있었고 밤늦도록 뱃사람들이 드나들었다. 그는 이곳에 큰아버지 이천만과 작은아버지 이십만이 살고 있다는 것도 알았고 그들의 집이 어디에 있는지도 알았다. 큰아버지 이천만은 기관장으로 화물선을 타더니 이제는 중형급 선박의 선장이 되어 중국을 왕래하고 있었고, 이십만은 미두사무소와 정미소 경리를 거쳐서 이제는 미곡 도매상이 되어 있었다. 삼형제 중에 막내인 이십만이 가장 성공을 한 셈이었다. 다만 전쟁이 시작되어 미곡은 당국의 배급체제에 들어가 암거래가 아니고는 민간이 나서서 큰 이익을 볼 수 없는 처지였다. 그는 배급공단의 이사로 들어갔고 여전히 각 정미소에서 나오는 양곡을 관리하는 자리를 지킬 수 있었다. 그는 큰형과 협력하여 중국의 대련과 연태 등지로부터 콩 옥수수 조 등의 잡곡을 들여와 일본과 대륙의 일본군 군량미로 나가는 쌀의 보충식량을 감당하고 있었다. 처음에 이이철은 작은아버지의 집으로 찾아가지 않았다. 물론 이백만이 형제들과 왕래하며 살지는 않았지만 서로 간에 경조사가 있을 때에는 몇년에 한두번 만날 때가 있어서 사촌형제들도 이름과 얼굴은 알고 지냈던 터였다. 영등포서에서는 호적 서류를 파악하고 있을 테지만 그들은 이미 몇년 전 사건이 일어났을 때에 친척 간의 왕래가 거의 없음을 확인했다. 아마도 사건이 벌어지기 전까지는 보호관찰 대상의 잠적을 중요하게 살피려 하지는 않을 거라고 이철은 생각했다. 그러나 그는 함부로 친척 집을 방문할 수는 없다고 생각했다.

이이철은 인천철공소의 박용길이라는 사람을 찾아가서 취업을 할 수 있었다. 박은 선반부 반장에게 그를 소개했고, 반장은 몇가지 전문적인 질문을 해보고 나서 그가 경험이 많은 공원임을 즉시 알아보았다. 인천철공소는 백여명의 직공이 있는 중급 정도의 공장이었는데 대부분이 조선인이었고, 사장과 기사와 사무직 몇 사람만이 일본인들이었다. 공장 뒷마당에 숙직실이 있었다. 전형적인 영단주택형 집이 여섯채 있었다. 다섯채에는 일본인 기사와 공장장, 사무원 등이 살았고 집 한채가 직공들을 위한 공간이었다. 방 세칸에 부엌과 변소, 욕실도 있는 집이었다. 두칸은 공장 경비가 썼고 한칸이 숙직실이었다. 평범한 다다미방이었다. 박용길은 인천 토박이로 이 공장의 초창기부터 일해왔다는 사십대 초반의 선반공이었다. 그는 말없이 웃음을 짓는 과묵한 사내였다. 그들은 활동에 관한 어떤 이야기도 나누지 않았으며 김근식에 대한 얘기는 입 밖에 꺼내지도 않았다. 이이철은 김근식의 조직 운영 방식을 신뢰할 수 있게 되었다. 어느날은 일이 끝나고 숙직실로 돌아가는 그에게 박용길이 문건 몇장을 슬그머니 내주면서 말했다.

"뒤지로 쓰시오."

즉 문건을 읽고 나서 변소에 버리라는 소리였다. 그것은 최근의 인천의 동향과 정세에 관한 짤막한 통신 몇가지와 이철 자신이 검거되어 미처 접하지 못했던 『적기』의 몇부분이 필사된 것이었다. 비록 삼년 전의 글이었지만 그에게는 바로 코앞에 들이댄 당면 임무나 마찬가지였다. 이재유 동지가 체포되기 전까지 경기도 일원에 잠복하며 문건의 배포를 통하여 조직을 회복하려던 안타까운 흔적이기도 하였다. 그것은 창간 선언 다음에 나오는 『적기』의 임무 대목이었다.

현재 내외의 제 정세와 중대한 혁명적 임무를 앞에 둔 우리 조선 공산주의운동은 이론적으로 실천적으로 조직적으로 기술적으로도 완전히 분산하여 있다. 그러한 까닭에 올바른 공산주의자 간에 그들의 견해를 협소하게 하고 그들의 활동을 제한하고 그들의 정치적 활동의 숙달과 훈련을 방해하는 지방적 활동에 편중하는 사실에 의해 운동은 많은 타격을 받았다. 그것은 과거 이스끄라 시대의 러시아와 다름이 없는 까닭에 우리들은 이 결점과 오류를 제거하기 위하여 또는 지방적으로 분산된 운동을 전국적으로 집중 통일하기 위해서는 생생한 각 공장신문을 기초로 전국적 집합적 선전자이고 선동자이고 조직자이고 지도자인 유일의 정치적 신문을 발간하는 것이 급선무이다. 전국적 정치기관 즉 당재건이 완성되지 못한 우리 조선에는 당의 정치적 기관지도 존재하지 않는다. 또 현재 우리들의 힘으로는 전조선 민중의 앞에 정치적 고발을 하는 하나의 연단을 창설할 만큼의 지위도 가지고 있지 않다. 그러나 그렇다고 하여 우리들의 일정한 임무수행 과정에서 필요한 또는 우리들의 힘이 가능한 한 지방 즉 경성적 정치신문을 창간하는 것까지를 거부하는 것은 아니다. 이에 우리들은 각 경영 내의 오르그 동지 제군의 진정한 요구에 응하여 또는 우리들의 임무수행상의 필요에 의해 일반 투사들의 열망에 응하여 전국적인 것을 거부하지 않는 전경성적 선전자이고 선동자이고 조직자이고 지도자로까지 앙양할 수 있는 과도적 정치적 기관지 『적기』를 창간하였다.

이철은 공장 내 숙직실에서 기거하며 두달쯤 지나서 박용길 외에 김수남 유창복 등의 오르그를 파악하게 되었다. 그리고 그들의 권유로 박용길의 집 이웃에 방을 얻었다. 인천에 흔히 있는 일본식 이층 목조주택이었다. 그는 이층 계단 옆방을 얻었는데 방의 창문으로 골목의 양쪽을 살필 수 있어서 유리했고, 맞은편은 언덕의 낮은 곳이라 앞집의 지붕이 내려다보였다. 지붕 너머로 멀리 부두와 바다가 보였다. 이철은 거처에 만족했다. 다시 삼개월쯤 지나서 박용길이 퇴근길에 그에게 가만히 말했다.

"오늘 별일 없으면 막걸리나 한잔하십시다."

공장에 취직한 뒤로 박이 그에게 먼저 술을 먹자고 청한 적이 없어서 이철은 좀 놀랐고 당황했다.

"박형이 술을 드시는지 이제 처음 알았습니다."

"아, 물론 나는 술을 먹지 않소."

하고는 멍하니 자신을 바라보는 이철에게 덧붙였다.

"나는 술집까지 안내만 하리다."

공장에서 도심지로 들어가는 길과 예전에 처음 와서 며칠 묵었던 여인숙과 술집이 많은 뱃사람 골목이 갈리는 지점에서 박용길은 골목길을 선택했다. 그는 어쩐지 낯익은 곳이라서 마음이 놓였다. 그들은 바닥이 언제나 젖어 있고 소금 냄새며 바다 비린내에 전 제물포 주점으로 들어섰다. 안쪽은 떠들썩한 뱃사람들이 생선 비늘 묻은 우비를 걸친 채로 모여 앉아서 왁자지껄했고, 격자 유리문을 열고 들어서자마자 바깥쪽으로 트인 진열창 바로 옆 생선 굽는 연기가 자욱한 자리에 김근식이 앉았다가 손을 조금 올려 보였다. 박용길은 인사도 없이 갔는지 이철이 돌아보니 보이지 않는다. 이철은 자연스럽게 김근식의 맞은편에 가서 앉았다. 그는 이미 잡고기 회와 술국을 앞에 놓고 앉았다가 자기의 사발을 이철에게 건네어 막걸리를 따라주었다.

"이제 어느정도 살림살이가 안정된 거 같아서 뵙자구 했지요."

그는 인사할 겨를도 없이 첫잔을 주욱 마셨다. 그에게도 술잔이며 수저가 왔고, 큼직한 양은주전자가 아직 묵직한 것이 먼저 온 김근식도 한잔쯤 마신 듯했다. 이철은 다시 그에게 잔을 돌려주고 술을 따랐다.

"공장 동무들이 다들 잘 대해주어서 편히 지내구 있습니다."

"인천은 아무래도 경성과 거리가 있어서 영등포와는 분위기가 많이 다를 겁니다."

"지역에서는 독자적으로 판단하고 행동할 경우가 많을 듯합니다. 하지만 여기선 황해 바다만 건너면 대륙 아닌가요?"

김근식은 고개를 끄덕였다.

"그래서 바닷길 쪽은 경계가 아주 심합니다."

두 사람은 한참이나 말없이 막걸리를 마셨다. 김근식이 낮은 목소리로 이철에게 물었다.

"듣자니 가형께서 특급열차의 기관수라던데요."

"네, 우리 아버지가 철도국 영등포공작창 초창기부터 근무하다 지금은 기술 고원이 되셨구요, 형은 용산 철도종사원양성소를 나와서 히카리호의 기관수를 하고 있습니다."

자기도 모르는 사이에 가족 자랑을 늘어놓은 게 아닌가 하여 이철은 얼른 덧붙였다.

"생계에만 열중한 식민지의 무의식 소시민이지요."

김근식은 동의하지 않았다.

"그들은 잠재적인 동지들일 수도 있습니다. 무엇보다도 아버님이나 형은 산업노동자 아니오? 그분들이 이동무를 이해해주었으니 이만큼이라도 활동해온 게 아닙니까?"

"딴은 그렇습니다."

김근식이 술집 안을 둘러보았다. 어느 틈에 주객들이 자리를 가득 채웠고 왁자지껄 떠드는 소리가 요란했다. 그는 주위를 둘러보더니 주전자에 남은 술을 이철과 자기 잔에 따르고는 말했다.

"얼른 비우고 일어섭시다."

그들은 술집을 나와 큰길 건너 부두 쪽으로 걸어갔다. 바닷가로 나아가 한적한 곳에서 김근식은 말을 꺼냈다.

"우리 조직이 일본 놈들 말처럼 완전히 궤멸된 것은 아닙니다. 경성과 인천에도 남은 오르그가 많고 지방에는 노동자뿐만 아니라 농민 조직도 많습니다. 서로 연합이 안 되어 개인적인 연결만 이루어지고 있는 것이 문제지요. 뒤늦었지만 코민테른에서도 스페인내전 이후 인민전선으로 활동노선이 전환되었습니다. 각 지역의 상황과 형편에 따라 혁명을 하자는 것입니다. 그러려면 계급투쟁을 앞세울 것이 아니라 통일전선을 형성해야겠지요. 우리는 지역의 특성상 이미 그런 쪽으로 지향하고 있었습니다. 전국적인 연합 통일전선을 만드는 것이 시급한 과업입니다. 최근에 우리 선배들 중 한 사람인 중요 지도자가 출옥했습니다. 그가 풀려난 것은 거의 기적에 가까운 일입니다. 형무소에서 미친 시늉으로 일관하여 일제의 눈을 속인 겁니다. 지금은 잠복 밀행 중에 있어서 그의 소재를 파악하려는 담당 고등계가 혈안이 되어 찾고 있을 겁니다. 한편으로는 미쳐서 행려병자가 되었다, 또는 모처에서 요양 중이다, 소문을 내고 있습니다. 만주에서는 전쟁 이후 일제의 대토벌이 거듭되고 있어서 중국과 연합한 항일 무장투쟁도 소강기에 접어들었습니다. 소단위 전투는 계속되고 있어요. 국제당에서 조선 측 주요인사를 파견했는데 그와 국내 측의 회합을 준비 중입니다."

"지난번 김형선 사건처럼 피해만 입지 않겠습니까?"

이철이 조심스럽게 말하자 김근식은 고개를 끄덕였다.

"맞습니다. 저도 그때 김선생과 국제당 국내선이었던 권동지의 공개적인 선언문과 삐라 등 아지프로 투쟁에 놀랐습니다. 우리의 이재유 동지를 종파로 모는 것이며 김형선 동지를 쁘띠인텔리의 모험주의로 보는 것 다 정당한 관점은 아니지만, 비판적으로 보자면 양측에 그러한 점이 있는 건 사실입니다."

이이철이 말했다.

"당재건운동은 밑바닥 현장 노동자의 투쟁을 통하여 아래로부터 조직되어야 한다고 배웠습니다."

김근식은 그 말에도 고개를 끄덕여주었다.

"중일전쟁 전까지만 하여도 원칙적으로 올바른 노선이었습니다. 그러나 지금은 소강기입니다. 전쟁을 일으킨 일제의 파쇼 억압이 갈수록 심해지고 있지요. 유럽의 상황을 보면 전쟁은 더욱 세계적으로 확대될 것입니다. 지금 서구의 제국주의 열강들은 나치 독일에 대하여 반파쇼 연합전선을 구축하고 소련을 비롯한 사회주의 진영과도 전략적 동맹관계를 가질 것입니다. 세계대전에서 파쇼 세력이 패하면 일본도 패망합니다. 그러면 조선이 일어서야 할 절호의 기회가 옵니다. 이런 정세하에서 운동자들은 헛되이 망동해서는 안 됩니다. 은밀히 운동자를 획득하고 역량을 보존하여 혁명의 결정적 시기를 포착해야 합니다. 상황이 달라진 이제는 전위적 지도부를 준비해야 하고 지도의 정점이 있어야 할 것입니다. 혁명 역량을 보존하려면 운동자의 정치적 통일과 단결을 위해서도 기관지를 통한 지속적인 의식화가 진행되어야 합니다. 현 단계에서 전위적 지도부가 할 일이란 기관지를 발행하고 조직을 통하여 배포하는 작업입니다."

가두에서의 회합을 마치고 헤어지기 전에 김근식이 이철에게 말했다.

"참, 그리고 지방에 잠복했던 이관수 동지가 경성으로 돌아왔어요. 그쪽에서 연락이 왔으니 한번 선을 대보시려오?"

이이철은 가슴이 뛰었다. 그를 만나러 가던 창신동 비탈의 그의 아지트가 생각났다. 그리고 이재유와 김형선의 회합을 위하여 장산이 엄마 한여옥과 자신이 레포 노릇을 한 몇차례의 만남도 떠올랐다. 김이 영등포에서 검거되고 위급한 사실을 그에게 알렸고, 창신정과 낙산 길이 갈리는 지점에서 헤어진 게 마지막이 되었었다.

이이철은 김근식이 알려준 대로 같은 조직원으로 감옥에서 나온 이관수의 누이동생을 만나러 갔다. 그들 모두가 초창기 조직원이었다. 그녀는 동대문지역의 고무공장이며 제사공장 등지를 돌면서 옛날의 오르그를 점검하러 다녔다. 그녀는 이이철을 데리고 이관수가 상경하여 정해놓은 아지트로 찾아갔다. 이관수는 돈암정 부근에 조촐한 한옥 한채를 전세 내어 쓰고 있었다. 그는 여전히 활기차고 건강한 모습이었는데 예전과는 차림새가 달라졌다. 허름한 노동자 차림이나 작업복을 걸치고 다니던 그는 이제 도시의 사무원처럼 말쑥한 양복 차림에 단정하게 넥타이까지 매고 있었다. 마당 안으로 들어서는 이철을 보자 그가 마루에서 뛰어내려오며 반겼다.

"고생 많았지요?"

"뭘요…… 다들 그랬지요."

"김근식 동무는 나의 오랜 벗입니다. 소식 듣고 반가웠어요."

이관수는 이재유와 양주에서 은신 잠행하다가 이재유가 검거되자 지방으로 탈출하여 걸인으로 변장하고 대구까지 걸어내려가 작은 반찬가게를 열어놓고 안착했다. 그는 거기서도 가만있지 않고 섬유공장 노동자들을 조직하는 학습 조를 여럿 만들어놓고 경성으로 돌아온 참이었다. 감옥에서 풀려난 초창기 멤버들 가운데 운동을 포기하지 않고 모인 남녀 조직원들은 열명이 채 안 되었지만 모두들 강철 같은 신념을 가진 활동가들이었다. 이들은 『공산주의자』라는 지하 월간지를 발행하기 시작했다. 모든 실패를 딛고 다시 시작한다는 의견의 일치를 보았다. 이관수는 그 무렵에 조선공산당 창설 시기의 선배 활동가들을 접촉하면서 함흥 원산 등지의 태로계에도 레포를 보내어 조직을 확대해나가고 있었다. 이들은 경성 콤뮤니스트 그룹이라 자칭하여 '경성콤'이라고 줄여서 부르게 된다. 어찌 보면 현장투쟁을 통해 검증된 이들로 전위조직을 꾸리겠다던 이재유의 구상이 현실화되고 있었다. 이관수는 이전보다는 좀더 아량이 생기고 침착해져 있었다. 그는 인천에서 올라온 이이철에게 자고 가라고 하였다. 그들은 함께 자취하여 저녁을 먹고 같은 방에 나란히 누웠다. 그때에 이관수가 이철에게 넌지시 당부를 했다.

"매우 중요한 사업이 있는데 이철 동무가 맡아주었으면 합니다."

이이철은 이미 짐작을 하고 있었다. 김근식이 꼭 집어서 무슨 일이라고 얘기해주지는 않았지만 그 일 때문에 자기를 이관수에게 보낸 것이리라 짐작하고 있었던 터였다. 그는 대답 않고 기다렸고 이관수가 말했다.

"형 되는 이가 특급열차의 기관수라고 들었소."

"네, 히카리호의 기관수로 경의선 구간을 맡고 있습니다."

"신의주에서 누군가를 경성까지 데려와야 하는 일입니다. 조직에서는 이동무가 적임자라는 결론이 났어요."

이이철은 이미 짐작하던 바를 확인하고는 그에게 대답했다.

"제가 책임을 지겠습니다."

"그러면 날짜와 접선 방법 등은 추후에 인천으로 통보해주겠소."

그는 며칠 뒤에 김근식에게서 경성의 통보 내용을 들었다. 그러고는 형수 신금이를 인천으로 불러 만났던 것이다.

신금이는 집에 돌아가자마자 근무를 마치고 휴무일에 집에서 쉬던 남편 일철에게 시동생의 사정과 부탁을 털어놓았다. 일철은 아무 대답도 없이 시무룩한 얼굴로 생각에 잠겨 있었다.

"괜한 걱정거리를 들여와서 미안해요. 그런데 서방님이 어찌나 간곡하게 부탁을 하는지……"

"당신이 미안할 게 뭐요? 내 아우인데. 녀석이 집안의 골칫거리지만, 어디 가서 무슨 도적질을 하는 것두 아니오. 목숨 걸고 독립운동을 하자는데 우리만 편히 살 수 있나. 두쇠가 가자는 날짜와 내가 근무 들어가는 날짜가 맞지 않으면 하루 이틀 당기거나 늦출 수 있으니 별문제는 없을 거요."

15

이이철은 날짜가 정해지자 히카리호의 개성역 정차 시각을 알아두고 나름대로 개성까지 갈 길을 찾아보았다. 그가 굳이 개성까지 가서 특급을 타려는 이유는 물론 보안 때문이었다. 그들과 같은 사상운동의 전과자들은 관청 부근이나 기차와 같은 교통수단이 가장 위험했던 것이다. 영등포는 물론이고 경성역은 고등계와 헌병대의 보조들이 눈을 날카롭게 치뜨고 모든 승객들을 검문했다. 더구나 국경으로 나가는 경의선은 경부선보다도 더욱 감시가 철저했다. 기차에 타고도 안심할 수 없는 것이, 이동 형사와 헌병이 차장과 함께 수시로 객차를 오가며 승객들을 살폈기 때문이다. 그는 개성역에서 형의 도움으로 안전하게 승차할 방법을 찾을 수 있으리라 믿었다. 인천에서는 조선조 이래로 강화도를 돌아서 한강 하구로 들어와 마포까지 오르는 배편도 있었고 현재는 정기연락선까지 있었다. 그는 아예 고깃배를 세내어 강화까지 가서 맞은편 개풍군으로 건너갈 생각이었다. 기차를 타기 하루 전에 개성에 머물고 있으면 되는 일이었다.

그는 인천부두 조직의 도움을 받아 연평도 연안으로 나가는 어선을 탈 수 있었다. 계획대로 강화도 건너편 갈대와 부들이 무성한 갯가에 닿았고 멀리 북동쪽으로 송악산이 보였다. 이철은 두시간을 걸어서 개성부 내로 들어섰고 저녁에 특급이 도착하는 시각까지 시 변두리의 주점에 들어가 죽치고 있었다. 날이 저물고 경성에서 달려온 특급열차 히카리호가 들어올 즈음에 이철은 역사와 떨어진 곳에 있는 소화물 창고의 뒤편으로 접근했다. 그는 마치 화물을 부치러 온 화주처럼 낮은 철문을 밀고 폼으로 들어가 창고 앞에서 기다리고 서 있었다. 밀차를 끌고 밀며 왕래하는 노동자들 중 아무도 그에게 주의를 돌리는 사람은 없었다. 특급이 들어오는지 기적 소리가 길게 들려왔고 먼 철로의 끝에 기관차의 전조등 불빛이 재빨리 다가오는 게 보였다. 그는 늘어선 창고의 끝에 있는 단층 건물에 역원들의 대기실이 있다는 걸 알았다. 이철은 그쪽으로 천천히 걸어갔다. 맞은편에서 누군가가 다가오다가 말을 걸었다.

"두쇠냐?"

"형……"

기관수 작업복 차림의 일철이 그에게 와서 손을 잡아주었다. 주위에는 아무도 보이지 않았다. 그는 대기실로 가서 들고 온 보퉁이를 내밀며 그에게 말했다.

"얼른 갈아입고 나와라."

형이 준비해온 것은 철도원의 작업복 작업모 등속이었다. 이철은 담갈색 작업복을 입고 다리에 각반을 두르고 작업모를 썼다. 일철은 옷을 갈아입고 나온 아우의 아래위를 훑어보고는 앞장서 걸었다. 그들은 철로를 건너 특급열차가 들어온 폼으로 갔고 기관차에 올랐다. 이철이 기관차의 외양과 운전실의 기기를 보고 나서 일철에게 말했다.

"이거 터우인가?"

"그래, 텐더형이지. 그중에 가장 큰 발틱 계열이다. 견인력 삼만 삼천 파운드야."

"마터는 없어요?"

"응, 그게 제일 많은데 대개가 화물열차를 끈다. 산악형이라 북선에서는 마터가 대부분이다. 산악지방에선 미카를 못 쓴다구."

대답해주다가 일철은 아우를 물끄러미 바라보았다.

"가와사키 공장에 뒤이어 이제 용산과 영등포 공장에서도 터우를 제작하기 시작했다더라. 네가 그냥 착실하게 근무했으면 지금쯤 일급 기술자가 되어 있을 텐데."

일철은 기관 조수가 오기 전에 아우에게 주의를 주었다.

"대형 탱크의 기관차들은 모두 자동급탄장치가 되어 있다. 물론 네가 신경 쓸 필요는 없지만 알아두어라."

조수석 앞의 자동급탄장치를 누르면 뒤의 저탄고에 연결된 나선형 휠이 돌면서 석탄을 화구 속에 직접 공급하게 되어 있었다. 따라서 구형 미카나 파시 같은 기관차와 다른 점은 화부 인력이 필요 없는 것이다. 텐더형 터우 기관차에는 기관수와 기관 조수 두 사람이 운전을 했다.

"다행히 오늘 내 조수는 조선인이다. 미리 얘기를 해두었으니까 별로 의심은 하지 않겠지. 너는 화물열차를 담당한 기관수다. 오늘 화물열차를 타러 신의주에 간다고 해두었다. 개성은 너의 처가다. 너는 양성소 출신이 아니라 화부 출신이다. 그런 것 몇가지만 염두에 두고 말 많이 하지 말고."

조수가 뛰어와서 철계단을 붙잡고 기관차에 올라탔다. 그는 한 손에 보온병을 들고 있었다. 이철이 자연스럽게 그의 보온병을 받아주고 한 손을 내밀어 그의 손을 잡아 이끌어올렸다.

"아! 말씀은 들었습니다."

이십대 중반쯤 되어 보이는 조수가 이철에게서 보온병을 받아들며 말했다.

"사무실에 들렀더니 마침 미삼차를 한 주전자 끓여놓았더군요. 가득 받아 왔습니다."

그는 사물함에서 사기 컵 두개를 꺼내어 일철과 이철에게 내밀고 조심스럽게 따랐다. 겨울철 개성역에 도착하면 미삼차를 얻어다 마시는 게 근무 일과 중 하나였다. 호각 소리가 들리고 전방 선로의 폐색기가 올라갔다. 역원이 폼에서 붉은 기로 신호를 해왔다. 출발 방송이 들려왔다. 기관수 일철은 머리 위의 줄을 당겨 기적을 울린다. 기차가 곧 출발한다는 신호였다. 그는 가감기를 당겼고 피스톤이 육중한 소리를 내며 움직이기 시작했다. 역 구내를 벗어나자 기관차는 더욱 속도를 냈고 육십에서 칠십 킬로의 안정된 속도에 접어들었다. 그동안 기기를 살펴보며 조수는 자동급탄기를 누르거나 멈추면서 화력을 조절했다. 기차는 황해도의 평야지대를 달려갔다.

"저는 철도학교 나온 지 이제 겨우 삼년 되었습니다. 옛날 같으면 이런 특급열차의 조수는 상상도 못할 일입니다. 요즘 시국 때문에 조선인으로 운이 좋았던 거죠."

기관수 일철은 그냥 너그러운 얼굴로 그를 바라보았고 이철도 되도록 말을 많이 하지 않으려고 애썼다. 조수는 계속 말을 걸어왔다.

"선배님들은 십년이 넘어가야 여객열차를 탔다는데요, 그중 특급열차는 철도의 꽃이라고 하잖아요. 화물열차 타신다면서요?"

"예? 그렇습니다."

"전에는 어느 선 타셨어요?"

"아, 경인선 타고 경원선도 탔습니다."

"양성소 나오셨나요?"

이철은 형과 미리 입을 맞춰두었으므로 아무렇지도 않게 대답했다.

"저는 형씨보다 더 운이 좋았습니다. 다타키 아가리입니다."

밑에서부터 올라왔다는 뜻으로 말하자 그는 대번에 알아들었다.

"아! 용인 출신이군요."

"네, 화부로 들어왔습니다."

그는 이제 시키지 않은 말까지 해버렸다. 집은 경성인데 처가가 개성이다. 집사람이 오래전부터 친정에 다녀오겠다고 했지만 피차 알다시피 철도 타는 사람이 언제 틈이 나느냐. 교대 시기를 이용하여 아내를 개성에 데려다주고 내려가는 길에 태워서 돌아가려고 한다.

심야에 평양에 도착했다가 다시 출발하여 새벽녘에 청천강 다리를 건너 아침이 되어서야 신의주로 들어갔다. 이일철은 합숙소로 가지 않고 아우와 함께 시내로 들어가 여관을 잡았다. 이철이 만나려는 사람은 활동가일 테니 안동에서 출입국사무소를 거쳐서 입국하지는 않을 게 뻔한 노릇이었다. 이철은 의주의 주소지를 확인하고 십여리 길을 걸어갔다. 그곳은 전래의 조선 관아가 있던 의주였고 신의주는 철도와 철교가 놓이면서 새로 생긴 신도시였다. 이철은 관아 거리의 모퉁이에 있는 한약방으로 찾아갔다. 돌담과 기와집이 거리를 향하여 있었고 앞쪽은 길게 툇마루가 딸린 사랑채였는데 환자며 방문객들이 드나드는 의원으로 쓰고 뒤가 살림집이었다. 그가 안을 기웃이 들여다보니 안경을 쓴 의원은 방 안쪽에 앉았고 마루 쪽에 젊은 총각이 무릎을 꿇고 앉아서 작두로 약초를 썰고 있었다. 그가 들여다보니 총각이 말했다.

"어서 오세요."

"말 좀 물읍시다. 의원님 계시는지요?"

"어디가 편찮으신데요?"

"몸이 좋지 않아서 진맥이나 해보려고 왔소."

그들의 오가는 수작을 듣더니 안쪽 방에 있던 안경 쓴 이가 헛기침을 하고는 말했다.

"거 들어오시라구 해라."

이이철이 마루에 올라 방으로 들어가 앉으니 의원이 말했다.

"게 앉으시우. 팔뚝 걷어서 이리 내밀어보시오."

이철은 말없이 시키는 대로 팔뚝을 걷어 책상 위로 내밀었고 의원이 그의 손목에 검지와 중지를 얹고는 맥을 짚었다.

"어디서 오셨습니까?"

"예, 지금 경성에서 오는 길입니다."

"먼 길을 오셨군요."

"저희 삼촌을 뵈러 왔습니다만."

의원은 빙긋이 웃더니 가만히 말했다.

"성함이 그러니까 두쇠가 맞는지요?"

"그렇습니다."

장의원은 일어서며 말했다.

"지금 조반을 놓쳐서 매우 시장하겠구려. 안으로 들어가십시다."

이철은 서로를 확인하는 수인사가 모두 끝난 것을 눈치채고 그를 따라서 안의 살림집으로 옮겨갔다. 안채에도 주인의 사랑방이 있었는데 그가 미닫이를 열자 양복 차림의 중년 남자가 앉아 있는 게 보였다. 그의 날카로운 눈길이 의원 뒷전에 서 있는 이철의 얼굴에 와서 꽂혔다. 의원이 말씀들 나누시라며 소개를 하고는 돌아서 나갔다. 그가 앉기를 기다려 양복 차림이 이철에게 물었다.

"이이철 동무가 맞습니까?"

"예, 두쇠는 집에서 부르는 이름입니다만."

남자가 껄껄 웃었다.

"그러면 형 되는 이는 한쇠인가보구려."

"그렇습니다. 지금 특급열차 기관수로 일하고 있습니다. 김선생님을 경성까지 모셔오라구 해서……"

김선생은 말했다.

"번거롭게 원행을 하도록 만들어서 미안하오."

그는 자기가 달포 전에 얼어붙은 강을 걸어서 건너왔다고 말했다. 신의주의 연락선을 통하여 소식이 오갔을 것이다.

"언제 출발할 수 있습니까?"

"오늘 저녁 특급열차 편으로 상경합니다. 출발 두시간 전에 역에 가 있어야 합니다."

"음, 그러면 아직 시간은 넉넉한 셈이로군."

그는 이철에게 몇가지 일을 물었다. 우선 현재 경성의 활동 상황과 조직의 형편에 대하여 물었고 그들 사이에 입수된 해외의 문건들이며 각 조직의 기관지 등은 어떤 종류가 있는지도 물었다. 이철은 아는 대로 대답했으며 검거 선풍 뒤에 소강기임을 알렸다. 김선생은 말했다.

"우리에게 불리하거나 유리한 상황은 따로 없습니다. 해방이 되는 그날까지 혁명활동은 계속될 테니까요."

이철은 김선생을 데리고 신의주로 나가 여관에서 기다리던 형을 만났다. 일철이 두 사람에게 자기 계획을 간단히 말해주었다.

"특급열차에는 이동 형사와 이동 헌병이 탑승합니다. 보조와 함께 이인 일개 조로 근무하니까 네명입니다. 이들은 비상시에 아무 역에나 기차를 정차시킬 수도 있고 어느 정거장이든 증원 인력을 요청할 수도 있지요. 따라서 일반 객차 칸은 위험하여 권하고 싶지 않습니다. 기관차 바로 뒤에 달고 가는 우편 칸에 탈 수 있습니다.

우편열차는 일반 화물차 크기에 두칸으로 나뉘어 있어요. 행낭과 소포 등 화물을 싣는 소하물 칸과 우편물을 구분하고 사무를 볼 수 있는 우편실이 있습니다. 두 사람이 소하물 칸에 숨어서 가야 하는데 장시간이라 좀 괴로울 텐데요."

"뭐 야행열차니까 한숨 푹 자면 될 겁니다."

이철이 말했고 김선생은 그의 형에게 물었다.

"기관차와 우편차 사이를 왕래할 수 있나요?"

"기관차의 후미는 석탄과 물을 채운 탄수차가 가로막고 있습니다. 화통 옆으로 비상통로가 있지만 운행 중에는 위험합니다."

김선생이 중얼거렸다.

"독 안의 쥐 신세가 되거나, 최소한 기차가 달리는 중에는 위험하지 않겠구먼."

그들은 저녁 어스름이 깔리기 시작할 때에 여관에서 나왔다. 일철은 아우에게 작은 륙색을 건네주었다. 안에는 군용 수통과 건빵 두봉지 그리고 요강으로 사용할 유탄포 두개가 들어 있었다. 아우가 의주에 나가 있던 사이에 일철이 시장에 나가 준비해온 것들이었다.

"아마 우편실에는 두세 사람이 탑승할 것입니다. 책임자인 편장과 장부를 정리하는 원부와 기차가 정차할 때에 우편물을 내리고 올리는 인부가 있습니다. 화물이 적으면 두 사람이 타고 좀 많을 때에는 서너명이 탑니다. 지금은 명절 때도 아니고 환절기라서 아마도 화물이 많지는 않을 것입니다."

그들은 특급열차 폼으로 가서 우편열차에 올랐다. 일철의 안내로 컴컴한 우편실을 지나 쪽문을 열고 소하물 칸으로 들어갔다. 안쪽에 미리 쌓아둔 화물이 있고 바깥쪽에는 행낭이 줄지어 놓였다. 화물을 쌓아둔 안쪽에는 나무상자들이 있었고 분류하기 좋게 칸마다 포장된 소하물들이 정리되어 있었다. 그들은 나무상자를 바깥으로 밀어내고 벽 사이에 작은 공간을 만들었다. 두 사람이 벽에 기대어 앉을 수 있을 만한 크기의 자리를 만들었다. 김선생과 이철이 들어가 자리를 잡았고 일철은 그 위에 소하물들을 쌓아올렸다. 물론 안쪽에 모여 있는 물건들은 경성이 최종 목적지였고 바깥으로 나오면서 평양과 개성 등지의 물건이 차례로 분류되어 있었다. 일철은 가만히 말했다.

"아마도 새벽에야 경성에 도착할 것입니다. 파주 고양을 거쳐 수색을 지난 뒤부터 기차가 서행을 하게 될 터인데 하차 지점은 알아서 하십시오."

출발 삼십분 전에 직원 두 사람이 우편실로 들어오는 소리가 들렸다. 그들은 뒤늦게 도착한 행낭과 소하물을 받기 위해 소하물실로 들어와 출구를 열었다. 짐을 실은 수레가 다가왔고 직원들은 행낭과 소포를 받아서 앞쪽에다 분류해서 쌓았다. 특급열차는 신의주에서 출발하여 평양을 거쳐 개성, 그리고 경성으로 이어지는데 작은 역은 대부분 그대로 통과했다. 일철은 평양역에 당도했을 때 잠깐 기관차에서 내려 폼을 서성거리며 바람을 쐬는 척하다가 바로 뒤에 잇달린 우편차를 살펴보았다. 우편국 직원 두 사람이 소하물과 행낭을 내리고 평양에서 오르는 짐을 받아올리고 있었다. 출구는 우편실 쪽과 소하물 칸의 양쪽에 옆으로 밀어 여는 행거도어가 달려 있었다. 아무 일도 없는 평온한 밤이었다.

두 사람은 소포와 화물이 가득 담긴 나무상자 뒤에 쪼그리고 앉아서 졸다 깨다가를 반복했다. 철교를 지나갈 때의 굉음에 놀라 깨어나기도 하고 평야를 지날 때면 규칙적으로 레일 간격에 쇠바퀴가 걸리는 소리에 저절로 잠이 들었다. 이철은 이제 평양을 지났으니 개성만 지나면 된다고 생각했다. 기차가 달리고 있을 때에는 우편실에서도 쉬고 있는지 조용했다. 평양역에 도착하기 전에 그랬듯이 개성역에 도착하기 전에도 직원들이 소하물 칸으로 들어오리라 예측할 수가 있었다. 그들은 밤참으로 건빵을 먹었고 유탄포 뚜껑을 열고 오줌도 누었다. 이제는 처음의 긴장이 풀려서 짐 사이로 다리를 뻗고 등을 차벽에 기대고 잠들었다. 기적이 울리고 철교를 지나는 소리가 들리고 나서 우편실의 쪽문이 열리면서 직원들이 들어와 불을 켰다. 삼십촉짜리 전구가 허공에 매달려 있었다. 그들은 서로 의견을 나누면서 행낭과 소포를 집어 한쪽에 모아놓았다. 개성역 구내로 들어가는지 기차가 증기 뿜는 소리를 내며 속도를 늦췄다. 평양역에서처럼 손수레를 끌고 온 소하물 인부가 행낭과 짐을 받아내리고 부칠 우편물을 올려주었다. 그들은 개성역을 떠나면서 기지개를 켜고 하품을 했다. 경성역에 가면 그들은 기관수들처럼 경부선 직원들과 교대할 것이다. 두 사람은 이제 잠이 완전히 깨어 내릴 채비를 갖추었다. 다시 철교를 지나는 소리가 들리고 그것이 임진강 다리임을 짐작할 수 있었다. 우편실 직원들은 이제 종점이 다가오니 마음 푹 놓고 잠들어 있는 듯했다. 두 사람은 소하물실의 걸쇠를 젖히고 나무 문짝을 조금 열어보았다. 찬 바람이 사정없이 몰아쳐 들어왔다. 기차는 어둠 속의 들판을 가로지르며 달리고 있었다. 희미하게 불이 켜진 간이역들을 지나치면서 수색 가까이 왔다는 걸 알았다. 아니나 다를까 기차가 증기 뿜는 소리를 내고 기적을 길게 울리더니 속도를 늦추었다. 이철이 김선생에게 속삭였다.

"여기서 내립시다."

이철은 륙색을 먼저 어둠 속으로 내던지고 기차에서 뛰어내렸다. 그는 풀이 무성하게 자라난 언덕 아래로 굴러 마른 논두렁에 처박혔다가 일어났다. 뒤이어 저 앞쪽에서 김선생이 굴러떨어지는 게 희끄무레하게 보였다. 그들은 철도변을 향하여 기어올라갔다. 이철이 김선생에게 다가서며 물었다.

"어디 다친 데 없죠?"

"멀쩡하오. 자아, 이제 다음 행선지는 어디요?"

이철은 륙색을 찾을 생각도 없이 앞서서 걷기 시작했다.

"경성이 지척입니다."

두 사람은 날이 훤하게 밝아올 무렵 애오개 마루에 도착했다. 경성의 아침이 시작되고 있었다. 지게에 두부며 생선이며 반찬 등속을 짊어진 행상들이 종을 울리거나 목청을 높여 두부 사려어, 비웃(청어) 드렁 사요오, 제각기 떠들썩하게 아침을 시작하고 있었다. 출근 시각으로 거리가 복잡해진 때에 두 사람은 전차를 타고 돈암정 종점에서 내렸다. 언덕길의 골목 안에 있는 이관수의 한옥에 이르러 이철이 문을 두드렸고 기다렸다는 듯이 대문이 열렸다. 이관수가 대문간에서 서성이며 그들을 기다리고 있었던 것이다. 세 사람은 말없이 이관수가 이끄는 대로 안방으로 올랐다.

"오늘 이 시각에 오실 줄 알고 기다리고 있었습니다."

"고맙습니다."

김선생이 말했고, 이관수는 이이철에게도 치하를 해주었다.

"누구도 할 수 없었던 일을 해주었소."

이이철은 앉지 않고 문가에 서서 말했다.

"저는 가보겠습니다."

그는 레포의 일이 여기까지임을 잘 알고 있었다. 이관수가 고개를 끄덕였다.

"그래, 인천까지 먼 길이니 잘 돌아가도록 하시오."

이철은 그길로 마포까지 전차를 타고 가서 인천으로 가는 연락선을 탔다. 당시에 국제선의 김선생과 경성콤의 지도부를 맡게 된 박선생의 회합이 이루어졌으리라는 걸 짐작할 뿐이었다. 박헌영은 감옥에서 자기의 오물까지 집어먹는 미치광이 행세로 간수들의 눈을 속이고 형집행정지로 풀려나자마자 동지들의 도움을 받아 무사히 잠적할 수 있었다. 그를 영입한 것은 경성 당재건파의 초창기 활동가들이었다. 이재유가 투옥된 뒤에 이들은 잔여 활동가들과 다른 파의 운동가들을 접촉하면서 조선공산당 창설의 장본인이었던 박을 조직의 중심으로 세웠다. 활동가들 중에 그의 이름을 모르는 이는 없었다. 그들이 여러 노동 현장에 세포의 기반이 있었던데 비하여 박헌영은 오랫동안 해외활동을 해왔고 거듭된 검거와 투옥으로 국내에서 활동할 대중적 기반이 없었다. 그의 영입으로 활동가들에게 주는 상징적인 의미는 컸다. 박은 국제당에 뚜렷한

선이 닿아 있었고 경성콤의 실상을 전달할 수 있었다. 이들은 여러 갈래로 찢어진 사회주의운동의 중심을 세우고 통합하기 위한 첫 단계로 기관지를 발간하려는 것이었다.

신금이는 시동생 이이철이 어떻게 체포되었는지 자세히 알고 있던 유일한 사람이었다. 박선옥은 이전과 달리 이철의 근황에 대하여 신금이에게 조금씩 알려주곤 했다. 그녀는 영등포와 경성 그리고 인천을 잇는 중요한 레포로서 연결점 노릇을 하고 있었다. 박선옥은 신금이 남편 이일철이 비록 총독부 철도국의 성실한 기관수가 되어 손발 노릇을 하고 있으나, 지난번 그의 동생 이이철의 신의주 출장 이래로 그들 가족이 혁명가 지원 그룹인 모프르라는 인정을 받았다고 믿었다.

박선옥은 이듬해 봄에 경성의 연락을 받고 인천으로 나갔다. 이이철의 집에 연락차 몇번 방문했던 적이 있어서 그녀는 만국공원 산책을 하고 나서 저녁 무렵에 찾아갔다. 언덕 아래부터 층층이 작은 집들이 있고 골목과 계단이 많은 동네였다. 이철이 다니던 인천 철공소의 오르그 박용길이 얻어준 집이었다. 일본식 이층집이었는데 일층은 편직기를 들여놓고 주인 여자와 직공 여섯명이 일하는 작은 편물 가내공장이었다. 남편은 연안부두에 나가는 사무원이었다. 이층에는 방이 두개 있었으며 부근 공장에 나가는 직공이 월세로 들어 있었고 이철이 그중 한 방을 썼다. 선옥이 방문을 두드리자 러닝 바람의 이철이 미닫이문을 열어주었다.

"웬일이오?"

"배고파 죽겠네요."

"뭐야, 보자마자 배가 고프다니. 영등포엔 밥 사줄 사람두 없나?"

선옥이 미닫이를 빼꼼히 열고 계단과 좁은 복도를 내다보고는 물었다.

"옆방은 비었어요?"

"비었지. 아마 한 열흘 됐을걸. 이사 갔어."

이층에 두 사람 외에는 아무도 없다는 것을 확인한 박선옥이 말을 꺼냈다.

"경성에서 연락이 왔어요. 내일 저녁 일곱시에 사람이 온다구요."

"누가 오는데……"

"그건 저도 모르죠. 약속 장소를 말하시면 저는 전해주면 되어요."

이철은 잠깐 생각해보고 대답했다.

"만국공원 성공회 교회당 부근 산책로가 좋겠군."

박선옥이 연락을 마치고 돌아간 뒤에 이철은 김근식에게 찾아가 보고했다. 그는 이철의 말을 듣고 짐작이 가는 바가 있었는지 빙긋 웃음을 지었다.

"경성의 연락이라면 이관수 동무가 보냈을 텐데 중요한 임무가 되겠구먼."

역시 그가 예상한 대로 이튿날 성공회 교회당 부근 산책로에 나타난 것은 이관수의 누이 이금순이었다. 이이철도 방우창 사건으로 일차 검거 직전에 그녀를 본 적이 있어서 곧 서로를 알아보았다. 그녀는 두번이나 옥고를 치르고 나와서도 현장운동을 포기하지 않은 활동가였다. 그녀는 성공회 교회당 아랫길에서 서성대고 있던 이이철의 등 뒤에 나타나 자연스럽게 걸으면서 말을 걸었다.

"개나리가 피었는데도 날씨가 제법 쌀쌀하네요. 우리 좀 걸읍시다."

두 사람은 나란히 걸으면서 이야기를 나누었다.

"안전가옥이 필요한데 월세도 좋고 전세도 좋아요."

"기한은 언제까집니까?"

"빠를수록 좋아요. 김근식 동무와 논의해서 결정이 되면 이동무가 직접 경성으로 와주세요. 중요한 분을 모셔와야 할 테니까."

"알겠습니다. 곧 돈암정으로 찾아뵙겠습니다."

용건을 마치자 그녀는 걸음을 멈추고 헤어지려는 자세를 취했다.

"그럼 산책 좀더 하시구요."

묵례를 하면서 이철이 돌아서자 등 뒤에서 그녀의 쾌활한 목소리가 들렸다.

"지난번 장거리 여행은 참 잘해내셨어요!"

"아, 네……"

조금 걷다가 뒤를 돌아보니 그녀는 이미 어두운 나무숲 사이로 사라져 보이지 않았다. 이이철은 즉시 김근식과 의논했는데 안전가옥인 아지트와 일터를 구분할 필요가 있다고 결론을 내렸다. 이이철의 거처는 쇠뿔고개 부근이었고 김근식의 동네는 배다리사거리 지나 공장들이 늘어선 곳에 있었다. 일단 기관지 작업은 이철의 집을 쓰기로 하고 이층 전체를 빌리기로 했다. 따라서 이이철은 박선생의 레포 역에 전념하기 위해 나가던 철공장을 사직하기로 했다. 경성에서 모셔올 선생의 거처는 예전 밤나무골 율목정에서 찾아보기로 했다. 율목정에는 인천항에서 돈깨나 벌었다는 상인들이 기와집 동네를 이루어 새말이라고도 불렀으니, 만국공원 일대에 일본 부촌이 있다면 조선인 부촌은 율목정인 셈이었다. 조선인 부자들은 대개가 정미업이나 양조업으로 돈을 번 자들이었다. 김근식은 정미공장에 나가는 조직원에게 사정을 알아보게 했고 동네 입구에 반찬가게를 열어놓은 집이 있다는 것을 들었다. 과수댁이 여학교에 다니는 딸과 함께 사는데 안쪽 별채에 방 두칸이 있다고 했다. 이전에 정미소의 전기기술자가 그 집에서 일년 이상을 하숙했다고 그랬다. 김근식은 조직원을 시켜서 사흘 안으로 그 별채의 하숙 계약을 하도록 했다. 준비가 갖춰진 다음에 이이철은 경성의 이관수에게 찾아갔다. 그날 밤 이철은 이관수의 집에 묵었고 몇가지 중요한 이야기를 들었다.

"우리는 옛날 화요회와 상해파의 선배들을 다시 불러 모았습니다. 그분들은 일찍이 조선공산당을 결성하고 온갖 고초를 겪으면서 변절하지 않고 살아남은 사람들입니다. 그중에서도 박헌영 선생은 모스크바에서 공부했고 상해에서 망명 시기를 거치고 지옥 같은 감옥에서 구사일생한 분입니다. 그를 모신 것은 조직의 중앙을 세우기 위한 것이며 각 정파의 단결을 위해서입니다. 우리는 목숨을 바쳐 그를 옹위해야 합니다."

그리고 기관지 편집을 위한 아지트를 마련하여 그를 안주시키려는 것이라고 이관수는 말했다. 이튿날 저녁에 이이철은 마포 종점까지 전차를 타고 갔다. 마포 부두는 강변의 축대를 모두 돌로 쌓았고 길에도 돌이 깔려 있어서 조선 같지 않고 이국적이었다. 강변에는 크고 작은 화물선과 여객선들이 정박해 있었다. 이금순이 전차에서 내리는 이이철을 기다렸다가 그가 자신을 발견했음을 확인하고 부두로 앞서서 내려갔다. 그러고는 부두에 묶인 여러 배 가운데 둥근 지붕을 씌운 당도리(목조선) 짐배에 올라탔고 이철도 뒤를 따랐다. 지붕 안에 양복 차림의 그가 앉아 있었다. 사공은 두 사람이었고 그들은 노를 저어서 강의 한복판까지 나아간 다음 쌍돛을 올렸다. 썰물시간을 맞춘 배가 바람을 타고 하류로 재빠르게 흘러갔다. 선생은 어둠 속의 강물을 내다보고 있는 것처럼 보였고 이금순은 그 옆에 말없이 앉아 있었다. 이철은 조금 떨어져서 반대편을 향하고 앉았다. 그들은 흔들리는 배 안에서 졸다가 깨다가 하면서 강변 멀리 지나가는 마을의 불빛들을 내다보았다. 이튿날 새벽녘에 강화 대명포구를 지나고 영종도 앞바다에 이르렀다. 밤바다에 나갔던 어선들이 귀항하고 있어서 연안에는 오가는 배가 제법 많았다. 이철은 두 사람을 우선 창영정 쇠뿔고개 비탈에 있는 자신의 거처로 안내했다. 이층에 올라가 방 안에 들어섰을 때에야 박선생은 이철에게 눈길을 주며 말했다.

"동무 수고가 많았소."

뿔테 안경 너머로 그를 바라보는 선생의 눈초리는 냉랭하고 무표정했다. 그들은 오전에 쉬고는 고갯마루에 줄지어 있는 식당 주점 가운데서 요기를 했고 율목정 반찬가게 집을 찾아 나섰다. 골목이 세갈래로 갈라지는 모퉁이에 길 쪽으로 격자 유리창 문이 잇달린 가게가 있고 그 옆에 작은 함석 쪽문이 있었다. 가게 안으로 들어서니 크고 작은 함지와 유기그릇들이 층층이 쌓였고 맛깔스러운 반찬이 그득그득 담겼다. 몸뻬 바지에 행주치마를 두른 얌전한 중년 아낙이 어서 오시라고 반기는데 이이철이 공손하게 말했다.

"얼마 전에 이 댁 별채에 하숙하기로 했는데요……"

"아, 예. 그러잖아도 오늘 오신다는 전갈을 받았습니다."

여인은 세 사람을 재빨리 둘러보았고 반색을 하면서 앞장섰다.

"들어오세요."

가게 안쪽으로 들어가 뒷문을 여니 곧 안마당이었고 안에 펌프를 놓은 우물과 나무 몇그루가 있었다. 장독대가 있고 마당 맞은편 아마도 광이었던 곳에 방을 들인 듯한 작은 별채가 있었다. 아궁이와 비좁은 부엌 공간도 있고 툇마루가 딸렸는데 방은 가운데에 미닫이가 달린 상하방이었다. 새로 도배가 되어 산뜻하고 밝아 보였다. 옷을 거는 횃대가 창문 아래 달렸고 농이나 다락은 없이 개어 놓은 이부자리에 흰 무명 포를 씌워두었다. 박선생은 말없이 방을 둘러보고 창밖을 내다보았다. 이금순이 주인 아낙과 계산을 마무리했다. 박선생은 전근으로 가족과 떨어져 인천에서 직장에 다니게 된 사무원이 되었고, 이철은 선생의 부하 직원이 되었으며, 금순은 그의 누이동생이 되었다. 몇달치의 하숙비를 미리 받은 주인 아낙은 명랑하게 금순에게 말했다.

"아유, 그동안 별채가 비어서 썰렁하고 무서웠는데 이제 선생님이 오셔서 든든해지겠네요."

박은 공장 근처에도 가보지 않은 그야말로 지식인 이론가로서 대중적인 붙임성이 있는 지도자는 아니었다. 그러나 원칙과 실천에 투철한 혁명가였으며 그의 투쟁 이력과 각종 문건의 정치적 저

술들은 사회주의운동가들에게 널리 알려져 있었다. 그의 합류로 경성콤 그룹은 지도부의 권위와 조직체계를 갖추게 되었다. 뒤에 여러 평자는 경성콤 그룹이야말로 일제 치하 경성지역 노동운동이 노선과 지역의 차이를 불문하고 처음이자 마지막으로 모인 결사체였다고 증언했다. 이 기간에 백여명에 이르는 활동가가 가입하거나 준회원으로 등록했다. 경성 당재건파의 주도 아래 화요파의 박헌영을 위시하여 상해파 운동가들에 이르기까지 아직 변절하지 않고 활동하던 국내파 사회주의자들이 총망라되었다. 이것은 권 모의 국제선에 의하여 파벌주의로 척결되었던 경성 당재건파의 승리를 실천적으로 보여주는 사건이 되었다.

이금순은 김근식의 거처에 합류하여 아지트 부부가 되었고 기관지 편집에는 경성의 활동가들 가운데 집필 능력이 있는 남녀 활동가들이 합세했다. 전국의 조직을 통하여 경성으로 모인 지방의 소식들이 어둡고 엄혹한 전시체제를 뚫고 기관지를 통하여 활동가들에게 알려지기 시작했다. 평양의 직공들이 동맹파업을 했다는 소식이며, 통제경제가 강화된 이후 파업 태업 등의 노동쟁의가 점차 증가하여 전국에서 매일 한두건이 발생하였다는 총독부 경무국의 조사 내용도 알려졌다. 평양 동우 고무공장과 경기 고무공장의 여공들이 파업한 소식과 대구 영남지역에서 징용을 회피한 장정들이 팔공산에 숨어들어 무장하고 있다는 소식도 기관지를 통하여 알려졌다. 기관지는 철통같은 보안 아래 점조직을 통하여 한정된 부수와 필사 또는 재등사하여 배포되는 방식이었으나 재생산 과정에서 총독부 당국에 포착되었다.

치안당국은 이전의 사상범 전과 기록에 오른 모든 사람의 행방을 추적하기 시작했다. 체포되지 않았거나 보호관찰 기간 중에 잠적한 자들은 따로 전담 형사조가 철저히 점검 추적하도록 했다. 그들은 과거 사건의 관련자들을 미행하고 일상을 감시했다. 조직의 인민전선부에서는 자유주의적인 지식인들이나 비교적 느슨한 학생운동 등에 관여하고 있었고 일제는 이들 부류의 뒷조사를 통하여 이관수의 존재와 활동을 알아차리게 되었다. 고등계의 이관수 전담반은 그의 레포 노릇을 하던 중앙고보 학생을 미행하여 혜화정 로터리에서 이관수를 체포하게 된다. 그는 인천에서 올라온 기관지 원본을 아지트에서 재등사하여 레포에게 전달하려던 참이었다. 외투 깃을 올리고 한 손에 신문을 둘둘 말아 쥔 이관수가 동숭정에서 마주 걸어오던 레포와 지나치며 신문을 전하고 유유히 혜화정 쪽으로 걸어갔다. 신문 속에는 기관지 등사본이 들어 있었고 형사대는 학생을 검거하는 한편 이관수를 향하여 달려갔다. 그때 이관수는 추적자가 뒤에 따라붙었음을 눈치채고 달리기 시작했는데 혜화정 로터리 앞에는 이미 다른 형사조가 미리 대기하고 있었다. 그는 앞뒤로 쫓기게 되자 전차와 자동차들이 오가는 큰길을 가로질러 뛰었다. 형사들은 추격하며 호각을 요란하게 불었다. 지나던 행인들 중에 어떤 자가 이러한 광경을 보고 아무 생각도 없이 이관수의 다리를 걸었고 그는 보기 좋게 길바닥에 나가떨어졌다. 넘어지면서 다리를 접질렀는지 그는 비틀거리며 몇걸음 걷다가 주저앉았고 뒤쫓아온 형사들이 그를 덮쳤다. 경무국에서는 경성 일대의 모든 경찰서 고등계에 그와 관련된 사상범의 일제 검거를 지시했다.

영등포서의 야마시타 최달영은 고등계의 형사반장으로 이제 경부보로 승진해 있었다. 그는 두쇠 이철이가 보호관찰자로서 지역을 이탈하여 행방불명이 된 것이 못내 마음에 걸렸다. 야마시타는 이일철 리노우에 이치테쓰를 불러다 눈치를 살피기로 했다. 그는 온 가족이 철도관사에 입주해 살고 있었고 히카리호의 기관수로서 경의선과 안동-신경선을 교대로 타며 충실하게 자기 직무를 다하고 있었다. 그의 신분은 총독부 철도국 직원으로서 선량한 신민으로 보장받아 마땅했다.

"자네 아우는 도대체 어디서 뭘 하구 있는 건가?"

야마시타가 이일철에게 묻자 그는 한숨을 내쉬더니 오히려 되물었다.

"나두 참 답답하네. 혹시 자네는 뭔가 알구 있지 않나?"

"보호관찰 수칙을 위반했기 때문에 검거되면 즉각 재구속이다."

일철은 말없이 차를 마시다가 혼잣말처럼 중얼거렸다.

"어디 지방에 있든지 외국으로 가버린 게 아닐까?"

야마시타가 눈을 크게 뜨며 물었다.

"자네가 기차에 태워 대륙으로 빼돌린 건 아니겠지?"

"글쎄, 그렇게라두 해서 집안의 말썽쟁이를 치워버렸으면 좋겠구먼."

이일철은 대꾸하면서 등판이 서늘했지만 얼른 덧붙였다.

"요즈음 전시라 특급열차의 보안이 얼마나 철저한지 아는가."

"그야…… 아무튼 연락이 오면 즉시 우리에게 알려줘야 하네. 위에서 채근이 빗발 같다구."

"차라리 내가 그놈을 잡아다가 집어 처넣으면 편히 발 뻗고 잘 텐데 말이야."

어쨌든 야마시타는 미행 잠복조를 과거 사건의 관련자들에게 붙여놓고 일일보고를 받고 있었다. 어느날 조원 중 하나가 들어와 보고했다.

"박선옥이가 오늘 인천에 갔다 왔습니다."

"응, 박선옥? 그게 누구지?"

"지난번 사건 때에 검거되었던 여공입니다. 지금은 떡장사를 하는 집안일을 도우며 살고 있지요."

"아, 떡집인가? 이이철이 조직한 독서회에 들어 있었지……"

만년필로 책상을 두드리며 생각에 잠겼던 야마시타가 말했다.

"인천에 갔단 말이지. 내일부터 박선옥이를 집중 사찰한다."

그는 형사 한 사람과 보조 세명을 박선옥 전담조로 꾸렸다. 이제는 그녀를 감시할 뿐 아니라 움직이는 모든 곳에 미행하고 그녀가 만나는 사람은 누구든 신분 확인을 할 작정이었다. 그는 혼잣말로 중얼거렸다.

"그래, 인천이다. 거기서 뭔가 벌어지고 있는 거야."

그로부터 보름쯤 지나서 야마시타는 전화로 보고를 받았다. 박선옥이 인천 가는 기차를 탔다는 것이었다. 그는 두 사람의 형사를 데리고 그다음 기차로 인천으로 향했다. 그들은 약속된 장소인 혼마치의 까페에 가서 미행조의 연락이 오기를 기다렸다. 두시간쯤 지나서 미행조로 나갔던 형사가 먼저 나타났다. 그는 얼굴이 붉게 상기되었다.

"야마시타 반장님, 놀라지 마십시오! 박선옥이 만난 게 누구겠어요?"

야마시타는 의자에 앉았다가 벌떡 일어났다.

"뭐야, 누굴 만났다고?"

"이이철을 만났습니다."

야마시타는 책상을 가볍게 두드리며 다시 주저앉았다.

"요시! 이이철의 거처를 알아놓았겠지."

형사는 다시 상세하게 보고했다. 박선옥은 배다리사거리를 지나 창영정의 감리교회 뒷산 산책로에 갔다. 밀착 미행이 어려워 미행자는 멀찍이서 그녀를 관찰했다. 삼십분 후에 남자가 나타났는데 처음에는 그가 이이철인 줄 알아보지 못했다. 그들은 삼십분쯤 주위를 산책했고 언덕 위에 올라가 앉아 있기도 했다. 그리고 다시 내려와 쇠뿔고개 길에서 헤어졌다. 박선옥은 이미 파악이 되어 있었으므로 미행조는 그녀가 만난 남자에게 집중하기로 했다. 그가 창영정의 고갯마루 골목에 있는 주택가로 들어가 어떤 이층집에 올라가는 것을 확인했다. 그의 뒤를 따라서 집 앞에까지 다가갔던 조선인 보조원이 돌아와 형사에게 숨 막히는 보고를 했다. 집으로 들어가기 전에 그가 길 좌우를 살폈는데 얼핏 보기에도 이이철이 틀림없었다는 것이다.

"지금 당장 덮칠까요?"

일본인 형사가 물었고 야마시타는 생각에 잠겼다. 형사가 자기를 포함하여 네 사람이나 되고 노련한 형사 보조도 둘이나 있었다.

여섯명이면 그 어떤 돌발 상황이 발생한다 하더라도 충분히 이이철을 체포할 수가 있었다. 그는 한참이나 생각해보다가 결론을 내렸다.

"지금부터 잠복에 들어간다. 체포는 이십사시간 유예한다. 내일 하루 동안 이이철이 누구를 만나는지 확인한 뒤에 검거할 것이다."

그들은 여관을 잡았고 시간별로 교대하여 이이철의 집 부근에서 잠복하기로 하였다. 밤시간에는 이층에 불이 꺼질 때까지 그리고 날이 밝아오는 새벽부터 다시 잠복에 들어가기로 하였다. 밤에는 변장할 필요가 없었지만 날이 밝으면서 서성거릴 수가 없었으므로 군고구마 리어카를 빌려다 골목 북서쪽 입구에 자리를 잡았고, 골목 반대편 남동쪽 입구에는 걸인 행색으로 넝마를 뒤집어쓰고 앉아 있기로 하였다.

이이철은 인천으로 온다는 박선옥의 전보 연락을 받았었다. 물론 전보는 김근식의 다른 레포를 통해서 전달이 되었다. 기관지를 받아간 것이 이주 전이었는데 뭔가 돌발 상황이 발생했으리라고 그는 예측하고 있었다. 역시 박선옥이 가지고 온 것은 이관수가 체포되었다는 소식이었다. 이관수는 중앙과 직접 연결되는 측근의 간부였고 이것은 위급한 상황이었다. 그는 박선옥을 보내고 자기 동네로 돌아오면서 어쩐지 아까부터 뭔가 신경이 곤두서는 느낌이었다. 산책로에서도 이철은 그 시간에 혼자 외출복 차림으로 호젓한 산책길에 지나쳐오는 남자를 힐끗 보았다. 산책 나온 동네 사람이 아니라면 어딘가 방문하는 길일 텐데 그 위쪽에는 인가가 없었다. 이철이 박선옥을 보내고 일부러 창영정 대로를 걸어 비탈길로 오르는데 누군가가 걸음을 빨리하며 그의 등 뒤를 지나쳐갔다. 아까 산책로의 그 사내와는 다른 사람 같았다. 이철이 문 앞에 서서 살피는데 도리우치를 쓴 그 남자가 고개를 숙이고 지나다가 모자챙 아래로 이쪽을 바라보았다. 시선이 맞부딪친다는 실감이 가는 그러한 눈길이었다. 개가 틀림없다! 하고 그는 느꼈다. 이층 자기 방에 들어선 이이철은 얼른 창가로 가서 커튼을 조금 젖히고 골목길을 내려다보았다. 역시 지나갔던 사내가 다시 되돌아서 집 앞으로 지나가고 있었다. 그는 지나가면서 집을 올려다보았다. 이철은 그때 방의 불을 켰다. 미행이 붙었다는 것은 이미 자기의 정체와 거처가 드러난 것을 의미했다. 그는 옷도 갈아입지 않고 다다미 위에 드러누워서 깊은 생각에 잠겼다. 그러고는 후닥닥 일어나 외투를 걸치고 집 밖으로 나서자마자 갑자기 뛰기 시작했다. 일부러 그렇게 했지만 미행의 기미는 보이지 않는다. 예상대로 틈이 생긴 것이다. 거처를 확인했으므로 개들은 논의한 뒤에 다시 비상선을 치러 올 것이다. 그는 김근식 이금순 아지트 부부의 집으로 뛰어갔다. 겨울인데도 한참 뛰었더니 목덜미에 땀이 배었다. 그가 대문을 두드리자 이금순이 누구냐고 묻고는 이철의 목소리를 듣고 얼른 문을 열어주었다. 그는 김근식과 이금순에게 소식을 알려주었다.

"오늘 연락을 받았습니다. 이관수 동지가 체포당했답니다."

이금순은 손으로 입을 가리며 아아, 오라버니가 하며 낮은 신음소리를 냈다.

"어서 여기를 정리해야겠군."

김근식이 중얼거리자 이이철이 다급하게 말했다.

“우물쭈물할 시간이 없습니다. 영등포에서 저의 레포가 왔는데 꼬리가 달린 게 분명합니다.”

그는 자초지종을 간단하게 말해주었다. 김근식과 이금순은 오랜 활동가로서 이이철의 노련함을 믿었다. 김근식이 말했다.

“이제 일초도 망설일 시간이 없소. 당신은 선생님을 모시고 이차 장소로 가시오. 나와 이동무가 뒷정리를 해야겠소.”

이금순은 말대꾸도 없이 주섬주섬 가방에 옷가지를 넣고, 외투 입고 목도리를 머리부터 휘감아 두르며 나서다가 지폐 몇장을 김근식에게 내밀었다. 김은 그 손을 밀어내면서 말했다.

“우리는 이제 큰집에 들어갈 테니 여비는 당신들이 더 필요할 거요.”

이금순은 벌써 눈물에 젖은 얼굴을 훔칠 생각도 않고 돌아서다가 한 팔로 김의 어깨를 안았다가 놓고는 대문 밖으로 달려나갔다. 이금순은 율목정 반찬가게로 가서 박헌영 선생을 탈출시킬 것이었다. 그녀가 나가자마자 이이철이 말했다.

“모든 책임은 제가 지겠습니다. 김선배도 어서 피하시지요.”

“그래요, 어쨌든 개들의 주의를 분산시키려면 내가 일단 잠적했다가 잡히는 게 이롭겠어요. 한데 이동무 고초가 심해질 텐데.”

“그래 봤자 이십사시간 원칙을 지키는 일인데요, 뭐.”

김근식은 고개를 끄덕였다.

“나는 인천을 떠날 수는 없어요. 어찌 되었든 며칠 소나기를 피하면서 조직 정리를 해놓고 잡힐 거요.”

“저는 집으로 돌아가 있어야 합니다.”

김근식도 집안 정리를 해놓고 급한 대로 측근 야체이카들에게 비상을 알릴 생각이었다. 이이철은 쇠뿔고개의 자기 거처로 돌아왔다. 왕래한 시각은 삼십분 정도였을 것이다. 그는 전등불을 켜놓은 채로 집을 비웠다가 돌아왔다. 아직 잠복조는 다시 오지 않은 것 같았다. 등사기며 문건 등속을 가지고 내려와 집 뒤란의 수돗가에서 태웠다. 재까지 말끔하게 하수구로 흘려보내고 나서 방에 돌아가 누웠으나 잠은 오지 않았다.

그는 이튿날도 보통 때처럼 일어나 부근 밥집에 가서 아침을 먹고 곧장 돌아왔다. 골목 입구에 군고구마 드럼통을 얹은 리어카 한 대가 섰고 털모자를 쓴 행상이 손을 비비며 서 있었다. 이철은 그가 잠복조임을 한눈에 알아보았다.

오후 늦게 일부러 누구를 만나려는 듯이 이철은 외투를 입고 배다리사거리를 지나 신포정 번화가 방향으로 내려갔다. 그는 뒤에 미행이 따라붙은 것을 확인하고 길을 건너거나 공연히 이리저리 골목을 우회하지도 않고 곧장 은행 상점 여관 등이 즐비한 번화가를 내려가서 일본식 그릴에 들어갔다. 저녁시간으로는 아직 이른 때였지만 그는 비프가스를 시켜서 수프부터 차례로 나오는 경양식을 즐길 생각이었다. 그가 칼질을 시작하고 있었는데 누군가가 앞자리에 와서 털썩 앉았다.

"여어, 두쇠 오랜만이다."

그는 야마시타 최달영이었다. 내심 예상하고 있던 터라 이철은 별로 놀라지 않았다. 김근식과 이미 말을 맞추어두었던 것이다. 기관지는 경성에서 전달되어왔고 그는 그것을 받아서 재등사했으며 김근식이 배포해왔다. 따라서 인천에서 자신과 김근식이 이들 문건을 등사 배포하는 책임자였다. 야마시타는 자기 판단이 잘못이었음을 미행 도중에 알아차렸다. 즉시 체포를 미루었다가 오히려 그들에게 시간을 벌어준 셈이 되지 않았는가. 야마시타는 이이철이 태연하게 신포정으로 곧장 걸어와 혼자서 저녁을 시켜 먹기 시작하자마자 그가 진작부터 미행을 알고 있었다는 것도 깨달았다. 이철은 빙긋이 웃으며 말했다.

"이 집 음식이 맛있어요. 형님 제가 주문해드릴까요?"

웨이터가 메뉴판을 들고 다가오자 야마시타는 함바그를 시키고는 말했다.

"그래, 이게 피차에 마지막 식사니까……"

야마시타는 분노를 가라앉히느라고 담배를 꺼내어 불을 붙였다.

"혼자서 감당하기에 힘든 일일 텐데. 내가 알아야 할 게 있으면 미리 말해주면 고맙겠다."

"우선 식사나 하시지요."

야마시타가 주문한 음식이 나왔고 그들은 말없이 포크와 나이프를 딸깍거리며 사이좋게 저녁을 먹었다. 형사와 보조들은 입구와 부근 자리에 앉아 두 사람을 지켜보고 있었다. 이철이 말했다.

"인천서에 비상을 알려야 하지 않겠어요?"

야마시타는 후식으로 나온 커피에 각설탕을 넣어 천천히 저으면서 빙긋 웃었다.

"니가 걱정해줄 일은 아니고. 가족들 걱정이나 해라. 처신하기에 따라서 느이 형이 실직을 당하거나 감옥에 갈 수도 있으니까."

이철은 소리 내어 웃었다.

“친일파가 친일파를 잡는 일이 생기겠네. 내선일체의 좋은 사례가 되겠구려.”

“하여튼 너는 이제 들어가면 다시는 풀려나지 못한다. 협조해서 서로 고생하지 않도록 해야겠지.”

후식까지 마친 두 사람은 마치 친구 사이처럼 경양식점을 나왔고 다른 형사가 이이철의 두 손목에 수갑을 채웠다. 야마시타는 식사 전에 형사를 인천서에 보내어 상황 보고를 했다. 총독부 경무국이 총지휘하는 사상 사건이었으므로 인천서에서 이이철의 취조에 따라 현지 활동가들을 검거하고, 되도록 빠른 시간 안에 기초 조사를 마친 뒤 사건을 총괄하는 종로서에 압송하도록 되어 있었다. 1940년 12월 이관수의 체포로 시작된 경성콤 사건은 이듬해 봄까지 백여명이나 되는 준회원 및 회원이 체포되면서 종결된다. 이이철은 인천서 고등계 조사실로 끌려갔고 문초와 고문이 시작되었다. 이철은 순순히 자기가 경성으로부터 기관지 문건을 받아다 집에서 재등사했고 이를 김근식이 배포했다고 자백했다. 이전 독서회 사건에 연루되었던 노동자들이 잡혀와 아는 대로 진술하기 시작했으며 곧 부둣가 김근식의 은신처가 밝혀졌다. 역시 준비했던 진술이어서 경찰이 현장에 갔을 때 김근식은 태연히 자고 있다가 내복 바람으로 잡혔다. 역시 고문 끝에 김근식이 못 이기는 체하며 기관지를 배포했다는 몇 사람의 이름을 불었고, 이들도 검거되어 다시 문초 끝에 몇 사람이 잡혀오는 식이 되었다. 인천지역에서 이십여명의 노동자가 문건을 받아서 읽었다는 혐의로 잡혀왔다. 인천서에서는 그 정도면 체면을 세운 격이 되었으나 야마시타는 내심 이번 작전이 완전 실패였다는 것을 깨달았다. 그러나 겉으로 내색할 수는 없었다. 결국 이이철과 김근식이 인천의 지도부가 되었고 박헌영의 존재를 끝내 은폐할 수가 있었다. 그들은 각각 동대문서와 종로서로 압송되었다. 경성콤 관계자들은 종로서를 중심으로 서대문서와 동대문서에 분산 수용되었다.

인천을 빠져나온 이금순은 박헌영을 호위하여 충청도 지방을 향하고 있었으며, 충청북도 시골에 숨었다가 경성콤 사건이 잦아든지 일년 뒤에야 광주로 내려가게 된다. 박헌영은 그후 해방이 될 때까지 김성삼이라는 가명으로 벽돌공장에 인부로 숨어 있었고 이금순이 유일한 외부와의 레포 역을 맡았다. 이것이 일제강점기 국내에서 벌어진 사회주의 조직의 마지막 운동이었다. 경성콤이 와해된 1941년부터 해방이 될 때까지 국내 운동은 물론 해외 조선인의 항일 무장투쟁도 퇴조기에 접어들었다.

일본은 중국과의 전쟁에 연이어 진주만공격으로 미국과 태평양전쟁을 치르게 되었다. 활동가들은 서로의 연결을 최소화하고 각자도생하면서 파쇼 일제의 패망이 가까워지고 있음을 실감했다. 조선인의 창씨개명이 실시되었고 식량을 비롯한 모든 물자가 전시체제하의 배급제나 공출 대상이 되었다. 조선인에 대한 징용, 징병제와 부녀자의 정신대 동원이 실시되었다. 모든 조선어 신문과 잡지가 폐간되고 사립고등보통학교 사립전문학교 등이 총독부 직할로 편입되었다.

어느날 깊은 밤에 신금이는 저절로 잠이 깼다. 누군가가 그녀의 가슴을 흔들어 깨웠던 것이다. 어둠 속에 주안댁이 앉아 있었다.

"왜 또 오셨어요?"

그랬더니 주안댁이 두 다리를 퍼지르고 앉아서 키득키득 울음을 터뜨렸다.

"애고 뭐시냐, 내 새끼 두쇠가 죽어버렸구나아!"

"예에? 어, 언제요?"

"방금……"

신금이는 이부자리를 걷으며 상반신을 일으켜 앉았고 주안댁은 방문께로 물러나서 서 있었다. 어느결에 나타났는지 주안댁 옆에 수인복을 입은 이이철이 서 있었다. 그들이 문을 열고 방을 나가려 할 때에 신금이는 두 손을 저으며 외쳤다.

"잠깐요, 어디루 가세요?"

곁에서 자고 있던 남편 일철이 깨어 일어나 아내의 옷자락을 잡았다.

"뭐야, 무슨 일이오?"

그들은 사라졌다. 신금이는 어리둥절한 일철에게 울먹이며 중얼거렸다.

"두쇠 서방님이……"

"응, 그애가 어쨌다구?"

신금이는 울음을 터뜨렸고 평소 아내의 버릇을 아는지라 일철은 그녀를 안아주며 등을 토닥였다.

"서방님이 옥사했어요."

"누가 그래…… 어머니가 오셨나?"

신금이는 더이상 할 말을 잊고 고개만 끄덕였다.

이이철이 일년여의 예심을 거쳐 사년 형을 받고 전주형무소로 옮겨간 것이 몇달 전이었다. 그는 서대문형무소 구치감에 있을 적에도 고문후유증으로 혈분을 쏟거나 밥을 먹지 못하는 날이 많았다. 신금이가 면회를 가보면 뼈만 앙상하게 남은 시동생의 모습에 마음이 아팠다. 그는 자기 때문에 박선옥과 조영춘이 일년 반의 징역형을 받게 된 것을 못내 미안해하였다. 그는 자기에게 사식이나 영치금을 넣지 말고 그들 두 사람에게 넣어달라고 신신당부를 했다. 신금이는 박선옥은 가족이 있으니 별 염려는 되지 않으나 조영춘이 타관 객지의 홀몸이라 그에게 넣겠다고 하면, 조금씩이라도 두 사람에게 공평히 넣어달라며 신신당부하던 것이다.

신금이가 주안댁의 헛것을 본 지 이틀 만에 형무소 당국에서 이이철의 사망과 시신을 인수해가라는 전보가 왔다. 형 일철은 특급열차의 기관수로서 짬을 낼 수가 없었고 아버지 이백만과 형수 신금이가 이철의 주검을 수습하러 호남선 기차를 타고 전주로 내려갔다. 전주형무소에서 재소자들이 판자로 엉성하게 짠 초라한 관을 인수받았으나 경성까지 운송한다는 것은 당시에 엄두도 낼 수 없는 큰일이었다. 형무소 인근에는 공동묘지가 있었고 부속 화장장도 있었다. 이백만은 아들을 타관 객지에 홀로 묻고 떠나올 수는 없었고 화장하여 유골이라도 데리고 가려고 하였다. 화장하고 재 속에서 골라낸 골편들을 작은 항아리에 넣어 백포로 싸서 아비가 가슴에 안고 왔다. 그리고 영등포 외곽의 공동묘지에 묻고 작은 묘비까지 세웠다. 장례가 끝나자마자 이백만은 일철에게 단호하게 말했다.

“당장 이사 나가자.”

이백만은 전부터 옥살이하는 것 같다며 철도관사 생활을 싫어했다. 그는 누이 막음이가 만주 나갈 때 세를 주고 간 샛말집에 들어가자고 주장했다. 이백만은 철도관사에서 나올 무렵에 영등포 철도공작창에서 퇴직했다. 그리고 샛말집으로 이사를 가자마자 버드나무집에서 그랬듯이 마당 앞에 공방을 지었다. 그는 둘째를 잃은 뒤에 공방에 틀어박혀 철물 공예품들을 만들며 시름을 달랬다.

이지산이 샛말로 이사 갔을 때가 열살이었고, 예전 보통학교가 소학교에서 다시 황국신민을 줄인 국민학교가 되어서 삼학년이었다. 그는 철도관사에 살던 시절부터 아버지가 기관수라는 것이 은근히 자랑스러웠다. 학교에 가면 영단에 사는 노동자의 아이들은 이지산 아버지가 특급열차의 기관수라고 부러워했고, 일본인 선생들도 그게 사실이냐고 되묻기까지 했던 것이다. 언젠가부터 이지산은 자기도 이담에 어른이 되면 기관수가 되겠다고 마음을 먹었다. 할아버지 이백만은 함석판으로 장난감 기관차를 만들어 손자에게 주었다. 기관차의 구조를 누구보다도 잘 아는 기차 수리공 이백만은 실물과 거의 똑같은 모양의 바퀴와 굴뚝과 기관실을 가진 작은 기차에 검은 뼁끼칠도 했고 객차까지 한량을 달아주었다. 무엇보다도 이지산이 잊을 수 없는 것은 그가 국민학교를 졸업할 무렵에 어머니 신금이와 함께 만주로 여행을 갔던 일이다. 철도국 직원이자 기관수의 가족이었으므로 그들 모자는 특급열차의 일등석에 탈 수 있었고 안동-신경 구간에서는 아버지를 따라 기관차에 타볼 수도 있었다. 그들은 신경에 산다는 막음이 고모네 집을 방문하기로 했던 것이다.

이지산과 신금이는 히카리호 특급열차가 압록강을 건너 안동역에서 멎자 열차식당에 갔다. 자리가 예약되어 있었고 작업복을 벗고 양복으로 갈아입은 아버지 일철이 식당차로 들어왔다. 그들은 음료와 스시를 주문해서 먹었다. 경성에서 신의주까지 오는 길도 멀었지만 이제 갈 길은 더욱 멀었다. 이곳에서 새로 급탄 급수를 받은 기관차로 교체하게 되어 있었다. 식사가 끝난 뒤에 일철이 아들에게 물었다.

"기관차에 타보고 싶다고 하지 않았니?"

"네, 아버지 그래두 돼요?"

신금이가 말했다.

"우리 자리까지 왕래할 수 있어요?

"원래 일반 여객은 객차에서 기관차로 오갈 수가 없게 되어 있소."

신금이가 지산에게 일러두었다.

"너 아부지하구 같이 기관차에 타면 일등칸으루 못 오게 되는 거야."

"정말 그래요?"

아들의 걱정스러운 질문에 일철이 대답했다.

"여기 식당차 앞쪽으로 일등칸이 두차 있고 그 앞이 전망차다. 거긴 가봤지?"

"네, 거긴 조선 사람은 아무도 없어요. 그리고 심심해요."

"응 그래, 그 전망차를 지나면 우편차다. 우편차의 소하물 칸 옆에 쪽문이 있는데 기관수들은 그리로 통행할 수 있다. 직원이 동행하면 너두 드나들 수 있지."

이지산은 엄마와 아버지를 번갈아 바라보다가 엄마에게 말했다.

"아버지하구 기관차 타구 가다가 지루해지면 엄마 자리로 돌아갈게요."

신금이도 지산이 오래전부터 기차에 열광해 있는 것을 알고 있어서 더이상 만류할 수가 없었다. 그리고 아들은 이제 곧 중학생이 될 십대 소년이었다. 일철은 아내와 아들을 데리고 일등칸을 지나고 신금이는 일등칸의 자기 자리로 돌아갔다. 일철은 지산이를 데리고 전망차를 지나 우편차로 들어갔다. 일철이 우편차에 마련한 휴게실에 가서 옷을 갈아입자 철도국 우편 직원이 소년을 보고 말했다.

"리노우에 상, 아들인가요?"

"예, 늘 기관차를 보고 싶다고 하여 데려왔습니다."

"호오, 아버지처럼 기관수가 되고 싶은 모양이구나. 너 이름이 뭔가?"

이지산은 영리하게 일본어로 대답했다.

"하이, 리노우에 이케야마입니다."

"음, 똑똑한 아들을 두었군요."

일철은 아들을 데리고 우편실 소하물 칸의 쪽문을 열고 난간을 둘러친 기관차의 저탄 저수고 옆 좁은 통로를 지나서 기관실로 들어갔다. 조선인 기관 조수는 기관수 일철과 함께 들어서는 지산이를 반겼다.

"어서 와라. 네가 지산이냐?"

"네, 안녕하세요."

일철은 아들에게 기차를 전진하고 후퇴시키는 역전기 핸들봉과 그 옆의 브레이크 핸들과 주수기 자동급탄기와 가감 밸브 핸들이며 속도계 압력계 같은 계기판들을 일일이 설명해주고, 화구 위의 보일러실에서 물이 끓어오른 수증기가 압축되었다가 내뿜으며 그 힘으로 피스톤을 움직이고 바퀴를 돌려 움직이게 되는 원리를 설명해주었다. 일철은 신호를 받은 뒤 기적을 울리고는 역전기 핸들을 당겨 기차를 전진시켰다. 조수가 역에서 넘겨받은 통표를 기관실 뒷벽에 걸어놓았다. 기차는 점점 빠른 속도로 북을 향하여 달려나갔다. 봉천까지 드넓은 벌판이 펼쳐졌고 먼 곳에 낮은 구릉들이 지나가고 있었다. 끝도 없이 너른 들은 황무지가 계속되다가 드문드문 옥수수밭이나 수수밭이 나타나곤 했다. 농작물이 자라지 않는 드넓게 빈 들판은 조선의 황토 흙과는 달리 검고 기름진 흑토였다. 대평원은 몇시간이고 계속되는 것 같았다. 조수가 지산에게 자기가 처음 겪었던 만주의 겨울 풍경을 이야기해주었다.

"너는 그래두 좋은 계절에 왔구나. 좀 있으면 추워질 텐데 여기선 눈이 빨리 온다. 첨에는 부실부실 탄가루 날리듯 그렇게 오는 듯 마는 듯하다가 점점 허공이 꽉 차게 빡빡하게 내린다. 눈송이가 커지구 뭉쳐져서 그야말루 어린애 대갈빡만 하게 큰 눈송이가 펑펑 펑펑 쏟아진다. 저 온 들판을 가득 채우고 말이지. 여기는 또 별게 아니라더라. 하얼빈 흑룡강 너머 시베리아루 가면 지금 벌써 개천과 폭포가 얼어붙었을 게다."

"기관수들은 참 좋겠어요. 먼 나라 어느 곳이든 갈 수 있구, 낯선 사람들과 도시두 볼 수 있으니까요."

이지산은 눈을 빛내며 말했고 기관 조수는 이야기에 흥이 붙었다.

"응, 그런데 기관수처럼 위험하구 고된 직업두 없단다."

그는 기관수 일철을 힐끔 보고 나서 말했다.

"비적들이 철로변에 폭약을 묻어놓구 터뜨릴 때두 있다. 내가 화물차 탈 때 얘긴데, 몇년 전에는 일본 관동군 무장열차가 앞에서 호위를 하며 운행할 때두 있었어."

일철이 헛기침을 하더니 조수에게 한마디 했다.

"급수계 좀 보라구. 물 좀 넣어주고."

조수는 얼른 눈치채고 신나게 펼치던 이야기를 끊고 자기 일로 돌아가는 시늉을 했다. 이지산이 아버지에게 물었다.

"비적들은 어디서 와요?"

"그런 게 어디 있어? 여긴 관동군 점령지역이라 안전하단다."

일철은 시간이 제법 지나갔다는 걸 알고는 기관수 자리에 걸터앉은 아들의 어깨를 가만히 두드렸다.

"이제 엄마에게 가봐라."

그는 들판을 같은 속도로 달리고 있는 기차의 운행을 조수에게 맡기고 아들을 데리고 통로를 지났다. 곧 우편차 쪽문을 열어주고는 지산이에게 말했다.

"신경 종착역에 가서 보자꾸나."

지산은 일등칸의 엄마에게로 돌아갔고, 봉천역에서는 폼에 내려

중국인들에게서 뜨거운 차와 만두를 사서 먹었다. 조선의 호떡 비슷한 빙탕후루를 먹었는데 너무 달아서 꼬치를 다 먹지 못하고 남겼다.

황혼녘이 되자 넓고 푸른 수수밭이 펼쳐진 들판 끝으로 세숫대야만 한 발간 저녁 해가 천천히 저물었다. 바람에 날리는 옥수수 잎들은 바다의 물결처럼 끊임없이 흔들리며 저무는 햇빛을 받은 부분들이 반짝거렸다. 큰 새 한마리가 너른 들판 위의 어둑한 하늘 가녘으로 부지런히 날개를 치면서 날아갔다. 잠깐 창문을 열면 열차 지붕 위로 날아 들어온 석탄 연기가 매캐하게 유황 냄새를 풍기며 실내에 머물다 사라진다. 신금이는 잠든 이지산을 무릎베개하여 누이고 졸다 깨다 하였다. 어째서 그맘때 주위의 몇몇 아는 사람들이 사라질 때마다 찾아보면 모두 만주로 가버렸던 걸까.

신경역에 내리니 이미 저녁때가 되었다. 플랫폼에는 마중 나온 이들이 가득했고 역사 입구에는 이름 적은 팻말을 펼쳐든 이들도 보였다. 신금이와 지산이가 검문과 표 검사를 하는 출찰구의 줄에 서 있는데 안쪽에서 낯익은 목소리가 들려왔다.

"지산 에미야, 여기다 여기!"

역시 막음이 고모가 낯선 차림으로 출찰구의 인파 속에서 손을 흔드는 게 보였다. 표는 역원에게, 신분증은 경찰에게 내밀고 검사받고 나서 들어서니 막음이 고모가 먼저 조카며느리 신금이를 껴안고는 이내 상반신을 숙이며 지산이의 머리를 쓰다듬었다.

"먼 길에 배고프고 피곤하겠다. 한쇠는 아직 안 나왔나?"

막음이 고모는 저 혼자 다 말해놓고 일철을 찾는다고 입구에 가서 두리번거렸다.

“우리보구 대합실에서 기다리랬어요. 철도사무국 들러 신고하고 나오려면 반시간쯤 걸릴 거래요.”

“그렇겠구나. 뭐, 걔는 지난달에 봤지만서두.”

신금이가 몸을 돌려 다가오는 막음이 고모를 살펴보니 멋들어진 양장 차림이었다. 투피스를 입었는데 어깨에 뽕을 넣어 부풀린 스타일의 상의에 몸에 꼭 끼는 스커트를 입었고, 위에는 가벼운 천의 가을 코트를 단추 끼우지 않고 걸쳤으며, 머리에는 장식 붙은 갈색 모자까지 썼다. 막음이 고모는 금이의 시선을 느꼈는지 자기의 아래위를 스스로 훑어보고는 푸시시 헛웃음을 터뜨렸다.

“응? 내 차림이 어때서……”

신금이가 말했다.

“신여성 되셨네요.”

역시 원피스에 반코트 차림인 신금이에게 고모도 한마디 했다.

“너두 양장했구먼 뭘 그래. 한쇠가 일러주든?”

“뭘요?”

“신경 나오려면 양장 입어야 한다구.”

그들은 대합실로 들어가 남편이 일러준 대로 입구 쪽의 까페에 들어가 앉았다. 웨이터가 와서 주문을 받았는데 막음이 고모는 일본어로 ‘고히’ 두잔과 지산이를 위하여 ‘아이스쿠리무’를 시켰다.

“얘, 여기선 일본말이 아니면 대접받지 못한다. 시장에 가면 중국말이 대접받지만 호테루나 까페나 차부에선 일본말 써야 고분고분해.”

"조선말은요?"

"마차나 택시 타려고 마부 운전수에게 조선 옷 입고 조선말 하면 못 알아듣는 척하구, 아니면 그냥 걸어가라며 안 태워준다. 그러군 만주족 한족 것들이 우리보구 쑥덕거린다. 망국노라구 그래."

신금이가 입을 가리고 웃었다.

"망국노 맞네요."

"여기선 그런다더라. 일본인 일등국민, 조선인 이등국민, 만주족 한족 몽골족은 삼등국민이야."

"저희들두 망국노면서."

하다가 신금이는 시동생 생각이 나서 눈물이 핑 돌았다.

"왜 그래? 무슨 일 있니?"

막음이 고모가 물어서 신금이는 중얼거렸다.

"갑자기 이철씨 생각이 나서 그래요."

막음이 고모도 눈이 빨개지고 손수건을 내어 코까지 풀고는 말했다.

"옛날얘기를 해선 뭘 하니? 에그 불쌍한 것, 내가 그앨 갓난애 때부터 업어 키웠거든."

"언제 일본이 망하구 우리나라가 독립이 될까요?"

"쉿, 그런 소리 함부로 하지 마라. 누가 들을라."

"지금 일본이 막 지구 있대요. 곧 패망한다던데, 뭘."

막음이 고모가 목소리를 낮추어서 조카며느리에게 말했다.

"넌 알겠구나. 아직두 헛것 보구 그러냐?"

"고모님두 그러시잖아요?"

"근데 여기 와선 올케를 한번두 본 적이 없네. 너무 멀어서 그런가?"

일철이 근무보고를 끝내고 양복 차림이 되어 대합실 까페로 들어섰다. 막음이 고모가 서두르며 앞서서 역전 광장으로 나갔다. 검은색의 택시들이 줄지어 서 있고 길 건너편에는 또한 쌍두마차가 길게 늘어서 있었다. 고모가 일철이 가족을 돌아보며 말했다.

"여기서 산책이나 댕길 만한 거리니까 마차 타구 가자."

신금이는 훗날 역시 이씨 집 사람들이 머리가 좋다고 말했는데 그것은 막음이 고모를 보라는 것이었다. 그녀는 보통학교를 다니다 말았는데도 만주 신경 가서 얼마 되지 않아 일본어와 중국어를 번갈아 말할 정도였다고 한다. 영등포야 신경에 비하면 한 귀퉁이의 작은 공장지대에 지나지 않았고 고모는 시골의 서민 아녀자였다. 그녀는 신경에 쏟아져들어오는 일본의 각종 잡지며 인쇄물들을 읽었고 무엇보다도 중심가에 몇군데나 있는 극장과 영화관에서 동서양의 신극과 미국 유럽 일본 중국의 영화를 보았다. 신금이는 웃으면서 만주의 막음이 고모에 대해서 말했다.

"신문명에 씻기웠지 뭐냐."

고모부 강씨는 일본에서 조선을 거쳐 만주까지 진출한 토건회사의 현장기사가 되어 있었다. 그는 특별히 교육받은 바 없었으나 일본식 연립 나가야 주택 또는 영단주택이며 삼사층 목조건물 등을 수백채 지은 경험은 일본인 기사들도 따를 수가 없었다. 역에서 곧장 뻗은 큰길이 대동대가인데 도심지 중심에 대동광장이 있고 좌우로 호텔 백화점 영화관 극장 관청이 늘어서 있었다. 광장의 동서로는 홍인대가가 있었다. 대동대가의 오른편으로 돌아서 관청가를 지나 공원을 건너면 주택가가 나왔고, 조선이나 일본에서와는 달리 만주에서 예로부터 흔했다는 벽돌집들이 반듯하게 줄지어 서 있었다. 고모네 집은 단층이었지만 천장이 높았고 집 안에 페치카(벽난로)도 있었다. 아직은 그리 추운 날씨가 아니었건만 장작 몇개가 타고 있어서 집 안이 훈훈했다. 집에는 조선인 식모가 상을 차려놓고 기다리던 중이었고 응접실이 소란해지자 고모부가 방문을 열고 나왔다. 기술중학교를 졸업하고 이제 막 견습으로 취직했다는 둘째 아들이 어색한 동작으로 그 뒤를 따라 나왔다. 맏아들은 봉천에 취직해서 몇달에 한번씩 집에 들른다고 했다. 삼년만 살고 돌아오겠다던 고모의 작심은 그렇게 어긋나버렸던 것이다. 신금이는 막음이 고모가 그리울 때면 언제나 같은 말을 되풀이했다.

"사람은 살다보면 좋은 시절두 오구 나쁜 시절이 뒤를 잇기 마련이란다. 그렇게 잘살더니 해방이 되면서 길이 끊기구 말았지 뭐냐. 나중에 겪을 고생이 있으니까 먼저 잘살게 해주는 것 같지 않니?"

만주에서 귀국한 사람들의 입소문에 의하면 일본 관동군이 패전하자마자 만주인들이 일본인은 물론이고 조선인들의 재산을 빼앗거나 수많은 인명을 살해했으며 교통편도 끊겼다고 하였다. 신금이의 짐작으로는 고모부 강씨가 먼저 당했거나 두 아들에게 무슨 일이 생겼을 것이었다. 또는 부부가 무사히 살아남았지만 봉천 사는 맏아들을 기다리다 귀국 시기를 놓쳐버렸는지도 몰랐다.

16

박선옥이 조영춘의 연락을 받은 것은 오후 세시가 넘어갈 무렵이었다. 그녀가 일년 육개월의 옥살이를 하고 나와보니 외조부모 중 할아버지는 돌아가셨고 할머니도 기력이 쇠잔하여 거동이 불편했다. 식량 통제 시대여서 제병, 양조 등의 업종은 사라져버린 지 오래였다. 생활력이 강한 박선옥은 굴하지 않았고 인천을 오가며 건어물과 젓갈 등속을 떼어다 이미 시장에 편입되어버린 집 앞을 터서 좌판을 만들고 어물전을 차려 먹고살아온 지 수년째였다. 저녁 장을 준비해야 할 시각이어서 박선옥은 함지에서 건어물을 꺼내어 펼치고 소금도 뿌리고 날아드는 파리를 연신 쫓아내고 끈끈이를 처마에 달기도 하면서 분주하게 일하고 있었다. 아직 장 보러 나온 손님이 없을 때라 골목이 아래위로 휑하니 비어 있었는데 저쪽 시장통 길에서부터 누군가 뛰어오는 이가 보였다. 박선옥이 자세히 보니 조영춘이 분명했고 그녀는 공연히 가슴이 철렁 내려앉았다. 혹시나 또 무슨 큰 사건이 터져서 그 불똥이 예전 공장 조직에 번진 게 아닌가 겁이 났던 것이다. 그는 집 앞에 나와 있던 선옥을 발견하고는 숨을 헐떡이며 달리기를 멈추고 걸어왔다. 그녀는 무슨 일이 일어났느냐고 차마 묻지는 못하고 눈을 동그랗게 뜨고 기다릴 뿐이었다. 조영춘은 그녀와 시선이 마주치자 갑자기 허공을 보며 껄껄 웃어대기 시작했다.

"저저 놀란 눈 좀 보라지. 정말 하늘도 땅도 뒤집힐 놀랄 일이 터져버렸소."

조는 박선옥을 손가락질하며 웃어대기 시작했다. 박선옥은 그가 갑자기 미친 줄 알고는 더욱 겁을 먹었다.

"조, 조선이 해방되었소!"

"쉬잇, 안으루 들어가요."

박선옥이 그의 소매를 당기자 조영춘은 대뜸 뿌리치고는 연신 웃어댔다.

"일본이 항복했다구. 공장마다 방송을 들었대요. 오늘은 일두 때려치구 다들 집으루 돌아갔어."

조선 해방의 소식을 들은 모든 사람들이 처음에는 그 뜬금없이 꿈같은 소리를 믿지 못했고, 방송을 들은 사람들도 직직대는 라디오의 잡음 속에서 가냘프게 들리는 일왕 히로히토의 일본말을 알아들을 수가 없었다. 일본 국가 기미가요가 장중하게 흘러나오고 소식을 알리는 아나운서의 말이 비통하게 들리는 것만으로 역시 무슨 일이 터졌다는 걸 눈치챌 수는 있었다. 그리고 방송이 끝난 뒤에 일본인들이 꿇어앉아 울음을 터뜨리는 것으로, 그게 일본에는 절망적이고 조선에는 희망적인 어떤 일이라는 걸 알아차렸다. 일본인 간부는 공장의 조선인 반장 기술공들에게 간단히 말했다.

"전쟁이 끝났습니다. 오늘은 휴무이니 집으로 돌아가시오."

수군수군 의견을 나누다가 조선인들은 뒤늦게 전쟁이 끝났다는 의미와 일본인들의 슬픔에 대하여 깨닫게 되었다. 일본은 연합군과의 전쟁에서 패배했고 그들은 내지로 돌아갈 것이며 조선은 독립하게 될 것이라는 자명한 이치였다. 그러자 누군가가 기계를 멈추며 만세를 불렀다.

"조선 독립 만세!"

멍하니 섰던 사람들도 하나둘씩 만세를 부르기 시작했고 온 공장이 떠나가게 만세의 함성이 터져나왔다. 공장 바깥 길에는 다른 일터에서 쏟아져나온 남녀 노동자들이 몰려가고 있었다. 만세 소리는 마치 운동 시합에서 우리 편이 이겼을 때 저절로 터지던 함성처럼 멀리서 가까이서 파도치듯 들려왔다. 조영춘은 그에게 달려온 몇몇 조직 노동자에게서 같은 얘기를 두세번 듣고 양평정 당산정 일대의 공장 거리를 거쳐오면서 노동자들의 만세를 직접 목격하고 차츰 격앙되었던 것이다. 그리고 함께 고초를 겪은 초창기 오르그였던 박선옥을 찾아 나섰다. 박선옥은 펼쳐놓기 시작했던 건어물들을 다시 함지에 담고는 조영춘에게 말했다.

"나 다녀올 데가 있어요."

집을 나서는 선옥에게 조영춘이 말했다.

"오늘 저녁에 제재소에서 모일 텐데 꼭 나오시오. 나두 연락하려면 부지런히 뛰어다녀야겠네."

"몇시에요?"

"여섯시가 좋겠군."

박선옥이 고개만 끄덕여 보이고는 시장에서 서북쪽으로 향하는 신작로 길을 바삐 걸었다. 그녀는 샛말 신금이네 집으로 향했다. 이백만이 예전처럼 공작창에 나가서 일하고 있었거나 그들 가족이 철도관사에 그대로 살고 있었다면 그날 세상을 뒤흔들게 될 어떤 사건이 벌어졌는지 진작 알게 되었을 것이다. 신금이는 시아버지에게 점심을 차려드리고 더위에 풍롯불을 쓰고 땀범벅이 되어 세수를 했다. 그녀는 그늘에 앉아서 부채를 부치며 쉬고 있었다. 신금이네 집 대문을 두드리며 박선옥은 거리낌 없이 소리를 질렀다.

"금이 언니, 언니야, 문 좀 열어요!"

신금이는 그것이 선옥의 목소리임을 알고는 역시 화들짝 놀랐다. 그래서는 발소리를 죽이고 대답 없이 대문가로 가서 가슴에 두 손을 얹고 기다렸다.

"언니, 기쁜 소식이야!"

신금이가 대문을 빼꼼히 열자 박선옥이 왈칵 밀치며 대문간으로 쏟아져들어왔다.

"일본이 항복했대요!"

박선옥의 외마디 외침에 신금이는 멀뚱히 바라보기만 했다.

"그게 무슨 소리야?"

"일본이 연합군에 패해서 저희 나라루 돌아간대. 그러면 조선은 독립이 되겠지요."

신금이는 아직도 그 말이 믿기질 않아서 어안이 벙벙했는데, 선옥이 노동자들이 공장에서 방송을 들었고 모두들 작업을 중단하고 거리로 몰려나오고 있다며 설명하자 뒤늦게 울음을 터뜨렸다. 공방에 앉았던 이백만도 나와서 그 소리를 듣고는 셔츠를 걸치고 밖으로 뛰쳐나갔다. 노도와 같은 감격과 흥분이 한바탕 휩쓸고 간 뒤에 밤늦게 원행을 다녀온 이일철이 돌아왔고 그는 보다 더 정확하게 사태를 파악하고 있었다.

그는 식구들에게 말하지는 않았지만 벌써 열흘 전에 만주 신경에서 사람들이 수군대는 소문을 들었다. 신경에서는 일본 본토의 방송보다도 중국 영국 소련 미국의 방송을 청취하는 사무원이나 지식분자가 많았고 국적도 다양해서 제법 정확한 뉴스가 시시각각으로 전해지고 있었다. 일본이 태평양전쟁에서 패배를 거듭하며 동경에까지 미국의 비행기 수백대가 날아가 대폭격을 퍼부어서 십만여명의 인명 손실을 입었다는 소식이 전해진 것은 지난 삼월의 일이었다. 이번 방송에 의한 새로운 소문의 내용은 8월 6일 아침에 미국의 B29 폭격기 편대가 히로시마에 원자폭탄을 투하했다는 것이며, 이튿날부터 끔찍한 참상이 전해지기 시작했다. 히로시마에서 수십만의 민간인이 희생되었으며 도시는 눈 깜짝할 사이에 잿더미로 변해버렸다는 것이다. 그리고 사흘 뒤에 다시 B29 폭격기가 나가사키에 두번째의 원자폭탄을 떨어뜨렸다고 했다. 이일철은 이 소식도 뒤늦게 신경에 가서야 들었고 민심은 온통 그 소식으로 들끓고 있었다. 나가사키 폭격이 있었던 8월 9일에 소련은 일본에 선전포고를 했고 이튿날부터 소련 적군은 오천여대의 탱크와 수백대의 비행기, 이만 육천여문의 대포로 무장한 백육십만명의 막강한 병력을 세갈래로 나누어 만주와 조선 북방으로 진격했다. 소련 적군의 공세는 독일 베를린을 함락할 때보다 더 빠르고 거센 전격 기동전으로 일본 관동군을 궤멸시켰다. 일본의 항복은 예정되어 있던 것이나 마찬가지였다. 미국의 원폭 투하와 소련군의 전격전에 더이상 버틸 수 없었던 일본은 '연합국의 포츠담선언에 제시된 모든 조건을 수락한다'는 일본 왕의 방송을 내보낼 수밖에 없었던 것이다.

이튿날 8월 16일에는 서대문형무소에 수감되었던 정치범들이 석방되고 군중과 악대까지 나와서 환영식을 하면서 서울역 앞과 종로 일대를 시가행진하였다. 이날 서울 전역에 일본 왕 히로히토의 방송 내용이 한글로 번역되어 뿌려졌고, 며칠씩 시간 차이가 있었지만 전국으로 퍼져나갔다. 그 내용은 다음과 같았다.

짐은 세계의 대세와 제국의 현 상황을 감안하여 비상조치로써 시국을 수습하고자 충량(忠良)한 신민들에게 고한다.

짐은 제국 정부로 하여금 미국 영국 지나(중국) 소련 등 사개국의 공동선언을 수락한다는 뜻을 통고하도록 하였다.

제국 신민의 강녕을 도모하고 만방공영의 희열을 함께함은 황조황종(皇祖皇宗)이 남긴 규범으로서 짐은 이를 위해 끊임없이 노력해왔다. 일찍이 미국과 영국에 선전포고한 이유도 실로 제국의 자존과 동아시아의 안정을 이룩하기 위하여 나온 것으로, 타국의 주권을 배제하고 영토를 침탈하려는 것은 애초부터 짐의 뜻이 아니었다. 그런데 교전을 치른 지난 사년을 살펴보니 짐의 육해군 장병의 용전(勇戰), 짐의 백관유사(百官有司)의 여정(勵精), 짐의 일억 중서(衆庶)의 봉공(奉公) 등 각각 최선을 다했음에도 불구하고 전국(戰局)이 호전되지 않았다. 세계의 대세 또한 우리에게 유리하지 않다. 게다가 적은 새로이 잔학한 폭탄을 사용하여 빈번히 무고한 백성들을 살상하는 참해를 벌이는 등 진실로 헤아리기 어려운 지경에 이르렀다. 그럼에도 교전을 계속한다는 것은 마침내 우리 민족의 멸망을 초래할 뿐만 아니라 나아가 인류의 문명도 파각(破却)할 것이다. 이렇게 된다면 짐이 어떻게 억조의 적자를 보전하고 황조황종의 신령에게 사죄할 수 있겠는가. 이것이 짐이 제국 정부로 하여금 공동선언에 응하도록 하게 됨에 이른 까닭이다.

짐은 제국과 함께 시종일관 동아시아의 해방에 협력한 여러 동맹국들에 대하여 유감의 뜻을 표하지 않을 수 없다. 제국 신민으로서 전진(戰陣)에서 죽고 직역(職域)에서 순직하고 비명(非命)에 죽어간 자와 그 유족에 생각이 미치면 오장이 찢어지는 듯하다. 또한 전상(戰傷)과 재화(災禍)를 당해 가업을 잃은 자들의 후생(厚生)에 이르러서는 깊은 걱정이 되는 바이다. 생각하건대 금후 제국이 받아야 할 고난은 진실로 심상치가 않다. 너희 신민의 충정은 짐도 잘 알고 있다. 그러나 짐은 시운이 움직이는 대로 우리가 감당해야 할 곤란을 감당해내고, 참아야 할 곤란을 참음으로써 만세(萬世)를 위한 태평시대를 열고자 한다.

짐은 이에 국체(國體)를 수호하여 충량한 신민의 적성(赤誠)을 신의(信倚)하여 항상 너희 신민과 함께 보낼 것이다. 혹여 누군가가 감정에 북받쳐 함부로 사단(事端)을 일으킨다거나 혹은 동포를 배제하거나 서로 시국을 어지럽혀 대도(大道)를 그르치는 것과 같이 신의를 잃게 됨을 짐은 무엇보다도 경계하는 바이다. 부디 거국일가(擧國一家) 자손에 잘 전하라. 신주(神州)의 불멸을 믿고 우리 임무가 매우 무겁고 갈 길이 멀다는 것을 유념해달라. 총력을 장래의 건설에 기울여 도의를 두텁게 하고 지조를 굳게 다져 국체의 정화(精華)를 발양하며 세계의 진운(進運)에 뒤지지 않도록 기해야 한다.

너희 신민은 능히 짐의 뜻을 잘 명심하여 지키라.

일왕 히로히토의 공개방송 내용에는 침략에 대한 반성이며 패전에 대한 항복의 의미는 한 글자도 들어 있지 않았다. 심지어 미국 영국 등으로부터 동아시아를 안정시키기 위하여 불가피한 일이었으며 주권 배격과 침략이 그의 뜻이 아니라는 궤변을 늘어놓고 있다. 그 내용은 연합군 수뇌의 포츠담선언을 수락한다는 내용으로 얼버무려져 있었다. 해방된 조선의 식자층과 당시의 어느 논객은 뒤에 이렇게 회고했다.

“조선에서 해방은 1945년 8월 16일 하루뿐이었다.”

히로히토가 8월 15일 정오에 라디오를 통해 ‘대동아전쟁종결조서’라는 것을 읽어내려간 육성 녹음을 방송했지만, 그것은 명백히 항복 방송이 아니라 종전 방송이었다. 8·15에 일제가 무조건 항복했다는 것은 객관적인 사실이 아니었다. 일제는 1945년 9월 2일 오전 아홉시 동경만에 정박해 있던 미해군 전함 미주리호 함상에서 항복문서에 조인할 때까지 항복하지 않았던 것이다. 일제는 어째서 8월 15일에 항복하지 않고 계속 버티다가 9월 2일에 항복하였는가. 그것은 미군이 일본에 상륙하기를 기다렸다가 미국에게 항복하려고 작정했기 때문이다.

조선반도의 삼십팔도선 분할은 1945년 8월 9일에 대일전쟁을 개시한 소련군이 만주를 거쳐 조선에 진격하자 8월 11일 미국 전략정책단이 소련군의 남진을 저지하려는 긴급대책으로 삼팔선을 그어 한반도를 서둘러 분할했다는 것이 공식적 견해였다. 조선반도의 분할은 미국이 즉흥적으로 주도하고 소련이 아무것도 모르고 동의해준 것이라는 견해는 전혀 사실이 아니었고, 이미 오래전부터 정해진 미국의 전략이었다. 미국 측 전략가들은 세개의 주요 항구를 주목했고 이중 두개의 항구인 부산과 인천을 자기들 쪽에 포함시켜야 하며, 서울 바로 북쪽에 선을 그어야 한다고 생각했다. 그래서 삼팔선을 따라 긋는 것이 가장 좋은 위치라고 판단했다. 미국 대통령과 국무장관은 이미 포츠담회의에서 비공식적으로 조선반도의 분할을 안건으로 내놓았던 것이다.

8월부터 여운형 등 애국인사들은 건국준비위원회를 설립했으며 산하에 보안대를 조직하고 전국에 백사십오개 지부를 만들었고, 9월 6일에는 조선인민공화국 조직기본법을 채택하고 인민위원을 선출해 신정부를 구성했다. 대회에서는 임시정부환영준비위원회와 미군환영회를 구성하기로 결의했다.

인천에서는 9월 8일에 해방군인 미국 군대가 상륙한다는 소식에 일제강점기부터 독립운동을 해오던 이들이 주축이 되었던 건준과 보안대 조직원들이 공장과 부두의 노동자와 시민들을 모아서 점령군을 환영하러 몰려나갔다. 환영 대열의 앞에 서 있던 조선노조 인천 중앙위원인 권 모씨가 가슴과 배에 총탄을 맞고 쓰러졌으며 인천 보안대원 이 모 청년이 등과 허리에 총탄을 맞아 사망했다. 그들 외에도 십여명이 부상을 당했다. 총을 발사했던 일본 경찰은 미군 주도의 재판정에서 그들이 폴리스라인을 넘어섰기 때문에 발사했다고 진술했고 미군 측은 경찰의 발포가 정당했다고 판결했다. 일본 경찰과의 충돌에서 전국적으로 이 며칠 동안에 사십여명이 살해되었다. 이러한 참사는 미리 예고되어 있었던 거나 마찬가지였다.

미군이 상륙하기 하루 전인 9월 7일에 맥아더는 조선 주민에게 고하는 포고령을 발표했고 이것은 군용기에 의하여 경성 상공에 뿌려졌다.

「태평양미국육군총사령부포고」 제1호

조선 주민에 포고함.

태평양미국육군최고지휘관으로서 다음과 같이 포고함.

일본국천황과 정부와 대본영을 대표하여 서명한 항복문서의 조항에 의하여 본관 휘하의 전건군은 본일 북위 38도 이남의 조선지역을 점령함.

오랫동안 조선인의 노예화된 사실과 적당한 시기에 조선을 해방독립시킬 결정을 고려한 결과 조선점령의 목적이 항복문서 조항 이행과 조선인의 인권 및 종교상의 권리를 보호함에 있음을 조선인이 아는 줄로 확신하고 이 목적을 위하여 적극적 원조와 협력을 요구함.

본관은 본관에게 부여된 태평양미국육군최고지휘관의 권한을 가지고 이로부터 조선 38도 이남의 지역과 이 지역의 주민에 대하여 군정을 설립함. 따라서 점령에 관한 조건을 다음과 같이 포고함.

제1조 조선 북위 38도 이남의 지역과 주민에 대한 모든 행정권은 당분간 본관의 권한하에 시행함.

제2조 정부, 공공단체 또는 기타의 명예직원과 고용과 또는 공익사업 공중위생을 포함한 공공사업에 종사하는 직원과 고용인은 유급무급을 불문하고 또 기타 제반 중요한 직업에 종사하는 자는 별도의 명령이 있을 때까지 종래의 직무에 종사하고 또한 모든 기록과 재산의 보호에 임할 것.

제3조 주민은 본관 또는 본관의 권한하에 발포한 명령에 즉각 복종할 것. 점령군에 대하여 반항행위를 하거나 질서보안을 교란하는 행위를 하는 자는 용서 없이 엄벌에 처함.

제4조 주민의 소유권은 존중함. 주민은 본관의 별도의 명령이

있을 때까지 일상의 업무에 종사할 것.

제5조 군정기간 중 영어를 가지고 모든 목적에 사용하는 공용어로 함. 영어와 조선어 또는 일본어 간에 해석 또는 정의가 명확치 않거나 다른 경우에는 영어를 기본으로 함.

제6조 이후 공포하게 되는 포고, 법령, 규약, 고시 또는 조례는 본관 또는 본관의 권한하에서 발포하여 주민이 이행하여야 될 사항을 명확히 기록함.

위 사항을 포고함.

「포고」 제2호

범죄 또는 법규위반

조선의 주민에 포고함.

본관은 본관 지휘하에 있는 점령군의 보전을 도모하고 점령지역의 공중치안, 질서의 안전을 기하기 위해 태평양미국육군최고지휘관으로서 아래와 같이 포고함.

항복문서의 조항 또는 태평양미국육군최고지휘관의 권한하에 발한 포고, 명령, 지시를 범한 자, 미국인과 기타 연합국인의 인명 또는 소유물 또는 보안을 해한 자, 공중치안, 질서를 교란한 자, 정당한 행정을 방해하는 자 또는 연합군에 대하여 고의로 적대행위를 하는 자는 점령군군율회의에서 유죄로 결정한 후, 동회의의 결정으로 사형 또는 타 형벌에 처함.

1945년 9월 7일

태평양미국육군최고지휘관

미국육군대장

더글러스 맥아더

1945년 9월 9일 오후 세시 사십오분, 승전국 미국과 패전국 일제가 공동의 적인 소련과 대결하고 조선반도의 통일독립을 저지하기 위해 남조선점령군 미군사령관이 조선총독의 식민지통치권을 넘겨받는 조인식을 진행했다. 그것은 항복문서 조인식이 아니라 일제의 조선식민통치권을 미국이 넘겨받는 통치권 이양식이었다. 조선총독과 미군 남조선점령군 사령관은 통치권 이양 문서에 나란히 서명했다. 통치권 이양식을 마친 미군 남조선점령군과 일제 조선총독부 측은 당일 오후 네시 삼십오분 조선총독부에서 국기 교체식을 진행했다. 부근에 조선 사람은 한 사람도 보이지 않았다.

경성에서도 일반 대중이 해방의 의미를 제대로 알게 된 것은 일왕의 방송이 나간 다음 날인 8월 16일이었다. 9월 9일에는 일장기가 내려오고 성조기가 올라가는 국기교체식이 있었지만 지방에서는 10월 중순까지도 일장기가 여전히 게양되어 있었다. 미점령군 사령관 존 하지는 9월 14일 총독을 비롯한 조선총독부 관리들을 사법 처리하지 않고 해임했고, 남조선 각 지방의 일제 관리들을 10월

17일에 해임했다. 9월 19일, 미점령군에게 식민통치권을 넘겨준 조선총독과 관리들은 미군 측이 제공한 군용기를 타고 일본으로 돌아갔다.

해방 당일 저녁에 영등포시장 로터리 건너편 한길가에 있던 제재소에서 조영춘과 박선옥을 비롯한 남녀 노동자들 이십여명이 모였다. 그들은 서로가 아는 대로 공장 내 사정과 상황에 대한 이야기를 나누었고 건국준비위원회와 보안대를 조직하는 것에 대한 의논을 했다. 일주일이 못 가서 건준 경성 영등포 지부가 결성되었고 인천, 수원 등지의 경기도까지 거의 동시에 조직이 되었다. 이는 일제 때부터 전국적인 연계를 갖고 진행되었던 농민노동운동의 조직적 토대가 있었기에 가능한 일이었다. 어쨌든 일제의 종전 선언 이후 겨우 삼주 만에 건준은 전국에 백사십여곳의 지부를 설립하고 그 산하에 보안대 즉 청년치안대를 갖추었다. 이를 토대로 하여 조선인민공화국 수립을 선포했다.

이일철은 히카리 특급열차의 기관수였지만 이제는 더이상 대륙으로 갈 수 없게 되었다. 대부분의 공장 기업들은 생산활동을 멈추었으며 노동자들은 자치위를 결성하여 일본인들로부터 운영을 넘겨받았다. 총독부 관리들이나 경찰 조직 외에 일본 민간인들은 전국적으로 서둘러 조선을 빠져나가려고 했고, 조선인 노동자 자치위에 인수인계서를 써주거나 시설물을 넘겨주는 공장 기업소도 많았다.

그해 팔월의 어느날 이일철은 아우의 일로 두차례나 예전 경성콤 그룹의 일원이었던 사람들을 만나게 된다. 처음에는 조영춘이 박선옥과 함께 그를 찾아왔다. 조영춘은 자기들이 영등포 일대에 건준 보안대를 조직했는데 그들 대부분이 노동자들이며 감옥에서 죽어간 이이철의 벗들이었다고 말했다.

"최달영이를 잡아야 합니다. 그놈은 뼛속까지 왜놈인 야마시타입니다. 우리 조선 사람들의 등골을 빨아먹고 경부보까지 올라간 놈이지요. 이이철 동무의 원수를 갚아야 합니다."

"그 사람이 모랫말에 사는 건 당신들도 알고 있지 않소?"

일철의 질문에 박선옥이 대답했다.

"우리가 지금 경찰서를 접수하고 있어요. 일본 경찰은 물론이고 조선인 순사와 보조들까지 모두 도망갔어요. 최달영의 집에 갔더니 처자식들도 보이지 않던데요."

"내 생각에는 우리가 어서 독립정부를 세우는 게 급선무입니다. 그러면 우리 정부가 친일분자들을 재판하여 법대로 단죄하게 될 테지요."

아무튼 최달영의 소식은 시월 중순까지 완전히 끊겨 있었다. 팔월 말에 인천의 김근식이 이일철을 찾아왔다. 역시 박선옥이 그를 데리고 샛말집에 왔던 것이다. 그는 사년여의 옥살이를 치르고 해방 덕분에 가까스로 생환할 수가 있었다. 김근식은 이철의 형 일철이 아우보다 온건하기는 하지만 혁명가 지원자인 모프르보다는 한 걸음 더 나아간 실천적인 활동가가 될 수 있다고 믿었다. 김은 경인지구의 당재건 책임자로서 이일철을 주목하고 있었다.

"제가 찾아온 것은 다름 아니라 철도노동자는 산별노조 중에 가장 중심적인 역할을 해야 할 조직이기 때문에 의논드리러 왔습니다. 지금 기관수로서 기관차를 운전하고 있지요?"

"제가 처음 운전부에 배치받아 기관수 일을 시작할 때에 조선인 기관수는 백명 중에 이십명꼴이었습니다. 전쟁 나고 막바지에는 조선인 철도원이 육십 프로 정도까지 늘어났구요. 기관수도 절반쯤은 조선인 기관사로 채우고 있었습니다. 현재는 일본인 기관수와 역원들이 일손을 놓아버려서 많은 노선이 쉬고 있어요. 경부선과 호남선 경의선 경원선의 근간 노선마저 며칠에 한번꼴로 간신히 운행하고 있는 형편입니다. 지방 지선들은 거의 멈추어버린 상태지요. 저는 경의선과 안동-신경선을 교대로 맡았지만 대륙은 이미 막혀버렸고, 북선 지방도 저의 주소지가 서울이어서 개성까지가 제 담당 구역입니다. 이북은 소련군 관할구역이 되었고."

김근식이 조심스럽게 제안을 했다.

"기관수나 선로원이나 역을 관리하는 일은 누구나 할 수 있습니다. 문제는 수뇌부 노릇을 할 수 있는 조직 활동가가 더 중요하겠지요. 용산철도국의 노조에 참여하셔서 이끌어주셨으면 합니다. 아니면 이곳 영등포 철도공작창은 어떨까요?"

이일철은 잠시 생각에 잠겼다가 대답했다.

"용산철도국의 간부들은 대부분이 일본인들이었고 그들은 절대로 중요 관리직을 조선 사람들에게 맡기지 않았습니다. 더구나 기관수는 특별히 국외자 취급을 받았습니다. 물론 대우는 좋았지만 기술자 이상은 아니었습니다. 용산에 노조를 조직한다면 노련한 당 활동가가 직접 들어가야 할 겁니다."

김근식이 빙긋 웃으면서 말했다.

"어째서 이일철 동무는 노련한 활동가가 될 수 없나요?"

"저는 차라리 이곳 영공에 들어가 일했으면 합니다. 제가 태어나 자란 곳이고 무엇보다 부친이 평생을 보낸 직장입니다. 영등포에 사는 이는 누구든 제가 거의 알 만한 사람들입니다. 저는 여기서 노조 일을 해보고 싶습니다."

김근식이 환하게 웃으면서 말했다.

"바로 제가 이동무에게 부탁하려던 일입니다! 영등포의 산별노조를 이끌어주셨으면 합니다."

신금이는 해방되고 나서 남편이 급속하게 변해가던 모습을 기억하고 있었다. 겉으로 드러난 온건하고 단정한 모습은 변하지 않았으나 적에 대한 증오와 결의는 단호했다. 그녀는 남편이 차츰 집안일에서 멀어지고 있는 것 같은 느낌을 받았다. 아마도 아우 이철의 죽음이 가슴의 못으로 깊이 박혀 있었던 때문인 듯했다. 술에 취해 돌아온 어느날 일철은 아내 신금이에게 털어놓기도 했다. 자기는 충실한 일제의 신민으로 살아가며 그들의 손발이 되어 철도 직무를 수행했고, 아우의 항일활동을 소극적으로 돕는 시늉이나 하면서 스스로를 달랬다고 자책하였다. 그는 이제 해방된 나라에서 이전처럼 살지는 않겠다고 작심한 것 같았다. 아우 이철이가 꿈꾸던 세상을 이루는 쪽의 편이 되겠다는 생각이었을 것이다.

이미 8월 16일 당재건파의 일꾼들은 '조선 근로대중의 위대한 지도자 박헌영 선생은 어서 나와 우리를 지도해달라!'는 벽보를 서울 곳곳마다 붙였다. 광주에서 분뇨 청소원, 벽돌공장 공원, 날품팔이 김성삼으로 은거해 있던 박헌영은 8월 19일에 광주를 떠나 상경했다. 그는 즉시 조직원들에게 건준 참여와 보안대의 핵심에 들어갈 것을 지시했고 인민공화국을 선포했다가 미 점령 당국의 군정 선포로 9월 11일에 조선공산당재건준비위원회를 발표하고 인민위원회 중심으로 전국 조직을 재편하게 된다. 그들은 국내에서 마지막까지 현장에서 싸워왔던 노동자 농민 대중을 조직의 기본 토대로 출발하고자 하였다.

일철은 용산철도국 중앙사무국에서 발령을 받아 영등포 철도공작창의 기사로 취업했다. 조선인만 남은 공작창의 노동자 기술자, 중간 간부들 대부분이 수십년간 일해온 그의 부친 이백만을 알고 있었으며, 그의 아우 이이철과 그가 항일투쟁으로 옥사한 사실도 다들 잘 알고 있었다. 전국적으로 급속히 이루어진 노동조합은 금속 철도 출판 노조 등이 가장 단결된 조직으로 전국 산별노조의 전위가 되었다. 이일철은 영등포 철도공작창의 노조지부장으로 당선되었다. 조선 대륙 간 특급열차의 조선인 기관수로서 그만한 경력을 가진 철도국원이 드물었기 때문에 그는 대번에 노조원들의 주목을 받았다. 그는 전평준비위의 영등포 준비위원장이 되었다.

구름이 낮게 깔리고 잔뜩 흐려 우울한 회색빛 하늘이 남산 위에 드리워진 11월 5일과 6일 이틀 동안 중앙극장에서 열여섯개 산별노조의 이십여만명 조합원을 대표하여 전평이 결성되었다. 대회에서는 긴급제의에 따라 조선 노동계급의 수령이요 애국자인 박헌영 동무에게 감사 메시지, 연합국 노동자들에게 감사 메시지, 교란자 이영 일파 박멸 결의, 박헌영 동무의 노선 절대지지 등 사대 결의를 채택했다.

이보다 앞서 야마시타 최달영은 이른바 일왕의 방송이 나온 그날 저녁에 귀가하자마자 아내에게 독촉하여 친정인 안양으로 가서 당분간 지내도록 해놓고는 자신도 간단한 짐을 꾸려 집을 나섰다. 그는 이제 일본인 상관이나 동료에게 기댈 곳이 사라져버렸다는 사실을 깨달았다. 그는 영등포 역전 본정통 일본인 거리로 가서 마쓰다 부장에게 전화를 걸었다.

“저 야마시타입니다.”

“응, 당신 어디 있나?”

“댁의 근처에 와 있습니다.”

마쓰다는 평소와 다른 말투로 말했다.

“뭐요, 왜 집으로 오지 않는 거요? 좀 봅시다.”

야마시타 최달영이 몇번 들렀던 마쓰다의 집 현관으로 찾아가 문을 두드리자 마쓰다가 하오리 차림으로 반기면서 문을 열어주었다. 응접실에 가서 마주 앉으니 마쓰다의 아내가 쟁반에 맥주 두병과 잔을 받쳐들고 그들의 앞에 놓아주었다. 마쓰다가 맥주병 뚜껑을 따고 잔에 거품이 찰찰 넘치게 따라주었다.

“펌프 물에 담가두기는 했지만 별로 차갑지는 않소. 요즘엔 얼음이든 뭐든 물자가 귀해서 말이오.”

야마시타 최달영은 조심스럽게 물었다.

“오늘 덴노 폐하의 옥음은 무슨 의미입니까?”

“무슨 의미? 말씀 그대로 일본이 연합국의 결정을 받아들여 종전하겠다는 거요.”

“그럼 일본 사람은 누구나 귀국하게 되는가요?”

“물론이지. 이제 당신 같은 사람이 나서서 조선의 경찰을 발전시켜야겠지.”

최달영은 다시 그에게 물었다.

“조선이 독립국가가 되면 저 같은 사람은 처벌을 받게 되겠지요.”

그때 마쓰다는 낮게 웃음소리를 냈다.

“아마 그렇게 되지는 않을걸. 우리는 패했지만 조선이 이긴 건 아니잖소. 이제 미군이 들어오면 우리의 치안 행정 체계를 고스란히 받아들일 거요.”

마쓰다는 손가락을 위로 세우면서 말했다.

“저쪽에 들어오는 건 공산주의 소련 아닌가. 여긴 자본주의 미국이 들어오고. 미군은 당신 같은 유능한 사람을 원하게 될 거요. 우리에게 잘했으니 그들도 자기네에게 잘해줄 사람을 찾는 게 당연한 일 아닌가. 더구나 당신은 공산주의자 때려잡는 기술자란 말이지.”

최달영은 눈앞이 번쩍할 정도로 어떤 깨달음이 지나가는 걸 느꼈다. 마쓰다가 계속해서 말했다.

“야마시타 상만 그런 게 아니야. 오늘 오후에 보니까 조선인 순사들 보조원들 모두가 슬그머니 사라져버렸더군. 우리도 휴직을 하게 될 모양인데 아마 열흘이 못 갈 거요. 미군이 들어오면 그때부터 치안은 다시 회복이 될 테니까.”

“그러면 저도 오랜만에 휴가를 좀 가겠습니다. 미군 점령군이 오면 그때쯤 다시 뵙겠습니다.”

"음, 그러지. 그때는 꼭 서에 출근하오. 그리고 무기두 챙기고 다니라구."

최달영은 무엇인가 큰 깨달음을 얻고 어쩐지 기운이 나서 안양 처갓집으로 가는 경부선 완행열차를 탔다.

건준의 보안대나 학병동맹의 청년들이 서울의 각 경찰서를 점거하면서 일경과 마찰을 빚었다. 과거의 원한으로 조선인 경찰들을 살해하거나 폭행한 경우가 수십건 발생했지만 사태는 곧 잦아들었다. 이에 비하면 소련군 점령하의 북한은 일본 경찰과 헌병은 물론 검사나 판사의 과거 이력을 조사하고 조선인 피해자들의 증언에 따라 재판정에 세워 사법적 처벌을 했다. 따라서 수많은 조선인 출신 경찰과 관리가 이남으로 도망쳐 내려왔다. 예상했던 대로 구월 초에는 서울의 경찰서마다 뒤숭숭하던 치안 불안 현상이 사라졌다. 서울 시내를 일본군이 지키기 시작했고 일제 경찰 간부들은 조선인 경찰 간부들에게 직임을 승계해주었다.

최달영은 안양 처가에 푹 박혀서 세월을 보냈다. 겉으로는 무사태평한 것처럼 보였지만 그의 속내는 불안하고 착잡하기만 했다. 그는 자기가 확보한 경부보라는 일제 경찰 계급이 수많은 조선인 직업 가운데서 흔치 않은 위치임을 알고는 있었다. 미군이 인천에 상륙하고 나서 최달영은 조심스럽게 영등포경찰서로 출근했다. 포고령에 의하면 모든 직업인이 직장으로 돌아가 평소의 직무를 수행하라고 되어 있었다. 경찰은 누구보다도 먼저 직무 수행에 나서야 할 것이다. 마쓰다 부장은 최달영이 사무실로 들어서자 오이, 하면서 손을 흔들어 보였다. 그가 다가가자 마쓰다는 반갑게 말했다.

"당신의 출근을 기다렸소. 우리 일본 측 경찰관은 모두 해임 조치되었다오. 그리고 조선인 서장이 부임하게 될 게야. 당신은 용산서로 발령이 났더군."

마쓰다는 공문을 최달영에게 내밀어주었다.

"여기서 잔뼈가 굵었지만 아무래도 아는 사람들이 많지 않겠소. 미군정 경무부에서는 그런 점들을 참조한 것 같더군."

서울 시내 열개 경찰서장과 경기도 내 이십일개 경찰서의 서장이 미군정 당국에 의해 임명되었으며 이들은 모두가 일제의 경찰이었거나 관리의 경력을 가진 자들이었다. 최달영은 발령받은 용산서로 출두했다. 조선인 신임 서장은 역시 이전에 일제 경찰 경시였고 정식으로 순사 시험을 치르고 간부직에 오른 사람이었다. 누구나 그렇듯이 고위직에 오르려면 조선인 독립운동가들을 많이 체포하고 투옥시켜야 했을 것이다. 그는 그의 이력이 적힌 서류를 들고 잠시 보다가 고개를 끄덕였다.

"자네 바로 직속상관이던 마쓰다 경부는 내 동료였다. 자네 같은 유능한 전문가들이 필요한 시국이다. 경감으로 일 계급 특진하고 사찰과장을 맡아주게."

"핫, 멸사봉공하겠습니다."

서장은 빙긋 웃었다.

"이봐, 우리는 일제 경찰이 아니다."

경부보는 개칭된 경찰 계급으로 경위였고 직책은 계장이나 주임이었는데 이제 그는 과장인 경감이 되었다. 더구나 사찰과는 바로 몇달 전 일제의 고등과를 개칭한 것이었다. 그리고 해방된 지 불과 한달 뒤인 구월 중순에 군정경찰은 처음으로 경찰관 채용 시험을 일제 때의 경찰강습소에서 실시했다. 무슨 문제를 내고 필기로 답하는 식이 아니고 면접 시험이었다. 최달영은 수소문하여 옛날에 정탐조의 순사 보조 두 사람과 조선인 형사 등 예전 부하들에게 연락하여 면접 시험에 응하도록 했다. 그는 시험관으로 면접을 책임졌다. 면서기나 간수 또는 일제 기관의 용인 사환 등 관청 근처에서 밥 부쳐먹던 자는 무조건 합격시켰다. 성명 석자를 써보게 해서 적당히 끄적거리면 문맹자가 아닌 것을 확인하고 합격시켰다. 처음에 군정 당국이 급히 발령을 냈던 서장들 중에 경찰이 아닌 관리 출신의 인사들과 정견이 다른 인사들이 물러나자 서울 시내의 경찰서장 여덟자리가 비게 되었다. 용산서장이 다른 행정직으로 옮겨가고, 해방 당시에 경부보였던 최달영은 용산경찰서장을 맡으면서 다시 이 계급 특진을 했다. 그의 이력에 주목했던 경무부 간부들의 결정이었다. 해방 이듬해 일월 중순이었으니 경찰서 고등계 형사반장이던 야마시타 경부보가 불과 다섯달 만에 총경이 되고 용산경찰서장이 된 것이다. 그는 이름도 최용으로 바꾸었다.

이일철은 영등포 철도공작창과 경성전기 조선방직 등을 중심으로 산별노조 영등포지부를 확대해나가고 있었다. 그들은 적어도 연말 전에 전국산별노조평의회를 결성할 작정이었다. 미군정 당국은 여운형 등의 인민공화국에 대한 부인성명을 냈고, 이승만도 귀국하여 인공에의 주석 참여를 거부했다. 이로써 박헌영이 이끄는 조선공산당의 인민통일전선은 깨지고 말았다. 새로운 조국을 건설하겠다는 열망만 있었을 뿐, 그때는 정말 일제 말기보다도 더 캄캄

하고 음울한 시간이었다. 제조업, 자본과 기술, 인력의 팔구십 퍼센트가 일본의 것이었는데, 일본이 패망하자 자본과 기술자를 일시에 철수시키면서 대부분의 공장이 가동을 멈추었다. 더구나 남북의 분단은 남쪽에 농업, 북쪽에 공업지대로 산업 분담이 되어 있던 것을 막아버리면서 화학 전력 비료 등 생산품의 남한 내 공급이 중단되는 사태가 벌어졌다. 1945년 초겨울에 접어들면서 도매물가는 8·15 때보다 거의 삼십배 이상 뛰어올랐다. 추곡가를 동결했음에도 쌀값이 수십배가 뛰어서 일반 서민들은 무엇보다도 쌀을 구하기가 힘들었다. 군정 당국의 조선은행권 발행으로 통화량은 서너배로 늘어났다.

신금이는 그 시절을 말할 때마다 그래도 촌에서 중농이었던 김포 친정을 얘기했고, 몇번 도움을 받으러 찾아갔을 적의 일을 떠올렸다.

“글쎄 미군이 경찰과 청년단을 앞세워 들이닥쳐서는 집집마다 뒤져서 쌀 공출을 했다는구나. 매점매석에다 쌀값이 너무 오르니 통제를 하겠다는 건데 그렇게 해서는 배급제를 실시했잖아. 그런데 그게 공평해질 리가 있겠냐. 중간에 착복하는 것들 때문에 시장이 더욱 혼란해졌지.”

이일철은 그 무렵에 집에 돌아오지 못하고 공장 숙직실에서 새우잠을 자거나 다른 공장을 돌아다니고 있었다. 그는 착실하고 책임감 많던 과거의 가장이 아니었다.

“나는 무엇보다두 지산이가 걱정이었다구. 열네살에 중학생이니 한창 먹고 커야 할 무렵 아니냐? 그러구 아버님이 아무 말씀이 없으셔서 그렇지 얼마나 힘드셨겠니? 며칠 동안 고구마를 하루 두 끼씩 드렸는데 매번 빈 그릇이 나와서, 힘드시겠지만 억지로라두 드시는구나 생각했지. 그러다가 물김치 보시기 찾으러 공방 안을 들여다보니 아버님이 낮잠을 주무시는 게야. 살그머니 들어가서 그릇을 내오는데 밥상 아래 고구마가 세개나 그대로 있는 거야. 점심부터 안 드신 게지. 아마 정 시장하시면 나중에 드실라구 남겨두신 게야."

신금이는 해방 무렵부터 이듬해 가을까지의 시간을 수십년의 세월처럼 느꼈다. 그것은 이를테면 말로만 들었던 대홍수 때에 시어머니 주안댁이 떠내려가는 돼지를 건져서 동네 사람들을 먹이고 뗏목을 저어서 공작창 노동자들을 살려내고, 을축년에는 버드나무집에서 나무 위에 피난처를 지어 큰물을 피하고 있을 때에 죽은 주안댁이 나타나서 두 아들과 식구들을 데려간 저 까마득한 전설 같은 이야기보다 더욱 오래된 세월처럼 느껴졌던 것이다. 끔찍하고 무서운 이야기였고, 수많은 사람이 죽거나 남북으로 헤어져서 다시는 만날 수 없게 된 세월이었다.

신금이는 이 무렵부터 이듬해 가을과 그다음 해 남편 일철이 남쪽에서 사라지던 때까지 길고 긴 꿈속에 있는 것 같았다.

"한국은 하도 우여곡절이 많아서 여기 일년이 다른 나라의 십년이라구 하지 않더냐. 여기 십년은 바깥의 백년 세월과도 같을 게다. 그러니 우리는 모두들 수백살씩 먹은 게지."

영등포는 거리와 사람과 벌어지는 모든 사건이 꿈이 되어버렸다. 그것은 비눗방울 속 같은 반투명의 흐릿한 세상을 만들어냈다.

무슨 엷은 막 같고 안개 같은 거대한 덮개가 허공에서부터 영등포 전체를 감쌌다. 서로 피 터지게 싸우다 맞아 죽고 비명에 간 사람들이 장례를 치르고 나서도 모습이 사라지거나 하지 않고 회색의 헛것이 되어 이 엷은 막 안에서 너울너울 흘러다녔다. 집집마다 주안댁처럼 모습도 보이고 말도 통하는 유령들이 식구들과 함께 살고 있었다. 그러니 영등포는 오랜 잠 속에 빠져 있었거나 아니면 불면증에 걸려 있었을 것이다. 늘 자면서 몽유를 했든가 아니면 깨어 있는 채로 의식이 흐리멍텅한 나날을 보냈는지도 모른다.

그 무렵에 영등포 사람들뿐 아니라 온 남한 사람들은 쌀을 구하러 다녔다. 분명히 가을까지는 황금 들판에 가득한 벼 이삭이 물결치고 있었다. 그런데 겨울이 되기도 전에 쌀은 모두 어디로 사라져버린 걸까. 신금이도 쌀자루를 착착 접어서 왜바지 허리끈에 질끈 동이고서 쌀을 찾으러 돌아다녔다. 코쟁이들이 마구 찍어낸 조선은행권으로는 점점 개인끼리 아무것도 살 수 없었다. 고기나 생선은 감히 바랄 수도 없었지만 곡식이나 감자 고구마 푸성귀에 이르기까지 모두가 물물교환이었다. 다만 쌀은 동회에서 배급표를 받아 배급소에 가서 일정량을 지급받았다. 그런데 수매량이 며칠도 못 가서 동이 났다며 배급소가 문을 닫았다. 신금이는 어느날 저녁에 처음 보는 배급소 앞을 지나다가 회색빛 연기 같은 헛것들이 바가지 함지 소쿠리 등속을 들고 길게 줄지어 서 있는 걸 보았다. 그녀는 무심코 줄의 뒤에 가서 섰다. 줄이 보이면 무조건 서보라고 하던 게 당시의 세시풍속이던 것이다. 보통 주민들 같으면 줄 서서 기다리며 동네 소식도 주고받고 서로 인사도 하고 반기기도 할 텐데, 그들은 그냥 시무룩하게 침묵에 빠져서 줄에 널린 빨래처럼 흐느적이며 서 있었다. 신금이가 참지 못하고 자기 앞에 서 있는 여자에게 말을 걸어보았다.

"언제부터 여기 배급소가 생겼나요?"

여자는 무명 치마저고리 차림인데 모두가 얼굴까지도 연기 같은 회색이었다. 그들 사이에서 신금이만 색깔이 선명했다. 질문을 받은 여자가 깜짝 놀라며 되물었다.

"댁은 우리가 보이슈?"

"왜 안 보이겠어요? 저 맨 앞에 할머니가 쌀 타갖구 가시는 것두 보이누먼."

웅성웅성하면서 줄에서 동요가 일어나고 제각기 소곤대는 소리가 들려왔다.

"저 여편네에게 우리가 보인대."

"뭐야, 그럼 우리처럼 죽은 모냥이지?"

"아니야, 멀쩡하게 살아 있는데."

"우리네야 산 사람은 식구끼리만 보잖아."

"그것두 식구 나름이지. 신통하지 않으면 자식두 못 보는데."

신금이는 기죽지 않고 당당하게 줄에 서서 차례를 기다렸다.

"언제부터 이 배급소가 여기 생겼느냐구요."

다시 물으니 앞에 섰던 회색이 대꾸했다.

"오늘 첨 열렸다우. 날마다 옮겨다닌다든가 뭐라나."

"한가구당 얼마나 준대요?"

"뭐든 가져온 것에 가득 채워준다는데."

맨 앞의 차례가 되어서야 신금이는 우선 제 뒤를 돌아다보았다. 그랬더니 그녀는 자신이 줄에 선 뒤로는 아무도 이어서 줄에 서지 않았다는 걸 확인했다. 뒤에는 아무도 없었다. 앞에 길게 늘어섰던 회색들은 배급을 타서는 제각기 흐느적흐느적 흩어져 사라졌다. 앞의 컴컴한 출구를 바라보니 안에서 희끄무레하게 누군가가 걸어 나와서 손을 내밀었다. 신금이가 문득 바라보니 주안댁이 배급소의 배급을 맡고 있었다.

"애고, 어머니!"

놀라서 외치자 주안댁은 활짝 웃으며 솥뚜껑 같은 손을 내밀면서 말했다.

"자루 내놔라."

신금이가 얼결에 자루를 허리춤에서 뽑아 내밀자 시어머니는 됫박을 놀리며 자루 속에 쌀을 빵빵하게 담아서 주둥이를 묶어 내밀었다. 신금이는 두 손으로 받자마자 하도 무겁고 갑작스러워서 땅바닥에 내려놓았다. 허리를 숙였다가 펴고 나니 배급소고 뭐고 사라졌다. 주위를 두리번거리며 그녀는 외쳤다.

"어머니, 어머니!"

주위는 샛말 외곽의 들판이었다.

해방되던 그해 겨울 물가는 하늘 높은 줄 모르고 치솟았다. 미군정이 통치비용의 조달을 목적으로 화폐를 무책임하게 마구 찍어냈던 것이다. 그해 십이월에는 이전의 팔월에 비하여 물가가 무려 칠십배 수준에 올라가 있었다. 그러나 노동자들의 임금은 물가 인상폭에 비하여 형편없이 뒤떨어져 있었기 때문에 일제의 전쟁 경제

체제이던 1930년대 중반의 기아임금에 비해서도 삼분의 일 이하로 하락해 있었다. 노동자들은 한달에 쌀 두세말 값의 임금을 받으려고 일주일에 백여시간이 넘는 장시간 노동에 시달려야 했다. 일본인 기업주가 물러간 대신 수개월의 자치 기간이 지나고 미군정의 불하를 받거나 군정 당국의 직영에 의해서 새로이 편성된 공장의 경영진과 노동자들 간에 쟁의가 일어나기 시작한 것은 이듬해 봄부터였다. 이미 전평은 전국적인 산별노조를 조직한 뒤였기 때문이다. 방직공장의 노동자 대표는 파업 현장에 찾아온 산별노조 동료들에게 실상을 과장하지 않고 말했다.

"회사와 우리 노동자 사이의 이번 문제는 쟁의가 아니라 차라리 애걸이라고 해야 할 겁니다. 하루에 광목 두마 반과 백원을 준다는 감언이설에 속아 지난 십이월에 공장을 찾아왔는데 광목이라고는 삼월에 고작 이십마를 받았고 밥은 수수밥만 주니 어떻게 먹고살겠소?"

신금이는 몽롱한 꿈결 속에서 주안댁이 배급하는 쌀을 받은 기억은 있었지만 그 쌀을 자루에 가득 담아서 집으로 가져온 기억은 없었다. 그 몇달 동안에, 처음으로 온 식구가 포식을 했던 며칠 동안의 기적이 일어났다. 어느날 철도 연변의 마루보시공장에서 불이 났다. 한밤중이었는데 신금이는 잠결에 누군가가 자기를 흔들어 깨우는 기척을 느꼈다.

"어서 일어나, 식구들 먹여 살려야지."

역시 그것은 주안댁이었고 언제나 그랬듯이 아낙네치고는 키 크고 어깨까지 떡 벌어져 그림자만 보고도 알 수 있는 자태였다.

"예? 어디, 어디루 가요?"

신금이는 아직 잠이 덜 깨어 이부자리에서 상반신만 일으켜 앉았는데 주안댁이 며느리의 겨드랑이에 손을 넣어 일으켜 세웠다.

"모두들 시방 마루보시공장으루 달려가구 있구나."

얼결에 일어난 신금이가 마당으로 뛰쳐나가자 주안댁이 쌀자루를 두개나 쥐여주었다.

"여기다 가득가득 담아 오너라."

길 바깥으로 나가니 사방에 희끗희끗한 사람들의 모습이 보였고 멀리 동남쪽으로 벌건 불길이 보였다. 샛말 쪽에서 본다면 영등포역 방향이 틀림없었다. 어둠 속에서 제각기 누군가를 찾고 부르며 사람들이 몰려나왔고, 그들 틈에는 역시 고달픈 시대의 망자들인 회색빛의 그림자들까지 끼어 있었다. 주안댁도 그러한 회색빛 헛것들 중의 하나였다. 영등포시장 거리를 지날 때에 사람들은 수백명으로 불어나 있었다. 영등포 역사를 돌아서 여러겹으로 줄지어 놓인 철로를 건너니 바로 눈앞에 마루보시공장의 활짝 열린 정문으로 사람들이 꾸역꾸역 들어가는 게 보였다. 공장의 창고들마다 문이 열려 있었고, 사람들이 하얗게 몰려들어갔다. 불이 난 곳은 공장 건물이었는데 기계와 기름이 타는 냄새가 고약했다. 마루보시는 원래가 사케와 맥주를 양조해내던 공장이어서 아무리 생산을 멈추고 있다고는 하지만 양곡이며 밀가루 등속의 식량 부대자루가 창고의 천장에 닿도록 쌓여 있었다. 어둠 속에서 신금이는 밀가루 자루를 두개나 짊어지고 나왔다. 다시 들어가 더듬거리며 쌀 같은 것을 자루 속에 담아서 너무 무거워 땅바닥에 질질 끌며 나왔다. 이제 이것들을 샛말집에까지 운반해 갈 일이 꿈만 같았다. 신금이는 자루들을 질질 끌어다 놓고 다시 모아다 놓기를 거듭하며 겨우 철로를 넘어 역전 광장 쪽으로 나왔다. 남편은 며칠째 들어오지 않았고, 시아버지 이백만이나 중학생 지산이 녀석이라도 깨워서 데리고 올걸 하면서 그녀는 후회했다. 그때에 어둠 속에서 어디론가 사라졌던 주안댁이 나타나 밀가루 자루 두개를 덥석 끌어안더니 등에 짊어지고 휘적휘적 걸어가는 것이었다. 그녀는 곡식 자루 두개를 양어깨에 걸쳐 메고 헛것 시어머니 뒤를 부지런히 쫓아갔다. 어느 틈에 집에 당도했는지 온몸이 땀에 젖은 신금이는 부엌에 짐을 갖다 부려놓으며 아들부터 찾았다.

"지산아, 지산아, 얼른 나오너라!"

지산이가 자다가 놀라서 마루로 뛰쳐나오고 손자와 함께 자던 이백만도 부스스한 몰골로 마당에 나섰다.

"밤중에 웬 소란이냐?"

"아버님 이럴 때가 아니에요. 마루보시에 불나서 사람들이 양식 가지러 하얗게 모여들었다구요. 얼른 다시 가야 해요."

신금이는 함지를 내어 지산이에게 주고 자기는 다시 홑이불을 꺼내어 어깨에 둘렀다. 그러고는 집 밖으로 나서며 시아버지에게 다급하게 말했다.

"아버님, 자전거, 자전거 끌구 나오세요."

그들은 시장 사거리에 이를 때까지 마주 오는 사람들이 저마다 쌀자루를 짊어지거나 지게를 지고, 또는 운 좋은 이들은 리어카에 밀가루 부대를 잔뜩 얹어 끌고 지나가는 것을 보며 더욱 마음이 급해졌다. 역시 역전을 돌아서 철로를 건너는데 아까보다도 사람들은 더욱 많아져서 길을 메울 정도였다. 인파에 밀려 공장 안으로 들어갔는데 창고들마다 모두 문이 활짝 열어젖혀져 있고 밀가루 더미와 곡물의 언덕은 훨씬 줄어들어 있었다. 그때 갑자기 총소리가 들리기 시작하며 어둠 속에서 전조등을 켠 트럭들이 몰려들어오는 게 보였다. 신금이네 식구들은 우선 손에 잡히는 대로 밀가루 포대를 이백만이 끌고 온 자전거 화물대에 실었고, 양곡을 함지와 홑이불에 가득 채워 신금이가 머리에 이었으며, 쌀자루 두개는 지산이가 짊어졌다. 트럭에서 내린 미군과 경찰들이 공포를 쏘며 창고 앞으로 달려왔다. 그들은 아슬아슬하게 공장 정문을 빠져나와 철로를 건넜다. 역전에서 길을 건너자마자 큰길가로 가지 않고 골목으로 접어들었다. 이제부터 공장은 출입금지구역이 될 것이다. 그들은 그나마 운이 좋았다는 걸 깨달았다. 집에 돌아와서 살펴보니 쌀이 네자루에 밀가루가 다섯포대나 되었다. 나중에 보니 쌀은 온전한 것이 아니라 부스러진 싸라기였고 맛도 형편없었다. 그래도 채소를 넣고 죽을 끓이면 먹을 만했다. 밀가루는 반죽을 하여 수제비를 끓여먹기에 좋았고 얇게 밀어서 칼국수를 해 먹을 수도 있었다. 그해 봄은 그렇게 운이 좋아서 이백만네 식구들은 한동안 굶주리지 않았다.

17

이일철은 조선노동조합 전국평의회의 중앙위원이 되었고 영등포지역 전평 산별노조의 부지부장이 되었으며 지부장은 아우 이이철의 동지였던 안대길이 맡았다. 서울지역의 모든 전평 지도부는 예전 재건파와 경성콤의 현장 조직원들이 확보했다. 그것은 1930년대 이후부터 줄기차게 이어온 항일투쟁의 결과물이기도 했다. 해방되고 육개월이 못 되어 전국에 인민위원회를 조직하고 노동조합 전국평의회와 전국농민조합총연맹을 조직한 민중은 짧은 기간이었지만 자신들의 열망에 기초한 자주독립국가와 민주사회 건설에 성큼 다가서는 경험을 갖게 되었다. 해방 초기부터 미군의 진주로 인하여 이러한 모든 희망이 좌절되어가는 과정은 인민들에게 역사와 사회발전 법칙에 대한 풍부한 교육적 효과를 안겨주었다. 그들은 미군정의 비호 아래 정치권력과 공권력을 장악해가는 친일 세력들에 의하여 시간이 지날수록 압박과 박해를 받게 되었으나 두려워하지 않았다. 우익 정치인들은 처음부터 노동자나 농민의 조직화에 별 관심이 없었다. 그러나 모스크바 삼상회의의 결의 문제로 반탁 찬탁의 정치적 대결이 현실화하면서 노농 조직의 중요성을 인식하게 되었다. 이들은 산하에 대한독립촉성전국청년총동맹이라는 청년단체를 급조했고 월남한 청년들과 실업자들을 그러모아 서북청년회 등의 우익 청년단체를 만들게 되었다. 이들은 전평이 주도하는 노동운동을 우익 정치가들의 반공 논리로 와해시키려는 목적으로 어용노동자단체를 만들었다. 노동단체를 표방했으나 노동자를 위한 노동자의 조직이 아니었다. 이들은 폭력적인 우익 청년단체들이 전평 소속 노조를 와해시키면 그 자리에 대한노총을 세우는 방식으로 조직을 확대해나갔다. 우익 노동단체들은 공장주 기업가 경영인의 적극적인 후원으로 만들어졌고, 이들의 활동자금은 주로 이승만계의 한민당과 기업가, 군정 관리들이 지원했다.

1946년 사월 중순경이었다. 영등포의 철도노조를 비롯한 방적 전기 인쇄 금속 부문의 산별노조 중앙위원들이 철도국 후생회관에 모여 회의 중이었다. 그들은 곧 다가올 해방 이후 최초의 메이데이 행사를 준비 중이었다. 모인 사람들은 이백여명 정도 되었는데 일반 노동자들은 아니고 각 공장에서 그래도 작업반장이나 기술공원 또는 노조의 주요 부서를 맡은 노동자들이었다. 누군가가 단상에 나서서 지난 이월에 결성된 북조선임시인민위원회의 위원장, 부위원장인 김일성, 김두봉 등과 남측 좌익진영의 민주주의민족전선의 위원장, 부위원장인 여운형 허헌 박헌영 등에게 보내는 성명 서한을 낭독하고 있었다. 같은 시기에 며칠 간격으로 남한 우익진영은 대한독립촉성국민회를 결성하고 총재와 부총재에 각각 이승만과 김구를 추대하고 있었다. 성명 서한의 낭독이 끝나고 참석자 일동의 박수갈채가 이어지고 있었는데 뭔가 요란한 소리가 들리면서 회의장의 앞뒷문으로 청년들이 쏟아져들어왔다. 그들은 다짜고짜로 격자 유리가 달린 문을 부수며 들어왔다. 머리에 흰 천을 동여매고 한 손에는 저마다 각목과 곡괭이 자루를 들었는데, 개중에는 날카로운 낫을 쳐든 자도 보였다. 복도에서 문을 박차고 몰려들어온 일단의 청년들 앞에 홍 아무개, 김 모 등이 보였다. 이일철은 홍의 얼굴은 알아보았다. 그는 일제 때에 원산에서 노동운동을 했다며 용산철도국의 발령을 받아 영등포 철도공작창에 노무관리로 들어왔다. 그는 들어오자마자 주위에 청년 몇 사람을 취직시키고 저희끼리 몰려다녔다. 전평의 조직 관리는 노련했기 때문에 일제 때처럼 철저하게 보안을 지키는 것은 아니었지만 조별로 분반 토론하고 문건을 읽으며 주말에 야외활동을 통하여 친목과 조직 관리를 해나갔다. 그들로서는 노조에 가입하지 않는 한 공장 안에서 작업하는 모습 이외에 아무것도 파악할 수는 없었을 것이다. 그러나 철도국 상부의 지원을 받는 그들 주위에 모이는 자들도 있기 마련이어서 십여명의 옹호자를 만들었다. 이것이 공장 내 비전평파의 노동자 조직인 셈이었다. 맨 앞에 나선 홍 아무개가 함경도 사투리로 외쳤다.

"종간나 새끼들, 누가 너희들 맘대로 노동절 행사를 독점하라구 그랬나? 공장이 너희 빨갱이 새끼들 사유재산이가?"

"회의 중이니 조용하시오. 그리구 조합원이 아닌 사람들은 나가시오."

"너희가 해산해야지. 이거 불법집회 아이가?"

홍이 팔을 들어 휘저으며 외쳤다.

"자아, 몰아내라우!"

그들은 무기를 휘두르며 회의장 안으로 들어와 아무나 닥치는 대로 후려치고 두들겨 패기 시작했다. 얼떨결에 앉은 채로 머리가 깨지고 어깨와 등덜미를 얻어맞고 나뒹굴던 노동자들도 일어나서 의자를 들고 저항하기 시작했다. 그러나 일단 피하고 보자는 집행부의 조치로 이일철 등은 창문에서 화단으로 뛰어내려 도주했다. 나중에 알고 보니 이날 영등포에서만 일어난 사건이 아니었고 다른 지역의 회의장에서도 비슷한 일들이 벌어졌다. 물론 안면이 있는 노동자가 앞장섰던 경우도 있었지만 대부분은 전혀 낯설고 이질적인 집단에 의하여 폭행을 당했다. 그들은 복장도 다양했다. 염색한 미군복을 입은 자도 있고 학생복 차림도 있었으며 그야말로 뒷골목 깡패답게 말쑥한 양복 차림도 있었다. 이들은 대개 경찰용 점퍼나 군복 상의를 걸친 나이가 좀 들어 뵈는 자들의 지휘를 받고 있었다.

정작 5월 1일 국제노동절 당일에는, 대한노총은 서울운동장 육상경기장에서 그리고 전평은 서울운동장 야구장에서 각기 행사를 벌였다. 육상경기장에는 삼천명, 야구장에는 오만여명이 모였다. 좌우익의 행사장은 모여든 인원에서만 차이가 난 것은 아니었다. 대한노총은 행사장 결의문에서 '오늘 조선은 프로혁명기가 아님은 물론이니 계급투쟁보다도 민족의 해결기'라고 밝혀서 노조가 아님을 분명히 했다. 또한 기념식사에서 그들은 '건국을 위해 여덟시간 이상 노동해야 함'을 역설하고 '노동자들은 여덟시간 노동 대신 하루에 열여섯시간, 필요할 땐 심지어 이십사시간 노동해야 한다'고 역설했다. 이들을 배후에서 지원한 미군정 노무과의 조선인 실무자는 일제의 조선총독부 근로부에서 징용 실무를 담당했던 자였다. 그러므로 미군정과 보수 측의 노동운동은 애초부터 노자협조주의가 그 이념이었고 강령에도 '노자 간 친선을 기함'이라고 되어 있었으며 오로지 반공과 전평 타도가 정치적 목표였다. 메이데이 이후 우익 청년단체의 노조 파괴와 노동운동가 개인에 대한 테러가 시작되면서 전평에서도 자위 보안조직을 만들었다. 이일철도노조 사무실에 청년 노동자들을 상주시켰고, 외부에 출타할 때에는 두 사람이 일개 조가 된 경호가 따라붙었다. 초여름에 군정 당국은 조선정판사위폐사건을 조작하여 악성 인플레의 책임을 조선공산당에 전가하려고 했다. 같은 시기에 이승만은 정읍에서 남한 단독정부 수립을 주장한다. 북에서는 북조선노동당이 결성되었고 김일성, 김두봉 등이 위원장, 부위원장을 맡았다. 미군정은 조공 지도부 박헌영 등에 체포령을 내렸고 이후 남한의 사회주의 조직은 완전히 지하로 들어갔다. 몇몇 전설적인 항일운동가이자 사회주의자인 인사들이 체포되었다. 가을에 접어들자마자 전평의 총파업과 함께 시월인민항쟁이 벌어지고 피의 진압 속에서 남조선노동당이 결성되었으며 위원장에 허헌, 부위원장에 박헌영을 선출한다.

이일철은 영등포 철도공작창을 대표하여 중앙위원의 한 사람으로 전평회관에서 논의되었던 총파업 결정 회의에 참석하고 있었다. 이때에 용산경찰서장 야마시타 최달영은 사찰과 형사들뿐만 아니라 정복의 경찰 병력을 건물 주위에 배치했다. 그는 오전에 군정청 경무부의 지시를 전화로 받았고 출동 전에 다시 확인했다. 우익 청년단체와 대한노총원들의 습격이 먼저 있을 예정이었다. 경찰 병력은 주변을 포위하고 있다가 양측이 격돌한 이후에 노조 지도부를 검거하기로 되어 있었다. 그는 작년부터 영등포에서 이일철이 활동해온 내막을 보고받아 자세히 알고 있었다. 그는 사실 메이데이 사건 이후에 일철을 찾아가 만난 적이 있었다. 당시에는 좌파 지도부와 정객들에 대한 검거가 시작될 무렵이었고 대중 사회단체는 내사를 하면서 지켜보던 때였다. 그는 시국이 어떻게 전개될지 알 수 없었고 그가 검거하여 옥사한 이이철의 형인 일철과 그 주변 사람들의 후문을 매우 궁금하게 여겼던 것이 사실이다. 이일철의 영등포 전평 사무실이 당산정에 있었고 그는 사찰과의 부하 형사를 보냈다. 부하 형사는 형사 보조로 오랫동안 야마시타 정탐조에서 활동하던 자였다. 형사가 이일철의 사무실로 찾아가니 이층으로 오르는 계단 앞에 건장한 청년이 지키고 서 있었다.

"이일철 부지부장님을 만나러 왔습니다."

형사가 말하자 청년은 그의 아래위를 훑어보았다.

"누구쇼, 무슨 일입니까?"

형사는 짐짓 웃고 나서 신분증을 꺼내어 내밀어 보였다.

"의논할 일이 있어서 왔소."

청년이 위에다 대고 누군가를 부르자 그가 뛰어내려왔고, 두 사람은 목소리를 낮추어 소곤거렸다. 그가 올라갔다가 고개를 내밀더니 아래에 대고 외쳤다.

"올라오시랍니다."

형사는 사무실로 안내되어 들어갔고 몇 사람과 함께 앉았던 이일철이 물었다.

"무슨 일입니까?"

옆에 둘러앉은 사람들도 그를 매서운 눈으로 노려보았다.

"최달영씨를 아시지요?"

"야마시타를 말하는 건가? 그가 지금 어디서 뭘 하구 있소?"

일철이 앞으로 튀어나올 듯이 상반신을 수그리고 묻자, 형사는 자기도 익히 알고 있는 사연이라 별로 놀라지는 않았다.

"그분은 지금 경찰서장입니다. 제가 그분의 전갈을 갖고 왔습니다."

"그 처죽일 놈이 무슨 할 말이 있다구……"

하면서 언성을 높인 것은 조영춘이었다. 형사는 웃는 얼굴을 지우지 않고 침착하게 말했다.

"모두 과거의 일이 아니겠습니까? 그분은 이선생이 절친한 친구였다면서 한번 만나 뵙기를 청하셨습니다."

"어디 있는지 알려주면 우리가 잡으러 가겠다구 그러슈."

조영춘이 말하자 이일철은 종이쪽지에 뭔가를 끄적여서 형사에게 내밀었다.

"이걸 전하시오. 거기 약속 장소와 날짜 시간을 적었소."

형사가 일철이 적어준 쪽지를 받아가지고 사라지자 조영춘이 말했다.

“이건 개인적인 일이 아닙니다. 야마시타는 우리가 처벌해야 할 매국노입니다.”

일철은 한숨을 길게 내쉬고 일어났다.

“우리가 정부를 수립하면 법에 따라 처벌을 해야 하겠지요. 그러나 지금 군정청 경무부는 일제 총독부와 다를 바가 없습니다. 저들이 모든 치안 책임과 공권력을 차지하고 있어요. 내가 최달영이를 만나려는 것은 저쪽 동향을 살피려는 것뿐이오.”

“지부장님과 의논해보시지요.”

“물론 그렇게 하겠소.”

전평 영등포지회의 지부장은 해방 전 이이철과 함께 옥고를 치르며 살아남은 안대길이었고, 그는 조공 지도부의 한 사람이었다. 현재 그는 수배 중이어서 공식석상에 나오지 못하고 있었다. 이일철은 그날 저녁에 안대길과 따로 만났다. 그의 모친은 여전히 같은 장소에서 식당을 열어놓고 있었고, 안대길은 작은 공장들이 몰려 있는 사옥정 부근의 철공소 이층에 은신 중이었다. 일철이 최달영 문제를 꺼내자마자 안대길은 분노를 참지 못하고 말했다.

“우리가 그놈을 처단하지 못하면 죽어간 동지들의 넋을 어떻게 달래줄 수가 있겠어요!”

이일철은 그때에 옥사한 아우의 형인 자기보다 최달영의 문제는 안대길 조영춘 등이 당사자라는 강력한 느낌을 받았다. 안대길이 말했다.

"군정 당국이 우리 당 건물을 명도 처리했고, 박헌영 동지를 비롯한 지도부 전원에 대하여 체포령을 내렸어요. 저들은 우리를 압살할 좋은 기회라고 생각할 거요. 우리도 총공세로 나가야 합니다."

"하여튼 제가 만나본 뒤에 결정하도록 하시지요."

"그런 자들을 처단할 특무조를 조직해야겠어요."

일철은 그때에 싸움이 목전에 이르러 있음을 실감할 수가 있었다.

사흘 뒤에 이일철은 이전에 그와 야마시타가 만나던 역전 본정통의 정종집으로 나갔다. 일본인들은 퇴거했고 업소의 주인도 많이 바뀌었는데 그 집은 조선인 조리장이 물려받아 예전처럼 운영하고 있었다. 그가 식당 안쪽으로 안내받아 들어서니 칸막이 안에서 야마시타 최달영이 엉거주춤하며 일어났다. 그는 이전보다 더욱 신수가 훤해져서 말쑥한 양복 차림에 포마드를 발라 올백한 머리가 조명을 받아 번쩍였다.

"오이, 얼마 만인가!"

최달영의 반가워하는 기색에 일철은 못내 거북스러워서 그가 내민 두 손에 한 손을 맥없이 잡힌 채 그가 흔드는 대로 내버려두었다.

"야마시타 나리 여전하군……"

일철이 중얼거리자 최달영은 너털웃음을 웃으며 명함을 꺼내어 내밀었다.

"아, 그건 창씨개명한 이름 아니었나? 자네두 리노우에였지."

일철은 명함을 들여다보았다. 용산경찰서장 총경 최용이라고 명함에 박혀 있었다.

"최용? 새 이름인 모양이군."

"그래, 해방이 되었으니 과거를 씻고 새사람이 되어야지. 나두 새 나라 건설에 힘을 보태려고 하네. 자네두 좀 도와주게나."

일철은 그가 따라준 정종 대폿잔을 들어 반쯤 마시고는 말했다.

"이철이를 잡아다 죽게 만든 게 자네 아니었나?"

"어어, 그건 말하자면 길고 복잡한 얘기 아닌가? 자네가 특급열차를 몰았듯이 나두 생계를 위해 경찰 일을 한 거라구. 그때에 두쇠가 전향하고 자네처럼 생업을 가지고 조용히 살았으면 별일 없었을 거야."

일철은 온갖 슬픔이 한꺼번에 몰려왔지만 가까스로 감정을 드러내지 않고 그에게 물었다.

"나를 만나자는 용건이 뭐냐?"

최달영은 목소리를 낮추었다.

"곧 전국적으로 체포령이 떨어질 텐데 자네에게 충고를 해주러 왔네. 자네들 뒤에 조공이 있다는 걸 온 세상이 다 알고 있어. 그냥 방치할 리가 없지 않은가. 다시 말하지만 가족들 생각해서 전평을 그만두게. 내가 상부에 말해서 자넬 철도국 간부로 천거하려 하네."

"내 걱정은 말구, 이철이 옛 동무들이 야마시타를 잊어버리고 그냥 내버려둘까?"

최달영은 침착하게 말했다.

"이봐, 일본 놈들이 돌아간 것 말고는 달라진 게 하나두 없다. 이제는 결국 빨갱이들이 문제인 거야. 나 같은 사람들을 뭐라구 하는

지 아나? 나는 자네처럼 기술자라구. 빨갱이 잡는 전문가란 말이지. 미국도 우리 같은 사람이 필요하고 힘 있는 조선인들도 우리가 필요하단 말이야."

이일철은 그때에 반쯤 마신 정종 잔을 들어 최달영의 얼굴에 뿌리면서 외쳤다.

"그래, 잘해 처먹어라, 앞잡이 놈아!"

일철이 자리에서 일어나자 최달영은 손수건을 꺼내어 얼굴을 닦으면서 조용히 말했다.

"어리석게 굴지 마라. 나중에 후회할 거야."

결국 나중에 이일철이 후회한 것은 자기가 감정을 쉽게 드러냈다는 것뿐이었다.

경찰이 전평회관을 포위하고 배치되어 있는 가운데 군용 트럭이 모여들기 시작했다. 트럭 위에는 버젓이 각목이며 쇠파이프 곡괭이 자루 등으로 무장한 청년 수백여명이 타고 있었다. 이들은 대한노총원임을 자처했으나 대부분이 보수 정당의 청년단과 서북청년단이었고 그들 중 일정 때부터 경성에서 총독부의 조정 아래 폭력을 휘두르던 깡패들이 앞장섰다. 회관 입구와 층계 복도 등의 요소를 지키고 있던 노동자 보안대원들은 앞장선 폭력배들의 무력에 간단히 제압되었고 깡패들 중에는 총기를 지닌 자들도 있어서 총소리까지 요란했다. 수십여명이 다치거나 살해되었으며 피가 낭자한 회장에 경찰 병력이 들어와 천사백여명의 일반 노동자들과 간부들을 체포 검거했다.

이일철은 이날 주위 동료들의 도움으로 탈출로를 찾아 서울역

쪽으로 대피했다가 밤이 되어서야 화물차를 얻어 타고 영등포로 퇴각했다. 그들은 일단 영등포 철도공작창을 봉쇄하고 농성을 시작했다.

신금이는 한밤중에 대문이 덜컹거리는 소리에 잠이 깼다. 그녀는 혹시나 하여 신을 끌고 대문간까지 나가서 나직하게 물었다.

"누구……세요?"

"응 나요, 나. 어서 문 좀 열어줘."

남편의 낯익은 목소리에 대문 빗장을 열자 일철이 쏟아지듯이 안으로 들어왔다. 얼굴의 반쯤을 붕대로 감았고 한 팔은 부목을 대고 목에 건 몰골이었다. 그녀는 방에 들어서자 희미한 불빛 아래 붕대 바깥으로 배어나온 검붉은 핏자국을 보고 깜짝 놀랐다.

"이, 이게 무슨 일이에요, 괜찮아요?"

"나 물 좀 주구려. 그리고 밥 좀 없나?"

신금이는 그날 일철이 놋그릇에 가득 떠다 준 물을 허겁지겁 받아서 숨도 쉬지 않고 벌컥대며 들이켜고는 빈 그릇을 방바닥에 던지며 하늘을 향해 입을 벌리고 긴 숨을 몰아쉬던 장면을 오랫동안 잊지 못했다. 그건 마치 집을 나갔던 개가 사연 많은 상처투성이의 사지를 끌고 들어와 마루 밑에서 헐떡이며 물을 마시는 광경을 볼 때처럼 측은해서 가슴이 미어지는 듯한 느낌이었기 때문이다. 미지근한 솥에 넣어두었던 보리밥은 이미 축축한 물기에 젖어 진밥이 되어버렸는데, 쉬어터진 열무김치와 짜디짠 간고등어조림뿐인 반찬을 놓고 그는 서슴없이 밥그릇에 물을 부었다. 그러고는 물에 만 밥을 연신 떠서 입에 붓듯이 쓸어넣고는 한 손에 그러쥔 수저를 번갈아 옮겨 쥐며 김치와 자반을 연달아 찍어 먹었다. 얼마나 배가 고프고 허기가 졌던지 보기에도 딱했다. 심야의 식사가 끝나고 그는 아내에게 속옷을 달라고 하여 갈아입고는 양말과 속옷가지를 보퉁이에 싸들고 일어섰다.

"어딜 또 나가시려우?"

신금이가 묻자 일철은 아내의 어깨에 팔을 두르고 툭툭 두드려 주며 무덤덤하게 말했다.

"지산이 지금 자나? 아부지두……"

"응, 다들 자요. 눈 좀 붙이구 아침에 나가요."

"지금 가봐야 해. 모두들 나를 기다리구 있을 거요."

신금이는 차마 그를 붙잡지 못했다. 그를 기다리는 많은 동료의 얼굴이 떠올랐기 때문이고 급박한 당시 상황을 눈치채고 있었던 것이다. 이일철이 붕대 사이로 퉁퉁 부은 얼굴로 돌아볼 때에 그의 눈에 눈물이 가득 고여 있는 꼴을 신금이는 차마 볼 수가 없어서 고개를 돌리고 말했다.

"내일 공장으루 찾아갈 거예요."

대답 없이 일철이 대문 밖으로 휑하니 사라졌고, 그날을 마지막으로 그는 다시는 집으로 돌아올 수 없게 되었다.

이튿날 폭력배들은 용산철도국 영등포공작창으로 몰려왔다. 이때에는 농성하던 노동자들도 대비를 단단히 하고 있었다. 공장 입구에서부터 온갖 잡동사니로 바리케이드를 쌓았고 장애물을 겹겹이 둘러놓았으며 투석을 벌일 돌무더기를 사방에 모아두고 화염병도 준비해두었다. 서울 여덟개 관구 경찰서의 지원을 받은 경찰 병력 삼천여명은 공작창 일대의 큰길과 건물들을 둘러싸고 있었다. 폭력배는 먼저 정문 바리케이드 쪽으로 돌격했고 투석이 시작되자 어디선가 카빈총을 발사하기 시작했다. 나중에 기관총이라는 말도 나왔지만 자동소총인 엠투 카빈의 연발 사격이라는 게 맞을 것이다. 담을 넘어서 공장 마당으로 진입한 폭력단들은 화염병에 대하여 수류탄도 던졌다고 한다.

전투가 오래 걸리지 않은 것은 그만큼 사상자가 많이 나왔기 때문이다. 노동자들은 이전에 일제와 싸우던 때에도 이렇듯 과감한 살상 진압을 겪어본 적이 없어서 매우 놀라고 당황했다. 그들은 사수하던 곳마다 한 블록씩 내주며 침착하게 부상자를 수습하면서 후퇴했다. 청년 노동자들이 이미 전평회관에서 일차적 폭행으로 부상당하여 농성장에 들어왔던 이일철에게 제안했다.

"부지부장님, 일단 피하시지요."

"아니, 끝까지 함께하겠소."

"밖에서 연락이 왔습니다. 조직 보위를 하셔야 합니다."

그렇게 실랑이를 하고 있을 때 조영춘이 달려왔다.

"뭘 하구 있어요? 어서 피하세요. 여기는 내가 맡겠습니다. 안지부장도 이미 체포당했답니다."

그는 얼결에 청년 두 사람에 이끌려 공장 안쪽 후미진 곳으로 갔다. 하수구의 뚜껑이 열려 있었고 아래로 내려가는 작은 철제 사다리가 보였다. 청년이 먼저 내려갔고 그가 뒤따라 더듬거리며 아래로 내려갔다. 뒤에서 그를 호위하던 청년 노동자가 내려오면서 뚜껑을 닫았다. 그들은 공장 폐수가 발목까지 차오른 노관의 수로를 따라서 상반신을 숙이고 나아갔다. 그들이 다시 뚜껑을 열고 어둠 속의 공장지대로 나오자 멀찍이 공작창 쪽에서 벌건 불길이 솟아오르는 것을 볼 수 있었다. 영등포 철도공작창 농성은 수십여명이 살상되고 노동자들이 무더기로 연행당하면서 끝이 났다. 그러나 전국적으로 퍼진 총파업은 계속되었고 슬로건의 내용도 경제투쟁에서 정치투쟁으로 확대되어 발전하고 있었다. 쌀 배급의 확대, 노동자 결사의 자유 보장, 민주적 노동법의 제정, 정치범의 석방 등에서 시작하여 '모든 권력을 인민위원회로'라는 혁명적 슬로건이 파업노동자들의 구호가 되었다. 파업이 진행되는 동안 전국의 학생들도 동맹휴학을 통해 투쟁의 대열에 합류했고, 대부분의 신문들도 동조하는 기사를 발표했다.

철도노동자들은 용산과 영등포를 망라하여 천칠백여명이 검거되었다. 그러나 항쟁의 불길은 꺼지지 않았고, 전국으로 번져나가게 된 도화선은 대구에서 시작된다.

서울에서 전평의 총파업이 결정되자 우선 전기노조 체신노조, 그리고 방직공장들이 파업에 들어갔고 9월 30일에는 대구 시내의 거의 모든 공장이 총파업에 들어갔다. 가두시위에서는 모든 요구조건이 '쌀을 달라'는 기아행진으로 조직되었다. 학생들은 음악 교실에서 배운 이태리 민요 「산타 루치아」를 '쌀 털러 가자'라는 노래 가사 바꾸기로 대중 속에 퍼뜨렸다.

창고에 쌓인 쌀 찹쌀과 멥쌀
니 배만 고프냐 내 배도 고프다

쌀자루 가지고 쌀 털러 가자
쌀자루 가지고 쌀 털러 가자

군정의 강제 미곡 수집과 미곡 반입 금지령에다 때마침 퍼지고 있던 호열자의 전염을 방지한다고 통행금지까지 시켜서 식량 반입이 불가능해지면서 대구의 기아상태는 험악해지고 있었다. 어느정도였는가 하면 전매청의 연초공장에서는 담배 잎을 마는 종이에 바르는 풀이 나오면 직공들이 그 풀을 다 먹어치울 정도였다. 굶어서 힘이 없어 누워 있는 사람들을 미군과 경찰은 호열자에 감염되었다고 실어다가 환자들만 격리 수용된 곳으로 끌어다놓았다. 기아행진을 하고 시장실에까지 쳐들어간 아낙네들에게 쌀 대신 비누를 배급하겠다거나 살림 사는 여자가 쌀도 없느냐는 시장의 폭언이 밖으로 알려지면서 대중적인 분노가 일어났다.

10월 1일에 대구의 사백여개 공장의 노동자들은 총파업 지지대회를 가진 뒤 모여든 학생과 일반 시민 등이 합쳐져 수만명의 군중이 되어 '미군은 물러가라'는 구호를 외치며 대대적인 가두시위에 들어갔다. 경찰의 위협사격으로 연탄공장의 노동자가 피살되었다. 분노한 대구 시민 일만 오천여명이 철야로 항의시위를 계속하고 오전 열시경에 대구경찰서 앞에 집결하여 집회를 개최하였다. 분노와 흥분으로 들끓는 군중 앞에 한 청년이 나서서 '동지의 죽음에 대한 복수는 이때를 두고 다시없다'며 열변을 토하던 중 경찰이 쏜 총에 맞아 피를 흘리며 쓰러졌다. 계속해서 다섯명의 연사가 다투어 나섰으나 그들 역시 경찰의 조준사격으로 차례로 피투성이가 되어 쓰러졌다. 분노한 군중은 투석을 시작했고 경찰의 일제사격으로 현장에서 열일곱명이 사망했다. 대구 시민들은 총탄을 무릅쓰고 경찰서로 돌입하여 점령했고, 무기를 탈취하여 무장한 청년들도 있었다. 이들은 수백명씩 대를 나누어 시내의 모든 파출소를 공격하고 대구 전체를 장악했다. 자정이 넘어 새벽까지 일제 때부터 원성의 당사자였던 사찰형사들이 시민들에게 피살되었다. 시장 전매청장 도지사의 관사도 습격을 받았고, 시민들은 탈취한 쌀과 광목들을 달성공원에 실어다놓고 질서 있게 배급하기도 했다. 동네마다 청년들이 완장을 차고 교통정리를 했으며 신발가게 주인은 시위대에 신발을 무상으로 나누어주는 일도 있었다. 오후부터 충남 경찰 병력이 도착하면서 저녁 여섯시에 대구지역 일원에 계엄령이 선포되고 탱크와 기관총으로 무장한 미군이 시내에 진입했으며 경찰은 대대적인 반격 진압을 실시했다. 저녁 일곱시부터 통행금지령이 내리고 시위자나 주동자들에 대한 체포 검거가 시작되었다. 대구에서 봉기가 시작되자 인접해 있는 영천 의성 군위 왜관 선산 그리고 포항 영일 등지에서 각 지역별로 집회가 열린 다음 봉기에 들어갔고 지방에서는 더욱 격렬하게 폭력적으로 번져갔다. 농촌에서 항쟁이 폭력화된 것은 토지개혁은커녕 군정 아래에서도 변한 것은 아무것도 없고, 일제 때부터의 경찰들이 여전히 폭압을 자행하여 해방이 결코 해방이 아니라는 좌절감에서 비롯된 것이었다. 농민들은 「모심기 노래」의 가사를 바꾸어 불렀다.

이 물꼬 저 물꼬 다 터놓고 주인네 양반 어델 갔소

문어 전복 손에 들고 첩의 집에 놀러 갔네
해는 져서 어두운데 집집마다 연기 나네
우리야 부모는 어데 가고 연기 낼 줄 모르시나
비린내야 비린내야 검은 개 놈 피비린내야
서발바리 포승줄에 묶여 가신 울 오랍아
군정재판 받더라도 강제공출 반대하소

농민들의 구호는 단순 명료했다.

"쌀 공출을 폐지하라, 토지개혁 실시하라, 모든 권력을 인민위원회로!"

경상도의 전지역이 항쟁에 휩싸였고 서울과 경기도는 물론이고 충청도 대전, 전라도 광주 화순 목포 등 전국적으로 번져갔다. 미군은 경찰, 그즈음 갓 창설한 국방경비대, 우익 청년단과 깡패들 등을 총동원하여 진압작전에 나섰고, 과거와 다른 것은 거침없이 양민학살을 마다하지 않게 된 것이었다. 마산에서는 시위 중인 육천여 군중을 향하여 무차별 발포를 감행했다. 전국 각지에서 이만 팔천여명이 살상을 당했으며 무려 일만 오천여명이 체포 연행당했다. 체포된 민중의 가옥은 경찰과 깡패들에 의해 무참히 파괴되고 약탈되었으며 경찰서로 끌려가서는 혹독한 고문을 당해야 했다. 엄청난 대량 체포로 인하여 감옥과 유치장이 더이상의 수용 능력을 상실하자 임시수용소를 설치하여 파업 참가자들과 시위자들을 가두어두었다. 이런 항쟁은 삼개월 동안이나 계속되었다.

10월 3일에 지산은 동맹휴학 중이었지만 등교했다. 민청이었던 상급생들의 전달을 받았던 것이다. 중학교 5학년이 졸업반이었는데 지산이 또래 3학년생들은 이른바 중간 토막으로서 학교마다 말썽쟁이 학년으로 알려져 있었다. 지산이는 아직 민청원은 아니었지만 선배들과 시국 토론을 벌일 정도로 이론에 밝았다. 그것은 감옥에서 죽은 작은아버지와 아버지의 영향이 컸을 터였다. 학교에 나온 것은 삼백여명쯤이었고 연이어 이웃 학교들과 연락하여 군정청 앞에 이르렀을 때에는 수천명이 되었다. 여기에 시민들과 노동자들이 합쳐져서 이만여명의 군중을 이루었다. 이들은 광화문통을 지나 군정청 앞에 모여 구호를 외쳤다.

쌀을 달라! 식민지 교육 반대한다! 수감 중인 애국자를 석방하라! 테러를 배격한다!

경찰 진압대가 실탄을 장전한 총을 겨누며 다가왔고 그 뒤에는 기마경찰대가 일제강점기부터 쓰던 장봉을 쳐들고 따라왔다. 이들은 조선총독부 중앙청이던 군정청 건물을 향하여 양쪽에서 접근했고 남대문 방향에서도 일단의 경찰대가 행진해왔다. 경찰은 청사 앞 광장에 모인 군중을 둘러싸고 공포를 쏘기 시작했다. 군중은 광장 한가운데로 점점 몰려들었다. 기마경찰대가 이들의 가운데로 짓쳐 들어가며 긴 곤봉으로 사람들을 후려치기 시작했다. 이날 혼잡 가운데서 이십여명이 타살당했다. 지산이는 속옷을 찢어 터진 머리를 감싸매고 걷다가 뛰다가 하며 영등포 집에까지 간신히 돌아왔다. 이미 주위는 캄캄한 밤중이었다. 동네 골목 입구에 나가서 가슴을 졸이며 서성이던 신금이는 비틀거리며 다가오는 아들을 보자 달려가서 부둥켜안았다.

"아이구, 이게 무슨 꼴이냐. 어디 보자……"

어머니의 키만큼 자라난 이지산은 어머니 품에 안기자 어린애처럼 엉엉 울었다고 한다. 물론 지산은 절대로 그런 일이 없었다고 뻗대었고 이백만도 손자 편을 들어주었다.

"아무렴 울기까지야…… 분해서 헐떡거렸겠지."

진오는 국민학교 시절에 할머니 신금이에게 되물은 적이 있었다.

"일제시대에는 그랬다 치고, 왜 우리 식구들은 힘센 쪽에 붙지 못하고 맨날 지는 쪽에만 편들었어요?"

"왜, 약한 쪽 편드는 게 싫으냐?"

"물론이지요. 너무 손해잖아요?"

그러면 할머니는 감실감실 주름살 잡힌 눈을 더욱 가늘게 뜨고 웃으면서 말했다.

"그때에는 지는 것처럼 보여도 결국은 약한 이들이 이기게 되어 있다. 너무 느려서 답답하긴 했지만."

그리고 신금이는 덧붙였다.

"오래 살다보면 알 수 있단다. 서로 겉으로 내색을 안 할 뿐이지 속으론 다들 알구 있거든."

이일철은 철도공작창 농성이 청년단과 깡패들에 의해 진압된 이후에 다른 전평 간부들처럼 도피에 들어갔다. 지도부와 연결이 끊이지는 않았지만 연락을 자제하고 있던 상태에서 실무 부서의 활동가들은 투쟁을 격화해야 한다는 측과 일정 기간 냉각기를 가지고 지켜보면서 조직을 강화해야 한다는 측으로 나뉘었다. 박헌영의 도피 이후에 남로당을 맡게 된 새 집행부가 군정청과 만나서 타협을 모색하면서 총파업의 열기는 식어가는 중이었다. 이때에 당 중앙은 파업을 전국적으로 통제하거나 끌고 나갈 능력이 없었다. 지방에서는 경찰의 공세가 더욱 거세져서 검거와 살해가 일상화되었고 쫓긴 사람들은 지방의 산간으로 도피하여 보잘것없는 무기를 가진 야산대를 이루었다. 이러한 지방의 분위기는 주춤하고 있던 서울에도 전해져서 청년 노동자들과 학생들 중에는 항쟁을 주장하며 폭력투쟁에 나서는 그룹도 있었다. 그들은 주로 그 지역에서 유명하던 친일파로 다시 군정청의 지원을 얻어 득세하게 된 자들을 공격 대상으로 삼았다. 청년들이 노리는 것은 대부분 일제 때 고등계 경찰 출신들로 현직에 있는 자들이었다.

전평 영등포지부의 지부장 안대길은 검거당했고, 부지부장 이일철은 도피 중이었으며, 대의원들도 뿔뿔이 흩어졌지만 공장의 각 세포들을 총괄하는 중앙사무국은 실무 책임자들로 일제 때처럼 지하에서 활동을 계속하고 있었다. 책임자는 금속 부문의 오랜 활동가 지정호였고 부책이 조영춘이었다. 그들은 안대길 방우창 이이철 박선옥 등과 함께 경성콤의 마지막 조직원들이었다. 방우창은 경찰서에서 고문을 받고 숨졌으며 이이철은 고문후유증으로 옥사했던 터였다. 조영춘은 최달영의 수하인 낯익은 형사가 전평 사무실에 찾아와 부지부장 이일철과의 회합을 주선하던 일을 또렷이 기억하고 있었다. 최달영은 야마시타 정탐조를 이끌며 인천과 영등포에 연결되어 있던 국제파와 재건파 그리고 수년에 걸쳐서 그들이 가까스로 통합한 경성콤 조직원들을 일제 검거하여 출세했던 가장 주요한 적이었다. 그가 용산경찰서장으로 철도국 전평회관의 급습을 총지휘했다는 것과 공작창 농성의 분쇄에도 깊숙이 관여했다는 사실을 조영춘 등은 잘 알고 있었다. 최달영은 물론이고 그의 수하였던 야마시타 정탐조의 형사와 보조들은 모두 승진하여 용산서와 영등포서에서 근무하고 있었다. 중앙사무국은 지하에서 이들의 명단과 근무처를 조사하여 조직원들에게 알렸다. 그들은 누구보다 첫번째로 최달영을 처단하기로 결정했다.

조영춘은 여성 두 사람에게 최의 동선 파악 및 사전 답사를 맡겼고, 남성 넷이 잠복과 거사를 맡으며 지휘와 최종 거사까지 자신이 참여하기로 했다. 그들은 노량진 쪽 산동네에 빈 적산가옥 한채를 얻어 들었다. 기간은 열흘 이내로 잡았다. 공연히 질질 끌다가는 주위 사람들 눈에 띄게 될 게 뻔했다. 그들은 이 무렵부터 서울 변두리에 몰려들기 시작한 삼팔따라지 시늉을 하며 이북에서 내려온 두 가족 행세를 했다. 박선옥과 손영순은 한강 건너 공장에 다니는 시늉이었고 그들의 남편인 두 사내는 행상으로, 십대의 견습공은 아우로, 조영춘은 가끔씩 방문하는 그들의 친척으로 보였다. 저녁이 되면 식구들은 모두 엇비슷한 시각에 귀가하여 밥을 지어 먹었다. 그들은 둘러앉아 회의를 시작했다.

"먼저 동선을 파악해야지."

조영춘이 말하자 박선옥이 받았다.

"우리가 청파동 집에는 가봤어요. 모두 일곱명이고, 경비 경찰이 교대로 지킵니다. 최가 마누라, 식모, 아들딸이 있구요, 학교 다녀요. 그리구 운전수가 있지요."

그들은 맡은 임무에 따라서 제각기 보고를 했다.

"차라면 군용 지프차겠군. 매번 차를 타나?"

"출퇴근할 때요."

"식전에 부근 공원으로 개를 끌고 산책을 나갑니다."

"규칙적인가?"

"아침 일찍 나가더군요. 물론 안 나가는 날도 있습니다."

"동행자는 없나?"

"제가 세번 관찰했는데 매번 혼자였습니다."

조영춘은 말했다.

"그 자식이 소싯적에 돼지치기 해먹었다는군. 뭐, 돼지하구 말이 통할 정도루 동물을 좋아한다던가 그랬어."

"돼지치기가 서장까지, 우아 정말 출세했네. 누가 그래요?"

"내가 부지부장 동무한테 들었지. 보통학교 같이 다녔다네."

닷새쯤 진행된 동선 관찰에 의하여 거사 장소는 일단 효창공원으로 정해졌다. 어느날 서쪽 하늘을 바라보던 조영춘이 식구들에게 말했다.

"날씨 좋겠군. 내일 해치웁시다!"

이튿날 조영춘은 노동자 네 사람을 데리고 새벽 다섯시에 출발했다. 역시 조의 일기를 보는 눈매가 정확했는지 전형적인 조선의 가을하늘이어서 구름 한점 없이 쾌청했다. 나중에 그는 박선옥에게 다음 날 천기를 보려면 전날 서쪽 하늘의 노을을 보면 알 수 있다고 말해주었다. 한강 인도교를 건너 청파동 최달영이네 집 부근에 도착한 것이 새벽 다섯시 사십분쯤이었다. 조영춘과 노동자 두 사람은 효창공원 입구의 솔밭 가운데 자리를 잡았고 소년공과 노동자 한 사람이 최달영의 집 부근에 각자 떨어져서 기다리기로 했다. 그들은 최가가 그날따라 산책을 나오지 않거나 또는 누군가 동행이 따라붙을까 불안하고 초조했다. 정확히 여섯시가 되었을 때 조짐이 있었다. 동그랗게 전지한 향나무와 사철나무가 우거진 적산가옥의 담장 너머로 개 짖는 소리가 들리기 시작했고, 개를 꾸짖는 소리가 들렸다. 여섯시 이십분쯤에 철문이 열리더니 개가 먼저 나오고 목줄을 쥔 사내가 따라 나왔다. 개는 셰퍼드였고 덩치는 컸지만 어딘가 껑청하고 미숙해 보이는 것이 아마 육개월 정도의 강아지였을 것이다. 최달영은 간편한 운동복 차림에 농구화를 신고 있었다. 그는 줄을 팽팽하게 끌고 앞으로 뛰쳐나가려는 듯한 개를 나직하게 꾸짖으며 걷기 시작했다. 소년은 일부러 그의 앞으로 걸어와서 지나갔고, 뒤따르던 노동자에게 일러주었다.

"최가 맞아요."

그들은 차례로 적당한 거리에 떨어져서 최달영의 산책로를 따라갔다. 그러고는 임무가 끝났으므로 소년은 중간에서 남대문로 방향으로 빠지고 행상 차림의 노동자 혼자 덮개를 씌운 빈 지게를 지고 천천히 뒤를 따랐다. 그는 미나리밭 건너편 공원의 솔숲이 보이는 곳에서 일행이 최가의 산책을 확인했으리라 생각하고 옆길로 새었다. 최달영은 늘 다니던 길이었으므로 방심하고 개의 배변을 기다려주기도 했다. 때로는 개를 꾸짖으며 뛰기도 하고 다시 천천히 걸어갔다. 그가 공원 입구에서 오르막에 접어들었을 때 목에 수건을 건 남자 두 사람이 내려왔다. 최달영은 오랜 경찰답게 날카로운 시선으로 그들을 살폈다. 아침 운동을 나온 평범한 젊은이들이었다. 그는 곧 경계를 풀고 걷는데 앞에서 국민복 차림의 남자가 신문을 둘둘 말아 쥐고 다가왔다. 최달영은 그를 보면서 '내가 저 자를 어디서 보았던가' 하면서 매우 낯이 익다고 생각했다. 그때에 방금 지나갔던 두 청년이 뒤에서 달려들며 그의 양팔과 어깨를 붙잡았다. 최달영은 개의 목줄을 놓쳤고 소리를 지를 틈도 없었다. 앞에서 다가온 자가 신문지에 쌌던 칼을 그의 배에 재빨리 찔러넣었던 것이다. 뒤에서 최를 붙잡은 자들도 한 팔로는 그의 상반신을 잡은 채 다른 손으로 칼을 뽑아 양 옆구리를 수차례 쑤셨다. 터진 논고랑의 물처럼 피가 쏟아져나왔고 최달영은 그 자리에서 무너져 내렸다. 그가 땅바닥에 드러누워 위를 향하여 눈을 치뜨고 올려다보자 앞에서 맨 처음에 칼질을 했던 사내가 이를 드러내고 웃으면서 중얼거렸다.

"야마시타! 나 조영춘이다. 방우창 이이철 열사가 저승에서 기다리구 있을 거다."

최달영은 뭐라고 말하려다가 목을 떨구면서 그 자리에서 절명했다. 그들은 최달영의 두 다리를 잡아끌고 가서 솔숲 사이로 던져버렸다. 그러곤 주위를 살폈다. 목줄에서 풀려난 강아지는 미나리밭에서 뭔가 냄새를 맡고 한창 뛰어다니는 중이었고 부근에는 인적이 보이지 않았다. 그들은 서로를 살폈다. 조영춘이 칼질할 때에 정면에서 솟은 핏줄기가 튀어 국민복 앞섶이 붉게 물들었고 붙잡고 옆구리를 찔렀던 노동자들도 각각 왼쪽 오른쪽에 피가 흠빽 묻었다. 그들은 상의를 벗어서 풀숲에 던지고는 셔츠 바람이 되어 현장을 떠났다.

이튿날부터 용산서와 영등포서의 사찰계가 발칵 뒤집혀서 용의자들을 찾기 시작했다. 두 경찰서 사찰계의 인원은 합쳐서 육십여 명이나 되었다. 그들의 중심에는 예전 최달영의 야마시타 조원들이 과장 계장으로 포진하고 있었다. 경찰은 아직도 현재형으로 간직하고 있는 예전 활동가들의 정보보고서들과 심문조서들을 뒤지더니 경험자들의 판단으로 최달영 사건은 경성콤 영등포 조직과 관련이 있음을 확신했다. 그들이 보기에 용의자들은 모두가 전평의 실무선들이었다.

형사대가 이미 빈 전평 사무실은 물론 모든 대의원 중앙위원 사무국 그리고 사찰 명단에 오른 모든 평회원 노동자들의 집을 덮쳤다. 백여명이 연행되었고 영등포 소재의 모든 공장은 조업을 멈췄다.

거사가 있었던 바로 그 밤에 박선옥이 신금이의 샛말집을 찾아왔다. 그녀는 짐을 꾸려 륙색을 짊어지고 어디론가 먼 길을 떠나려는 행색이었다. 두 여자는 마당에 쪼그려 앉아 속삭이며 말을 주고받았다. 박선옥이 말했다.

"이제 검정개들이 광분할 거예요."

검정개란 당시에 일제와 미군의 대를 이은 앞잡이였던 경찰을 일컫는 민중의 별칭이었다.

"왜 또 무슨 일이 일어났어?"

"우리 쪽에서 야마시타를 처단했어요."

"아아……"

그때에 신금이는 가슴이 철렁 내려앉았다고 한다. 시동생 이철의 원수를 갚았다는 생각보다는 진작부터 피신한 남편 일철의 신변이 더욱 걱정되었기 때문이다. 이제는 영영 남편을 만날 수 없게 되었다는 절망감이 그녀를 짓눌렀다.

"낼부터 아마 난리가 날 거예요. 우리는 여기 살 수 없어요. 언니, 식구들 데리고 어서 피해요."

신금이는 그때에 차분하게 마음을 가라앉히고 생각에 잠겼다. 이제 남편은 집은커녕 영등포 근처에도 다시는 얼씬해서는 안 될 거였다. 자기라도 집을 떠나 있어야 어떻게든 지하에 피신한 남편과의 연결이 이루어질 수 있다는 걸 깨달았다. 그리고 박선옥이야말로 자신과 이일철을 이어줄 수 있는 유일한 조직의 선이었다. 지산이는 건넌방에서 자고 있는지 기척이 없었고 마당 건너편 공방에는 불이 켜져 있었다. 신금이가 공방의 문 앞에 가서 조그맣게 아버님, 하고 불렀더니 이내 이백만의 목소리가 들려왔다.

"무슨 일 있냐?"

그는 돋보기를 벗어 작업대로 쓰는 널판자 위에 놓았다. 물소뿔을 펴서 갈고 있던 중이었다.

"아버님 오늘 노조원들이 야마시타를 처단했답니다."

"저런, 큰일이 벌어졌구나."

"그러잖아도 눈이 벌게서 지산 아부지를 찾구 있어요. 날이 밝으면 우리 식구들 모두 끌려가서 곤욕을 치르게 될 거예요."

이백만은 원래가 좋고 나쁜 일에 대하여 별로 표를 내지 않는 과묵한 사람이었지만 사태의 급박함을 잘 알고 있었다. 그는 지난 몇 년 동안 두쇠의 항일활동과 죽음을 지켜보았고 형무소에 가서 아들의 시신까지 수습했던 아픔을 겪었다. 또한 해방 이후 한해 동안에 모든 꿈과 희망이 사라지고 맏아들 한쇠마저 일제 때와 똑같이 쫓겨다니는 신세가 되지 않았던가.

"사찰계 것들이 들이닥칠 텐데 하다못해 한달만이라도 아니 보름만이라도 피해 있어야겠어요."

며느리의 말에 이백만은 한참이나 대답이 없다가 한마디 했다.

"내 집이 여긴데 어딜 가자는 게냐?"

"지산이두 이제 머리통이 커져서 세상 돌아가는 일을 다 알아요. 저놈들도 지산이를 그냥 내버려두진 않을 거예요."

"어디루 가자느냐?"

"아버님 모시고 김포루 나가 있다가 잠잠해지면 돌아올라구요."

며느리가 친정에 가 있겠다는 말을 듣고 이백만은 다시 침묵이었다. 신금이가 참지 못하고 재촉했다.

"어서 일어나시지요."

"거시키니…… 누구라도 말대꾸할 사람이 집에 남아 있어야 하지 않겠냐?"

"그러니 곤욕을 당하시잖아요. 다들 어디 갔느냐면 뭐라시게요?"

"글쎄…… 나갔다가 들어오니 모두 가버렸더라고 그러지 뭐."

"누구보다두 아범 행방을 찾으려 할 텐데요."

며느리의 말에 이백만은 무덤덤하게 대꾸했다.

"이제 지산이 애비는 여기 사람이 아니다."

신금이는 그 말에 다시 가슴이 무너졌다고 나중에 말했다. 파업하고 항쟁이 일어났던 시월이 지나고 그해 겨울에 소요 관련자 오백삼십칠명에 대한 공판이 열렸을 때 열여섯명이 사형 언도를 받왔다. 사실상 지방에서는 현장에서의 즉결 총살이 빈번하게 일어나던 시절이었다.

"형사들이 우리 찾으면요, 충청도 갔다구 그러세요. 예전 공장에 같이 다니던 동무네 시골에 내려갔다구요. 아범은 어디서 죽었는지 살았는지 소식이 아예 끊겼다구 하시구요."

며느리의 말에 이백만은 그냥 이렇게 중얼거렸다.

"왜정 때 하던 대루 하지 뭐."

신금이는 대번에 이백만의 말을 알아들었다. 그는 최달영의 야마시타 조가 이철의 행방과 가정 사정을 살피러 올 때마다 같은 얘기를 반복하던 것이다. 빨갱이들은 부모도 처자식도 모르는 놈들이라 자식으로 생각 않은 지 오래라고. 내가 당신네들보다 더 자식놈을 웬수로 안다고.

신금이는 박선옥과 의논하여 몇시간이라도 눈을 붙이고 나서 새벽에 날이 밝기 전에 출발하기로 했다. 두 여자는 안방에 나란히 누워서 잠을 청했다.

"정말 삼팔선을 넘어가야 할까봐."

신금이의 말에 선옥이 중얼거렸다.

"우리는 그럴 수 없어. 삼백만 당원이 있는데 나만 살자고 도망칠 수는 없잖아. 당 중앙도 아직 지하에서 활동 중이고. 정 피치 못할 경우에만 넘어가고 있다구."

"북에서 내려오는 월남민들도 점점 늘어가구 있잖아."

"저쪽은 진작 토지개혁 하구 모든 생산수단을 국유화했으니까. 혁명에 적응 못하는 사람들두 많겠지."

"그래, 일철씨가 삼팔선 넘어가면 우리하군 언제나 만나게 될까?"

박선옥은 그때 자신만만하게 힘주어 말했다.

"뭐 오래 걸리진 않을 거예요. 우리 민족이 원래 만만한 사람들이 아니니까. 양키들 나가면 곧 남북 인민위원회가 합쳐지고 통일이 되겠지."

"그래, 코쟁이들이 나가겠지!"

둘은 그렇게 불확실한 장래에 대하여 몇마디 이야기를 나누었다. 신금이가 까무룩하게 잠 속에 빠져들고 있었는데 박선옥이 중얼거렸다.

"언니야, 자?"

"응, 왜 그래……"

"나 이철이 오빠 좋아했거든. 그동안 힘들었어."

신금이는 박선옥의 말에 저절로 잠이 깨어버리고 말았다.

"언제부터 그랬어?"

"나는 언니가 알고도 모르는 척하는 줄 알았는데. 우리 집에서 독서회 할 때부터야."

신금이는 언젠가 신혼 시절에 시동생이 숨어 다니다가 집에 들렀던 어느날이 문득 떠올랐다. 밥상머리에 앉은 이철의 등 뒤에 여자 둘이 보여서 자기도 모르게 종알종알 입 밖에 내었다가 남편 일철에게서 야단도 맞고 시동생은 밥숟가락을 놓고 나가버렸다. 이이철이 체포되고 한여옥이 장산이를 잃고 떠나간 다음, 그가 다시 투옥되었다가 옥사할 때까지 시동생의 두 여자는 누구일까 몇번쯤 생각해보았던 적이 있었다. 그런데 선옥이를 지척에 두고도 몰랐다니 그녀의 마음고생이 얼마나 심했을까.

"어머나! 그러면…… 그럼 첨 만날 때부터 좋아했던 거잖아."

"응, 이철이 오빠가 내 질문에 대답해주었을 때. 그때 언니두 함께 있었다구."

"나는 기억이 안 나는데……"

"내가 프롤레타리아의 뜻이 뭐냐구 물었지. 그랬더니 우리네 같은 무산자라고 오빠가 설명해주었을 때, 나는 가슴이 찌르르 했어."

신금이는 저절로 잠이 깨어 상반신을 일으키고 앉았다.

"말하지 그랬어? 너는 끝까지 이철씨 레포였잖아?"

"장산이 엄마두 동무였고 우리는 같은 조직의 활동가들이었어. 말을 꺼낼 엄두도 못 냈지."

두 여자는 다시 자리에 누웠다. 그리고 소리를 죽여 잠깐 울었다.

"참 그지때기 같은 세월이구나!"

신금이가 훌쩍이면서 중얼거렸다.

날이 밝아오자 박선옥이 먼저 눈을 떴고, 신금이는 아직 잠이 덜 깨어 어리둥절한 지산이를 일으켜 보퉁이와 륙색을 이고 지고 집을 나섰다. 그들이 나설 때 이백만은 마당에 나와 기다리고 서 있었다.

"아버님 진지 꼬박꼬박 챙겨 드시구요, 무슨 일 있으면 공작창 사람들께 부탁하세요."

"그래, 내 걱정은 말구 어서 가거라."

신금이는 지산이를 데리고 박선옥과 동행하여 김포를 향해 새벽

길을 걸었다. 오목내다리를 건너 염창나루에서 하구로 나가는 썰물 배를 타고 김포까지 갈 작정이었다. 박선옥은 일단 김포 신금이의 친정에서 며칠 지내다 인천으로 나간다고 그랬다. 신금이의 친정은, 부친이 해방 몇해 전에 작고했고 큰오빠와 막내오빠가 어머니를 모시고 농사를 지으며 살았다. 이일철은 처가에 들를 수 없을 정도로 바빠졌고 신금이만 지산이를 데리고 작년에 친정 나들이를 다녀왔었다. 큰오빠는 그래도 동네 유지라서 내색을 하지 않았지만, 막내오빠는 군정청의 미곡 공출을 겪고 나서 분노가 하늘을 찌를 지경이었다. 지방 읍면의 하급 관리나 이전 순사들이 다시 관청과 경찰서를 차지하고 미군을 이끌고 다니며 추곡을 강제로 거두어가는 것에 진절머리를 냈다. 그는 전농의 조합원이 되어 있었다. 집 마당에 들어서자 마루에 앉았던 막내오빠가 방 안의 식구들에게 외쳤다.

"금이가 왔네, 어머니 금이 왔다니까요. 지산이두 왔어요!"

큰오빠와 올케들이 제각기 부엌과 안방 건넌방에서 뛰쳐나왔다. 식구들은 안부 인사를 나누고 대뜸 일철이 소식부터 물었다. 어머니가 섭섭하다는 듯이 말했다.

"이서방은 지금두 기차 끄느라구 바쁜가보구나."

"에이, 어머니, 지산이가 있는데 이서방은 왜 찾아요?"

막내오빠가 그렇게 얼버무렸다. 그는 문건을 통해서 전평의 그간 활동을 알고 있었고 현재가 그들에게 비상시국이라는 것도 알았다. 뒷마당의 방 두칸짜리 별채에 있던 아이들을 안채에 한데 몰아넣고 신금이 일행이 쓰도록 해주었다. 박선옥은 며칠간 같이 지

내다 인천으로 나갔다. 그녀는 이일철과 선이 닿으면 식구들이 처가에 있다는 것을 알려주기로 했고, 또한 그에게서 연락이 오면 선옥이 김포에 오기로 약속을 해두었다.

역시 이튿날 아침이 되자 영등포경찰서 사찰과에서 형사 넷이 샛말집으로 찾아왔다. 그들은 말없이 대문을 두드렸고 이백만이 나가서 문을 열자마자 우르르 몰려들어와 신발을 신은 채로 안방 건넌방 공방 그리고 뒷방까지 샅샅이 뒤졌다. 장롱과 반닫이를 온통 들쑤셔놓아서 방 안에는 옷가지와 잡동사니들이 널렸다.

“이일철이는 그사이 연락이 없었소?”

조장인 듯한 나이 든 형사가 물었고 이백만은 대꾸했다.

“지난번에도 와서 다 뒤지지 않았소? 그 자식 집 나간 지가 석달이 넘었시다. 전평회관에 간다구 나가선 그날부터 입때껏 소식 두절이라오.”

다른 형사가 물었다.

“한데 이일철이 처…… 그러니까 당신 며느리 말요. 어디 간 거요?”

“며칠 전에 충청도에 오랜 동무가 있다며 자식까지 데리구 갔어요.”

형사들은 마루에 나란히 앉아 번갈아 고압적으로 질문했고, 이백만은 마당에 서서 공손히 대답하고 있어서 마치 주객이 바뀐 것만 같았다.

“혹시 이일철이가 식구들 데리구 삼팔선 넘어간 거 아닌가?”

형사의 질문에 이백만은 갑자기 화를 내며 외쳤다.

"그런 못된 빨갱이 새끼! 그것들은 원래가 부모도 처자식도 모르는 불쌍놈들이오. 내가 아들 없는 셈 치고 살아온 게 어제오늘 일이 아닌데, 우리 메누리두 그 자식을 서방으루 여기지 않소. 속 뒤집어놓지 마슈."

야마시타 정탐조의 보조였던 형사는 이이철의 사건도 잘 알고 있는데다, 이백만이 두 아들과는 달리 철도국 공원으로 평생 일하다 퇴직했고 이전에 철도관사에 살 때에도 성실한 황국신민으로 알려져 있어서 그의 말에 어느정도 진심이 담겨 있다고 보았다. 그가 들춰본 사상동향보고서에도 비슷한 내용이 적혀 있었던 것이다. 지방에서는 경우에 따라서 이미 학살이 자행되고 있었고 전쟁 중에는 더욱 심해졌지만 아직 도시에서는 차마 버젓한 폭력이 벌어지지는 않았다. 형사들은 저희끼리 짐작했던 대로 빈손으로 돌아갔다. 대문을 나가기 전에 조장 형사가 머뭇거리더니 되돌아와서 이백만에게 넌지시 말했다.

"우리도 이일철이 이번 사건에 직접 관련이 없다는 걸 알아요. 하지만 누군가 책임을 져야 되겠지. 그 사람 이젠 여기서 살 수 없소. 차라리 저쪽으로 넘어가는 게 살길이겠지요."

나중에 시아버지 이백만에게서 그런 얘기를 들었던 신금이는 말하곤 했었다.

"형사나 끄나풀 중에 좋은 사람, 나쁜 사람이 있다는 건 맞기두 하구 틀리기두 하지. 역할을 저희끼리 정하기두 하지만, 이런 경우는 보험 들어두자는 게야. 세상이 하루아침에 뒤바뀌던 시절이었으니까."

18

이일철은 관악산 기슭의 나꿀 마을에 은신해 있었다. 일제 때처럼 전평의 레포가 교대로 그에게 연락선을 대주었다. 허상우 선생은 보통학교 때에 그의 담임선생이었고 아우 이철의 담임도 맡았었다. 그래서 그는 아내 신금이와 결혼할 적에 허선생에게 주례를 부탁했던 것이다. 왜정 때 이이철이 수배 중에 그 집에 숨어 있었다. 허선생은 그후 교장을 지내고 정년이 되어 퇴직했으며 도림동 관사에서 고향집인 시흥군 나꿀로 들어가 살았다. 그의 아들이 대를 이어 교직에 있었고 고향집을 지키며 살던 아우는 경성 문안으로 들어가서 살았다. 이일철이 영등포공작창 농성이 분쇄되고 나서 그 집에 찾아갔을 때 허상우 선생은 그를 반가이 맞아주었다. 그는 해방 직후 지역마다 건국준비위원회가 조직되었을 적에 시흥군 위원장을 맡았다. 이는 물론 그의 제자들 중에 선생의 인품을 아는 사람들이 그를 천거했기 때문이다. 그는 자신이 맡은 학급의 제자였던 최달영 또한 기억하고 있었고, 자기가 숨겨주었던 이철이가 자수하여 첫번째 옥살이에 들어갔을 때 구치소로 면회를 가기도 했었다. 어느날 최 아무개 총경의 좌익 테러 피살 사건이 신문에 대문짝만하게 나오자 허선생은 신문을 들고 행랑채의 일철에게 달려왔다.

"큰일이 났네. 최달영이가 살해되었다네. 이게 그 야마시타 최달영이 맞지? 개명한 이름이 최용이라더군."

얼결에 신문을 받아서 단숨에 읽어치운 일철은 한숨을 길게 내쉬었다.

"한편으론 시원하면서도…… 안타깝군요."

"참, 그 녀석 인생두 허망하군."

"좌경 모험주의죠. 저들에게 빌미를 준 셈입니다."

"그러한가?"

"차라리 우리가 거듭 당하면서 인민들을 분노하게 해야 합니다."

"소련은 조선 인민들의 사는 사정과 형편으로 보아 불리하지 않다고 생각하는 모양이고 미국은 어떻게든 남한 단독정부를 세우려 하는 것 같아. 이승만이 미국 간 것도 그 때문일 거야."

"나진과 인천에 소련군과 미군이 상륙한 날부터 전쟁이 시작된 겁니다. 일본은 패망하기 전에 그 점을 잘 알고 있었어요."

이일철은 나꿀 허선생 댁에서 그해 겨울을 나고 삼월 초까지 머물러 있었다. 전평 영등포지회에서 보낸 레포는 사무국 요원들 중에 절반 이상이 체포되고 이일철과 조영춘에게는 일급수배령이 내렸다고 전해왔다. 그는 인천에 숨어 있는 박선옥의 연락을 통해서 아내가 김포 친정에 가 있다는 것도 알게 되었다. 진보진영은 전국적으로 삼일절 행사를 준비하고 있다는 소식도 있었다.

삼일절 그날, 좌익은 남산에서 행사를 가졌고 우익은 서울운동장에서 행사를 치렀다. 좌익단체들은 행사를 마치고 남대문 쪽으로 내려오고 우익은 을지로와 미쓰코시백화점 조선은행 앞을 거쳐서 또한 남대문로 방향으로 내려왔다. 학생과 노동자들이 선두가 된 행렬이 남대문 앞을 지나 시청 쪽으로 가던 중이었는데 우익 행렬의 선두였던 청년단원 수백명이 각목 등을 들고 좌익 행렬의 가운데를 무찌르며 몰려들었다. 이 지점에서의 충돌은 계획되어 있던 터여서 무장경찰이 대기 중이었는데 이들은 좌익 행렬의 군중을 향하여 발포하기 시작했다. 이날의 발포로 수십명이 살상당했다. 여기서 검거된 사람들은 포고령 위반으로 재판에 회부되었다. 다시 검거 선풍이 몰아닥쳤고 각 지역 인민위원회와 남로당 지하 간부들에 대한 추적이 일상화되었다.

그날 이일철은 허선생네 안채의 사랑방으로 쓰고 있는 누마루 딸린 건넌방에서 허선생과 바둑을 두고 있었다. 허선생 집은 나꿀 동네의 오른쪽 끝에 있었는데, 신작로 큰길에서 왼쪽으로 들어오게 되어 있었다. 동네라고 해봤자 허선생 댁과 두어집이 기와집이었고 나머지 십여채는 모두 고만고만한 초가집들이어서 서로가 무슨 반찬에 밥을 먹는지도 잘 알 만한 작은 동네였다. 동네 개들이 짖는 소리가 요란하게 들려오자 허선생은 집었던 바둑돌을 떨구고 잠시 귀를 기울였다.

"누가 오는 모양인데?"

그때에 이미 울바자 밖에 여러 사람의 발소리가 들려왔고 이일철은 늘 긴장하고 지내던 터라 얼른 일어나 뒤꼍으로 나가는 미닫이를 열었다. 바깥은 창호지 문에 가려져 보이지 않았지만 여럿의 인기척이 들리다가 대청과 마당 쪽의 미닫이가 동시에 열렸다. 대청 쪽에 두 사람, 마당에는 앞에 한 사람, 그 뒤로 무장한 순경들이 가득 늘어섰다. 앞에 섰던 형사들은 권총을 겨누고 있었다.

"꼼짝 마라!"

문이 열리자마자 힐끗 보고는 이일철이 툇마루에서 뒤꼍으로 뛰어내렸다. 바로 앞에서 권총을 겨누고 있던 자가 먼저 발포했다. 그를 막아서려고 일어나던 허선생이 가슴에 총을 맞았다. 대청마루에 섰던 자는 얼른 몸을 돌려 북편의 문을 밀쳤지만 겨우내 밖에서 문고리가 걸려 있던 문이라 잠시 주춤했다. 이일철은 평소에 보아두었고 직접 연습까지 했던 터라 한달음에 뒤꼍을 지나 북편 야산으로 달려올라갔다.

"어느 쪽이냐?"

마당에서 사랑방 지나 뒤꼍으로 몰려온 형사대와 순경들은 우물쭈물하던 사이에 결정적 순간을 놓쳐버렸다.

"저기, 저쪽입니다!"

야산의 나무 사이로 사람의 자취가 보이다가 사라지고 있었다.

"뭐 하는 거냐? 얼른 쫓아가 잡아."

그날 경찰 병력은 열다섯명이었고 사찰계 형사 다섯명에 지휘자는 주임경위였다. 주임은 사랑방에 허탈하게 서 있었다. 그의 발치에는 허상우 선생이 피를 흘린 채 몸을 웅크리고 쓰러져 있었다. 그는 아직 절명하지 않았다. 형사는 구둣발로 허의 몸을 밀어젖히고는 상반신을 숙여 얼굴을 들이대고 다그쳤다.

"이일철이 언제 왔나? 어디루 튄 거냐?"

낮게 기침하며 입에서 피를 토해내더니 허선생의 동작이 일시에 멎었다. 다른 형사가 툇마루에 서서 말했다.

"죽은 거 같은데요."

"괜히 나대니까 죽는 거야. 이 사람 건준 시흥군 위원장 했지."

그들이 허선생의 집을 급습하게 된 것은 영등포서에 보관된 해방 전 고등계 조서와 동향보고서 철을 며칠 동안 뒤진 결과였다. 그들은 이이철이 처음으로 수배를 받아 자수할 당시 허상우 교사의 집에 있었고, 허가 형제의 담임이었다는 것이며 이일철이 혼인할 때에 주례를 서주었다는 것도 발견했다. 그날 오전에 한차례의 동네 사찰을 통하여 누군가 손님이 와서 오래 묵고 있다는 것을 알아냈다. 경찰은 그 손님이 수배 중인 이일철이라 확신하고 체포 병력을 동원했던 터였다.

집 안에 가족이라고는 부인과 가사 일 돕던 동네 아낙뿐이었는데 마침 아무도 보이지 않았다. 두 여자는 앞들에 봄 냉이 캐러 나가 있었던 참이었다.

이일철은 관악산 줄기를 타고 북편으로 올랐다가 우회하여 남서쪽으로 방향을 잡았다. 그는 산속에서 날이 어두워질 때까지 기다렸다가 괭메이 쪽으로 하산했다. 방에서 도망치면서 신발을 신을 틈이 없어 양말만 신고 있었다. 어느새 양말은 흙투성이에 구멍이

났다. 일철은 광명리 동구에서 젊은 행인을 만나 돈을 주고 신발을 얻어 신을 수가 있었다. 작업복 상의 안주머니에는 늘 간직했던 비상금이 들어 있었고 이제 위기는 모면한 것 같았다. 그는 인천으로 방향을 정했고 소사에서 저녁밥을 먹었다. 일철은 비상시의 일차 접선자를 알고 있었다. 인천의 경성콤 조직책이었던 김근식의 오랜 레포가 박선옥과 닿는 선이었다. 이일철은 교회당에서 그녀를 만나 박선옥에 연락이 닿았고 인천 배다리에 안착했다. 인천지부는 전평의 전국 파업 결정에 따르지 않고 독자노선을 유지했던 탓에 다른 지역보다 평온하고 안전했다. 그들은 내부에서 여러 공장의 조직들을 더욱 광범위하고 대중적으로 강화시키는 일에 진력 중이었다. 남로당 지하조직을 맡게 된 김삼룡 등은 김근식의 조직 운영 방식을 신뢰했다. 그들 모두가 수배 중이라 일제 때처럼 레포를 통해서 연락을 주고받았다. 김근식은 이일철을 만나자마자 눈물을 흘렸다.

"이이철 동지와 헤어지던 일이 꼭 어제만 같습니다."

일철은 아우를 회상하며 그가 눈물을 보이는 것에 자기도 모르게 감동을 받았다. 현재 자신이 처한 막다른 상황을 이철이는 몇번이나 겪어냈을까.

"아우의 활동 내막은 해방이 되고서야 주위에서 듣고 알게 되었습니다. 그런데 다들 지금 우리가 겪고 있는 상황이 왜정 때와 다름없다고들 하더군요."

일철의 말에 김근식은 고개를 저었다.

"꼭 그렇지만은 않습니다. 지금 우리 주위에는 수백만의 인민대

중이 있지 않습니까? 얼마나 이러한 혼란이 계속될지는 모르지만 우리가 죽고 없어진 뒤에라도 새로운 사회는 오게 되겠지요."

김근식은 잔기침을 계속하고 있었다. 나중에 일철은 그가 전쟁 직전에 오랫동안 시달려온 결핵으로 지하활동 중에 숨졌다는 소식을 듣게 된다. 김근식은 빙긋이 웃으면서 말을 이었다.

"그런데 가끔 이상하다는 생각이 들더군요. 세상은 우리가 바라던 대로 이루어지진 않고 늘 미흡하거나 다른 모양으로 변하는 게 아닌가. 그것도 시간이 무척 오래 지나서야 그러더군요. 장구한 세월에 비하면 우리는 먼지 같은 흔적에 지나지 않아요."

그리고 김근식은 일철을 만난 용건에 대하여 말을 꺼냈다.

"여기서 더이상 일하기가 어려워진 조직 간부들은 일단 삼팔선 이북으로 송환하게 되어 있지요. 현재 남로당 중앙은 해주에 있습니다."

"그럼 다시는 돌아올 수 없습니까?"

"아, 물론 이 모든 것은 임시조치입니다."

이일철은 차마 가족에 대한 사항은 묻지 못했다. 어느 곳의 누구든지 활동가들은 가족은커녕 자기 혼자 몸을 돌보기도 버거운 형편이었기 때문이다. 김근식이 그의 머뭇거리는 태도를 보고 곧 눈치를 챘다.

"시국이 좋아지면 다시 돌아와서 가족과 함께 살 수 있지 않겠어요?"

"그러면 언제 어떻게 월북하게 됩니까?"

일철의 질문에 김근식은 소리를 내어 웃으면서 대답해주었다.

“이십만씨라고…… 잘 아실 텐데요.”

“저희 작은아버지 되십니다. 만나 뵌 지 오래되었습니다.”

“그분이 여러가지로 도움이 될 겁니다.”

김근식은 종이쪽지를 꺼내어 몇자 적어서 일철에게 내밀었다.

“이게 그분 주소예요. 여기서 아주 가까운 뎁니다.”

거리에서 헤어지기 전에 김근식은 이일철에게 다시 일러주었다.

“내일 저녁때 그분에게 미리 전화를 해놓겠습니다. 일전에 제가 만나서 작은아버지 되시는 분에게 얘기한 적이 있으니 걱정하지 마세요.”

일철은 주소지를 찾아갔다. 율목정에 있는 한옥이었는데 담 대신 높다란 축대가 쌓였고 계단을 올라간 언덕 위에 산울타리를 둘렀다. 철문에 달린 초인종을 누르니 중년 사내가 나와 그를 안내했다. 정원을 지나 유리창을 내단 현대식 한옥 대청마루 끝에 낯익은 이십만이 나와서 내다보고 서 있었다. 그는 아내에게 조카를 소개하고는 응접실에 앉자마자 말을 꺼냈다.

“어째 너희 형제는 세상살이가 그 모양이냐? 백만이 형님 사는 꼴을 봐도 그렇고. 두쇠 녀석이 죽기 전에 인천에서 오락가락했던 거 같은데 내게는 얼굴 한번 비친 적이 없었다.”

“결혼할 적에 뵙고는 못 뵈었습니다. 이제 뵙겠습니다.”

일철이 일어나 두 손 마주 잡고 마루에 엎드려 작은아버지 부부에게 큰절을 했다. 이십만은 고개를 끄덕이고 잠시 기다렸다가 말을 이었다.

“내가 일정 때에도 살아남았고 지금도 줄타기를 하며 살구 있다.

그때는 주로 양곡이었는데 지금도 많이 달라진 건 없지만, 남북 간에 밀무역을 해먹구 있지."

이철은 막내 작은아버지가 정미소와 미곡상으로 부자가 되었다는 말은 들어 알고 있었다. 일철은 아우가 인천에 와서 활동하면서도 이 집에 찾아오지 않은 것은 계급적인 이유라기보다는 자신과 조직에 대한 안전 때문이었을 거라고 생각했다. 그러나 몇년 후 닥쳐올 전쟁을 겪고 나서는 수백년 동안 이어진 마을 공동체와 혈육의 정 따위는 흔적도 없이 사라지게 된다. 양측에 분리된 정부가 들어서기 전까지 삼팔선의 경비는 엄중하지 않았고 미군과 소련군의 주도 아래 도로와 철도만 통제되었다. 이십만은 다시 말을 이었다.

"언제까지 할 수 있을진 모르지만 나는 남과 북의 물자를 실어다 오가면서 장사하구 있다. 북측에서는 공산품이 내려오고 여기서는 양곡이 올라가지. 너희 사람들이 너를 해주까지 데려다달라는 부탁을 해왔다. 그냥 조용히 식구들 보살피며 먹구살 수는 없었단 말이냐?"

"두쇠가 죽고 나서 생각이 많이 달라졌습니다. 해방두 되었구요."

"세상은 너두 잘 알다시피 달라진 게 없다구. 아, 그리고 미리 말해두겠는데 나는 누구의 편두 아니다. 네가 혈속이 아니었다면 내 입장에서 이런 부탁을 들어줄 리가 없지 않겠냐?"

양곡을 싣고 가는 배는 그다음 주초에 출발하기로 되어 있었다. 박선옥을 통하여 연락을 받은 신금이가 남편을 만나러 부랴부랴 인천에 간 것은 바로 하루 전날이었다. 신금이는 어찌 될지 몰라서 지산이까지 데리고 갔다. 이십만은 그들 세 식구를 위하여 별채를 내주었다. 이일철이 새벽에 부두로 나갈 때에 신금이는 율목정 그 집 대문간에서 작별 인사를 나누었다. 일철과 그를 안내하러 온 선원과 이십만이 있었다. 금이는 그래도 계단 아래까지 따라 내려갔다.

"언제 와요? 소식은 어떻게 전해요?"

신금이는 남편에게 물었던 그렇게 어리석은 마지막 말에 대해서 내내 후회했다. 그 짧고 소중한 시간에 해줄 수 있던 말이 그뿐이었다니. 모든 이별은 찰나에 지나지 않는다. 바람처럼 언뜻 사라지는 서로의 표정이 아련하게 남아 있을 뿐이었다.

"오래 걸리진 않을 거요."

금이는 남편이 돌아서서 걸어가는 뒷모습을 보며 계단 아래 서 있었다. 이십만이 몇걸음 더 조카를 따라 걸어갔다.

"나두 천만이 형님이 자리 잡은 일본으루 나갈까 생각 중이다. 여기선 시국이 불안해서 말이다. 몸조심하구…… 이건 내 경험인데 너무 표내지 말구 살아라."

이일철은 해주에 도착해서 중앙당 사무실로 찾아갔다. 박헌영은 일철의 도착을 알고 사무실에서 기다리고 있었다. 그도 역시 해방 전에 옥사한 이철을 기억하고 있었고 연락원 노릇을 해주었던 몇가지 일화를 회상하며 짤막하게 얘기했다. 그러나 박헌영은 대중적 지도자가 아니라서 감정의 변화는 보이지 않았으며 냉정하고 무표정했다. 그와의 면담은 십분 정도로 끝났고 일철은 다른 간부의 지시를 받았다. 이일철의 지난 경력에 따라 운송 부문에 필요한 인력이니 평양으로 가라는 것이었다. 당시에 북한에 남은 기관차 기술자는 이십명이 못 되었고 정식 기관수는 여섯명에 지나지 않았다. 그는 임시인민위원회 산하의 운수부에 배치되어 철도종사원양성학교의 교장을 맡았다. 이일철이 경부선 경의선은 물론이고 안동-신경선의 대륙 운행에도 풍부한 경험이 있었으며 대륙철도의 꽃이라 할 수 있는 '히카리' 특급열차의 기관수였다는 것이 눈에 띄었을 것이다. 무엇보다도 그의 가족이 빈농 출신으로 아버지가 식민지 산업화 초기부터 노동계급이었다는 것과 그의 아우가 투철한 항일혁명가였다는 성분 평가도 그에게 큰 도움이 되었을 것이다.

당시의 남한 철도는 경부선 경의선 경원선 함경선 등의 대륙으로 향한 간선 이외에 지선은 사설철도회사가 건설 운영했으나 선로의 규격은 표준에 맞추었다. 특이한 예로 탄광과 해안 운송 등에 협궤 철로가 있었지만 일부 지역에 지나지 않았다. 그러나 북한은 간선 외에 산악지대의 지선에서 협궤 구간이 많았고 각각의 구간이 통일 연결되지 않는 선로가 많았다. 북한의 긴급한 운송 계획은 임시인민위원회에서 정부로 바뀌면서 교통국이 일원화된 행정체계로 이들 선로들을 개선하고 연결하는 사업을 밀고 나갔다. 일본인들이 빠져나간 뒤 철도 부문의 기술 인력은 너무도 부족했다. 교통국의 일차적 목표는 철로의 개선과 기술 인력을 양성해서 시급하게 현장에 보충하는 일이었다. 이일철은 전평의 간부였지만 남로당의 당 정치 사업에서 빠져 기술 인력으로 전환되었고, 이것이 그의 이후 인생에 다행스러운 일이 되었을지도 몰랐다.

이일철이 월북한 몇달 뒤에 좌우합작을 추진하던 중도좌파의 정치인 여운형은 몇차례의 암살 위험을 모면하고서도 끝내는 저격을 당하여 사망하고, 나중에 남북협상을 주장하고 몸소 실천했던 극우 민족주의자 김구마저 암살당한다. 이미 제주도에서는 삼일절 행사 당일의 우발적 충돌로 시위와 파업이 시작되었고 살상 또한 자행되었다. 이듬해 사월에 제주도에서 막바지까지 몰린 인민들의 항쟁이 일어나자, 미군정의 지휘를 받는 국방경비대 경찰대 서북청년단 등으로 구성된 진압토벌대에 의한 대대적인 양민학살이 자행되었다. 좌익에 대한 검거 선풍이 일어나 수천명이 구속되었고 지방에서는 곳곳에서 크고 작은 학살이 벌어지고 있었다. 미국의 영향 아래에서 갓 창설된 유엔에 한반도 문제가 상정되었고 분단정부의 국회의원 선거가 실시되었으며 이승만을 대통령으로 한 대한민국 수립을 선포했다. 넉달 뒤에 북에서도 최고인민회의가 구성되고 김일성을 수상으로 민주주의인민공화국을 선포했다. 남과 북의 국방경비대와 인민보안대는 각각 국방군과 인민군으로 분단된 한반도의 적대적인 정규군이 되었다. 제주도의 폭동 진압차 출동 명령을 받은 국방군 일부가 여수 순천에서 항명 거사하고 이 지방에서는 좌우가 엇갈리면서 양민학살이 자행된다. 이후 한라산 지리산을 비롯한 남쪽의 거의 모든 산악지대는 유격대의 활동 근거지가 되었고 삼팔선에서는 남북 양 군대의 전투가 일상적인 사건이 되었다.

이일철이 월북한 뒤에 신금이는 시아버지 이백만을 모시고 아들 이지산을 뒷바라지하며 살아가야 했다. 이백만은 공방에 들어앉아 철물 공예품을 열심히 만들어냈고 신금이는 그동안 근검하여 모은 돈을 몽땅 털어서 영등포시장에 작은 점포를 냈다. 그녀는 처음엔 경찰서에 잡혀가서 며칠 동안 남편의 행방을 조사받았고, 석방된 뒤에는 가끔씩 형사들이 불시에 샛말집에 들이닥쳐 집뒤짐까지 하더니 해가 가면서 차츰 느슨해졌다. 북의 혁명적 제도와 생활 조건에 맞지 않았던 사람들이 끊임없이 삼팔선을 넘어와 개성을 비롯한 서울 부근에 수용소와 집단촌이 생겨났다. 그러나 또한 미군정에 대한 남한 민중의 불만과 저항도 그치질 않았다. 이지산은 철도운수학교에 편입학 하기를 원했다. 철도운수학교는 아버지 이일철이 다녔던 총독부 철도종사원양성소의 이름이 바뀐 것일 뿐 교육 내용은 거의 같았다. 지산은 어려서부터 할아버지와 아버지의 영향을 받았고 소년 시기에 기관수였던 아버지가 운전하는 특급열차를 타고 만주의 광야를 달렸던 강렬한 기억을 잊지 않고 있었다. 철도국에 들어가 아버지처럼 기관수가 되겠다는 꿈이 있었지만 해방 이후 시국의 변화를 겪어오면서 지산은 그것이 어쩌면 불가능한 희망일지도 모른다고 생각하게 되었다. 역시 수배 중인 전평 철도국 간부의 아들인 이지산은 신원 조회 때문에 입학이 거부되었다.

미국은 유엔 소총회를 개최하여 남한만의 단독선거를 실시한다는 결의안을 채택하도록 추진했다. 미국은 자신들의 동맹국 사이에서도 강한 반발을 불러일으켰다. 미국의 계획은 한반도를 영구 분단할 것이며 결국은 세계평화를 위협하게 될 것이라는 지적이었다. 총회로부터 권한을 위임받은 유엔 임시위원단 아홉개 회원국 가운데 과반수도 안 되는 사개국만이 남한의 단독선거 방침에 찬성했을 뿐이었다. 이처럼 미국이 유엔이라는 간판을 내걸고 남한

만의 단독선거를 결정하게 되는 과정은 유엔 본래의 창설 목표와 질서에 크게 벗어나는 일이었다. 국토가 양단되고 민족과 혈육이 찢겨져나갈 위기를 맞자 분노한 조선 민중은 전국에서 일어났다. 좌익은 이를 2·7 구국투쟁이라 불렀다. 이후 단독선거와 남북 분단정부 수립에 이르기까지 가중되는 억압과 무장투쟁의 단계로 들어가고 민족주의자들의 남북협상마저 좌절되자 전면전쟁으로 치달았다.

그해 정월 말부터 이지산은 민청 동무들의 연락을 받고 있었다. 지산이는 경성지역 학생협의회 위원이었고 영등포 민청 조직에 참여하고 있었다. 학생운동가들은 전평의 전국 파업이 시작된다는 것을 미리 알고 있었다. 그들은 서울의 여러 학교와 연합하여 동맹파업을 벌이고 전평의 삐라나 선전 벽보를 살포했으며 거사 당일에는 가두시위에 나설 계획이었다. 시월항쟁 때처럼 전평의 전국적인 파업 돌입이 항쟁의 도화선이 되었다. 철도 전신 부문 노동자들의 선도파업은 미군정의 활동과 소통을 마비시켰다. 서울에서는 철도노동자들의 전면파업이 단행되었고 크고 작은 공장들이 모두 문을 닫았다. 특히 영등포 공장지대에서는 경성방적 종방 대한방직 조선피혁 철도공작창 경성전기 등 주요 공장의 노동자들이 파업에 돌입했다. 서울과 영등포의 도심지역에서는 노동자 학생 시민이 유엔 위원단의 방한 반대, 단독정부 수립 반대, 외국군의 동시 철수를 요구하며 수십차례에 걸쳐 시위를 계속했다. 이와 같은 노동자 파업과 학생의 동맹휴학과 사무직 시민들까지 합세한 시위는 전국에서 이백여만명이 참여한 대중적인 시위였다. 대도시뿐만 아니라 농촌 군읍에서는 더욱 격렬한 충돌이 벌어졌다.

이지산은 남대문로와 용산 부근에서 시위대의 선두에 있었고 오후가 되면서 진압과 돌파를 거듭하던 끝에 소강상태가 오자 몇몇 학생들과 함께 한강다리를 건넜다. 영등포에서 더욱 거센 충돌이 이어지고 있다는 소식을 듣고서였다. 영등포 역전과 시장 로터리는 온통 인파로 뒤덮였다. 날이 저물었는데도 군중은 흩어지지 않고 경찰서 세무서 구청 등지를 둘러쌌고 관공서를 지키던 경찰대는 고립된 채로 위협사격을 했다. 이날 전국적으로 수백여명이 살상당했다. 그러고는 이후 열흘간 검거 선풍이 몰아쳤다. 전평의 파업 지도부는 물론이고 민청의 집행부, 대학 전문 중학 등의 학생위원들에 대한 수배자 명단이 내려와 경찰과 청년단원들이 잡으러 다녔다. 이때에 전국적으로 팔천오백여명의 노동자 학생 시민이 검거 투옥되었다. 지산이는 영등포의 학우들 집을 이리저리 옮겨다니다가 그를 며칠간 재워주었던 중학교 동무가 잡혀간 뒤에야 '아버지를 찾아가겠다'는 결심을 했다. 이지산은 샛말 동네에서 얼마 떨어지지 않은 교회에 숨어서 통금시간이 되기를 기다렸다. 주위에 인적이 완전히 끊기고 집들의 전등불도 차례로 꺼져 깊은 밤이 되자 그는 집으로 찾아갔다. 대문을 두드리고 목소리를 내면 이웃에서 들을 것 같아서 담을 넘었다. 마당에 내려서서 조심스럽게 발을 떼는데 안방 문이 열리면서 속삭이는 신금이의 목소리가 들렸다.

"지산이 왔니? 어서 들어와라."

지산은 방에 들어서자 주저앉으며 저절로 울음이 터졌다. 어머니는 앉은걸음으로 아들에게 다가와 두 손으로 아들의 손을 감싸쥐었다. 그녀는 아들이 찾아올 것을 미리 알고 있었던 것처럼 윗목에 차린 밥상에 덮어두었던 보를 젖히면서 말했다.

"배고프지? 어서 밥 먹어라. 잠깐 기다리렴, 국 데워 올 테니."

신금이가 부엌으로 내려갈 때 공방 쪽에서 이백만의 헛기침 소리가 들려왔다. 할아버지도 기척을 듣고 깨어났다는 소리였다. 신금이는 내색을 하지 않았지만 이날도 어김없이 주안댁이 나타나 초저녁잠을 깨웠다고 나중에 이야기했다. 그리고 그녀는 아들이 남편처럼 자기 곁을 떠나리라는 것도 알고 있었다. 허겁지겁 말없이 식사를 마친 지산이 물끄러미 바라보며 기다리고 앉았던 신금이에게 말을 꺼냈다.

"어머니, 저 아버지 찾아……갈라구요."

신금이는 아무 대답 없이 앉아 있더니 눈이 그렁그렁해지면서 고개를 숙였고 눈물이 무릎으로 주르르 흘러내렸다.

"그래, 아버지 보고 싶지?"

"네, 여기선 모두 퇴학시키고 구속할 거예요."

그녀는 방 안을 서성이며 장롱을 열고 아들의 속옷과 옷가지들을 추려서 짐을 싸기 시작했다. 신금이는 부엌에서 쌀과 콩을 솥에다 볶고 빻아 미숫가루를 만들어 그것도 륙색에 넣고서야 침통하게 앉아 있던 지산에게 일러주었다.

"인천으루 가거라. 선옥이 이모가 널 도와줄 거야. 아버지 만나고 나서…… 얼른 돌아와……"

신금이는 입을 막고 참고 있었는데 안방 문이 열렸다. 이백만이 방문 밖에서 엿듣고 있다가 들어왔던 것이다. 신금이는 그제야 마음 놓고 울음을 터뜨렸다.

"뭐야? 니가 어딜 간다고?"

할아버지가 다가앉아 손자의 가슴을 두 손으로 두드리며 외쳤다.

"아이구, 이놈아. 이 못된 놈들아아."

어쨌든 길 떠나는 소년과 어머니, 할아버지 사이에 나눈 말은 별로 많지 않았다. 할아버지와 어머니는 이지산의 큰절을 차례로 받았다. 이백만은 마당에 우두커니 서 있었고 대문을 나서기 전에 신금이가 아들에게 말했다.

"할머니에게두 인사해야지……"

지산은 그게 무슨 영문인지 금방 알아들었다. 평소 같았으면 '에이 관두세요' 하고 쓴웃음 지으며 달아났을 테지만 곧 자세를 갖추어 대문 옆의 벽을 향하여 엎드려 큰절을 했다. 그가 집을 나서는데 가까이 다가선 신금이가 아들의 귀에 대고 속삭였다.

"얼른 돌아와서 엄마하구 같이 살자!"

이지산은 그것이 무슨 주문처럼 귀에 박혔다고 그랬다.

지산이가 해주 거쳐서 평양에 도착했을 때 아버지가 역에 마중 나와 있었다. 이일철은 작업복 차림에 낯선 레닌모를 쓰고 있었는데 무표정하고 과묵했다. 부자는 전차를 타고 철도원학교까지 갔다. 지산은 학교 식당에서 아버지와 함께 늦은 저녁 식사를 했고 교장실에서 보리차를 마시며 그동안의 일과 집안 이야기를 나누었다. 어머니가 영등포시장에다 점포를 냈다고 말하자 아버지는 잠깐 고개를 쳐들고 천장을 올려다보았다. 이일철은 아들에게 다짐

하듯이 물었다.

“희망 부서가 철도원이라고?”

“예, 저는 기관수가 되겠다는 생각을 하루도 멈춘 적이 없어요.”

“철길이 끊겨버렸다. 그런데 이젠 니 엄마를 지킬 사람이 없겠구나.”

하고 나서 그는 다시 말했다.

“하여튼 열심히 수련해라. 지금 철도 운수는 나라의 가장 시급한 과제다.”

교원 한 사람이 지산을 기숙사까지 안내하러 찾아오면서 부자의 대화는 끝났다.

이지산은 육개월 단기속성 과정으로 기관수 교육을 받는 동안 아버지와 네번 만났다. 세번은 함께 식사했고 나머지 한번은 발령받아 임지로 가기 전에 교장의 숙소에서 부자가 같이 하룻밤을 잤다.

지산은 평원선의 화물부에 배속되었고 양쪽의 종점은 진남포와 원산이었다. 그는 견습 기간에는 진남포와 평양 간 화물기관차의 기관 조수로 일했고 견습을 마치고는 평양에서 원산까지의 화물열차 조수가 되었다. 경의선은 대개 평야를 달리는 노선이었지만 북으로는 의주에서 막히고 남쪽은 개성까지 못 가고 평산에서 멈추었다. 이제 아버지처럼 너른 만주벌판을 달리던 날은 다시는 돌아오지 않을 것이었다. 운수부는 화물 운송을 해방 이전 수준으로 끌어올리기 위해 밤낮 근무를 독려했고 무엇보다도 선로의 보수와 연결 작업은 현지 농민들까지 합세하여 나섰다. 철도변과 모든 기관차에는 ‘생산돌격’이라는 구호가 붉은 페인트로 쓰여 있었다. 평원선을 왕래하는 동안 산악지대를 허덕이며 기어오르고 굽잇길을 돌아나가는 답답하고 지루한 나날이 계속되었다.

이지산은 전쟁이 터졌다는 소식을 처음으로 알게 된 순간을 기억하고 있었다. 숙소에서 자고 일어나니 모든 철도 종사원은 운동장에 집합하라는 전달이 떨어졌다. 당 간부가 단상에 올라 '조국해방전쟁'이 발발했으며 '무적불패의 인민군'이 파죽지세로 삼팔선을 돌파하여 서울로 진격 중이라고 발표했다. 이제부터 모든 철도 종사자는 혁명 전사가 되어 보급전선에 나서야 한다고 강조했다. 그는 열여덟살이어서 전쟁 초기에는 그대로 평원선의 화물차 조수를 하고 있었다. 칠월 말에 지산은 기관사로 승급되었고 남조선의 대전으로 가서 대기하라는 발령을 받았다.

이일철은 그때에 철도원양성학교 교장에서 운수부 간부로 옮겨가 있었다. 지산은 폭격 맞아 다 부서져버린 평양 조차장 공작소 부근의 예전 철도관사 숙소로 아버지를 만나러 갔다. 집은 반쯤 무너져서 방 한칸만이 남아 있었고 석유곤로가 놓인 황폐한 숙소에서 일철은 밥을 짓고 돼지고기 두부찌개를 끓였다. 그리고 됫병들이 소주가 상 아래 놓여 있었다.

"축하한다. 기관수로 승급되었다지?"

지산이는 그저 예, 하고 아무런 감동 없이 대답하고 말았다. 아버지는 차려진 밥상을 잠깐 내려다보았다. 방금 푼 밥 두그릇과 김치 한보시기, 그리고 가운데 커다란 찌개 냄비가 놓였다. 빈 양은그릇 두개가 각자의 밥그릇 옆에 놓였으니 그게 술잔이었다. 아버지가 아들에게 먼저 술을 따라주었고 자기 잔을 내밀었다. 지산이 일철의 잔에 술을 따랐다. 그들은 서로 마주 보고 나서 단숨에 들이켰다.

"너 이제 몇살이더라?"

"열여덟이요."

"아, 그렇겠구나. 기관수가 되고 전쟁터에 나가다니 참 세월이 빠른 거냐, 세상이 잘못된 거냐?"

"낙동강전선만 뚫리면 곧 통일이 된대요."

지산이가 중얼거리자 일철은 자식의 머리통을 손가락으로 두어 번 긁어주었다.

"저거 봐, 수염이 나기 시작했잖아. 니 얼굴에 이철이 놈이 슬슬 나타나구 있어."

묵묵히 술잔을 나누다가 일철이 지산이를 물끄러미 바라보며 말했다.

"여긴 타관 객지야. 절대루 죽어선 안 된다."

부자는 그날 밤 만취했다. 아버지가 작은 목소리로 유행가 「신라의 달밤」도 부르고 가곡 「산유화」도 불렀다. 지산은 처음 먹는 술에 과음까지 해서 그 자리에서 쓰러져 잠이 들었다. 새벽에 목이 말라 깨니 아버지도 옆에서 쪼그리고 잠들어 있었다. 춥지는 않았으나 지산이는 발치에 늘어진 홑이불을 끌어당겨 아버지를 덮어드렸다.

부자가 평양 철도관사 앞길에서 작별할 때에 이일철이 아들의 어깨를 토닥이며 가만히 말했다.

"엄마한테 가거라……"

이진오는 꿈결에 어깨가 각이 지고 넓은데다 키 큰 여자와 그에 대조적으로 어깨가 좁게 흘러내리며 가냘프고 아담한 작은 키의 여자가 나란히 서서 그를 내려다보는 것을 보았다.

"어, 누구세요?"

중얼거리며 고개를 쳐들었는데 작은 여자가 손을 뻗치더니 그의 가슴을 지그시 눌러주었다.

"어서 더 자려무나. 해 뜨려면 아직 멀었단다."

그녀는 신금이 할머니였다.

"이제 좋은 소식이 있을 게다."

신금이 할머니의 모습과 목소리는 생전과 같았고 옷차림도 시장에 나가 앉았을 때 늘 입던 흰 셔츠에 편의바지 차림이었다. 옆의 할머니는 아마 그가 주워에서 늘 들어오던 주안댁 증조할머니였을 것이다. 그녀는 고름 없는 흰 저고리에 검정 치마를 입었다. 머리가 새하얗게 세고 온몸이 쪼그라든 며느리 신금이보다 주안댁 큰할머니는 훨씬 젊고 검은 머리의 건장한 모습이었다. 그들은 진오를 향하여 웃더니 돌아서서 허공을 향해 걸어나갔다.

"할머니, 어디 가세요? 할머니 같이 가요!"

이진오는 부르짖으며 상반신을 일으켰지만 사지를 움직일 수가 없었다. 침낭에 갇혀 있었던 것이다. 그는 지퍼를 내리고 잠시 텐트 자락을 올려다보며 누워 있었다. 초여름 밤의 기분 좋은 냉기가 어깨에 느껴졌다.

증조할아버지 이백만은 진오가 국민학교를 졸업하던 해에 돌아가셨다. 그때 일흔여덟살이었으니 당시로서는 장수했던 셈이다. 진오는 그이의 임종을 지키진 못했지만 나중에 할머니에게 들었다. 숨이 가빠지더니 며느리에게 미안하다고 그랬고 한쇠야, 한쇠야, 두번이나 장남의 어릴 적 이름을 부르고는 숨이 멎었다고 한다. 이진오는 아버지 이지산이 할아버지 이일철을 따라 이북에 갔다가 천신만고 끝에 다리 한쪽을 잃고 돌아온 뒤에 증조할아버지 이백만과 짝이 되어 공방을 지키며 살아왔던 세월을 기억하고 있었다. 그는 두 사람이 작업 중에 두런거리며 나누던 옛날이야기 속에서 할아버지 이일철과 작은할아버지 이이철의 행적을 알게 되었다. 또한 할머니에게는 끝내 귀하고 여린 아들이었던 아버지 이지산은 시장에서 돌아온 어머니의 등과 어깨를 안마해주며 소곤소곤 이야기를 나누던 것이었다. 지산이 신금이에게 몇번이나 해주었던 이야기가 있었다.

대전역은 미군 폭격기의 수차례에 걸친 대공습으로 파괴되었고 동북쪽 외곽에 임시선로가 은폐되어 있었다. 낮에는 나뭇가지와 풀 더미로 위장되어 있었지만 해가 지고 어둠이 내리면 선로는 운행되었다. 대전-옥천 구간이 일차 구간이었고 옥천에서 황간터널 지나 계곡 사이를 돌아 추풍령까지가 이차 구간이었다. 군수물자의 수송로는 생명선이나 다름이 없었으며 도중에 끊긴 철로나 다리는 지역 농민들과 인민군 공병들에 의하여 밤새워 복구되고는 했다. 날이 밝으면 열차는 몇겹의 위장망과 풀과 나무로 가려진 채 언덕 사이와 굽잇길에 서 있었다. 주간에 전선으로 가는 물자와 증원 병력은 철로변의 행군로와 인근 야산의 산줄기를 타고 노무대의 지겟짐이 되어 도보로 지나갔다. 도중에 끊긴 길목에서 옮겨온 물자들은 수레와 지게 또는 목도를 이용해서 풀숲으로 가려놓은 화물차량에 실었다. 지산이는 철로변 나무 그늘이 드리워진 바위에 자리를 잡고 오후 내내 잠을 자고 있었다. 그는 간밤을 꼴딱 새우고 기관차를 몰아 영동까지 수십차례 왕래하며 화물을 날랐던 것이다. 군가 소리에 잠이 깨어 내려다보니 새 군복을 입고 군모와 배낭에 풀을 꽂은 의용군 일대가 지나가고 있었다. 그들 거의가 남한에서 입대한 젊은이들이었고 신병들이었다. 잠이 깨어 수통의 물을 한모금 마시고 무심하게 행렬을 지켜보던 지산은 갑자기 일어나서 아래로 뛰어내려갔다.

"선옥이 이모!"

박선옥은 아직도 무명 냄새가 가시지 않은 새 군복을 입고 있었고 작은 별 셋이 달린 상위계급 견장을 어깨에 달고 있었다. 선옥이 땀에 젖은 모자를 벗으며 지산의 손을 잡아주었다.

"오오, 지산이구나!"

왼쪽 가슴에 붙인 휘장으로 그녀가 정치군관인 것을 지산이는 알아보았다. 두 사람은 잠시 길가의 나무 그늘에 앉아서 서로가 알고 있는 소식을 주고받았다. 지산은 평양의 아버지 얘기를, 박선옥은 영등포와 신금이 이야기를 전했다. 그녀는 낙동강전선으로 이동 중이었다. 두 사람은 짧은 시간 동안에 산 사람과 죽은 사람들에 관하여 얘기했다. 그녀가 조영춘의 소식을 말할 때에는 갑자기 눈이 충혈되면서 눈물이 흘러내려 두 뺨이 흠뻑 젖었다. 지산이도 철도관사나 샛말집에 찾아오던 양평동 삼촌을 기억하고 있었다. 조영춘은 옥사한 작은아버지 때부터 아버지에 이르기까지 늘 측근이었던 활동가였고 피가 끓는 사람이었다. 그는 전쟁이 일어나기 몇달 전 김삼룡 등과 함께 체포되어 대전형무소에 수감되어 있다가 총살당했다. 지산이는 평양에서 우연히 아버지와 함께 만났던 영등포 전평지부장 안대길에 대하여 말했다. 그는 체포되어 서대문형무소에 갇혔다가 인민군 선봉부대가 탱크를 앞세우고 개성과 서울의 형무소를 전격 점령하는 통에 살아남았던 몇몇 좌익 활동가들 중의 한 사람이 되었다. 단발머리에 검게 그을린 얼굴의 박선옥은 지산이의 손을 잡고 흔들면서 말했다.

"우리 꼭 승리해서 고향에 돌아가자."

"그래요, 몸조심하세요."

선옥은 몇걸음 걸어가다가 돌아보더니 귓가에 꽂고 있던 머리핀을 하나 뽑아서 지산이에게 내밀었다.

"금이 언니 만나면…… 이거 전해주렴."

지산은 그 꽃핀을 윗주머니에 간직하고 있었지만 몇차례의 죽을 고비를 넘기면서 어디론가 사라져버렸다. 막바지에 낙동강전선에 배치된 의용군 신병들 대부분은 돌아오지 못했다.

미군의 인천 상륙으로 전선이 붕괴되고 갑작스러운 후퇴가 시작되던 무렵까지 철도수송대는 영동-황간 사이의 길고 비좁은 계곡을 지나 추풍령에 닿는 보급작전에 집중하고 있었는데, 나중에는 황간터널을 통과하여 추풍령에서 김천으로 나아가는 계곡 초입에 이르는 짧은 구간만을 오락가락했다. 그만큼 전황이 급박해졌던 것이다. 어느날 새벽까지 작업을 하고 기차가 황간터널을 빠져나와 좁은 계곡이 끝나는 곳으로 나아갔을 때 전투기 편대가 날아와 대지공격을 시작했다. 그는 기관차의 전방에서 폭탄이 터지는 것을 보면서 다급하게 정차 손잡이를 당겼다. 쇠바퀴가 철로에 쓸리는 소리를 내면서 미끄러져갔고 바로 기관차 정면에서 폭음과 함께 거대한 검은 연기가 눈앞을 덮쳤다. 기관차는 위로 솟았다가 궤도를 이탈하면서 옆으로 넘어졌다. 그가 정신을 차린 것은 이튿날 미군의 야전치료소 천막 안이었다. 그때까지 오른쪽 다리는 붕대에 감긴 채로 그의 몸에 붙어 있었다. 그가 후방으로 옮겨가기 전에 치료가 늦었던 오른쪽 다리는 가차 없이 잘려나갔다. 그는 오랫동안 사라진 다리의 엄지발가락을 긁으려고 손을 뻗치곤 했다.

포로수용소에서 이지산은 환자로 분류되어 모든 작업을 면제받고 다른 부상자들과 함께 수용되었다. 휴전 협상이 진행되자 수용소 당국은 포로들에 대한 분류 심사를 실시했다. 미군 장교 옆에 앉은 한국군 심사관이 지산에게 물었다.

"당신은 서울 영등포가 주소지로 되어 있다. 석방된다면 어디로 갈 것인가?"

이지산은 간단하게 대답했다.

"집으로 가야죠."

지산이 영등포 샛말로 돌아와 두어달 지나서였다. 사실인지 알 수는 없었지만, 박헌영과 남로당 간부들이 체포되었다는 평양 방송의 발표를 남한의 방송과 신문에서 크게 보도했다. 이튿날인가, 이백만이 그에게 막걸리 한되를 받아오라고 했고, 김치와 두부를 놓고 할아버지와 손자는 처음으로 술을 마셨다. 이백만은 아무 말 없이 막걸리만 마셨다. 뒷병들이 술병을 다 비워갈 즈음에 이백만은 그저 한마디 했다.

"한쇠는 잘 있는지……"

이진오가 큰할아버지라고 불렀던 이백만이 세상을 떠나고 그의 아버지 이지산은 비록 불구의 몸이었지만 혼자 공방을 지키며 살았다. 전통 가내수공업인 금속공예 자체가 차츰 쇠퇴하면서 아버지 이지산은 엄마 윤복례와 함께 시장 옷가게를 지키러 나갔고, 할머니 신금이는 집에 있는 날이 많아졌다. 아버지 이지산은 목발을 짚고 다니는 불편한 몸으로 환갑이 지나 칠십 가까이까지 살았는데 신금이는 아들을 먼저 보내고도 훨씬 더 살고 아흔살이 되어서야 세상을 떴다. 그러니 진오가 그녀와 작별한 것은 불과 오년 전의 일이다. 이런 모든 일이 그들 가족이 살아가던 같은 시대에 벌어진 일이었다니, 깊은 계곡을 빠르게 굽이쳐 흘러가는 성난 물결의 소용돌이 같은 세월이었다.

지난주에 이진오의 굴뚝농성 사백일 기념 문화제가 발전소 담장 바깥 공터에서 열렸고, 그가 굴뚝에 올라간 지 일년이 넘을 때까지 쓰다 달다 반응이 없던 회사 측에서 사흘 전에 만나자는 연락이 왔다. 서로 간에 요구조건과 협의사항은 수년 동안 이끌어온 노사쟁의 과정에서 수십번 되풀이되어왔으므로 새삼 확인할 필요도 없었다. 아마도 집권당 측에서는 그해가 8·15 광복 칠십주년이 되는 해인데 노동계와 시민사회에서 해결을 요구해온 노동자 장기농성 문제를 더욱 시끄러워지기 전인 칠월에 정리하기를 원했던 듯했다. 회사 측에서 갑자기 생각이 바뀌어 협상해보자고 나올 리는 없었기 때문이다. 저쪽은 회장과 전무가 나오고 이쪽에서는 금속노조 사무처의 교섭위원장과 해고자 대표를 맡은 노동자 김창수가 나가기로 했다. 회사 측은 자회사를 신설해서 고용을 승계하고 노조활동을 보장하겠다고 순순히 나왔고 단체협약은 내년 초까지 타결하겠다고 그랬다. 더이상 세상을 시끄럽게 하거나 쟁의를 벌이지 않고 농성자가 굴뚝에서 내려온다면 그동안 고소해놓았던 민형사상의 법적 책임도 묻지 않겠다는 것이다. 그들은 협의서를 작성하고 타결 내용을 보도진에게 알렸다. 이진오의 회사 동료이며 함께 노동조합 일을 해왔던 같은 나이의 김창수가 먼저 휴대폰으로 그에게 타결 소식을 알려왔다. 굴뚝에 올라간 지 사백십일째가 되는 날 이진오의 농성해지를 경찰에 통보했다. 노조 측은 그의 환영대회를 굴뚝 아래에서 열겠다고 했으며, 경찰 측은 농성자는 그동안 치안을 어지럽히고 업무를 방해하였으므로 먼저 법적 처벌을 받아야 하며 행사는 담장 바깥 공터에서만 가능할 것이라고 나왔다. 그렇다면 우리는 농성을 풀지 않을 것이며 이제는 부당한 공권력 행사에 항거하겠다고 받아쳤다. 어제 하루 종일 보도진과의 전화 인터뷰가 차례로 진행되었다. 노조는 일년 사십오일 동안 삶의 악조건을 견디며 세계 최장의 고공농성을 해온 해고노동자를 노사합의가 이루어졌음에도 불구하고 체포하여 유치장으로 끌고 가겠다는 것은, 온 세상에 우리 정부의 비인도적 처사를 드러내는 불행한 일이 될 것이라고 성명서를 발표했다. 하여튼 이러한 상태에서 날이 밝아오고 있었다.

그는 일어나자마자 난간에 걸었던 밧줄들을 풀어 위에 덮었던 천막을 걷고 아래 쳐둔 캠핑 텐트까지 걷어냈다. 침구는 차례로 개어서 줄에 묶었다. 그동안 살림이 늘어나서 별의별 것들이 많았다.

학생들이 책상 위에 얹어 쓰는 이층짜리 책장이 두개나 되었고 거기에 칸마다 책이 꽂혀 있었다. 페트병을 잘라내고 심었던 화초며 상추 등속의 화분이 열개 가까이 되었으며 공구도 칼 멍키 망치 펜치 드라이버 등속에다 옷가지도 계절이 바뀌었지만 미처 내려주지 못한 지나간 계절의 방한복들이며 짐을 꾸리다보니 그야말로 하숙을 옮기는 이삿짐처럼 보였다. 그는 수시로 말을 걸었던 빈 페트병이 나란히 난간에 붙들어매어져 있는 것을 내려다보았다. 그는 소리를 내어 페트병의 이름을 불러본다.

"깍새 꼬마야, 진기 쪼다 놈아, 영숙이 누나야, 주안댁 구신할머니, 신통방통 신금이 할머니이."

이제는 아무도 나타나지 않는다. 그가 지상의 산 사람들 영역으로 돌아간다는 걸 저들도 알고 있을 테니까. 그들을 다른 쓰레기들과 함께 버릴 수는 없었다. 진오는 털썩 주저앉아서 주머니칼로 이름자 부분을 도려냈다. 그 조각들을 하나씩 거두어 호주머니에 소중히 간직했다.

느릿느릿 날이 밝았고 아침이 되었다. 진오는 긴긴 겨울을 넘기고 지난봄부터 다시 셋 동작을 시작하고 있었다. 팔굽혀펴기를 하면서 상체를 들어올리고, 다리를 모아 앉은자세로 쪼그렸다가 일어서면서 팔을 쳐들고 펄쩍 뛰어오른다. 다시 앉은자세를 취하고 다리를 펴고 팔굽혀펴기로 돌아간다. 겨울을 지나고 봄에 다시 시작했을 때에는 열개도 힘이 들었다. 이제는 스무개를 거뜬히 할 수 있고 기력이 좋은 날엔 스무개를 넘어 두세번, 어떤 날엔 다섯번 더 할 수가 있었다. 그는 오늘 스무번을 간신히 채우고 동작을 멈추었다. 일어나면서 중얼거렸다. 꾀가 났나, 기합이 빠졌나.

그는 다시 짐 정리를 하고 버릴 물건들을 따로 모아둔다. 어제 밑에서 올려준 지함들에 이삿짐을 꾸려넣고 그 위에 걸터앉았다. 여덟시가 되자 오늘은 김형과 막내 차군이 함께 쉼터 취사반이 꾸려준 아침밥을 짊어지고 찾아왔다. 그는 여느 때처럼 난간에 기대서서 그들이 발전소 정문을 통과하고 굴뚝을 향하여 다가오는 모습을 내려다보았다. 그가 난간 앞에 서 있는 걸 보고 김과 차는 손을 흔들었고 진오는 두 팔을 들어 좌우로 흔들었다. 당직을 서던 의경은 그들이 꺼내놓은 것들을 대충 점검했다. 진오가 도르래에 달린 밧줄을 내렸고 아침밥이 올라왔다. 차군이 입에다 손을 대고 한마디 외쳤다.

"오전에 협상이 타결되면 두시에 내려올 수 있답니다."

김형도 외마디 소리를 질렀다.

"전화할게."

그들은 들어왔던 길로 다시 돌아서 정문을 나갔다. 잠시 후에 휴대폰이 웅웅거렸다. 김이 말하고 있었다.

"지루하겠지만 좀 참아."

"사백하구두 열흘인데 오백 채우자."

진오가 웃으며 말했지만 실은 동료들이 보이자마자 소변 마려운 것처럼 아랫배에서 가슴속까지 설렘이 슬슬 올라오고 있었다.

"경찰은 어제까지 입장을 바꾸지 않았어. 이형이 내려오면 오늘 세시에 환영대회가 열리고 모두 만나게 될 거야."

"잡아넣겠다면 들어가 살지 뭐."

진오의 말에 김형의 목소리와 어조가 바뀌었다.

“무슨 싱거운 소릴 하는 거야. 이런 정세에 귀한 승리를 쟁취했는데. 조합원은 물론이구 천만 노동자가 자넬 지켜보고 있다구. 다른 장기투쟁을 거친 사업장들을 생각해봐. 이건 우리만의 투쟁이 아니야.”

“고마워, 농담도 좀 하구 살자.”

그렇게 얼버무리면서 진오는 콧날이 시큰했다.

진오는 아침밥을 열심히 먹었다. 다시 점심때까지 기다려야 한다. 김형이 장기투쟁 사업장들을 생각해보라고 했지만 누구보다도 진오는 자세히 알고 있었다. 중공업 전자 자동차회사 등 수많은 사업장에서 노사합의는 제대로 지켜지지 않았다. 합의를 했다 치더라도 자본 측은 언제 이를 파기할지 몰랐다. 어용노조를 만들어 민주노조를 분열시키고 약화하려 하거나, 용역깡패와 국가공권력을 동원하여 노조를 물리적으로 파괴하려고 한다. 심지어 합의란 깨지기 위해서 한다는 자조적인 말도 있었다. 우리가 정말 이긴 게 맞을까?

점심때에는 쉼터의 취사를 맡은 여성 해고자 두 사람이 밥반찬 보퉁이를 들고 찾아왔다.

“오랜만입니다. 어떻게 다른 사람들은 다 어디 가구요?”

굴뚝 위에서 진오가 큰 목소리로 물었더니 한 사람이 입가에 두 손을 갖다 대고 외쳤다.

“몇분은 경찰서 갔구요, 노조에선 행사 준비하구 있어요.”

밥 바구니가 내려갔다가 올라왔다. 그는 이게 마지막 식사라고는 어쩐지 믿을 수가 없었다. 그는 국물이 든 보온병을 들어 밥그릇에 부었다. 말아 먹지 않으면 오늘따라 밥이 넘어갈 것 같지 않아서였다. 또한 쉼터 여성들이 아래에서 그의 식사가 끝나기를 기다리고 있는 것도 마음에 걸렸다. 밥 바구니가 내려가고 그녀들도 손을 흔들며 떠났다. 한시가 되자 발전소 담장 밖이 소란해지면서 닭장버스가 줄지어 나타나기 시작했다. 유리창마다 철망을 붙인 닭장차는 십여대 되는 것 같았다. 차들은 발전소 담장을 따라 줄지어 길게 늘어섰다. 정문이 활짝 열리고 버스에서 내린 의경 병력이 오와 열을 갖추고 구령에 따라 발을 맞추어 정문으로 몰려들어왔다. 그들은 모두 빈틈없는 시위 진압 복장을 갖추고 있었다. 머리에는 철망 달린 헬멧을 쓰고 두툼하게 누빈 방호복 입고 곤봉을 차고 한 손에는 방패를 들었다. 그들은 굴뚝 아래로 행진하여 주변을 둘러쌌고 일대는 정문 쪽에서 오는 길을 차단하고 섰다. 다른 일대는 정문 앞을 막아섰고 행렬 앞에 굵은 쇠파이프의 바리케이드를 쳐 놓았다. 무전기를 가진 사복들과 날렵한 복장에 헬멧만 쓴 기동대는 경비실 뒤편에서 대기 중이었다. 요란한 굉음이 들리면서 육중한 몸집의 크레인이 천천히 다가왔다. 기동대가 바리케이드를 젖히고 정문을 활짝 열었고 크레인은 매우 조심스럽게 천천히 통과하여 굴뚝 아래 공터까지 들어와서 멎었다. 맨 마지막에 경찰의 현장 지휘차량으로 보이는 미니밴이 나타났고 정복을 입은 경감을 비롯한 몇 사람이 차에서 내렸다. 그들은 경비실로 들어갔다.

멀리서부터 확성기 소리가 들리면서 행진곡풍의 노동운동가요 소리가 요란하게 들리면서 노동자의 대열이 나타났다. 그들은 정문 부근에서 앞을 가로막고 있는 의경들을 향하여 다가왔다. 의경들은 방패를 빈틈없이 세워 그들을 차단했고 노동자의 행렬은 방패 바로 앞에 맞서서 구호를 외치기 시작했다. 경찰 측에서는 확성기로 경고했다. 아 아, 질서를 지키고 허용된 장소에서 집회를 해주세요. 더이상 소란을 일으키면 법에 따라 처벌하겠습니다. 김형이 방패를 든 행렬의 왼쪽으로 다가가서 지휘자인 듯한 작업복 차림에게 뭐라고 말하더니 그를 따라 정문을 통과했다. 그는 경비실로 들어갔다. 무엇인가 피차에 확인을 했던 것 같았다. 김형은 나오더니 손짓을 했고 정, 박, 차 등 농성 당사자들과 이진오의 어머니 윤복례와 그의 아내가 시위 군중을 헤치고 나와 정문으로 들어갔다. 그들은 굴뚝 아래까지 이르렀고 의경들 틈에 서서 굴뚝을 향하여 손을 흔들었다. 윤복례는 "수고 많았다 우리 아들! 어서 내려오너라!" 하며 외쳤고 아내는 두 손을 쳐들고 미친 듯이 흔들었다. 그러고는 두 여자가 서로 붙안고 울음을 터뜨렸다. 발전소 뒤편 공터에서는 시민단체의 연대 문화행사가 시작되고 있었다. 휴대폰을 통해서 김창수가 진오에게 말했다.

"구속 방침을 철회하기 전에는 내려오지 마. 지금 상부에서 검토중이래."

"알았어. 이제부터 여름인데 버틸 만하다구."

세시간이 지나서야 크레인이 작동을 시작했다. 받침대에는 김과 정이 올라탔고 형사 두 사람도 함께 탔다. 받침대가 난간에 닿자 김형이 먼저 내렸고 정씨는 형사들 앞을 가로막았다.

"잠깐 면담할 시간 좀 줍시다."

형사들은 그렇지 않아도 비좁은 굴뚝 테라스로 건너가기가 내키지 않았던지 받침대의 쇠 난간을 꼭 붙잡고 말했다.

“하여튼 빨리 끝내쇼.”

김형은 진오에게 속삭였다.

“체포영장이 이미 떨어졌다고 큰소리를 치더군. 오늘 어떻게든 시간을 끌면서 널리 알려야지. 여론 때문에 오래 붙잡아두진 못할 거야. 어떡하냐, 식구들 저 아래 와 있는데 밥두 한끼니 같이 못 먹구……”

“집에들 있으라니까, 어머닌 왜 따라나선 거야, 참 나.”

“알았지? 강제루 끌고 가려면 그냥 땅바닥에 누워버려. 시간 끌다 최대한 저항해야지. 우리두 몸부림을 칠 테니까.”

그들은 꾸려두었던 이삿짐을 크레인 받침대 위로 건네고 동료들이 받았다. 받침대가 서서히 아래로 내려가기 시작했고 정이 색에서 무선 미니 핸드마이크를 꺼내어 그에게 내밀었다. 형사가 손을 뻗치며 잡아채려 했다.

“어, 안 돼요, 이거 약속 위반 아뇨?”

“여기서 실랑이하다간 다 죽는 수가 있어요.”

김이 으르대자 형사들은 물러섰다. 이진오는 반대편 담장 밖에 모인 행사장의 시민들을 향하여 외치기 시작했다. 그가 굴뚝에 오른 이유, 농성 중 가장 기쁘고 슬펐던 일, 그리고 여러 투쟁 현장에서 죽어간 노동자들의 이름을 불렀다. 그가 이름을 외칠 때 군중도 그를 따라서 죽은 이들의 이름을 불렀다.

“저는 허공에서 수백일을 보내며 소중한 별들을 만났습니다.”

진오는 손가락으로 저물어가는 하늘을 가리켰다.

"그들은 별이 되어 저곳에서 우리를 지켜보고 있었습니다!"

크레인이 서서히 내려가면서 담장이 그의 시야를 차단했다.

이진오는 한달쯤 지나서 우여곡절 끝에 석방되었다. 이제 합의에 따라 해고자 가운데 끝까지 버틴 열한 사람이 복직을 할 차례였다. 그들은 서울에서 모여 고속버스를 타고 지방에 있다는 공장으로 찾아갔다. 공장에는 녹슨 기계 몇대가 남아 있었고 다른 노동자들은 보이지도 않았다. 숙소라고 찾아간 곳은 오랫동안 버려두었던 연립주택이었는데 벽에는 곰팡이가 가득 피어나 있었고 비닐장판이 젖혀진 방바닥은 군데군데 꺼진 곳도 있었다. 화가 치민 그들이 본사에 전화했지만 직급이 높은 자와는 통화할 수가 없었다. 일반 직원은 곧 신입 직원을 모집하여 내려보낼 테니 그때까지 기다려보라고 같은 소리를 몇번이나 되풀이할 뿐이었다. 그들은 허탈하게 웃기도 하고 서로 싸움질도 했다. 더러는 떠나고 몇 사람은 남았다. 폐허를 떠나 고속버스 정류장 앞에서 각자 헤어지기 전에 그들은 소주를 나누어 마셨다. 마지막 남은 세 사람은 서로의 눈길을 피하며 소주잔만 들여다보았다. 고개를 숙이고 있던 김형이 진오를 바라보며 나직하게 말했다.

"다시 올라가자. 이번엔 내가 올라가겠어."

막내 차군도 말했다.

"저두요. 김선배, 저두 올라가겠어요."

거기서 대화가 끊기고 더이상 아무도 말하지 않았다.

| 작가의 말 |

내가 오래전부터 언급해왔듯이 『철도원 삼대』에 대한 구상은 1989년 방북 때 평양에서 만난 어느 노인의 이야기에서 비롯되었다. 북한 당국의 안내로 평양백화점을 방문했고 여성 총지배인과 인사를 나눈 뒤에 현장 안내를 맡은 부지배인을 만났다. 총지배인이 전쟁 당시에 한 지역의 생필품을 공급하는 데 큰 역할을 했다는 후문이 있었으니, 부지배인 노인도 물류의 유통이나 수송에 역량을 보인 사람으로 노년에까지 책임 부서를 맡고 있을 거라는 짐작을 할 수 있었다.

나는 그가 서울말을 하고 있다는 데 주목했다. 더구나 그는 요즈음 표준어가 아니라 서울말의 옛날식 억양과 단어를 쓰고 있었다. 내가 그에게 당연히 고향이 어디냐고 물었고 그는 '서울'이라고 대답했으며 다시 '서울 어디'냐고 묻자 '영등포'라고 대답했다. 영등포는 우리 가족이 1947년에 평양을 떠나 삼팔선을 넘어 월남하여 정착했고 내가 고등학교 시기까지 유소년기 대부분을 보낸 곳이다. 우리는 백화점 안을 걸어다니며 진열된 상품들을 보기보다는 주로 옛날 영등포에 대한 이야기를 나누었다. 그와 나의 영등포에 대한 추억은 둘 사이에 공감을 불러일으켰다. 나는 국민학교에 갓 입학한 어린이로, 그는 전국노동조합평의회 소속 철도 기관수로 같은 시간대에 같은 공간에 있었던 것이다. 이를테면 그가 사는 동네와 우리 동네 사이의 중간쯤에 있던 일제강점기 이래의 소학교에 화재가 나서 건물이 다 타버렸다. 목조건물의 변소까지 타서 온 동네에 며칠 동안 악취가 머물러 있었고 우리는 그 일을 또렷이 기억해내며 함께 반가워했다.

며칠 후 초대소의 보장성원들에게 간청하여 대동강변 수산시장에서 그 동향인 노인과 만나 소주를 마시며 다시 그의 인생 이야기를 들을 수 있었다. 그는 아버지가 영등포 철도공작창에 다니던 이야기며 그가 철도학교에 들어가던 이야기, 기관수로 대륙을 넘나들던 이야기를 해주었다. 만주의 끝도 없이 펼쳐진 검은 들판 위로 떨어지던 세숫대야만 한 붉은 해, 바람에 출렁이는 수수밭의 바다, 온통 빽빽하게 하늘을 메우면서 대륙에 쏟아지던 어린애 머리만큼 커다란 눈송이, 조선의 아름다운 산과 강과 골짜기며 들판에 서 있던 아름다운 간이역 등등 서정적이고 감동적인 이야기를 그는 기억하고 있었다. 해방 이후 전평이 미군정의 압박을 받고 그가 도피하여 아들을 데리고 월북했던 것이며, 십대 소년이던 아들이 전쟁이 터지자 단기속성 과정을 마치고 기관수가 되어 낙동강전선의 군수물자 수송을 위하여 나가서 돌아오지 않은 것 등을 이야기했다. 나는 이 이야기를 쓰려다가 그만두거나 다음으로 미루곤 하면서 삼십여년의 세월을 보냈다. 아마 당시 나이로 짐작건대 그는 이미 작고했을 것이다.

나는 우리 근현대문학을 섭렵하면서 몇몇 빠진 부분이 있음을 발견했다. 단편소설에 비해 훨씬 질과 양이 떨어지는 장편소설 부분과 그중에서도 근대 산업노동자들의 삶을 반영한 소설이 드물다는 점이었다. 일제강점기에 잠깐 있었던 카프의 흔적에서도 대부분이 단편소설이거나 도시빈민 일용노동자 또는 룸펜 계층을 다룬 것들이며 산업노동자가 전면에 등장하는 본격적인 장편소설은 없다고 해도 과언이 아니다. 최근까지 쓰인 장편소설의 경우에도 대부분이 농민을 위주로 한 작품들이었다.

나는 이 시기의 노동운동 자료들을 살피면서 식민지 시대 이후 조선의 항일노동운동은 너무도 당연하게 사회주의가 기본 이념의 출발점이었다는 것을 알게 되었다. 해방 이후 분단되면서 생존권 투쟁에 나선 노동자들은 '빨갱이'로 매도당했고, 한국전쟁이 터지고 세계적인 냉전체제가 되면서 수십년 동안의 개발독재시대에 모든 노동운동은 '빨갱이운동'으로 불온하게 여겨졌다. 우리가 기나긴 분단시대를 거쳐오면서 애초의 출발점부터 북한에 대하여 민족적 정통성을 주장하기 어려웠던 것이 사실이지만, 남한 민중이 근대화의 주체가 되어 산업화를 이루고 민주주의체제를 수립하는 과정에서 자연스레 피와 땀으로 이룩한 정통성을 갖추게 되었다. 그러나 이는 아직 부족하고 미흡하다는 점에서 통일이 되는 그날까지 남과 북의 정통성 논쟁은 자제해야 할지도 모른다. 다만 우리가 부족하던 점들을 극복하고 메워나가면서 북한까지도 끌어안고 변화를 이끌어낼 수 있는 역량에 도달할 수 있게 된다면 그것이 바람직한 평화통일의 길이 될 것이다.

한반도에서 대륙으로 이어지던 철도는 식민지 근대와 제국주의의 상징물이기도 했다. 세계의 근대는 철도 개척의 역사로 시작되었다. 나는 식민지 시기부터 분단된 후기 자본주의 세계화체제의 한반도에서 지난 백여년 동안 살아온 노동자들의 꿈이 어떻게 변형되고 일그러져왔는지 살펴보고 싶었다. 노동자의 계급의식은 감춰지거나 사라졌지만 그들의 삶의 조건은 별로 달라지지 않았다. 나는 인간의 인생살이를 꿈처럼 그려볼 생각이었다. 역사적 사실보다는 개인의 일상적 일화들로 줄거리를 만들고 영등포를 중심으로 한 민담적 세상을 그려보려고 하였다. 역사적 사실들이 가끔 이러한 시도를 방해하기는 했지만 항일노동운동가들의 활동들도 옛이야기 식으로 다루었다. 가끔 정색할 때가 있었지만 결국 옛날이야기는 퇴색한 사진이나 골동품처럼 날카롭고 선명한 사실들을 부드럽게 감싸주는 것 같았다.

나는 우리 문학사에서 빠진 산업노동자를 전면에 내세워 그들의 근현대 백여년에 걸친 삶의 노정을 거쳐 현재 한국 노동자들의 삶의 뿌리를 드러내보고자 하였다. 또한 이것은 이지러지고 뒤틀리고 하면서도 풍우의 세월을 견뎌온 한국문학이라는 탑의 한 부분에 돌 하나를 끼워넣는 작업이 되기를 바랐던 것이다. 어떤 이들은 지금 혼란에 접어든 신자유주의적 세계의 모습을 자본주의 세계체제가 몰락해가면서 무엇인가 다른 질서로 향하여 가는 이행기의 그것이라고 말한다. 이 고통의 기간을 줄이거나 늘리는 것은 오로지 현재를 살아가는 우리 자신의 노력에 달려 있다는 것이다. 방대한 우주의 시간 속에서 우리가 살던 시대와 삶의 흔적은 몇점 먼지에 지나지 않을지도 모른다. 그리고 세상은 느리게 아주 천천히 변화해갈 것이지만 좀더 나아지게 될 것이라는 기대를 버리고 싶지는 않다.

이 소설의 제목이 '채널예스'의 지면을 빌려 연재할 때에는 '마터2-10'이었는데, 그것은 산악형 기관차로서 지금은 통일공원에 분단의 화석처럼 놓여 있는 기관차의 제작번호였다. 그러나 독자들에게는 어쩌면 낯설 수도 있다는 편집진의 의견이 있었고, 보다 쉽고 대중적인 '철도원 삼대'를 제목으로 결정했다. 이 제목은 오랫동안 내가 가제로 붙여두었던 것으로, 처음의 제목으로 되돌아간 셈이다.

나는 이 작품을 쓰면서 많은 도움을 받았다. 『한국철도 100년사』(철도청 1999)와 『영등포구지』(서울특별시 영등포구 1991) 등 자료를 제공해준 코레일과 영등포구청 측에 감사를 드린다. 또한 김경일 교수의 『일제하 노동운동사』(창작과비평사 1992)와 『이재유 연구』(창작과비평사 1993)는 일제강점기 노동자들의 투쟁과 삶을 구체적으로 보여주는 소중한 자료가 되었다. 안재성 작가의 『경성 트로이카』(사회

평론 2004) 역시 그의 다른 저작들과 더불어 도움이 되었던 자료였다. 그밖에도 강만길 교수의 『일제시대 빈민생활사 연구』(창작과비평사 1995) 등 많은 자료가 있으나 생략한다.

송경동 시인의 소개로 알게 된 차광호 금속노조 전 지회장에게 감사드린다. 그는 굴뚝농성 408일의 주인공으로 자신의 일상을, 이를테면 '셋 동작 체조'를 몸동작으로 해 보이면서까지 세밀하게 내게 얘기해주었다. 손민두 KTX 기관사에게 감사 인사를 전하고 싶다. 그는 몇차례나 기관실 탑승을 허락하여 여러 철도 노선의 운전석 앞자리를 경험하게 해주었다. 그의 소개로 알게 된 강혜진 노인은 예전 증기기관차 시대의 기관수로 평생을 보냈으며 내게 증기기관차의 구조와 운전 실기에 대하여 얘기해주었다. 특히 그는 증기기관차가 전시된 장소에서 몇차례나 시범을 보여주었고 기관수의 근무생활에 대하여 증언해주었다.

집필을 하던 중에 몇번이나 영등포의 내가 자랐던 동네 부근을 걸어다녔다. 서울 변두리 어느 곳이나 마찬가지였지만 오래된 골목과 건물이 남아 있는 곳에서는 한참이나 멈춰 서서 오가는 사람들 중에 낯익은 얼굴은 없는지 살피기도 했다. 때로는 내가 잊고 있었던 옛날 기억들이 되살아나서 어머니 누나들 아우 그리고 일찍 돌아가신 아버지 등의 당시 모습이 골목이나 시장 모퉁이 또는 옛집 터에 나타나기도 했다.

나는 수많은 자료에 등장하는 한국사의 유명한 인물들을 등장인물로 하기보다는 그 속에 이름 석자로 남아서 사건의 먼지 같은 부분이 되어버린 노동자들에 주목했다. 여기 등장하는 활동가들은 모두 자기에게 주어진 작은 역할을 심신을 바쳐 수행했던 이름 없는 노동자들이었다. 작가인 내가 상상 속에서 그려냈으나 이들은 사건의 조서와 법정 기록에 이름만 나와 있는 무수한 민중의 조합이라고 할 만하다.

이것은 유년기의 추억이 깃든 내 고향의 이야기이며 동시대 노동자들의 이야기이기도 하다. 나는 이 소설을 한국문학의 빈 부분에 채워넣으면서 한국 노동자들에게 헌정하려 한다.

끝으로 집필 기간 동안 여러가지로 도움을 주었던 익산의 벗들에게 감사드리며, 특히 거처에서 일상까지 세심하게 보살펴준 원불교 서종명 교무에게 감사의 인사를 드린다. 구상 초기부터 자료지원과 격려를 해주었던 창비 편집진의 노고에도 감사를 드린다.

2020년 5월 미륵산 자락에서

황석영